本书为"海峡两岸文化发展协同创新中心"成果

闽台文学的文化亲缘

■ 朱双一／著

人民出版社

责任编辑:詹素娟
装帧设计:周涛勇

图书在版编目(CIP)数据

闽台文学的文化亲缘/朱双一 著.-北京:人民出版社,2013.9
ISBN 978－7－01－012621－0

Ⅰ.①闽… Ⅱ.①朱… Ⅲ.①文学史-福建省②文学-台湾省
Ⅳ.①I209.957②I209.958

中国版本图书馆 CIP 数据核字(2013)第 228430 号

闽台文学的文化亲缘

MINTAI WENXUE DE WENHUA QINYUAN

朱双一 著

人民出版社 出版发行
(100706 北京市东城区隆福寺街 99 号)

北京中科印刷有限公司印刷 新华书店经销

2013 年 9 月第 1 版 2013 年 9 月北京第 1 次印刷
开本:710 毫米×1000 毫米 1/16 印张:22.5
字数:370 千字

ISBN 978－7－01－012621－0 定价:58.00 元

邮购地址 100706 北京市东城区隆福寺街 99 号
人民东方图书销售中心 电话 (010)65250042 65289539

前　言

　　我们把这套书,献给关心两岸文化发展的朋友们。

　　两岸和平发展,是萦系海内外中华民族子孙心上的一个最牵动民族感情的大事。中国几千年历史上,曾经出现过多次分裂,或南北对峙,或东西抗衡,但历史最终都走向民族和国家的重新统一。其重要的原因之一,是中华文化巨大的民族凝聚力。同样,在近一百多年来,台湾与祖国大陆也处于被割据和相对峙的疏隔状态。但无论是日本帝国主义的殖民统治,还是延续国内战争造成的两岸政治对峙,纵使有某些别怀居心的异国势力介入和岛内分离分子的鼓噪,台湾始终是祖国不可分割的一部分,没有、也不可能从祖国分离出去。其重要的原因之一仍是,台湾同胞和祖国大陆同胞一样,都是中华民族的伟大子民;台湾社会和祖国大陆社会一样,都是奠立在中华文化基础之上建构和发展的。共同的文化,是一股潜在的、巨大的力量,无论过去、现在,还是将来,都是维系台湾与祖国大陆不可分割的深厚文化基因。正如江泽民在《为促进祖国统一大业的完成而继续奋斗》的讲话中所指出的:"中华各族儿女共同创造的五千年灿烂文化,始终是维系全体中国人的精神纽带,也是实现和平统一的一个重要基础。"

　　台湾与祖国大陆的文化亲缘,最先、也最直接地就体现为台湾与福建的文化亲缘关系。这是因为,福建与台湾同处于台湾海峡的两岸;福建社会与台湾社会都是以中原南徙的移民为主体先后建立起来的社会,稍有不同的是:中原移民南徙福建,大约到宋代已基本完成;而在台湾,则是由定居福建之后的中原移民后裔,自明末至清中叶,才再度大规模迁徙入台。随同移民的携带,中原文化经历在福建的本土化发展之后,也以闽(主要是闽南)文化的地域形态,再度传入台湾,成为台湾社会建构的文化基础,并与福建社会一样,经历了一个共同的内地化、文治化,也即中原化的过程。因此,闽台(亦即台湾海峡两岸)被视为一个共同文化区,皆因其文化有着历史形成过程中先后承递的文化亲缘关系。追寻台湾文化的来路,便不能不追根到闽(闽南)文化二度传递的汉民族文化的源头。作为闽籍文化学者,我们无论是在进行福建文化研究,还是在探询台湾文化的存在和发展,都会触及闽台文化关系这个寓意深远的敏感神经,也会为闽台(两岸)文化这种共同源于中原汉民族文化而又呈现出多样形态的魅力所感动,也深感有责任揭示闽台(两岸)文化这种同根共源的密切亲缘关系,以更有利于促进两岸和平发展,推动民族和国家的最终统一。

为此,我们组织撰写了"海峡两岸文化发展丛书·闽台文化关系篇"。顾名思义,是以"文化"为讨论对象,以"关系"为切入点,在闽台背后,涵盖的其实是两岸,所涉及的问题也不仅止于文化。它是以闽台为中心,以文化为重点,来论析两岸关系的一套系列研究论著。

文化是一个庞大、复杂而丰富的现象。就文化的形态而言,有所谓"俗民文化"(或称俗文化、常俗文化等)和"精英文化"(或称雅文化、士人文化等);就文化的过程看,有文化的历史形成,也有文化的现代发展,等等。"闽台文化关系篇"侧重的是文化形成过程中的历史关系,对于文化的现代发展与当下的存在状态,相对着墨较少。而在文化形成的历史关系讨论中,主要以俗民文化为对象,包括方言、民俗、民间信仰、民间戏曲、民间音乐、民居建筑等,也略为涉及诸如教育与文学等一般划属精英文化范畴的论题。这是因为俗民文化是随同移民与"身"俱来的底层的基本生存经验,是最早、也最大量地存在于闽台民间之中的一种基础性文化。显然,由于诸多原因,列入"闽台文化关系篇"的这些专题,无论是俗民文化层面还是精英文化层面,都只是很少的一部分,远非全面,还有很多专题,有待我们今后以及更多的同行继续努力。

两岸文化问题是当今社会不断有人提出并给予关注的问题,但却少见有专门性的研究论著行世。我们这套丛书仅是个初步的尝试,肤浅、不足和失误之处,当所难免。我们诚恳地期待关心两岸文化发展的学界先进和读者朋友们给予批评。

感谢福建师范大学海峡两岸文化发展协同创新中心对丛书的出版给予的支持。

刘登翰　林国平

二〇一三年七月

目　录

导论　闽台文化之特征

第一节　种族、环境、时代三要素与区域文学特征

　　不同区域文学间的差异和变迁,缘于"种族"、"环境"和"时代"等三大要素,古今中外的史家学者,对此多有褐橥。先秦之《诗经》和《楚辞》,已初显文学的北南之别。汉代司马迁《史记·货殖列传》指出了各地风俗民情与地理环境之密切关联。此后班固《汉书·地理志》更直接揭示了文学创作与地理、民风等的关系。它按秦、魏、周、韩、赵、齐、鲁、宋、卫、楚、吴、粤等十二地域,"凡有诗见于《国风》者,皆具引之",盖由诗以知俗,由俗以明诗,"此尤足证诗与地域之关联也"①。如以"舒缓之体"指称齐诗(如《齐风·著》等),后世遂有"齐体"、"齐气"之称。南北朝时刘勰所撰《文心雕龙》中"文变染乎世情,废兴系乎时序"的说法,为人们所熟知和普遍认同。到了近世,刘师培倡言"南北文学不同论"②,而汪辟疆则有《近代诗派与地域》论及文学流派与地域的对应关系,称:"若夫民函五常之性,系水土之情,风俗因是而成,声音本之而异,则随地以系人,因人而系派。溯渊源于既往,昭轨辙于方来,庶无訧焉。"又称:"夫文学转变,罔不与时代为因缘";"而诗之内质外形,皆随时代心境而生变化","心境与世运相感召,遂不觉流露于文字间也"③。梁启超更撰《近代学风之地理的分布》,在该文之序中写道:

---

　　①　见汪辟疆《近代诗派与地域》之吴蔡小笺残本,《汪辟疆文集》,上海古籍出版社 1988 年版,第 293 页。

　　②　刘师培:《南北学派不同论》,《刘师培全集》(一),北京:中共中央党校出版社 1997 年版,第 556 页。

　　③　汪辟疆:《近代诗派与地域》,《汪辟疆文集》,上海古籍出版社 1988 年版,第 283、292 页。

气候山川之特征,影响于住民之性质;性质累代之蓄积发挥,衍为遗传;此特征又影响于对外交通及其他一切物质上生活;物质上生活,还直接间接影响于习惯及思想。故同在一国,同在一时,而文化之度相去悬绝;或其度不甚相远,其质及其类不相蒙,则环境之分限使然也。环境对于"此时此地"之支配力,其伟大乃不可思议。①

在国外,最为著名的是法国社会学派文艺理论家泰纳提出的"文学三元素"说。承续自史达尔、黑格尔等的这一理论,提示我们在考察某一区域文学、文化的特征时,既要注意该区域人民的"种族"因素,也要注意他们身处的"环境"因素,此外还要注意在历史长河中社会变迁、文学传承和革新的"时代"因素。

所谓"种族",是一种邈远时代就已形成的代代相承的血脉联系,这种联系既是生理的、血缘的,同时也是心理的、文化的。它构成了一个相当广大人群的"集体潜意识"、共同的深层文化心理结构,也提示了一种由相同或相近的语言,道德规范、思维,情感和行为方式所构成的文化的"大传统"。它并不因为成员迁徙、散居于不同的地形、气候等地理环境中,甚至也不因时间的流逝而有根本的改变。尽管"种族"可能分成若干有着种种区别的支派,但是"在它的语言、宗教、文学、哲学中,仍显示出血统和智力的共同点,直到今天,这个共同点还把这一种族的各个支派结合起来。这些支派虽然不同,但他们的血统并没有被消灭……原始模型的巨大标记仍然存在,我们仍能从时代所给予他们的第二性的痕迹下面,发现原始印记所含有的两个或三个显著特征"②。

所谓"环境",既包括自然的、物质的环境,也包括人文的、社会的环境,"因为人在世界上不是孤立的;自然界环绕着他,人类环绕着他;偶然性的和第二性的倾向掩盖了他的原始的倾向,并且物质环境和社会环境在影响事物的本质时,起了干扰和凝固的作用"③。如冷暖、干湿等气候因素,地形、位置、

① 梁启超:《近代学风之地理的分布·序》,引自葛懋春等编选《梁启超哲学思想论文集》,北京大学出版社 1984 年版,第 456 页。
② [法]H·A·泰纳:《〈英国文学史〉序言》,伍蠡甫主编《西方文论选》下卷,上海译文出版社 1979 年版,第 237 页。
③ 同上。

交通条件等地理因素,以及政治、经济、宗教、法律、教育等种种人文社会因素,都可能使原来同出于一、而后分散于不同"环境"中的人群,产生各自的文化个性。它提示了某种区域文化"小传统"的存在。

所谓"时代",指的是在"种族"和"环境"都没有大的变化的情况下,文学还受其所发生的那一"顷间"(时刻)的影响。或者说,文学的发生都是有所传承的,这一刻和在它之前和之后的任何时刻,其发生的背景都已经有所不同,然而彼此的影响依然存在。正如泰纳所说的那样:"当民族性格和周围环境发生影响的时候,它们不是影响于一张白纸,而是影响于一个已经印有标记的底子。人们在不同的顷间里运用这个底子,因而印记也不相同;这就使得整个效果也不相同。""因此一个民族的情况就像一种植物的情况;相同的树液、温度和土壤,却在向前发展的若干不同阶段里产生出不同的形态,芽、花、果、子、壳,其方式是必须有它的前驱者,必须从前驱者的死亡中诞生。"①

根据泰勒的这一理论来观察闽台地区的文学和文化现象,从"种族"这一要素看,闽台两省的绝大多数人民其"种族"身份为汉族,因此必然与汉族整体有着某种血脉相连的关系。由于民族并不是纯生理的血脉延续,同时也是一种历史文化传统的延续,因此他们必然具有汉族共同的"集体潜意识"和某种从汉族文化固有的中心——中原地区——播迁而来、无论经历多少迁徙和变动也无法抹去的文化"大传统"。在历史上,中原汉族有 4 次较大规模的入迁福建,即西晋末年的八姓入闽、唐代陈元光的开发漳州(陈政入漳)、唐末五代河南固始王审知治闽,以及宋室南渡时北方百姓的南迁浪潮等。而台湾的汉族人民,则主要是明郑、清朝时期先后由闽、粤等地移居台湾的,且汉族人口比例高达总人口的 98%。这一情况就使得福建人,连带地使得大多移民自福建的台湾人,其远祖籍贯为河南者占有极大的比例。如 1953 年台湾的户口统计,当时全岛近 83 万户中,户数在 500 户以上的 100 种姓中,有63 姓的族谱资料说明其先祖是晋、唐时期从河南迁徙入闽的。这 63 种姓计67 万余户,占全省总户数的 80.9%。② 这种血脉、种族上的规定性,使得闽台

---

① [法]H·A·泰纳:《〈英国文学史〉序言》,伍蠡甫主编《西方文论选》下卷,上海译文出版社 1979 年版,第 239~240 页。

② 刘登翰等:《台湾文学史》上卷,福州:海峡文艺出版社 1991 年版,第 6 页。

文化必然以中原文化为根基,同时也是我们将闽台列为同一文化区域的根据之一。或者说,在闽台社会、文化的形成过程中,必然是以中原文化的社会、政治、经济和文化教育模式为蓝本,而他们的语言、文化、心态、伦理道德、思维方式和行为准则,也必然葆有传衍自中原汉族的传统。这种中原文化"大传统",其基础即儒家思想,而基础之核心则为以"三纲五常"为基干的伦理道德体系。这一传统提倡忠君爱国,仁人爱物,以各安其位、"不语怪力乱神"的"君子之道",取代具有超自然因素的宗教,并在长期的封建社会的历史演进中,塑造了以汉族为主体的中国人温良有礼、安土重迁的性格,重农抑商的物质生产方式,宗法式的伦理道德,以及追求心灵与理智完美和谐的精神特征。

值得指出的是,就"种族"要素而言,我们不能忽略了闽台文化中存留的远古时代百越民族的文化基因。孔子"不语怪力乱神",但是闽台的民系,不管是福佬或客家,却贵巫尚鬼,迷信风炽,这应与古越族"信巫重祀"传统的遗留有关。又如,远古时代处于中国南方的百越民族,就以"珠贝"、"舟楫"和"文身"等三项重要的海洋文化特质,区别于华夏族大陆文化的"金玉"、"车马"和"衣冠"。① 虽然福建的古越族,在汉人南下之后,或被同化,或被迫迁移,现在似乎已经消失无踪,但其血液,其实融入了汉族之中。在台湾,当今所谓"原住民"其实亦为古代百越民族之后裔,而从古代起,就已出现"汉番通婚"的现象,平埔族更是少数民族和汉族的血液相互融合的明证。古越族文化基因的留存,构成了闽台文化有别于中原文化的地方特质的一部分。

不过,构成闽台文化特质之根本,却在于"环境"和"时代"的要素。特别是"地理环境"的影响,在闽台文化特质的形成中,具有举足轻重的意义。就"地理环境"要素中的"气候"因素而言,闽台都属亚热带海洋性气候,但中国在同一纬度上、气候相似的省份还有不少,这并不成为决定文化特质的主要因素。对闽台文化特质影响最大的,应数"地形"和"位置",它们直接决定了闽台文化的"海洋性"和"边缘性"的特征,同时对于闽台文化的"多元性"和"两极反差性"特征的形成,也有延伸的、间接的意义。

---

① 凌纯声:《中国古代海洋文化与亚洲地中海》,《中国边疆民族与环太平洋文化》,台北:联经出版公司 1979 年版,第 337~339 页。

第二节　闽台文化的地域特征

一、闽台文化的海洋性特征

台湾四面都是海,岛屿中脊则为海拔数千米的崇山峻岭;福建三面是山,东面是岛屿港湾密布、弯曲漫长的海岸线。尽管闽台都是有山又有海的地形,但是主要人口都集中于沿海地带,使得"海洋"在闽台文化的构成中,扮演着一个最重要的角色。

有一种源自黑格尔而流传甚广的观点,认为西方文化所代表的海洋型文化,以商贸为其经济重心,是一种动的文化,具有冒险、扩张、开放、斗争等特点;而东方文化所代表的内陆型文化,以农耕为其主要生产方式,具有保守、苟安、封闭、忍耐等特征。梁启超曾引用并赞同黑格尔所言:"水性使人通,山性使人塞;水势使人合,山势使人离。"[①] 有关"海洋文化"的特征,国人曲金良主编的《海洋文化概论》一书有颇为详尽的概括:①就海洋文化的内质结构而言,是它的涉海性;②就海洋文化的运作机制而言,是它的对外辐射性与跨海联动性;③就海洋文化的价值取向而言,是它的商业性和慕利性;④就海洋文化的历史形态而言,是它具有开放性和拓展性;⑤就海洋文化的社会机制而言,是它具有社会组织的行业性和政治形态的民主性,相应的也就具有法制性;⑥就海洋文化的哲学与审美意蕴而言,是它具有生命的本然性和壮美性。人类的生命和文化起源于海洋,海洋自然天性的浩瀚壮观、变幻多端、能量巨大、自由豪放、奥秘无穷,都使得人类视海洋这一生命的舞台为生命本能的对象物,为力量、智慧的象征与载体,它所具有的硬汉子强人精神,崇尚力量的品格,崇尚自由的天性,强烈的个体自觉意识,强烈的竞争冒险意识和开创意识,悲剧意识,激情与浪漫,壮美心态等,都与大陆文化的讲求以柔克刚,中庸之道,温良恭俭让,三思而后行,靠天吃饭,老道守成,本分,禁欲,节度,安逸,知足常乐,柔美心态,大团圆结局,老人经验……迥然有别。[②]

---

① 梁启超:《地理与文明之关系》,《饮冰室合集·文集之十》(文集第四册),上海:中华书局1941年版,第108页。

② 曲金良主编:《海洋文化概论》,青岛:海洋大学出版社1999年版,第10～15页。

　　与此相对照,闽台文化的海洋性特征昭然若揭。如福建的古城泉州,早在宋元时代就成为四方来客云集的东方第一大港,海上丝绸之路的起点,连接日本、东南亚乃至阿拉伯世界的枢纽,这正是其对外辐射性和跨海联动性的体现。又如,由于地狭人多的人口压力,数百年来福建民众大量向台湾和南洋迁移,他们面对着随时要夺人性命的险风恶浪,黑潮浊流,充分体现出勇于冒险犯难的精神;而每到一片新的土地,则筚路蓝缕,开辟草莱,表现出强烈的开拓性。这一点,在数百万赴台的闽粤移民中,表现得至为明显。然而,最能体现其海洋性特征且意义深远的,还在于它的重商性和慕利性。北宋时福建惠安进士谢履所作《泉南歌》曰:"泉州人稠山谷瘠,虽欲就耕无地辟,州南有海浩无穷,每岁造舟通异域"①,已触及闽地人民因人稠地瘠,单靠耕种难以维生,于是将眼光投向浩瀚无穷的海洋,"以海为田",通过海外贸易求财富、求生存的现象。然而,历代统治者对海洋的看法,往往难以跳出以陆地农耕为中心的认知框架。在他们的观念意识中,海外贸易作为一种商业活动,仅属于可有可无的治国之"末",而农桑经济才是立国之本,为此,常施行禁海政策。而福建经济的倚海特性,使它的兴荣衰败,与朝廷"海禁"之张弛松紧密切相关。每当放开时,福建沿海经济就繁荣发展,生气勃勃;每当禁严时,就凋敝不堪,民不聊生,于是民众常采取啸聚为盗、漂海抢劫的极端方式,自行投入海洋的怀抱。正如明代官员许孚远所言:"东南滨海之地,以贩海为生,其来已久,而闽为甚。闽之福兴泉漳,襟山带海,田不足耕,非市舶无以助衣食。其民恬波涛而轻生死,亦其习使然,而漳为甚。先是海禁未通,民业私贩。吴越之豪,渊薮卵翼,横行诸夷,积有岁月,海波渐动。当事者尝为厉禁。然急之而盗兴,盗兴而倭入。嘉靖之季,其祸蔓延,攻略诸省,荼毒生灵。"②

　　与统治者以大陆农耕为本位,惧海、禁海乃至绝海的心态与做法相反,闽籍出身的郑成功,却走上"通洋裕国"之路,发挥其家族性的经商特长,以海上贸易的赢利作为军费来源,使明郑集团得以在厦、金以及台湾坚持抗清斗争达数十年之久。正如郁永河在《郑氏逸事》中所言:"成功以海外弹丸之地,养兵十余万,甲胄戈矢,罔不坚利,战舰以数千计,又交通内地,遍买人心,

---

　　① 　王象之:《舆地纪胜》卷一三〇《福建路》,北京:中华书局1992年版,第3753页。
　　② 　许孚远:《明经世文编》卷四〇〇《敬和堂集》"疏通海禁疏",北京:中华书局1962年影印版,第4333页。

而财用不匮者,以有通洋之利也。我朝严禁通洋,片板不得入海,而商贾垄断,厚赂守口官兵,潜通郑氏以达厦门,然后通贩各国。凡中国各货,海外人皆仰资郑氏;于是通洋之利,惟郑氏独操之,财用益饶。"[①] 这一事例将闽台人士的靠海生存,靠海外贸易发展,擅长商业经营的海洋文化特质,表现得淋漓尽致。

在长期以海为田、贩海兴利的求生存、求发展的实践中,闽台地区逐渐形成了"海中以富为尊"的社会风气,"饶心计者视波涛为阡陌,倚帆樯为末耜。盖富家以财,贫人以躯,输中华之产,驰异域之邦,易其方物,利可十倍。故民乐轻生,鼓枻相续"[②]。明朝时同安人洪朝选称:"异时贩西洋,类恶少无赖不事生业,今虽富家子及良民靡不奔走。……今虽山居谷汲,闻风争至,农亩之夫,辍末不耕,斋贷子母钱往市者,握筹而算,可坐致富也。"[③] 观念和世风的转变,标志着一种文化特质的真正形成。这是一种与儒家传统的重农抑商截然相反的取向,它代表着海洋文化和大陆文化的一道鲜明的分野。

二、闽台文化的边缘性特征

闽台文化的海洋性特质,缘于其面向海洋的地理环境。不过人们在探究地理环境的意义时,往往只注意地形地貌(如山、海或平原等)、气候(如冷热、干湿)、土壤植被(如黄土地或红土地、种稻或种麦)等,却忽略了另一个重要因素的意义,这就是"位置"的意义。闽台文化作为中华文化的一种地方形态,其特质与它在中华版图中的"位置"有极大的关系。这种特定的位置,构成了闽台文化的边缘性特质。当然,所谓"边缘",其前提就在它属于整体的一部分,如果逸出整体之外,也就不成其为"边缘"了。

闽台在中国的版图中,地处东南海疆。在古代,相对于中原腹地、京畿重镇,它长期被视为未开化的蛮夷之地或迟开发的落后区域,甚至被封建统治者视为增之并无大益,少之亦无大损的可有可无的"化外之地"。由于地处

---

①　郁永河:《郑氏逸事》,见《裨海纪游》,《台湾文献丛刊》第44种,台北:台湾银行经济研究室1959年版(以下简称"台银"版),第48页。

②　陈锳等修、邓廷祚等纂:《海澄县志·风土志》,乾隆二十七年刊本,台北:成文出版社1968年影印版,第171页。

③　洪朝选:《瓶台谭侯平寇碑》,《洪芳洲先生摘稿》卷四,转引自黄顺力《海洋迷思》,南昌:江西高校出版社1999年版,第133~134页。

蛮荒边陲,它常常成为谪臣罪犯的流放之地;在中原地带发生战乱时,它成为
北方移民的避乱之所;在改朝换代的时刻,它又常成为不甘屈服的前朝遗臣
和遗民延续故祚的最后根据地,甚至形成与"中央"对抗的小"朝廷"。当
然,这种割据最终必然消亡,终要汇入中国的统一国家之内,像明末清初的郑
氏政权,就是一个明显的例子。然而,这种特殊"位置"所带来的时代活剧
的反复重演,也培养了该地的一种刚倔不屈、忠君报国、敢于与现行主流对抗
的民性特征,或者说是一种"遗民忠义传统"。从宋末郑思肖著写《铁函心
史》、谢翱恸哭西台,到明末郑成功、黄道周等抗清延明,再到日据后台湾人
民不屈不挠的抗日斗争,可说一脉相承。这种"遗民忠义精神"其实已不再
是对某一特定朝代的"愚忠",而是一种比较抽象的、具有普泛意义的民族精
神、爱国主义精神。它似乎已内化为闽台人民的一种深层的"文化心理结构"
或"集体潜意识"。

由于地处边陲,在整个中国的政治、社会结构中,闽台也处于边缘。历史
上闽台人士很少当上大官,进入权力核心。许在泉在《论泉南文化》一文指
出:泉南文化中的一个明显的结构,就是基层的文化结构,"因为泉州的文化
走向是从上层走向基层,从宫廷贵族走向民间百姓,当他们从中原迁来之时,
是整宗整族迁徙而来,上层仍然占据着主导的地位。可是,随着他们失去土
地、失去权势,便逐步走向民间。在此,泉南文化这种民间性、地方性的结构
特色也越来越明显。所以,这种文化不是集中在城市里头,而是普遍地流传
在广阔的农村之中,因而能够在民间的土壤里扎根、生长"①。这里所谈虽是
泉南文化,其实也是整个闽台地区的一个文化特色,特别是台湾,经过了再次
的移民,其草根性、基层性、民间性必然更为强烈。在台湾,有所谓"草地郎"
的称呼;有的小说就题为《鲁冰花》(方言谐音"路边花")或《无花果》;有
的诗社称为"草根诗社";小说中经常出现"一枝草,一点露"之类的俗谚。
可见,台湾人亲近土地,喜欢以卑微但顽强生存的小草自诩。这都是草根性
的表现。

闽台文化的这种民间性、基层性和草根性,也反映于文风上。雍正年间任
巡台御史的夏之芳督学台湾时,曾取岁试之文刊行,名曰《海天玉尺编》;越

---

① 许在泉:《论泉南文化》,泉州《闽台文化》第 3 期,1999 年 6 月。

年科试,又刊二集,而序之曰:台士之文多旷放,各写胸臆,不能悉就准绳。其间云垂海立、鳌掣鲸吞者,应得山水奇气。又或幽岩峭壁、翠竹苍藤,雅有尘外高致。其一瓣一香,一波一皱,清音古响,以发自然,则又得曲岛孤屿之零烟滴翠也。海天景气绝殊,故发之于文,颇能各挺瑰异。至垂绅搢笏、庙堂黼黻之器,则往往鲜焉。固其士之少所涵育,亦其地之风气僻远而然也。① 可说指出了台湾地处偏远而产生的草根性文学风格,也提示了台湾风土杂咏、竹枝词等民间气息极浓的文学作品盛行的原因之一。

　　闽台的边陲位置所带来的另一个边缘性文化特征,是它犹如人之肌肤一样,最先感应到外来的刺激,同时也在来自外部的侵袭中首当其冲。处于“边缘”,就像身处房间的窗口,视野自然开阔,何况外面是无遮无拦、可以极目远眺的大海。它可以很快地接收来自异域的最新信息和最新事物。然而由于地处边疆和战略要冲,也必然要最先承受外来的入侵,极容易在外来的侵袭中受到伤害。这在近代以来的历史进程中表现得最为明显。闽台既是中国最早接受欧风美雨的吹拂而走向近代化的区域之一,然而更是异族垂涎、外来入侵的重灾区。如 19 世纪 80 年代中法战争时,法国有“据地为质”的企图,所以选择了进攻闽台作为向清廷施压和讨价还价的筹码。又如,甲午战败后,清廷虽然并不想将日趋繁荣的台湾拱手相让,但因京畿受到威胁,在“宗社为重,边徼为轻”的考虑下,被迫将台湾割让日本。台湾近百年来特殊的历史际遇,与其所处的“边缘”位置,有着直接的关联。当然,有压迫就有反抗,压迫越重,反抗愈烈。近百年来的闽台,也成为中国反抗帝国主义侵略,涌现最多可歌可泣故事的地区之一。

　　不过,闽台的边缘性文化特质,其意义最为重大和深远的,也许在于它嚣张、活泼、生机勃勃,充满了对固有中心、传统秩序的变革冲动。这是由于在远离中心的边缘地带,旧的统治较为薄弱,为新异因素的发展提供了空间;另一方面“边缘”又总是较快地接受外来影响和新事物,能给往往比较保守的、稳固不动的“中心”带来冲击,添加新的思维、新的冲动、新的变数,客观上起了推动社会向前发展的作用。在历史上,闽台至少曾有数次较明显地发挥了这种“边缘”对于“中心”的影响、补充乃至变革的作用。

――――――――――

① 　连雅堂:《台湾诗乘》,《台湾先贤集》(八),台北:台湾中华书局 1971 年版,第 5061 页。

比如,明清时代,在东南沿海（包括闽南）的抗倭斗争中,以俞大猷为代表的熟悉大海习性的将士,形成了"防敌于外海"的进攻型战略思想,一改统治者对于水军的忽视,转而强调水军建设和武器装备在海防斗争中的重要作用,明确指出:御海洋为上策,固海岸为"紧关第二义",严城守为下策,并提出了"哨致于远洋"、以"游兵"在大洋之外遏敌等具体的防敌方略 ① 。这与拘守农耕传统或本为游牧民族的统治者固有的内敛型陆上守土防御战略,有着极大的区别,而实践证明前者是正确的。这不能不说是"边缘"对于"中心"的一种修正和改变,也充分说明了处于"边缘"者能对中华文化整体作出极大的丰富和应有的贡献。

近代以来,闽台发挥的"边缘"影响"中心"的变革作用有增无减。孙中山领导的资产阶级民主革命以广东为基地,以海外华侨为重要依靠力量,福建作为广东的毗邻省份和重要侨乡,被视为革命的策源地之一。像兴中会首任会长、中国近代民主革命先驱杨衢云,以及孙中山的助手和妻子陈粹芬,都出自闽南。在中国共产党领导的"以农村包围城市"（其实质是以"边缘"蚕食、颠覆"中心"）的新民主主义革命中,闽西与粤、赣交接地带成为中国工农红军的中央根据地,并因此使福建具有比较强烈的革命传统和左翼倾向。近二十年来,福建和广东一起,又成为中国改革开放的排头兵和试验田。在这历史的进程中,福建一次又一次发挥了作为"边缘"的不可替代的作用。至于台湾,固然因其特殊历史际遇和客观条件的限制未能直接加入上述进程,但也以另一种方式,为中华文化整体提供了它的一份独特经验或教训。

三、闽台文化的多元反差性特征

"博采广取,兼容并蓄"常被视为福建文化的一个标志性特点,同时也是台湾文化的重要特征。闽方言繁复多样,甚至同一个县中有数十种"话",或者相邻的两个村庄语言不通的现象,常被举为福建文化多元性的信证。又如,福建的神明名目繁多,一方面,世界上的各大宗教都曾传入福建,并获得大量的信众;另一方面,福建民众又自创了众多的地方性神灵。

有学者认为,福建文化在具备共性的基础上,各地区仍有其各自的若干

---

①　参见黄顺力:《海洋迷思》,南昌:江西高校出版社 1999 年版,第 92～97 页。

特征。如闽北为典型的"山林文化",山水秀丽,物产丰饶,培养了闽北人爱乡恋土的情操,以及一批不羡荣华、甘于淡泊的学者。闽南却为典型的"海洋文化",闽南人轻农重商,勤劳而又擅经营,不惮于冒险和拼搏,常有突破传统、反逆世俗之举。莆仙二县为"科举文化"的"模范区域",贫瘠的土地、相对集中的人口使莆仙人选择科举为主要出路而苦读圣贤书,使该地区文风鼎盛。闽西客家文化则为典型的"移民文化"。客家人主要由流入闽西山区的汉族,与尚处于刀耕火种阶段、习于游动生活的畲族相杂居而形成,其血统中的不安定因子和穷乡僻壤的外在环境,使他们不肯株守家中,而是以外出发展、力求出人头地为奋斗目标,并养成了特别能吃苦耐劳的性格特征。至于省会福州所在的闽东,属于典型的"综合型文化",因此也与福州的省城地位相称,代表着福建文化的多元性的整体特征。①

由于文化区域的分界往往是模糊的"带"而非清晰的"线",加上历史上行政区域的划分有时将福建和邻近省区归在一起,或者某一特定时期产生某种特殊的文化因缘,因此福建与邻近省份有文化上的交叉融汇现象,这进一步加强了福建文化的多元性特征。如在清代的行政区划上,福建和浙江同属一区,设闽浙总督治理,加上历史上福建的居民(特别是沿海居民),在汉族南徙的洞庭、鄱阳、太湖三系移民中,应大多属于东线的太湖一系;在近世中国政经、学术重心南移而形成的以江浙为中心的"东南沿海新月形文化带"②中,福建为其中重要的一环,因此,福建文化难免涵纳某些浙江文化的成分。浙西的昌盛秀慧文风,浙东的刚倔劲悍民气,都可在福建的对应区域看到其投影。又如,粤东之潮汕和闽南、闽西一带本就有较多的人员相互流徙,闽西的客家与广东嘉应的客家,更有直接的宗族亲缘关系。到了近代,从鸦片贩卖到禁烟斗争和国民革命,闽粤之间更有千丝万缕的关联,福建文化难免沾染广东文化的成分。此外,在闽西和闽北,历来与赣文化也有密切的交流和融汇。

闽文化具有多元性特征,而台湾文化同样具有多元性特征,其程度甚至有过之而无不及。就种族、民系而言,台湾除了和福建一样有福佬民系和客

---

① 徐晓望主编:《福建思想文化史纲》,福州:福建教育出版社1996年版,第481~493页。
② 王会昌:《中国文化地理》,武汉:华中师范大学出版社1992年版,第158页。

家民系外,还有属于南岛语系的"原住民"九族(现增列至十多族),在历史上还曾有现已汉化的平埔十族。台湾的福佬民系风俗多如漳泉,其人长于经商,对外来刺激适应力强;而客家民系风俗多如闽西和粤东,其人精诚团结,思想偏向保守,对外来刺激每先采取自卫行动,予以排斥,故对一般现代化之刺激不易接受。台湾少数民族更各有其独自的风俗习惯和民性特点。在宗教信仰上,台湾同样有为数甚多的神明,它们都能为人们所接受,甚至出现在一个寺庙中相安无事地供奉着不同系统的神灵的现象。与福建相似,台湾也可再细划分为各具文化特色的若干区域。如福佬人仍大多聚居于沿海平原地带,便于他们"以海为田"的生产方式和发挥擅长商贸的特长,部分人通过经商,聚集了巨大的财富,形成了大家族。客家人大多聚居于平原和山区的交界地带,垦拓荒山,从事其擅长和习惯的农耕工作。少数民族多居住于人烟稀少的崇山峻岭或偏僻海岛,其生产和生活方式仍处于较原始的阶段。至于台北等现代大城市,则聚集了八方来客,显露其综合性特点。这种分布,有着福建的明显投影。

　　闽台文化的多元性特征的产生,一是由于闽台的主要居民,是在中国历史的不同时期通过不同的途径迁移而来的汉人,他们将不同阶段的多少已有所变异的汉族文明带入福建而后又传入台湾,与当地"土著"文化融汇,求同存异地并存。而这些汉族文化进入闽台之后,由于交通不便等原因,分别存在于被山脉河流所分割的不同区域中,或在各自的环境中演变,或相对停滞下来,不再与母体文化同步发展,因此形成多元的特征。如闽方言五花八门而又保留着中原古音,就是这个原因。二是闽台地处"边缘",虽然也形成了儒家的"正统"观念和"主流"文化,但相对而言,那种"仅此一家、别无分店"的定于一尊的观念较为薄弱,这就为多样化的文化提供了存在和发展的空间;加上闽台与海外接触较多,对外来事物具有极强的包容性,因此形成多元的局面。

　　作为多元包容性的一种极端表现,闽台文化中存在着矛盾的两种倾向兼容并存,构成强烈反差的特殊现象,姑且称之为"反差性"特征。如山与海、遗民和移民、政治边陲和商贸门户、蛮夷之地和理学之乡、传统守旧和纳新求变等众多似乎矛盾的现象,却同时在闽台出现,形成极强烈的反差。它是闽台文化特征的最具特色的方面之一。

第一，山与海：质朴和灵活的并存。

闽台两地都是又有山又有海，并因此形成了"以海为田"，靠海生存和发展的福佬民系，以及生活于山区，主要靠土地生存的客家民系。前者擅商贸，善权变，豪爽义气；后者质朴勤奋，刚偏务实，团结互助。这二者有时并不截然分开。如漳州隶下的平和县，离海不远，大多属于福佬民系，但境内多山，亦生活着客家人。从坂仔镇走出的林语堂在其自传体小说《赖柏英》的主人公陈杏乐身上，同时糅进了"山"与"海"的文化要素。

第二，蛮夷之地和理学之乡：落后与先进之同在。

闽台远离中原，开发较迟，原被视为蛮夷之地，但一方面由于中原移民的大量涌入，植入较先进的文化，使社会呈跳跃式发展，因此出现落后与先进因素并置同在的情况。如闽台重视教育和学术研究，办学、科举、藏书之风盛，福建并成为宋代理学的主要基地。另一方面则在下层仍保留着比较蒙昧、蛮野的民性民风和狭隘的地域观念等。如械斗一度昌炽，帮会组织盛行，迷信、好赌等不良习气到现代社会仍严重存在。

第三，政治边陲和商贸门户：闭塞和开放之反差。

闽台远离政治中心，京城发生的事情或新的思潮，穿越千山万水传到福建，已成强弩之末，犹如死水微澜，至多只能引起一点涟漪。从这个意义上说，闽台是闭塞的。然而，对海外而言，闽台又是中国的敏感的触角。它是中国较早开放的商贸门户，世界各地的商家客户云集此地，因此它能最先感受到外部世界的变化，外国的新思想和新事物，常经由它而传入中土。从这个意义上说，闽台并不闭塞，而是具有很高的开放度。

第四，遗民和移民：怀乡和扎根之兼容。

如果将"移民"和"遗民"做一种文化意义上的广义理解，前者的精神实质是对新天地的开拓，后者的精神实质却是固守传统、旧制。而在闽、台，这两者却常交织在一起。在历史上，闽台都曾是移民社会。然而，这种大规模的"移民"，它的起因又往往是要做"遗民"。作为"遗民"（无论是前朝遗民或弃地遗民），他们秉持着传统的忠君思想，培育了文天祥式的民族意识和爱国精神，同时也力图保持传统旧制和观念。这种旧制的保存，有时甚至比原迁出地要完整和牢固。除了方言保持中原古音外，家族制的保存和延续也是一例——当家族制在北方随着魏晋门阀制度的衰败而有所减弱时，却在南下的移民中延续和发展,使家族制度成为闽台文化的重要特点之一。

　　闽台文化的这些反差性表现,归根结底,都可归结在传统守旧和纳新求变的两极性张力结构中。它们的产生,深刻地植根于闽台的自然条件、人文环境、历史际遇和现实境况之中。如果说矛盾是事物发展的内在动力,那闽台文化的这种反差性、矛盾性特征,赋予自己活泼、旺盛的生命力,上演了一出出生动的历史活剧,以其特殊的历史经验,为中华文化作出了重要的丰富,发挥了作为"边缘"所应起的特殊作用。

第三节　闽台文化的核心要素及其中华文化属性

　　尽管闽台文化呈现出比较繁杂的多元包容性以及自己的地方文化特色,但并没有逸出中华文化的范畴之外,而是属于中华文化整体中的一种地方文化形态。之所以如此,是由其文化核心要素的根本属性所决定的。

　　论者指出:一种文化结构模式或称文化形态,都包含着物质文化、制度文化和精神文化等层面。物质文化为文化结构模式之外层,深入一层为制度文化层,而精神文化处于文化结构模式的内层。精神文化又有浅层和深层之区分。浅层精神文化指经由文化专门家创作加工的社会意识形态,如各种哲学、文学、社会科学理论和思潮,深层精神文化则是由历史长期积淀,缓缓形成,潜藏于大众生活中的价值观念、思维方式、审美情趣等,是一种感性直觉的"潜意识"或"集体潜意识",难以被自觉把握和运作,从而具有极大的稳定性和延续性,与社会生产力和社会制度的变更未必有直接的对应关系。此即文化的核心要素,或称"民族性格"。[①]

　　文化的核心要素是一种文化得以区别于他种文化的本质特征及因素。核心要素不同,尽管物质文化,甚至社会制度建构都相似,也是不同质的文化;核心要素相同,尽管经济水平有高低,制度有不同,也还是同一种文化。此外,由于文化总是互相交流和影响的,一个国家或地区往往涵纳了不止一种

---

　　① 参见陈耕:《从台湾文化的构成和形成看台湾文化的属性》,厦门:中华文化与祖国统一研讨会论文,2001 年 6 月。

的文化因素,但是,尽管有再多再复杂的文化因素构成,其文化形态的定位,还是取决于其文化的核心要素,特别是"历史上形成的价值观念",因为"不同质的文化,可依据价值观念的不同进行区别"①。台湾由于其特殊的地理位置和历史际遇,具有比较多样化的文化因素构成,但决定其根本的文化属性的,还是其文化的核心要素。尽管在历史上曾经有过荷兰文化、西班牙文化、日本文化乃至以美国为代表的现代西方文化的进入,其本身也存在着少数民族等非汉族的文化成分,但上述这些文化从来没有成为主导性的文化,从来也没有切入文化的核心要素之中。相反,从明郑时期开始由于核心要素的确立而形成系统结构的台湾文化,乃是由汉族文化(或者说汉文化的地方形态之一即闽南文化)占主导地位、以汉民族的伦理道德价值观念为核心要素的文化。因此,尽管台湾文化不无其特殊性,但它根本上的中华文化属性,仍是不容置疑的。

对于闽台地方文化之核心要素的中华文化属性,我们可以举出若干具体事例加以说明。如前述,闽台由于地处边陲,常成为谪臣流放之地,北方移民躲避战乱之所,前朝遗臣、遗民延续故祚的最后根据地。这种时代活剧的反复重演,形成了该地一种颇为特殊的"遗民忠义传统"。然而,这种"遗民忠义精神"归根结底是一种民族精神,爱国主义精神,而不单纯是对已被推翻的前朝皇帝或偏安一隅、苟延残喘,实已成地方性政权的遗族"皇帝"的愚忠。只要看乙未时日本人执仗而来,台湾人民成为弃地遗民,即使原来还抱有反清复明思想的人,这时也在不同程度上表现出对于清朝的忠诚,宣示要"永戴圣清",因为这时的清朝,即代表着祖国。所以说,"遗民忠义精神"未必是对某一特定朝代的"忠心",而是一种比较抽象的、具有普泛意义的民族精神、爱国主义精神,它已成为闽台人民一种深层的"文化心理结构"或"集体潜意识",实际上更是中国人代代相传的一种"历史上形成的价值观念",文化的核心要素之一。

又比如,前述清朝巡台御史夏之芳编辑台湾学子应试之文为《海天玉尺编》一、二集,在其二集序言中写道:"岁试所录,强半灵秀之篇;科试则多取

① [美]A. L. 克罗伯、克拉克洪:《文化:概念和定义的批判性回顾》,引自覃光广等主编《文化学辞典》,北京:中央民族学院出版社1988年版,第110页。

醇正昌博者,为台人更进一格,亦俾知盛朝文教之隆……以明白正大为宗,而不得囿于方隅闻见间也"①,既指出因台湾地处僻远而产生的草根性文学风格,同时也试图将它导入纯正之"大传统"。至如 20 世纪 60 年代台湾的现代派文学,既受到西方文学的很大影响,但仍可发现它们在一些西方技巧和观念的外表裹装下,有着中华民族的价值观念和审美观念的内核。不用说白先勇小说表现的历史兴亡感以及借鉴于《红楼梦》等中国古典小说的艺术表现方式,也不用说余光中等诗人所表达的殷殷乡情和文化乡愁,即如曾着迷于西方超现实主义诗风的洛夫等,也力图证明西方现代主义与东方传统文化的内在相通之处,在其"纯诗"论中透露出人与自然融为一体的"天人合一"、"物我交融"的观念。

再比如,最具有闽台地方文化特色、可视为台湾"本土文化"之代表的"乡土文学",其实具有最鲜明、最强烈的中华文化属性。中国自古就是以农立国的社会,重视乡土情谊成为中华文化的显著特征之一。这种特征至少可上溯至孔夫子。从《论语》、《孟子》、《荀子》、《礼记》等儒家经典著作中,处处可见重视宗族乡党,劝导人们安居守土的教诲。儒家强调"分田制禄","制民之产",使人民"死徙无出乡";并施行礼乐之教,使长幼有序,老穷不遗,"百姓顺命安乐处乡","与乡人处由由然不忍去也"。此为儒家的乡土之教。

中国人的亲土观念,不仅与儒家的乡土之教有道德上的联系,同时与"报本返始"的宗教观念也有联系。中国古人深信,人生时立足于土,死时亦归于土。"天、地、君、亲、师"五大崇拜对象中,"土地"(社神之俗称)由于它的亲切、善良、宽容、慈祥,使中国人与之最为亲近。中国人普遍有祭祀社神的仪式,其目的就是为了报答家乡土地的哺育之恩。中国人无论离乡多远,生前深怀乡土之情,死后亦希望自己的躯体归葬于乡土。

中国文化重视乡土情谊的特征,体现于中国人的日常生活中,其具体表现有:

一是家谱、族谱与地方志的发达。

二是方言和会馆的盛行——汉语方言在中国人当中,特别是一些曾发生

---

① 夏之芳:《海天玉尺编二集序》,范咸《重修台湾府志》,《台湾文献丛刊》第 105 种,"台银"1961 年版,第 670 页。

迁移的人群如闽粤、台湾和海外华侨中,具有特别强大的生命力,其主要功能在于维系乡土情谊,人们凭借这种地方性的乡土语言,互相沟通思想,交流感情,彼此作同乡人的亲切认同。

三是地方戏曲与田园文学的繁盛——在中国各地都有反映自己地方文化特色并深受本地人民欢迎的地方戏曲,在很长时间内,它是使儒家教化能直贯乡村底层的最有效手段。

四是乡土谚语与地方性学术流派的丰富——乡土情谊重在"乡土",故中国古代学术流派亦多以地方命名,如"关学"、"洛学"、"浙东学派"、"泰州学派"等。①

以此对照台湾的"本土"族群(即福佬、客家等)的风俗民情及其"乡土文学",可说若合符节。如不仅台湾福佬族群的主要祖籍地闽南一带重视修写家谱、族谱,同样的,移民到了台湾,普遍续修家谱、族谱,于是有了"唐山祖"和"开台祖"等名目。又如,台湾地区流行着闽南方言和客家方言,即使曾经遭受国民党当局的禁压,仍无法禁绝,表现出顽强的生命力。殊不知,这种现象的产生,正是中国文化的重视乡土情谊这一特征的具体表现。又如,地方戏曲曾是台湾乡村民众节庆娱乐时的最爱。鲁迅的"乡土文学"曾写过"社戏",而台湾的乡土文学中,有关演地方戏、野台戏的描写,更是俯拾皆是。以黄春明为代表的"标准的乡土文学",则表现出对"土地"的格外深厚的感情。此外,20世纪70年代曾有对于日据时代"盐分地带文学"的挖掘,引起文坛的瞩目,说明台湾乡土文学中,同样产生了地方性的文学流派,并得到人们的高度重视。

由此可知,"乡土文学"最具中华文化深厚意蕴。应该说,无论是怀念故土的"乡愁文学",或是标榜"扎根本土"的"乡土文学",都根源于中华文化的"重视乡土情谊"这一基本特征,但相较而言,"扎根本土"甚至比"怀乡"更切近中华文化之核心。不像属于"海洋文化"的西方人,其移民或殖民具有某种无限扩张性,中国人往往是在迫不得已的情况下才离乡背井、迁移他乡。到了一个新地方,移民们筚路蓝缕,建立家园,当能够立足生存之后,他们就想安定下来,扎根在这片新的土地上。因此,"怀乡"仅产生于离乡背井

① 李中华:《中国文化概论》,北京:华文出版社1994年版,第197~205页。

或移民之初,它是暂时的、局部的、非常态的;而扎根乡土才是中华文化永久的、整体的、常态的倾向。这种不可移易的源于农耕文明的中国人安土重迁、热爱乡土秉性,在数百年来由闽粤一带移居台岛的台湾同胞身上及其创作的"乡土文学"中,表现得格外明显。而"乡土文学"与"重视乡土情谊"的中华文化特质的深层、内在关联,使得台湾文学对于"乡土性"的追求,在一般情况下,必然是和对于"民族性"的追求黏结在一起的。这一点,在20世纪70年代台湾的乡土文学思潮中,表现得至为明显。当然,本书作为探究闽台文学的文化亲缘关系的专题研究,自然会侧重于地方文化特点的把握和描述。但由于研究对象本身的文化核心要素及其基本属性所规定,这种地方文化特色的描述,最终也必然归结到中华文化这一"原点"上来。

综上所述可知,闽台两地的文化特质,同多异少。这取决于两地密切的血缘、地缘、史缘、语缘、文缘、神缘等关系。福建居民以中原汉族移民的后裔为主体,而台湾居民则大部分是来自福建的汉族移民,这种种族、血缘上的关系,构成了闽台文化源流关系的基础。闽台两地同对一片大海,同样处于祖国东南海疆的位置,相同或相似的环境以及密切的人员往来、文化交通,孕育了共同的文化特质。这些都在闽台的文学中反复地折射出来。而闽台文化之间的深厚渊源,更由历代作家的创作和文学活动所体现。而这,正是本书将要详细叙述的内容。

第一章 海洋意识和遗民忠义传统
——明郑前后闽台文学的初步遇合

第一节 抗倭靖海 眺望台湾

一、海洋：开阔中国传统文人的视野和心胸

《山海经》中有"闽在海中"、"瓯在海中"的说法。显然，远古时代在黄河流域创造农耕文明的先民们，遇到一些从南方海上驾舟漂航而来的人们，称为"闽"，因此有了"闽在海中"的印象和传闻。种种历史资料表明，当时生长、活动于中国大陆东南沿海的古闽人和闽越族，便是习水便舟、敢于向海洋讨生活的族群。晋、唐间北方汉族移民从陆路上大举入闽，将原住族群同化、融合于华夏民族之中，同时也接受、吸收了原住族群的海洋文化传统。当然，一种"文化"的形成，不仅在于"血缘"，或许更在于"环境"的作用。在族群互动中成为福建民族主体的汉族人，尽管他们原以农耕为本，但身处背山面海、地狭田瘠的特殊地理环境，也逐渐形成了新的"以海为田"的发展模式。在这里，"海洋"有如农耕者的"田亩"一般，成为人民赖以生存的根本。汉唐之际，福建"以海为田"模式的主体是海洋捕捞；五代以后，"以海为田"由海洋捕捞型为主向海洋运输、海洋商业型为主转换，福建的海外贸易纳入"海上丝绸之路"的循环运作之中；宋元之际，泉州超越广州成为东方第一大港。明清两代，福建沿海"民业全在舟贩"，"多赖海市为业"，"以船为家，以海为田，以贩蕃为命"，"浮大海趋利，十家而九"。因应"地理大发现"后西方海洋势力闯入东方传统贸易圈的挑战，闽人在海洋交通和海外贸易之外，更加上了海外移民这一新的发展方式。厦门也因作为海外通商口岸和海

外移民的主要出发地,而迅速成长。①

其实,"闽在海中"只是一种朦胧的、文化的描述,"台在海中"才是真确的、地理的现实。一道时浅时深、时狭时宽的海峡,表面看来将闽、台隔开,其实却是将它们紧紧地连在一起,并在共同的"以海为田"生产方式下,孕育了台海两岸人民共同的海洋文化意识。考古学和民族学发现,台湾最早的住民,即是远古时代通过海上陆桥或乘舟渡海从大陆来到台湾的。现在台湾的"原住民",其先祖乃中国大陆南方的百越民族,其文化底层属于海洋文化(采凌纯声说法)。唐朝元和年间进士施肩吾的被视为描写台澎最早的文人诗的《澎湖屿》,以中土文人之眼,观看海岛民俗风情,勾勒了居住澎湖的台湾古代住民"以海为田"、在海上生产劳动的情景,诗云:

腥臊海边多鬼市,岛彝居处无乡里;
黑皮少年学采珠,手把生犀照咸水。

虽然有人对它所写是否台湾海峡上的澎湖列岛有异议,但从施肩吾的另一首《送人南游》诗中,可知施肩吾对于闽台地方的山川地理、民俗风情确实十分兴趣,亦颇为熟悉。诗云:

见说南行偏不易,中途莫忘寄书频;凌空瘴气堕飞鸟,解语山魈恼病人。闽县绿娥能引客,泉州乌药好防身;异花奇竹分明看,待汝归来画取真。

看来作为一个秉性好游的文人,施肩吾应亲自到过闽东南和澎湖一带,而且使他最感兴趣、印象也最为深刻的,是这一带富有海洋气息的特殊文化景观。

宋代大诗人陆游先后两次宦闽,第一次是33岁初入仕途时为宁德县主簿,旋调任福州决曹。在福州时间也不长,但就是这短短的时间,使陆游有机会亲炙大海,开阔心胸,并给他留下了终生难忘的印象。当时即有《航海》、《海中醉题,时雷雨初霁天水相接》等诗,此后陆游先后在枢密院、镇江、夔州、南郑、嘉州、成都等机构或地方任职,不时忆起当年航海的情景。《感昔》诗云:"行年三十忆南游,稳驾沧溟万斛舟;尝记早秋雷雨后,柁师指点说流求。"远处朦胧间载沉载浮的"流求"(台湾),给了诗人无限的遐思和向往。又有《步出万里桥门至江上》诗云:

---

① 杨国桢:《闽在海中》,南昌:江西高校出版社1998年版,第2~5页。

久坐意不怿,掩卷聊出游。一筇吾事足,安用车与驹。浮生了无根,
两踵蹑百州。常忆航巨海,银山卷涛头。一日新雨霁,微茫见流求。……
万里桥在今四川华阳,当陆游局促屋内颇感烦闷时,往日在大海风涛中乘风
破浪,极目远眺台岛的回忆,使诗人的郁悒心怀顿得纾解。从这里也可看出
平时多处于内陆的古代中国文人,一旦见到"海洋",其内心引起的激荡和留
下的深刻印痕。

到了明代,倭寇屡犯中国东南沿海;随着15世纪末的"地理大发现",西
方列强东来,对中国东南沿海及其岛屿亦虎视眈眈,骚扰强占,中国军队多了
一项抗倭靖海的重任。而前来闽浙粤沿海一带任职的官员,必然要对海洋多
加关注,也有了与海洋多加接触的机会。明弘治三年(1490)任福建兴化知
府的王弼,有《海上点兵观海有作》诗收于《重修兴化府志》。和陆游相似,
作者的心胸因海洋而开阔,诗云:

平生狭量等蜗牛,今日鸡冠临九州。大地茫茫宁有外,百川浩浩总
归流。云收岛屿依稀见,日暖鱼龙自在游。极目大东青一点,问人云是
小琉球。

二、中国"海战文学"的滥觞

明朝后期闽浙粤沿海军民的抗倭斗争中,出现了几位闽籍的抗倭诗人,如
张经、俞大猷、陈第等。素有"俞龙戚虎"之称的俞大猷(1503~1580),字志
辅,号虚江,福建晋江河市人,10岁移居泉州北门。20岁时弃文习武,先后于
乡试中武举人,于会试列武进士第五名。其一生南征北战,外抗倭虏,内剿奸
佞,功勋卓著,但其仕途并不顺利,或因位卑职微,意见难被采纳;或为奸臣陷
害而落职、系狱。其《饮马长城窟》一诗,慨叹"生身不为世轻重,生不如死
死何埋",提出"天地正气人须禀"、"自许慷慨志犹存",希望有朝一日"复当
饮马长城窟"[①],实现其护国安民壮志,充溢着闽人一脉相承的一股忠义耿介
之气。

俞大猷率军统兵有两个特点,似乎都与他身为闽人有关。一是自幼师承
程朱理学,体现了以仁义治军的儒将风度。晋江李杜所撰《征蛮将军都督虚

---

① 转引自庄晏成主编:《泉州历史人物传》,厦门:鹭江出版社1991年版,第261页。

江俞公功行纪》写道："公为将,未事之先,则心周万全之算;既事之后,则每垂悠久之虑",故于安南、琼黎、东倭、三苗、五岭,皆有善后之长策,可百世因之,"其周万全之算以底事成绩,则古之名将盖多有之;其每垂悠久之虑以戢乱兴治,则其用心非儒者不能也";进而指出俞氏的思想来源于"固守宋儒传注,不为他说所易","所谓立马读《易》者","学莫非兵,而论兵莫非《易》",亦即在于治军行事均恪守儒家的忠、义、仁、信准则,并将易经中的思想用于兵法之中。① 这应与将军从小沐浴于号称"紫阳过化之区"的泉州那浓郁的朱熹理学氛围中有关。

俞大猷的另一个特点是擅长于水战、特别是海战。对此俞大猷颇为自信和自觉。他曾对另一抗倭名将戚继光说道:贼溃去必走海,他日,复为闽患,"今当以陆战为公功,吾率艨艟待之于海上耳"。倭寇陆上败后,果然不出所料,跳海夺船,为俞大猷擒斩沉溺不可计数。其《短歌行赠武河将军擢镇狼山》诗云:

> 三尺雕弓丈八矛,目底倭奴若蚍蟒。一笑遂为莫逆交,剖心相示寄生
> 死。君战蛟川北,我战东海南;君骑五龙马,我控连钱骢。时时戈艇载左
> 衊,岁岁献俘满千百。②

所谓"君战蛟川北,我战东海南"、"时时戈艇载左衊"等,似乎有了与战友分工合作,各发挥所长之意。

俞大猷不仅善海战,而且将之提到海防战略的高度上来认识。他认为:"贼海来,当以海舟破之,若我专备于陆,贼舟舍此击彼,我不胜其备,贼不胜其击,逸在彼而劳在我,非计也,宜多集海舟击之。" 长期的抗倭海战生涯,使他充分认识到水军建设和武器装备在海防斗争中的重要作用,因此他主张要优先发展水军,使之常居十之七,陆兵常居十之三。他悉心研究过战船的运用和风潮水势的变化,认为倭患由海上而起,"防倭以兵船为急","攻倭长技,当以福建楼船破之";又称"海战无巧法,只在知风候,齐号令,以大胜小,以多胜寡耳"③。此外,还提出了以"游兵"分伏海岛,乘敌初至而击之,遏敌于

---

① 蒋夏雨主编:《俞大猷研究》,厦门大学出版社 1998 年版,第 61 页。
② 转引自陈庆元《福建文学发展史》,福州:福建教育出版社 1996 年版,第 347～348 页。
③ 李杜:《征蛮将军都督虚江俞公功行纪》,俞大猷《正气堂集》卷首,转引自黄顺力《海洋迷思》,南昌:江西高校出版社 1999 年版,第 93～95 页。

"大洋之外"的海防方略。闽人重视海洋、熟悉海洋,擅长在大海中搏击,弥补了一般来自内陆的官员、将士擅长陆战,却忽略了海战的缺陷,俞大猷可说是一个典型。

俞大猷有《舟师》一首写水师海战及胜利归来的盛况和豪迈气概:

> 倚剑东溟势独雄,扶桑今在指挥中。岛头云雾须臾净,天外旌旗上下翀。队火光摇河汉影,歌声气压虬龙宫。夕阳景里归篷近,背水阵奇战士功。[①]

像这样的诗作,其特殊的文学史意义也许在于:它开创了中国海洋文学中"海战诗"的新类型。在此之前,以海洋为题材的作品并不少见,写江河湖泊中的水战的,也非绝无仅有,但这样直接描写海战的,似乎很难找到先例。这首诗写得场面壮阔,气势宏伟,充溢着一股势不可挡的豪放气概,是一首气壮山河的胜利凯歌。这样的格调、气势为后来的抗倭"海战诗"广为延续,甚至施琅平台时的"海战诗",也还保持着类似的意象、场面描写和基调。

明万历年间,西班牙、荷兰等西方殖民者的东来,使中国东南海疆的局势更为复杂化,而明朝军队的抗倭作战,也从大陆沿海扩展到台澎地区。或者说,在抗倭斗争中,台澎及其海域已成中国东南海疆防务链中的重要一环。对于打开对华贸易而言,台澎处于不可替代的优越地理位置,因此为西方殖民者所垂涎。17世纪初年,荷人韦麻郎等进据台澎。驻守福建沿海要塞浯屿(金门)、铜山(东山)等地的宁海将军沈有容运筹帷幄,或引兵攻之,或晓谕退之,凯歌连奏。当时有屠隆《平东番记》、陈学伊《题东番记后》等,记载其事甚详。

屠隆《平东番记》首先叙写了东番(台湾)"横亘千里,种类甚繁"、"华人商渔者,时往与之贸易"的景象,而这种安居乐业的情境,受到倭寇的侵扰和荼毒,甚至将台湾作为骚扰中国大陆东南沿海的基地:"顷倭奴来据其要害,四出剽掠,饱所欲则还归巢穴,张乐举宴为欢;东番莫敢谁何,灭迹销声避之。海上诸汛地东连越绝,南望交广,处处以杀掠闻。"当时前后任福建巡抚金、朱二公颇"患之",闻沈有容威名,为抵抗倭寇入侵,起用他为浯屿(金门)

---

① 俞大猷:《舟师》,《正气堂续集》,道光二十三年味古书室藏版,厦门博物馆等1991年重印,第376页。

偏将军,令剿东番倭。沈有容掀髯奋臂起曰:"报国酬知,此其时矣",乃暗中部署战舰、兵仗、糗粮,"虽内而妻孥、外而亲信左右,绝不知其有事东番也"。当时正值腊月,并非出海的好天候,因此"诸将及舵师皆有难色",出发时,将军"登舵楼,望遥山,有黑云一片方起,心知是风征也",但仍决意出征。至夜,"果大风,巨浪滔天,众舰漂散,各不相顾",第二天出发时,仅剩十数艘。沈有容心想"破贼立功,止须此足矣",遂"与潮俱没,与潮俱出,万死一生乎而不挫毛发锐气"。从澎湖又行一日夜,才抵东番(台湾),倭奴已望见我军,出舟迎敌,"将军率诸将士殊死战,无不一当百;贼大败,尽出辎重投之于海令我军拾,而姑少缓师。我军无一人取其秋毫,战益力,斩馘火攻,须臾而尽"。胜仗后,"东番夷酋扶老携幼,竞以壶浆、生鹿来犒王师,咸以手加额,德我军之扫荡安辑之也"①。该文将沈有容率军渡海破倭的情境写得有声有色,展现了中国军队为保卫疆土和人民,乘风破浪,英勇杀敌的气概,以及军纪严明,以国家、民族利益为先,不为敌所利诱的品德,同时也写出了少数民族同胞对于征台扫除异族侵入、恢复他们安定生活的本国军队的感激和爱戴。

沈有容凯旋后,闽、浙政要纷纷以诗酬赠,沈有容辑其诗为《闽海赠言》。闽人感其靖海之功,亦多作诗颂之,并表达了处于海之滨的闽人保持海洋安宁的愿望。如福清诗人林古度作《沈将军歌(有引)》,开头云:

> 我闽滨海倭常犯,每一乘风城乃陷。当时元帅戚公来,生我生灵百千万。今其事久倭复强,用兵太息无其方。宛陵将军沈宁海,为国家忘身亦忘。未至闽时事孔急,闽城黯黯闭白日。将军下马城洞开,便宜行事谁能及。驾海楼船天地光,歼倭歼寇东番洋。有时不欲事屠戮,舌退红夷韦麻郎。……

诗的最后则写将军解甲还乡,仍"默默犹为我闽虑",而闽人则勒石铭记其功勋。又有傅钥(字希准,号山人)作《破倭东番歌》、《赠沈将军东番奏捷》等诗。明万历进士、以所编撰《闽书》闻名的福建晋江人何乔远以诗和之,其《破倭东番歌和傅山人韵》诗云:

> 穷冬晦节沉海月,将军杀气连宵发;贼毚无处归东韩,风骢不得奔南

---

① 屠隆:《平东番记》,沈有容辑《闽海赠言》卷之二,《台湾文献丛刊》第56种,"台银"1959年版,第21~22页。

粤。闽海尽头别种番，此辈久此栖游魂；虎狼无声假窟穴，蛟龙有怒难
并吞。将军杀贼贼血涌，番种遥观皆神竦；若电不啻刀箭锋，如山一涯
波涛拥。船头顷刻便成功，平野坐笑须九攻；酋长鹿麛三日献，颈腰蚁
虱一朝空。红帕缠肩花插颡，脔牛行酒使君赏，将军宴罢宁不喧，我辈
座客英风上 ①。

这两首诗均既写出沈有容以水军破倭杀敌、平靖海氛，比起陆军更显得气势
如虹，所向披靡；同时也写出了台湾土著居民因明朝军队驱除了倭寇，而盛情
犒军的情形。可说中土王道，随着破倭功成而再次播迁台湾。

　　与上述颂扬沈有容的诗歌有所不同的，与沈有容同舟往台湾剿倭的陈第
所作《泛海歌》二首，其一云：

　　　　水亦陆兮，舟亦屋兮。与其死而弃之，何择于山之足、海之腹兮！②
意谓戍边抗倭，或者战死于山之足，或者葬身于海之腹，是不必加以计较选择
的，表现其保家卫国、视死如归的坚定信念，可说亦是一首杰出的"海战诗"。
而将大海和舟船视为陆地，即使以"海之腹"为丧身之地也在所不惜，这或
许是滨海之闽人才会有的一种情怀。陈第为福建连江人，集名将、旅行家、诗
人和古音韵学家等身份于一身。其征倭归来所作《东番记》，被视为"明际
亲临本岛目击本岛情形者所遗之最早文献"③。

　　撰写了大量的抗倭诗篇，其中包括不少"海战诗"的，还有平日驻守福建
海防，长期担负抗倭使命的将士。明万历二十五年（1597）任南路参将、驻
中左所（今厦门）的施德政，有题于厦门醉仙岩壁上的《征倭诗》，写道：

　　　　偏师春尽渡澎湖，圣主初分海外符；鼙鼓数声雷乍发，舳舻百尺浪
　　平铺。争传日下妖氛恶，哪管天边逆旅孤；为道凯歌宜早唱，江南五月
　　有莼鲈。
九年后的明万历三十四年（1606），担任同样职务的李楷，有《和前韵（征倭
诗——醉仙岩题壁）》诗云：

---

　　①　林古度《沈将军歌》和何乔远《破倭东番歌和傅山人韵》，见《闽海赠言》第78～79页和
第62页。
　　②　转引自方豪：《陈第〈东番记〉考证——附论〈闽海赠言〉》，《方豪教授台湾史论文选
集》，台北：捷幼出版社1999年版，第303页。
　　③　方豪语，转引自中国社科院文学所编《台湾爱国文鉴》，北京出版社2000年版，第10页。

樗才自分老江湖，袜线深惭佩虎符；舳舰森森鲸浪静，旌旗猎猎阵云铺。风生画角千营壮，月照舟心一剑孤；主德未酬倭未灭，小臣何敢辄思鲈！

越明年，又有同一职务的继任者徐为斌的《和前韵（征倭诗——醉仙岩题壁）》，其诗云：

闽南要路险澎湖，元将专担靖海符；万里艅艎莹斗列，蔽空旗旆彩霞铺。鱼龙吞气烟波定，蜃螘驰魂窟穴孤；天子纶音勤借箸，哪思莼菜与江鲈！

这三首出自三位先后担任同一官职者之手，前后跨越十年之久的唱和之诗，写出了当时中国舟师出征时千船齐发，旌旗蔽空、鼙鼓雷发、鱼龙吞气的雄壮景观，同时也写出了厦门和台澎在抗倭斗争中互成犄角的战略关系，以及一拨接一拨的戍边将士以驱除倭患为己任的勇气和决心。

据连横《台湾诗乘》载：天启二年（1622），荷人再乞互市，明廷不许，遂据澎湖。四年春，福建巡抚南居益遣总兵俞咨皋（为俞大猷之子）讨之，荷人大败，擒其将高文律，斩之以徇。八月，荷人请和，乃去澎湖而入台湾。是时居益至厦门，调集水师，筹军务，故有视师中左所（即厦门）之诗两首。其一云："寥廓闽天际，纵横岛屿微。长风吹浪立，片雨挟潮飞。半夜防维檝，中流谨袽衣。听鸡频起舞，万里待扬威。"其二云："一区精卫土，孤戍海南边。潮涌三军气，云蒸万灶烟。有山堪砥柱，无地足屯田。貔虎聊防汛，蛟龙借稳眠。"连横称：此诗第一首仅言驻厦用兵之事，而第二首则言澎湖之险要。"有山"、"无地"两句，可作一篇防海论。①

中国诗歌历来有写陆军威仪的，而写海上舟师之豪迈气势的，明朝后期之抗倭"海战诗"或为其开端。这不能不说是闽地作者为中国文学所作出的一个特殊贡献。

从上述可以看出，闽地作者具有较强烈的海洋文化意识，由于地处海疆，唇齿相依，闽台自古就有紧密的联系，在遭受外来骚扰、掠夺和欺压方面，有着相同的遭遇（如同受倭寇之扰就是一例），并在反抗外来侵略的斗争中，培

① 连横：《台湾诗乘》卷一，《台湾文献丛刊》第 64 种，"台银"1960 年版，第 2 页。

养起极为强烈的民族精神和抗争精神。这是福建文学的内在精神主轴,同时也是此后台湾文学发展的出发点和基点。

第二节　遗民气节　一脉相承

一、郑成功父子的创作及宁靖王之绝命诗

从地缘战略的角度看,闽台具有唇齿相依、互成犄角的关系,狭长的海峡,其间又有金门、澎湖列岛等岛屿,犹如一条纽带,将二者紧密地连接在一起。当有海外敌国入侵时,台湾往往首当其冲,而福建成为台湾军民反抗外来侵略的后方根据地。反过来,当中国内部北人南侵、改朝换代之时,地处东南边陲的闽地,又常首先成为旧朝延绵图复的基地,而台湾则又成了福建的可供回旋的大后方。明末的情形即是后者。公元 1644 年崇祯皇帝缢死煤山,清朝建立,但以南明政权为代表的明朝残余势力和以大顺起义军为代表的农民武装,仍在顽强地与清政权周旋。1645 年 8 月,郑芝龙等在福州拥立唐王朱聿键,建立了隆武政权。郑芝龙之子郑森谒见隆武,备受恩宠,赐国姓朱,改名成功。1646 年 9 月,清军入闽,芝龙降清,成功与其父分道扬镳。1647 年 1 月,郑成功在烈屿(今小金门岛)誓师起兵,1650 年夺取了厦门,从此以厦、金为主要基地。1654 年,永历帝朱由榔册封郑成功为延平王,成功辞不敢受 [①]。1659 年,郑成功出师北伐,舟师直捣长江后,功败垂成,退回厦门。由于抗清斗争走向低潮之后,厦、金弹丸二岛显得回旋余地太小,粮饷来源、家眷安顿均成问题,因此亟需开辟一理想的抗清延明基地:"我欲平克台湾,以为根本之地,安顿将领家眷,然后东征西讨,无内顾之忧,并可生聚教训也",同时也出于驱逐据台之荷兰人、恢复先人故土、维护海商集团利益等需要,郑成功遂于 1661 年率部进军并收复台湾。[②]

郑成功(1624~1662),初名森,字明俨,福建南安石井人。他从小接受传

---

① 据陈孔立主编《台湾历史纲要》,郑成功有生之年,对延平王称号一直未予使用,而采用"招讨大将军"的名义发号施令,其继任者郑经和郑克塽也都是使用"招讨大将军"的名义管理台湾。

② 参见陈孔立主编:《台湾历史纲要》,北京:九洲图书出版社 1996 年版,第 73~77 页。

统的儒家教育,曾入国子监肄业,又拜钱谦益为师,钱氏字之曰"大木"。现存当时所作之诗有《春三月至虞谒牧斋师同孙爱世兄游剑门》、《越旬日复同孙爱兄游桃源涧》(二首)等,钱谦益曾评曰:"声调清越,不染俗氛,少年得此,诚天才也!"被时人称为"瞻瞩极高"的桃源次首诗云:

> 孟夏草木长,林泉多淑气。芳草欣道侧,百卉旨郁蔚。乘兴快登临,好风袭我襟。濯足清流下,晴山绿转深。不见樵父过,但闻牧童吟。寺远忽闻钟,杳然入林际。声荡白云飞,谁能窥真谛?真谛不能窥,好景聊相娱。相娱能几何?景逝曾斯须。胡不自结束,入洛索名姝。

诗文确有一种清新脱俗的灵气,一种窥透世相的深度和超脱坦荡的胸怀。钱谦益为明末诗坛领袖人物,亦为东林党人,曾短期仕清,但仅6个月即辞职,秘密抗清。当郑成功出师北征,钱谦益闻讯,和少陵秋兴诗以张之。郑成功师事钱氏,由此与当时代表明诗极高成就者发生了关系,不仅将在艺术上受益,同时东林精神,应从少年时代起就对其有所影响。

郑成功秉承忠孝仁义的儒家正统思想,面对父亲降清的事实,常产生"忠孝不能两全"的复杂心态和痛苦。其《陈史部逃难南来,始知今上幸缅甸,不胜悲愤;成功僻在一隅,势不及救,抱罪千古矣》(二首),其一写"忠",其二重在难以达成之"孝",诗云:"天以艰危付吾俦,一心一德赋同仇。最怜忠孝两难尽,每忆庭闱涕泗流(太师为满酋诱执,迫成功降,再四思量,终无两全之美,痛愤几不欲生;惟有血战,直渡黄龙痛饮,或可迎归终养耳,屈节污身不为也)。"郑成功"痛愤几不欲生",但仍是抱定先尽忠而后尽孝,"屈节污身不为也"的准则,其气节令人感动!

北征南京途中,郑成功的诗作充满进取的精神。《晨起登山踏看远近形势》应为率兵至南京城外,登山踏查形势之作,诗云:

> 旭日东升万壑明,高林秋爽气纵横。
>
> 千峰无语闲云过,瀑布湍飞系我情。

作者将自己的感情移入景物之中,使自然之物,仿佛都有了人的思想感情,寄托着临战前的满怀豪情。本来静者爱山,动者爱海,作者虽是登山察看地形,但他看到的,更多的是云气蒸腾、"旭日东升"、"瀑布湍飞"等动的景象。郑成功本属海洋之子,这应是他内心充满进取、拼搏之情的流露。更为气势磅礴的是《出师讨满夷自瓜州至金陵》。诗的前两句写十万大军祭奠太祖先帝

的盛大肃穆的气象及队伍出征时气吞山河的雄壮阵势,后两句则表达收复失地,恢复旧朝的决心。诗云:

> 缟素临江誓灭胡,雄师十万气吞吴。
>
> 试看天堑投鞭渡,不信中原不姓朱。①

由于郑成功受儒家思想影响极深,心存仁厚,听信对方守将的诈降缓兵之言,招致失败。此役震动整个江南,出现不少歌咏此役的诗文。如卢若腾《金陵城》诗云:

> 金陵城,秦汉以来几战争,战胜攻取有难易,未闻不假十万兵。闽南义旅今最劲,连年破虏无坚营。貔貅三万绝鲸海,直溯大江不留行。瓜步丹徒鏖战下,江南列郡并震惊。龙盘虎踞古都会,伫看开门夹道迎。一朝胡骑如云合,百战雄师涂地倾。金陵城,城下未歇酣歌声,芦苇丛中乱尸横。咫尺孝陵无人拜,人意参差天意更。单谷不能知彼己,犹是常谈老书生。

此诗写出了郑成功军队的特色,在于有强大的水师海军,所谓"闽南义旅今最劲,连年破虏无坚营。貔貅三万绝鲸海,直溯大江不留行"。郑成功北伐是以强大的舟师自金、厦沿海北上,直达长江口,自长江口登陆后,再以水、陆两军并行溯江而上,直捣南京。这在中国战争史上,恐无先例。而这种战术安排,植根于闽南海洋文化之中。这也是郑成功后来在大陆陷入困境时,能够将其战略目标转向海岛台湾的原因。身为金门人的卢若腾深知这一特点,在诗中加以反映,同时也指出了郑成功因其儒者性格而抱书生之仁的咎失。

1661 年,郑成功率领将士两万五千人,自金门出发,经澎湖,入鹿耳门,克赤嵌城,荷兰人退至热兰遮城,负隅反抗。其间,郑成功致书荷兰总督揆一,劝其投降。该文写得义正词严,铿锵有声,动之以人之常情,显得有理而又有节。文章首先说明我军几次劝降,乃是顾及双方人民性命:"执事率数百之众,困守城中,何足以抗我军? 而余尤怪执事之不智也。夫天下之人固不乐死于非命,余之数告执事者,盖为贵国人民之性命,不忍陷之疮痍尔。"郑成功明确指出:"然台湾者,中国之土地也,久为贵国所踞",表示:"今余既来索,则地当归

---

① 本节中郑成功和郑经的诗引自《延平二王遗集》(清抄本),见杨家骆主编《铁函心史·延平二王遗集》,台北:世界书局 1962 年版。

我,珍瑶不急之物,悉听而归",宣布我军入城之时,将"严饬将士,秋毫无犯,一听贵国人民之去"①。这封信柔中有刚,既坚持了原则,又表现出一定的灵活性,体现出郑成功较高的政治素质。收复台湾后,郑成功最脍炙人口的诗是《复台——即东都》。诗云:

> 开辟荆榛逐荷夷,十年始克复先基。
>
> 田横尚有三千客,茹苦间关不忍离。

这是一首在台湾文学史上具有重要意义的诗,因它首次使用了"田横"这一典故。田横本为秦末齐国贵族,楚汉相争时自立为齐王,率徒党五百人逃亡海岛。汉高祖刘邦遣使招降,命其赴洛阳,田横不愿称臣,途中自杀,留在海岛的徒众闻讯,亦全部自杀。郑成功这里用它代表一种忠于旧朝,宁死不肯降敌的"遗民"气节,为此后数百年的台湾传统诗文广为沿用。特别是在像乙未割台、异族入侵这样的时刻,有着极高的使用频率,台湾文人们用它来表达宁愿为国死节,也不愿生而向异族称臣的忠义精神。

郑成功之子郑经(1643~1681,字式天,号贤之、元之)在父亲去世后,既承续了父亲的事业,也像父亲一样,频频在诗文作品中表达其遗民忠义精神。其《痛孝陵沦陷》诗云:

> 故国河山在,孝陵秋草深。
>
> 寒云自来去,遥望更伤心!

父殁后,他在陈永华等的辅佐下,悉心经营,保持了台湾 20 年的相对稳定。然而,他未曾想将台湾当做偏安一隅的"独立王国",而是念念不忘抗清复明,恢复汉官仪的事业。明朝为清所亡,是他心中永远抹不去的愤恨和遗憾。1674 年,郑经曾应靖南王耿精忠之邀,会师北伐,刘国轩率部连下漳、泉、海澄等城镇,1680 年北伐又告失败。这一年,清将赉塔曾写信给郑经,称:"……今三藩殄灭,中外一家,豪杰识时,必不复思嘘已灰之焰,毒疮痍之民。若能保境息兵,则从此不必登岸,不必薙发,不必易衣冠,称臣入贡可也,不称臣入贡亦可也。以台湾为箕子之朝鲜,为徐福之日本……"②,实际上有意将台湾当做藩属处理。但这并未被郑经所接受,因他似乎无法放弃重返大陆、反清复

---

① 此信引自中国社会科学院文学研究所主编:《台湾爱国文鉴》,北京出版社 2000 年版,第 18～19 页。

② 赉塔:《与郑将军书》,台湾《台湾诗荟》第 3 号,1924 年 4 期,第 168 页。

明的意图。其《满酋使来，有不登岸、不易服之说，愤而赋之》所写的，正是这件事，诗云：

　　　　王气中原尽，衣冠海外留；

　　　　雄图终未已，日夕整戈矛。

　　近年来学术界发现了一部可靠、重要的完整原始资料——刊于 1674 年（刊地极有可能是泉州）的郑经的诗集《东壁楼集》。全书 186 页，共 480 首诗。其中反映作者心中最大的政治志业的多首诗作，"充满了痛明反清，待时恢复的志概"，"透露了郑经在台湾谋求聚养待时，复仇雪耻，驱逐满清，澄清天下，救民水火的一贯志向"。① 如《悲中原未复》七律诗云：

　　　　胡虏腥尘遍九州，忠臣义士怀悲愁。既无博浪子房击，须效中流祖逖舟。故国山河尽变色，旧京宫阙化成丘。复仇雪耻知何日，不斩楼兰誓不休。②

　　明郑时期可歌可泣的遗民事迹，还有宁靖王朱术桂及其五妃死节事。据清乾隆三十一年（1766）纂修的《鹭江志》记载：术桂字天球，号一元子，明宁靖王。南都破，挈其妃寓岛上，葛衣幅巾，如未尝有爵禄者。善书画，有求辄与，后移寓台湾。癸亥，郑氏归诚，王与其妃皆自经，作绝命词曰："慷慨空成报国身，厌闻东土说咸宾，二三知己惟群嫔，四十余年又一人。宗姓有香留史册，夜台无愧见君亲，独怜昔日图南下，错看英雄可与论。"③ 此诗对郑经子郑克塽降清颇有微词。而流传更广的另一首《绝命诗》则为：

　　　　艰辛避海外，只为数茎发。

　　　　于今事已毕，祖宗应容纳。

最后一句有的版本为"不复采薇蕨"，用的是伯夷、叔齐耻食周粟，逃往首阳山，采薇而食的典故，而这一常用典故所代表的仍是遗臣、遗民气节。此诗虽浅白易解，但知其来历者，当会为其所蕴含的深厚历史内涵和忠义气节所感动。据言，1683 年施琅破澎湖，郑克塽议降。术桂决定与明朔共亡，召告姬妾

---

　　① 朱鸿林：《郑经的诗集和诗歌》，《明史研究》第四辑，合肥：黄山书社 1994 年版。该文并认为传世清抄本《延平二王遗集》中，"元之"名下的 12 首诗歌并非郑经之作或至少并非郑经第一次居台期间之作。

　　② 郑经：《东壁楼集》卷四，第 4~5 页。

　　③ 见薛起凤主纂、江林宣等整理：《鹭江志·流寓》，厦门：鹭江出版社 1998 年版，第 71 页。

表明心意,并称:"孤死有日,若辈幼艾,可自计也。"姬妾五人对曰:"殿下既能全节,妾等宁甘失身?"遂同自缢,术桂各为放下收殓。次日,冠裳束带,佩印绶,以宁靖王印交克塽,再拜天地祖宗之灵,与诸当事及左右邻老从容言别辞行,归府书绝命词,从容自缢。连横在《台湾诗乘》中评说道:"绝命诗一章,凄凉悲壮,读之泪下。"其感人的力量,就在那忠义报国的遗民气节。宁靖王和五妃的殉节,后来成为台湾文学史上永恒的诗篇,不论游宦诗人或本土诗人,几乎皆有诗篇歌咏其人其事,是咏史诗中,仅次于郑成功的重要题材。[1]

二、闽台源远流长的"遗民文学"传统

历史常有着惊人的相似之处。当某种历史精神贯入地缘,成为一种积淀于民性中的深层心理结构或曰"集体潜意识",就会在该地的历史进程中反复上演相似的一幕。延平王郑氏和宁靖王等充满遗民忠义气节的创作的出现,并非偶然。至少从宋末开始,福建就建立了"遗民文学"的传统。以郑思肖、谢翱为代表的宋末闽人"遗民文学",其对故国旧朝忠贞不贰的气节和精神不仅在明末"遗民文学"中得到承续和光大,对于此后经受特殊历史遭遇的闽台人民(包括清朝末年遭割地之变的"弃地遗民")及其文学,都有着深远的影响。

福建在宋末和明末,情况似乎颇为相似。1276年正月,元兵进入杭州,三月,虏宋之皇帝、太后等北归。五月,益王昰在福州即位。十一月,元兵入闽,时复出任益王的参知政事的福建兴化人陈文龙,倾家资募义军,制"生为宋臣""死为宋鬼"两面大旗,立于军门之前和城楼之上,率兵死守兴化,城破被俘,即日绝食,押解至杭州,抵岳坟拜谒岳武穆神像,痛哭流涕,当晚气绝身亡。[2] 在途中曾作《被执至合沙诗寄仲子诀别》诗云:

> 斗垒孤危弱不支,书生守志誓难移。自经沟渎非吾事,得死疆场是此时。须信累臣堪衅鼓,未闻烈士树降旗。一门百指沦胥北,惟有丹衷

---

① 陈昭瑛:《台湾诗选注》,台北:正中书局1996年版,第44页。
② 黄金松:《抗元民族英雄——陈文龙》,金文亨主编《莆田历史文化研究》,厦门大学出版社1996年版,第149页。

天地知。①

诗表白了在国家危亡之时,诗人不想自杀,更不愿投降,随时准备以死报国的决心。像这样在宋亡后,无法认同新朝而采取不合作的态度,在诗文中直接或曲折地表达对新朝的愤恨或对故国的怀恋、哀思之情的闽籍遗民作家,还有黄公绍、陈普、熊禾等,但反抗最烈、态度最坚决、对旧朝忠贞不贰、给予后代最大影响的,应属谢翱和郑思肖二人。

谢翱(1249~1295),字皋羽,晚号宋累,又号晞发子,福建霞浦人,编著有《晞发集》、《天地间集》等。1276年,临安陷落,益王即位,七月文天祥开府南剑州,"翱倾家赀,率乡兵数百人赴难",辟为参军。1278年,文天祥兵败,于五坡岭被执,1282年在大都(今北京)就义。谢翱先匿于民间,后避地浙东,晚年居杭州,卒于肺疾。此期间,谢翱遍游两浙,1290年,时宋亡已13年,文天祥就义也已8年,谢翱登桐庐富春山西台(西台为当年拒绝东汉皇帝刘秀征召入仕的严光的隐居处),写下了惊天地、泣鬼神的《登西台恸哭记》,哭吊抗元英雄文天祥丞相(为避文字狱,文中以"故人唐宰相鲁公"指代文天祥)。

文记作者于午雨初止之时,登西台,设主跪伏,"号而恸者三",一拜再拜,"泣拜不已"的情景。文中称:"余尝欲仿太史公著《季汉月表》,如秦楚之际。今人不有知余心,后之人必有知余者",透露其难以言传的亡国之痛。明张丁注云:"若其恸西台,则恸乎丞相(按:指文天祥也);恸丞相,则恸乎宋之三百年也",进而将此文比作箕子"忧宗社之音"的麦秀之歌(《登西台恸哭记注》)。谢翱为追悼文天祥所作的诗还有《西台哭所思》、《哭所知》、《铁如意》、《书文山卷后》等。后者写道:"魂飞万里程,天地隔幽明。死不从公死,生亦无此生。丹心浑未化,碧血已先成。无处堪挥泪,吾今变姓名。"② 此外,谢翱还有诗作哭悼其他宋末抗元志士,如《哭肯斋李先生》、《琼花引》、《后琼花引》、《哭广信谢公》等。以"琼花"为题的两首,实为哭扬州诗。当元兵开入宋都临安时,李庭芝以淮东制置坚守扬州,"城中食尽,死者满道",庭芝"令将校出粟,杂牛皮、麯蘖以给之。兵有烹子而食者,犹日出苦战"(《宋史·李庭芝传》)。因此谢翱诗中有"阴风吹雪月堕地,几人不得扬州

---

① 　郑王臣编:《莆风清籁集》卷六,乾隆莆田郑氏刻本。
② 　谢翱的诗文及张丁的注均引自《景印文渊阁四库全书》第1188册,台北:台湾商务印书馆1986年版。

死"，"苍苔染根烟雨泣，岁久游魂化为碧"，"扬州城门夜塞雪，扬州城中哭明月"，"漓漓淮水山央央，谁其死者李与姜"（姜指另一忠烈官员姜才）等句。①这些血泪交迸、恸哭欲绝的诗句中，谢翱将其对壮烈捐躯的爱国忠君志士的敬仰之情与亡国的悲愤和哀痛融为一体，感人至深。

与谢翱等相比，郑思肖的事迹更具戏剧性，其悲愤壮烈，比前者也有过之而无不及。郑思肖（1241～1318），字亿翁（又作忆翁），号所南，这些名、字、号都是后来改的，隐含不忘赵宋故国之意，如"思肖"即"思赵"。他原籍福建连江，出生于临安（今杭州）。父亲郑起一生耿介正直，曾痛斥奸相而银铛入狱，母亲耳提面命"唯学父为法"，这给郑思肖极大影响。他目睹元朝统治者及其军队的暴行，以及南宋朝廷丧权辱国的丑状，痛感报国无门，便开始创作了大量诗文以寄托其满腔的悲愤。在蒙古军南下时，他曾叩阍向太皇太后和幼主慷慨上书，措词激烈，直忤当路，被迫"绝笔砚文史"，一度停止了诗歌创作。35岁后，局势更趋危殆，促使他重拾旧笔，"以道胸中不平事"，顺应心中"不可遏之兴"。直到他43岁那年（1283），南宋灭亡已整整四年，他将其所作诗文（部分早期作品已佚）编为《咸淳集》、《大义集》、《中兴集》、《久久书》、《杂文》、《大义略叙》等，题为《心史》，用蜡封锡匣铁函数重密封，外书"大宋铁函经"五字，内书"大宋孤臣郑思肖百拜封"十字，悄悄沉于苏州承天寺的一口古井中。356年后的明崇祯十一年，偶然被人从井底发掘出来，因此被视为我国历史上的奇书。所奇者，也许不仅在于沉入井中356年而未损，终能重见天日，还在于被发掘出来后过了几年，中国历史又经历了与宋末极为相似的过程。而郑思肖在诗文中表现出来的爱国精神和气节，很快引起明末抗清志士的强烈共鸣，成为对他们的一种精神上的激励。

《大义集》和《中兴集》中的约二百首诗，乃郑思肖身受家国倾亡的惨痛后所作。在他"寓吴陷虏"，"此地暂胡马"之时，仍"朝朝向南拜，愿觇汉旌旗"（《德祐二年岁旦二首》），祈望"厥今帝怒行天刑，一怒天下净如洗；要荒仍归禹疆土，四海草木霑新雨"（《陷虏歌》）。但当二王仓皇浮海南逃，德祐帝被掳北去，诗人痛心疾首，仿陶渊明在晋亡后仍书义熙年号的故事，坚持"诗后唯书德祐年"（《偶成二首》），以示对故国之忠。当局势愈发严重，已至难以

①　详见陈庆元：《福建文学发展史》，福州：福建教育出版社1996年版，第233～239页。

逆转之时,他把 40 首诗的标题"俱以'砺'之一字次第目之",共 20"砺",并表示:"一砺二砺至万砺,盟执牛耳血为誓"(《三砺》);"篇篇字字皆盟誓,莫作空言只浪传"(《八砺》其二)。他反复表示:"一心中国梦","终身只宋民","须知铁铸忠臣骨,纵作微尘亦不休"(《六砺》其三),"天炼精金铸我身,上籀'忠孝'两字文"(《德祐六年岁旦歌》)。他甚至"梦中亦问朝廷事","屡曾算至难谋处,裂破肺肝天地哀";多次想投笔从戎:"未能归赵璧,我不厌干戈"(《写愤四首》其二),"如今好弃毛锥子,望北长驱马一鞭"(《偶成二首》)。他坚信:"汉家天子必中兴"(《南望》),同时对家乡福建的抗元斗争寄予特别的关注和希望:"漳泉数郡屡反正,剩有忠臣野史书"(《十四砺》其一)。除了表达矢志不改之忠宋情怀外,他还认为"权臣持国,士气沮丧,畏祸燃身,相尚卖谀……养成德祐莫大之祸,不可救药"(《自序》),因此在一些诗中怒斥"权奸弄破国"(《励志二首》),痛责那种"马犯金汤即弃关"的投降派,揭露了失节卖身者的丑恶嘴脸:"嗟汝儿女曹,至蠢亦孔丑"(《十三砺》其七),"不知平日读何书,失节抱虎反矜喜"。[1] 另一方面,他又热情歌颂了爱国者,忠臣勇将如文天祥、陈宜中、张世杰、刘师勇等,普通百姓如毛惜惜、陆柔柔等。[2] 联系数百年后的明末情况,不能不使人感叹历史竟是如此相似地重演着!

郑思肖的精神,实际上成为后世闽人(并由闽人而及台人)引以为傲、代代相传的财富,或者说,已成为闽台人民的一种文化精神的积淀。在《心史》发掘出来刚两年(1640),就有张国维捐资刻本和汪骏声刻本二种行世,一时为之作序、跋的多达 20 余人,其中包括闽人林古度和曹学佺。明亡后,在南京建立南明政权的弘光帝又被俘,唐王朱聿健在福州即帝位,改元隆武。这一年(1645)的冬天,闽人洪士恭、方润等将郑思肖《心史》和谢翱《晞发集》合刻刊行。方润《合刻〈铁函心史〉〈晞发集〉叙》云:"凡读书之士,处乎今之世而穆然……辫发易我冠裳,缙绅甘为臣妾……献地堕城,谁复抚膺之恸? 嗟乎! ……夜静鬼语,天凉梦秋,往往与洪子俊先取所南、皋羽二先生若诗若文,咏之歌之。悲风若酸,山月皆苦。感今昔之同时,际乾坤为有

---

① 上述诗句引自陈福康校点:《郑思肖集》,上海古籍出版社 1991 年版,第 23、24、31、35、41、57、59、68、75、76、85、100 页。

② 参见陈福康校点:《郑思肖集·前言》。

恨。"① 洪士恭之合刻本《跋》亦云：

> 所南先生，宋季一布衣耳，运遭阳九，世暗夷氛，犹欲嘘死灰于复燃，回狂澜于既倒；迨数易势穷，赍志而老，时发为诗文，铁函重秘，沉于渊井之中。一往忠愤激烈之气，何其壮哉！四百年来，湮没不彰，一旦发其光怪，泉土不能销蚀，又何神也！尤其不漫出于幸治之时，特见于崇祯烈皇帝之世，乃知先生精爽在天，将以甲申之变，天地昏惨，神鬼痛号，甚至犬羊乱群，羶风扇世，冥冥中能无怒痏？故适显其遗史。所云"一人忠，教百千万人忠；一人孝，教百千万人孝"，先生《盟言》为不朽矣！若皋羽先生之诗文，古穆峻拔……考其出处，仅为文丞相之幕僚，乃能捐赀募士，破家为国，忠诚郁勃，浩然凌霄。至事不可为，自放于山巅水涯间，每一念及，则慷慨淋漓，哭泣悲伤以死。贞烈之性，有足多者夫！二先生皆闽产也。今圣明南御闽邦，文武奋起，扫腥羶而恢区夏，先生之神，实式临之。敬梓以传，俾夫世之读二先生之文者，廉顽立懦，激高风于无穷，即敦古懋修、山林自好之士，亦将有感于斯文。②

这里特别点出了"二先生皆闽产也"，指出铁函《心史》湮没数百年，独于此时重见于世，自有其特殊的意义，明言了"今昔之同时"，"先生之神，实式临之"，并引用郑思肖所言"一人忠，教百千万人忠"之语，道出了郑思肖精神和气节的广为传衍及其在当前的特殊价值。而稍早，崇祯十三年（1640），闽人林古度和曹学佺也曾分别为《心史》写序，而这两位序言的作者，林古度入清不仕，身佩万历钱一枚，以示不忘故国，穷困潦倒，死后无资营葬；曹学佺则于清兵入闽时投缳自尽。此外，像卢若腾在《林子濩诗序》中，也并称郑、谢及《铁函心史》、《晞发集》，称之为"宇内真文字"③，显然读过二者之合刻本。可见，宋末闽籍遗民作家谢翱、郑思肖的忠义气节，为明末的闽台遗民作家所承续，他们的作品，鼓舞并激励了明郑志士的抗清斗争。今人亦有将《铁函心史》与《延平二王遗集》以及黄道周、蔡玉卿夫妇未刻诗稿合而出版

---

① 方润：《合刻〈铁函心史〉〈晞发集〉叙》，《郑思肖集》，上海古籍出版社1991年版，第320页。

② 洪士恭：《合刻郑所南谢皋羽二先生铁函经晞发集跋》，《郑思肖集》，上海古籍出版社1991年版，第321～322页。

③ 卢若腾：《留庵文选·林子濩诗序》，《岛噫诗》，《台湾文献丛刊》第245种，"台银"1968年版，第48页。

者①,说明宋末的郑思肖和明末的郑成功,其眷怀故国、坚持民族认同的精神实一脉相承,为世所公认。

《心史》在清代被视为伪书被禁,直至19世纪末20世纪初,才再一次受到重视。1905年4月,梁启超的校本重刊,梁宣称曾梦寐以求十余年,得之后,"穷日夜之力读之,每尽一篇,腔血辄腾跃一度",甚至梦中呓诵诗句,"咿嘤作小儿啜泣声",并希望通过《心史》这样的书,"超度全国人心,以入于光明俊伟之域,乃所以援拯数千年国脉,以出于层云霜雾之中"②,可见其振奋民族精神的经久不衰的感召力。此后又有闽籍著名作家郑振铎作跋的刊本。郑振铎在《跋》中力辩其非伪,指出所以有人必证其伪者,"盖深恶其骂虏太甚,攻夷太切,嫉胡太深也"。该书"晦三百五十六年而显,显而复晦,至今复二百数十载而始复显"③,显然与当时中国政治、社会革命的需求,有密切的关系。当然,谢翱、郑思肖、郑成功等一脉相承的遗民忠义精神,在遭受日据之苦的台湾,更成为坚持民族气节的文人们汲汲吸取的精神源泉。

第三节 东林后劲 乡愁文学源头

一、海外几社与经世思想的经闽入台

清抄本《延平二王遗集》中,郑经有《三月八日,宴群公于东阁,道及崇、弘两朝事,不胜痛恨,温、周、马、阮败坏天下,以致今日胡祸滔天而莫能遏也;爰制数章,志乱离之由云尔》诗,其二云:

> 锺山巍巍兮,长江洋洋。圣安监国兮,旋正位于南京。内有史阁部之忠恳兮,外有黄靖国之守危疆。苟用人尽当其职兮,岂徒继东晋南宋之遗芳！胡乃置贤奸于不辨兮,罢硕辅而宵小用张。付万机于马阮兮,致宁南之猖狂。任四镇之争夺相杀兮,不闻不问而刑赏无章。妙选之使四出兮,既酗酒而复作色荒。慨半壁之江南兮,已日虑于危亡。元首何昏昏兮,股肱弗良。庶事之丛脞兮,安得黎庶之安康。陈、马使北而无成兮,竟

① 即《铁函心史·延平二王遗集》,台北:世界书局1962年版。
② 梁启超:《重印郑所南心史序》,《郑思肖集》,上海古籍出版社1991年版,第323~325页。
③ 郑振铎:《跋心史》,《郑思肖集》,上海古籍出版社1991年版,第328~329页。

延胡寇以撤防。谋国有如是之乖刺兮,俾腥膻泛澜于四方。致黄唐之胄
裔兮,尽彳亍而彷徨。贤人之不甘污辱兮,蹈东海而远飏。痛恨乎奸谄遗
害无穷兮,迫今兹而强胡虐焰方长。①

该诗简要陈述了当政者忠奸不辨,起用奸邪,摒弃忠良而导致明朝灭亡的原
因和经过,特别指出马士英、阮大铖等的奸恶行为和卖国行径,显示了郑氏与
明末东林及复社、几社的紧密关系。

　　台湾学者盛成于复社和几社对台湾文化的影响,有颇为深入的考究和讨
论。他认为:明太祖自异族手中光复汉土,于是厉行中央集权;甚至废除宰相
制度,以天下为一人之天下。至成祖又编《五经四书性理大全》,于是学问惟
知科第而尽粹词章,其他皆视为伪学一概申禁,以至天下兴亡,匹夫无责。而
在野书院讲学之风仍然不衰。当朝纲不振、阉寺弄权,书院主持清议,学者以
天下为己任,东林尤为一时之主目。此外,明代自阳明学说盛行以后,一般人
"高谈性命,束书不观",万历年间,流弊大著,东林矫之以务博尚实之风。顾
宪成、高攀龙等,讲学于无锡宋代杨时讲学之东林书院,旨在知行兼重,以宋
儒理学,纠正阳明之心学,以天下治乱兴亡为己任,并讽议朝政,由是东林之
名大著。政府中人,为永乐性理大全之信徒,以天下乃天子一人之天下,因而
排斥东林,遂成水火。而在东林清流遭宦官魏忠贤等摧毁的前一年(天启四
年),杨廷枢、张溥等倡立应社于吴中,并力谋推广社事至于全国。崇祯即位,
魏阉伏诛,各地文人,争相结社。崇祯二年,南北各社大会于吴江尹山,合并
为复社。至崇祯十五年,复社社友几遍海内,最多至2255人,招引大忌,而遭
阮大铖等攻讦构陷。至于松江之几社,虽亦加入复社,但仍独立存在。崇祯
五年,几社之人扩至百数,而以徐孚远为宗师。社内同仁陈子龙等,筹印几社
会义集及徐光启《农政全书》六十卷等。时值国家内忧外患之时,他们发出
讨阮之《南都防乱公揭》,声讨卖国贼,宣扬爱国救亡精神。及至北京、南都
先后沦陷,部分复、几两社之领袖如刘宗周、黄道周、陈子龙等,先后以身殉
国,余者由浙海而闽海,由粤桂而黔滇,如张肯堂、徐孚远、黄宗羲、方以智、沈
光文等。②

---

① 引自《铁函心史·延平二王遗集》,台北:世界书局1962年版。
② 详见盛成:《复社与几社对台湾文化的影响》,台湾《台湾文献》第13卷第3期,1962年9月。

　　复社和几社的主张和宗旨，一是"通经复古，务为有用"，反明儒之陋习，认定"经术正所以经世务"，提倡务实的格物致知之科学风气；二是"天下非一人之天下也，天下人之天下也"，因此天下兴亡，匹夫有责，人臣以天下之治乱为己任，"士贵立品"，应先天下之忧而忧，后天下之乐而乐；三是坚持"匹夫不可夺志"，百折不回，死而后已之气节。无论从人事渊源或宗旨主张看，复社、几社与东林都有着密不可分的关系，遂有"东林后劲"之称（王兰泉于杜登春著《社事本末》后按语）。① 须指出，从几社筹印徐光启的书等情况看，几社的经世务实倾向，其实是明末中国资本主义萌芽和科学文化思潮的一朵浪花、一个环节。

　　复社、几社与福建关系密切，特别是南京陷落，南明政权延绵于东南沿海各省之后，其活动重心也随之南移闽台。盛成认为：复社在闽之代表为黄石斋（道周），几社在闽之代表为徐闇公（孚远）。

　　黄道周（1585～1646）为漳浦铜山（今东山县）人，天启二年进士，官至礼部尚书，为人"严冷方刚，不谐流俗"，生当明季，目睹种种时政弊端，"犯颜谏争"，"独立敢言，滨死不悔"，为此曾被廷杖，下诏狱，遭贬谪。甲申之变时，黄道周正在江东（漳州附近），深感明王朝的覆亡事出有因，本拟从此归隐不出，稍后，福王、唐王先后即位，黄道周重燃希望，遂再度出山，以为要固守福建，需以江西北部为屏障，故亲自募兵出征，不料两个月即兵败被俘，押解南京，慷慨就义，可谓"以身许君"、"国亡与亡"，"为一代完节之臣"② 。被捕后作诗三百余首，"一字一涕泪，至今流耿光"（黄任《拜黄石斋先生墓下诗》）。如《时发婺源，赵渊卿职方、毛玄水别驾、赖敬儒、蔡时培二中书相失寄示四章》其四云：

　　　　捕虎仍之野，投豺又出关。席心如可卷，鹤发久当删。怨子不知怨，闲人安得闲？乾坤犹半壁，未忍蹈文山。

诗中以"捕虎"、"投豺"喻指出兵抗清，说明自己所以改变归隐的初衷，乃是因为南明政权仍在，半壁江山犹存，无法不去图谋复国，末句并提及宋末抗元民族英雄文天祥，为其抗清斗争重蹈文天祥抗元失败之覆辙而惋惜，并表明

---

① 详见盛成：《复社与几社对台湾文化的影响》。

② 洪思：《黄子传》，《黄道周年谱》，福州：福建人民出版社1999年版，第128页。

自己效法文天祥死节的心志。又有《发自新安,绝粒十四日复进水浆,至南都示友》五首,其二云:

> 诸子收吾骨,青天知我心。为谁分板荡,未忍共浮沉。鹤怨空山曲,鸡啼中夜阴。南阳江路远,怅作卧龙吟。

作者吐露了有如诸葛孔明一般未能一酬平生壮志的惆怅和遗憾,并表达了视死如归的殉国决心。"诸子收吾骨,青天知我心",读来回肠荡气,义薄九天。①

黄道周实践了复社、几社"匹夫不可夺志"的誓言,得到时人和后人、特别是闽人的崇敬。除了清初福建大诗人黄任对他的称赞外,清代中叶福建硕儒陈寿祺《重编黄漳浦遗集序》中也称黄道周"德性似朱紫阳,气节似文信国,经术似刘子政,经济似李忠定,文章似贾太傅、陆宣公,非独以殉国震耀宇宙"②。这种忠义气节,对于以郑氏为代表的南明臣民或明朝遗民,可为精神上的激励和楷模;其经世思想、道德文章,也有深远的影响。此外,黄道周生前对复社、几社在福建的发展贡献颇多。张肯堂抚闽时,曾至漳浦访黄道周;夏允彝、陈子龙等均出黄氏之门;徐孚远得其书荐,奔赴唐王行在,诏除天兴司事。沈光文亦出自黄道周之门,其"人"其"文","足见复社之神髓"。③沈光文在与顾南金、张名振、卢若腾、王忠孝的唱和诗中,均提及社盟之事。其《有感漫赋》第二首,曾提及三挝阮大铖,而《啸卧亭》一诗,咏俞大猷喜诵"先天下之忧而忧,后天下之乐而乐"之语,慨然慕效之。至其言志之作,如《野鹤》,以及其他常见之诗句如"平生未了志"、"未伸靖节志"、"志欲希前辈"、"用坚饥馁志"、"何敢与人争,志气似难撄"等,都是"三军可夺帅也,匹夫不可夺志也"的气节。④ 黄道周的精神对台湾文化发生作用,其门人沈光文应是途径之一。

徐孚远(1599~1665),字闇公,晚号复斋,江苏华亭人,明崇祯十五年举于乡,与夏允彝、陈子龙等创立几社。明亡后,曾在松江举兵抗清,后奔赴唐王行所,受黄道周、张肯堂等推荐,官至兵科给事中。隆武二年(1646)六月,

---

① 有关黄道周,详见陈庆元《福建文学发展史》第 376~381 页,黄道周的诗作转引自此。
② 陈寿祺:《重编黄漳浦遗集序》,《黄道周年谱》第 273 页。
③ 盛成:《复社与几社对台湾文化的影响》,台湾《台湾文献》第 13 卷第 3 期,1962 年 9 月。
④ 同上。

肯堂受命督师,孚远随之北伐。八月闽溃,郑芝龙降清,孚远与肯堂曾避地舟山。直至顺治八年（1651）,舟山破,孚远随鲁王出奔厦门,于是居闽台 14 年,其中于 1661 年至 1665 年在台湾生活了四年。[①] 在闽时,徐孚远为郑氏叔侄之监军。李瑶纂《南疆绎史撖遗》徐氏传云:"是时,郑成功启疆礼士,雄冠诸岛,海上诸军尽隶之;凡老成耆德之避地者,咸往归之。孚远领袖其间,每以忠义相镞厉,成功娓娓听,至终夕不倦;有大事辄咨而后行。"[②] 其于明郑政权中的地位和作用,可见一斑。

徐孚远在闽台,与张煌言、卢若腾、沈佺期、曹从龙、陈士京等结为诗社,互相唱和,时称"海外几社六子",而闇公为之领袖。连横《台湾诗乘》云:"余读其集,如赠张苍水、沈复斋、辜在公、王愧两、纪石青、黄臣以、陈复甫、李正青诸公,皆明季忠义之士而居台湾者。"[③]

徐孚远在闽台的创作,自然表现出他尽忠明朝之遗民气节和立场。《赠曾则通》诗云:"一自中台折,侨居又几春。病须枚叔发,家似史云贫。故国风尘暗,遗编气泽新。授廛虽各岛,同是作逋臣。"虽然贫病交加的流亡生涯并不好过,但"故国风尘暗,遗编气泽新"一联仍表明他无法认同于推翻明朝的清政权,而视郑氏政权为明祚的延续。又有《陪宁靖集王愧两斋中》诗云:"轩车夕过喜王孙,呼取黄衫共酒尊;入钓新鱼堪一饱,小斋明烛好深论。龙无云雨神何恃?剑落渊潭气自存。饮罢不须愁倒极,还期珍重在中原!"则透露出作者抱韬光养晦之心,期待有朝一日重返中原,恢复旧朝。另一方面,徐孚远长年居住海岛,部分诗作沾染了海洋文化气息。《海思》诗云:"恶浪驱风小怪殊,扁舟羁客胆应粗;不知苏监归朝后,犹忆当年瀚海无?"郑成功舟师具有强大战斗力,徐孚远写诗称颂道:"南方舟楫有声名,轻舸径过铁瓮城;昔日蕲王醋战处,金山江上又扬兵。谁道长风不可乘?艅艎激浪已先登。锺山云树江头见,玉带桥边拜孝陵。"(《得张玄箸书,知兵至金山寺,赋之》)

然而颇值得注意的,是徐孚远与陈永华的关系。徐孚远在《重九寿陈复

[①]　刘登翰等主编:《台湾文学史》上卷,福州:海峡文艺出版社 1990 年版,第 122 页。

[②]　温睿临、李瑶:《南疆绎史》,《台湾文献丛刊》第 132 种,"台银"1962 年版,台北:大通书局 1984 年影印重版,第 480 页。

[③]　连横:《台湾诗乘》,《台湾文献丛刊》第 64 种,"台银"1960 年版,第 11 页。

甫参军》诗中有云："世事方屯艰,经营赖上材;小心参帷幄,大力运昭回。"
在《赠陈复甫》等诗中,作者对陈永华虽不锋芒毕露,却务实勤勉,有经世长
才的品性,极为欣赏,并引为知心朋友和忘年交;期许陈永华明贤能和庸劣之
辨,慎择用人,勿拘泥于凡夫俗事,蝇头小利,而要有高远的心志和眼光。[①]

　　陈永华为福建同安人。《鹭江志》这样记载陈永华生平:"字复甫,为诸
生,刚正有气节。父鼎,为同安教谕,王师陷城,不屈而死。永华逃入厦,依郑
氏,乃与其子为布衣交。及子嗣,甚见亲信,军国大事悉以咨焉。以父鼎死于
难,终身不主降议。甲寅,郑经东渡,以永华为总制,居守东宁。"[②] 据有关资
料,陈永华的父亲陈鼎与"海外几社六子"之一的卢若腾为莫逆交;向郑成
功举荐陈永华的王忠孝,与卢若腾、徐孚远等关系密切;陈永华本人与徐孚
远,则为亦师亦友的关系,因永华曾在储贤馆受教于徐孚远等。盛成认为:郑
成功初入台时,兵农政策,主持人为徐孚远、沈光文等;郑经入台后,萧规曹随
者,则为陈永华;陈永华"以身任事,不惜劳苦。垦辟新田,栽种五谷,插蔗
煮糖,取土烧瓦,教民晒盐,似曾熟读农政全书与天工开物及皇明经济文摘者
然",而徐孚远与陈子龙所印之徐光启《农政全书》,当由徐带来厦门;陈永华
在台湾立圣庙,设学校,教育人才,"是为复社与几社之文化正式入台湾太学
之始"[③]。

　　《台湾通史》记载,有人称"明祚延至数十年者,皆永华之力也"。可以
说,几社上承自徐光启之经世理念、科学思想,与闽南人的经营长才相结合,
体现于陈永华身上,成为明郑政权得以较长时间延续的一个关键。当然,这
也是在这特定的时代和环境中才能实现的。经由闽省中转和播扬的几社的
经世观念以及陈永华的实践,对于台湾文化产生的影响,是极其深远的。甚
至近世台湾的较快近代化和现代化,都与台湾文化形成之初就带有的这种
"基因",或多或少有着某种联系。通过徐孚远、陈永华等,台湾在明末清初就
与大陆东南一带的社会文化思潮有了密切的关联和互动。

---

① 本节中徐孚远的诗引自《台湾诗钞》卷一,《台湾文献丛刊》第 280 种,"台银"1970 年版。
② 薛起凤主纂、江林宣等整理:《鹭江志》,厦门:鹭江出版社 1998 年版,第 73 页。
③ 盛成:《复社与几社对台湾文化的影响》。

二、乡土文学：卢若腾对民生苦难和闽台文化的反映

卢若腾（1598～1664）字闲之，一字海运，号牧洲，福建金门（旧称浯州）贤聚人。崇祯九年举人，十三年进士。若腾一生为人正直，敢于直谏，曾三次弹劾定西侯，声震朝右。后因有人恶其太直，外迁浙江布政司左参议，分司宁绍巡海兵备道。任间兴利除弊，遗爱于民，有"卢菩萨"之称，士民建祠以奉。南明政权曾授都察院右副都御史、浙东巡抚，加兵部尚书等职。清军南下，若腾驻守浙江平阳，力战中矢，遇水师救出。闻闽变，痛恨赴水，为同官拯起。后退入福建，归居故乡，自号留庵。在金、厦生活十几年，一直得到郑成功礼遇。永历十八年（1664），与沈佺期、许吉燝等东渡台湾，船至澎湖突然生病，便在太武山住下。值先帝殉难忌日，一恸而绝，遗命题其墓曰"自许先生"。卢若腾晚年一意著述，上自天文地理，下逮虫鱼花草，无不宏通博雅，遗著达数十种之多，包括《留庵文集》、《岛噫诗》、《方舆亘考》、《与畊堂随笔七卷》、《浯州节烈传》、《岛居随录》、《留庵诗集》等。①

卢若腾为"海外几社六子"之一，又有黄道周式的率部抗清的经历，一生忠义耿介，自然不乏张扬忠义精神的诗文篇章。《次韵酬张玄著（名煌言）》诗云："会见中兴绩业新，为君屈指数奇人。不教胡虏天同戴，羞效楚囚泪满巾。名士精神侔海岳，元勋地位配星辰。留侯应悔少年事，力士相从便击秦。"表现了对抗清名将张煌言的敬重之情。又有《叶茂林》诗，末尾写道："……缓死须臾竟死矣，遗臭万年讵可任。惟有茂林终不死，长使忠义发哀吟。"前两句指的是贪生怕死、屈节保全者，后两句则写视死如归的忠义之士。该诗的本事为：李自成进入北京后，令明朝京官尽赴点名，不至者斩。当时任宫詹的晋江人张维机，年已七十余，其仆叶茂林曰："主年高而位尊，宜早自引决，以全君臣之义；岂可逐队谒贼，为天下万世羞。"张维机不听，竟为所执，械击拷掠，勒索赂金，痛楚万状。仆不胜悲愤曰："不听某言，致此戮辱；请先主死，愿主决计"，遂夺刀自刎。维机饱彼所须，得全残喘。清军至，南人跟踉逃还，而维机尚运数千金抵家，盖素多智数，危难中犹能与财相终始，然而难免让人以为愧其仆多矣。卢若腾听闻此事，颇为所动，写诗凭吊义仆叶茂林，张扬其忠义气节，指出张维机虽生犹死，遗臭万年，而叶茂林虽死犹生，其

---

①　据陈陞章、陈汉光：《卢若腾之诗文》，台湾《台湾文献》第 10 卷第 3 期，1959 年 9 月。

忠义精神长存人间。而这种精神，也正是明末抗清志士以及几社、复社之精神传衍。

卢若腾常为友人之诗文集作序。这些序文几乎篇篇都大力张扬忠义节气。在《骆亦至诗序》中他写道："自兴义师以来，吾乡志节之士，咸集海上。其中贫困弥甚而耿介不渝者，莫如骆子亦至。" 在《许而鉴诗序》中，卢若腾以田横五百客入居某海岛，而今三种不同的地方志书皆谓该岛在其域内，"距今几二千年而人犹争其故迹，以为地重；义之不泯于人心，盖亦可概见已"；并褒扬许而鉴之志节义气："吾岛中多才略志节之士，而许子而鉴其一也。……当虏之躏吾乡也，而鉴倾橐募士，从诸义师击虏，已复毁家佐饷，历诸困厄，曾不少悔。颠顿流离，伏处海滨，惟恐为虏氛所染。其愤激牢骚之况，时时泄之于诗……余读而悲之、壮之，以为是知砥砺名义，而无忝于世德家训者也。" 在《林子濩诗序》中，卢若腾更将林与宋末节义之士郑思肖、谢翱及其《铁函心史》、《晞发集》等相提并论。[①]

卢若腾不仅张扬忠义精神，同时对国计民生十分关心，特别是对百姓所受苦难，以及社会风气的变化，多所描写，某种意义上切中了闽台一带的社会文化特征。或者说，卢若腾作为闽人，他对于闽台文化的特点，常有切中肯綮的细密观察和感受。如《村塾》写道：

> 弹丸海中岛，淳风邹鲁俦；虽经丧乱余，弦诵声尚留。村村延塾师，各有童蒙求。邻寓豪家子，般乐狎倡优；挥金市狡童，蜩沸习歌讴。歌声与笔声，异调乃相仇；驱遣师生散，不肯容讙咻。村人问塾师，怪事前有不？塾师曰固然，儒术今所尤。相彼倡优辈，扬扬冠沐猴。或握军旅符，或司会计筹；多有衣冠者，交驩不为羞。学书效迂缓，学优利速售；今日分手去，及早善为谋。村人笑相谢，先生滑稽流；吾儿不学书，只可事锄耰。

所写当为金门之事。清乾隆三十一年纂修的《鹭江志》，对于厦门的风俗有这样的叙述："有人心，然后有风俗。风俗之淳漓，人心之善恶，所由见端也。厦为四方毕集之区，好尚不一，而向背顿殊。惟士习一节犹为近古，其余冠

① 卢若腾的几篇序文见《留庵文选》，附录于《岛噫诗》，《台湾文献丛刊》第245种，"台银"1968年版。

婚、丧祭、岁时、伏腊之事,多从其侈,官斯土者,宜有以饬之使返也。"① 卢若腾所写和志书所载,是颇相符合的。值得注意的是,闽台文化中的"四方毕集"的多元性特征以及文明与蛮野、淳朴与奢靡等两极对立因素共时并存的"反差性"特征,在这些文献中,得到十分生动、真实的记载。当然,作者当时只是如实地将所见所闻记录下来,未必有对它们所反映的文化特征的理性认识。惟其如此,这些记载才更有其无可怀疑的真实性和史料价值。

又如,《鬼鸟》缘于村民互相传述的一个故事。洪兴佐为世家亲戚,性本凶暴,兼倚势作威,屡以小过杀婢仆。来金门后,村民遍受其毒虐。一名唤"新儿"的婢女触怒了他,即遭毒打,并绳绑投于深潭,溺而杀之,裸葬沙中。过年后,洪兴佐生病,吐血垂危。有鸟花色短尾、红目长嘴,其状怪异,来宿洪兴佐屋后树间。兴佐病久,燥火愈炽,求睡不得;而鸟日夜啼叫聒扰之,更飞进屋里,瞪视病人,鼓翼伸爪作啄攫状;发矢、放弹击之,终莫能中。时有巫能视鬼,召令视之。巫作鬼言曰:"吾新儿也,枉死不瞑;今化为鸟,索命耳。"家人呼"新儿",则鸟随声而应,兴佐始惶惧祷祝。鸟去三日而兴佐死;死之日,即去年杀婢之日。村民互相传述,谓死者有知,人不可妄杀。诗人"闻而悲之,亦快之,作《鬼鸟》诗"记载此事。诗的最后化用杜甫诗句的"安得化成鬼鸟千万亿,声声叫止杀人刀",表达了诗人如杜甫一般的人道情怀。这首诗难免带有的因果报应观念,也反映了闽台一带民众信巫好鬼的风气。

卢若腾关注百姓生活,对于民众的苦难充满了同情,其重要特点,在于能够写出这些苦难与闽台的特定环境和历史际遇的关系,或者说,写出了百姓苦难的"地方特色",使这些作品更具"乡土味",甚至于此植下了闽台"乡土文学"之根苗。如《海东屯卒歌》写筚路蓝缕、开垦海东(台湾)之艰巨:"哪知草根数尺深,挥锄终日不得息",加上官令苛刻,必然造成"饥死海东无人哭"的惨状。《石尤风》、《长蛇篇》都写闽海一带特殊的自然环境所造成的征战、垦拓上的艰巨和险恶。前者写海中刮起的顶头逆风,使运粮船无法出海,造成"东征将士饥欲死",将"索我枯鱼之肆矣"的惨状。后者写海东之百寻长蛇。闽地蛮荒之时以多蛇著称,其民甚至以"蛇"为图腾。今未开发之"海东"(台湾),亦有长蛇,人而有"活葬长蛇腹"之危险。《哀渔父》

① 薛起凤主纂:《鹭江志》卷之三《风俗》,厦门:鹭江出版社1998年版,第68页。

则写海上渔父的艰辛和危险,中有:"人言岛上稀杀掠,隔断胡马赖海若。那料海若渐不仁,一年几度风波恶。风波之恶可奈何,岛上渔父已无多。"即是说,许多人是为了躲避战乱和异族的侵犯而渡海来到岛上,希望靠着海洋的阻隔而得安宁,然而,同样要面对大海的挑战。在这种自然环境下求生存,显然需要顽强的毅力,必然培养起人们坚毅、拼搏的性格特征。

闽台人民的苦难艰辛,不仅来自"天灾",更来自"人祸"。卢若腾对此多所反映,如《番薯谣》、《抱儿行》、《田妇泣》等。《老乞翁》诗中,既抨击了"狂虏"(清军)的暴虐行径,对于"义师"(郑氏军队)的某些扰民伤民的行为也提出了批评。这或许为复社和几社同仁们的一个共同特点。诗中甚至指出,这种迁界以防海、禁海的政策给人民造成极大灾难,必将丧失民心,官逼民反,到时就将是溃决衰歇的命运。这种具有人民性的思想,在当时是难能可贵的。

卢若腾作诗,不求形式上的机巧完美,而求真情实感的表达。他称:"岛居以来,虽屡有感触吟咏,未尝作诗观,未尝作工诗想;如痛者之呻,哀者之哭,嘘气而已"①,并因此将其诗集命名为《岛噫诗》。这种文学观念显然属于现实主义的范畴。他的创作,充满对劳苦贫弱民众的深切同情,对于统治者的暴政有愤怒的谴责,对于风俗民情、乡土文化有真切的反映,令人想起当代台湾的乡土文学。或者说,台湾乡土文学的传统可以上溯至卢若腾的时代。

三、乡愁与乡土、思归与扎根的辩证

随着明朝及散落南方各地的南明政权的相继败亡,许多不愿向清朝俯首称臣、志在匡复旧朝的人士,如继续抗清的明朝旧部、复社和几社中人等,齐集郑成功麾下,淹留于闽南的金、厦,或竟至漂洋过海,来到台湾,成为离乡背井、有家归不得的征人羁客。而郑成功的部属将士,原本多为闽南人,他们来到台湾,同样是离亲别子,亡命天涯。加上当时的台湾尚属荆榛蛮荒未辟之地,生存条件恶劣,更引起这些旅人羁客的思乡之情。王忠孝《东宁友人贻

---

① 卢若腾:《岛噫诗·小引》,《台湾文献丛刊》第245种,第3页。本节中卢若腾的诗引自《岛噫诗》或《台湾诗钞》卷一。

丹荔枝十颗有怀》表达了对家乡故土的思忆之情。诗云：

> 海外何从得异果，于今不见已更年。色香疑自云中落，苞叶宛然旧
> 国迁。好友寄械嫌少许，老人开筐喜多缘。余甘分啖惊新候，遥忆上林
> 红杏天。

福建的莆田、仙游一带号称"荔枝甲天下"，仙游的枫亭即唐明皇妃江采苹故
里，王忠孝的家乡惠安则与枫亭交界，应亦盛产荔枝，台湾朋友送荔枝给作
者，自然勾起作者的乡情。他惊异于海岛上也有此果，感叹已多年不见，见之
如见故国（明朝）之物（今有人认为作者写此诗时，身在福建，而笔者根据其
笔意和常理，认为当时作者应是在台湾或金门）。也许由于作者本就是闽南
人，台湾与闽南相隔不远，故而其喜悦之情实多于"愁"。在来自外省的作者
笔下，其"乡愁"则显得格外的深沉和浓烈。徐孚远《春柳》诗云："闲吟泽
畔弄春晖，不见牵丝作絮飞；可是闽南真绝地，应无攀折送人归！"诗人泽畔
吟咏不见杨柳飞絮，感叹闽南或许真的是与世隔绝之地，并无迎来送往之事。
这首诗其实是以无"归客"反写、极写"客归"之思。又有《东宁咏》诗云：

> 自从漂泊臻兹岛，历数飞蓬十八年。函谷谁占藏史气？汉家空叹子
> 卿贤！士民衣服真如古，荒屿星河又一天。荷锄带笠安愚分，草木余生任
> 所便。

诗中以老子出函谷自比，又以苏武相拟。连横云："闇公之身世凄凉可知矣"。
这种经历和心情，在滞留闽南和台湾的明朝遗民中，带有普遍性。在台湾滞
留时间最长、至死也未能返乡的"台湾文献初祖"沈光文，其乡愁诗写得苍
楚凄恻。如《感忆》诗曰：

> 暂将一苇向东溟，来往随波总未宁。忽见游云归别坞，又看飞雁落前汀。
> 梦中尚有娇儿女，灯下惟余瘦影形。苦趣不堪重记忆，临晨独眺远山青。

又有《思归》六首，其一云：

> 岁岁思归思不穷，泣歧无路更谁同。蝉鸣吸露高难饱，鹤去凌霄路自空。
> 青海涛奔花浪雪，商飙夜动叶梢风。待看塞雁南飞至，问讯还应过越东。

由于郑成功门下部属多闽地人士，故沈光文颇多与之交往唱酬、互表敬重之
作。如《谢王愧两司马见赠》《别洪七峰》等。这些诗客观上还反映了当时
物质生活上的拮据之苦（官员竟以红薯为赠人之物），精神上的流离之痛，以
及为着共同志向，同甘共苦、相濡以沫，"同饿喜分薇"（《卢司马惠朱薯赋谢》）

的处境和心境。①

从沈光文算起的台湾文学数百年的发展中，"乡愁"是一个挥之不去的主题。它代表着台湾与祖国大陆割不断的情感联系和文化联系。而其滥觞，就在这些流离于闽南和台湾的明朝遗民文人。

不过，这些文人也并未沉溺于"乡愁"中不能自拔。故乡已为新朝所占，归乡等于臣服于新朝，既不现实，也为坚守忠义气节的文人们所不为。于是，他们从"乡愁"转向对于现在生活的"乡土"的认同，从"归乡"的切盼转向"扎根"的自觉。在徐孚远的《桃花》中，身居异乡的穷愁潦倒、凄凉心境，转化为桃源避秦的坦荡和怡然自得：

> 海山春色等闲来，朵朵还如人面开；
>
> 千载避秦真此地，问君何必武陵回。

这种将台湾当做躲避战乱、安居乐业的"世外桃源"的想法，在闽籍人士中特别盛行。这或者和闽地战乱连年，民不聊生，人们寄望于一道海峡能割断战火，使台湾成为无兵燹之灾的"福地"有关。如与徐孚远有诗书往来、被连横称为"明季忠义之士，而居台湾者"之一的李茂春（字正青），为福建漳州龙溪人，从大陆来到台湾后，在台南永康里筑草庐隐居，"手植梅竹，日诵佛经自娱，人称'李菩萨'"②。陈永华为之取名"梦蝶"，并作《梦蝶园记》，文曰：

> 吾友正青善寐，而喜庄氏书。晚年能自解脱，择地于州治之东，伐茅辟圃，临流而坐；日与二三小童植蔬种竹，滋药弄卉，卜处其中，而求名于余。夫正青，旷者也；其胸怀，潇洒无物者也。无物则无不物，故虽郊邑烟火之所比邻，游客樵夫之所阗咽，而翛然自远。竹篱茅舍，若在世外，闲花野草，时供枕席；则君真栩栩然蝶矣！不梦，梦也；梦，尤梦也。余慕其景而未能自脱，且慕君之先得，因名其室曰"梦蝶处"，而为文记之。③

作者不仅赞扬李茂春之旷达、超脱，且对这种翛然自得的隐士生活表示了极

---

① 本节中沈光文的诗引自连横《台湾诗乘》卷一，《台湾文献丛刊》第 64 种，"台银"1960 年版，第 3～7 页。

② 连横：《台湾通史》，《台湾文献丛刊》第 128 种，"台银"1962 年版，台北：大通书局 1984 年影印重版，第 752 页。

③ 《台湾南部碑文集成》，《台湾文献丛刊》第 218 种，"台银"1966 年版，第 161～162 页。

大的羡慕。又有佚名之《古橘冈诗序》，几乎套用了陶渊明《桃花源记》的构思，表达作者对于安定美好、免于战乱生活的渴求。文章是这样写的：

> （凤山）邑治有冈山，未入版图时，邑中人六月樵于山，忽望古橘挺然冈顶。向橘行里许，则有巨室一座。由石门入，庭花开落，阶草繁荣；野鸟自呼，厢廊寂寂。壁间留题诗语及水墨画迹，镌存各半。登堂一无所见；唯只犬从内出，见人摇尾，绝不惊吠。随犬曲折，缘径恣观，环室皆径围橘树也，虽盛暑，犹垂实如椀大；摘啗之，瓣甘而香，取一二置诸怀。俄而斜阳照入，树树含红，山风袭人，有凄凉气。辄荷樵寻归路，遍处志之。至家以语其人，出橘相示，谋与妻子共隐焉。再往，遂失其室，并不见有橘。①

这篇序文所讲的，也不外是徐孚远诗中所谓"千载避秦真此地，问君何必武陵回"的意思。

作为离乡背井的羁客，必然会有乡愁和归乡的愿望；但在一片新的土地上求生存，筚路蓝缕，洒下血汗，或者单纯就因这里可以远避战火，安定生活，也必然会对这片土地产生感情，希望在这片土地上扎根。《梦蝶园记》、《古橘冈诗序》等作品的深层，无非也就寄托着这样一种心情，一种向往。

数百年来的台湾文学，始终存在着回归原乡和扎根本土这样两种似对立、实相连的冲动和纠葛，其实，它在明郑时期的文人创作中就已萌芽。回归原乡和扎根本土，实为一体之两面，都是中华文化的"重视乡土情谊"特质的表现。②

第四节　从割据走向统一

一、禁海、迁界和施琅克台

郑成功从荷兰人手里收复台湾，并以台湾为基地，与清朝形成了抗衡、对峙的局面。这是特定历史原因所造成的，但终非长久之计，因为它对国计民

---

① 王瑛曾：《重修凤山县志·杂志》，《台湾文献丛刊》第146种，台北：大通书局1984年影印重版，第335页。

② 李中华：《中国文化概论》，北京：华文出版社1994年版，第197～205页。

生、两岸人民的生产生活,造成了极大的影响和损害。郑氏政权虽然将大陆的政治、文教制度移植台湾,采取"寓兵于民"政策,推动民众屯垦开荒,使台湾的政治、经济、文化得到很大的发展,但统治集团内部渐渐产生了贪图享乐和争权夺利的倾向,甚至爆发严重内讧,"贼臣专权",政局动荡。由于失去大陆腹地,无法继续在大陆沿海筹措粮饷,其负担全都转嫁到台湾民众身上。加上从 1681 年起连续三年的严重旱灾,造成"米价腾贵,民不堪命"的严峻局面。在大陆这边,清朝政府同样苛征暴敛,特别是从顺治十三年(1656)起,施行海禁,其目的之一在于断绝郑氏政权的粮食供应,而当禁运不能阻止走私时,即以东南沿海"逼近贼巢"为由,下诏"迁界",致使沿海数十里的居民,被迫弃田毁屋,离乡背井,颠沛流离。当时莆田郭风啮有《截界行》记录此事:

> 黑风吹沙砾,白雾蔽前川。昨夜府帖下,附海尽弃迁。官军来驱迫,长吏命难延。限期出乡井,眼见焚屋椽。亲属骇相对,号泣但呼天!忍料举族去,恻怆辞祖先!妇女哀路旁,牛豕散广阡。暮投树下宿,朝坐草头餐。人生不如草,倏忽见摧残。回首望故乡,惨淡无人烟。豺狼窟我冢,狐兔走我田。壮者身何托?老幼命难全!饥寒更转徙,他邦谁肯怜? ①

又如"海外几社六子"之一的张苍水也有《辛丑秋,虏迁闽浙沿海居民;壬寅春,余舣棹海滨,春燕来巢于舟,有感而作》诗云:

> 去年新燕至,新巢在大厦;今年旧燕来,旧垒多败瓦。燕语问主人,呢喃泪盈把。画梁不可望,画舰聊相傍。肃羽恨依栖,衔泥叹飘荡。…… ②

诗言春天燕子南归,却因迁界毁屋,找不到旧巢,只好飞到渔船的桅杆上面,另构新巢。诗歌写得凄清惨恻,暗示着迫迁人民悲苦无依的处境。

其间,两岸政权时而谈判,时而征战,闽地成为你进我退、纠结拉锯的战场,人民更饱受战乱之苦。因此,分久思合,结束这种带给人民巨大苦难的分割、战争状态,成为历史发展的必然要求。清朝的一些闽省官员,对此有明确的认识。如时任福建布政使和总督的姚启圣,即认为不收复台湾,后患无穷。在平定耿乱后,曾称:"国家声教无外,今逆藩虽已削平,而以台湾一弹丸,宵

---

① 见郑王臣编:《莆风清籁集》卷四一,乾隆莆田郑氏刻本。
② 张煌言:《张苍水集·奇零草》,上海古籍出版社 1985 年版,第 155 页。

勤盱忧,使沿海居民不遑宁处,罪将谁归?"① 其《香山杂咏》四首之三写道:

　　无数艨艟犯海波,我来守土竟如何。荒陲百事怡情少,孤岛三年战血多。

献馘楼头腾剑气,受降城下奏铙歌。弹丸若使劳臣在,未使潢池复弄戈!

其第二首中也有"圣主已宽边界令,逐臣未尽抚绥心"、"犹幸斯民还旧业,莫教寇盗再相侵"等句子,表达的都是结束敌对状态,统一国家,以使人民安家立业,免受战乱之苦的愿望。

　　此时康熙皇帝在稳定了祖国大陆的局势后,下了渡海征台的决心,任命擅长海战的福建晋江人施琅为水师提督,领兵东征。康熙二十二年六月,施琅一路出铜山,克澎湖,迫使郑克塽来降,台湾岛遂归清朝版图,实现了全国的统一。施琅次子施世纶从军出征,并写下《克澎湖》诗,承续明代以来福建军民抗倭斗争中形成的"海战文学"传统,描写施琅水师船舰齐发,乘风破浪,席卷澎湖的雄伟场面,歌颂了统一祖国的光耀业绩。诗云:

　　独承恩遇出征东,仰借天威远建功。带甲横波摧窟宅,悬兵渡海列艨艟。烟消烽火千帆月,浪卷旌旗万里风。生夺湖山三十六,将军仍是旧英雄。

　　施琅克复台湾的捷报传到北京,正值中秋,康熙皇帝喜甚,脱下身上龙袍,并赋一诗,派人驰赐军前,以示褒奖。从这特殊恩宠,可见康熙对此事高度重视,明显将它视为国家头等大事之一。诗序中言明其意义,一是"纾南顾之忧",完成了国家统一;二是使"瀛壖赤子",即海边隙地之人民,"获登衽席",回到祖国的怀抱。

　　值得指出的是,这场战役的主角靖海将军施琅,并非如一些人所想象的仅是一介武夫,而是自幼延师就塾,读经弄墨的"儒将"。施士伟《襄壮施公传》记载:施琅为内大臣十余年,"退食之顷,则间究经史……终日据案吟咏,有'夕阳斜半榻,返照旧将军'之句。时出警策,儒雅传诵"。施德馨《襄壮公传》亦谓施琅"平居嘉宾客,常张筵礼接士大夫,促膝谈书史……雅重儒学,捐千金崇修文庙,为士望所归;性好音乐,至晚年尤甚,尝集诸词客制新声,谱之乐府,饶有东山逸趣",又谓施琅"平时熟览陆宣公奏议,讽诵不释手。

---

① 范咸:《重修台湾府志》,《台湾文献丛刊》第 105 种,"台银"1961 年版,第 133 页。

凡先后入告诸疏,皆公以真肺腑呈于笔札,原不假记室为捉刀"①。蔡致远《靖海纪事·跋》亦赞扬其奏疏可与诸葛亮之"出师二表"相颉颃,"是皆至性之余,溢为文章,故无人巧安排之迹,而有天工自然之妙"。②

由这些文字可知,施琅各种奏疏,皆亲自拟就,都是平日深思熟虑,了然于心,然后呈诸笔端,并将其真情实感,亦灌注其中,因此其奏疏之文,论议精辟,条理清晰,情感真挚,文笔流畅优美,具有文学的价值,有些更可当上乘的文学作品来读。当然,这还要归功于他生于斯、长于斯,长期任职于斯而对闽台两地及台海情势的了如指掌的深刻、透彻了解。如《恭陈台湾弃留疏》,即典型的例子。当时一些昏庸朝臣认为,台湾不过是孤悬海外的荒壤僻地,主张弃而勿守,或仅守澎湖。并提出将台湾民众迁徙回大陆。施琅上此疏,力陈台湾万万不可弃,终为康熙所采纳,宣布设置台湾府,府下分设三县,并派兵一万驻守,从此纳入国家行政建置正轨,在台湾历史上具有里程碑的意义。

文章开头即指出台湾对于中国之地理战略意义:"窃照台湾地方,北连吴会,南接粤峤,延袤数千里;山川峻峭,港道迂回,乃江、浙、闽、粤四省之左护。"接着指出台湾一地,物产富饶,其民本为中国之人,只要善加抚恤,使之归服,即能杜绝边海祸患,成为国家东南屏障。

施琅在该文中又指出:台湾既归版图,其土番人民"均属赤子",其善后之计,"尤宜周详",若将此地"弃为荒陬",则因台湾人居稠密,户口繁息,农工商贾,各营其生计,"一行徙弃,安土重迁,失业流离,殊费经营,实非长策"。何况以有限之船,渡无限之民,耗时数年,亦未必能完成。假使渡载不尽,为官者苟且塞责,"则该地之深山穷谷,窜伏潜匿者,实繁有徒",必将造成寇盗横行、民生无计的混乱局面。

特别值得注意的,施琅还指出了外国殖民者正虎视眈眈,欲吞并台湾,以此作为进攻中国沿海各省之基地的危险性。他写道:

> ……甚至此地原为红毛住处,无时不在涎贪,亦必乘隙以图。一为红毛所有,则彼性狡黠,所到之处,善能蛊惑人心。重以夹板船只,精壮坚大,从来乃海外所不敌。未有土地可以托足,尚无伎俩;若以此既得数千

---

① 施琅:《靖海纪事》,《台湾文献丛刊》第13种,"台银"1958年版,第31~32页。
② 施伟青:《施琅评传》,厦门大学出版社1987年版,第277~278页。

里之膏腴复付依泊,必合党伙窃窥边场,迫近门庭。此乃种祸后来,沿边诸省,断难晏然无虑。至时复勤师远征,两涉大洋,波涛不测,恐未易再建成效。如仅守澎湖而弃台湾,则澎湖孤悬汪洋之中,土地单薄,界于台湾,远隔金厦,岂不受制于彼而能一朝居哉?是守台湾则所以固澎湖。台湾、澎湖,一守兼之。沿边水师,汛防严密,各相犄角,声气关通,应援易及,可以宁息。

在对海氛既靖、设防台湾后,可将内地溢设之官兵,陆续汰减,以分防台、澎两处,以及采寓兵于农政策,逐渐减省军饷开支等做了说明和建议后,施琅又再申论台湾弃留之利害:"盖筹天下之形势,必求万全。台湾一地,虽属外岛,实关四省之要害。勿谓彼中耕种,尤能少资兵食,固当议留;即为不毛荒壤,必借内地挽运,亦断断乎其不可弃!"施琅并以之前的教训加以禀告,在从政治经济、对内对外、历史现状等多角度论述后,得出"弃之必酿成大祸,留之诚永固边圉"的结论 ① 。此疏条分缕析,有理有据,且言词恳切,今日读之,仍能感受其效忠国家、以国家利益为重的殷殷真情,难怪当时能打动康熙,采纳其意见。

须指出,施琅在其奏疏中常说明自己曾亲履其地,"熟审该地形势",而有些朝臣"耳目未经","不尽悉其概",以此加强自己奏疏论证的说服力。这也是一些闽人及长期在闽台任职的官员,较能认识台湾的重要战略地位的原因。此外,由于闽省地处沿海,与东洋、西洋很早就有了交通往来,闽人较多了解其政治经济状况,对外国人的动机企图,亦较能看透。如据有关记载,施琅与荷兰人早有接触,亦"颇知欧洲人之风俗习惯",甚至亲身感受到外来势力的困扰侵害,如明末倭寇对沿海地区的侵扰,就曾给施琅的家族——晋江浔海施氏——造成巨大的灾难,因此对西方殖民者保持着较高的警惕性。而其他人,像姚启圣,虽然也主张留守台湾,但纯从国内的角度去考虑,其对台湾战略地位的认识,远没有达到施琅的高度。他在其主留台湾的奏疏中称,台湾"原系荷兰之地",若仍住荷兰之人,"自应听其住居方外,岂可劳师远涉以开衅"② 。与之相比,施琅不仅从国内的角度,而且从国

---

① 施琅:《靖海纪事》,《台湾文献丛刊》第 13 种,"台银"1958 年版,第 59 ~ 61 页。
② 详见施伟青《施琅评传》第 247 ~ 248 页。

际的角度来认识台湾的重要战略地位。这或许是闽人的一种别人难以相比的"优势"。这种优势，在此后的岁月中，仍不断地表现出来。

康熙三十五年（1696）二月初，年已76岁的施琅"出行郭外，偶感风寒"，遂不起。临终前一日，口授其五子施世骥草《君恩深重疏》，除了感谢皇帝的宠眷之恩及安排后事外，更念念不忘宁疆大业，向清廷举荐适合人才。他以闽疆滨海重地，而厦门又最紧要，于是推举"历任闽海边疆"、"熟识闽海情形"且"忠勤练达"、"谋勇兼优"之将官，以期用靖海疆，表达了对国家的至死未泯的耿耿忠心。

施琅显示其作为闽人的文化特征的另一行为，是他笃信鬼神、风水、骨相、因果报应等。他写了不少祭鬼祀神之文，如《厦门祭江祝文》、《攻克澎湖致祭后土文》、《祭澎湖阵亡将士文》、《祭鹿耳门水神文》、《祭台湾山川后土文》、《班师过澎湖祭阵亡官兵文》等。从《结草山示禁混葬碑文》中，可见施琅之迷信风水。又如，施琅亲撰《中元祭阵亡官兵文》。中元节祭鬼乃是闽南人的风俗习惯，施琅此举并不奇怪。而笃信天妃（妈祖），对于一个世居海滨、率水师出征，整日与海洋打交道的闽南人而言，更是十分自然的。康熙二十一年冬，施琅率军驻扎平海澳，其时天旱无雨，泉流殚竭，军队缺水。在当地天妃宫庙前，有一破井，平时可供百家之需，但此时正值冬旱，井水干涸，难以取用。施琅向天妃祈祷，并派人淘浚，破井泉忽大涌，井水"味转甘和，绠汲挹取之声，昼夜靡间"，"凡三万之众，咸资饮沃，而无呼癸之虑焉"。但施琅并不认为是淘浚的结果，反而认为是天妃显圣护佑的功德，于是撰写《师泉井记》，记载此"神迹"。[①]

二、有关海洋及台湾之战略地位的思考

随着施琅征台及郑克塽投降，台湾归入清朝版图，中国获得统一，在台湾弃留问题上，施琅等主留派占了上风，但相关的争议和不同看法，并没有结束。台湾的弃留问题，其实也是对海洋的态度问题，它牵涉到海防、商贸和与外国关系等诸多问题。中国本就是一个农耕社会，中原文化"以农为本"，而清王朝更以骑射弓马得天下，能于马背上驰骋疆场，却对波涛汹涌的海洋极

---

①　施琅撰、王铎全校注：《靖海纪事》，福州：福建人民出版社1983年版。

为陌生,甚至深怀恐惧。因此它采取的措施往往是"防海"、"禁海"、"迁界"、"限制夷船"、"杜绝救济"等。相反,闽省人士(除闽籍人士外,还包括一些长期在闽省任职的官员)由于与海洋有密切的接触,因此往往与清朝上层统治者有不甚相同的见识和观点。一些有机会亲履台湾者,在其相关诗文和游记中,写下了他们的观感和思考,较重要的有郁永河的《裨海纪游》,蓝鼎元的诗文,陈伦炯的《海国闻见录》等。与以往的游记(包括著名的《徐霞客游记》)和一般清朝诗文相比,闽省人士的诗文和游记往往多了一些有关海洋的记录,表达了作者的海洋观,其视野更开阔,往往对海外各国、各民族有更多的了解,对于正处于工业革命和殖民扩张中的世界大势有一定的认识,因此对潜在的异族入侵也有所警惕。这些作者也就成为中国较早具备海防意识的人。

郁永河,字沧浪,浙江仁和人,清康熙年间人,其《裨海纪游》为清初台湾历史和文学史上的重要文献。据《裨海纪游》中自述,永河于康熙三十年(1691)春自浙入闽,由建宁、延津以迄榕城,初秋,又自榕城历兴(化)、泉(州)至漳郡之石马;未几,又之漳浦、海澄、龙岩、宁洋诸属邑暨各沿海村落,并以扁舟渡厦门,"盖八闽之辙迹已历六矣",后又有机会到邵武以及汀州府之武平,于是八闽游遍。然郁永河"性耽远游,不避阻险",常谓台湾已入版图,乃不得一览其概,以为未慊。正值福州火药库爆炸,官方急需台湾的硫磺矿,便自愿承担此任前往台湾。在台湾,他以"游不险不奇,趣不恶不快"的精神,深入蛮荒之地,认真细致地观察和考究,将所见所闻记录下来,其《裨海纪游》"备述山川形势、物产土风、番民情状,历历如绘"①。

郁永河及其《裨海纪游》的特点之一,是洋溢着浓郁的海洋文化气息,而这得益于郁永河在中国东南沿海闽浙一带的生活经历。且不说郁永河那"游不险不奇,趣不恶不快"的冒险精神本身即极富海洋文化精神,与中国古代游记文学的顶峰徐霞客相比,郁永河虽不及徐霞客到过的地方多,其游记的地理学价值也难以相比,但《裨海纪游》更多了对海洋、海岛,特别是海外的认识。它不仅注意自然地理,同时也较注意人文地理;它不仅关注、描述风俗

---

① 罗以智:《跋裨海纪游略》,转引自方豪《裨海纪游·弁言》,《台湾文献丛刊》第44种,"台银"1959年版,第7页。

民情、山川名胜,对于海防也多有留意,并提出了颇有见地的看法。由于郁永河"久客闽中,遍游八闽",对于闽地、闽人的风土人情、民性特征,想必已有所了解和体会,因此他便以闽地的自然、人文为参照系,观察台湾;同时,秉持他在闽地吸纳的海洋文化精神,以开阔的视野,将台湾和福建乃至东南沿海一并加以思考,从而对清朝的大陆封闭心态进行反省。

郁永河往台湾时,从福州出发,一路南下,一路赋诗,经莆田、泉州,到达厦门。值大风不辍,闻万石、虎溪二岩为厦门山水胜地,便偕友登临。风止后,启碇扬帆,出港时,郁永河细观海口形势,得出"大旦门为厦门门户,金厦门又漳泉门户"的结论。到了台湾,他仍对海防情况特加关注。如他指出台湾防务上的疏漏,有遭盗寇或"红毛"侵袭的危险。他将清廷和明郑政权的海洋政策做了对比,指出:"我朝严禁通洋,片板不得入海。……凡中国各货,海外人皆仰资郑氏,于是通洋之利,惟郑氏独操之。"(《郑氏逸事》)由于清朝统治者缺乏海洋文化意识和开拓精神,不谙台湾在对外贸易及作为中国东南门户的地位和作用,认为其"日费天府金钱于无益"而拟放弃,但外国人却虎视眈眈。为此,《裨海纪游·卷下》中写道:

> 议者谓:"海外丸泥,不足为中国加广;裸体文身之番,不足与共守;日费天府金钱于无益,不若徙其人而空其地"。不知我弃之,人必取之;我能徙之,彼不难移民以实之。噫!计亦疏矣!我朝自郑氏窃据以来……兵戈垂四十年不息,至沿海万里迁界为清野计,屡烦大兵迄不能灭者,以有台湾为之基也。今既有其地,而谓当弃之,则琉球、日本、红毛、安南、东京诸国必踞之矣!琉球最称小弱,素不为中国患,即有之,亦不能长守为中国藩篱;安南、东京诸国,构兵不解,无暇远图;日本最大,独称强国;红毛狡黠,尤精战舰火器,又为大西洋附庸;西洋人务为远图,用心坚深,不可测识,幸去中国远,窥伺不易;使有台湾置足,则朝去暮来,扰害可胜言哉?郑鉴不远,何异自坏藩篱,以资寇巢?是智者所不为也!犄角三城,搤隘各港,坚守鹿耳,外此无良图矣!然守台湾,尤宜以澎湖为重。澎湖者,台湾之门户也;三十六岛,绝无暗礁,在在可以泊船。故欲犯台湾,必先攻澎湖;澎湖既得,进战退守无不宜。欲守台湾,亦先守澎湖;澎湖坚壁,敌舟漂荡无泊,即坐而自困矣。

文章写得有理有据,条分缕析,其观点建立在对情况的实地考察和充分了解上。最值得注意的是对于"红毛"（荷兰）和日本的警惕之心，指出外来入侵者如得台湾为其立足点，对于中土的威胁将不可胜言。在当时即有此虑，是颇有远见的。

郁永河又有《宇内形势》一篇，先述其所认知的天地构成，以及中国在世界中的位置："然吾人所居，自谓中华大国，未免见大言大；不知大本无据，而中亦未然。夫天地之体，既皆圆矣……若必求天地之中，则惟北极天枢之下；此处如轮之毂、如磨之脐、如人身之心，庶几足以当之……中国一区道里虽广，若以天枢揆之，其实偏在东南，而东南半壁，又皆海也。"这样的认识，与当时国人以中心自居、夜郎自大的心态，迥然有别。接着，作者从东北辽阳起，缘海而南，历数中国沿海各省州县及岛屿，至闽粤交界，"中国东面已尽，地势缘海转西"，直至粤西、贵州、云南，崇山复嶂，其南为缅甸、交阯等国。这样的描述，可说与中国沿海地形颇为吻合。此后，作者又叙述中国周围海域及邻近的各个国家，在末尾时写道：

> 台湾蕞尔拳石，南北三千里、东西三百里，去厦门水程十一更。中间又有澎湖为泊宿地，所处在东南五达之海，东西南北，惟意之适，实海上诸国必争之地也。

蔡尔康为《裨海纪游》所题写的跋中指出："夫台湾虽海中一小岛，实腹地沿海诸省之屏蔽……况乎峻岭高山，实兴宝藏，诚使獉狉之俗，悉隶版图，不特为富国之渊源，且可杜强邻之窥伺，书中于此三致意焉。"[1]

此外，郁永河《海上纪略·天妃神》用若干细节来说明妈祖的灵验，写得颇为传神。其中的描写在现在看来，似乎不可思议，但在信众心目中，却是真实的。郁永河又写出了闽台航海之人叩天求神习俗的缘由，其《海上纪略·水仙王》写道："海舶在大洋中，不啻太虚一尘，渺无涯际，惟借樯舵坚实，绳椗完固，庶几乘波御风，乃有依赖。每遇飓风忽至，骇浪如山，舵折樯倾，绳断底裂，技力不得施，智巧无所用；斯时惟有叩天求神，崩角稽首，以祈默宥而已，爰有水仙拯救之异。"这些观察和描写，可说颇得海洋文化之精髓。

蓝鼎元（1680～1733），字玉霖，别字任庵，号鹿洲，福建漳浦廪生。清康

---

[1]　见郁永河：《裨海纪游》，屑玉丛谭本，上海申报馆聚珍版。

熙六十年（1721）朱一贵起事，他作为南澳总兵蓝廷珍的幕僚渡台。因富有卓见，能言善谈，蓝廷珍的诸多事宜由他策划拟定；事平后，以拔贡入都，荐举引见，条奏经理台湾等事，颇得赏识，派往广东任知县、知府等职。著有《鹿洲初集》、《平台纪略》、《东征集》等书稿多种，后人辑为《鹿洲全集》行世。

蓝鼎元有《台湾近咏十首呈巡使黄玉圃先生》，在他将离台时，又续写了五首。黄玉圃即后来撰写了《台海使槎录》的黄叔璥。在这 15 首诗中，蓝鼎元考察了台湾的地理、人口、农耕、教育、民生、民俗等诸多情况，自称"贱子虽不才，躬践戎马场。居东将二载，所见颇周详"，对如何治理台湾，提出了一些看法和建议。其中最重要的，是蓝鼎元对于台湾的战略地位的认识。他写道：

> 台湾虽绝岛，半壁为藩篱。沿海六七省，口岸密相依。台安一方乐，台动天下疑。未雨不绸缪，悔予适噬脐。或云海外地，无令人民滋。有土此有人，气运不可羁。民弱盗将据，盗起番亦悲。荷兰与日本，眈眈共朵颐。王者大无外，何畏此繁蛮？政教消颇僻，千年拱京师。

蓝鼎元针对以台湾孤悬海外而要放弃的论调，指出台湾实为中国东南沿海的屏障，有着"台安一方乐，台动天下疑"的重要意义，何况荷兰、日本等外国，虎视眈眈。只要对台湾民众施予教化，使其滋养生息、繁荣发展，必将起到拱卫国家的作用。与此同时，蓝鼎元从台湾的地形、交通、人口分布等实际情况出发，提出台湾应多设县治，便于管理和戍卫，这或许竟是台湾建省思想的萌芽：

> 诸罗千里县，内地一省同。万山倚天险，诸港大海通。广野浑无际，民番各嗃嗃。上呼下则应，往返弥月终。不为分县理，其患将无穷！南划虎尾溪，北踞大鸡笼。设令居半线，更添游守戎。健卒足一千，分汛扼要冲。台北不空虚，全郡势自雄。晏海此上策，犹豫误乃公。

对于清廷所采取的海禁政策，蓝鼎元持反对态度。作为滨海之闽人，他深知其中之利弊，写道："臣成长海滨，习见海船之便利"[①]，"既禁以后，百货不通，民生日蹙，居者苦艺能之闲用，行者叹至远之无方……一船之敝，废中

---

① 蓝鼎元：《鹿洲奏疏·漕粮兼资海运第四》，《鹿洲全集》，厦门大学出版社 1995 年版，第 809 页。

人数百家之产,其惨目伤心可胜道耶? 沿海居民,萧索岑寂,穷困不聊之状,皆因洋禁。其深知水性、惯熟船务之舵工水手,不能肩担背负以博一朝之食,或走险海中,为贼驾船,图目前糊口之计,其游手无赖,更靡所之,群趋台湾,或为犯乱……"① 在对台湾的弃留这一战略问题上,蓝鼎元从台湾的战略地位出发,力主不应放弃。在具体的治理上,蓝鼎元则主张勿过于厉禁,也勿过于放纵,要在法令的节制下,进行两岸的交流,处理汉番关系,勿因噎废食,也勿纵容不拘。针对有人建议放弃近山田庐及禁入番界樵采的说法,蓝鼎元写道:"式廓惟日增,蹙缩非长计。所当顺自然,疆理以时议。勿因去岁乱,畏噎却饭饷!"他一方面因为"台俗敝豪奢""逐末趋骄恶",而认为"所当禁制严,威信同锋锷""为火莫为水,救时之良药",但对于像"西来偷渡人"这样的百姓平民,又主张"宁施法外仁"。针对严厉禁止大陆商人来台采购粮食的禁令,蓝鼎元也认为应采权宜方式,指出:"台地一年耕,可余七年食。寇乱继风灾,民间更萧索。今岁大有秋,仓储补云哑。谷贵虑民饥,谷贱农亦恻。厉禁久不弛,乃利于奸墨。徒有遏籴名,其实竟何益? 估客既空归,裹足此寥寂。何如搏节之,一艘一百石。穷年移不尽,农商惠我德。幸与诸当途。从长一筹划。"对于台湾少数民族(即当时所谓"番"),蓝鼎元则怀有不正确的观念,认为应加以威压,而勿施恩。最为值得注意的,是蓝鼎元对于教化的注重:

> 闽学追鲁邹,东宁昧如障。当为延名儒,来兹开绛帐。俾知道在迩,尊君与亲上。子孝及父慈,友恭更廉让。从兹果力行,诱掖端趋向。其次论文章,经史为酝酿。古作秦汉前,八家当醯酱。制义本儒先,理明气欲王。洗伐去皮毛,大雅是宗匠。此地文风靡,起衰亦所望。

很显然,蓝鼎元作为闽人,所以能对台湾的战略地位、闽台之间的关系等,有较清楚的认识,亦能将台湾与福建相比,看出台湾的落后蛮昧之处,并为之开出药方——通过延请名儒,设帐授学,推广儒学教化,让人们尊君亲上、子孝父慈、友恭廉让,使民风趋向儒雅和温厚。

著有《海国闻见录》的陈伦炯,字次安,号资斋,福建同安人,康熙、雍正年间曾任台湾南路参将、澎湖副将,移台湾水师副将,擢授台湾总兵;后调广

① 刘锦藻:《清朝续文献通考·市籴考》,杭州:浙江古籍出版社1988年版,第8109页。

东、浙江等地任职,因其任所"皆滨海地也",故以平生闻见著为此书。然而此书的写作与陈伦炯的父亲也有极大的关系。陈伦炯之父陈昂,年轻时作为海商从事海上贸易活动,往来于沿海及东南亚一带。康熙年间,施琅受命征台,曾征召熟悉沿海岛屿形势的人才,陈昂"聚米为山,指画形势,定计候南风以入澎湖",因功授游击职。陈伦炯"自序"称:"先公少孤贫,废书学贾,往来外洋……所至,必察其面势,辨其风潮,触目会心,有非学力所能造者。"又说:"伦炯自为童子时,先公于岛沙隩阻、盗贼出没之地,辄谆谆然告之。少长,从先公宦浙,闻日本风景佳胜,且欲周谘明季扰乱闽、浙、江南情实,庚寅夏,亲游其地。及移镇高、雷、廉,壤接交阯,日见西洋诸部估客,询其国俗,考其图籍,合诸先帝所图示指画,毫发不爽。乃按中国沿海形势,外洋诸国疆域相错,人风物产,商贾贸迁之所,备为图志。"① 由上述可知,《海国闻见录》虽名为陈伦炯一人所撰,实乃积父子两代人的航海经历而成。该书《自序》称书作于雍正八年,但所记事皆在康熙、雍正年间。

由于在东南沿海一带任官多年,对西方殖民势力的东渐深有感受,故陈氏父子比一般人更能敏锐地看出加强海防的必要性,也更具有强烈的海防意识。陈昂尝上疏言:"西洋治历法者宜定员,毋多留,留者勿使布教。"又以沿海居民困于海禁,上疏请弛之,并言:"臣详察海上诸国,东海日本为大,次则琉球。西则暹罗为最。东南番族文莱等数十小国,惟噶啰吧、吕宋最强。噶啰吧为红毛一种,中有英圭黎、干丝蜡、和兰西、荷兰、大小西洋各国。和兰西最凶狠,与澳门种人同派,习广东情事。请敕督、抚、关差诸臣防备,于未入港之先,取其火炮。另设所关束,每年不许多船并集。"终因官微言轻,此议未被采纳。《清史稿》称:"时互市诸国奉约束惟谨,独昂、伦炯父子有远虑,忧之最早。"② 而这种远见卓识,与他们作为沿海闽人的海洋经验,有极大的关系。

三、闽人写闽事,褒扬明末忠义

清康熙二十二年夏,明郑政权败亡,江山归于一统。二十多年后,福建

---

① 陈伦炯:《海国闻见录》自序,《台湾文献丛刊》第26种,"台银"1958年版,第1~2页。
② 赵尔巽等撰:《清史稿》第34册,北京:中华书局1977版,第10195页。

出现了一部记录明末清初郑氏史事的历史小说《台湾外记》(亦作《台湾外纪》),自署"九闽珠浦东旭氏江日升"。江日升,字东旭,福建同安人(另说漳浦人或惠安人),父美鳌,南明时曾隶郑氏家族永胜伯郑彩翊部下,督师海上。继而与郑芝龙于福州共事,署龙骧将军印。至康熙十六年"改职投诚",往粤东连平州任知州。日升幼从父游宦岭表,悉郑氏事;二十三年,清廷统有台湾,又尝亲履其地,吊郑氏遗墟,有"白日寒云不胜情"之句 ① 。

　　这部历史小说的最大特点,除了"纪其一时之事,或战或败,书其实也"(《凡例》),"以应纂修国史者采择焉"的纪实性外,就在于作者所自诩的"闽人说闽事"(《自序》),因此既能就近采撷大量确凿史实,把握闽台地方文化特色,并能灌注一种闽人对闽人的特有的感情和评价。

　　《台湾外记》写作时,明郑已经败亡,在新的当朝者心目中,明郑政权只不过是"前朝遗孽"、"海隅穷魄",然而江日升却不这样认为。在书前《自序》中,作者先不无应景意味地颂扬大清功德,却将郑氏的割据台湾及最后的"四海归一",归结为天运,接着笔锋一转,写道:"但成功髫年儒生,能痛哭知君而舍父,恪守臣节,事未可泯。况有故明之裔宁靖王从容就义,五姬亦从之死;是台湾成功之踞,实为宁靖王而踞,亦蜀汉之北地王然。"显然,江日升作为闽人,其父曾为郑氏部下,除了知悉当时事情始末细节之外,无疑的并有闽人对于郑成功的特有的崇拜、景仰之情,以及未能泯灭的汉民族气节。这应是他能以"闽人说闽事"为标榜,在当时的环境下写出这部小说的原因。

　　首先,这部作品对于明末抗清将士的忠烈行为颇多着墨,而这往往也是写得最为精彩、生动的部分。如写清军南下,时任礼部尚书的黄道周奉祀禹陵在杭,上疏劾奸臣马士英。清兵至杭州,黄道周等退入闽,与郑芝龙等共奉唐藩即位福州,改元"隆武",由黄道周草诏。后道周愤诸将不前,与其坐而待亡,不如身自出关,隆武允请。道周沿途招征,但粮草缺乏,上疏请饷不得,集门人诸将议曰:"与其半途溃散,废却前功,不如决战,以报朝廷。"以成师既出,义无反顾,终于乱军中被执,张天禄亲至劝降,道周骂不绝口,继而绝粒断浆,作自悼诗八章。有关黄道周被执后忠烈刚义的气节,江日升有颇为生动的描写,是该书中最富有文学性的片段,如:

_____

　　① 〔日〕川口长孺等撰:《台湾文献史料309种提要》,台北:大通书局1984年版,第31页。

左右承贝勒、洪承畴命,命侍者跪进茶一杯。道周接在手,踌躇未饮。左右恳曰:"求相国用清茶一杯。"道周因听"清茶"二字,遂掷杯于地,亦采薇、周粟之义也(俗无果泡茶,名曰"清茶")①。

又如:

道周至金陵,幽于禁城。既而改系尚膳监。诸当道与故知者,悉承贝勒意劝降。周曰:"吾既至此,手无寸铁,何曾不降?"劝者曰:"欲降须薙发!"周失惊曰:"君薙发了?噫!幸是薙发国打来即薙发,若穿心国打来,汝肯同他穿心否?"劝者惭退,道周闭目。次日,见玉梅盛开,索被袜不得,怆然作诗四章,示诸子。洪承畴承贝勒命,亲诣尚膳监请见。道周喝曰:"青天白日,何见鬼耶?松山之败,承畴全军覆没,先帝曾设御食十五,痛哭遥祭,死久矣!尔辈见鬼,吾肯见鬼么?"遂闭目。有欲南回者,蔡、赖、赵、毛各有家报,请命道周,周不作书。但署蔡书皮:"蹈仁不死,履险若夷。有陨自天,舍命不渝。"又署赖书皮:"纲常万古,性命千秋。天地知我,家人何忧?"又断粒,计有十四日,复进水浆。夜闻钟声,感诸旧事,书十二章。……贝勒诸王见道周抗节不屈,益重之,令人再劝。承畴亦遣门生往劝。道周书一联:"史笔流芳,未能平卤,忠可法!洪恩浩荡,不思报国,反承畴!"粘畴署前。畴见笑曰:"庸儒不识时务!毋使彼沽名而反累我。"遂启诸王,出道周于曹街。周从容自若,望南谢君恩,望东谢亲恩,坐于旧红毡,引颈受刑;乃壬子日也。同时受难者,漳州赖继谨与蔡春溶、侯官赵士超、六合毛玉洁等。②

《台湾外记》写到郑克塽议降,宁靖王朱术桂向郑克塽等作揖告别,称"无可托足,不得不回报高皇、列圣之在天"后,从容投缳,作者忍不住自己写了两首诗加以赞扬:

余书至此,赞以二绝云:"天地乾坤无可寄,飘然海国全其身;于今天命诚如此,不负朱家一伟人!""四海飘蓬何处栖?厦倾一木总难支。愿留数茎白头发,归见高皇喜有子。"③

江日升的这种处理,在当时就得到闽地人士的赞许。署"三山弟岷源陈祁永"

---

① 江日升撰、陈碧笙校:《台湾外记》,福州:福建人民出版社1983年版,第65页。
② 同上书,第68页。
③ 同上书,第355页。

之《陈序》指出：该书所述事情，时间跨度达六十年，作者对于各种资料，"靡不广罗穷搜，了如指掌间。洵志乘之大观，班、马之伦匹也"。接着又写道：

> 盖尝论之，作史有三长，曰才、曰学、曰识。非具旷世之才者，不能肝衡千古，驱策百家；非负盖世之学者，不能参稽明备，讨论精详；至其权衡统系，斟酌褒讥之得宜，尤非抱卓绝之识者不办也。故作史难，而作偏隅之史为尤难。考成功以有明赐姓，避窜台湾，奉永历故朔三十有七年。迹其仗义执言，全发守节，庶几齐田横遗风，不可谓非伟男子；然以我朝视之，则固胜国游魂、海隅穷魄也，律以犯边梗化，夫复何辞？作史者当圣朝全盛之时，记边岛窃据之迹，使孤忠遗愤，获伸于光天化日之下，不戛戛乎其难哉！今是编所记郑氏，于其不忘故国也，如睹间关百奥，天威咫尺之诚；于其接遇王孙也，如见相依为命，保护备至之谊。忠肝义胆，赫赫如在目前。至叙今皇帝之殷忧南顾，议抚议剿，六月兴师而郑氏宾服，台湾底定，殆亘古未有一统之天下也。非江子才学素优而抱卓绝之识者，焉能办此哉？他如宁靖王之就义从容、五姬从死，与夫忠臣义士、闺阁节烈者，尤惓惓三致意焉！江子岂独备史氏之三长，抑且有功于名教，立顽起懦，不朽矣！

这段话指出了当此"圣朝全盛之时"，记载郑成功等事迹之难，因以"我朝"的角度视之，郑氏只不过是窃据海岛，与当朝者对抗的"海隅穷魄"，实不宜多加褒扬。然而作者及当时的许多闽人，却对郑氏不忍苛责，反而从郑成功的事迹中看到了"忠肝义胆"，看到了能"立顽起懦"、"有功于名教"的不朽精神，将之详细记下，大加彰扬。而作序者对此更以其具备才、学、识等"史氏之三长"赞之，这里不能不说闽台人民内心的深层结构中，已深深埋藏着对于郑成功等富有民族气节的将士的敬仰和崇拜。通过这些作品，闽台文学建立了其独特的经久不衰的一个主题，直到近代乃至现代，仍有人不断地加以采用和演绎。

《台湾外记》的另一特点，是对闽台地方文化特色，特别是海洋文化特征，也有很好的把握和描述。如小说中不时描写郑氏将士利用闽人习水的特长，与弓马娴熟、擅长陆战的清军周旋，利用潮水、风向、岛屿地形等自然条件打胜仗的事例。小说写到郑成功秉持其闽南人的强烈海洋文化意识，提出了与当朝者"农桑为本"的立国思想大异其趣的"通洋裕国"论。清军入闽后，郑芝龙决意降清，郑成功规劝其父说："以儿细度，闽粤之地，不比北方得任意驰驱，若凭高恃险，设伏以御，虽有百万，恐一旦亦难飞过。收拾人心，以固其本；大开海道，兴贩各港，以足其饷。然后选将练兵，号召天下，进取不难矣。"康熙五年，郑氏"遣商船前往各港，多价购船料，载到台湾，兴造洋艘鸟船，装白糖、鹿皮等物"，上通日本，下贩暹罗、交趾、东京各处，"从此台湾日盛，田畴市肆不让内地"①。小说还记载了一些沿海官员对于禁海迁界政策的非议和抵制。如湖广道御史李之芳认为：东南沿海一带鱼盐之利，土产之饶，可为国家"富强之资"，当道者不思制插安民，只欲尽以迁移，"是贼未必能歼灭，未必能尽降，而国家先弃五省之土地人民"。"今兵不守沿海，尽迁其民移居内地，则贼长驱内地，直抵其城邑，其谁御之"？而对于陈永华等因"台湾远隔汪洋，货物难周，以致兴贩维艰"，特令一旅驻扎厦门以为接济的措施以及所体现出的两岸唇齿相依的关系，小说也有记载和描述。此外，江日升对于闽台民间习俗也未忽略。如写到郑成功议决亲征台湾，"是夜二更，成功祷天，效俗出听背后言，以决征台吉凶"。当然，这些描写也得益于作者作为闽人对于本地文化气息的真切感受和把握。

---

① 　江日升撰、陈碧笙校：《台湾外记》，福州：福建人民出版社 1983 年版，第 75、192 页。

第二章　风土杂咏和儒学教化
——清代中叶闽台文学的深层对接

第一节　发现台湾：风土杂咏诗风之流播

一、身心老成的传统文人与荒莽台湾的遇合

1683 年施琅引兵入台，郑克塽与结城下之盟，台湾正式归入清朝管辖。以此为契机，大量的来自海峡西岸的大陆人民进入台湾，其中以闽人或与福建有各种关系的人尤多。除了移居台湾的诸多普通百姓外，并有许多流寓宦游台湾者。他们当中有原任福建官职，而今调任台湾的，也有官职本身即横跨两岸的，因台湾未建省前，行政建制隶属福建，台之官员，其实也是闽之官员。即使从外省新调入的官员，赴任时也必得经过福建，因此和福建也结下了因缘。与这些官员一起进入台湾的，还有协助工作的大量幕僚，亦多属闽籍人士。此外，清初被调派到台湾当"教谕"等文教工作的官员，闽人更占了绝大部分。

这些新到台湾的官员、幕僚及从事教学、编纂地方志乘等其他工作者，乃至一般的观光旅游者，台湾对于他们来说，是一个新鲜的世界。这些"深受经典文化熏陶的中国文人，身心老成，一旦他们遇接台湾荒莽的自然景物、气候、花木、虫鱼、鸟兽、山水等组构而成的粗犷的移民世界，在惊动之余，形之于诗文，为老旧的创作形式注入汩汩不绝的崭新生命力，塑造另一种气格"[①]。这里的山水景物、物产资源自然与福建不大一样，甚至风土民俗等人文景观也有很大的差别，如台湾土著居民（所谓"土番"）的原始生活方式，在福建就已难以见到。这一新奇的世界，必然给初抵台湾的文人墨客极大的

---

① 　江宝钗：《嘉义地区古典文学发展史》，嘉义：嘉义市文化中心 1998 年印行，第 112 页。

刺激,激动他们的心灵,使他们产生创作的冲动,要将所见到的新奇的景象形诸笔墨。类似的情景,其实在一千多年前北方士人入闽时,就已发生过。如5世纪齐梁之际的名诗人江淹被贬到福建浦城,面对在内地从未见过的"碧水丹山,珍木灵草",发出了"何其奇异也"的赞叹 ①,并写下了描绘闽山闽水的诸多优秀诗篇。现在闽人来到台湾,似乎是这一幕的重演。

当然,赴台文人的所见所闻固然是新鲜的,但获得这种"新鲜"的参照系却仍是旧有的、故土的印象,所采用的艺术方式也是传统固有的。像来自福建漳浦的陈梦林所作的《槺圃》诗,就很形象地反映了这种情形。陈梦林于康熙五十五年至雍正元年期间三度来台,曾游台数月,著有《台湾游草》《台湾后游草》等,所作《望玉山记》,连横《台湾通史》称之为"很精彩的游记",另有《玉山歌》,为后来写玉山的同类题材诗作开了先河;应聘主纂之《诸罗县志》,则翔实记载当时诸罗县之山川、物产、民俗、祀典、学校、赋役、人物等情况,并对其风俗兴革加以评说。其《槺圃》诗曰:

> 小圃茅斋曲径通,参天老树郁青葱。地高不怕秋来雨,暑极偏饶午后风。海外云山新画卷,窗间花草旧诗筒。莫愁纸尽无挥洒,才种芭蕉绿满丛。

此诗意象清新,景象宜人,超达脱俗,意在言外,"从槺圃一景写出整个台湾的印象,以及作者在海外边陲之地的种种心情"②。台湾和福建(特别是闽南一带)几乎处于同一纬度,都属亚热带海洋性气候,因此气候、景色和植物等,有很大的相似性。这使来自福建闽南的诗人备感亲切,写起来得心应手。也许台湾的山在海的烘托下,比起福建,显得更为高峻雄伟,其山高云绕自是一番新景象,但窗间花草、乡间情调,则和作者故乡闽南一带并无不同,正所谓"海外云山新画卷,窗间花草旧诗筒"。不过此联似乎还有深一层的寓意——内地文人来到台湾后,开阔了视野和心胸,获得了新的美感经验,描绘出不同于大陆的新的景观,但依凭的仍是传统的诗法,仍脱离不了中国古代传统的意象系统和描景绘物的方法。

以闽人为主体的内地赴台人士,他们对于台湾的关注、考察、感受、思考和

---

① 江淹:《自序》和《草木颂十五首·序》,胡之骥注《江文通集汇注》,北京:中华书局1984年版,第191、379页。

② 陈昭瑛:《台湾诗选注》,台北:正中书局1996年版,第68页。

描绘，自然缘于不同的目的和原因。既有出于政治上的需求的，也有的是编纂地方志书的需要，当然也有纯粹是对所见所闻的有感而发。和陈梦林一样为纂修地方志而观察、描写台湾的，还有王必昌。必昌为福建德化人，幼年随父亲商霖自泉州晋江渡台，卜居于诸罗，乾隆十年（1745）进士。德化令鲁鼎梅知其才具，聘修《德化县志》；1748 年鲁氏知台湾县，1751 年议修邑志，王必昌又受任赴台修《重修台湾县志》，撰有《台湾赋》、《澎湖赋》等。《台湾赋》文末标明"谨就见闻，按图记，辑俚词，资多识……聚敷陈夫土风，用附登于邑志"，说明它是编纂志书之副产品。该文先概述台湾岛"屹立乎海中"，鲲身鹿耳，波涛拍岸，"则瞿塘之峡不足拟，又何论乎蜀道与太行"，物产丰富，"泉、漳数郡，资粟粒之运济；锦、盖诸州，分蔗浆之余赢"，"实海邦之膏壤，宜财赋之丰盈"。接着分述台湾之历史地理、禽兽植物、风物教化、汉番习俗等等。"盖兹邦之广衍，兼四省而延袤，作南服之藩篱，挺一方之奇秀。其山则祖龙省会五虎门，东沿江入海……"这里说的是台湾屏卫国家南疆的战略地位，以及其山脉起端接续于福建省会的情景，有蒋毓英《台湾府志》卷二所述可互证："台湾之山……则自福省之五虎门蜿蜒渡海，东至大洋，中起二山，曰关同曰白畎者，是台湾诸山脑龙处也。"[1] 王必昌在文中着力铺陈叙写的，常是"山（海）经所未镌"、"纪载之所未曾编"的奇异物事。如"蛤子难之产金，寒潭难入；毛少翁之产磺，沸水重煎"，"外海异香，浮袅袅之龙涎。山朝支麓，温泉沸镬。水沙连屿，藉草浮田"。除了山中飞禽走兽外，海中有鲻乌鲤红，鲚紫鲳白，赤海金精，乌颊黄翼等等"难悉厥名，略辨其色"的海物。植物方面，则"见铁树之开花，爱仙芝之有子"，"西瓜献于元日，牙蕉子结数层"，至若菩提果、波罗蜜、释迦果、金铃橘，"尤中土所罕见"。人文方面，则有蒋毓英、林天木、夏之芳、孙元衡、沈光文、李春茂等诸多文人墨客、廉明官吏，还有"宁靖之阖室偕殒，陈丑之伤亲自沉；永华之女悬帛柩侧，续顺之配取带堂阴"等等，"志载如林"，说明"当王化之将暨，忠孝节义已大著于人心"[2]。显然，作者充分利用赋体擅长铺陈的文体特点，将台湾的新奇风景、珍稀事物尽情地呈现，而这得益于作者所从事的编辑地方志书的工作，也符合于当时

---

①　蒋毓英撰、陈碧笙校注：《台湾府志》，厦门大学出版社 1985 年版，第 14 页。

②　王必昌：《重修台湾县志》，《台湾文献丛刊》第 113 种，"台银"1961 年版，第 476～481 页。

人们观察台湾、感受台湾、描绘台湾的时代潮流。

此外,像后来周凯写澎湖的诗,显然也与其编纂漳泉厦金等地的志书有一定的关系。

出于政务需要而考察台湾、思考台湾的,除了蓝鼎元外,阮蔡文是另一个明显的例子。阮蔡文字子章,号鹤石,与蓝鼎元同为福建漳浦人,清康熙二十九年举人。曾说海寇陈尚义归诚,清廷嘉其功,授知府,改参将,后调北路营。任内安抚番黎,平息地方变乱。康熙五十二年(1713),任北路参将的阮蔡文自带口粮出外考察,"历番社,日或于马上赋诗,夜则燃烛纪所过地理山溪风土,为文以祭戍亡将士"①,著《淡水纪行诗》1卷,凡8首。他的诗常描写台湾崇山峻岭、沟壑溪流的险要,也常描绘土著少数民族的生产生活境况及其遭遇的外来的损害,并赋予极大的同情,表达了消弭冲突,汉番和睦共处的愿望。如《大甲溪》写该溪"蓬山万壑争流瀺,溪石团团马蹄萦"、"水挟沙流石动移,大石小石荡摩涩",特别是"夏秋之间势益狂,弥漫五里无从测。往来溺此不知谁,征魂夜夜溪旁泣"。由于台湾山高峡深、河流短促,雨水集中,因此溪河往往水湍流急,其洪灾之虐,为作者家乡闽南的平原、丘陵地带无法相比。对照之下,作者深有感触,也对台湾垦民筚路蓝缕的艰辛,有更深的体会和同情。《大甲妇》涉及少数民族妇女为丈夫而辛勤劳作,"番丁横肩胜绮罗,番妇周身短布裋"的男女不平等现象;《后垅港》既写了"番丁日暮候潮归,竹箭穿鱼二尺肥。少妇家中藏美酒,共夫倒酌夜炉围"的生产生活情景,也写了"得鱼胜得獐与鹿,遭遭送去头家屋"的阶级分化和剥削现象;《竹堑》则叙述因为"鹿场半被流氓开",造成少数民族的巨大损失:"年年捕鹿丘陵比,今年得鹿实无几",并指出这无异于鸠占鹊巢,终将害人害己:"鹊巢忽尔为鸠居,鹊尽无巢鸠焉徙?"《淡水》为篇幅较长的五言诗,既写了淡水的地理形势及其战略地位:"内地闽安洋,扬帆旦暮抵。全台重北门,锁钥非他比",也写了像北港北投的温泉"磺气喷天起,泉流热胜汤,鱼虾触之死"的奇异景致。该诗最后写道:"我行至此疆,俯伏而长跪;羊酒还其家,官自糗粮峙。殷勤问土风,岂敢厌俚鄙!"表现了作者谦恭谨慎、礼士爱民的

---

①　连横:《台湾诗乘》卷一,《台湾文献丛刊》第64种,"台银"1960年版,第37页。本段中阮蔡文的诗亦引自此。

态度。而在《虎尾溪》中,作者以溪流两岸洪旱交替发生的情况,比喻"兄弟阋墙变"的祸害,劝喻人们谱写兄弟和乐的棠棣篇。这一系列以地名为题的诗作,既透露了作者"殷勤问土风"的初衷,也包含着调解矛盾,安抚、劝喻不同种姓和族群的民众友善相处的意图。

　　当然,更多的作者未必有很明确的功利目的,他们只是因各种原因来到台湾,既为台湾的山水风光所吸引,复对台湾的风土人情深感兴趣,因此发而为文。福建侯官人,乾隆四十二年举人,历任龙溪、惠安等县教谕,后调凤山、迁桃源,著有《素村小草》12卷的吴玉麟,其《渡海歌》可说是写由厦门至台湾的航程最为详尽细致的一首诗。由于作者此行正遇风顺,虽然不像其他作品多写惊涛骇浪,但风平浪静、星光水色之日夜海景,以及船工拜妈祖、掌舵盘、抛锚碇等驶船动作,以及过黑水沟的情景等等,颇具特色,有其可观者:

大崚门内山蚕丛,大崚门外海空濛。冯夷无惊涛不怒,扶桑初挂日瞳瞳。
上香酹酒拜妈祖,割牲焚楮开艨艟。桅竿百尺亚班上,布为巾顶箬为篷。
舵工神闲火长喜,罗盘乾巽南与东。船如箭发樯如马,不觉破浪乘长风。
横洋浩瀚渺无际,琉璃万顷含苍穹。前有一沟涌赤水,长鲸嘘吸成长虹。
乍疑火龙翻地轴,回看眼底尚摇红。复有一沟黑如墨,湍流迅驶更不同。
日光黯黯惨无色,毒蛇滚滚腥气冲。海道尝闻此最险,下趋直与尾闾通。
每遇阴霾天色恶,飓风引去无终穷。习坎既出心犹悸,云间忽见白鸟翀。
澎湖岛屿可指数,排衙六六环葱茏。夜景苍凉潮正上,明珠十斛散虚空。
星斗低垂银汉近,蛟龙潜伏水晶宫。天明水碧变深黑,露晞雾霁薄烟笼。
渐而变蓝渐变白,赤嵌仿佛在目中。鲲身七曲断复续,乍隐乍现微沙虫。
片帆纡回向晚入,荡缨遥辨钲鸣铜。舟人皆言此行好,风力不雌亦不雄。
十二更洋二日过,邀神之福皆由公。诸君之言吾岂敢,济险实赖众和衷。
量水下碇傍北线,安平更鼓声篷篷。①

　　1761年任诸罗县教谕的卢观源,福建永安人。他是闽人到达台湾后,对于台湾的自然、人文景物感到新奇,并将台湾与中土故乡加以比较和描写,开阔其原本较为局促的心志的诗人之一。其《台阳山川风物迥异中土,因就游

---

① 吴玉麟:《渡海歌》,连横《台湾诗乘》,《台湾文献丛刊》第64种,"台银"1960年版,第78~79页。

览所及,志之以诗》,描写台湾山川之奇:

> 地势蜿蜒俨屏翰,拥护全台曲且弯。面挹波涛临广岸,一望平原烟雾间。
> 平原土壤美而肥,海港交横草菲菲。更有山溪资灌溉,桑麻万顷映晴晖。
> 涓涓细流皆汇海,万水朝宗并西归……洪炉鼓涛果属奇,有山如玉照玻璃。
> 显晦无常殊众岫,皎光恒见冬春时。玉案山腰水出火,源泉百沸焰如炊。
> 并系中原稀有事,异见异闻孰不疑?一区迥分南与北,鸡笼山头雪未蚀。
> 凤邑寒冬早放型,三月陇间收种植。果蔬花卉发先期,锄耰随地可觅食。
> 岁丰足抵三年耕,不知含鼓歌谁德。

诗中并叙写了部分土著居民始沐教化,改进生产方式,提升文明程度的情形。台湾在作者心目中,无异于一片安和欢乐、欣欣向荣的乐土,作者也因此心情舒畅、意气满怀,"旷览瀛壖兴倍豪","敉宁是处歌乐土,发箧何须讲六韬!"①

二、描绘台湾潮流中的《小琉球漫志》

以所著《小琉球漫志》为士林称道的朱仕玠,是这股观察、感受、描绘台湾的潮流中,颇具代表性的文人之一。仕玠字璧丰,号筼园,福建建宁人,邵武拔贡,与其弟仕琇分别以诗、文名,然仕玠所作《小琉球漫志》,说明本擅长写诗的他,于"纪载之文""亦兼之而得其长也"②。徐时作在为该《漫志》作序时称:"筼园屡试场屋不遇,年四十余,以例官德化教谕。大吏知其才,调任凤山学。凤山在海外。筼园于渡海道途经历及学舍所闻见,著《小琉球漫志》十卷……志中古今体诸诗,原本风骚,而记载奇迹、考订错误,文亦详明而有法。"鲁仕骥在《小琉球漫志·鲁序》中亦指出该书之特点和价值:"台湾自入版图后,历今八十余年。人但知为南徼一藩蔽要地而已,未有知其奇胜有如此书所云也。即爱奇者遐搜博采,或得以知其一二,亦未有洞悉其人情土俗有如此书所云也。盖虽属内地,而巨洋隔之,学士足迹,无从而至;其四方之商贾于是者,既不足以知之,而官斯土者,政事卒卒,又或未暇笔之于书。是以八十余年,惝恍迷离,其详不得而著也。今先生以散秩优游其地,得以用

---

① 载余文仪:《续修台湾府志》,《台湾文献丛刊》第121种,"台银"1962年版,第976~977页。
② 徐时作:《小琉球漫志·徐序》,朱仕玠《小琉球漫志》,《台湾文献丛刊》第3种,"台银"1957年版,第1页。

其精心考核，而成此书。此书之成，既足以见圣朝覆帱之仁，不遗荒徼；且使读是书者，洞悉其人情土俗，他日或仕其地，知所法戒，而因以施其抚治之方。此则其用心之尤精者矣。仕骥窃谓此书当与《尚书》之《禹贡》、周官之职方氏，并垂不朽；若夫名胜所著，抑其小焉者尔。"

《小琉球漫志》包括《泛海纪程》、《海东纪胜》、《瀛涯渔唱》、《海东剩语》、《海东月令》、《下淡水寄语》6编。该《漫志》的特别之处，或许在作者本为闽北人，到闽南泉州之德化任县学教谕，后又调任台湾之凤山县学；乾隆二十八年（1763），在离开德化前往台湾时，他请假归里，后取道福州，渡乌龙江，过兴化、泉州，在厦门登舟，经大小担、澎湖、黑水沟，进鹿耳门，而后又往其职所，沿途所见，即多所记载，"自山川风土人物，上至国家建置制度，下而及于方言野语，综要备录，靡有所遗。其间道途所经、胜迹所至，与夫珍禽异兽中土所不经见者，则以诗歌写之"①。这样，作者既熟悉八闽大地的山川风土人物，以此知识背景观察台湾，自能相互比较，见出其异同。作为诗人，将其所见，多用诗歌形式加以吟咏，成为富有文学质地的记载文字。

仙游枫亭驿为唐明皇妃江采苹的家乡。相传江妃曾命高力士购荔枝于闽中，驰马进上而备受宠幸。朱仕玠路过此地，遂记江妃死节事："妃性嗜梅，所居遍植，因号梅妃。自杨贵妃入宫，罕得幸御。妃慨慕长门赋故事，欲求才士作赋，因以动上，一时无肯为者，遂自作《楼东赋》。明皇览而怜之，卒畏贵妃逼，不敢召也。及幸蜀归，遍索妃所在，得温泉薨葬处。发之，颜如生，胁有刃痕，知不屈为乱兵所戕。上皇震悼，命改葬焉。"从江妃宁死不屈、保持忠贞的刚烈举动，令人想起晚明皇室朱术桂之五妃殉节事。这或可视为闽台民性之刚烈的缩影。朱仕玠并为《新唐书·外戚传》未载江妃之名甚感不平，《过江妃故里》诗有云："懊恼史官编外戚，不书名姓慰贞魂。"

朱仕玠过了泉州，来到五通渡，渡海即是厦门，海面计约十余里。朱仕玠作《五通渡》诗云："问讯厦门路，烟涛十里深。沧溟风易动，绝岛树疑沉。漫效浮槎客，难为故国心。定知今夜梦，缭绕绿杨林（予所居村名）。"显然，即将来到厦门，诗人想到了明朝的覆亡，想到了郑成功为延明祚，以厦门为基地，收复台湾的功绩，缅怀历史，而心潮起伏，彻夜难眠。抵厦门，朱仕玠这样

---

① 　鲁仕骥：《小琉球漫志·鲁序》，朱仕玠《小琉球漫志》，第2页。

介绍厦门："厦门一名鹭门，属同安县，为闽中通洋巨镇。突起海中，地广轮约五六十里。……"并有诗云：

> 厦门寔巨镇，远辖尽涨渤。重关严稽查，兵卫环戈戛。东南通辐辏，歌管日胶葛。蜀锦与杭绫，被服同裋褐。市门嫣一笑，肯惜红靺鞨。居货牣殊方，由来蕴利窟。海隅生齿稠，举踵隘耕垡。腾踔狎洪涛，洋船纷四出。往来市诸番，安论吴与越。咬吧最险远，万里逝超忽。昆仑及七洲（西海昆仑、七洲，二洋最险。语云：归怕昆仑，来怕七洲），荒怪难具述。虾须闪旗殷，鲸背矗山屼。岁候西飙回，珍贝光熇发。兴朝弛海禁，非徒边徼活。王道尚柔远，要使职贡达。梯航安可穷，泱漭沧溟阔。

这首诗十分准确、生动地反映了厦门的海洋文化特色。首先海运交通四通八达，来自东南西北、国内国外的货物齐集这里，有的珍稀贵重，有的粗俗实用，所谓"东南通幅辏"，"居货牣殊方"，在这繁忙的经济交往中，蕴藏着无限的商机和利润。诗人试图探究形成这种现象的原因：闽南地处海隅，人口却日渐繁衍，形成地狭人稠的局面，如果仅限于农耕，难免生计困难，于是人们纷纷腾跃于波涛之上，驾舟出海，四处做生意，所到之处，何止吴越之地，而是达至各国，甚至远涉西洋。其间经历困难险阻，换回各种珍珠宝贝。诗人指出：朝廷放松海禁，不仅能搞活边疆海隅的经济，使人民丰衣足食，还能使王道远播，建立与外国人民的友好关系，使四方来贡。作者最后感叹道：大海真是一个无限广阔的天地！

《小琉球漫志》的一个特点，是记录十分详细、真切，为后人留下了各种宝贵的资料。如作者登上由厦门开往台湾的船舶后，即巨细靡遗地记下了船的尺寸和造型，以及置罗盘、子午针，设水舱贮淡水，舱内供奉天后像等情事。登舶之后，"陈牲醴，焚楮帛，鸣金伐鼓，以祭海神"。或值黑夜舟行，"海风怒号，舟楫震撼，篷索偶失理，鸦班（船上专管张弛、整理篷索的人）上下桅竿，攀缘篷外，轻踰鸟隼，捷若猿猱，洵称绝技"。作者描写六七月北风大作时过黑水沟的情形，十分惊险："海水横流，为渡台最险处，水益深黑，必借风而过……舟过沟，水多腥臭，盖毒气所蒸。予以惊怖，未敢出视……及暮，风益烈，涛浪如山，倏闻船底喧嚣，声如地中万道鼓角，意加怖。"尽管"日出有定，海气兴灭无定"，使人备受艰辛，饱受惊吓，但作者仍从这趟海之旅中受到大海的熏陶，开阔了视野和心胸，增强了对海洋的认同。其《海中观日出》诗开头即写道："我生守蓬蒿，寸步困逼仄；忽成沧海游，掀眼恣天色。"表达的正是一种由目光拘囿走向眼界宽广的欣喜。又有诗云："鸿爪留泥尽偶然，此生何意到瀛壖。彼苍怜跼溪航小，放眼沧溟十丈船。"诗人以在闽内地的"溪航小"对比台海的"十丈船"，同样表达了由拘限走向开阔的感受和心理。大陆内地山多，所以不奇，而海洋意识的开拓，对于中国人而言，显然更有意义。

当然，《小琉球漫志》的重心，是对台湾风土、情事的观察和记载。作者一进鹿耳门，内心立即渗露出中国文人传统的历史兴亡感，同时对台湾的地理优势，也有了直接的感受和认知。《鹿耳门潮声》诗云："大荒地险尽尧封，想见天兵克伪墉。故垒迄今盈百室，寒潮依旧卷千重。余波南汇暹罗水，细沫东嘘日本峰。怪煞舳舻争利涉，长年来往狎鸥踪。"诗中讲到，台湾虽地处偏险，但属中国之地，看到鹿耳门，令人想到施琅领兵攻克台湾，将其纳入大清版图。故垒仍在，波涛依旧，从鹿耳门出发的水路，往东北可到日本，往西南可通泰国。难怪商船长年来来往往，络绎不绝。该诗对台湾在海外交通和贸易中的优越位置，具有明确的认识，同样显现了诗人视野的开阔和海洋文化意识的增长。

在其他文字中，朱仕玠对台湾的山川景色、物产民俗等各方面的情况详加描写和介绍。在诗中，常自附注解，对一些事物的名称、习俗的由来等加以说明。"擘红无复果园开，空忆明珠出蚌胎。忽见堆盘成一笑，海航新载荔支（枝）来。"诗人自注："台地不产荔支（枝），皆载自内地。忆在永春王氏园中饱餐，相距已二年矣。"反过来，台湾的物产也输往内地："草木隆冬竞苗芽，红黄开遍四时花。何须更沐温汤水，正月神京已进瓜"，自注云："台地西瓜，有种于八月，成于十月者；用于充贡，正月至京师……"这些诗反映了海峡两岸互通有无的密切的经济往来。

在人文景观方面，朱仕玠初到台湾，仍保持就景赋诗的兴头，于是有了歌咏五妃殉节之事的《五烈墓》等诗。又如，写"梦蝶园"的诗，通过隐居的李茂春日诵佛经自娱，既反映了闽台佛教之兴，亦是南明遗民面对历史沧桑无可奈何的心境写照。此外，作者既写汉人习俗，也写"番人"风情。如台人的好赌："轻缯作裤白罗襦，哪识家仍担石无。明烛华灯喧夜半，分曹到处快呼卢。"这种赌风，其实传自闽南。写"番女"之荡秋千则声貌俱全："好是风和景物妍，野花盘髻胜金钿。乍闻笑语来天半，番女轻盈戏渺绵。"作者还注意到不同于大陆汉人农耕文化的土著狩猎文化,同时对于部分土著的逐渐与汉族同化的现象也有所描述:"熟番形貌肖猿猱,渐制衣裾慕胜流。但羡唐山无限好,安知文物萃神州。"

《小琉球漫志》中的"海东剩语"部分,改为一事一题、一物一题的名词解释式的记述方式,同样包罗万象。如"粤籍"条下云:"台地居民,泉、漳二郡十有六七,东粤惠、潮二郡十有二三,兴化、汀州二郡十不满一,他郡无有。风俗饮食器用,同于泉、漳。惠、潮居民,亦准考试,分其卷为粤籍,四邑与焉……""台钱"条下云:"台地用钱,多系赵宋时钱……是台地古钱,载自东粤舶,为可信也。""文昌鱼"条下云:"文昌鱼产漳州,曝干状类银鱼,台人以为珍味……""壁虎能鸣"条下云:"台地壁虎,形状与内地无异。但能鸣矣,声如瓦雀。"令人想起当代台湾文学中仍有以"壁虎"为重要意象之小说。"筏篷"条下写道:"海边渔人,往海取鱼,则用渔舟;至沿海浅处,止凭竹筏。筏上安篷,驾风往来,狎视海涛,浑如潢池。其筏长约三四丈,阔约一丈。"写出了台海渔人驰骋大洋之气势。"鸦片"条下,描述吸鸦片者的特征,十分准确和翔实,并说明台地和中土一样,当时都已受外来之鸦片的毒害。"蟒甲"条下云:"蟒甲以独木为之,大者可容十三四人,小者三四人,划双桨以济,稍欹侧,即覆矣。番善水,虽风涛汹涌,如同儿戏;汉人鲜不惊怖者。惟鸡笼内海蟒甲最大,可容二十五六人,于独木之外,另用藤束板,为辅于木之左右,尚存太古刳木为舟、剡木为楫之意……"可说较早认识到后来一度被称为"山胞"的台湾土著民族,其实本是善水民族,吻合于现代考古界、人类学界所认为的台湾土著民族实为远古中国南方百越海洋民族后裔的看法。"草地郎"条下写道:"四乡地尽平衍,田亩尽属草地开垦。凡居乡者,总名草地郎。至府治,则以凤、诸、漳三邑人,亦呼为草地郎。"显然,至今仍广泛沿用的"草地郎"这一名词由来已久,它透露了台湾民众具有较强草根性、民间性的文化特征。由于台湾的高层官员多由中央政府从全国各地调派,一般民众多为闽、粤移民,他们在原居地就处于社会底层,到了台湾,更是一无所有,一切均须筚路蓝缕,重新开始,这是其草根性特强的原因,也因此才有了"草地郎"这一名称。

正如徐家泰在《小琉球漫志·跋》中所言:"凡海中日月之出没、鱼龙烟云之变幻,与夫都邑地理人物鸟兽草木之奇怪、风俗言语之殊异,莫不一一笔记。间为诗歌,以发其羁旅之情……岂天欲先生昌明诗教于重洋,而使薄海穷壤,咸知国家雅化之盛与?抑欲使奇观异闻,得先生雄伟恢闳、绝伦特出之才以志之,以为史氏之采择与?则是志也,岂非海隅一代之典籍哉!"① 以此言之,它虽然不是官方主持修纂之志书,却可视为以个人方式所撰的另一种"志",自有其特殊的价值。

三、扩充见闻于海外的《海南杂著》

在这股风土杂咏时潮中,值得一提的还有蔡廷兰的《海南杂著》。廷兰字香祖,学者称秋园先生,澎湖人。清道光二十四年(1844)进士,为澎湖有史以来第一位进士,曾主崇文、引心等书院讲席,亦在文石书院讲过学,后到江西担任知县、水利同知等官职。年轻时,在澎湖就以一首《请急赈歌》,备陈灾民穷困饥苦状,深得奉檄勘赈的兴泉永道周凯的赞赏,赋诗以和,日后更悉心提拔。当时周凯正以诗文倡导闽南学者,廷兰以海岛诸生,为所器重,于是台郡当道名流,如熊介臣、周洞东、姚石甫、刘次白诸公,莫不知澎湖有蔡生。② 同时,蔡廷兰和周凯就赈灾问题的答唱诗文,说明台澎和福建在民生经济上存在着十分紧密的关系。

蔡廷兰由于一次偶然机会,成就了台湾文学史上不可多得的一册奇书,无形中也提示了闽台文学中必然存在的"海洋文化"因素。道光十五年(1835)蔡廷兰在参加省试后,南下抵厦门,渡金门,到祖家看视,由料罗湾觅舟,拟归澎岛问安老母后,即赴台湾。从金门出发时,似已见风征,劝舟人"且缓放洋",舟主不从。在海上果遇飓风,历尽艰险,九死一生,逾四五日方才泊于未知名海岸,后知此地为"安南"(今越南)。时越南有许多闽、粤移民,国王又重视儒学,所以在越备受各方礼遇,逗留数月,方从陆路返回厦门。蔡廷兰以此奇特经历,作《海南杂著》两卷,自谓:下卷皆途次唱酬之诗,尚未刻行;上卷则分为《沧溟纪险》、《炎荒纪程》、《越南纪略》三部分。周凯在为其所作《序》中,分述此三部分主要内容:"一书大海中风雨晦冥、波涛骇异、生死不可测之情状,而中怀镇定,惟老母是念;一述越南恭顺、雅重天朝文士,

---

① 徐家泰:《小琉球漫志·跋》,朱仕玠《小琉球漫志》,第102页。
② 蔡廷兰:《海南杂著·传略》,《台湾文献丛刊》第42种,"台银"1959年版,第59页。

与其士大夫相唱和，及所历山川道路之险夷、城郭宫室仓廪府库市廛之虚实；一载越南故事，略古详今，纤悉毕具，以验其风俗。"① 值得注意的是蔡廷兰将此经历详细地记录下来的动机。《沧溟纪险》的末尾，被周凯认为是"自写胸臆"的一段话，透露了个中信息。他写道：

> 念家住澎湖大海中，自幼涉沧溟，于今数十度往返，俱顺帆安稳无恐怖；间有风波，亦寻常事，未若兹之艰险备历、万死一生也……余自问区区一介，无所短长，虽忠信愚忱亦颇自持，而际此颠危险难，胡能不怖？心怦怦然，展念老母，终焉不孝，尚敢自望生全，亦听命于天已尔。乃竟不死，以至于斯。不知天将厚造于余，而先使流落遐荒、穷愁拂郁，因以扩见闻于海外之国，未可知耶？然亦幸矣。"

蔡廷兰生长于海岛，日常往返于海浪波涛之中，终因偶然遭遇，得以游历海外，这种机会，以及视"扩见闻于海外之国"为一种幸运的认知，实为"海洋"所赐，亦为海洋文化意识的一次具体呈现。周凯在序中亦称："顾念生（指蔡）生长穷岛寂寞之乡，纵能力学，见闻寡鲜，天岂以是跌荡其胸臆，开豁其心思耳目，以益其为文耶？"② 除此之外，蔡廷兰之所以写《海南杂著》，应与从清初就已开始的闽台两地风土杂咏之风的熏染，也不无关系。《海南杂著》也就成为这股风气中的一个特殊的产品。

四、风土杂咏诗的福建渊源

从清代初期就开始的以风土杂咏诗和各种《台湾赋》为代表的观察、感受和描绘台湾的文学潮流，与福建有着十分密切的关系。

首先，从清康熙至乾隆的百余年间，福建文人亦特别注重风土杂咏诗的写作。因此闽台两地的风土杂咏诗潮流，实是遥相呼应。或者说，随着清朝前、中期闽地文人（主要指闽籍文人，亦包括一些在闽地任职而有缘福建的外省文人）的大量来到台湾，他们将闽地正兴的文学风气也带到了台湾。

陈庆元《福建文学发展史》对这一时期福建大兴风土杂咏诗的原因作了分析。一是这一时期是福建相对承平的时期，战乱已经结束，较安定的社会

---

① 周凯：《海南杂著·周序》，蔡廷兰《海南杂著》，第3页。
② 同上书，第3～4页。

环境使诗人有余暇将风土民俗作为一种专门的题材来加以集中地反映。二是明代以来各地风土杂咏诗兴盛,在福建长期历史文化发展中逐渐滋长了热爱本乡本土感情的闽地文人,自然也不甘寂寞,何况闽地风土的确也有它的独特性。三是康熙至乾隆间福建各郡县纷纷修纂方志,文人们在修志的同时不能不注意到本乡本土的风土民俗。像侯官人许遇的《家山杂忆》135 首写自己的家园生活和福州一带风土民俗;闽县人叶观国的《榕城杂咏一百首》,或以文物胜迹为线索,追叙各代轶闻轶事,或以时节为序,叙写民俗民风,或单纯记载海错、瓜果等物产,都是颇具代表性的作品。① 此外,康熙乾隆年间闽人写作竹枝词蔚然成风,比如,有闽县谢道承的《南台竹枝词》8 首,侯官郑洛英的《冶城田家竹枝词》10 首,入闽的浙江仁和杭世骏的《福州竹枝词》18 首,闽县孟超然受前者启示而作的《福州竹枝词》18 首,等等。

　　上述福建风土杂咏诗大兴的三个原因,对于台湾来说也是完全符合的,或者说,台湾也有产生同样诗潮的环境和条件。加上这时台湾正式设府并隶属福建,闽人自然对台湾十分关注,像名重八闽骚坛的陈寿祺、萨玉衡等,都写有与台湾相关的诗作,更不用说大量亲身来到台湾的文人墨客了。他们过去对台湾了解并不多,台湾的风土民俗与福建既相似又不完全相同,引起他们的高度兴趣,因此风土杂咏诗的兴盛,其实是很自然的。仅以康乾时期而言,较著名的就有莆田陈鼐的《台湾竹枝词》30 首,漳浦阮蔡文的《淡水纪行诗》,蓝鼎元的《台湾近咏》10 首,陈梦林的《玉山歌》,建宁朱仕玠的《瀛涯渔唱》,侯官郑大枢的《台湾风物咏》12 首,闽县吴玉麟的《台湾杂诗》等。② 此风后来甚至延绵了有清一代。值得注意的是,福建的风土杂咏诗有个特点,是诗人往往加上自注,对特有的民俗风物和一般读者不了解的历史掌故等加以说明。这种形式的出现,是和写作这种诗歌的目的紧密相连的。同样的,台湾的风土杂咏诗也多有自注。这或许是闽台两地的风土杂咏诗具有密切的源流关系的一个证明。

　　其次,台湾的这类作品显露出闽文化的鲜明色泽,反映出闽台文化的密切关联。除了海洋文化特色外,这些作品还透露出闽台文化的另一个重要特

---

① 　陈庆元:《福建文学发展史》,福州:福建教育出版社 1996 年版,第 417 页。
② 　同上书,第 423 页。

征:基层性和草根性的特征。地处边陲的闽人,本来就有较强的草根性,移民来到台湾后,原来拥有的一切资源,都已消失殆尽,一切均得重新打拼,很快地就有了扎根乡土的意识和倾向,其草根性、基层性、民间性也就表现得更为明显。这种文化性格必然反映到文学上。本书《导论》中曾提及的雍正年间巡台御史夏之芳取岁试、科试之文刊行《海天玉尺编》,指出岁试之文旷放灵秀、清新自然,有异于科试作品之醇正昌博,乃"其地之风气僻远"使然,这正是一个极好的例证。① 在整个中国的政治、社会结构中,闽台处于边缘,福建人在台湾当官,大多也只是任幕僚或教谕等低层官员,当时的台湾人则似乎对外出当官的兴趣不大,即使科举得中,也常想回到台湾,过一种隐逸世外的生活,因此始终保持着鲜明的民间本色,他们的风土杂咏诗,也就与高官们的庙堂文学有所不同,显示出草根性特色。这种草根性,甚至到现当代台湾新文学中,都还有明显的表现,如二三十年代就已相当强盛,六七十年代再度崛起,成为台湾文坛主流的乡土文学,就是明显的例子。

第二节　以闽学为基本传承的教化

一、从海滨邹鲁到海东邹鲁

闽人较大规模地移入台湾,始于明郑前后。郑成功收复并垦殖台湾,同时也将祖国大陆历代沿用的一整套政经文教制度带到台湾。其时,台湾的土著民族(当时被称为"番")由于尚处于较原始的社会形态,亟需教化;而汉族移民不少是军队中的士兵、眷属和闽粤等地为生活所迫而离乡背井的下层民众,甚至为无家无业之"罗汉脚",也需要教化。当时有经济长才、掌管具体事务的咨议参军陈永华,向郑经讲述兴建孔庙、学校的重要性:台湾沃野数千里,远滨海外,民风纯朴,若能得贤才而理之,经过一段时间的教养生聚,当能赶上中原地方。② 郑经采纳此议,并付诸实施,建立起一套较完整的教育

① 夏之芳:《海天玉尺编二集序》,范咸《重修台湾府志》,《台湾文献丛刊》第105种,"台银"1961年版,第670页。

② 连横:《台湾通史·教育志》,北京:商务印书馆1983年版,第188页。

制度,如学校包括学院、府学、州学和社学等不同层次,甚至推行科举以选拔人才。郑氏政权还以蠲免徭役的优惠,鼓励土著儿童入乡塾就学。而被称为"台湾文献初祖"的沈光文,因不满郑经"颇改父之臣与政"① 而隐遁山林,变服为僧,亦以设帐授课、教学番社为业,被认为有开全郡风气之功。值得指出的是,郑氏政权高度重视文教事业并很快取得成效,与当时不顺从清朝而随郑氏来到台湾的一批文人学士,特别是明末活跃于江南一带的复社、几社重要成员,应有相当的关系。以徐孚远为首的"海外几社"被称为"东林后劲",遥接"东林党"顾宪成、高攀龙等,而后者都是尊崇并发展了朱子学的事功论系统的著名学者。清道光四年(1824),北路理番同知邓传安倡建鹿港文开书院,除主祀朱子外,两旁还配祀沈光文、徐孚远、卢若腾、王忠孝、沈佺期、辜朝荐、郭贞一、蓝鼎元8位明末清初的文人学士,其中徐、卢、沈3人,属"海外几社六子",而王、辜等人,也与他们往来密切。蓝鼎元则为清初闽南知名的朱子学学者。文开书院的配祀,说明他们确实为推动台湾文教事业的发展,做出了让后人怀念的突出贡献。

入清之后,为政者同样十分重视文教事业,各级官员中不乏热心教化者。郁永河在《裨海纪游》中写道:"苟能化以礼义,风以诗书,教以蓄有备无之道,制以衣服、饮食、冠婚、丧祭之礼,使咸知爱亲、敬长、尊君、亲上,启发乐生之心,潜消顽愚之性,远则百年,近则三十年,将见风俗改观,率循礼教,宁与中国之民有异乎?"② 这应代表着一批官员和文人学士的观点。康熙二十二年(1683)由施琅倡建于台南的西定坊书院,为台湾首家书院,此后陆续又有蒋毓英所建镇北坊书院、吴国柱所建竹溪书院等等。如果说这些早期书院尚徒具其名而无其实,其规制与一般义学无异的话,那康熙四十三年台湾知府卫台揆创建的崇文书院,则为台湾真正意义的书院之始。③ 此后各地纷纷仿效设立,很快建立起包括文庙、儒学、书院、社学、义学、民学等在内的教育体系,取得了土著儿童亦能习汉语、读经书、颂毛诗的成效。同时开科取士。最初参加科考的,不少是冲着台湾获取功名较易而来的冒籍的闽人,所谓"庠序之士,泉、漳居半,兴、福次之,土著寥寥矣",而官员也认为在当时的条件下,

---

① 连横:《台湾通史·诸老》,第519页。
② 郁永河:《裨海纪游》,《台湾文献丛刊》第44种,"台银"1959年版,第36~37页。
③ 庄明水等:《台湾教育简史》,福州:福建教育出版社1994年版,第62页。

这样做对推广台湾的教化,利大于弊,"借其雅博宏通,为土著之切磋可也",也就听之任之。① 在土著民族的教化方面,1713 年任北路参将的阮蔡文在巡视北路"番界"时,曾召社学之"番童",凡能诵四书者旌以银布。1722 年台厦道陈大辇鼓励番童教育,凡能读四子书、习一经者,便举为乐舞生。雍正元年（1723）台湾知府高铎和、巡台御史黄叔璥曾致送读书"番童"每人一册四书,一帙时宪书,采儒家典籍为读本,教以忠君爱国、孝亲敬长之理。② 于是出现了王必昌在《台湾赋》中所提到的"近郭熟番,渐知礼制,童子入学,亦解文艺"以及孙霖《赤嵌竹枝词》中所咏及的情形:"渐消狙犷渐恬熙,大杰巅头立社师。海宇同文臻雅化,爱听童子诵毛诗。"《台湾府志》称:"台虽外岛,作育数十年,沐浴涵濡,骎骎乎海东邹鲁。"③ 可以看出,台湾文教事业的发展,沿用祖国内地之体制,以赶上中土儒家教化为目标,其实质是以儒家思想为基核的中国文化在台湾之播迁。

有一个很值得注意的现象,台湾高层官员如福建巡抚巡台、分巡台湾兵备道、台湾海防同知、巡台御史、台湾知府、水师守备乃至县令、知县等,绝大多数由朝廷从全国各省调遣,但台湾各级掌管教育、承担教化任务的"教授"、"教谕"、"训导"等职务,却大多由福建人承担。泉州天后宫内闽台关系史博物馆"闽台缘专题展览"有一《清代台湾福建籍教授教谕表》,现逐录如下:

表 2-1　清代台湾福建籍教授教谕表

姓　名	籍　贯	出　身	职　务	任职时间
林谦光	长乐	副贡	府学教授	康熙二十六年
傅廷璋	南安	举人	台湾教谕	康熙二十六年
黄赐英	晋江	举人	凤山教谕	康熙二十六年
陈志友	长乐	岁贡	诸罗教谕	康熙二十六年
张士昊	福州		府学教授	康熙三十年
林宸书	莆田	岁贡	台湾教谕	康熙三十年

① 周钟瑄:《诸罗县志·学校志》,《台湾文献丛刊》第 141 种,"台银"1962 年版,第 80～82 页。
② 江宝钗:《嘉义地区古典文学发展史》,嘉义:嘉义市立文化中心 1998 年印行,第 192 页。
③ 转引自江宝钗:《嘉义地区古典文学发展史》,嘉义:嘉义市立文化中心 1998 年印行,第 52 页。

续表

姓 名	籍 贯	出 身	职 务	任职时间
黄式度	晋江	举人	凤山教谕	康熙三十年
谢汝霖	长乐	举人	诸罗教谕	康熙三十年
林庆旺	晋江	副贡	府学教授	
张 铨	漳州	岁贡	台湾教谕	康熙三十四年
林 弼	莆田	拔贡	诸罗教谕	康熙三十四年
丁必捷	平和	岁贡	凤山教谕	康熙三十五年
蔡登龙	同安	举人	府学教授	
郑占春	福清	岁贡	凤山教谕	康熙三十七年
黄世杰	龙溪	拔贡	台湾教谕	康熙三十九年
施士岳	晋江	岁贡	诸罗教谕	康熙三十九年
林华昌	晋江	举人	府学教授	
丁必捷	平和	岁贡	诸罗教谕	康熙四十一年
吴周祯	晋江	岁贡	凤山教谕	康熙四十二年
陆登选	欧宁	举人	台湾教谕	康熙四十三年
施德馨	南靖	举人	府学教授	
孙 襄	晋江	岁贡	诸罗教谕	康熙四十五年
施士岳	晋江	岁贡	凤山教谕	康熙四十七年
曾辉缵	福州	举人	府学教授	
康卓然	龙溪	岁贡	台湾教谕	康熙四十八年
陈 声	长泰	举人	诸罗教谕	康熙四十九年
杜成锦	侯官	举人	府学教授	
郭 涛	福清	岁贡	凤山教谕	康熙五十一年
郑天济	福清	岁贡	台湾教谕	康熙五十二年
陈文海	永安	岁贡	诸罗教谕	康熙五十三年
张应聘	海澄	举人	府学教授	
富鸿业	晋江	举人	凤山教谕	康熙五十六年
施松龄	古田	举人	诸罗教谕	康熙五十六年

续表

姓　名	籍　贯	出　身	职　务	任职时间
蔡时升	晋江	举人	府学教授	
魏　藻	福清	举人	府学教授	
吴应异	侯官	举人	台湾教谕	康熙五十七年
丁　莲	晋江	进士	府学教授	
朱竟成	永安	副贡	凤山教谕	康熙六十年
蔡　芳	晋江	举人	诸罗教谕	康熙六十年
葛　汶	闽县	副贡	台湾教谕	雍正元年
吴启进	南安	举人	府学教授	
张寿介	南靖	副贡	台湾教谕	雍正三年
黄　献	侯官	举人	诸罗教谕	雍正三年
陈霞鼒	福清	举人	彰化教谕	雍正三年
林正泰	侯官	举人	凤山教谕	雍正四年
洪淳英	同安	举人	台湾教谕	雍正六年
郑拔进	南安	进士	府学教授	
郭际谋	晋江	举人	凤山教谕	雍正七年
李倪昱	晋江	举人	诸罗教谕	雍正七年
陈芳濂	宁德	举人	彰化教谕	雍正七年
薛士中	闽县	进士	府学教授	雍正十年
陈士恭	漳州	举人	台湾教谕	雍正十年
张应渭	闽县	举人	凤山教谕	雍正十年
李元善	安溪	举人	诸罗教谕	雍正十年
林　炯	莆田	举人	彰化教谕	雍正十年
吴开业	海澄	进士	府学教授	雍正十二年
陈霄九	南靖	举人	台湾教谕	雍正十三年
徐文炳	建阳	恩贡	凤山教谕	雍正十三年
蓝国佐	漳浦	举人	诸罗教谕	雍正十三年
萨学夫	侯官	举人	彰化教谕	雍正十三年

续表

姓　名	籍　贯	出　身	职　务	任职时间
郭　美	闽县	进士	府学教授	乾隆三年
徐弘祚	将乐	举人	台湾教谕	乾隆三年
周　元	长乐	拔贡	凤山教谕	乾隆三年
陈振甲	浦城	拔贡	诸罗教谕	乾隆三年
邹　熊	清流	举人	彰化教谕	乾隆三年
薛士中	闽县	进士	府学教授	乾隆五年
李钟德	安溪	举人	台湾教谕	乾隆六年
何奕奇	福清	举人	台湾教谕	乾隆六年
陈光绪	泰宁	举人	诸罗教谕	乾隆六年
范正国	上杭	举人	彰化教谕	乾隆六年
吴应造	福清	进士	府学教授	乾隆九年
吴光祖	福清	举人	台湾教谕	乾隆九年
林　达	福清	举人	诸罗教谕	乾隆九年
庄　元	龙溪	举人	凤山教谕	乾隆十年
董天工	崇安	拔贡	彰化教谕	乾隆十一年

　　根据台湾学者施懿琳所列《清代台湾诗作者资料表》，清代在台湾担任教授、教谕、训导等职务的闽籍文人，除了上表所列外，至少还有：康熙朝晋江林华昌任台湾府学教授，雍正朝侯官江冰鉴任凤山县教谕，同时还有台湾凤山施士爆到福建兴化任训导；乾隆朝侯官陈绳任诸罗县训导，南平朱澐任凤山训导，归化谢家树任台湾府学教授、训导，安溪李钟问任凤山县教谕，永福林绍裕任凤山县训导、教谕，永安卢观源任诸罗县教谕，建宁朱仕玠任凤山县教谕，侯官吴玉麟任凤山县教谕，嘉庆朝晋江柯辂任嘉义训导调署彰化教谕，龙溪黄对扬任台湾县学训导，侯官谢金銮任嘉义教谕，德化郑兼才任台湾县学教谕；直到道、咸、同、光诸朝，台湾本土文人已壮大并能胜任教育工作时，还有晋江人陈淑钧任噶玛兰仰山书院山长及主持鹿港文开书院，侯官刘家谋任台湾府学训导，侯官马清枢任台湾府学教授等。[①]　相反，由来自其他省份的人

---

　　①　根据施懿琳：《清代台湾诗作者资料表》，见施懿琳《清代台湾诗所反映的汉人社会》，台湾师范大学1991年博士学位论文。

士担任上述这些职务的,则相当少见。因此台湾的教化,就与福建有着密不可分的关系。或者说,闽地的教育体制、治学风气、人文学术传统等,都随着这些担任教职的闽人进入台湾,对台湾的文教产生直接的影响。

《台湾府志》称台湾为"海东邹鲁";而在福建,号称"海滨邹鲁"的,并非绝无仅有。像浯州(金门)、泉州,都有此美誉。其原因之一,就在朱熹及其所代表的闽学与这些地方的深厚渊源。人文荟萃的历史文化名城泉州,本就有极为丰富的儒家文化积淀。唐代泉籍文学家欧阳詹与韩愈等同登"龙虎榜",并提出儒家道统问题,故有"闽中理学开先始于欧阳四门"之说。① 到了宋代,朱熹的父亲朱松曾任南安石井镇官。朱熹本人登进士踏上仕途之后,第一个职务就是泉州同安县主簿。任内他常游走于泉、漳之间,仅就泉郡而言,其足迹遍及同安、南安、晋江、安溪、永春诸县,并曾到过浯州(即金门)。朱熹曾读书、讲学于府城城隍庙旁的丛竹书院和祀欧阳詹的不二祠,并创建了泉山书院。② 到了知天命之年,朱熹又数次出入泉州、莆田等地,并任漳州知府一年,矢志当地社会改革,刊刻四经(《书》、《易》、《诗》、《春秋》)与四子书(《论语》、《孟子》、《大学》、《中庸》),提倡经世致用。

朱熹在闽南地区的这些活动,加上朱子学自身的魅力,使之在闽南一带具有极大影响,闽学及儒家文化在漳、泉相当普及。"时朱子之学大行于泉(州)"③,在那里,"朱子之书,家传人诵,昭列粲然,若繁星之丽天,有志于学者,可求而得之"④。朱熹的到来,使得金门从此成为一个重视教化的地方,蕞尔小岛,宋时就出了 6 名进士,明代多达 26 名,素有"海滨邹鲁"之称。朱熹自己也有对联称道泉州:"此地古称佛国,满街皆是圣人。"漳、泉已是如此,而作为闽学大本营的闽北一带,闽学之根深蒂固、声势浩大,更可想而知了。

当然,这还都只是一些表面盛况,更主要的是思想和学术的传承。仍以泉州为例。唐宋以降,泉州人文荟萃,文风鼎盛。不完全统计,宋代泉人著作有412 集 2200 多卷,明代泉人著作 1100 余部,清代泉人著作 800 多部。朱熹创立的闽学理论体系,以儒学为本,《易》、《中庸》是其理论基础,并批判地吸

① 李清馥:《闽中理学渊源考》,转引自泉州《闽台文化》第 3 期,1999 年 6 月。
② 陈桂炳等:《从石刻文字看宋明两代惠安的闽学》,泉州《闽台文化》第 3 期,1999 年 6 月。
③ 王梓村等辑:《宋元学案补遗·补杨先生至》,《四明丛书》本。
④ 陈桂炳等:《从石刻文字看宋明两代惠安的闽学》,泉州《闽台文化》第 3 期,1999 年 6 月。

收佛道一些思维经验和思想资料。泉州的易学著述即格外丰厚。明代泉州人论《易》的著作不下百部，因此有"天下言《易》者当推晋江"之说。如明代出现了以蔡清为首的易学大师和清源学派。这时出现的儒学专著，以蔡清为宗的有蔡清的《蒙引》，林希元的《易经存疑》，陈琛的《易经浅说》，苏浚的《易经达说》，蔡鼎的《易蔡》；以李贽为首的有李贽的《九正易因》。此外，还演《易》为文武两支，一支以王慎中为首的，成为明代古文运动的先驱；另一派以赵本学、俞大猷为首的演《易》入兵法，等等。①

闽学在福建根深蒂固，其地位难以撼动，这是福建思想文化与众不同的特色之一。朱子门派的历代众多弟子，在各地"明晦翁之学"，传播朱熹的学说，朱子祠遍布全省。在明代中期以后，王阳明心学兴起，广为流行，颇有取代程朱理学之势。然而在福建，却仍是朱熹学说的天下。清时闽人李光地尝言："姚江王氏（王阳明）标新立异，一时靡然宗之，其声华游从之盛，又非从前诸子之所及也。吾闽僻在天末，然自晦庵朱子以来，道学之正为海内宗，至于明兴，科名与吴越争雄焉。暨成弘间，虚斋蔡先生（蔡清）崛起，温陵（即泉州）首以穷经析理为事，非孔孟之书不读，非程朱之说不讲……自时厥后，紫峰陈先生（陈琛）、净峰张先生（张岳）、次崖林先生（林希元）皆以里闬后进受学而私淑焉。泉州经学遂蔚然成一家言。时则姚江（王阳明）之学行于东南，而闽士莫之遵，其挂阳明弟子之录者，闽无一焉。此以知吾闽学者守师说，践规矩，而非虚声浮焰之所能夺。"② 甚至出现了惠安人张岳，为批判王阳明学说，跑到浙江绍兴与王阳明辩论的事情。

入清以后，由于顺治、康熙帝的钦定，朱子学再次具有"国家哲学"的地位。不过到了乾隆、嘉庆年间，学术风气又出现一次大的转折。许多学者为了回避残酷的文字狱，转向故纸堆里讨生活。他们"好击宋儒凿空逃虚之说"（陈寿祺《谢震传》），转而推崇汉儒，标榜"主汉不主宋"（阎若璩语），提倡汉代许慎、郑玄的朴学，治学方法以考据为主，重训诂，凭实证，研究对象除儒家经典外，还广泛涉及古文字学、史学、地理学、目录学、校勘辑佚学，甚至某些自然科学门类，形成所谓的乾嘉学派。龚景瀚、萨玉衡、谢震、陈寿祺等，则为

---

① 许在泉：《论泉南文化》，泉州《闽台文化》第 3 期，1999 年 6 月。
② 李光地：《重修文庄蔡先生祠序》，《蔡文庄公集·附录》，泉郡大寺后家庙正派后裔藏版，泉州市泉州历史研究会 1986 年影印。

这一学风在福建的代表,而闽台两地都出现的修纂地方志和风土杂咏风,与这一文化背景不无关系。然而,即使在朱子学低沉不振,汉学几成一尊的乾嘉时代,在朱子学的故乡福建,仍有一批学者坚持朱子学不动摇。如福建宁化雷鋐坚持认为"朱子之心虚公广大,所以百世儒宗","朱子之道与孔孟同揆,朱子之功与沙岳并永"。①

二、"追溯高风仰宋贤","道延一线合真传"

闽地这种尊崇朱子之学的风气,自然随着闽人入台,特别是闽地文人几乎包揽了台湾的文教职务而传播到台湾。原由侯官知县迁台湾海防同知,旋署台湾知府,因案褫职,再经起用,为筹办噶玛兰开厅事宜,于嘉庆十五年(1810)奉委入兰的杨廷理,有《仰山书院新成志喜》诗云:

> 龟山海上望巍然,追溯高风仰宋贤;行媲四知留矩范,道延一线合真传。文章运会关今古,理学渊源孰后先? 寄语生徒须努力,堂前应有进三鱣。

该诗利用名称上的巧合,以宜兰附近的龟山岛和晚年隐居龟山、人称龟山先生的杨时相比附,说明台湾儒学教育与闽学——以朱熹为代表的福建宋代理学,亦称朱子学——的深厚渊源关系。杨时为宋南剑州将乐(现福建省将乐县)人,师事程颢、程颐,为程门四大弟子之一,是"程门立雪"、"道南之传"等故事的主角。杨时返闽之后,一传为罗从彦,再传为李侗(延平),三传为朱熹。杨时高寿八十三,门人千余,在东南声名卓著,号称程门正宗。诗中写道:像杨时这样的宋儒,其道德行为堪称典范,其学说传承则为程氏正宗,即所谓"行媲四知留矩范,道延一线合真传"。诗的末联则鼓励生徒努力学习,并相信这些学生中,将来必定会有荣登三公高位者。陈昭瑛称:"由此诗可以见出台湾儒学与福建儒学的渊源,亦可见出当时官员对儒学教育的提倡不遗余力。"②

除了台湾的书院大多祀朱子外,还有许多具体实例可以进一步说明闽台的这种渊源关系。如上所述,泉州的易学著述格外丰厚,素有"天下言《易》

---

① 刘树勋主编:《闽学源流》,福州:福建教育出版社1993年版,第503~507页。
② 陈昭瑛:《台湾诗选注》,台北:正中书局1996年版,第83页。

者当推晋江"之说。而在台湾,易学也相当发达,如人称关渡先生的黄敬,秉性纯孝,勤苦读书,受教于安溪举人卢春选而业大进,成岁贡生后,授福建福清县学教谕,因母年迈未就,乃设帐关渡,借庄中天后宫开办私塾,教授生徒数百人。平生钻研易学,著有《观潮斋诗集》以及易学著作《易经义类存编》、《易经总论》、《古今占法》等。门人杨克彰继承其师衣钵,亦有易学著作《周易管窥》等传世,使得淡北成为北台易学中心之一。此外,像拥有北郭园的竹堑郑家,因延请的老师王士浚于易学有专攻,受其感染,易学几成郑氏家学渊源之一。

根据刘树勋主编《闽学源流》所述,以朱熹为代表的闽学考亭学派有如下主要特点:①尤重"四书",他们一改汉儒只重《论语》的主张,而将《孟子》、《大学》、《中庸》与《论语》合称"四子书",奉为经典中的经典;②关心民间疾苦,以"经世济民"为职志,为学务实致用,不尚空谈;③注重传心;④不在意于功名,不乏弃举业而专事"求道"者。从这一角度着眼,许多台湾文人的言行作为,就体现出与闽学的密切关系。如福建侯官人谢金銮(1757~1820,字巨廷,一字退谷,晚改名灏),从小孤贫,但对母亲十分孝顺,平日喜爱读宋儒书籍,经常说:"士以忠孝好学为立志,伦常日用为力行。"所谓"忠孝好学"正是宋儒所强调的为人处世准则,而"立志"、"力行"、"伦常日用"等,更是朱子及其门徒的著述言谈中经常出现的字眼。如朱熹一再强调:学者要立大志,立志要如饥渴之于饮食,又称:"圣贤教人,必以穷理为先,而力行以终也","论先后,当以致知为先;论轻重,当以力行为重"(《朱子语类》)。此外,闽学主张"于日用处着力"(李侗《延平答问》)、"百姓日用即道"(泰州学派的说法),认为"学问通不得百姓日用,便不是学问。"(高攀龙语)。由此可知,谢金銮的这两句话,实是概括了闽学之精髓的用于指导自己为人处世、道德修养的"座右铭"。

乾隆五十三年(1788),谢金銮举于乡。嘉庆六年(1801)任邵武县学教谕,后调南靖、安溪、嘉义等地,所到之处,皆以兴学、教化为己任。他著有《噶玛兰纪略》6篇,考其始末,陈其利害,言该地可以控制全局,应收其民土,设官定制。朝议从之,后建为噶玛兰厅。又受台湾知县薛志亮礼聘,主纂《续修台湾县志》,注重吏治、教化,凡关系民生风俗的资料,都编入志中。从他对兴学、教育的重视,对有关国计民生的热心建言,以及他对世道人心的关注,都可说遥接宋儒之风。闽县诗人陈寿祺为他撰写的《墓志铭》这样写道:"位卑而道高,故其节不挠;学苦而心愉,故其教不劳。"① 不求仕达,但求掌握真理,保持气节,对于既苦且劳的学或教,认之为人生一大快事,乐此不疲。这样的境界,与宋儒十分相似。

又如,康熙年间任北路参将的阮蔡文,考察北台湾时自带干粮,他的《淡水》诗的最后写道:"何以尽倾心,圣朝声教底。我行至此疆,俯伏而长跪;羊酒还其家,官自糇粮峙。殷勤问土风,岂敢厌俚鄙。"无独有偶,康熙四十一年任台湾知县,四十九年任分巡台湾道的陈瑸,"服御俭素,自奉惟草具粗粝",后调任福建巡抚,兼摄闽浙总督时,他"奉命巡海,自赍行粮,屏绝供亿"。② 其实,在政治任职中表现得比较清廉,认定"大务之本在恤民",是朱子门徒及其他闽学学者的一贯作风。陈瑸、阮蔡文等的廉政、恤民作风,或可说是朱子门风的延续。

闽学学派兼采众说,综罗百代,其构成属师徒结合型,十分注重收徒讲学,热衷于教育,相比之下,仕途似乎不是他们的最爱。除了朱熹本身是个大教育家外,著名的闽学学者也大都有收徒讲学的经历,有的长期乐此不疲,由此形成了一种传统。他们往往将钻研和传授学问放在出仕做官之上,当二者发生矛盾时,宁取前者而放弃后者。我们可以看到台湾文人中,有不少人承续了这种风格。如清代台北地区的陈维英、陈树蓝、叶为圭、陈梦三、王元稚等,都是明显的例子。③

三、"闽泉旧族"章甫的理教和诗教

出身于"闽泉旧族"④ 的章甫,可说是一位不慕名利和官职,心甘情愿于教育上默默奉献的典型。章甫字申友,号半崧,著有《半崧集》6 卷。他出生于乾隆二十年（1755）,从小受到泉州灵秀山川、儒雅人文之熏陶,其《先考妣行略》一文,叙述了父亲"一室内蔼然孝弟,四十余年无间。性和厚,与人不

①　钱仪吉:《碑传选集》,《台湾文献丛刊》第 220 种,"台银"1966 年版,第 571 页。
②　刘树勋主编:《闽学源流》,福州:福建教育出版社 1993 年版,第 461 页。
③　黄美娥:《清代台北地区本土文人资料表》和《清代台北地区流寓文人生平资料表》,载东海大学中文系主编《明清时期的台湾传统文学》,2000 年,第 124～141 页。
④　陈朝修:《半崧集·跋三》,章甫《半崧集简编》,《台湾文献丛刊》第 201 种,"台银"1964年版,第 81 页。

校"，人称"有古人风"，终身不入公门，质鲁力学，"四子"、"六经"、今古文词研穷底蕴，蝇头注解，编有《四书捷解》，存为家课。淡泊清雅，与世无争，"科试首录，为台学冠。无凛缺，仅补增，父晏如也"；其母吴孺人四十年来与夫相敬如宾，事翁姑以孝，教子义，待下慈，治家有节，与人从厚，尽妇道以博亲欢。父母这些与闽学教化不无关系的泉州人典型的儒雅品性，深深地影响了章甫。章甫又有《游清源洞记》一文，描写泉州清源山上千峰竞翠，万景争妍，山灵引胜，令人应接不暇，更有文人墨客、僧人道士的无数遗踪，浮图古刹、神岩仙洞的种种古迹，登上峰顶，"放眼闽海之东，琉球、日本恍惚浮沉，烟水苍茫不可涯际"；"记少时父老云：北山上纯阳、紫泽二洞，传有仙真飞升事"，"吾乡搢绅先生读书山房，登云梯而上鹏程"。这种山水胜景、人文荟萃的熏陶，对于作者养成其旷达洒脱的心胸，温文儒雅的品性，具有相当的意义。

章甫年轻时就从福建来到台湾，他曾试图参加科考，后因身体条件不允许，也就淡然处之。在《半崧集》自序中，他遗憾的不是没有功名和官位，而是未能游遍全国的山山水水。他曾有《读李平甫〈送穷诗〉感咏》诗云："穷鬼枉劳送，读书儿本寒（平甫诗有"送去送来还复语，君家犹有读书儿"句）；未开花富贵，且报竹平安。到老仍余拙，投闲便得欢；万般供一笑，放眼海天宽。"这种安贫旷达、海阔天空的心胸和雅致的读书境界，和那常以"咬得菜根，则百事可做"（《谢上蔡语录》卷十）自勉的宋儒，也有相通之处。

嘉庆二年（1797），章甫成了岁贡生，但他并无意于科名，只想把满腹的学问，教导给青年们。于是他在当时的台湾府治定居下来，设帐授徒，广招学生。他教导学生非常认真，因此各地学生闻风前来，而他都能诲而不倦，他的儿子孙子也与门人一起受读。他的诗作中颇多贺学子门人入泮就学的，通过此传授为学之道。如《门人陈植青入泮》鼓励学子从小立下志向，保持恒心，勿半途而废；《贺陈仲义长郎颖臣入泮》鼓励学生不必耽溺拘限于家学之中，而要自辟蹊径。章甫心甘情愿以教书授徒为业，是因为他充分认识在台湾教化之重要。骈文《送崇文书院山长熙台梁广文归榕城序》中，开头就概述了百余年来以儒家文化为核心的中华文化在台湾的播迁："王者化行，首崇建学；圣人道立，特重尊师。国朝德布寰中，恩流海外。台以山高故号，图画天开；湾因水曲而名，蓬莱地近。服教余百年之久，辟疆拓千里而遥：固资师傅以甄陶，而望学宫为坊表也。"接着叙述了梁熙台老先生在台湾崇文书院讲学的情况,并发出先生一朝归返福州,"从此龟山席上,长留文炳之虎皮"的感叹。在中华文化的播迁中,闽台交流占有特别重要的位置。《丁巳秋,年兄林炜如悬弧;时长郎达卿偕弟静有台、厦游泮双喜》一诗写了"撷藻流香蔚翠岚,鲲沙鹭岛闹歌酣","导河西授传家钵,学海东抡华国才"之两岸文脉贯通、文人交往共学的盛事。至如《李尔冲招同王晴岚、王光五、陈光远、李瑾卿夜集小斋》、《戊申春,与诗人吴奇文、邱瑞岚、邱桂芳夜集袖琴亭,刻烛分咏,拈得中庸语大为题;同人以莫载从何说起,予窃以天地人物该之,率成一律》等诗,则说明文人雅集,刻烛击钵,吟诗酬唱,相互切磋磨砺的闽地文人习俗,已经传到了台湾,其中"莫载"(不知)为闽南方言。前者诗云:"良朋欣雅集,夜饮共招携;胜会追陶、谢,风流擅阮、嵇。吟诗敲砚北,煎烛话窗西;不觉星河耿,声声五夜鸡。"形象地描绘出诗人雅集的情况。章甫平时与台湾府学教授黄大龄,县学教谕梁上春,海东书院山长曾中立及其他文人学士过从甚密,时相往来。或许正是有这些具备深厚文学素养、精通中国文学源流和底蕴的文人学士在台湾默默耕耘,传播中华文化,才使台湾在文学、文化上迅速地与祖国大陆同构合流,达到"台地自入版图,文教覃敷、儒林辈出,声名文物之盛与腹心埒"[①]的境地。而其中,来自福建的文人发挥了特殊的作用。

中国传统教育历来既注重理教,也注重诗教。而章甫既是教师,又是一位有相当造诣的诗人,这是他能将二者结合起来的优越条件。他本是天分很高的渊博的学人,对于经书子史百家,都能撷采精华而加以涵泳玩索。尤其对于诗学的源流正变,更有精湛的研究。他的诗,体制、格律、气象、兴会、音节,五法具备而不入俚,五、七律诗波澜壮阔,法度精严,无懈可击,古诗苍朴浑成,直截恺恻,寄浓鲜于简淡之中,有古乐府遗意。至如绝句、骈体、杂文,"有的以韵格取胜,有的以词气取胜,要皆丽而有则,约而弥该,非出入于六朝诸家莫办"[②]。他的诗,有两类很值得注意。一类诗是游历福建沿海(从厦门到福州)的诗作。诗人到福州赴考,船过澎湖至厦门,而后走陆路经泉州、莆田等地到福州。沿途所见,写下许多诗作。其特点在于不仅写山水景色,也写风雨等自然现象,并将自己的感受写进诗中。《与施迺庚、郭乃承、李尔冲登

---

① 梁上春:《半崧集·序三》,章甫《半崧集简编》,第7页。

② 王国璠、邱胜安编:《三百年来台湾作家与作品》,高雄:台湾时报社1977年版,第22页。

乌石山》写道："闻道乌山好,相邀踏翠微。近城无市气,入寺有禅机。百道阶泉古(五代王氏筑百道阶,阶边有泉),千重锦绣围。登临贪景胜,戴月乃言归。"颇有王维诗的味道。游厦门,连续有《入厦门港》、《登鹭州》、《白鹿洞》、《虎溪岩》、《日光岩》、《万石岩》、《醉仙岩》等诗。过泉州则有《东西塔》、《清源洞》、《九日登赐恩岩》、《弥陀岩》、《过万安桥》等。《与郑君弼游鹭江诸胜》诗云:

> 选胜肩舆转,搜奇屐齿通。云深藏野寺,树古老秋风。眼入青霄里,心雄碧海中。归途霞返照,散满鹭江红。

章甫的另一类诗则是描写台湾的山川之景。如《放洋》充满海洋气息,也写出了离乡背井之人的心情,若非闽台,应为少见:"鹿岛驶飞航,横冲大小洋。耳闻催发棹,背指远离乡。风便波无力,潮平月有章。澎峰奇六六,画界水中央。"诗前并加注:"台、厦水程,大小两洋俱横流。自鹿耳门抵澎为小洋,属台界;由澎抵厦为大洋,属厦界。环澎有三十六屿。"五言古诗《望木岗山》:"台郡东北关,距关卅二里。有山号木岗,盘在乱云里。山头薄云端,山脚围云底。云归山面真,势直摩空起。我从高处望,望中叹观止。眼界放大千,一切皆俯视。罗列凡几山,山山是孙子……"诗的最后写道:"见说混沌初,乾坤凿渣滓。为我问化工,此山何时始?山灵浑无语,终古海天峙。"此诗既见杜甫之"会当凌绝顶,一览众山小"之气势,也有陈子昂"前不见古人,后不见来者"之旷古时空感受。最为雄伟壮观的是《望玉山歌》。该诗描写玉山"天苍苍,海茫茫,武峦后,沙连旁。半空浮白,万岛开张……山上宝光山下照,万丈清高万丈长。晴云展拓三峰立,一峰独耸镇中央。须臾变幻千万状,晶莹摩荡异寻常。"论者称:"章甫《望玉山歌》……以四句三言造端,先营造迫人不得呼吸的气势,紧跟上来四句四言,渐推为七言,文字层层撤远,眼光却咄咄逼近……"[①] 这些诗写得气势磅礴,显露大手笔。而这得之闽台既有崇山峻岭,又得汪洋大海之山海形胜及其所孕育的山海文化。章甫熟读中国经书子史百家,又得遍游闽台胜景,得其山海之灵气,而一生淡泊,不求功名、官位,只求设教授徒,因此得以将博大精深之中华文化,富有特

---

① 江宝钗:《嘉义地区古典文学发展史》,嘉义:嘉义市立文化中心 1998 年印行,第 111 页。

色之闽台地方文化的精髓,传达给学生,为台湾的教化,起了应有的作用。

四、理学在竹堑郑氏家族创作中的投影

　　与朱子学有着更直接更深厚渊源的台湾清代诗文作家,应数竹堑郑氏家族中的郑用锡、郑用鑑从兄弟。他们都于易学有深入的钻研。朱材哲所撰《祉亭郑君墓志铭》曰:(用锡)"少颖异,能读父书,淹贯经史百家,尤精于易,言理而不言数,尝采各说,著钦定《周易折中衍义》一书,凡数十万言。"[①] 郑用鑑则著有《易经图解易读》,其《读易经》一文,说及易学之研究者,当在图书派与义理派间寻得交会点,不应有所偏颇。而郑氏家传中用鑑之传在说明《易经图解易读》一书大要时写道:"……先生究心易理,颇以宋儒为宗,尝著《易经图解》三卷,首辨河图洛书,二辨五行九宫,三辨先天太极,皆据古今之说,互为参证。并绘先天、后天及卦变诸图,俾初学有所依托也。"[②] 由此可见,郑用鑑之易学研究,以宋儒为宗,颇重义理;但又兼染、包容了图书派易学之成分[③]。用锡、用鑑的这种倾向,与其家学渊源有关。郑用锡的父亲郑崇和,生平最好《朱子遗书》、《近思录》等宋儒著作,并令郑家子弟以此为学,而用锡、用鑑的老师王士浚,为竹堑地区易学研究之创始人,曾著有《易经注解》及《易理摘要》若干卷。有此双重原因,用锡、用鑑等特重易学,甚至使他们的诗作也沾染了理学色彩,是很自然的。

　　郑用锡有《咏闽儒三则》,直接歌咏闽学重要干将李延平、李伯纪、蔡西山。其一《李延平先生》诗云:

> 遁世终无悔,平居四十年。科名惭未第,河洛悟先天。
> 一室箪瓢乐,千秋衣钵传。机倪阐神鬼,奥窔洞山川。
> 斯道存文字,吾身可圣贤。冰壶真了彻,圭角独磨研。
> 况抱丘林志,能操笔削权。忧时长默默,恋国复拳拳。
> 大节完忠孝,名言记简编。风云当路幻,日月此心圆。
> 危坐能终日,豪情属少年。至今过剑浦,水竹荐羞笾。

---

① 朱材哲:《祉亭郑君墓志铭》,郑用锡:《北郭园全集》(上),台北:龙文出版公司1992年重印版,第25~26页。《周易折中衍义》一说为郑用锡的老师王士浚所著,用锡辑校。

② 王国璠:《台湾先贤著作提要》,新竹:台湾省立社会教育馆1974年版,第4页。

③ 黄美娥:《清代台湾竹堑地区传统诗文研究》,台湾辅仁大学1999年博士学位论文。

李延平即李侗（1093～1163），南剑州剑浦（今福建南平）人，世称延平先生。
他是杨时开创的道南系理学早期重要学者罗从彦的弟子，朱熹青年时期的理
学入门老师。朱熹曾有《挽延平李先生》诗3首。郑用锡在这首诗中，主要
赞扬了李侗苦苦求学，不求闻达，无怨无悔，力行道德，忧时恋国、忠孝节义等
品格，颇能把握对象的主要特点。

　　第三首《蔡西山先生》，所咏为朱熹最接近的朋友和学生蔡元定。元定字
季通，人称西山先生，福建建阳人。他从学于朱熹数十年，参与了朱熹诸多著
作的讨论和写作，并因庆元"伪学党禁"案牵连而被送湖南道州编管，终老
于此。他遵循朱熹的哲学主张，兼义理和象数，认为"数即理，理即数"（《西
山集·答江德功书》），发挥邵雍的象数学思想，相信气数说，认为数是气数、命
运，称："天下之事变化无穷"、"凡物皆有对（矛盾）"，具有辩证法因素。其子
蔡沈亦长期师事朱熹，于朱熹临终前一年受托写作《书经集传》，数百年来影
响颇大。郑用锡咏诗曰：

> 一卷参同契，读书破万行。测天知朒朓，吹律叶宫商。
>
> 河洛千秋秘，韬钤百技长。先生能啖荠，老友许联床。
>
> 忽下门人泪，何来御史狂。含沙多鬼蜮，胎祸岂文章。
>
> 风雨孤舟别，江湖去国忙。难忘萧寺语，长恸道州亡。
>
> 斗酒空山酹，遗编败箧藏。不孤属吾道，小谪亦何妨！
>
> 有子称同调，何人吊故乡。九原应一慰，两字迪功郎。

既咏西山先生之多才多艺和因学罹祸之经历，又对先生及先生之道充满同情
和崇敬之情，表白了自己对于闽学、宋儒的倾心和崇服。此外，从这首诗也可
看出郑用锡对于闽学历史和特点的熟悉。所谓"不孤属吾道，小谪亦何妨"，
表现了一种为求真理而不怕挫折困顿的坚定顽强的精神。

　　郑用鑑认为当对易学"图书派"与"义理派"兼容并蓄，而不应有所偏
颇或失之一隅。《程朱易说异同》一文称："伊川之易主孔子，以其发明象传
也；朱子之易主邵子，以其收归先天图像也。"他还认为："朱子自有朱子见
地，此等处不须拘泥……伊川所云求言必自近始，自是平正通达之论，可为读
者开一便捷法门。程朱之说虽各异，而要无不可相通也"，仍是持义理、象数
兼取的观点。其实，这种综合的观点，也即是以朱熹为代表的闽学的特点。
朱子学实是集孔孟以后儒学之大成的庞大精深的思想体系，他不仅继承和发

展了二程,而且是兼采众说,综罗百代。他把二程思想中的不同倾向统一起来,批判地吸取或改造了张载的气化学说和周敦颐的太极说,丰富了自己的思想体系。在易学上,他并不完全承袭程颐(伊川),而是大量吸收了邵雍的先天图像数学思想。他对二程后学多流于禅学是不满的,既坚持儒家立场,从理论上批判佛学,但仍和谐地吸收了佛学的思想成果,并加以融会贯通。因此,郑用鑑在某种意义上说,承续的正是朱熹的理学体系。

清代教育以科举应试为目的,求学者首重应制之文,而郑用鑑授课时却能突破此拘限,企图透过经学的传授,达到因经明理,引导教化,使学生成为体用兼赅之人。在《读宋儒语录题后》中,郑用鑑想要借着因经明理的途径,使人人去体会定静端庄工夫的重要,进而培化治心养正之方,达至诚明之性,合乎中庸之德。① 这正是宋儒所提倡的因经明理的求学、治学门径,和皓首穷经、首重训诂的汉儒,有着决然的不同。联系当时的背景,郑用鑑和郑用锡30岁前,正值乾嘉年间,乾嘉学风正盛,治学也确受其影响,但他们的文教工作主流,却能够舍汉儒而求宋儒,应与福建为宋儒理学之乡,理学风气始终兴盛不衰有很大关系。

郑用锡、郑用鑑的理学素养和兴趣,在他们的诗歌创作中,有明显的投影。杨浚在《北郭园诗钞序》中认为郑用锡的诗,其品格和渊源"在晋为陶靖节,在唐为白乐天,在宋为邵尧夫,间有逼肖元遗山者"。在刊本《北郭园诗钞》中,杨浚又将郑用锡原稿《自题拙稿》诗中"一卷村讴集"句,改为"一卷尧夫集,同为击壤声"。可见杨浚认为用锡诗是邵康节击壤吟的流衍。② 今人王国璠则谓"实则用锡之诗,古体出于宋儒击壤一派,虽有令人繁杂之讥,却具'帝力与我何有'之乐"③。

北宋邵雍(1011~1077),字尧夫,世称康节先生,是理学家兼诗人,其演绎《先天图》的象数学,为南宋朱子学的四大北宋理学渊源之一。朱熹有别于二程而推崇邵雍《先天图》,郑用锡在诗中咏及的闽学重要干城蔡元定父子,对邵雍的象数学亦推崇备至。严羽是较早注意到理学家诗在宋诗中自成一体的诗论家,其《沧浪诗话·诗体》中所谓"邵康节体",实际上指的是理

---

① 黄美娥:《清代台湾竹堑地区传统诗文研究》,台湾辅仁大学1999年博士学位论文。
② 同上。
③ 王国璠:《台湾先贤著作提要》新竹:台湾省立社会教育馆1974年印行,第63页。

学家诗体。理学家大多能诗,但理学家的诗大多是为了穷理尽性,是"言理不言情"的,他们把"以议论为诗"这一宋诗的特点发挥到登峰造极的地步。说郑用锡诗类邵雍,其中很重要的,是指"以论理为本"的创作精神的类同。郑用锡《悟想》[①] 诗云:"菌涸花分总夙因,求荣求富枉劳神。谁非死后无名鬼? 几个生前有福人。冀想安闲终老秩,得完婚嫁作平民。当途见说争称羡,容易书生自在身。"颇能说明人劳碌一世,争名夺利,最终是"生不带来,死不带去",生前显赫一时,死后同样是"无名鬼"的思想,呈现了郑用锡乐天知命的想法,颇有《红楼梦》中"好了歌"之意味。又如,《即事偶作》诗云:"新官接旧官,一时顿改易。新官莫雄夸,旧官莫怨谪。官衙如传舍,迁更圜转石。今日下场人,前日上场客。大权既他属,百事总交责。要在见所长,何必生嫌隙。君不见,遗爱比甘棠,人思莱公柏。陆令称神明,仪型图挂壁。官去名长存,雪泥鸿印迹……"劝说旧新官员摈弃嫌隙,为民谋福。本诗洞悉官场弊病,言之中理,是一首论理为本,修辞为末的说理诗。

郑用鑑之诗,同样喜于诗中说理,近于宋诗格调。部分诗题,如《生理》、《物趣》、《烂漫》等,已揭出其主旨。《寄远》诗云:"发白不再黑,容颜岂长好。昨日枝上花,今朝委泥草。感此过隙驹,人生易枯槁。富贵等浮云,荣名安足道。啸傲烟霞间,全身以为宝。左挟浮邱生,右招商皓老。吸此杯中春,烦愁为之扫。念我同心人,悠然隔天表。何日赋归来,相过豁幽抱。"[②] 同样理重情淡,属于"以论理为本"的作品。

不过,正像杨时、朱熹等理学家不见得全是理胜于情的诗,用锡、用鑑自然也有许多抒情咏怀、诗意盎然的作品。郑用锡的未刊稿本中有《即事感怀》诗,其一云:"我本无才自弃捐,宦途早已让人先。而今始识由天定,浪得虚名亦快焉。"其二云:"身世由来似转蓬,黄粱一梦总成空。何如早返中流楫,几个波涛遇顺风?"[③] 虽然也没有十分惹眼的新颖意象和词汇,但它所表现出的心境上练达通透,勘破名利,急流勇退,所沉淀出一份智慧的澄静,所表达

---

①　本诗及下文的《即事偶作》均见于未刊稿本,转引自黄美娥《清代台湾竹堑地区传统诗文研究》。

②　载郑用鑑《静远堂诗文钞》,本诗及本节中郑用鑑的诗均转引自黄美娥《清代台湾竹堑地区传统诗文研究》。

③　黄美娥:《清代台湾竹堑地区传统诗文研究》。

的作者的真实感受,仍值得玩味。郑用鑑则有《读易漫兴》诗曰:"两间陋屋好闲居,参透关元乐自如。变化卦爻欣自得,湛明经术实堪储。若能栖止身为凤,何必奔驰食要鱼。人见此间无五亩,谁知艺圃本宽舒。"显而易见,阅读《易经》等书籍,使郑用鑑勘破世事,参透生命,诗中自有一种淡泊名利、悠然自得的情调。

由此可知,作为福建思想文化特色之一的尊崇朱子之学的风气,感染了清代的台湾,不仅在台湾的教育开化上起了重要的作用,在具体的诗文创作中也有其明显的投影。

第三节　"家族文学"的形成及作用

一、闽台大家族及"家族文学"的形成

清代台湾文学的另一个重要现象,是出现了"家族文学"——以某一家族为中心的文学创作群体。某种意义上说,它是清朝严禁民间社团的存在,而台湾又发展了以大家族为地方首领和人际关系枢纽的社会形态下的一种"准诗社"的文学组织形式。到了清朝末年禁令松弛而文人众多、文风鼎盛时,"家族文学"即为"社团文学"所取代。

家族文学的产生与清代台湾家族社会的发展密切相关。而台湾家族和家族体制的形成和发展,又与福建原乡有着不解之缘。历史学家曾指出闽台地区崇尚和重视家族血缘关系的原因。从历史上看,中原士民大量迁移入闽始自西晋,先后在西晋永嘉年间、唐初高宗时期和五代时期形成三个高潮。从西晋到隋朝,中原士族崇尚门阀,中原士民大量徙居闽中,一方面带来了中原先进的文化技术,促进了闽地的开发;另一方面,中原士民往往以簪缨世胄自居,歧视和压迫当地土著,血缘家族的关系显得十分重要。到了唐代,福建的开发已初具规模,良好的自然条件不断吸引北方士民南下,许多仕宦闽中者,带领家属、族属在当地落籍,经过后代不断繁衍,成为福建的望族巨室。五代时,王潮、王审知以武力据闽立国,随王氏兄弟入闽的固始同乡,无不成了闽中的统治者,门阀宗族的夸耀尤为必要。许多与王氏兄弟入闽毫不相干的家族,亦纷纷借托祖籍光州固始,以夸耀门庭。即使是原先的闽越土著,为了适

应新的社会环境,亦多改称中原姓氏,附会固始祖籍。因此从隋唐以至五代,中原地区门阀士族制度逐渐衰落消亡,而在福建则完全相反,门阀宗族的标榜成为取得政治和社会、经济利益的必要手段。

与此同时,移民本质上是生存空间的开发和争夺。在早期的迁居过程中,北方士民的活动往往要遭到当地闽越土著的顽强反抗。即使在北方士民之间,由于缺乏应有的社会秩序,他们为了取得自己的生存空间和政治社会利益,往往也要经过激烈的争夺甚至相互残杀,这就决定了必须以宗族的实力作为后盾。在渡江南迁的过程中,他们每每举族、举乡地移徙,在兵荒马乱的恶劣环境和交通困难的条件下,加强了相互扶助,巩固了血缘关系。到了后来,更有客家人的迁入闽地,由于语言、风俗诸方面的差异,特别是为着争夺土地、山场等生存空间,经常与当地先住民发生冲突,福建的所谓主客之争,一直延续到民国时期。这种经年不休的对立和争夺,同样造成双方注重聚族而居和发展家族的势力。①

此外,福建家族制度的形成和发展,还与"闽学"有一定的关系。朱熹力图使宗法伦理庶民化,使原来只适用于贵族官僚阶层的"敬宗收族"之道,转化为社会各阶层的共同行为规范,把张载、程颐等人提出的恢复宗子法的主张加以完善并付诸实施,设计了一个宗子祭祖的方案。从此,祠堂、义田等便大量涌现,家祭、墓祭盛行,家族制度在尊祖敬宗的风气中,得到进一步的发展。这些因素,都使福建民间家族制度较中原地区更加严密和完善。

清代闽人大量移民台湾,到了台湾后,同族聚居的现象仍是相当普遍。这是因为在大陆移民渡台时,为了协同应付复杂的社会生态环境,往往是同乡同族结伴而行,或是先后渡台的同乡同族相互吸引,因而从一开始即已形成同乡同族相对集中的趋势。清中叶以后,在一些开发较早的地区,不同祖籍及族姓的移民之间经常发生"分类械斗",势力较弱的一方往往被迫迁徙到同乡同族人数较多的地区,这就进一步促成了同族聚居规模的扩大。当然,台湾的家族制度既有直接从福建移植的部分,同时也带有自己的特点。根据历史学家的分析,清代台湾移民的早期宗族组织主要是经由"自愿认股"、以奉祀"唐山祖"为标志的合同式宗族,亦即"大宗族";经过数代繁衍,形成

---

① 　陈支平:《近500年来福建的家族社会与文化》,上海三联书店1991年版,第4、11~14页。

以奉祀"开台祖"为标志的继承式宗族,亦即"小宗族"。到清代后期,在较大的聚居宗族中,则已形成了地缘性的以士绅阶层或豪强之士为首的依附式宗族。①

　　随着中国式文治社会的建立,一个家族在社会上的地位如何,不能单靠人多势众,更取决于这个家族士绅阶层人数的多少。因此,闽台的家族都比较重视族人的文化教育,有的官宦、富豪人家自设学塾以培养自家子弟,有的则利用家族的力量,开办学塾、学校甚至书院。随着家族成员中学子士绅的增多,诗文创作也必然多了起来。福建很早就有了"家族文学"的现象。长乐梁章钜《南浦诗话·例言》云:"浦邑自两宋时文物之盛,颉颃中州,入元而风气稍替,然仲宏一老,犹堪雄长东南。"浦城宋朝出了59位诗人,而章德象以下的章氏一族就占15人之多。又如,明末侯官人许友为明遗民文学中有影响的诗人,其诗颇受钱谦益、朱彝尊、王士祯等赏爱,而从晚明到清初的一个时期,许友一家诗人辈出。从许友的父亲许豸,到许友的族兄许秘,再到许友之子许遇,孙许鼎、许均等,俱能诗,《清史列传·文苑许友传》称:"闽中以诗世其家者,咸曰许氏也。"到了清初至清中叶,福建出现了一些家族性的文学总集,比较重要的有侯官许氏家集《笃叙堂诗集》,录明许豸至清许良臣5世7人诗;《垂露斋唱和集》,录建安郑方坤4女镜蓉、云荫、青苹、金銮诗;侯官林其茂编《长林四世弓冶集》,录自其茂曾祖林逸以降4世之诗;长乐谢世南编《东岚谢氏明诗略》,录明代东岚(在今平潭)谢氏9人的诗作;梁章钜编《江田梁氏诗存》,录长乐江田梁氏诗。②

　　无独有偶,清代中后期,台湾也出现了"家族文学"的现象,这自然也是士绅家族形成后的产物。台湾士绅家族的形成不外两种方式。一是经过垦殖开拓、经商贸易,积累巨额财富,然后利用财力、人力在当时反乱不断的政治环境中,博得功名,或直接捐钱获取官衔,由"土富"财主蜕变为士绅望族。另一种则是靠读书考取功名,提升家族的社会地位,而成为地方上的领袖,如新竹郑氏家族,"本质上不是土豪,也无雄厚的社会经济基础。是靠着经商和功名,同时并进,而成为社会上的望族。此与雾峰林家,板桥林家的发展,先

　　①　郑振满:《明清福建家族组织与社会变迁》,长沙:湖南教育出版社1992年版,第224页。
　　②　陈庆元:《福建文学发展史》,福州:福建教育出版社1996年版,第7、397~398、502页。

由土豪,再发展成为士绅,截然不同"①。这两种家族,由于其文教根底有异,其"家族文学"的发展自然也有强弱高低之别。不过,有一点是相同的,就是这些家族的文学活动并不局限于家族内部,而是以某一大家族为中心,由它提供场地等条件,通过同乡、师生、官绅、朋侪等关系,招揽、集合了更多的文人墨客共同活动。像新竹郑家的北郭园、林家的潜园,都非自己家族的禁脔,而是乡里士绅共同的园地。这与闽籍人士不仅具有家族意识,而且平时同乡相互提携,甚至生死与共,从而形成了较强的乡族意识有关。

二、维护家族稳固和家庭伦理的郑用锡等人

清代中后期的台湾,比较典型的家族性文学,有新竹的郑用锡家族、林占梅家族,大龙峒的陈维英家族,板桥的林维源家族,嘉义的赖时辉家族,等等。

首先是新竹的郑氏、林氏家族。清代台湾的文学作者,大多获有科考功名。当时新竹地方士子获取功名,即呈现家族性倾向。依照台湾学者黄美娥的统计,清代竹堑地区凡每家有两人以上考取功名者,至少有 22 个家族,其中每家 5 人以上的,计有李锡金(9 人)、郭成金(9 人)、林特魁(7 人)、叶际昌(7 人)、林占梅(6 人)、吴士敬(5 人)、郑章玲(5 人)等,郑用锡家族更以 21 人独占鳌头,成为竹堑地区最重要的文教型领导阶层。②

郑家原籍福建同安,后迁居金门。杨浚《北郭园全集序》有言:"先生与予寄籍一磺溪一榕郡,然同温陵产也。"③郑用锡的父亲郑崇和,19 岁时随族人渡台,初居后垅,为避分类械斗,于嘉庆十一年(1806)迁往淡北竹堑。穷而能固守气节,不为刀笔吏,乃设帐授学。平生喜欢研读史学,晚年益好宋儒书,并令子弟专学于此,遂蔚为家风。虽然郑崇和未有文学著述,但其气节和为人,对后代有濡染育化之效,而其教学工作,对于竹堑文学的酝酿萌芽,亦有奠基之功。郑家成为士绅望族,关键在于郑用锡于道光三年(1823)得中进士,为名副其实的"开台进士",郑家的社会地位随之遽遽上升。郑用锡于金门修建郑氏家庙,又在竹堑新建进士第、春光第,并于进士第前兴建北郭

---

①　张炎宪:《台湾新竹郑氏家族的发展形态》,载《中国海洋发展史论文集》(二),台北:"中央研究院"三民主义研究所 1986 印行,第 199 页。

②　黄美娥:《清代台湾竹堑地区传统文学研究》。

③　郑用锡:《北郭园全集》(上),台北:龙文出版公司 1992 年重印版,第 22 页。

园,作为官绅应酬及颐养天年之用。此后,与郑用锡有家族、亲朋、师生、商业往来等关系的文人墨客和官场结交的官员、幕客,纷纷聚集园内,酬唱吟叙,形成集体创作风气,其中仅郑姓同辈或后代家族成员,就有用鑑、用钴、如松、景南、如兰、以典、树南、以庠、灿南等,多为文坛中坚分子。直至光绪年间,仍有用锡之侄郑如兰居住北郭园中,与宾客吟咏不断,并主持北郭园吟社,维持郑家文坛龙头地位于不坠。[①]

上一节已讲过,竹堑郑家因尊崇宋儒之学,并训勉敦戒子弟专精于此,遂成家学渊源,用锡、用鑑乃至如兰之创作,都带有浓厚理学色彩。而作为集大成的宋儒之学于闽地的哲学和伦理道德体系,其影响并不仅及于学术层面,也及于实际的家族建构运行和日常家庭伦理。因此,郑氏家族性文学的特点,首先就在于以"家族"为观照焦点和描写重心之一,表现出对家族的兴旺衰败,家人的生老病死、团聚离散,以及家族内外关系、家庭伦理道德等的格外关心和重视。

闽台两地倾向于组成大家庭,分家常被视为家族崩解衰败的标志,提出分家也常被视为不仁不义的举动。郑用锡曾因听说家中有妇人为求近利而提议析产分家,颇感不悦,作《余一家男妇和睦因间有不识大义迫成分爨余心滋愧感此赋作》诗云:

> 棣萼本共根,里毛原一气。风雨每联床,饮食必同器。
> 纵或死生殊,依然伯与季。余无多弟昆,雁行列有四。
> 仅存此老躯,少双而寡二。顾影犹自怜,言之堪坠泪。
> 犹幸诸侄曹,晨夕相随侍。道北与道南,何能隔膜异。
> 方冀永同餐,宛为姜肱被。一旦别庖厨,各自司中馈。
> 昔为连理枝,今作分茎穗。此事起妇人,鄙心为近利。
> 彼重而我寡,瘦肥生嫉忌。不思田紫荆,荣枯谁是致。
> 卜式让田宅,终得千羊饲,区区此家财,只期在后嗣。[②]

作者对于手足亲情的怀念和珍惜,对于家族稳固和睦的重视,溢于言表。

就一个家族来说,家长(家族长辈)的人品修养、为人处世,关系着整个

---

① 黄美娥:《清代台湾竹堑地区传统文学研究》。
② 同上。

家族的声望和地位,也关系着对于后代的言传身教,因此是家族兴衰成败的关键。郑如兰(1835~1911),字香谷,为用锡之弟用锦的儿子,光绪至日据初期成为郑家北郭园的主持人。如兰从小由继母张太夫人抚育成人,事母至孝,数十年如一日,乡邻赞不绝口。新竹官绅为其佥请孝友,礼部题准,邑人拟为之建坊,如兰坚拒不许。平日俭约朴素,不事骄奢,但于公益之事,却极为慷慨,"趋赴如不及",戚族三党之中,"赖以存活者常数十人"[1];又家有田园数千顷,受券而佃者常百余人。邑中如有修桥筑路之需,或遇台地灾困之事,常力倾巨金,加以襄助;且助人虽多,却不求回报,赢得邑中厚望,而有"善人"之称,品行"端介"之誉。[2]《述怀》一诗表达其踵随入于乡贤祠的本家父祖辈先贤郑崇和、郑用锡、郑用鑑等之风范,在获得朝廷表彰之后,仍克勤克俭、勉修慎行,以为家人表率的心志:

> 古来伦纪崇孝友,东瀛月旦倾心久……太平天子下诏书,百行唯孝居其首……桑梓谓我行无亏,附骥微名深自忸。荥阳家学溯渊源,一邑三贤仰山斗。况承获教母兼师,有炜管彤贻厥后。扪心午夜费踟蹰,风化攸关宁敢苟……从兹努力勉真修,潦草数言铭座右。

与此同时,后辈子孙的品行道德、成材与否,也是该家族能否长盛不衰、延绵不息的决定性因素。所以他们的作品中,常有对后辈加以教诲劝导的内容。郑如兰与儿子的老师酬唱赠答的《澄秋以勉儿辈诗录际,并索和章,叠韵奉答》二首,像不少台湾诗人一样,用了杨龟山程门立雪的典故,其诗云:

> 读书自有读书才,总是前生福慧来。一脉词源随处涌,三春意蕊擘空开。须知纸上蝇钻苦,莫学园中兔册堆。性质本由天付畀,栽培倾覆必因才。

> 心专何患学难精,困勉生知一例成。毕竟功名关福命,莫教才力误聪明。仔肩要任千秋业,片语能令四座倾。善悟自来因善诱,龟山立雪道传程。

---

① 　陈宝琛:《郑香谷主政墓志铭》,郑如兰《偏远堂吟草》,台北:龙文出版公司1992年重印版,第20页。

② 　黄美娥:《清代台湾竹堑地区传统文学研究》。

三、林占梅的家亲、族亲和乡梓之情

竹堑林氏家族,本籍同安,先祖渡台后,至第七世来到北台湾发展,7世祖林文之子、林占梅的祖父林绍贤开办"恒茂"商号,经营南洋贸易兼营盐务,获巨利,广置田产,奠定林家产业基石。作为绍贤之孙,林占梅继承家业,一方面热心乡梓地方建设,纾困济贫,甚至捐款筹措兵饷,组织团练协助官军御患平乱,一方面兴建"潜园",广纳名士,建立人脉网络,使林家成为堪与郑家比肩的竹堑另一望族。除了林占梅才情卓杰,以数千首诗的成绩称雄诗坛外,占梅之弟汝梅、占梅之妾杜淑雅等,亦为诗人。此外,福建浯州(金门)林豪、闽县林维丞等著名的寓台诗人居住潜园多年,俨然潜园文学之重要成员。

尽管竹堑林家并没有郑家尊崇宋儒的家学传统,但林占梅同样有着极为强烈的家族意识。林占梅虽富,却常有家室之哀。1846年林占梅25岁时,因原来主持家计的五叔父过世,从此挑起族中要务。不料此后十数年间,却连遭失子、丧妻、亡母的家庭变故,历尽生离死别之悲苦。自署山阴剑南后裔的陆翰芬曾为林占梅《潜园琴余草》题词,其中四句为:"十年泉石常怀国,千首词章半忆亲。残月晓风皆寄托,春花秋柳亦精神。"可说颇准确地写出林占梅创作的特点。在《悲歌行》中,林占梅写道:"昂藏年几三十岁,妻妾死亡竟相继。慈闱弃养亦同时,捶胸几绝痛长逝……就中一事倍凄其,予年卅六始得儿。举眼方无伯道叹,回头竟抱元驹悲!未几家室遭三丧,十年春梦徒渺茫。"这种对死去亲人的悲伤怀念,始终萦绕不去地贯串在林占梅此后数十年的生涯中。他常外出收租或扫墓,更常要触景生情,哀痛一番。如《过陴角庄(亡室陈夫人外家住处)》写道:"今来时异昔来时,满目萧条痛乱离。碧海哪能钩桂魄,蓝田何处觅琼枝?神伤故里鹦哥唤,泪洒空山杜宇悲……生前意态堪追慕,别后容光费梦思。回首墓门斜照外,松楸谡谡影参差。"又有《初晴,祭扫青草湖有感,归成四律以写哀衷》,其第三首写道:"临别殷勤重寄语,一番叮嘱一番悲。玉箫誓切多生愿,金屋缘悭隔世痴。三叠琴心妻即友,两行珠泪母伤儿(亡儿祖望为所钟爱)。不堪追忆前时事,对酒看花痛不支。"寄托着对于亡妻亡儿的无比怀念。

林占梅不仅对家庭直系亲属难以割舍,对于非直系亲属的过世,也同样悲痛和感伤。这或许正是大家族的特点。如《哭吟邨弟》,吟邨为占梅从弟,本名修梅,为占梅叔父霭亭公遗腹子,聪明颖悟,占梅视之为"吾家千里驹",但

身体羸弱,兼有忌医之癖,忽沾恶疾,竟至不起。占梅感其"寒门祚薄,三世伶仃",以至闻讯"连宵哀恸,眠不安席,挑灯挥就一律,以写悲哀"。由此可见林占梅对于族亲的关爱之情。《客有自程乡来,云黄香铒(钊)先生已殁于江右抚州任内;惊悼之余,作长歌哭之》,所哭为岳伯。《节烈行》则写姑母:

> 我家有姑端且庄……长成远嫁温陵客……讵知郎命生不辰……抚棺恸哭思捐生……诸亲劝姑慎勿死……吾姑始悟肩荷重,日勤操作夜饮泣……强暴居然敢窥伺。烈哉矩姑,握刀而起;先断己发,后断伧趾。……携儿哭诉我祖前,祖重其节筹保全:谓尔无所居,我有居三椽;谓尔无所食,我有数亩田。寒则遗以衣,贫则遗以钱;困乏不必虑,抚孤心可专。我母亦少寡,同病乃相怜。我初出母腹,爱我意拳拳。日哺我食、夜呜我眠。我身成立,姑首皓然。无以报姑德,寸心常歉然。……我欲请旌表,为姑建高坊。大书特书"节烈"字,垂诸不朽长煌煌。

诗中描写的情境在闽台一带的家族中十分常见。作者写出了姑母之妇德和节烈举动,也写出了祖父收容守寡的女儿,以及姑姑疼爱侄儿等,正是闽台家族生活的极其典型的一幕。

又如,林占梅与其内兄黄伟山平日分居闽、台两地,但情深意笃,常有诗书往来。咸丰四年时,占梅连接三内弟急札,得知伟山病笃,于是忧愁难眠,后噩耗传来,占梅作《冬杪忽闻内兄伟山广文讣音,不觉五中如裂,泪沾襟袂;感今忆昔,以歌当哭》、《哭黄伟山内兄》、《寒夜痛怀伟山内兄》等诗,寄托哀思。后又将伟山眷属十余口接来新竹,"茸我南园居,细小借栖息。分我布帛衣,寒威免侵逼。指我北庄囷,三餐聊饱食。男课以诗书,女课以纺绩。有井可汲饮,有圃可艺植。半载经营心,聊以尽吾力……"(《伟山内兄殁于榕城,眷属十余口渡海远来相依,安置已定,作诗以志感伤》)。林占梅对亲友的情义,令人感动。

也许正因为林占梅常怀骨肉丧亡之悲,又加家境衰败,时世艰难,因此对于十分难得的家族团圆、亲人相聚的机会,显出十分的珍惜和欣慰。《乙丑除夕团圆歌》诗云:"去年除夕时,淡北羁栖日。只隔百里程,归难如有失……今年除夕时,团圆慰胸臆。子侄随弟昆,长幼相领率……傍晚乍归来,欢哗闻内室。内室谒慈帏(庶母陈太恭人),致词颂安吉。慈帏双眼枯,阿谁不能悉。举家叩贺来,逐一名字叱。荆人复贺予,肃然见妇德。犹子女与儿,再拜立盈侧。分与压岁钱,并戒毋荡佚。"诗中对于天真小儿黠状憨态的描写,颇为生动:"阿期(长男名祖期)年差长,垂侍状笃实。牛儿(次男小名土牛)褓褓中,啜乳无休息。以手呜呜之,带笑睡甜黑。花儿(女小名探花)学步趋,攀援绕我膝。赋性颇聪颖,青睛如点漆。见予着宫袍,掀玩呼唧唧。不独羡他人,兼且夸己饰。满堂百十人,一一咸能识。戏弟唤爷娘,喧腾不停刻"。接着描写举家围炉,又是另一番热闹欢乐的景象:"团饮坐围炉,宴酣弛酒律……赌谜并猜枚,各炫所长力。上者给朱提,次者分笔墨。胜者足矜夸,负者亦悚恧。男罚背《少仪》,女使颂《内则》。啾嘈杂火爆,轰雷来莫测。耄者犹未闻,怯者两耳塞。大仆方逞能,小婢多逃匿。一堂哄笑声,四座欣悦色。和睦家之肥,何暇论饮食!"诗人最后笔锋一转,悲喜交加,感叹不已,写道:"人生重团圆,半世求不得。兹夜骨肉亲,其余焉敢必!大笑视荆人,此乐可云极!"喜乐者诗人看到家族中长者德高望重,小者活泼聪慧,举家和睦团圆,其欢快心情,溢于言表;悲叹者回首半生,家庭坎坷多难,人生无常。当然,也是因为作者有着对家庭天伦之乐的渴望和珍惜,才会有这种心情,也才能写得如此生动。

林占梅诗歌内容的另一个重要特点是不仅具有强烈的家族观念,而且将此家族观念扩大到乡梓观念。因为乡梓是家族生存、发展的根基,同时也因为通过服务乡梓,可提升家族在当地的声望。林家历来有善待乡亲父老的传统。林占梅《除夕》诗中注云:"予家给贫苦岁钱,自先祖始,已历三世。"当然,林占梅为乡梓作出最大贡献的,是当发生械斗、起义等动乱而危及乡邑的安全时,他积极地捐献、筹措饷款,组建团练,开赴前线,守土拔城;并用诗的形式记录事情的经过。林占梅之所以不惜捐出巨款、投入战争,固然有阶级利益以及所谓"忠义报国"以博取功名的考量,但更重要的,是为了维护家族的利益。咸丰十年岁杪,他的《除日感述》诗云:"……祖业艰辛频废弃,民情惨怛屡焚攻(淡北连年斗杀,田谷在泉界者,派为营费;在漳界者如之。余家远离百里,而田产多在新、艋,租谷毫无、官征难免,致大受厥累。欲望恢复,未能矣)。沦亡数载兵灾继(自丙辰至庚申,骨肉继逝者七八人),眼泪朝朝洗面同。"可见战乱给他的家族带来的巨大的损失和灾难。又有《团练》诗云:"义旗高建奋先声,唇齿相依共结营。自许孤忠能报国,还期众志果成城。连乡各为身家计,协力原推子弟兵。守望只期吾围固,瞬看渡海有飞旌。"诗中虽也有"孤忠报国"等字眼,但"连乡各为身家计"、"守望只期吾围固"等句,充分说明了林占梅的重要目的,是联合各乡乡民,守卫家土,以求疆界稳固,乡亲父老身家平安。

由于林占梅毁家纾难,投入过多,并因此卷入一场官司,又因战乱而田租难收,致使家族资产损失惨重,加上林家人丁不旺,致使家族出现破落衰败、凋零不振、"家计于今并不支"的景象。作为大家族之主人,林占梅深感责任重大,承受着巨大的压力。咸丰五年所作《岁暮杂感》,含"忧君国"、"痛骨肉"、"悼溘逝"、"怀亲故"、"伤闾里"诸片断。可贵的是,林占梅在家族走下坡路,陷入困境的时候,却仍对闾里乡亲的饥寒之苦深表关切,而对自己已无能力加以救济而深感遗憾和疚责。诗云:

> 岁暮气阴森,严风萎百草。长空死白日,黄尘飞浩浩。苦见挑负徒,悠悠涉长道。短褐不蔽肤,形容更枯槁。饥来不得食,妻孥岂复保! 会见老与弱,身填沟壑早。嗟予数年来,命蹇身潦倒。产业渐凋零,田园苦旱潦。博施力未能,痌瘝空在抱! 惭颜对里闾,中心戚如捣 (此伤闾里也)。①

四、家族园林中的交游酬唱和切磋磨砺

新竹郑氏和林氏家族文学的另一个共同特点是都建立了自家的庭院园林——林家的"潜园"和郑家的"北郭园",不仅族内亲戚相互带动影响,而且通过此名园招徕本地或外地的名人雅士,汇集园内交游酬唱,以文会友,甚至形成"作家群",如当时所谓"竹堑七子"中包含郑家四位成员;或结成诗社,先后有"竹城吟社"、"潜园吟社"、"斯盛社"、"竹社"、"梅社"等。经过文人间的频繁往来,相互磨砺切磋,促进了更多、更好的作品产生。

北郭园和潜园不仅是族内及远近台湾文人荟萃之所,甚至有来自海峡对岸的流寓文人,较长期地居住园内,成为座上宾,其创作也就与"家族文学"有了密切的关系。也许由于地缘、亲缘等关系,长居园内的客人多为闽人。如杨浚之于北郭园,林豪、林维丞之于潜园。

---

① 本小节中的诗引自林占梅:《潜园琴余草简编》,《台湾文献丛刊》第 202 种,"台银"1964年版。

杨浚（1830～1890），字雪沧，号健公，又号"冠悔道人"等，祖籍福建晋江，后落籍侯官，咸丰二年举人，曾入左宗棠幕府，其诗文集多冠"冠悔堂"之名。杨浚在福建文坛具有一定的名气。如王轩认为他可媲美张亨甫、林颖叔，鼎足而立于闽地诗坛。同治八年（1869）九月来台游历，应聘纂修《淡水厅志》。时"簿书丛集，几欲以一身了十人之事，寝馈不遑"，而郑如梁延其"寓于北郭园，晨夕过从，相与搜求遗事"，从同治九年五月至九月，"厅志告成"，接着为郑如梁编辑其父亲郑用锡诗文遗稿，于十一月编成《北郭园全集》10卷，为北台湾首部诗文专著。①

林豪，字嘉卓，一字卓人，号次逋，福建金门（旧称浯江）人，因常居厦门，有时自称"鹭江林豪"。同治元年（1862）七月来台。所著《东瀛纪事》之《自序》说明来台及客寓新竹的原委和经过："余自壬戌七月应淡水族人之招，买舟东渡，拟便道南下访友；时彰化贼氛正炽，路梗不通，适雪村（按：即林占梅）方伯奉檄办团，相晤于艋津旅次，一见如故，遂邀余寓其竹堑里第之潜园别业。未几，平贼凯旋，属余为典笔札；暇辄相从论诗，荏苒者四载于兹矣。中间薄游郡垣，往复者再，所过之城郭、川原昔日被兵之处，旧垒遗墟，萧条在目，慨然者久之。辄与其贤士大夫、田间野老纵谈当日兵燹流离之故，因即见闻所可及者随笔札记。近又博采旁搜，实事求是，得戴逆所以倡乱者，原委犁然矣。"② 在潜园，林豪应聘担任占梅姬妾杜淑雅的西席（教及其侍儿），并受占梅鼓励，承招纂修《淡水厅志》。同治七年，澎湖人士邀其往文石书院任教，遂离开潜园。

林维丞，初名星垣，字维丞（又作薇臣），号"亦图"。出身闽县望族，其父祖以诗文著称，家学师承，颇有渊源。性嗜学，穷诸经及宋儒诸书。清咸丰九年（1859）渡海赴台，为林占梅所器重，迎为潜园上宾，受聘掌记室。平日与占梅相与唱酬，有时并一同出游。曾受托代筹《潜园琴余草》刊刻事宜，所作《题潜园琴余草》一诗，对于林占梅其人其作有深入认识和妥恰评价。占梅去世后，维丞仍留居潜园，与当地文人诗人征诗索和，以文会友，参与诗会活动，击钵吟唱，成为竹堑诗坛的中坚人物。晚年则与北郭园主郑如兰交好，

---

① 杨浚：《北郭园全集序》，郑用锡《北郭园全集》（上），台北：龙文出版公司1992年重印版，第21～31页。

② 林豪：《东瀛纪事·自序》，《台湾文献丛刊》第8种，"台银"1957年版，第1页。

多所唱和。^①

北郭园和潜园的建立，不仅促进了园主人自身的创作，像林占梅现存的数千首诗，绝大部分是道光末年建立潜园之后的产品，而且为家族内外、本地和流寓的文人相互交流切磋、吟咏创作，创造了良好的条件。不少诗作直接提到了园内的环境极适合于写诗，能使诗人的灵感泉涌，诗思飞翔。新竹名秀才陈朝龙《北郭烟雨》有云："浓阴簇簇浣花居，树色葱茏密又疏。帘外山光池畔柳，商量淡墨画何如？"郑如兰《和水田北郭园即景韵》诗云："镇日闲无事，琴书且自娱。鸟声春满院，花影月当湖。诗句投囊贮，朋侪折简呼。园林常寓目，一幅卧游图。"林维丞《夏日斋中》则写道："亭午无人到，微风吹睡醒。偶然闲伫立，晴色满中庭。鹭过天逾碧，蝉吟树独青。烦襟一已涤，诗思入空冥。"然而，家族庭园的更大的功用，是提供了诗文作者相互切磋磨砺的场所。他们也经常描写诗人之间交流酬唱并建立了深厚友谊的情境。林维丞《赠郑香谷部郎如兰》诗云："得闲动即到君家，无束无拘笑语哗。偶倩西风吹白发，每随旧雨访黄花。深谈多半倾肝胆，余论何曾借齿牙。韵事更难除积习，急敲铜钵斗尖叉。"写出了林维丞到北郭园与郑如兰兴会雅集时无拘无束、畅所欲言，欢声笑语，甚至击钵联吟的情境。而郑如兰也有诗描写他与林维丞的亲密关系，其《维丞过读拙作，以诗见赠，依韵奉答》之二诗云："交游卅载话瀛东，岁月真如一梦中。频向秋风伤去燕，每因旧雨感来鸿。性情夙契无今古，志向分驰有异同。何止声名雷灌耳，依然坡老伴涪翁。"纵使志向上未必完全一致，但在性情上却十分契合，始终如苏东坡与黄庭坚一样，在诗艺上互相切磋磨砺。林豪则多写在潜园与林占梅的交往和情谊。林豪离开潜园前往澎湖时，依依不舍，先后写了《留别潜园》二首、《忆潜园》四首等，其《重到彰化与雪村方伯话别，时漏将四下矣》二首之第二首诗云："几载名园住，谈诗喜欲狂。千篇同检点，只字替商量。愿饮泉明酒，休搜李贺囊。来春重鼓棹，有约哪能忘（时雪村病体已剧，握手无言，泣数行下，余亦不知泪之何从也）。"写出了依依别情，也回顾了几年来在潜园与林占梅把酒论诗、推敲诗句的情景。直至数年后，林占梅早已辞世，林豪身在澎湖，却仍挂记着友人的遗稿尚未出版，有诗写道："老去豪情减，悠然托思深。青云浮

① 详见黄美娥：《清代台湾竹堑地区传统文学研究》。

世梦,白首故人心。宿草空杯酒,遗编剩断簪。何时重点校,海内证同音(台湾亡友吴修轩、林雪村诗稿零落,未付梓)。"(《碧珊瑚轩夜坐书怀》之七)

　　长期沉潜优游于家族庭园中,自然有很多描写园林美景的诗作,乃至有人认为,这些"园林文学"甚且在中国文学史上都是少见的,有其特殊价值。如林维丞的《潜园纪胜十二韵》为人所称道:"此诗缀景成文,音节自然,近水远山、闸馆亭榭、池墩舫桥,历历在目,佳境如绘;更难得诗风瑰丽秀雅,引人入胜……片言之间曲尽潜园胜况,无复所遗。"① 这样的诗,在寓园诗人中,自然不会少见。然而浸淫于此优美如画的风景中,诗人们难免产生闲逸无为的情调。林豪《春日园居杂兴三十首》第15首写道:"轻寒轻暖候,乍雨乍晴余。长日成孤坐,清斋好著书。蜗牛行屋角,啅雀上阶除。群相闲中领,欣然爱吾庐。"一幅幽静悠闲,一尘不染的景象,使诗人产生了与世无争的心绪。当然,这种心情的产生,并不单纯是清新脱俗的环境所致,更多的是诗人们在现实中受到挫折,由入世转为出世,因此恬淡寡欲,消极避世。林占梅《潜园主人歌》云:"……况系闲散人,性懒不受羁。不若长掩关,悠悠学叔痴。赀产永不营,荣辱总不知。但求常安饱,此外听天施。如问意云何?黄老是吾师。"摆明了抛弃荣辱利害之心,师法黄、老,顺应自然的姿态。郑如兰《自吟拙作,因有所感怀,用香山原韵》诗云:"人生贵适意,安用妄营为。汲泉品佳茗,兴到便吟诗。……虫鸟鸣天籁,春秋各有司。问我何为者? 我亦不自知。"其《同游香山寺归赠维丞》又写道:"寻幽选胜爱林泉,别有襟期别有天。笑我琴书消永昼,羡君梅鹤结清缘。谋生计拙诗偏富,交友情深老益坚。世外浮名浑不管,闲拼樽酒送残年。"以自己晚年寄情琴书,与维丞的品似梅鹤的清逸相比照,表达了抛弃追寻浮名利禄的情怀。他的《读长庆集咏拙咏慵二首,音传弦外,有得于心,爰仿其体以遣旅兴》更以自嘲自谑的笔调写道:"有家慵不归,有田慵不锄。神仙慵不学,荆棘慵不除。有窍慵不凿,无异混沌初。有癖慵不耽,心常游太虚。……偶吟无声诗,诗慵意自舒。弹琴复吟诗,我慵慵何如。"须指出,闽台地处边陲,福建历来就是失意文人避世之地、遭贬官员流放之所,具有寄情山水的诗传统。台湾虽非贬放之地,但其地处荒僻,比闽中尤甚,消极避世倾向的产生,其实是很自然的。然而闽台又

---

　　①　黄美娥:《清代台湾竹堑地区传统文学研究》。

有很深的儒家传统,强烈的忠义报国精神。乙未割台之后,台湾诗人常以消极避世的方式,表达了他们对殖民者的不合作态度,其实还是未能忘怀家国。林维丞《感怀》诗云:"卅载客台阳,沧桑感一场。白头遭乱世,赤手怕还乡。有命何妨俟,无才只自伤。故人如问讯,诗酒尚癫狂。"又有《送孙补斋》诗云:"拓开愁绪且衔杯,自笑雄心尚未灰。纵有文章难济世,况无时命敢论才。诗书岂为求名计,忧患都因识字来。何日众仙同畅咏,霓裳一曲谱瑶台。"而上述郑如兰咏慵诗的自嘲中,其实也包含着一种深沉的不满和反抗。

五、台湾南、北、中的家族性文学群体

在清道、咸、同年间的北台湾,形成比较典型的家族性文学的,还有板桥林家和大龙峒陈家等。当年大龙峒有"五步一秀(才),十步一举(人)"的谚语,可见其文风之盛,而这与陈维英及其家族的努力是分不开的。陈氏家族自道光至光绪年间,总计有3人中举,15人取为生员,成为大龙峒地区最显赫的文教家族。除了陈维藻、陈维菁、陈维英三兄弟外,其后代陈鹭升、陈树南等,亦能诗文。陈氏家族重视地方文教事业,捐建文教机构,如陈维英于大龙峒保安宫内设"树人书院",另外又与子侄学生如陈树南、张书绅、周锵鸣等创办书房,作育英才众多,促进大龙峒风雅蔚起。在陈氏家族性文学中,以陈维英成就最高。陈维英(1811~1869)为富商陈逊言之子,道光五年捐资入泮,苦读中举。曾担任闽县教谕,振作文风,颇受推崇。后又捐得内阁中书,分部学习,归籍后,特重文教推广,及门弟子甚多;历任仰山、学海两书院山长。晚年隐居剑潭,室名"太古巢",与文人来往甚密。平生好诗文,尤擅联语,名动一时。著《偷闲录》、《太古巢联集》、《乡党质疑》等,其诗大抵措辞平易,老妪能解,而其联语所获评价尤高。维英之长兄维藻(1795~1835)是三兄弟中另一具有举人功名者。少以文学负重名,经史、音韵无不通贯,所作诗文,风格简古,务切世情,论者谓有尹洙之风。①

板桥林家的发展与竹堑郑家、大龙峒陈家并不一样,它是先由土豪,再发展成为士绅。咸丰初年,林国华在板桥兴筑林家大厝。大厝落成后,与其弟

① 详见黄美娥:《清代台北地区文坛初探》,载东海大学中文系编《明清时期的台湾传统文学》,2000年。

国芳广邀文人墨客,吟咏唱酬,研摹金石书画,并延聘福建诏安人谢颖苏、同安人吕世宜、厦门人陈梦三、海澄人叶化成等为西席,教授子弟。而林国华长子林维让、次子林维源,年少时内渡从学于厦门举人陈梦三,返台后,于同治年间创立"大观书社"义学,由晋江举人、林维让妹婿庄正担任讲席,集漳、泉二郡学子,厚给膏火,月课诗文。此外,林国芳次子林维得亦不务名利,杜门笃学,其诗颇获佳评。板桥林氏家族原本并不以文教起家,未有以正途获得科举功名者,但透过延聘多位来自闽南的流寓文人,借重外力的形塑,也使得林家酷爱文艺的形象浮现,成为当时台北文坛的又一重要的家族性作家群体,而就整个北台文学而言,亦可与竹堑北郭园、潜园的文酒盛会相辉映。①乙未后,林维源、林尔嘉父子等林氏家族成员内渡厦门,寓居鼓浪屿,兴建菽庄花园,成为闽地以及台湾内渡文人雅集优游、吟哦酬唱的场所,某种意义上说,是板桥林家文学传统的再现。

　　这种家族性文学,在中部和南部台湾,也同样存在着。如在嘉义地区,祖籍粤东嘉应的徐德钦、徐念修、徐植夫、徐杰夫等一家,是望重乡间的文学家族;又有赖国华、赖建藩、赖柏舟一家,亦颇负文名。最为显赫的则有赖时辉家族。赖氏堪称诗书传家,世代居地方清望者。赖时辉为明朝遗臣、福建平和县人赖刚直之四世孙,获钦授五品同知赏戴蓝翎、任嘉安总局局长。其长子世英、四子世观均为贡生,次子世良、五子世贞均为廪生,三子世陈为恩科生员,大多有官职;世英之子赖惠川设帐义务讲授诗学,号曰"闷红馆",其作品的质、量与体类,都堪称嘉义第一;赖时辉的四世孙赖雨若,号壶仙,为日据时期名律师,在嘉义城南辟地数亩,遍植花果,号"花果园",创设"壶仙花果园修养会",义务讲授四书五经及国语文,灌输祖国文化,鼓吹青年进出大陆,因此触日本当局忌讳,光复后旌为抗日烈士。此外还有光复后还活跃于文界的赖子清,工诗,著作等身。赖氏家族不仅诗文作者众多,延绵时间长,作品丰厚,而且具有比较鲜明的家族文学特色。如早在赖时辉时,赖家集合家族之力量,参与平定所谓"戴潮春乱",赖时辉有《巡城口占》、《平戴万生乱:潮春攻城解围志感》等诗,叙写为了家族和乡间的存亡和利益,共同抗击械斗和"叛乱"的情形。乙未后,赖氏家族老一辈有的采取消极对抗的方式,

---

　　①　参见黄美娥《清代台北地区文坛初探》。

如赖世英，闭门不问世事，修心向佛，其诗作充满佛趣闲情；而较年轻的后辈子孙如赖惠川、赖雨若等，却多采取直接对抗的姿态，通过诗文作品，谴责和抨击日本殖民者，歌咏抗日志士及抗日事件。①

此外还有闽南移民最早的落脚港之一、泉州人聚居的鹿港。鹿港文风于光绪年间、乙未前后特别是日据时期为盛，至少有许、庄、施氏等，形成了家族性文学现象。许荫亭（1870～1904）字炳如，一字荆石（经石），泮名梦青，号剑渔，又号云客、冰如、高阳酒徒，其祖父梓修以能文著，祖母以节孝旌。世居泉州安溪。许荫亭忠孝宗风，于家国苦难尤为挂心。及闻乙未割台，顿足捶胸，号泣三日，耻为倭民，亦思内渡，然又眷顾祖茔，故驰归鹿港，联络士绅，共谋抗敌，惜战事失利，图谋再举，未料其弟蔼庭、兄荫庭先后去世。荫亭怀折翼之痛，伤时局之艰，幽居乡曲，日惟饮酒行吟，以抒悲愤。"当道者欲夺其志，饵以要职，累却累征之。荫亭不能耐，亦不敢怒，但酗酒以哀身世，久之，竟如狂痫"②，每饮必醉，狂歌痛哭，或醉卧庙阶，旦醒始回；或闭门孤吟，三日不出。为延汉文薪火，并与施梅樵、蔡启运、洪弃生组"鹿苑吟社"，砥砺气节，护持学脉，有"鸣剑斋"、"听花山房"诸集。其《感怀》诗云："时事难言满目非，是谁颠倒庙堂几。神州忽使成残缺，天下何堪问瘦肥。纵有和戎无别策，应知覆辙有危机。海隅多少英雄泪，洒向空中作雨飞。"（1960年其孙许长安编辑刊行《鸣剑斋遗草》）荫亭有子幼渔（1892～1953），习医，悬壶和美，医务虽忙，从不废学，受业于洪弃生门下，加入鹿港大冶吟社及和美道东书院诗社，其诗同样充满处于异族统治下的伤痛和悲愤。③

庄嵩（1881～1938），字伊若，号太岳。三台既陷，绝意仕进，弱冠卒业于师黉，旋即讲学于乡里，凡六年。课徒校中，推阐中国学术文化，日人恨之，遂解其职。宣统元年（1909）应聘雾峰林氏，课读其家，旋诣草屯，组读书会，冀延汉文于不绝，为日人所忌恨。又先后成立"革命青年会"、"一新会"。"一新义塾"等，荟萃数百生徒，褐櫫民族气节，以宣扬祖国文化自任。其诗多睠怀宗国之句，以忠爱为体。庄嵩三子幼岳，克绍箕裘，著《红梅山馆诗草》，多激昂沉痛之语，无畏避日寇之懦。此外，庄嵩之弟庄垂胜，字遂性，号负人；另

---

① 详见江宝钗《嘉义地区古典文学发展史》，嘉义：嘉义市立文化中心1998年印行。
② 王国璠：《台湾先贤著作提要》，新竹：台湾省立社会教育馆1974年印行，第113页。
③ 戴瑞坤撰：《鹿港镇志·艺文篇》，彰化：鹿港镇公所2000年印行，第14～19页。

号了然居士。曾得雾峰林家之助,入日本明治大学政治经济科,适逢台湾民族意识勃兴之际,返台后积极投入,有"深耕犁"与"庄铁嘴"之绰号,与兄太岳并享文名。①

施氏祖籍福建晋江钱江乡,在鹿港亦为著名的书香门第。施家珍(1851~1890),字诒儒,号聘廷,鹿港岁贡生,曾任福宁县教谕。1888 年"施九缎事件"遭诬陷通缉时,与施悦秋相偕逃亡泉州。施梅樵(1870~1949),字天鹤,壮岁自号雪哥,誓雪戊子之冤;中年更号蜕奴,志去倭奴之耻;晚号可白,庆汉仪之重瞻,乐心曲之可白。1888 年戊子之变,举家踉跄,流离失所。越二年,丁父忧。逮及乙未变生,河山沉沦,梅樵避乱晋江,旋以祖母隻瞽,买舟复东,以尽孝思。于是,寄情诗酒,绝意人间。与洪弃生、许梦青倡立诗社,翼赞风雅,与南北诗人互通生气,赓相唱和,寄托乡关之感,家国之慨,于是诗名大噪,反掩文名。中年以后,绛帐授徒,系斯文于不坠。又有施性湍(1905~1937),字泷如,号雪涛,由其家雇工施春华启蒙,后又从施梅樵学诗,诗艺大进。入大冶吟社,与同社施让甫、施江西、施一鸣并称"鹿港四施"。②

由此可知,家族文学在清代台湾,是一个较普遍的现象。它甚至是当时一个促进文学创作发展的重要的组织形式,在清廷禁止民间结社的时候,起了代替诗社、集合文人雅士相互切磋砥砺的作用,在诗社蜂起之时,它和诗社同时并存,相互促成,同样起了提升文学风气,促进创作繁荣的作用。而"家族文学"现象的产生,和闽台两地家族社会和家族文化的存在,有着密切的关系。

第四节 儒学教化对于粗陋民风的疏导

一、《海音诗》:兴利除弊的黄钟大吕之声

如果说清初由闽入台的文人们,首先惊异于台湾的殊异的自然景观和有所不同的风土人情,在其风土杂咏诗中,往往模山范水,表达其遇接粗犷、荒

---

① 戴瑞坤撰:《鹿港镇志·艺文篇》,彰化:鹿港镇公所 2000 年印行,第 17~20 页。

② 同上书,第 9~23 页。

莽的台湾山水和民性时,内心的震颤和惊动;那到了清朝中、后期,特别是台湾生口日众,社会成型,教化步入正轨之后,文人们将其眼光更多地转向了社会现实。虽然采用的还是风土杂咏、竹枝词等形式,但其对于社会问题的关注和涉入,所表达的忧国忧民的现实情怀和人道精神,比起清初,已有很大的进展。

由于台湾社会存在着"反差性"特征,主要由闽粤移民组成的底层社会充满开拓进取、"爱拼才会赢"的精神,但同时也带有流氓无产者的气息,并将原来在闽粤就有的好强争胜,动辄聚族械斗等恶习,也带到台湾,并在新的环境下,愈演愈烈。与此同时,深受朱子学熏染的文人们,在台湾推行儒学教化,他们对于台湾民众的迷信、械斗等不良习气,深怀警觉,因此通过其诗文作品,加以反映和反省,并试图给予疏导和劝诫。

在清代台湾风土杂咏类诗作中,刘家谋的《海音诗》颇具代表性。刘家谋(1815~1853),字仲为,号芑川,福建侯官人。自幼聪颖好学,14岁就能写诗。19岁时中举人,初任福建宁德县令,道光二十九年(1849)调任台湾府学教谕,在闽、台两地任上均有好的声誉。咸丰三年(1853)积劳成疾病逝,年仅四十。他莅台四年,勤于执教,热心公务,并赋《海音诗》七绝百篇。遗著尚有《外丁卯桥居士初集》、《东洋小草》、《开天宫词》、《斫剑词》、《观海集》、《东洋纪程》、《操风琐录》、《鹤场漫志》、《怀藤吟馆随笔》、《揽环集》、《龙湫纪游》等。

在韦廷芳所作序言中,对"海音"之名的来由做了生动的阐发,也挑明了诗人与海洋相呼应的性格和作为:"盖台郡处海外,郡城又滨海,出西关,一望汪洋万顷、碧浪迷天;顾或鳌抃鲸呿,潮汐震撼,激而成声,隐隐呟呟,如雷如鼓。自四五两月始,天将雨,是音即盛发;况飓母时作,海吼益甚,令人心怖。先生闻所未闻,伏枕讴吟,耳中汹涌澎湃、郁勃怒号之音,与胸中嵚奇磊落、牢骚不平之音,互相遥答。诗成而疾愈,殆以己诗愈己疾欤?何其有遗音耶?抑司训是职,有时大其声、疾其呼,一若分玉振金声余韵,发人之聋于鲲身、鹿耳间,则海音偕铎音俱长矣。先生为人慷慨豪侠,绝少头巾气。故其为诗,风流跌宕,而嬉笑怒骂,欲歌欲泣,亦复激昂悲壮。一切地方因革利弊,抚时感事,咸归月旦,往往言人所不敢言、所不能言;此诚黄钟、大吕之音,不作铮铮细响者。其以'海音'名篇也固宜。"①

《海音诗》不仅保有当时风土杂咏诗多加自注的方式,而且它的自注还有自己的特点。即其自注不仅翔实说明历史掌故,解释特殊词语,"足资志乘"②,而且发挥议论,表达对一些事情的评价和看法,发挥诗歌针砭时弊、防微杜渐、表达民众心声和愿望的作用。如:"旧迹空余大井头,败篷断缆可曾留?沧桑变幻真弹指,徒步同登赤嵌楼。"该诗借景抒怀,就诗而言,表达的是一种面对历史沧桑的情怀,但诗的"自注"称:"大井头,在西定坊,昔年泊舟上渡处,今去海岸一里许。赤嵌楼在安平镇,自郡至镇,舟行常患风涛,今则由陆路可达矣。天险渐失,防海者所宜知也。"最后一句显然正是诗人写作此诗的讽喻用意所在。

《海音诗》和当时大多风土杂咏诗一样,关注点极多,涉及面极广。卷中不乏借景寓情、咏史抒怀之作。像宁靖王府、五妃墓等,都触发了作者历史兴亡之感,以及对于南明故事和历史人物的怀想。但百首诗中更多的,却是对于政治、经济、社会等各方面问题的观察和思考。诗人对于各种社会问题和弊端的呈现与揭露,对于劳苦民众的关心和同情,使《海音诗》非比一般的"玩弄风月吟咏性情之什"(《海音诗全卷提要》语)。如有诗云:"有田翻得免催科,纳赋人无半亩禾;凫雁秋粮自狼藉,南山乌堕北山罗。"注云:"富室田园日开日广,逋赋者多;而贫民坍塌漂没之粮,不得免焉。"这是对台湾官府征税损不足而补有余之弊端的批评。作者对贫穷人家,特别是澎湖贫瘠之地或受灾的农民格外同情,诗云:"真教澎女作台牛,百里饥驱不自由;三十六邨归未得,望乡齐上赤嵌楼。"注云:"谚云:'澎湖女人,台湾牛',言劳苦过甚也。咸丰元、二年冬春之交,澎地大饥;澎女载至郡城鬻为婢者不下数十口。徐树人廉访(宗干)谕富绅出赀赎之;予亟商诸二三好善之士劝捐赎回,各为收养。稻熟后,按名给路费,载还其家。澎湖五十五岛,著名者三十六岛。"

对关系民生的经济问题的关注,是《海音诗》与众不同处之一。诗云:"蜀糖利市胜闽糖,出峡长年价倍偿;挽粟更教资鬼国,三杯谁觅海东粮!"

---

① 韦廷芳:《海音诗·韦序》,刘家谋《海音诗》,收入《台湾杂咏合刻》,《台湾文献丛刊》第28种,"台银"1958年版,第1~2页。

② 《海音诗全卷提要》,《台湾先贤集》(三),台北:台湾中华书局1971年版,第1247页。

注曰："台地糖米之利,近济东南、远资西北。乃四川新产之糖,价廉而货美,诸省争趋之,台糖因而减市;英吉利贩吕宋诸夷米入于中国,台米亦多贱售。商为亏本而歇业,农为亏本而卖田,民愈无聊赖矣。"又有诗云:"亭户盐筹滞未行,牢盆在手绌经营;涓涓莫塞厄中漏,徒析秋毫利不盈。"注云:内地私盐每斤二文,偷载至台每斤卖四、五文,而官盐每斤十二三文;私盐出入,小口居多,官吏利其贿,不问也。内山生、熟番及粤庄人,皆食此盐。台盐每年减销,不啻十之六七,而官与商俱困矣,"惟稍减官价,使之易销;而严缉诸口,禁其偷漏,庶有瘳乎!"

对民俗的观察和描写是《海音诗》的重心之一,这符合于当年风土杂咏诗的主潮。"争将寸草报春晖,海上啼乌作队飞。慷慨更无人赠麦,翻凭百衲共成衣。"写的是家贫而又父母亲已老者,十人或数十人组成"父母会",遇有大故,同会者醵金为丧葬之资,并奔走相助。然而除了为数不多的此类诗作外,刘家谋对于台地的一些民俗,特别是一些带有迷信色彩的民俗,大多持批评态度。"箕中悬笔倩人扶,潦草依然鬼画符。道是长生真有药,九泉犹未觉迷途!"注云:"俗重扶乩神,有病请神医之。神舆两辕,前一人肩其右,后一人肩其左,其行颠簸不定。病家用糠或米置箕中,前后辕忽低忽昂,点注糠米间作画字状,以为神方;即医死不悟也。"又有诗云:"搆屋空糜十万钱,化为灰烬亦堪怜!漂流多少加鸽子,何处栖身觅一廛?"作者的"注"写道:"亲丧礼佛,必糊纸屋焚之;屋中器物悉备,雕镂之精、绘绣之美,常费百余缗。内地无业穷民,每附兵船渡海;久而不归,曰'加鸽子'。"此诗显然带有"朱门酒肉臭,路有冻死骨"之意。又如:"晨馐夕膳可能谋,罔极恩从死后酬;未必重泉真一饱,筵前争进九猪头。"写的是台人重视人死后之祭奠,然而亲人在九泉之下却未必能真的享用,诗人对这种生前未必孝顺,死后却给予极大哀荣的做法表示怀疑。又有:"山丘零落黯然归,蘸上方嗟露易晞;歌哭骤惊声错杂,红裙翠袖映麻衣。"注曰:"赛神,以妓装台阁,曰'倪旦棚';今乃用之送葬。始作佣于某班头;至衣冠之家亦效之,可慨也夫!"似乎今日台湾仍常见之各类"花车",当时就已露雏形,而延续至今。"张盖途行礼自持,文公巾帽意犹遗,一开一阖寻常事,不觉民风已暗移。"注云:"妇女出行,以伞自遮,曰:'含蕊伞',即漳州'文公兜'遗意也。今则阖之如挂杖……"像许多闽籍作者一样,刘家谋将台事与闽事相比照,揭示了闽台两地信巫好鬼的文化特征,同时也显示台地风俗比起闽地而言,似乎更趋奢侈和迷信,因使作者多有"世风不古"之叹。当然,这种现象的出现有着深刻的社会文化根源,值得更进一步的探讨。

此外,刘家谋对于闽台两地民众之间的往来关系,也给予特别的关注。"何必明珠十斛偿,一家八口托檀郎;唐山纵有西归日,不肯双飞过墨洋。"注云:"内地人多娶台女,以索聘廉也。然娶后,而父母兄弟咸仰食焉。久羁海外,欲挈以归,不可;或舍之自归,隔数年则琵琶别抱矣。谓内地人曰'唐山客'。'墨洋',即黑水洋。"又有:"誓海盟山意正长,缠头百万亦寻常;三家村里盲儿鼓,犹唱当年黄锦娘。"注曰:"永春人贾于台者,眷一妇黄锦娘,倾其赀。既归复来,锦娘拒而不纳;流落失所。台人哀之,为俚曲纪其事。"上述两诗写的都是台妇背信弃义;而以下一诗却是以番俗的"夫妇自相亲昵,虽富无婢妾……行携手、坐同车,不知有生人离别之苦",对比于台湾汉人的"夫妇虽相得极欢,鲜不广置妾媵……反目,辄轻弃之。妇被弃于夫,亦无顾恋;马头覆水,视为故常"。该诗云:"爱恋曾无出里间,同行更喜赋同车;手牵何事轻相放,黑齿雕题恐不如!"

由此可知,《海音诗》包容甚广,举凡婚姻丧葬、求医卜神、械斗盗贼、普度赌博、世态炎凉、节烈义举……都纳入作者的视野之中。这些民俗本与福建关系密切,加上作者是闽人入台为官者,自然对这些风土民俗的渊源流变、善恶利弊能有比较清晰的感受和体会,写之于诗,自能鞭辟入里,振聋发聩。

二、《陶村诗稿》:分类械斗的描述和劝诫

关于陈肇兴(1831～?),彰化杨珠浦辑叙《陈肇兴先生略传》写道:"陈肇兴先生,字伯康,彰化人。少颖悟,抱豪胆;事亲至孝。曾入邑庠。道光季年,翰林高鸿飞先生署彰化县,提倡风雅,乃聘廖春波先生长白沙书院主讲,以诗赋文课士,高县主躬莅讲席。是以文化大兴,士竞吟咏,就中陈肇兴先生为杰出。先生咸丰八年举于乡;颜所居曰古香楼,读书歌咏以自娱。迨同治元年戴万生变,先生慨然投笔从军。彰城陷,只身冒险逃入集集。日则奋练强悍民蕃,援官军、诛叛逆;夜则秉烛赋诗,追悼阵亡将士,语多忠诚壮烈。事平,不仕;设教于里,时雨化人,桃李争妍,而杨馨兰、杨春华、林宗衡、许尚贤

俱列门墙。于是相谋,刊此《陶村诗稿》,以惠后学。"① 虽然积极参与平定"戴乱"及其对"民变"的态度也许显示了历史人物的某种局限性,但陈肇兴的亲身经历也使得他对整个事件有更真切的了解和描写,特别是全书最后的七、八两卷,使人读之"觉当日戴万生之乱状历历如现,可借以知台湾往昔之史迹"②。或者说,陈肇兴的诗具备了"诗史"的功能。

《陶村诗稿》另一引人注目的重要主题,是对于当时严重的分类械斗现象的反映和思考。台湾学者施懿琳指出:"透过'诗史传统'的实践,陈肇兴的《陶村诗稿》为我们呈现了十九世纪中叶由盛转衰的台湾社会面相,在历史事件及民众生活的了解上,都有值得重视的价值。"③ 而分类械斗在这"由盛转衰"的过程中,对社会起了极大的破坏作用。在咸丰甲寅年(1854)所作的《秋田四咏》、《海中捕鱼歌》等诗中,陈肇兴描写了台湾的富饶和田园之美、农家之乐。台湾气候温热多雨,河水充沛,土地肥沃,四面环海,中部则为崇山峻岭,适合农耕与渔猎,经过闽粤移民的辛勤垦拓,在没有战乱的情况下,呈现的是一派丰饶的景象,有如世外桃源。如《秋田四咏·获稻》写道:

> 黄云重叠亩西东,一岁还逢两稔丰。万斛稻粱如阜立,数声枷板逼年终。鸡豚满地龙蛇蛰,杵白通宵木叶空。从此赛神兼饮蜡,田家乐事正无穷。

又有《海中捕鱼歌》诗云:

> 北风吹沙寒冻竹,海鱼上潮团一簇。叶叶渔舟破浪来,撑杈使棁纷相逐。横沉巨网截波中,一举常鳞数百族。小鱼戢戢大鱼肥,半死半生血犹漉。满担挑来到市廛,腥风吹遍夕阳天。得钱沽酒时一醉,不脱蓑衣海上眠。一灯渔火随潮泊,夜半白鱼飞上船。

此外还有《路边见村女口占》写温馨和谐、其乐融融,充满田园情趣的农家生活:

> 溪边有女浣新纱,一笑相逢语不哗。蓬鬓乱涂龙舌草,竹钗横插马蹄花。使君有妇原无羡,夫婿多情各自夸。到老不知离别苦,怜渠何幸嫁农家。

---

① 杨珠浦:《陈肇兴先生略传》,见陈肇兴《陶村诗稿》,《台湾先贤诗文集汇刊》,1937年2月台中杨珠浦排印本,台北:龙文出版公司1992年重印版。

② 林耀亭:《重刊陶村诗稿序》,陈肇兴《陶村诗稿》。

③ 施懿琳:《咸同时期台湾社会面相的显影——以陈肇兴〈陶村诗稿〉为分析对象》,《第二届台湾本土文化国际学术研讨会论文集》,台北:台湾师范大学国文学系,1996年。

　　然而,这只是在和平年代(至少是两次战乱间相对安宁的间隙)才有的景象。清代台湾素称"三年一小反,五年一大乱",有时是不同祖籍地的民众之间的"分类械斗",有时则是灾荒、官府压迫等各种原因引起的农民暴动或起义,二者之间还可互相转化。如陈维英《咸丰三年,癸丑八月八日会匪激成分类蔓延百里诚可哀也》诗云:"遏抑多方恼煞予,奈天降祸莫驱除。泉漳闽粤分偏合,翁婿舅甥亲亦疏";又云:"构兵秦楚十三年,今日干戈更蔓延。涂炭生灵灰屋宇,万民双泪一声'天'。"即认为会党活动演变为分类械斗。历代史家对于清代台湾(其实也是中国南方,特别闽南、粤东一带)常发生械斗的情况和原因,有颇为详细的记载和深入的分析。如清嘉道间的张岳崧说:"闽之漳泉,粤之潮嘉,其俗尚气好斗。往往睚眦小忿,恃其族众,聚党至千百人,执铤刃火器,订期而斗,死伤相属,或寻报复,世为仇雠。"[①] 关于械斗的起因,不外有三。一是意气之争,为了体面、荣誉,或因历史积怨而争斗。有的家族械斗,后代子孙并不知其最初的缘由,平时也没有根本的利害冲突,但每年都如同约定仪式般定期械斗,似乎不应战就没有了面子,损害了家族的荣誉。清代申翰周《闽南竹枝词·咏械斗》诗云:"两姓相争严伍阵,拼将人命作妆场",说的就是这种情况。该诗注云:"两方械斗,认族不认亲,虽翁婿甥舅,相持不让。及死伤多人,始罢战议和,双方推除死者人数外,按名给恤了事,并不报官,各亲串仍往来吊唁。"二是为了地方权益和家族的实际利益而战。中州士民迁移福建之初,人们为了获得生存必需的生产资料和活动空间,须得依仗家族的力量,并多采用实力占有的方式。在中国财产私有权缺乏必要的法律保障的情况下,利用家族的力量来占夺土地、山场、滩涂便成了一种很有效的手段。[②] 福建民间的家族械斗于是延绵不绝。三是封建王朝腐败无能乃至徇私舞弊的吏治。如程含章《论息斗书》叙述了这样的情景:"其初由地方官惟知鱼肉乡民,不理民事,民间词讼,延至数年不结,甚或数年不得一见官,而愚民无所告诉,不得已激而成斗。"一些地方官甚至极力纵容或挑动械斗,自己从中渔利。他们或者在平息、镇压械斗时,索取贿赂,支一族压一族;或者在审理械斗诉讼时,以贿为据,贿多即胜诉。[③]

---

① 张岳崧:《闽粤风俗记》,《松筠堂集》。
② 陈支平:《近 500 年来福建的家族社会与文化》,上海:上海三联书店 1991 年版,第 123 页。
③ 徐扬杰:《宋明家族制度史论》,北京:中华书局 1995 年版,第 297 页。

　　闽粤一带的这种械斗风习,也随着从这一带出发的闽粤移民而移植于台湾,并进一步发展为分类械斗。陈盛韶在《问俗录》中写道:"闽、粤分类之祸,皆起于匪人。其始小有不平,一闽人出,众闽人从之;一粤人出,众粤人和之,不过交界处掳禁争狠。而闽、粤头家即通信于同乡,备豫不虞,于是台南械斗传闻淡北,遂有一日千里之势……结党成群,塞隘门,严竹围,道路不通……火光烛天,互相斗杀,肝脑涂地……闽人为叛民,粤人即出为义民,保护官长,卫守城池,匪人又乘此假公济私,肆横报复,遇闽人不问其从贼与否,杀其人,焚其室,劫其财……台湾滋事,有起于分类而变为叛逆者,有始于叛逆而变为分类者……百余年来,官民之不安以此。"①

　　陈肇兴的《陶村诗稿》可说是以诗歌方式对这段历史的真实反映。据载,就在陈肇兴写作《秋田四咏》的前一年即咸丰三年,彰化地区曾发生彰泉械斗。陈肇兴《感事》诗对此有所反映:

　　　　萧墙列戟究何因?满眼郊原草不春。岂有同仇关切齿,并无小忿亦亡身。挥戈舞盾贼攻贼,吮血吞心人食人。自愧未能为解脱,空将两泪哭斯民。②

此后又有《械斗竹枝词》四首:

　　　　无人拓殖不居功,动辄刀枪奋起戎。利益均沾天地义,强争恶夺是歪风。淡水环垣病最多,漳泉棍棒粤闽戈。因牛为水芝麻衅,一斗经年血涨河。灾及后龙彰化间,祸延锡口至宜兰。罗东亦效相残杀,人命如丝似草菅。起止纷争数十年,时停时作互牵连。腥污血染开疆史,斫丧精英笑失筌。③

这些诗叙说了械斗发生的范围之广、时间之长,对社会民生造成的伤害之大,表达了作者目睹民众苦难而又无能为力的悲悯情怀,对于械斗发生的原因,则仅浅尝辄止地略为涉及,即所谓"因牛为水芝麻衅"。咸丰四年春,陈肇兴于大甲龙井庄附近任教时所写《游龙目井感赋百韵》,则以长诗的格局,详述

　　① 　陈盛韶:《问俗录·鹿港厅》,刘卓英标点《蠡测汇钞问俗录》,北京:书目文献出版社1983年版,第138页。

　　② 　陈肇兴有不止一首的《感事》诗,本首为癸丑年所作,收入《陶村诗稿》卷一。

　　③ 　《械斗竹枝词》收入陈香编《台湾竹枝词选集》,但未见于《陶村诗稿》,翁圣峰在《清代台湾竹枝词之研究》(台北:文津出版社1996年版)中将它列入"未确定"的竹枝词作品中。见翁著第94页。

械斗的发生过程及其肇因。诗作开头就写出械斗后"靡靡逾阡陌,数里无烟炊。榛莽积碎瓦,颓垣压茅茨。十室无一存,存者唯石基"的惨不忍睹的景象。然而往昔的龙井庄绝非如此,而是一派繁华富庶,衣食无虞,安和乐利,夜不闭户的景象,"漳泉若家室,出入相怡怡",此情此景,现已不复存在。这种转变,与官府的作为有很大的关系:

> 黠吏若狱鬼,健役如虎貔。道逢剽劫贼,摇手谢不知。肩舆下蔀屋,凛凛生威仪。从行六七人,沿途索朱提。更诱愚顽辈,鹬蚌互相持。就中享渔利,生死两瑕疵。死者卧沙砾,生者受鞭箠。黔娄杀黎首,倚顿遭羁縻。一纸县官帖,十户中人资。因之升平民,渐渐相凌欺。或以众暴寡,弱肉强食之。或以贫虐富,攘夺耕田牺。

显然,陈肇兴颇为敏锐地看出,发生分类械斗的原因之一,在于清朝官吏贪暴虐民,又担心民众反乱,乃蓄意挑拨漳泉间的矛盾,以转移对官府的不满,以期坐收渔翁之利。当民众因气类之分而起争斗时,不加消弭,更抱持坐山观虎斗的态度,致使民众之间的仇恨越积越深,乱事愈演愈烈,动辄携械蜂起,以图报复,甚至残暴无人性地伤及妇孺:

> 一人构其衅,千百持械随。甥舅为仇敌,乡里相烂糜。村庄纵燎火,田园罢耘籽。所争非城野,杀人以为嬉……得失起鸡虫,杀戮到妻儿。发冢抛骸骨,剖腹吞心脾。浮云淡白日,十里无人窥。

干戈止息之后,"所见者无非累累白骨,淋漓膏血;房屋荡尽,流泉沙淤。眼见劫后惨状,耳闻百姓哀哭,陈肇兴在长歌之末,对犷悍好斗的顽强之辈提出了息怨止争的呼吁,并期待透过此首歌诗,供有司作为施政之参考"[1]。诗的最后写道:

> 我志托山水,我心念疮痍。先忧而后乐,此语本吾师。区区一井间,何足系安危! 所嗟填壑者,十稔两流离。悲悯恐无益,慷慨发歌诗。寄语采风者,陈之贤有司。

可说表达了作者承自儒家传统知识分子的"先天下之忧而忧,后天下之乐而乐"的责任感和悲悯情怀,也更应合了陈懋烈为《陶村诗稿》所写的题词中,将陈肇兴与杜甫所作的比附:

---

① 　施懿琳:《咸同时期台湾社会面相的显影——以陈肇兴〈陶村诗稿〉为分析对象》。

浣花溪畔少陵祠,绝代诗才赋乱离;谁料千年才更出,有人继和《北征》诗。

三、儒家教化对于鬼神巫觋之风的纠正

与械斗一样,福建的民间宗教信仰与家族制度关系密切,而家族宗教信仰带有极为强烈的功利性、实用性色彩,即寄望于某些神灵偶像能对本家族提供某种特殊的护佑。因此,在福建的民间宗教信仰中,人们对于中国正统的儒、释等教,常是敬而远之,或拜奉有节,而对于民间道教和一些属于乡族、家族自有的寺庙,乃至许多旁门左道、神魔鬼怪的偶像,只要它被视为神通广大、法力无穷,如关帝、妈祖、观音菩萨、清水祖师等,或者被认为与本家族有特殊的亲缘、恩德关系,如"丐王爷"罗敷之于罗姓家族,即能受到乡人、族人的格外崇拜,香火缭绕,盛典不绝。更有甚者,许多家族对于鬼神的崇拜大大超过对于祖先的崇拜,因为他们认为神怪比祖先在阴间拥有更多的特权和势力,而且神魔鬼怪可以通过物质的贿赂和收买,来满足崇拜者的需求。[1]

由于台湾民众大多由福建渡海迁移而来,其民间信仰及相关的习俗,和福建特别是闽南一带,十分相似,有许多几乎可以说就是闽南民间信仰的移植和翻版。何澂的诗句"闽人信鬼世无侪,台郡巫风亦效尤"[2],说的就是这种情况。如果说闽、台有所不同的话,就在于横渡海峡以及在台湾披荆斩棘、开拓垦殖时,要冒更大的风险,因此台湾民众对于神灵的崇拜和依靠,比福建有过之而无不及,如对于妈祖(天妃)的崇仰。与此同时,台湾的移民不仅来自闽南,也有来自粤东及其他省区的,不仅有福佬民系,也有客家民系等,其民间信仰也就比单一的闽南地方,显得更为多样。

闽台的传统诗文作者对于本地的民间习俗、宗教信仰的情况及其特点颇多观察和描写,并秉持着儒家"不语怪力乱神"的文化精神,对于闽台民间信仰的某些弊端,加以揭示、质疑和反省。

中国的岁时节日,如春节、清明、端午、中元、中秋、重阳、冬至、除夕等,各

---

① 详见陈支平:《近 500 年来福建的家族社会与文化》,上海:上海三联书店 1991 年版,第 186~202 页。

② 何澂:《台阳杂咏》,见《台湾杂咏合刻》,《台湾文献丛刊》第 28 种,"台银"1958 年版,第 67 页。

地大体相同,但具体的过节习俗,却有许多区别;而闽台两地,其过节的习俗则十分相似。今人陈香编著《台湾竹枝词选集》①中,按岁时节日收有太学生王之敬《新正竹枝词》、台南人刘其灼《元宵竹枝词》、曾任闽县教谕的淡水人陈维英的《清明竹枝词》、举人张书绅的《端午竹枝词》、秀才林知义的《中秋竹枝词》、福建晋江人张一鹤的《重阳竹枝词》、庄及锋的《除夕竹枝词》等,涵盖了主要的岁时节日,充分说明了闽台两地在民俗上的渊源关系。

王之敬的《新正竹枝词》写道:"嘻嘻哈哈过新年,爆竹高升敬宝先。龙眼干茶甜大礼,拜人人拜织梭穿。""新衣新帽又新鞋,童子逍遥任逛街。不得骂人兼骂狗,猜拳喝酒尽开怀。""虔诚祭祖敬甜茶,蜜饯堆盘不用穑。昨夜封刀今锁井,门楣竞尚挂红纱。"

刘其灼的《元宵竹枝词》写道:"一年一度上元灯,斗巧争奇各自矜。最是登丁同仰企,期望多子又高升。"由于在闽南话中,"登"、"丁"与"灯"均同音,因此元宵节的灯,寄托着"高升"和"添丁"的愿望。"家家户户吃汤团,甜在喉头意在团。初次月圆呈好兆,出行常顺居常安。"元宵节泉州一带都吃"上元圆",寓"团圆"之意,过了元宵节后,人们又要外出讨生活了,因此寄托着平安、顺利的企望。"妇女偷偷乞米龟,羞人端在想麟儿。偏街僻巷听香去,心意如何鬼应知。"在闽台,元宵节时有所谓"乞龟"习俗,即人们为求长寿、发财等,前往寺庙乞讨供奉过神佛,因此可以给人以"保庇"的"寿龟",并许愿明年奉还更多数量的"寿龟"。这种"寿龟"用米或面粉蒸制,多是前一年人们"乞龟"许愿,这一年奉还的。又有婚后未育的妇女在元宵节期间,前往寺庙乞取泥制的小娃娃,以求神佛赐子,俗称"乞孩儿"。至于"听香",则是未婚少女先在神前掷杯笅,占卜听香方向,然后按此方向随机"偷"听行人密语,再掷杯笅以卜吉凶。此竹枝词写的正是这些闽台共有的风俗。

陈维英的《清明竹枝词》写道:"扫墓同时亦踏青,飘钱未必及幽冥。慎终追远售心念,睦族深期蔚德馨。"说明扫墓不仅是烧烧纸钱这些表面文章,更重要的是寄托着慎终追远以及希望家族和睦之情怀。"银纸焚烧后土边,群儿伸手乞糕钱。红灯带路回家后,墓粿分贴遍陌阡。"扫墓的仪式,先拜后

---

① 陈香编著:《台湾竹枝词选集》,台北:台湾商务印书馆1983年版。所选作品的题目,有的经编者改动或添加。

土，再拜正墓，因后土为神，有保护正墓的作用，所以先拜。扫墓的祭品有牲醴、红龟粿、红面粿，此外还有一种内包菜头丝（萝卜丝）做馅的"清明粿"，扫墓完毕后分送给墓地附近村落的小孩，也有分送红包给小孩的，期望他们放牛、玩耍时，不要破坏墓地。"剥蛋坟前兆吉祥，绵绵祖德焕余光。哭声罕再摇山岳，孝道敦平纳典常。"新葬后的第一次清明，在墓地祭拜后，全家要在坟前分食煮熟的鸭蛋，然后把蛋壳放在墓上，象征取得了新的生命。陈维英还指出清明祭祖的风俗由来已久，而闽台同根同祖，这习俗并无不同："清明习俗本相同，祭祖由来是古风。春饼几家凭应节，纸鸢偶或幌高空。"

同治乙丑年举人张书绅的《端午竹枝词》写道："艾剑蒲旗比户悬，登盘桃李赛芳鲜。花生荇菜新尤物，祭祖无瓜笑不虔。""雄黄渗酒为驱邪，五毒张罗送海涯。只有蜗牛偏自在，容留池畔伴青蛙。""鲜闻箫鼓闹溪边，水浅无从赛彩船。臭袋香囊依俗佩，龙舟须亦有人缠。"悬插艾叶、菖蒲及有绿叶的榕枝，这是取其似虎似剑及具有庇荫功能，借以压魁辟邪；取乳香、苍术、细辛、甘松、川芎等物，在房屋里熏烧，以辟秽恶；用能杀菌的中药"雄黄"微量泡酒，挥洒房角、床下、床帐间，以除恶气，涂抹儿童面颊、耳鼻，以避毒虫；缝制鸟兽瓜果等形状的小巧玲珑的香袋，装放香料或雄黄，挂在儿童胸前，以除瘴气。道光本《厦门志·风俗记》写道："五月五日，端午悬蒲、艾、桃枝、榕枝于门……饮雄黄酒，并以酒擦儿顶、鼻、噀房壁、床下以去毒……以纸为人，写一家生辰，焚水之际，名曰辟瘟……"[1] 可见闽台习俗十分相似。

林知义的《中秋竹枝词》写道："丰原月饼出名松，竹堑糖多气味浓。粤制不能闽制比，说来瘦肉逊莎蓉。""女去听香男赶场，各随兴趣各繁忙。听香卜遂心中愿，猜谜须搜枯槁肠。"写出了中秋节时的闽台风俗。至于发源于厦门一带，在台湾也很盛行的中秋"搏饼"风俗，更是台湾诗人笔下十分常见的题材。如钱琦的《台湾竹枝词》写道："玉宇寒光净碧空，有人觅醉桂堂东。研朱滴露书元字，夺取呼卢一掷中。"自注："中秋士子聚饮，制大饼朱书'元'字，掷四红夺得之，取秋闱抢元之兆。"

庄及锋的《除夕竹枝词》写道："全家餐叙乐围炉，芥韭葱芹上等蔬。碗

---

[1]　周凯总纂、厦门市方志办整理：《厦门志》（清道光十九年镌），厦门：鹭江出版社 1996 年版，第 510 页。

饭必须留一半,锦鳞禁筷兆盈余。""饭后均分压岁钱,明朝各有新衣穿。阿公阿妈红包大,干赚无赔不拜年。""年糕叠笼有甜咸,芋仔菜头引口馋。发粿面龟油炸饼,各争其味不平凡。""户外红联簇簇新,油缸米瓮贴迎春。冰糖蜜枣皆齐备,明早开门可敬宾。"闽台除夕围炉时,备有一条完整的鱼而不能下筷,寓年年有余(鱼)之意。蔬菜方面,芥菜取其体长,谓之"长年菜";韭菜取其与"久"谐音,谓之"平安菜";葱因其音谐"聪",谓可增"聪慧";"芹"在闽南话中与"根"谐音,故谓可"生根";俗名"菜头"的萝卜,吃了会有"好彩头",因此为过年不可少之物。此外,像发粿寓发财之意,蜜枣寓"吃红枣,年年好"等,都寄托着平民百姓盼望家庭和睦兴旺,一家老小平安快乐的美好愿望。

如果说上述属于有益、至少是无大碍的良善习俗的话,闽台的另一些习俗,特别是有关民间宗教信仰的习俗,则属于对社会、对民众有害的不良陋习。这更是闽台文人关注、描写和批评的焦点。

如闽台有所谓"跳童"(即童乩)的习俗。徐莘田《基隆竹枝词》第六首写道:"跳童袒卧铁钉床,斫脑穿腮血满腔。金鼓醒阗人逐队,神舆颠倒戏街坊",并自注:"台俗:游神赛会,必有跳童相随。刀斫锥刺,略无痛苦。神座以四人舁之,或二人舁之。右推左扶,东倒西歪。云是神力所为,虽壮士莫御。闽人信神,一何可笑!"[1] 台湾学者薛顺雄认为,所谓"童",即"灵媒",有可能来自原闽南地区的先住民的语汇,以后汉人移入此地,便采其语音的汉译并加注义而成为"童乩"一词,因至今大陆壮族称其"灵媒"的语音,跟汉字"童"音相近,而"乩"则是所加的汉字语义的注解。[2] 或者说,它可能是远古时代生活于华南的百越民族宗教仪式的遗存。关于"跳童",另有新竹贡生陈朝龙(字子潜)《竹堑竹枝词》之十九写道:"里社残冬竞赛神,王爷骨相俨如真。刀舆油镬甘心试,堪笑乩童不惜身",并注:"台俗:里社迎神赛会,乩童以刀剑、油镬,遍试身体,以示神灵显赫。此等颓风,不知何年得挽。"

在闽台,又有所谓"王爷"的奉祀活动。刘家谋《海音诗》有"竞送王

① 见连横编:《台湾诗钞》,《台湾先贤集》(一),台北:台湾中华书局1971年版,第296页。
② 薛顺雄:《从清代台湾汉语旧诗看本岛汉人的社会及习俗》,《台湾古典文学与文献》,台北:文津出版社1999年版,第140页。

爷上海坡,乌油小轿水边多"的句子,并注云:"鲲身王,俗谓之'王爷';以五月来,六七月归。归时,郡中妇女皆送至海坡上"。何澂《台阳杂咏》第十首"出海大傩刚仲夏"句下,作者自注:"出海在五月,义取逐疫。造木舟,以五彩纸为瘟神像。礼醮演戏毕,舁像舟中,鼓吹仪仗,送船入海。"当年台湾"疫症时流行",甚至须焚村毁人,所以定居后人们最大的希望,就是希望远离瘟疫,而避免"瘟疫"降临的最好办法,就是设法把"瘟神"送走,于是便有了"送王船"的习俗。然而"送王船"带有转移祸害于他人的自私含义,是一种迷信陋习。

　　闽台文人描写最多、批评也最为激烈的,是七月十五中元节(又称"鬼节")及其前后的祭鬼活动,一般称为"普度"或盂兰会。"普度"又称"普施",其本义为"普遍布施鬼食"。闽南漳、泉一带,五月六月开始"竖旗招鬼引魂",六月二十九日称为"开狱门",传说阴间关住的各种冤死鬼、无主家神全都放出来到阳间讨吃。从七月初一到七月三十,各村社街坊轮流做"普度",大摆宴席,以饭菜祀鬼,烧金纸灯纸,放烟火,送王爷船,搬演目连戏等活动。每家门上贴红纸,大书庆赞"中元",灯烛辉煌,香火缭绕。又共扎彩牌,搭祭坛,延请僧道礼唱,念《盂兰盆经》,进行超度。又制彩灯千百个,放在水上漂流,笙歌达旦,名为"放水灯"。还备有猪、羊、鸡和百盘果品,序列高台,堆砌成塔,作为祭品,无赖之徒纷纷跑来抢食,称为"抢孤",为此经常打架闹事。八月,则还有一轮规模较小的"重普"。清末泉州进士吴增作《泉俗激刺篇》,内有《盂兰会》云:"流俗多喜怪,不怕天诛怕鬼害,七月竟作盂兰会。盂兰会,年年忙,纸满筐,酒满觞,刴鱼鳖,宰猪羊,僧拜忏,戏登场,烟花彻夜光。小乡钱用数百万,大乡钱用千万强。何不将此款,移作乡中蒙学堂!"①

　　这种风俗也随着闽地移民带到了台湾。台湾文人除了描述普度大讲排场的情景外,并对其铺张浪费、劳民伤财以及"媚鬼弃人"的可笑行径加以揭露,希望人们能够幡然醒悟,谢除这种陋习。台北黄赞钧的《普度竹枝词》

---

① 古丰州人(吴增):《泉俗激刺篇》,转引自陈盛明《从〈泉俗激刺篇〉看清末泉州社会黑暗面》,泉州《泉州文史》第5期,1981年10月。

反映了这种情况："铙鼓喧阗建佛场,万家盆祭一时忙。迎人送鬼纷开宴,人鬼都叫入醉乡。""排坛演剧闹如狂,祭鬼延宾劳未忘。何事更加童子普,一回忙过一回忙。"① 作者对普度表示了否定的态度。如他指出普度的奢靡浪费以及对鬼大方对人苛的怪相:"姓别商分各斗奢,金钱浪掷视泥沙。戕残物命穷民力,到处翻闻赏巨猳";"生时欲乞一文难,死后杯盘荐盛餐。回顾门旁伸手者,不知心上作何看"。陈肇兴的《到鹿津观水陆清醮普度》(八首之八)也写道:"剪彩裁绒竖几竿,大千会食集盂兰。世间不少穷饕餮,冷炙残羹未许餐。"这种陋习,遭到许多有识之士(包括一些地方官员)的批评和制止。原籍福建同安,道光二十九年拔贡,深得徐宗干赏识的彭廷选,其《盂兰盆会竹枝词》善于抓住封建陋习的内在矛盾,摆事实,讲道理。他写道:"祀典原来肃厉坛,民间禳醮祝平安。若云冤鬼须超度,何必森罗设判官。""七宝灯明结彩花,金身丈六曳袈裟。相传孝母方成佛,底事当年早出家?""冥府缘何不赈灾,鬼犹饥饿亦堪哀。生前想必饕贪惯,又向人间乞食来。"又对迷信风气造成的社会、民生危害加以揭示:"海角天涯误此身,疲癃残疾苦吟呻。年年忝入龙华会,一半乌烟队里人。""金钱靡费万千偿,何不存留备救荒?生度方为真普度,舍人度鬼总茫茫!"曾于同光年间任福建巡抚的王凯泰,也在其《台湾杂咏》之十四中写道:"道场普度妥幽魂,原有盂兰古意存。却怪红笺贴门首,肉山酒海庆中元",并加注:"闽省盛行'普度',台属尤甚。门贴红笺大书'庆赞中元',费用极侈,已严禁之。"不过,民间习俗往往根深蒂固,要杜绝并不容易。于是到了日据时期,这种"媚鬼弃人"的行径也并没有多大改变。赖和《普度》诗云:"救母原思报母恩,传来胜会说兰盆。孤寒满路人谁顾?牲帛如山媚鬼魂。"②

　　闽台的盛行"普度"是其信巫好鬼的民风及民间宗教信仰实用功利性特征的典型表现,而文人们普遍地采取批评态度,显示的是儒家正统思想与地方文化陋习的纠葛和斗争。或者说,当时文人们的反迷信并非如后来五四运动以科学为武器,他们秉持的是儒家的教化、儒家的正统思想。不过,不管是

---

① 载陈香编著:《台湾竹枝词选集》,台北:台湾商务印书馆 1983 年版,第 267~269 页。
② 赖和:《赖和全集》(五),台北:前卫出版社 2000 年版,第 460 页。

善良习俗或是不良陋习,都显示了闽台密切的亲缘关系。如果说清初的风土杂咏诗是身心老成的大陆文人遇接新鲜、活泼的海岛风情而产生的心灵激动的产物,基本上是对风俗民情的正面或中性的观察和描述的话,那到了清代中后期,文人们的采风诗更有了观风俗以知得失、正民风的含义。这是随着儒家教化在台湾的发展和深化而产生的变化。

第三章　主战、内渡和近代变革

——割台前后闽台文学的交流互动

第一节　近代闽台反抗外来侵略的"主战"传统

一、禁烟、"射鹰"和死战：鸦片战争中的闽人

进入清朝道咸年间，台湾的移民社会已逐渐转化为定居的文治社会；另一方面，整个中国却正面临着一个巨大而深刻的转折。这就是西方列强企图用坚船利炮，打开闭关锁国的古老帝国的大门。1840 年的鸦片战争，是一划时代的重要事件。在这场战争中，闽台由于其地理位置，首当其冲。厦门和基隆都曾发生战事，闽台的战场其实连成一片。闽、台之间相互依存的战略关系以及它们对于整个中国的东南屏障作用，更为凸显。

从鸦片战争至 1894 年的中日甲午战争的数十年间，发生于闽台两地以及中国东南、华南地区的边疆危机接踵而至，清朝内部对于危机的处理，也形成了"主战"和"主和"的两大派。然而从林则徐开始，无论是廷争上奏，或是实际行动，福建的官民都是"主战派"居多，出现了许多可歌可泣的抗战英雄，与此有关的文学作品，也始终以"主战"为主旋律——既有对外来侵略者的同仇敌忾的声讨，也有对英勇抗战的中国将士的热情歌咏；既表达了宁愿战死，也不愿沦为异族奴隶的决心，也有对妥协、投降分子的谴责和批判。这种情况的出现，和闽台两地某种深厚的历史文化传统有密切的关系。或者说，它既是闽台人民较为浓厚的"家族"、"家乡"观念以及好勇斗胜、不甘屈服的民性特征使然，更是郑思肖、郑成功直至乙未抗日勇士一脉相承的强烈民族大义、民族精神的体现。

清朝从乾嘉年间起，已开始由盛而衰，与此同时，以英国为首的欧美资本主义,却迅速崛起,急需向全世界开拓市场和掠夺资源,对于地大物博的东方大国中国,馋涎欲滴。然而,中国自给自足的小农经济使得英国资本主义的工业品很难在中国倾销。后来发现鸦片是能在中国牟取暴利、扭转英中贸易逆差的商品,便将印度建成了种植鸦片的基地,并以澳门、黄埔以及珠江口外的伶仃岛洋面为中心,向中国沿海和内地撒开了鸦片走私网。闽台滨海,又邻近广东,很快成为英国商人在华贩毒的第二中心——"鸦片之流毒,最甚广东,次之莫如福建"[①]。台湾诗人对于鸦片的毒害,有颇为生动的描写。如刘家谋《鸦片鬼》有云:"形骨犹存精气死,虽曰生人鬼而已。地狱变相一十八,古来阎罗不识此。"苗栗张维垣的《乞烟灰》写出了鸦片鬼为乞讨一点烟灰,奴颜婢膝的丑态:"腰藏小碟步如梭,拱立床前细语和。添足画蛇迎客笑,甘心走狗任人诃。思邀半勺称无冀,惠受三分说谢多。最喜残灰犹带润,且伸拇指试研摩。"施琼芳(原名施龙文)的《恶洋烟(借藏十二辰相)》揭露了西方殖民者为谋求自己的利益而用鸦片毒害中国人民的罪恶行径:"何年夷舶上邦通? 封豕长蛇荐食同。肥己利凭鸡兔算,诱人情似马牛风……";郑用锡的《鸩毒》更以项羽破秦焚阿房宫的典故,说明鸦片看似微小,却有极大危害,而英人贩卖鸦片,实怀宰我民、亡我国之心,诗云:

>　　鸩毒来西土,斯人何久迷。阿房三月火,函谷一丸泥。能使心肝黑,全令面目黧。昏昏成世界,竟认作刀圭。

英商贩烟获得巨额利润,但他们并不满足,为了进一步扩张势力,怂恿其英国政府夺取厦门、福州和台湾。他们宣称在中国沿海取得一个或几个岛屿作为基地,"将对于我们的对华贸易大有好处"[②];又计划封锁厦门等主要港口,以切断中国沿海贸易。如1817年至1837年间16次前来中国的安德鲁·安德森认为:福建沿海一带荒瘠不毛,人口稠密,本地的人民在中国人中是最勤勉、最富于冒险性的,他们完全依靠与台湾、马尼拉、暹罗、柬埔寨、婆罗洲、爪哇、新加坡等地的通商来维持生计,因此建议采用断绝贸易的方式,引起闽粤等地的普遍不满,而迫使清政府承认英国的条件,并宣称:"对于中

---

　　① 黄爵滋等:《查明闽省烟贩情形并现办水陆巡防折》(1840年4月28日),载《筹办夷务始末(道光朝)》第一册,北京:中华书局1964年版,第287页。
　　② 马地臣:《不列颠对华贸易现状及其前景》,转引自福建师范大学历史系等编《鸦片战争在闽台史料选编》,福州:福建人民出版社1982版,第115页。

国和对于一切软弱的政府一样,勇敢地施用武力,可以收到意外的效果"①。这些建议为英国当局所采纳。按照占领厦门或其他岛屿以作为行动基地的预谋,鸦片战争爆发后,英军曾三犯厦门、五犯台湾,并对莆田、惠安、晋江、金门、铜山(东山)、南日岛等地加以骚扰和进犯。然而事实证明,英国殖民者的意图在闽台遭受重挫。闽台既是鸦片战争的重灾区,同时也成为抵抗英国侵略者的前线。这在福建和台湾的文学作品中,得到了充分的反映。

中国在鸦片战争中的民族英雄,首推福建侯官人林则徐。林则徐出身于下层封建知识分子家庭,从小聪慧勤奋,13 岁中秀才后,进入当时福建最高学府鳌峰书院读书,受学于不满吏治腐败、"有心用世"的书院山长郑光策,结识了当时福州著名学者兼诗人陈寿祺,除了制义诗赋,并多读"经世有用之书",树立匡时济世之志,对诸葛亮、李白、杜甫、白居易、柳宗元、岳飞、文天祥、于谦等深怀敬意。特别是南宋抗金英雄、福建邵武人李纲,由于其祠、墓均在福州,林则徐对他更为倾心,经常到屏山山麓的李纲祠凭吊,赋诗抒怀。由此可见,福州特殊的历史人文环境,对于林则徐的刚直不阿、关心民间疾苦、勇于革新图强和抗击外来侵略性格的形成,有着相当的作用。

鸦片战争爆发后,林则徐写了许多关切国事,反对侵略,痛斥投降的诗篇。其《高阳台·和嶰筠前辈韵》,乃是林则徐指挥广东水师击退英军多次进攻后,酬答两广总督邓廷桢(字嶰筠)之填词庆贺的作品,词云:

> 玉粟收余,金丝种后,蕃航别有蛮烟。双管横陈,何人对拥无眠?不知呼吸成滋味,爱挑灯,夜永如年。最堪怜,是一丸泥,捐万缗钱。

> 春雷欻破零丁穴,笑蜃楼气尽,无复灰燃。沙角台高,乱帆收向天边。浮槎漫许陪霓节,看澄波,似镜长圆。更应传,绝岛重洋,取次回舷。②

词的上阕写英船运来鸦片,使中国人耽溺于吸毒以及大量银元外流的情况;下阕则写英侵略者在伶仃洋遭受重创,仓皇逃窜,再也不敢胡作非为,而作者与邓廷桢一同乘舟巡视海口,欣看海波重归平静,内心充满胜利的喜悦和信心。

林则徐对于琦善等主和派大臣的卖国议和之举,深感悲愤并加以呵斥。

---

① 《英国蓝皮书(和对华贸易有关的英商呈英政府文)》,《中国近代史资料丛刊·鸦片战争(二)》,上海:神州国光社 1954 年版,第 662~663 页。

② 林则徐著、郑丽生校笺:《林则徐诗集》,福州:海峡文艺出版社 1987 年版,第 637 页。

在一封家书中,林则徐称:议和之事,琦善以为秘计,其实人人皆知,如烟价已许七百万,尚要一千万,其码头除广东外,闻又许以福州及厦门两处,而彼尚要苏州、上海、宁波等处,并定海亦不肯还,其骄恣如此,"看来和议不成,仍须动干戈。彼时欲收已懈之军心,与已散之壮勇,又何可得哉? 譬如治气血大亏之症,正在用药扶持中间,忽被医用了泻药剂,几乎气脱,如何保全,此真可为痛苦者也"①。

在抗英斗争中,闽台人士有着杰出的表现。除了林则徐外,林昌彝、张际亮、陈庆镛、梁章钜、陈化成、林树梅等闽籍官员、将领或文人,也都是坚决反对投降,主张彻底禁烟的著名人物。如张际亮上书卢坤要求严禁鸦片,梁章钜曾上奏揭发琦善、余保纯狼狈为奸,陈庆镛有著名的劾琦善、奕山、奕经三大臣的奏疏。而外省籍人士赴闽台为官者如黄爵滋、王得禄、沈汝瀚等,处身于此特定环境中,也多持抗英、禁烟态度。如泉州知府沈汝瀚曾从厦门"南通北达,当浙粤之冲,系台湾屏障,尤为扼要"的战略地位出发,上禀反对开放厦门;又称"泉郡烟土,来源尽在夷船,而夷船之时去时来,不但耗竭民财,抑且恐贻后患。则驱逐夷船,拏办奸贩,势不容缓"②。最值得一提的是林昌彝。林昌彝(1803~1876),福建侯官人,为林则徐同乡挚友和宗亲,在力主抗英禁烟上,也与林则徐志同道合,曾有诗云:"但使苍天生有眼,终教白鬼死无皮"(《杞忧》),表达对于西方殖民主义侵略的切齿痛恨,并撰有《平夷十六策》、《破逆志》等,详述其驱除英国侵略者的计划和措施,被林则徐称为"真救世之书,为有用之作"③。其所著《射鹰楼诗话》被视为记录鸦片战争时期诗歌创作的最重要文献。所谓"射鹰楼",实寓"射英"之意。原来,林昌彝的住楼正对乌石山,鸦片战争后,山为英军所盘踞,林昌彝因而"目击心伤,思操强弓毒矢以射之"。在书中他写道:"洋烟流毒中国,元气已伤。救之之法有二:一则绝通商,一则开海禁。绝通商,非主战不可,主和则苟安于目前,过此伊于胡底矣!""余意欲革洋烟,须先禁内地吸食洋烟之士民,然后驱五海

---

① 林则徐:《林少穆先生家信(道光二十一年正月初四)》,阿英编《鸦片战争文学集》,北京:古籍出版社1957年版,第809页。

② 沈汝瀚:《禀查办鸦片烟土及各处海口情形》,《戎马风涛集》卷六,《中国近代史资料丛刊·鸦片战争(四)》,上海:神州国光社1954年版,第581页。

③ 林则徐:《家文忠公少穆宫傅书》,见林昌彝著、王镇远等标点《射鹰楼诗话》,上海古籍出版社1989年版,第9页。

口之英逆。驱之之法,则不主和而主战。"他质问和痛斥主和派:"英逆之变,主和议者是诚何心? 余尝见和约一册,不觉发为之指。陆渭南《书志》诗云:'肝心独不化,凝结变金铁。铸为上方剑,衅以佞臣血。'读此诗,真使我肝心变成金铁也。"① 所谓"不主和而主战",可说喊出了闽地军民的共同心声。

同安人陈化成、泉州人张然、闽县人林志等在抗英斗争中以身殉国,战死疆场,他们的英雄事迹,为闽人的诗文作品广为记载。如晋江龚显曾的《亦园脞牍》、同安苏廷玉的《亦佳室文钞》以及谢章铤的《赌棋山庄集·稗贩杂录》、林昌彝的《射鹰楼诗话》等,都记述了陈化成殉难事。《福建通志列传选》卷三十九从《东溟文后集》、《金壶浪墨》、《亦佳室诗注》以及彭昱尧撰《画像记》等书或文中选录了有关陈化成的事迹,写道:

> 陈化成字莲峰,同安金门人……驭军有纪律,约己尤严。及镇金门,益励其麾下。巡阅台湾时,文武供应馈遗一无所受;随行将卒虽众,所过如未尝有兵者……二十年,粤中夷警,游弋闽洋,化成自出击之;足受炮伤,犹鼓勇督师进,夷船遁。旋调江南;江南水师素怯,化成选闽中亲军往教练之,始皆奋厉……二十二年,舟山失守,镇海继陷;明年,破乍浦,数窥吴淞,化成率参将周世荣守西台……总督牛鉴在宝山,惧,商于化成;化成曰:"此身濒死烽火中数十年,胆气粗壮;公第坐镇,慎勿轻出入恐怖也!"夷人潜购奸民焚炮台火药,化成怒,方擒斩之,而夷船驶浪入;化成登台,执红旗指挥,燕炮千余门,自卯及巳轰坏其船六艘,毙数百人。将遁矣,牛鉴闻师利,喜,自出督战,将分守东台;方登,飞炮及其帜,牛奔,东台军溃。夷兵大进,萃于西台;化成亲军不及百人,手自燃炮,犹破一舟。周世荣请退,化成拔剑叱之曰:"庸奴! 误识汝!"先是,化成登台麾战,抚世荣背语之曰:"吾与若福皆不薄!"世荣不解。化成曰:"战胜膺上赏,即不胜得令名,非福而何?"至是周逸,化成中弹忍创殊死战。大炮洞胸,伏而喷血,遂殁,麾下死者八十人。时五月十三也。②

苏廷玉《亦佳室文钞》、吕世宜(曾为台湾板桥林家聘为西席)的《爱吾庐文钞》中都记载了福建水师参将张然殉难事略。后者写道:张公讳然,

---

① 林昌彝著、王镇远等标点:《射鹰楼诗话》卷一,第3、11、13页。
② 陈衍:《福建通志列传选》,《台湾文献丛刊》第195种,"台银"1964年版,第277~278页。

泉州晋江龟湖乡人,"少尚侠,不拘小节",因家贫,曾随朱溃"陆梁海上",后归顺朝廷,"令充水师伍,赏额外"。有人以官小加以挑拨,张然回答道:"额外虽小,亦官也,吾何人,上不罪乃官之耶,吾死且不恨。"此后以捕贼功,屡得升迁,每升一秩,辄大呼"天恩",跳跃自奋。道光庚子七月,英夷寇厦门,有发大炮击之使遁者,或曰延平副将灵德,或曰即张然,"帅卒以功属德,公(按:指张然)不之较。人或以为懦,公安之",惟言及英夷猖獗,"则切齿怒发,目眦尽裂"。辛丑七月初九日,英夷大队三十余艘豕突而至,是日,西南风大作,炮过处火烟如黑云,对面不相睹。夷突从文汛口、安海汛上岸。公脱身与战,军人咸劝阻,公曰:"然受两朝厚恩,今即死,幸极矣!忍偷生乎?"提大刀杀夷十余人,刀折中创,裹创拔剑连斩数夷。而夷势益张,左右两翼复不至,"于是,以冠覆面,凭树僵立而死,杨、纪、李三人亦力战死。……越十四日,夷退居鼓浪屿。家人始具棺以殓,面如生。呜呼,此公之大节也!"[1] 此文不仅写出抗英事迹,也写出闽人的忠义豪爽的性格特征和作风。

英军分别于 1840 年 7 月 2 日至 3 日、8 月 21 日至 26 日和 1841 年 8 月 25 日三次进犯厦门。前两次都被击退,第三次英军曾一度得逞,进入厦门大肆烧杀抢掠。厦门、马巷一带绅民组织团练一万多人与敌展开战斗,英军觉得"闽俗复又强悍,地方虽破,而民之散处者仍在各乡,更有肘腋之患",其畏民之心甚于畏兵,"是以据守十日,留数船于鼓浪屿而去"[2] 谢兰生《思忠录》中记录了厦门陈氏乡民五百人以抬枪击溃用大炮武装的"夷众五千"的事迹[3]。福建金门人林树梅在其《从军纪略》中,记述英军第三次犯厦的经过和得逞的原因,其中写到把总纪国庆(同安人)、杨肇基和李启明(俱金门人)等在情势危急时毅然投海的事迹,颇为悲壮。[4]

二、饿死亦不肯为犬羊之奴:鸦片战争中的台民

在海峡的对岸,英军分别于 1840 年 7 月、1841 年 9 月、1841 年 10 月、

---

① 吕世宜:《爱吾庐文钞·纪游击张公死事略》,潘祖荫编《滂喜斋丛书》,清光绪九年本。
② 怡良:《查明厦门被攻及现筹防御情形折》(1841 年 10 月 22 日发),《筹办夷务始末(道光朝)》卷三十九,第 1486 页。
③ 见夏燮:《中西纪事·闽浙再犯》,长沙:岳麓书社 1988 年版,第 100 页。
④ 林树梅:《啸云诗文钞》卷一一,引自《鸦片战争在闽台史料选编》,第 146 页。

1842 年 3 月、1842 年 4 ~ 5 月间,五次侵犯台湾洋面或基隆、大安港等地,均为达洪阿、姚莹所率台湾军民击退。据称当时英军犯各省,皆有汉奸内应,独台民不为所用。① 梁廷枏的《夷氛闻记》卷三中,记载英军五犯台湾及其失败经过。其中颇值得注意的,文中提到在当时局势下,闽台地方官员对于台湾战略地位的认知,以及他们从大局出发,尽释前嫌,共同抗敌的事迹 ②。1842 年 7 月 6 日,达洪阿、姚莹在《查明大安破舟擒夷出力人员奏》中,叙述了台湾民众在抗英斗争中的勇敢表现:"此次破舟擒夷……义首士民,亦皆共奋同仇,争先擒斩逆夷,以泄义愤。台湾本系不靖之区,莠民虽多,而好义之人亦复不少。当逆夷犯顺之初,经臣等晓以大义,谕令团练壮勇,立皆鼓舞奉行,至今不懈。一闻夷船到口,即齐集海口。义首蔡丽水,同渔舟周梓即蔡梓等,遵募诱之于先,在籍员外郎郑用锡,七品小京官王云鼎,举人刘献廷,拔贡生陈荣文,廪生陈嘉猷,总理谢秋、林欢等,随同文武弁兵,各有擒斩逆夷,取获炮械等件。义勇民人等,深恨逆夷,乘其舟破之后,纷纷下水,拆碎其船。在事文武,目击情形,为之一快。"③ 从中可见闽台之人,尚义好侠,虽然常被为官者视为"莠民",但对于外来之敌,却能从民族大义出发,同仇敌忾,奋勇争先,终能取得抗英斗争的胜利。原籍福建晋江的淡水诗人施钰,当年往来于两岸,身历战事,于是有《御夷报捷》、《夷犯厦岛水师击退之》、《台海防夷歌》等诗。这些诗记录了英军仗恃其先进装备而横行霸道:"几番吹响角,群丑竞麾旄。更打风轮紧,名为夹板操。伊谁夸创造,使尔逞雄豪";以及我军将士的齐心协力、英勇善战:"警报来骠骑,军机运采毫。楼船诸将下,弓矢百夫殳。克敌超三捷,奇谋展六韬";以及敌军在我方打击下溃败不堪的情形:"即日垂头窜,闻名破胆丧","靡溃漂血杵,生捉付刑曹"。

　　尽管姚莹、达洪阿等率台湾军民五次击退英军进犯,战绩显赫,但由于清廷转欲求和,在英国侵略者和本国内部投降派的压力下,导致所谓"台湾之狱",姚、达二人因功反遭祸害,革去官职。对此,闽台官员和民众颇多不服,一时"兵民汹汹罢市","海峡两岸作诗著论,力辨其诬者甚众"④。福建著名

　　① 陈昭瑛:《台湾诗选注》,台北:正中书局 1986 年版,第 93 页。
　　② 梁廷枏:《夷氛闻记》卷三,《中国近代史资料丛刊·鸦片战争(六)》,上海:神州国光社 1954 年版,第 51 页。
　　③ 姚莹:《东溟奏稿》,《台湾文献丛刊》第 49 种,"台银"1959 年版,第 137 ~ 138 页。
　　④ 陈昭瑛:《台湾诗选注》,台北:正中书局 1986 年版,第 93 页。

诗人张际亮不仅为姚、达二人的洗冤昭雪四处奔波,劳瘁而亡,并曾写《寄姚石甫三丈,时将赴台渡海不果》等诗称颂姚莹等,揭露主和派的畏敌乞和行径。无独有偶,台湾诗人也同样对姚莹等充满敬意。刘家谋的《海音诗》中有云:"一岛能伸气浩然,铺扬盛烈亦微权。覆盆冤诉何从达,金镜瞳瞳照海埦。"既为台湾官民大长民气、大壮国威的行动叫好,也为姚莹等的冤屈,深感不平。甚至数年后的 1850 年,姚莹早已获释,并到巴蜀等地任职,刘家谋仍有《怀姚石甫先生十韵》,其中写道:"宦海风云变,衰年鬓发侵。竟令耽寂寞,那便忘氛祲。沦落匡时彦,低徊感旧心。彩毫愁黯黯,画戟忆森森。俯仰鲲鲟岛,狂歌独不禁。"

1850 年前后,台湾人民倡"攘夷之论",并立《全台绅民公约》二则。其中之一写道:"台湾非该夷应到之地,我百姓知朝廷宽大,许其和约。每有夷人前来,不与抗拒,非畏夷人也,彼既俯首恭顺,我百姓岂敢生事,上烦皇上圣心? 如该夷藐视我们,挑衅酿祸,地方官长以和约在先,不便过于争较,我百姓固未尝与之立约也。且所谓和者,但见之不杀耳,非听彼之使命也。彼先侮我,我岂能让彼? 我百姓堂堂天朝子民,此地既未准设立码头,岂容任其杂处? 如我百姓为夷人所用,是逆犯也,是犬羊之奴也,饿死亦不肯为。……大众同心仗义,人人武艺高强,何必畏怯走避? 我百姓自为义民报国,即在地文武官弁,亦不得而牵制之。"接着又列出了"勤瞭望"、"联声势"、"查奸细"、"选壮丁"、"筹经费"、"备器械"等备战御敌措施,最后指出:"其要在先清本原,惟其严鸦片之禁:我百姓有吸烟者,与为娼同;有卖膏者,与为盗同;有贩土者,与谋反同。大家齐心告诫勒限禁止,万人一心,奸民绝而夷鬼遁,我台地百姓,子子孙孙万年太平之福也!"[①] 值得注意的,该文收入时任福建台湾道的徐宗干的《斯未信斋文编》中,却以台湾民众的口吻写出,充分表现了民众对于官方与敌和约有所保留的态度以及"主战"的姿态。所谓"如我百姓为夷人所用,是逆犯也,是犬羊之奴也,饿死亦不肯为",充分体现了闽台人民的铮铮铁骨般的民族气节。而最后力求从自身内部的禁烟做起,表现了在外来危机下的自省和自觉,而这或许正是后来闽台较早迈入近代化进程的先兆。

---

① 　徐宗干:《斯未信斋文编》,《台湾文献丛刊》第 87 种,"台银"1960 年版,第 29～31 页。

三、牡丹社事件和抗日前奏曲

1871 年,台湾爆发牡丹社事件。69 名琉球人乘船遇风,漂流登陆后误闯台湾东南八瑶湾排湾族牡丹社,其中 54 人被当地居民杀死。当时将琉球和台湾视为其向南扩张目标的日本政府,借此机会以"生番之地"为中国"政教不及之区",属"无主之地"为由,组织征台军于 1874 年 5 月在琅峤社寮登陆,7 月中,完成对琅峤地区各社的征讨或诱降,并以龟山为中心,建立都督府。事件发生后,清政府除照会日外务省外,又命福建船政大臣沈葆桢为钦差,带领轮船兵器,前往台湾察看,并授予他处理事件的军事外交大权。

福建侯官人沈葆桢(1820~1879)为林则徐女婿。1874 年 6 月中旬他到台湾后,一方面向日本军事当局交涉撤军事宜,另一方面着手布置全岛防务:招募勇营、举办团练、添置军火、派人购买铁甲舰、筹议敷设陆上及海底电报线、开通山路等,并仿照西法兴筑安平炮台,加固台南城垣,由大陆运兵增防。这些声势浩大的举措,构成对日军的威慑,而侵台日军也因师老无功,病死日增,陷入进退维谷的境地,不得不寻找外交解决的途径。10 月 31 日,双方签订《北京专条》,清政府付出抚恤银两,而日军则从台湾尽数撤出。牡丹社事件的发生及其结果,具有重要的意义。一方面是确认了整个台湾岛的主权都属于中国,另一方面是它使清政府认识到自己防备空虚的隐患。清廷发布上谕,指派李鸿章和沈葆桢分别督办北洋和南洋海防事宜,使中国近代海军的建设从此走上轨道。在治台政策上,清政府认识到台湾为"南北洋关键"、"中国第一门户",经营台湾关系着海防大局,因此从防内为主,转变为御外为主。在这方面感受最深、变革最力的是沈葆桢。[①] 他相继提出并实施了一系列改革措施,包括"开山抚番"等,为此后刘铭传的近代化运动,奠定了基础。

在对日斗争中,沈葆桢曾亲自起草了一份外柔内刚、义正词严,且已具有现代国家主权观念的照会,该照会被《申报》称许为"理直气壮,言言中肯","中国之直,日本之曲,一览而愈昭"[②]。照会中指出,"生番地"隶中国,"生番"究系"天生赤子",欲其渐仁摩义,默化潜移,由"生番"而成"熟番",至于杀人者死,律有明条,虽"生番"亦岂能轻纵,"然此中国分内应为之事,

---

① 参见陈孔立主编:《台湾历史纲要》,北京:九洲图书出版社 1996 年版,第 287 页。

② 转引自林庆元、罗肇前:《沈葆桢》,福州:福建教育出版社 1992 年版,第 104 页。

不当转烦他国劳师糜饷而来"。此事因牡丹社"生番"戕害琉球国难民而起，"无论琉球虽弱，亦俨然一国，尽可自鸣不平。即贵国专意恤怜，亦何妨照会总理衙门商办。"照会中并指出日本借口难民事件欲侵占中国土地的用心："今牡丹社已残毁矣，而又波及于无辜之高士佛等社……贵国既波及无辜各社，可知意不在复仇"，断然声明："无论中国版图尺寸不敢以与人！"[①] 此后潘霨等人亦坚持"生番"之地纯属中国版图，一切理应由中国办理的原则，并以真凭实据，使得日方理屈词穷。然而，沈葆桢看出日本侵略者仍不肯轻易退走，于是决心通过备战，以军事实力迫敌退走。他和相关官员在给朝廷的一份合奏中写道：

> 倭奴虽有悔心，然窥我军械之不精，营头之不厚，贪鹜之念，积久难消。退兵不甘，因求贴费；贴费不允，必求通商，此皆万不可开之端，且有不可胜穷之弊。非益严儆备，断难望转圜。[②]

牡丹社事件在闽台人士的诗文作品中也有所反映。据《恒春县志》载，日人窥伺台湾，先以七绝二首为嚆矢，中有"前途作期君知否？欲吊台湾郑延平"、"霜吞琼埔台湾境，三十六桥十二弯"等句，沈葆桢依韵和之，其诗云：

> 既为封服贡王城，突起狼心欲恣行。鱼游釜中忘自吊，欻来谈笑说延平。

> 东方保障镇海间，大海为池城本山。蠢尔东洋小日本，纷纷鸟语一弓弯。[③]

诗中充满了对日本侵略行径的藐视以及对台湾作为中国东南屏障的战略地位的认知。

四、粉碎法夷"据地为质"的阴谋

19 世纪 70 年代起，中国为制止法国占有越南北部、保护中国西南门户，与法国已有近十年的交涉。由于法军早有"据地为质"的用心，即将台湾作为向中国勒索赔款的抵押品，并夺取基隆的煤矿，供法国整个远东舰队使

---

① 沈葆桢：《给日本国中将西乡照会》，见《同治甲戌日兵侵台始末》，《台湾文献丛刊》第 38 种，"台银"1959 年版，第 31~32 页。

② 《福州将军文煜、闽浙总督兼署福建巡抚李鹤平、办理台湾等处海防兼理各国事务沈葆桢、帮办台湾事宜福建布政史潘霨奏》（1874 年 5 月 21 日），同上书第 46 页。

③ 屠继善：《恒春县志·艺文》，《台湾文献丛刊》第 75 种，第 237 页。王元稚《甲戌公牍钞存》（《台湾文献丛刊》第 39 种，"台银"1959 年版）则称原诗为日官安藤定所作的起程送行诗，字词略有不同，见该书第 69 页。

用,因此将战火燃向东南沿海,进攻矛头直指台湾。1884 年 8 月 4 日,法国军舰直逼基隆港,被刘铭传率部杀退。法军一方面提出削减赔款额的议和新条件,一方面却将法舰集中于福州马江,于 8 月 23 日突然发动袭击。福建水师战舰几乎全军覆没。10 月 1 日,法军分兵两路攻打基隆和沪尾(淡水),刘铭传聚集精锐主力在沪尾大挫法军。1885 年 3 月,中国取得镇南关——谅山大捷,中、法两国随即签订停战协定,中国"不败而败",承认越南为法国的"保护国",法国撤走在基隆和澎湖的军队。

中法战争再一次说明,闽、台在中国的防务战略上,早已连为一片。台湾籍的官员李望洋对于发生于台湾基隆和福建马尾的战争,同样表示了极大的关心。其《七月五日阅邸抄知闽马尾基隆有警》诗云:"海外音书断几年,南天又报起烽烟。彼苍偏抑英雄志,吾道难期遇合缘。北斗七星光渐动,东瀛一岛势孤悬。自来中外皆遵约,何意西人启衅先!"作者在甘肃为官,对自己未能亲自参战感到遗憾,对于西方殖民者背信弃义,挑起战端的行径表示极大的愤慨。

福建晋江籍的台湾诗人施士洁在法舰首犯台湾之前,有《闰五月十九日夜大风雨和辛陔韵》四首,其四云:"狼烽正起越南城,蜑语流传海外惊。……谁是屠鲸好身手,吹开蜃市见新晴?"呼唤着能杀败敌军,保卫台湾免遭荼毒的好将领。稍后越南传来捷报,施士洁于六月初二、初三、初四日,连续同韵写了三首诗,第一首《越南闻捷,与祁莘垞同年夜谈联句》,歌咏了主战派及刘永福黑旗军等杀敌卫国、建立功勋的爱国将领和军队,诗云:

> 狼烽关外飞,忍令英雄老?刘、马与吴、丁,毅然申天讨。太原兵出奇,杀敌如斩草。法夷胆尽寒,势溃压山倒,去甲复抛戈,凄风动苍昊。燕雀处幕中,岂足供一扫?远涉笑徒劳,所性实轻躁……主战伊何人?楚、粤两宫保。愤极王铁枪,报国碎肝脑……电音海外来,我辈纾怀抱。夜雨话青灯,梦魂绕旗皂。

第二天叠前韵所写的诗,对于西方列强的相互勾结,有深刻的揭露:"蠢兹法国夷,到处滋蔓草,蜂目而豺声,恶态堪绝倒",而"狡然英与俄,佯为念旧好,袖手坐旁观,唇齿隐自保。滇疆羡煤坑,粤地窥樟脑"。同时作者也表达了驱逐入侵者的愿望和决心:"志士攘臂呼,剪除苦不早","誓将食其肉,投之畀有昊"。

第三天,施士洁又写了《闻刘省三爵帅到台,张幼樵星使到省有感,仍用前韵》。诗的开头表达了对台湾抗法局势的关注:"七省重藩篱,台地为主脑。法越兵未解,妖氛仗谁扫?"接着写刘、张的到来,前者"武而文",后者"文而武","一武复一文,所至必偃草。……海外多狂澜,愿公挽既倒",表达了抗法决胜的期望。①

施士洁显然仍承续了从林则徐就已肇始的历经《全台绅民公约》等所体现出来的闽台人民对于西洋和东洋入侵者的"主战"传统。与此同时,闽台文人对于投降派,则难以认同。他们对于清政府的软弱屈服,从民族感情和尊严出发,仍是无法接受,因此出现了许多抨击或不满清廷与敌签约的诗篇。如杨浚《冠悔堂诗钞》中有《闻津门和议成感作》四首,其一写道:"桂山遥听碧鸡鸣,上将军威草木惊。誓斩楼兰看旧剑,请从南粤击长缨。千年铜柱无惭色,一夜金牌有哭声。多事书生愁厝火,汉廷心苦自分明。"既写出了抗法将帅的雄姿和威风,又悲恸于清廷卑躬屈膝、丧权辱国的行径。

五、"有诏班师臣不奉":遭遇割台之厄的台湾军民

台湾最大的劫难发生于 19 世纪末的甲午、乙未之年。清朝在甲午中日海战中落败,在日本的逼迫下,将台湾割让于日本。由于台湾本未直接卷入战争,消息传来,犹如晴天霹雳。台湾人民面临进退两难的抉择——要么当亡国奴,生活于异族的铁蹄之下,要么跨海内渡,离乡背井,抛弃用血汗经营起来的家园。使台湾人民最为悲愤的却是权臣为求一时之安,割地议和,使得国家从此金瓯残缺。朝廷宣称"割台系万不得已之举,台湾虽重,比之京师则台湾为轻……又台湾孤悬海外,终久不能据守"②。奕䜣、李鸿章等主和派在"宗社为重,边徼为轻"③的原则下,以牺牲台湾换取和约的签订。然而,台湾虽为边地,台民虽为边民,归根结底,却是从中原来的移民,其文化的根

---

① 施士洁的数首诗引自《后苏龛合集》,《台湾先贤诗文集汇刊》,台北:龙文出版公司 1992 年重印版,第 49、320~321 页。

② 俞明震:《台湾八日记(附唐维卿中丞电奏稿)》,中国史学会编《中日战争》(六),《中国近代史资料丛刊》,上海:神州国光社 1954 年版,第 385 页。

③ 奕䜣、奕劻等:《恭亲王奕䜣等奏为传谕李鸿章予以让地之权令其与日定议折》(1895 年 3 月 3 日),戚其章主编《中日战争》第二册,《中国近代史资料丛刊续编》,北京:中华书局 1989 年版,第 464 页。

底为中原文化,又有着历史所造就的格外强烈的忠义传统、民族精神,他们愿为中国人,不甘为亡国奴,所以激起极大的矛盾。在这事变中,台湾军民几无例外的都是"主战派"。时任台湾兵备道的陈文騄(字仲英)有引来众多和者的《示诸将》四首,谴责笔锋直指丧权辱国的权臣,其一云:

> 上相东行一叶舟,五更笳鼓起舵楼。大名已自垂千载,此错何堪铸九州。玉帛先将迎妇雁,河山权作犒师牛。有谁哭向苍天问,万里孤臣海尽头。

二十多年前曾联络台湾士绅,禀请沈葆桢上疏朝廷,敕准在台湾建立延平郡王祠的晋江籍台南诗人蔡国琳(1843~1909),有次韵和陈文騄的《感事四首》,对"主和派"发出"不战焉能遽言和"的严厉质问,其中第三首更将李鸿章与秦桧相提并论,诗云:

> 中外名传二十年,元侯勋业纪凌烟。岂知此老同秦桧,不独甘心献莒田。举国合辞争割地,疆臣誓死欲回天。是非何必千秋定,一局残棋已了然。

原本条约中割让的还包括辽东半岛,后被清廷赎回。因此,在控诉朝廷割台议和行径的诗作中,有的还表达了对于朝廷赎回辽东却仍放弃台湾的失望和愤慨。正在天津的同治进士、侯官人张秉铨,听闻割台消息,悲痛至极,写下《哀台湾》四首。其一云:"无端劫海起波澜,绝好金瓯竟不完。阴雨谁为桑土计,忧天徒作杞人看。皮如已失毛焉附?唇若先亡齿必寒。我是贾生真痛哭,三更捫枕泪阑干。"其四云:"瓯脱中朝本不存,可怜浩劫满乾坤。苍生蹂躏伤盈野,红女伶仃禁闭门(倭人夜不许闭户)。真宰诉天应掩泣,哀魂动地尚呼冤。黄金不共辽东赎,枢部分明近寡恩。"同为侯官人的陈季同,则有《吊台湾》四律,第二首云:"金钱卅兆买辽回,一岛如何付劫灰! 强调弹丸等瓯脱,却教锁钥委尘埃。伤心地竟和戎割,太息门因揖盗开。聚铁可怜真铸错,天时人事两难猜。"两位作者的立意十分相似,既指出了台湾对于大陆的重要屏障意义,犹如唇亡齿寒,皮之不存,毛将焉附;又指责清政府用三千万两白银赎回了辽东,却仍置处于海疆边陲的台湾于不顾,厚彼薄此,对台湾寡情薄义。可以看到,有此情绪的基本上限于闽台之人,这是身处边地的闽台人特有的一种感受和情绪。

除了抨击割地议和行径外,更有诗作从正面表达了"主战"的意愿和决心。曾投身抗击日军的战斗,后内渡落籍漳州的许南英,其《和祁阳陈仲英

观察感时示诸将原韵》直接表达了"有诏班师臣不奉"、"平民制梃愿从戎"的与朝廷"主和"大相径庭的民间意愿和决心,诗云:

> 潜移兵祸海之东,炮火澎瀛杀气红。大帅易旗能御敌,平民制梃愿从戎。岳家军信山难撼,宋室金输库已穷。有诏班师臣不奉,圣明亦谅此愚衷。

这种抵制朝廷,誓死御敌的宣示,不仅出现于诗歌中,更大量地出现在各种文告书函中。陈季同在给李鸿章的电文中称:"惟抵台以来,见台民万亿同心,必欲竭力死守土地,屡请地方官主持,时集衙署,日以万计……盖台民誓宁抗旨,死不事仇也。"[1]就在李鸿章签订《马关条约》的次日,丘逢甲以"工部主事、统领全台义勇"的身份上书台湾巡抚唐景崧,其文曰:

> 和议割台,全台震骇!自闻警以来,台民慨输饷械,不顾身家,无负朝廷。列圣深仁厚泽二百余年,所以养人心、正士气,为我皇上今日之用,何忍弃之?全台非澎湖之比,何至不能一战!臣等桑梓之地,义与存亡;愿与抚臣誓死守御。设战而不胜,请俟臣等死后,再言割地;皇上亦可上对祖宗、下对百姓。如日酋来收台湾,台民惟有开仗。谨率全台绅民痛哭上陈。[2]

又有赴京参加会试的台湾举人汪春源、罗秀惠、黄宗鼎联合在京任职之台湾进士叶题雁、李清琦,向都察院上书,文曰:

> ……今者闻朝廷割弃台地以与倭人,数千百万生灵皆北向恸哭,闾巷妇孺莫不欲食倭人之肉,各怀一不共戴天之仇,谁肯甘心降敌!纵使倭人胁以兵力,而全台赤子誓不与倭人俱生,势必勉强支持,至矢亡援绝、数千百万生灵尽归糜烂而后已。……夫以全台之地使之战而陷,全台之民使之战而亡,为皇上赤子,虽肝脑涂地而无所悔。今一旦委而弃之,是驱忠义之士以事寇雠,台民终不免一死,然死有隐痛矣。……与其生为降虏,不如死为义民……

针对诸如"徙民内地,尚可生全"等妥协论调,它又写道:"然祖宗坟墓,岂忍

---

①　中国史学会编:《中日战争》(四),《中国近代史资料丛刊》,上海:神州国光社1954年版,第361页。

②　见王彦威:《清季外交史料选辑》,《台湾文献丛刊》第198种,"台银"1964年版,第255页。

舍之而去？田园庐舍，谁能挈之而奔？纵使予身内渡，而数千里户口又将何地以处之？”表示只要“朝廷勿弃以予敌”，则“台地军民必能舍死忘生，为国家效命”①。

可贵的是，台湾人民确确实实实行了他们的诺言，而上述“主战”的声音，即使在日军据台多年以后，也并未消失。1906年，洪弃生在其《瀛海偕亡记》的自序中写道：“自和约换，敌军来，台湾沉沉无声，天下皆以蕞尔一岛，俯首帖耳，屈服外国淫威之下矣；而乌知民主唐景崧一去，散军、民军血战者六阅月；提督刘永福再去，民众、土匪血战者五越年……”作者仍对弃民复弃地者发出愤怒之言：

> 自古国之将亡，必先弃民。弃民者民亦弃之。弃民斯弃地，虽以祖宗经营二百年疆土，煦育数百万生灵，而不惜軏断于一旦，以偷目前一息之安，任天下汹汹而不顾，如割台湾是已。
>
> 当郑氏之开拓台湾也，北不逾诸罗，南不逾凤山，其地不及今五之一；兵二三万，番二三十万，其众不及今十之一；而西驱荷兰，东敌倭人，南控吕宋，北犯大清而有余。而今负之以大清之大，重之以本岛之庶，而不能有为，反举而畀之岛国，天下孰有痛于此者乎！
>
> ……而清廷之视台湾如何乎？京师不以为足趾，闽越不以为唇齿，而使沉沦水深火热之中，长属侏离襟昧而靡有所底，是则可为台湾哀也夫！是则可为故国哀也夫！②

由此可知，清代末年闽台人民一以贯之、根深蒂固的“主战”传统，植根于闽台地处祖国海疆，为祖国东南重要屏障，在外来侵略中首当其冲的地缘、战略位置中，也植根于被妥协投降、割地议和的腐败清朝政府所抛弃的特殊历史际遇中，更植根于闽台两地源远流长的以忠义为尚、以民族为重的历史文化传统中。

---

① 《户部主事叶题雁等呈文》（光绪二十一年四月初四日），中国史学会编《中日战争》（四），上海：神州国光社1954年版，第27～28页。

② 洪弃生：《瀛海偕亡记》，《台湾文献丛刊》第59种，“台银”1959年版，第3～4页。

第二节　内渡和留台作家的互动及其民族气节

一、兴盛一时的歌咏郑成功的诗文创作

《马关条约》中规定，日领台湾后，以两年为限，准台湾民众变卖产业，"退去界外"，限满之后尚未迁徙者，"视为日本臣民"。因此乙未之后，台湾绅民面临困难抉择。其中部分人士如汪春源"耻为异族之奴，尽去田园，举家内渡"①，但有条件这样做的人毕竟只是少数，更多的人由于家庭生计、无法割舍家乡及祖宗坟茔等各种原因，仍留在台湾；有的内渡后，为生活所迫，又返回台湾；也有的频繁往来于台湾和大陆（主要是福建）之间。这时台湾文学出现了一些在特定时空中才会产生的特殊现象：一是有关郑成功的咏史抒怀作品大量出现，一时蔚为壮观，文人们借郑成功事迹，以浇自己胸中块垒。由于郑成功的遗迹既大量留存于台湾，也大量散布于福建特别是闽南各地，因此无论是对内渡的或是留台的文人，都不断地成为引发其历史情怀的触媒。二是海峡两岸的相互眺望。留在台湾的诗文作者，因生活于异族的统治之下，痛苦万分，大陆是他们的寄望所在。他们站在台湾的西海岸眺望大陆，抒发他们对于祖国的向往和期待。而内渡的台湾文人，也须臾无法忘怀他们的故乡台湾——那里有他们用血汗建设起来的家园和父祖的坟茔，也有他们魂牵梦萦的父老乡亲。他们站在福建的东海岸眺望台湾，有时在梦中也回到了鹿耳鲲身。三是随着日本在台统治的日渐稳固以及20世纪前期祖国大陆自身的战乱，台湾回归一时似乎遥遥无期。台湾文人在不得不面对现实之后，"有的人颓唐，沉迷于诗酒，有的人隐逸，莳花自遣，有的人壮心不死，寄情于文化的传承，有待于来兹"②，但大多抱不履仕途，不与日人合作的消极反抗态度。内渡诗文作者如此，留台的文人也是如此，所不同的是，留台的文人其境遇更加困难、复杂，他们要"寄情于文化的传承"，推行"文化抗日"，也需采取特殊的方式。这就是结社联吟之风兴盛的原因之一。虽然击钵吟后来有蜕化扭变的现象，但其"保存国粹以延一线斯文于不坠"的意义，仍应加

---

① 汪毅夫：《台湾近代诗人在福建》，台北：幼狮文化事业公司1998年版，第24页。
② 江宝钗：《台湾古典诗面面观》，台北：巨流图书公司1999年版，第225页。

以肯定。

有清一代,咏颂郑成功及相关史实的诗歌不绝如缕。"郑成功"之所以成为清代闽台诗歌的重要母题之一,与郑成功本身的事迹息息相关:首先,是他成功地驱逐了荷兰殖民者,发皇了孔子的华夏大义,对于当时具有强烈民族意识的台湾汉人有着无比的示范性感召力;其次,有关郑成功的神话传说甚多,用为掌故,意义多层,十分厚实。① 不过,在乙未割台前后(或可追溯到20年前日本借牡丹社事件侵台而呈露其霸占台湾的野心时),这类创作掀起空前的高潮,可见这一主题的盛行与外国特别是日本侵占台湾的企图和行为有着密切的关系。举其要者有蔡国琳《延平王祠题壁》、《秋日谒延平郡王祠》,洪弃生《国姓涛歌》、《吊郑延平》,施士洁《榕城除夕梦台南延平郡王祠古梅》、《台湾杂感和王蔼畇孝廉韵》、《登赤嵌楼望安平口》、《五妃墓》,连横《题〈荷人约降郑师图〉》、《春日谒延平郡王祠》、《延平王祠古梅歌》、《过平户岛吊郑延平》、《圆山杂诗》、《迎春门远眺》、《鹭江秋感》、《重过怡园晤林景商》、《正月十六日谒延平王祠率成》、《游鼓浪屿》、《国姓鱼》、《谒五妃庙》(调祝英台近)、《五妃庙题壁》、《自宁南门至五妃墓道》、《吊五妃墓》,林维朝《安平怀古》、《台湾杂咏》、《吊延平郡王》,王石鹏《游鼓浪屿吊延平王》,陈瑚《铁砧山吊古》,郑鹏云《太平岩在鹭门之东,相传为先世延平郡王读书处,外镌有"石笑"二字,书此志感》、《马关书感》、《舟过平户吊前明延平郡王》,许南英《秋日谒延平郡王祠》、《和祁阳陈仲英观察感时示诸将原韵》、《上易实甫观察》、《己亥春日感兴》、《五妃墓》,丘逢甲《台湾竹枝词》、《四月十六日夜东山与台客话月》、《春感次许蕴白大令韵》、《有感赠义军旧书记》、《林觱云郎中(鹤年)寄题蠔墩忠迹诗册,追忆旧事,次韵遥答》、《五妃墓》,吴德功《明延平王》、《台湾竹枝词》,周莘仲《延平郡王祠》、《五妃庙》,王松《吊郑延平》,林朝崧《谒延平王祠》、《魁斗山五妃庙》,苏镜潭《台南谒延平王祠》、《访鼓浪屿郑延平水操台故址》,林鹤年《国姓井》,林景仁《咏史三十首》(包括《郑成功》、《陈永华》、《林圯》、《张煌言》、《卢若腾》等等)、《东宁杂咏一百首》,胡殿鹏《台阳咏古》、《海会寺》、《台湾怀古》,庄嵩《铁砧山吊古》,赖绍尧《过竹沪,吊宁靖王》,林子瑾《郑成功》,吕敦礼《铁

---

① 江宝钗:《台湾古典诗面面观》,第226页。

砧山怀古》,陈铁香《鼓浪屿怀郑延平》,杨树德《客台南感作》,谢国文《鹿耳门怀古》,陈凤昌《延平祠怀古》,陈天听《送友赴台》,林树梅《过鼓浪屿》,郑云从《郑成功焚儒服》,徐植夫《沈光文》,何木火《陈永华》,简竹村《刘国轩》,林述三《李茂春》,陈去病《自厦门泛海登鼓浪屿有感》,郑雪汀《铁砧山吊延平王》等。就地点而论,这些诗既涉及了台湾的延平郡王祠、赤嵌、七鲲岛、鹿耳门、铁砧山等具有历史意涵的名胜要地,也涉及了福建的石井、鼓浪屿、万石岩、太平岩等郑成功的故地遗迹;就人物而论,除了郑成功外,与其相关的陈永华、沈光文、张煌言、刘国轩、宁靖王及其五妃等明郑时期重要人物,也是其吟咏的对象。这些诗中,反复被使用的典故有长鲸、草鸡、田横、骑鲸人、牛皮借地等。林维朝的《安平怀古》歌咏郑成功驱逐荷兰人的丰功伟绩,充满历史的兴亡感,诗云:

> 当年跋浪有长鲸,海上驱来十万兵。地剪牛皮荷鬼遁,门登鹿耳草鸡鸣。霸图似水滔滔逝,人事如棋局局更。舟子不知兴废感,时闻晚渡棹歌声。

而连雅堂的《游鼓浪屿》,表达了极为相似的历史感怀,且同样使用了跋浪鲸鱼的典故:

> 倚剑来寻小洞天,延平旧迹委荒烟。一拳顽石从空坠,五色蛮旗绝海悬。带水尚存唐版籍,伏波已失汉楼船。日光岩畔钟声急,时有鲸鱼跋浪前。

作者从郑延平的已若隐若现于历史苍茫中的遗迹以及鼓浪屿作为外国领事聚居之地的现实景观,联想到厦门及其海域仍属中国版图,但以往与台湾的密切的交往受到极大阻碍,也未见能保卫国土、收复国土的将领;最后更以鲸鱼翻滚浪中,指涉郑成功的英魂未散,总有一天会再出现复台的英雄壮举。至于当时此类诗歌中使用得最多的"田横"典故,本源于郑成功《复台》诗中的"田横尚有三千客,茹苦间关不忍离"之句。田横为不甘于当亡国奴的"遗民"典型,这时成为闽台诗人崇拜的对象,是有其特殊的历史背景和原因的。

　　在当时歌咏郑成功的诗文作品中,以沈葆桢等上奏请求重建的台南延平郡王祠为背景的最多,其中又有不少作品提到祠中古梅。该树相传原为郑成功亲手所植。连雅堂的《延平王祠古梅歌》可说是最为感人的诗作之一,写得大气磅礴,流转跌宕,通古达今。作者将郑成功和诸葛亮、岳飞等相提并论,对当时中国未出现诸葛亮、岳飞、郑成功这样有雄才大略、能为民族起衰振颓的人物,而深感遗憾,忧心忡忡,其结尾更有如虹之豪放气势。这样的诗放在中国古典优秀诗作中,也并不逊色。当时的众多诗作多感叹英雄与命运的相悖,写明郑的最终失败,并非人力所能抗拒和挽回,实是无可奈何之·"劫数",而这寄托着当时台湾人民对于经过浴血奋战,仍无法与日军抗衡,终使台湾沦日的无奈心情,如吴子光的《寄题延平王庙壁》中有云:"明代兴亡归劫数,史家成败论英雄。"而连雅堂此诗的可贵之处,就在于表达了逆境下仍保持的吸取自开台英雄郑成功的积极、豪迈之情。

二、海峡两岸的相互眺望

如果说歌咏郑成功作品的盛行一时是台湾人民面临异族入侵,期待郑成功式的民族英雄再次出现,挽救台湾人民于水火之中的产物,那两岸互眺作品的出现,则源于台湾人民当时一种进退两难的复杂处境和心境——台湾不可待,而内渡大陆又意味着离乡背井,抛弃家园及祖茔。因此,既有台湾诗人在台湾西望大陆、向往祖国的作品,更有内渡文人于大陆眺望台湾、怀念家乡亲人的作品,形成颇为独特的相互眺望的景观。如号称"鹿港四施"之一的施性湍(字泷如,号雪涛),有《冲西晚眺》诗云:

秋风萧瑟晚晴天,倚杖江头思渺然。昔日帆樯停泊处,至今沙草长寒烟。鹿羊二水通潮汐,蛏蛎千堆近盐田。西望苍茫愁极目,中原只在夕阳边。

而来自台中雾峰林家、为栎社主要成员之一的林献堂,其《沪尾》诗写道:

观音山上白云飞,潮打长堤带夕晖。

江海茫茫何处好? 神州吾欲御风归。

作者一生为抗日运动奔波,在日据时代,始终称呼中国为"祖国",并因此发生遭受日本当局迫害辱殴的所谓"祖国事件"。该诗写作者站立于淡水(旧称沪尾),呈现眼前的是美景如画的黄昏景观:对岸观音山白云飞绕,脚下淡水河入海口浪潮拍岸。极目远处,江海茫茫,犹如作者在日人统治下的迷茫无依的心情,只有祖国,才是诗人心向往之的归宿。

然而到大陆后,台湾文人的内心却又有着浓得化不开的乡愁。曾经参与乙未抗日斗争的林维朝（1868～1934），内渡祖籍地福建东山，因水土不服，怀乡心切，登高远眺大海深处渺茫不可见的台湾，写下《东山旅次》，诗云：

> 茫茫故国白云横，王粲登楼百感生。未接双鱼传好信，徒闻啼雁动悲情。客心撩乱飞蓬转，乡梦参差夜雨惊。叹我无方能缩地，未能瞬息到东瀛。

将这种在台湾时向往祖国大陆，到了大陆后却怀念台湾的复杂心绪表现得最为典型的，是割台后的几年中数次来回于闽台之间的台湾诗人林痴仙。林痴仙（1875～1915）本名林朝崧，字俊堂，号痴仙，亦出自台中县雾峰林家，著有《无闷草堂诗存》[①]。乙未割台后，内渡的林痴仙首先落脚泉州。泉州古称刺桐，又名鲤（鱼）城。痴仙身在鲤城，心怀故乡和亲友，曾有七绝诗云："百口飘零乍定居，刺桐花下理琴书。故人万里无消息，日日临江钓鲤鱼。"（《避地泉州作》）每当有亲友返回台湾，他往往赋诗送别。如《送三兄绍堂东归》中有云："柴桑故径今虽在，人物应殊晋义熙"；《送吕厚庵秀才东归二首》则有："海上楼船奏暮笳，伤心桑梓在天涯"、"吾人聚散本难知，分手何须泣路歧……情天再补虽无术，缺月重圆会有时。珍重莱衣归故里，相思寄我采薇诗"等诗句，表达其浓郁的故园之思和对台湾将来必与祖国破镜重圆的希望和信念，同时以首阳采薇的典故，寄托着与朋友互勉坚持民族气节的深意。《五日登清源山望海，醉后作》则为感人至深的眺望台湾之作，诗云：

> 去年登山近重九，今朝登山属端阳。……南风吹上蜕岩巅，俯视沧溟如一粟。沧溟尽处是吾家，当日龙舟斗水涯。邻曲馈来九子粽，闺房绣出五时花。瀛洲盛事分明在，谁料桑田变沧海。蓬根流落客怀悲，梓里凄凉风俗改。凭高东望思无穷，回首西山落日红。座上非无佳客在，眼前休放酒杯空！酒樽入手万虑绝，诸峦山水樽前列。坐爱风光胜故乡，何辞酩酊酬佳节。玉壶酒尽动归心，下山大笑发狂吟。吟声飘荡入云际，化作诸天鸾鹤音。

诗人感叹台湾沧桑巨变，本民族的风俗不再，借酒慰乡愁。此外，泉州也有诸多明末清初的历史遗迹，引发诗人的思古咏史情怀。如他所住的洪衙埕正是明末降臣洪承畴之故第，其祠堂尚在，于是有诗曰："香火荒凉破庙空，广庭灌

---

① 林朝崧：《无闷草堂诗存》，《台湾文献丛刊》第 72 种，"台银"1960 年版。

木自成丛。可怜遗臭真千古,此巷如今尚姓洪。"虽为痛骂降臣之作,但和当时诸多歌颂郑成功的作品,其内含的民族精神,却是一脉相通的。

居闽三年,林痴仙再也按捺不住思乡之情,首次返回台湾。其《自獭江东渡,寄家兄荫堂》诗云:"书剑飘零逐转蓬,闽南三度荔枝红。千金散尽貂裘敝,一笑归帆挂海风",可见作者归乡心切。不过诗的最后写道:"渔郎有意住仙源,桃源暗认重来路",似乎暗示着日据下的台湾未必是久居之地,有可能再次离家内渡。

林痴仙有颇多诗作记录返台后的心情。《归故居》三首写的是刚回台湾时的情况,其二云:

> 我居楠木堂,堂后旧栽竹。去时如人长,归来长过屋。苍翠扑人衣,依依娱醉目。爱之抱瓮浇,何暇嗔懒仆。

诗写得清新脱俗,也透露了作者对家乡的爱极之情。然而在异族统治下的台湾,已非昔日可比。《出门即事》中有云:"出门多路歧,天荆连地棘。群山当眼前,俱含悴憔色。万树无鸟飞,深藏避弹弋。兽蹄交康衢,前去恐不测……"在这种情况下,林痴仙只得再次前往泉州。《将往晋江,先有此作》表达了诗人快快离开这豺狼当道之所的意愿。

林痴仙又在泉州住了一段时间,曾游兴化、福州等地,后来转向上海,两年后又转回台湾,"但他回台的心境并不是快乐的。他自比为楚囚,如鸟入牢笼,但又不得不如此,而其心之可哀也在此"①。此时之诗作"仍是满腔郁勃",乃于1902年春与林幼春、庄太岳等倡设栎社,沉溺诗酒中过日。《六月二十七日开栎社雅集,席上拈得仙字》诗云:"换徵移宫近十年,山中猿鹤泣荒烟。久联明月遗沧海,不分星光聚颍川。斗酒开怀须作达,松枝入手且谈玄;也知樗散人皆弃,坠羽相逢私自怜。"其不与日人合作、无奈而遁入隐逸的心情可见一斑。连雅堂有言:"……闻君酒兴较前豪也,吾深以为念。然尘世秽浊,侧身无地,青山白云,人一醉而死,吾以为有托而逃,而不虞君之以此而损其生也!"②可见当时"抱不得已之苦衷,而又处于无可如何之境遇"的文人,正以遁入酒国诗乡为避世良方。

---

① 毛一波:《林痴仙之诗》,台湾《台湾文献》第6卷第1期,1955年3月。
② 连横:《林痴仙哀辞》,《台湾先贤集》(八),台北:台湾中华书局1971年版,第4866页。

三、沉潜和奋起：台湾文人在闽创作活动

遽遭乙未之变的台湾文人，一部分内渡，一部分留在家乡，他们的生活道路、生命情态和文学创作，既有相似之处，又有相当区别。据汪毅夫《台湾近代诗人在福建·引言》介绍，乙未割台后，台湾诗人施士洁、施幼笙、许南英、汪春源、陈浚芝、陈登元、陈朝龙、陈季同、陈浚荃、林鹤年、林时甫、林尔嘉、林景商、林仲良、郑鹏云、郑养斋、郑伯屿、郑星帆、黄宗鼎、黄彦鸿、王元稚、王贡南、郭宾石、郭咸熙、郭会川、翁安宇、邱缉臣、连雅堂等，"耻为异族之民，悫然作蹈海之举，先后离台内渡，归籍或寄籍于福建各地"；当时在大陆任职的台湾进士蔡德芳、李清琦、陈望曾和返归广东居住的丘逢甲，留居台湾或内渡后归返台湾的诗人王松、蔡惠如、丁锡勋、罗秀惠、连城璧，自幼随父内渡的许赞书、汪艺农、邱韵香，以及曾寓居台湾的福州诗人林琴南等，也都以不同方式参与了台湾文人在福建的文学创作活动。①

如上述，台湾文人内渡的原因乃"耻为异族之民"，因此他们将大陆视为光复台湾的寄望所在，现在身在大陆，得以时刻关心大陆形势的发展。施士洁《同学谢石秋茂才小聚荔园，时将由闽之沪，以诗录别，次韵送之》诗云：

> 榕荔城园话梓桑，匆匆琴剑去程长。了无干净中华土，剩有凋零大雅堂！乱世壮夫争逐鹿，穷途文士耻求凰。老瞿一掬临歧泪，权当离杯泛夜光。

又有《元夕》一诗，作于割台十年后的乙巳年（1905）元宵节，言简意赅，颇为感人：

> 杀气辽阳正渺漫，鹭门佳节醉乡宽。须眉落拓愁中见，骨肉团栾劫后难！浮白何人同领略？栖鸟与我共酸寒。可怜十度灯宵月，不向瀛南故国看！

当年中国不仅有外患，还有内乱，军阀混战使得台湾诗人寄托于祖国身上的复土之梦，似乎遥遥无期。内渡的台湾文人因此消沉、沮丧，郁郁寡欢。他们当中有的躲入酒乡，借酒浇愁，有的隐遁山林，自甘穷愁潦倒。如新竹贡士陈浚芝（1855～1901，字瑞陔，号纫石），曾为新竹"梅社"的发起人，1895年参加抵制割台的爱国义举，事不可为后愤然离台，归籍福建安溪。此后深居

---

① 　汪毅夫：《台湾近代诗人在福建》，台北：幼狮文化事业公司1998年版，第6～7页。

简出,过着近于隐居的生活。施士洁在《挽陈纫石贡士》诗中,叙写陈浚芝当时的生活情景:

> ……梓乡毒雾正漫漫,石苑春风聊尔尔!岂知磨蝎犯身官,小谪蓬池坠软红。自古文章憎命达,有人□□感途穷!归来闲拥皋比坐,佛火一龛僧一个。北海何堪尊酒□?南唐无奈家山破!于今两眼几沧桑,回首鲲沙路渺茫!九日万松隐□绪,十闽八口掣冬郎。沉忧刻骨真难疗,撒手尘劳□一笑。更无白鹤下相迎,但有青绳来□吊。……①

所谓"南唐无奈家山破"、"沉忧刻骨真难疗"、"归来闲拥皋比坐,佛火一龛僧一个"等,正是部分内渡台湾文人心情和行为的典型写照。其实,不仅是内渡台湾文人,当时的福建文人也有相似的心情。如林琴南在为福州籍的台湾诗人周莘仲的遗诗出版作序时写道:"嗟夫!宿寇门庭,台湾今非我有矣。诗中所指玉山金穴,一一悉以资敌,先生若在,徒能为伯翊之愤耳,究不如其无见也。余杜门江干,以花竹自农,一锄之外了不复问。今校阅先生遗诗,感时之泪坠落如线,愈念先生于无穷矣。"②可见当时部分闽台文人对于时局只能徒呼无奈,内心隐藏的极大悲愤却无从发泄,于是"躲进小楼成一统,管他冬夏与春秋"(鲁迅《自嘲》诗句),以消极的方式对抗之。

台湾文人内渡之后,大部分归籍或寄籍福建特别是闽南一带,由于两地语言相通,习俗相近,又有密切的亲缘关系,使他们聊慰离乡之苦;不过,两地的相似之处,又很容易触发他们的乡愁。许南英《清明日,闻邻人祭扫有感》诗云:"浮家泛宅寄漳城,时有乡心触处生。闻道隔邻忙祭扫,一年难过是清明。"写的就是闽台两地共同的清明扫墓的习俗,勾起作者的思乡之情。由于中国人代代相传的慎终追远的传统情怀,台湾文人内渡,最使他们割舍不下的就是祖宗的坟茔。许南英另一首《台感》诗云:"居台二百载,九叶始敷荣。自处贫非病,相传笔代耕。问天何罪戾,误我是功名。一掬思乡泪,松楸弃祖茔。"可见祖茔记载着家族在台湾的血脉传衍和开发历史。一旦被迫抛弃,可说愧对祖先和子孙。因此清明节也就成为内渡文人最为伤感和容易触发思乡之情的难度的"关口"。

---

① 施士洁的诗见《后苏龛合集》,《台湾先贤诗文集汇刊》,台北:龙文出版社1992年重印版。
② 林纾:《周莘仲广文遗诗引》,李家骥等整理《林纾诗文选》,北京:商务印书馆1993年版,第110页。

　　尽管闽台的相似容易勾起乡愁，但有的内渡者就为着这一片浓郁的乡情，有意地将台湾的景物"搬"到海峡的这边来。1912年，林尔嘉在鼓浪屿海边买山拓地，仿台北板桥林家园林兴筑私家庭园，并根据其字取名"菽庄花园"。林尔嘉（1876～1951），字叔臧，一作菽庄，别署百忍老人，台湾淡水县（今属新北市）人，其家族为台湾有名的"板桥林家"。其父林维源（时甫）是台湾著名绅商，曾协助朝廷官员办理台湾抚垦、防务事宜。甲午、乙未年间积极参与抗日斗争，募集兵勇，扼险抵御。1895年离台内渡，林尔嘉随父行，寓居厦门鼓浪屿。1905年林维源去世。林尔嘉发扬闽南人善于经营的特长，创办实业，振兴商务，热心赞助各种公益事业，曾任厦门保商局总办兼商务总理，"颇有能名"。民国建鼎，被举为国会议员、福建行政讨论会会长。段祺瑞执政，聘为华侨总会总裁。[①] 此外，还曾担任福建全省矿务议员、厦门市政会会长、鼓浪屿工部局华董等职。"菽庄花园"建成后，又仿台湾结社联吟的风气，于1913年创立"菽庄吟社"，邀请流寓福建的台湾诗人施士洁、汪春源、许南英以及林景仁（林尔嘉之子）、汪艺农（汪春源之子）、许赞书（许南英之子），以及陈望曾、连城璧（连雅堂之胞兄）、邱韵香等参加吟社的活动，而像陈衍这样的福建名士，也曾应邀在园内流连唱酬。菽庄吟社所在的鼓浪屿本为郑成功操练水军之地，有着许多郑成功活动的遗迹；而菽庄花园本身又有诸多台北板桥林家园林景物的影子，使得诗人们难免触景生情，"家国破碎之恨、眷念故园之情和身世飘零之叹"[②]，常系于笔端。许南英一些与菽庄花园有关的诗，将当时内渡文人的处境和心境，表露得十分清楚。如《题林叔臧鼓浪屿菽庄》诗云："几经小劫历红羊，一瞥华年鬓欲霜。破费买山钱十万，武陵世外作渔郎。""卜筑园林近洞天，避人避世地行仙。听潮楼上频东望，鹿浪鲲涛一怆然。"又有《菽庄四咏·听潮楼》诗云："一辈旧人尝往返，十年豪气已除删。倚栏顾盼兼天浪，举手招呼隔岸山。澎湃潮声都入耳，参差黛色尽开颜。客来莫话沧桑事，容我浮生片刻闲。"[③] 一方面，他们生逢乱世，遭割台之变，被迫离乡背井，因此表面看来，都似乎有"避世"倾向，要躲入自然

---

　　① 　林尔嘉：《林菽庄先生诗稿》，《台湾先贤诗文集汇刊》，台北：龙文出版社1992年重印版，目录前页。

　　② 　汪毅夫：《台湾近代诗人在福建》，台北：幼狮文化事业公司1998年版，第158、159页。

　　③ 　许南英的诗见《窥园留草》，《台湾文献丛刊》第147种，"台银"1962年版。

山水中,与山风明月为伍,所谓"避人避世地行仙","十年豪气已除删","客来莫话沧桑事,容我浮生片刻闲"可见一斑;然而,作者愈言"闲",愈称莫谈"沧桑事",愈显出其内心其实一刻也无法闲静下来,他们在"听潮楼"上频频东望,听到的是鹿耳鲲身的波涛声,似乎看到了隔岸的山岭,心中无法忘怀的还是那晴天霹雳、沧桑巨变的事情,透露出当时内渡文人的典型心态。

　　林尔嘉通过菽庄花园集合了一群台湾内渡福建的文人,林鹤年则通过走访往来,也与一批内渡文人多所联系,相互酬唱。林鹤年(1847～1901),字谦章,号氅云,福建安溪人,清光绪八年乡贡,官至道员加按察使,著有《福雅堂诗钞》等。幼年时曾随父亲渡台,1892年再次渡台,承办茶釐船捐等局务,出入林时甫、唐景崧幕中。当时有所谓"无福不成衙"的说法,林鹤年也得以结交了闽台两地的许多诗文朋友。乙未内渡后林鹤年的许多诗作,即反映了他与在福建的"榕江旧友"如林琴南、郑星帆、王贡南、翁安宇、郭宾石、林仲良等的生活及相互交往的情况。《偕六弟重游榕江访翁六安宇兼视各友》诗中有云:"兄弟天涯感,宾僚旧雨贤,江山闲觅句,风月不论钱。劳燕浮生计,相期共济川。"又云:"城郭访无诸,先生尚草庐。法音恒渡海,宦贵卜充闾(安宇住法海寺宦贵巷)。哀乐中年酒,行藏万卷书。多君劳问讯,岛国近何如?"写的是一群劳燕分飞、落寞天涯的台北旧友重聚一堂,仍不能忘怀于台湾,频频询问台湾近况的情景。林鹤年同时并有《题翁六安宇花亭诗壁》诗,写出了台湾诗人内渡后,在闽地"花竹闭门寂,长日参画禅"的沉潜失意的生活状况。不过,我们仍可从他的一些诗作中读到其未能泯灭的风骨和气节。如《酬郑星帆孝廉(祖庚)》诗中,用了南宋末年郑思肖著铁函《心史》以及秦末汉初田横的典故,述说割台之愤并盛赞郑星帆潜心著述旌忠表义的《台阳纪事》的事迹,诗中有:"鲲身鹿耳割要冲,红羊浩劫鸣沙虫"、"井心铁史词链锋,真宰上诉泣苍穹"、"田横之岛谁旌忠,凭君健笔书崆峒"、"梅魂一缕凌霜松,寒潭双剑安边烽"等句子。最后两句"用台南延平郡王祠古梅和台北剑潭双剑的传说,表达了盼民族英雄出而回天、平妖的愿望"[①]。

　　甲午战争后的中国,处于维新变革、帝制瓦解的社会急剧变动时期。与上述沉潜隐逸倾向相比,还有部分内渡文人采取更积极的态度,不同程度地融

---

　　①　汪毅夫:《台湾近代诗人在福建》,第56～57页。

入祖国的民主革命洪流中。以《剑花室诗集》、《台湾诗乘》、《台湾通史》等众多著作成为日据初期台湾最重要传统诗文作家的连横,即一明显例子。连横(1878～1936)初名允斌,曾因仰慕孙文而取字"武公",因蓄一剑,故号剑花,又号雅堂或雅棠。其7世祖兴位公自福建龙溪县渡海到台湾,卜居于郑氏故垒之台南。乙未之年,连横丁忧家居,手抄杜诗全集,始学为诗。1900年任《台南新报》汉文部主笔。20世纪初的几年间,数度往来于闽台之间,更屡次于厦门主报纸笔政。这时孙中山及其同盟会正加紧活动。紧邻广东并与海外华侨有较多联系的福建,也是孙中山民主革命的策源地之一。连横受孙中山革命思想的影响,其编辑的《福建日日新闻》等鼓吹排满,据称曾被视为同盟会在闽的机关报。连横的这种倾向,在其诗作中多有体现。如《重过怡园晤林景商》三首,第一首中有"片帆又向鹭门来"、"我与林逋曾旧约,振兴亚局伏群材",说明其行迹和志向。第二首则为在厦门眺望台湾,而悲版图破碎、骨肉分离、生民涂炭,诗中有"每忧割肉分图籍"、"同上日光岩畔望,海天何处问升沉"等句子。第三首则由郑成功的遗迹而起历史兴亡之感,表达了追踵田横、祖逖等爱国抗敌前贤,承担天下、民族兴亡的责任,诗云:

> 拔剑狂歌试鹿泉(鹿泉在怡园内,相传郑延平手凿,景商有铭泐石其旁),延平霸业委荒烟。挥戈再拓田横岛,击楫齐追祖逖船。眼看群雄张国力,心期吾党振民权。西乡月照风犹昨,天下兴亡任仔肩。[①]

诗中所谓"心期吾党振民权",说明了作者与孙中山的革命党的密切关系。

除了连雅堂外,蔡惠如更试图将祖国大陆的民主革命和新文化运动引入台湾。蔡惠如(1881～1929),字铁生,台中清水人,日据初期变卖家产,内渡福州经营渔业。民国初年,来往于福建、东京、台湾之间,从事反日活动。1919年在东京时参与组织"声应会"、"启发会"、"新民会"等,并在经营的事业失败、经济十分拮据的情况下,慨然捐出原拟带回福州的1500元筹办《台湾青年》,成为启发民智、开拓台湾新文化运动的先驱。1921年参与创立"台湾文化协会",1925年因治警事件入狱。当他由清水乘火车至台中时,沿途各站民众闻讯群集候迎,警察出动驱散汇聚的民众,散而复聚,反复数次。入狱当

---

① 连横:《重过怡园晤林景商》,《剑花室诗集·外集之一》,见《台湾先贤集》(八),台北:台湾中华书局1971年版,第4701页。

晚,蔡惠如填下《意难忘》这首词,词曰:

> 芳草连空,又千丝万缕,一路垂杨,牵愁离故里,壮气入樊笼。清水
> 驿,满人丛,握别到台中。老辈青年齐见送,感慰无穷。
>
> 山高水远情长,喜民心渐醒,痛苦何妨。松筠坚节操,铁石铸心肠。
> 居虎口,自雍容,眠食亦如常,记得当年文信国,千古名扬。[①]

作者坚持如常青之松竹的节操,以文天祥的事迹自勉,坦然面对刑狱之灾,表达其与群众血肉相连、“喜民心渐醒”的启蒙意愿,这种情怀,此种作为,令人想起福州革命志士林觉民在血洒黄花岗前夕所写的与妻诀别书。

四、留台文人的悲愤和洪弃生等的弃地遗民气节

由于处于异族的直接统治下,留在台湾的文人其处境更为险恶,他们所选择的生活道路和文学创作,也和内渡的文人既有相似之处,也有相当的差异。

日人据台,台湾人民顿成俎肉,王天赏《有感》诗云:“呱呱莫在殖民地,人格人权两并亡。宰割由人刀上肉,杀生任意屠场羊。”[②] 在这种环境下,台湾文人前途渺茫,科名无望。张元荣有诗云:“兵燹余生梦未安,愁怀无限上眉端。科名征逐终归幻,诗酒遨游强自宽。书味浑忘成枘凿,人情翻覆似波澜。曩时经史堆高阁,静对寒灯独慨叹。”[③] 可说是功名仕途堵绝后台湾文人心情的典型写照。又有彰化诗人陈锡金(基六)的诗透露了日据后台湾诗人的生活情景和心境。《漫题二首》云:

> 偃蹇空山里,新亭泪眼开。黄鸡催日去,苍狗幻云来。身世鸾栖棘,
> 功名蚁梦槐。闲愁无处遣,黑劫正飞灰。
>
> 种菜门常闭,诛茅屋未成。野无粱与稻,路有棘兼荆。苦赋哀鸿什,
> 悲歌《猛虎行》。侧身天地窄,何处寄余生!

又有《家瑞陔进士寄诗问近况,次韵奉答》,诗云:

> 瀛堧宿梦醒春婆,风雨空山一啸歌。老蠹生涯书少味,闲鸥世界水
> 犹波。敢嫌蜗室三间小,幸免鹑衣百结多。莫问辋川近消息,半龛灯火

---

① 陈昭瑛:《台湾诗选注》,台北:正中书局1996年版,第227页。
② 引自江宝钗:《台湾古典诗面面观》,台北:巨流图书公司1999年版,第220页。
③ 引自江宝钗:《嘉义地区古典文学发展史》,嘉义:嘉义市立文化中心1998年印行,第261页。

病维摩。①

这里的"半龛灯火病维摩",与前述内渡回安溪的陈瑞陔的"佛火一龛僧一个",如出一辙,说明乙未后在闽和在台的部分文人,其处境和应对方式,是十分相似的。

当然,台湾诗人的这种消极隐逸,是时势所迫、无可奈何之举。他们将愤懑情怀寄托于诗,诗风转为凄楚苍凉。鹿港具有强烈民族意识的著名诗人许梦青之子许幼渔,有《书怀》诗曰:

> 红羊劫后孰豪雄,无限疮痍万国同。卧虎难腾沧海上,睡狮尚在黑甜中。班超投笔知何日? 张翰扬帆未有风。三十光阴虚过隙,七鲲身路作渔翁。

而在日据初期曾与许梦青、施梅樵等共组"鹿苑吟社"的吕乔南(1864~1918),其《奉和施梅樵茂才感怀原韵》,同样表达了在所寄望的祖国积弱战乱、暂不可恃的情况下,欲于乱世求得一世外桃源的愿望,诗云:

> 故垒萧萧欲暮春,河山又带旧灰尘。雌雄未死中原鹿,存没偏惊梦里人。边镇戍歌愁逆旅,异乡莺语闹芳辰。茫茫天壤狂澜日,何处仙源访隐沦。

由于日本殖民者一方面实施高压政策,用武力迫使台湾人民服帖就范,另一方面出于稳固其统治的目的,也在文化上实行绥抚策略,试图拉拢、同化部分有声望的文人,并通过他们对文化界施行有效掌控。然而,日人的这一策略遭到了许多具有民族气节的台湾文人的抵制,洪弃生就是其中之一。洪弃生(1867~1929),原名攀桂,学名一枝,字月樵,台湾沦日,易名繻,字弃生,盖取汉书终军传"弃繻生"之意,原籍福建南安,祖父流寓台湾鹿港,后定居于此。根据《鹿港镇志》,"弃生方弱冠,即留心经济实用之学,光绪二十一年(1895),日军入寇,与丘逢甲、许肇清诸人,同举义旗,任中路筹饷局委员。事败,潜归鹿港,不与世事。日人仰其声名,征之者数,而先生崖岸自持,不为所屈",他坚不割辫,拒着洋服,以遗民自高,亦以遗民终其生。其著作有:《谪蹻集》、《披晞集》、《寄鹤斋集》、《壮悔余集》、《八州诗草》、《诗集补遗》、《试

---

① 陈锡金:《鳌峰诗钞》,《栎社沿革志略》附录《栎社第一集》,《台湾文献丛刊》第170种,"台银"1963年版,第132页。

帖诗集》、《寄鹤词集》、《寄鹤斋诗话》、《骈文稿》、《古文集》、《中西战纪》、《瀛海偕亡记》、《八州游记》、《中东战纪》等。①

王友竹称洪弃生"其诗各体俱佳，牢骚之气，幽愤之怀，时溢言表"②。洪氏《台湾哀词》诗曰：

> 鲁仲千金耻帝秦，竟看时事化埃尘！有怀蹈海鳌梁折，无泪填河蜃气敛。岛屿于今成粪壤，江山从此署"遗民"。棽棽玉石崑冈火，换尽红羊劫外人。

又有《感怀十二首》，其中之一写道：

> 蓬莱城市阅兴亡，戎马当时一战场。万古衣冠为赘疣，百年文物付伧荒。几茎头发留遗种，不世心怀郁倒藏；谁道我生今似此，中途摧折尽刚肠。

作者本有济世长才和怀抱，无奈生不逢时，不幸遭遇日本的殖民统治，又不愿卖身求荣，为异族所用，因此"抑阨难申，牢愁感愤，每寓诸诗文，沉痛苍凉，不能自已"③。当时台湾文人的处境，"九儒仅居十丐之上"，被视为"废材"，常遭肆意嘲骂，洪弃生留居台湾，觉得犹如生活于荆棘之中，对海峡对岸的父祖之地充满了向往。在《诗函报林十，适又渡海，歌以寄之》诗中写道：

> 去年烽火起，君去罩雾里。……航海一去寻乐土，温陵旧是晋时浦。晋人携家江畔居，当时亦避羯奴苦。文物衣冠犹俨然，城郭襟海带云烟。忆昔伧荒已千载，得君羁旅又三年。今年台地烽偶熄，君潜渡海问田宅。山川虽是景物非，疑忌之邦君遁迹。……我向此邦依，何殊荆棘据。闻君挈眷欲重来，叹息故巢难去去！作短歌，小名署——是'弃生'，甘执御。从今富贵功名非吾知，惟望文辞诗卷人间著！作诗与子且自吟，泪滴青山犹昔心。

福建晋江、泉州（旧称温陵）一带，在古时即是中原人士为避异族入侵而南下聚居之地，仍保持着中原的"文物衣冠"，而现在成为台湾人士内渡归籍或寄籍之地，无论古今，都常是"遗民"生息的场所。内渡文人虽身在彼岸，对家乡仍不能忘怀，台地烽火稍息，即暗中"渡海问田宅"，然而物是人非，且

---

① 戴瑞坤撰：《鹿港镇志·艺文篇》，彰化：鹿港镇公所 2000 年印行，第 10～12 页。
② 王松：《台阳诗话》，《台湾文献丛刊》第 34 种，"台银"1959 年版，第 69 页。
③ 戴瑞坤撰：《鹿港镇志·艺文篇》，第 10～12 页。

遭日人疑忌,只好很快又离开这异族统治下的场所。而作者居住此地,犹如生活于荆棘丛中。他为自己起了新的名字"弃生",表示"从今富贵功名非吾知,惟望文辞诗卷人间著",这正是当时不甘屈服的留台知识分子心境的写照。洪弃生在评说施梅樵的创作时称:"余与君渊源共派,沧海同经,以为龙、为鼠之人,处呼马、呼牛之世。满腔磊魄,无从浇阮籍之胸;触处悲哀,何地击渐离之筑! 既朝凤之莫鸣,繄寒蝉之长噤;而君乃一集编成、千章焕发,当天荒地老之余,作石破天惊之语……传诸他日,将在郑所南之间;拟于本朝,岂居赵瓯北之下!"① 这何尝不是洪弃生的夫子自道。洪弃生又有《寄别叠梅樵韵》二首,前一首写离台之友人,后一首则写留台之自己:

> 身世飘然不系舟,尘寰何处可遨游? 蜗蛮国已轻中夏,鹊木居仍构戊秋。晋室无人为祖逖,漆园有梦即庄周。瀛洲今日成荒径,子去何妨我暂留。

诗中透露了"晋室无人为祖逖"可能就是诗人"暂留"台湾而未率尔内渡的原因之一,如果联系到《感怀十二首》中又有"世途若有回机日,老大还须学请缨"的句子,可知作者聊作出世之人,内心却盼望着时机的好转,有朝一日事有可为,他必从沉潜中呼啸而出,再为国家、民族贡献心力,即使上战场,也在所不惜。

　　20 世纪 20 年代,洪弃生"偕次子炎秋,载笔内渡,自上海西行,游名津要枢。明年泛海至闽江,复观漳、泉、汀、邵诸郡风物……于是山川雄杰之气,一寓诸诗焉。爰归故里,潜心著述,诗文成篇,必以干支纪日,示不忘故国"②。从《八州诗草》中可知,洪氏父子入川出鄂,走南闯北,登泰山,游长城,谒寺庙,访名垣,遍游祖国名山大川,感历史沧桑,怀忠勇之士,淬炼其民族气节。然而写得最为悲郁刚健、充满历史沧桑感的,是《自闽海入闽江作》:

> 海天一色云蓊腾,云开何乃见长城! 长城非城千山青,中有山门五虎横。山门荡荡连海门,千回百折长江奔;中流江峡成海峡,束缚蛟龙留潮痕。潮来潮去山重叠,钱塘潮水不足论。舟入金牌长门里,重重锁钥江海水。宛转亭头又馆头,罗星塔山连云起(自金牌门至罗星塔,皆港名)。

---

　　① 　洪弃生:《施梅樵诗序》,《寄鹤斋选集》,《台湾文献丛刊》第 304 种,"台银"1972 年版,第 138 页。

　　② 　戴瑞坤撰:《鹿港镇志·艺文篇》,第 11 页。

我自东北历东南,港门无此青巉岩。大沽、黄浦剧深通,平原两岸蔑峰岚。山东海港有山险,长流难得长山掩。江心随处况有矶,岂比金、焦山两点!堪痛甲申边衅开,如此江山酿祸胎。兵备空传藏舰浦,洋氛竟及钓龙台!于今江面澄如练,马头、马尾(并江名)沧桑变。不堪回首念昔游,闽中山水依稀见。[①]

作者先写闽江入海口福州马尾等地的山川地形之险要,为中国北方诸海港所难以企及;接着感叹有如此天然屏障,却在1884年中法战争马江战役中一败涂地,枉费此大好江山。作者身为台湾人,中法战争也事关台湾,而闽台唇齿相依,马江之败,多多少少也与十年后台湾的沦日有关,难免引起作者特别的感慨。如果说《八州诗草》的其他诗作更像是纯粹的描景抒情、心情旷达愉快的游历诗,那这首《自闽海入闽江作》,却在抒发着作者内心郁积的复杂情感,与他在台湾的诸多幽愤之作有着更直接的精神联系。

五、诗钟、击钵吟的盛行及其意义和缺失

台湾学者江宝钗称:台湾文人在不得不面对异族统治的现实后,有的人颓唐,有的人隐逸,有的人壮心不死,寄情于文化的传承,有待于来兹。在这背景下,台湾文坛出现了一个特殊的现象,即诗人雅集,相互酬唱联吟的诗社大量涌现,并带动了"诗钟"和"击钵吟"的风行一时。[②]根据许俊雅《台湾写实诗作之抗日精神研究》一书中的资料统计,乙未割台后,从1896年至1910年的15年间,台湾有茗香吟社、鹿苑吟社、浪吟诗社、竹社、玉山吟社、栎社、咏霓诗社、南社、瀛社9个诗社,平均每年0.6个;从1911年至1937年抗日战争爆发,台湾共成立了188个诗社,平均每年达6.7个之多;从1938至1945年的抗战期间,台湾创设29个诗社,平均每年3.6个。这些诗社绝大部分冠以"吟社"之称,只有小部分冠名研究会、书院、山庄、诗钟会、钟楼、钟亭、书社等名目或直接称为"社"。多称"吟社"或与击钵吟的盛行有一定的关系。

---

① 洪弃生的诗见《寄鹤斋选集》,《台湾文献丛刊》第304种,"台银"1972年版。
② 诗钟与击钵吟都源于古代刻烛联吟、击钵催诗的活动,但二者分属两种不同的诗歌体裁,击钵吟的"产品"是一首诗,诗钟的"产品"则是对句。日据时期台湾文坛有褒"钟"贬"钵"的倾向。

清末闽籍名人陈季同,在其向西方人介绍中国的法文著作《中国人的快乐》中,详细介绍了诗钟和击钵吟,写道:这些诗歌比赛在福建最为盛行,譬如福州船政局的那位钦差大臣、两江总督(按:应指沈葆桢),他工作之余只要一有闲暇,便马上招集其属下到他府上作诗。诗分几类,比如,出一个历史的或想象的题目,要求每位参赛者作一首四言或八言诗;或者规定两个题目必须用在两句对仗的七言诗里;或者提出两个字,必须放在每句诗的一定位置并使两句诗对仗。每位参赛者到场后,先抓阄选出"考官"、"抄写员"、"考生"等。一名考官随意翻开书的某一页,另一位考官任意指定一个行数,由此确定一句话、一个短语或一个字作为赛诗的题目。题目一公布,人们在桌上放一个考箱,上面栓一只铃,铃绳的一头有一根燃烧的香。半小时后,香燃断小绳,铃掉下来,发出一声铃响,比赛结束。抄写员拿出所有放入箱中的纸条,把各人的诗抄在同一张纸上,交给考官,以保证匿名评选。当考官选好后,他们便把阳台当做讲台,站在上面吟诵那些被评为最佳的诗歌。发完奖品,比赛更换考官后重新开始,直到晚上举行晚宴并结束聚会。[1] 可见,击钵吟和诗钟的创作是一种具有竞技性质的集体活动。

连雅堂在《诗荟余墨》中写道:"闽人士较好诗钟,亦多能手。闻林文忠公少时,曾与诸友小集,偶拈'以''之'二字为雁足格,众以虚字,颇难下笔。文忠先成一联云:'苟利国家生死以,岂因祸福避趋之!'见者大惊,以为有大臣风度。其后文忠出历封圻三十载,事业功勋,震耀中外。谁谓游戏之中而无石破天惊之语耶?"[2] 另廖汉臣据《诗畸》作者录出的在唐景崧时参与吟会之名单共计55人,其中来自闽县、侯官、长乐、连江、安溪、崇安、政和、德化等地的闽籍文人有26人,台籍者5人,闽台籍超过半数,其余来自其他各省。[3] 因此说诗钟、击钵吟源于福建,并由闽人传入台湾,是可信的。其实,击钵吟和诗钟本来就是饱暖无虞、有闲情逸致的士绅阶级的专好,它在经济较发达、文风昌盛的福建沿海地区的士人中盛行,而后传入台湾,在同样经济条件较好、有传统文学修养的闽籍士绅中流行,是顺理成章的。

一般认为,光绪十三年(1887)唐景崧赴台担任台湾兵备道,后升任布政

---

① 陈季同:《中国人自画像》,黄兴涛等译,贵阳:贵州人民出版社1998年版,第238~239页。
② 连横:《余墨》,台湾《台湾诗荟》第2号,1924年3月。
③ 陈世庆:《台湾诗钟今昔》,台湾《台湾文献》第7卷第1、2期,1956年6月。

使,署巡抚,在任期间常邀僚属和台湾诗人于台南郡治道署之斐亭雅集酬唱,后又于台北创立牡丹吟社,是为台湾诗钟之滥觞。后其作品辑为《诗畸》一书。不过,从一些诗文作品中,可知在此之前在闽籍台湾文人中,早已有诗钟和击钵吟的活动,如林占梅《雅集新庄别业赏菊》诗中就有"赏菊持螯互品评,清秋日日接群英"、"兴酣击钵催联句,烛尽三条百韵成"等句子,时当咸丰七年(1857);而林维丞《赠郑香谷部郎如兰》中也有:"韵事更难除积习,急敲铜钵斗尖叉。"只是它们是小规模的、家族式的。直到唐景崧以官员身份组织和参与,并创建诗社,才形成一种风气。

日据前几年台湾除牡丹吟社之外,还有彰化蔡德辉所创荔谱吟社等。日据初期较著名的诗社则有:1897年成立的彰化的鹿苑吟社;1902年台中的栎社;1906年台南的南社;1909年台北的瀛社等。[①] 这些诗社的创建人和主要成员,亦以祖籍或归籍、寄籍闽地者为多。如栎社由林痴仙、林幼春、赖悔之等倡立,主要成员还有蔡启运、陈瑚、陈怀澄、林仲衡、吕厚庵、陈锡金、傅锡祺等,此外蔡惠如、林献堂、庄嵩等,也先后加入栎社。南社的首任正、副社长为蔡国琳、赵云石,主要成员有谢石秋、连雅堂、杨宜绿等,并尊时已内渡的许南英为"开社人"。连雅堂、许南英等在闽粤时,与在台湾的诗友有密切的诗文酬唱往来。

由于击钵吟和诗钟诗题的择定带有很大的随机性,所以五花八门,无奇不有,且大多缺乏社会价值和现实意义。以栎社创设之初的诗题为例,丙午年(1906)3月4日诗会题目有《题杜工部集》、《晓霜》、《边草》、《浣女》、《种花》、《观鱼》、《桃花扇题词》、《春晴》、《三字狱》、《旗亭画壁》;同年9月13日的诗题为《郑所南画兰》、《秋扇》、《睡燕》、《乡梦》、《诗榜》、《观棋》、《雨声》、《花影》、《病酒》等;同年冬的课题有《息夫人》、《女优》、《法兰西犯台》、《扑犬》、《捕鼠》等;丁未年春的课题有《铁砧山吊古》、《夕阳》、《微雨》、《遗妾》等;同年3月22日的诗题有《五桂楼》、《汉高斩蛇》、《曹孟德横槊赋诗》、《诗妓》;同年10月16日的诗题为《徐锡麟刺恩铭》、《柑园》、《竹影》等。虽然有关郑所南、桃花扇、徐锡麟以及法兰西犯台、铁砧山

①　根据许俊雅:《日治时期台湾诗社系年表》,《台湾写实诗作之抗日精神研究》附录二,台北:"国立编译馆"1997年印行,第355页。

吊古等诗题,不能说毫无意义,但像《观鱼》、《病酒》、《秋扇》、《遗妾》、《诗妓》、《扑犬》等大多数诗题,可说迂腐无聊。再以台湾新文学酝酿产生、击钵吟遭受猛烈抨击的 20 世纪 20 年代前五年(1921～1925)来看,其诗题有《田横》、《啖荔枝》、《瑾园听雨》、《金长》、《石人》、《捕蛇》、《眠床》、《东福》、《考槃轩小集》、《古碑》、《玉枝》、《鱼女》、《浊酒》、《月饼》、《春月茗谈》、《瓶花》、《听蛙》、《演说》、《罢官》、《诗人·狱》、《迅雷》、《野菊》、《禁烟》、《秋暑》。虽然《田横》、《禁烟》、《罢官》等,似乎也有一定的意义,但总体而言,有每况愈下之势。

除了诗题本身缺乏社会意义外,由于诗钟、击钵吟各种格式的限定,更使其沦于文字游戏的境地。比如诗钟的分咏格,是随机拈出两个诗题赋成一联,大多是风马牛不相及的事物扯在一起,如《砚·猪头》、《槟榔·抹胸》、《厕·和尚头》、《郑成功·地球》、《珊瑚·庸医》等,或许也因此产生某种趣味性,使作者们忘却烦恼,得一时之快乐,但也因为两句常常互不相涉,很难形成深刻的意义。即如《郑成功·地球》这样似乎有点意思的题目,但因分咏之两事物相差甚远,也只能写成:"东南半壁支残局,日月双轮作卫星。"又如《蟹·衣扣》:"横行郭索双螯健,解脱匀圆两指灵",固然其对仗颇妙,用典亦雅,但不能不说它只是游戏之作而已。至于《达尔文》题下,润庵的"尔曹任诞宁为达,我辈论文莫恃才"、季丞的"达观世事真徒尔,偶读奇文亦快哉"等,由于题目的三个字需分嵌于一句之首尾和另一句之中央,其内容和题目几可说是毫无瓜葛,不能不让人觉得作者只是在玩弄形式、游戏文字而已。因此连雅堂称:击钵吟为一种游戏笔墨,可偶为之,而不可数;数则其诗必滑,一遇大题,不能结构。又称:击钵吟之诗非诗也,数则诗格日卑,而诗之道僿矣;然而今之诗人非作击钵吟之诗非诗,是则变态之诗学也。[①]

然而,尽管诗钟、击钵吟有着种种弊端,我们还是要以历史、辩证的眼光来看待它们,其盛行,有着特定的时代背景和原因,对于相关作品、作者和诗社,不能一概而论。

首先,创建诗社,是汉族读书人在殖民体制下被日人视如粪土的情况下的

---

① 连雅堂:《余墨》,台湾《台湾诗荟》第 1 号,1924 年 2 月;连横:《雅言》,《台湾文献丛刊》第 166 种,第 41 页。

一种自我尊严的肯定,也可说是对异族统治者的一种无形的示威。林痴仙在说明"栎社"命名缘起时称:"吾学非世用,是为弃材;心若死灰,是为朽木。今夫栎,不材之木也,吾以为帜焉。其有乐从吾游者,志吾帜!"① 这显然是一种悲愤之反语,正如洪弃生所说,在日人统治下,"九儒仅居十丐之上。彼族之官吏,每以读书为无职业之人,载之户籍,明用稽查;今且悬之禁令……举国之人皆以通译音为奇材,而以通诗书为废材……一二村夫子咿唔度日,每须向所属官厅恳求许可,百不获一……有时官雇之教员一出,辄来踞上坐,肆嘲骂,真真牛溲马渤之不如矣"②。在这种"学同溲渤、道在屎溺"情况下,林痴仙自嘲为"弃材"、"朽木",其中隐含着的悲痛和愤慨,是不言而喻的。

其次,台湾文人创建诗社的目的之一是同胞之间的团结。1906 年 3 月 4 日的集会上,栎社同仁定规则 17 条,"主旨在于风雅道义相切磋,兼以实用有益之学相勉励;且期交换智识,亲密交情"③,可知创办诗社的初衷和主要功能,还在于交流切磋,沟通感情,建立友谊。这是日人统治下汉人加强自我团结的一种变相组织形式。连雅堂也称:"三十年来,台湾诗学之盛,可谓极矣。吟社之设,多以十数。每年大会,至者尝二三百人,赖悔之所谓'过江有约皆名士,入社忘年即弟兄',诚可为今日诗会赞语矣。"④ 从这角度看,日据时期台湾诗社超常规地大量涌现,就不仅是吟风弄月的无聊文人的举动。

其三,台湾文人结社联吟,是在"恐汉诗、汉文将绝于本岛"的危机感之下,力图"保存国粹以延一线斯文于不坠"⑤ 的举动。诚如江宝钗所言,在殖民体制下,日方的策略是一方面取缔书房,一方面以诗社绥抚文人,假礼遇之名行监控之实,拉拢亲日文人,进行同化,然而对具抗日意识的台湾文人来说,汉诗是用汉文字来写作的,台湾人保存汉文化的内在精神需求,很自然地托诸汉诗,于是汉诗主导文坛,声势骤盛。而当日人在台湾全面实施"皇民化",提倡大东亚共荣圈之时,汉诗不仅成为台民与日本官方利益妥协下的言

① 引自林幼春《栎社二十年间题名碑记》,载《栎社沿革志略》,《台湾文献丛刊》第 170 种,"台银"1963 年版,第 43 页。
② 洪弃生:《与王则澍》,《寄鹤斋选集》,《台湾文献丛刊》第 304 种,"台银"1972 年版,第 204 页。
③ 傅锡祺:《栎社沿革志略》,《台湾文献丛刊》第 170 种,"台银"1963 年版,第 1 页。
④ 连横:《雅言》,《台湾文献丛刊》第 166 种,"台银"1963 年版,第 41 页。
⑤ 转引自刘登翰等:《台湾文学史》上卷,福州:海峡文艺出版社 1993 年版,第 296 页。

说空间,也是汉文教育存系之命脉。[1] 林痴仙所谓"吾故知（击钵吟）雕虫小技,去诗尚远,特借是为读书识字之楔子耳"[2];连雅堂所谓"三十年来,汉学衰颓,至今已极,使非各吟社为之维持,则已不堪设想"[3],都是这个意思。

此外,台湾文人结社联吟,也是其逃避恶劣环境,纾解郁闷心情的途径之一。诗钟、击钵吟本质上是一种具有竞技性的文人游戏,带有趣味性。1923年,林菽庄之子林小眉于台北创设以诗钟为主的"钟社",其《东海钟声·序》写道:"……癸亥七月,自金台归,乍入舴艋,萧然有渔钓旧趣。而里间相善者,殷勤携袖,邀作文字饮。于是闲日有诗钟之聚。一笑相乐,不自知其衣焦不申,头尘不去也";俄而众亲友东渡归台,"岁晏业闲,促席接膝,而钟声之盛,遂无虚日";当地"骚坛铮铮者"也陆续参与,"按弦拭徽,量敌选对,雅音浏亮,迭互锋起"。根据林小眉所选辑之《折枝传唱》,可知该社所作诗钟,诸格悉备,如有凤顶格、燕颔格、蜂腰格、鹤膝格、凫胫格、雁足格、魁斗格、蝉联格、鹭拳格、八叉格、分咏格、笼纱格、晦明格、鼎足格、碎锦格、流水格、双钩格、睡珠格、柳暗花明格、鸢肩格等。[4] 这么多的"花样",加上该社钟会规矩甚严,不许携带任何参考书籍,包括《辞源》亦禁止查阅,颇有短兵相接的味道,显然给"游戏"增添了许多刺激性和趣味性,令游戏者忘却诸多烦恼。

值得一提的是,陈季同指出了此种"游戏"中包含的深沉的文化意蕴。他说道:"我们的喜悦和表现的方式,如果不是我们之中的自我的表达,还能是什么呢？当整个民族在他们的节日里以一定的方式欢庆时,这难道不是在提供一种民族良心的图画,一种对其最可贵的渴望与向往的概括吗？"[5] 诗钟、击钵吟被陈季同归入中国人纯洁天真的"正经之乐"中向西方人介绍:"在文人圈里极讲究的娱乐中,作诗最受人喜爱",他们不从事那些欧洲人喜欢玩的娱乐活动,"当他们有空闲的时候,就轮流在各自的家里把朋友们聚集起来,一心一意进行诗歌比赛。因为中国没有公开的招待会和政治

---

① 江宝钗:《嘉义地区古典文学发展史》,嘉义:嘉义市立文化中心1998年印行,第231页。

② 林献堂:《无闷草堂诗存·林序》,《台湾先贤集》(七),台北:台湾中华书局1971年版,第4103页。

③ 连横:《啜茗录》,《台湾先贤集》(八),第5002页。

④ 参见陈世庆:《台湾诗钟今昔》,台湾《台湾文献》第7卷第1、2期,1956年6月。

⑤ 陈季同:《中国人的快乐·序言》,《中国人自画像》,黄兴涛等译,贵阳:贵州人民出版社1998年版,第171页。

集会,也没有讲演会;于是,文学就成了人们的精神得以自由驰骋的惟一方式"①。特别是在异族统治之下,台湾文人们更只有寄托于结社吟咏之中,使郁闷心情略得纾解,得到一点生之乐趣,有时更在这活动中寄托着对于中华文化的归宗认同之意。这或许是击钵吟在台湾超过发源地福建而空前繁盛的重要原因。

最后,台湾诗人结社联吟,尽管有脱离现实、沦为无聊消遣的倾向,但"谁敢说游戏之中就无石破天惊之语"?像鹤亭的《诗社》(一唱):"诗书历劫残篇少,社稷成墟隐痛多",小眉的《安楚》(八叉格一二):"安平旧镇雄鲲海,破楚遗门吊虎邱",雪渔的《雄带》(八叉格五六):"未看草泽英雄出,却叹河山带砺非"等,都不无寄托深沉的家国情怀。而且一般而言,文人们并非只沉溺于击钵吟,雅集联吟的日子毕竟只是少数。由于参加了诗社,平时他们并不废吟哦,大量具有社会意义的作品,就产生于平时不间断的创作中。如栎社成员创作中,吕厚庵的《书警》,施家本的《过沪尾旧炮台遗址》,张笏山的《听客谈中华时事感赋》,陈贯的《铁砧山吊郑延平》,林子瑾的《天津会梁启超》、《与黄兴(时同计划农业银行)》、《咏史(时在燕京)》、《赠鉴和女史归国(时被聘为天津女子高等师范学堂监督)》、《寄江西邓天民》、《田横》等,都是富有社会意义的诗。林子瑾《郑成功》诗曰:"一线延明赐姓朱,台澎割据势终孤;千秋尚有英灵在,喜看孙黄(按:指孙中山和黄兴)复曼殊。"其历史感和深刻性,令人叹为观止,绝非吟风弄月所能论定。

类似的作品还大量存在于其他台湾诗文作品中。如嘉义诗人赖惠川、赖雨若、林卧云的诗作,也都富有民族精神和现实意义。赖惠川《六三问题》、《战时竹枝词》等,写下日本人在台湾的种种劣行。赖雨若的《壶仙诗集》充满了家国情怀,其《台湾文化三百年感怀》则涵括了台湾数百年的历史,颇有史诗气势。林卧云的《卢沟桥》为避日本当局的文字狱,以峰回路转的方式表达他对日本侵华的不满,对日本侵华战争给中国人民带来的深重灾难表示深厚的同情。应该说,结社联吟保存了汉诗,促进了汉诗的创作,而汉诗又是汉民族精神的重要载体。许然在为《卧云吟草》作序时,评说了汉诗在保存民族精神和文化方面所作的贡献:"若徒以吟风弄月,作遣兴之吟哦,戛玉敲

---

① 陈季同:《中国人的快乐·正经之乐》,《中国人自画像》,第238页。

金,尽雕虫之能事,是仅诗之末技已耳,吾台沉沦于异族统治下,垂五十年,然能维持道德文化,保存民族正气于不堕者,实赖诗学之力也。……尤宜发扬光大,以作振聋之木铎,启聩之洪钟,是乃合乎诗学之本旨,诗人之使命也。"①而这何尝不是日据时代台湾文坛的一个缩影。

第三节　走在中国近代变革前列的闽台

一、发展船政、培养经世人才的沈葆桢

闽台由于地处海疆,在较易受到外来入侵的同时,也较早受到欧风美雨的吹袭;在多"主战派"的同时,也必然多善于接受外来新事物、经世致用的实干家。这是因为要抗击外来侵略,单靠一股勇气是不够的,还要有军事、经济的实力,这就需要大力发展近代工业。因此,闽台在中国的"近代化"过程中(包括洋务运动、维新乃至民主革命等)走在全国的前列,是很自然的。这种情况至少可追溯到"第一个睁眼看世界"的林则徐。紧接着,则是长期在福州担任船政大臣又因牡丹社事件而到台湾主持台防的沈葆桢。

沈葆桢,字翰宇,一字幼丹,1820年4月9日出生于福建侯官县城一个贫寒家庭里。沈葆桢本为林则徐的外甥,13岁时又与林则徐的次女林普晴订婚,并因父亲赴京赶考,将他留在苏州的林则徐节署中住了半年。此时林则徐正在兴利除弊,治理江河水利,沈葆桢无疑会受到熏染和影响。此外,沈葆桢以林则徐的族亲、著有《射鹰楼诗话》的林昌彝为师,与经常出入林则徐藏书楼的闽县文人王景贤关系密切。林、王二人都和林则徐一样,具有经世思想,如林昌彝向林则徐呈递的《平夷十六策》、《破逆志》等建议,被誉为"真救世之书,为有用之作"。显然,沈葆桢的这种生活、成长环境,对他走上创建船政、纲纪洋务之路,具有关键性作用。

担任驻节福建的船政大臣的沈葆桢,除了创建工厂、打造船舰之外,另一重要贡献是通过创办船政教育,为中国的近代化培养出一大批人才。如后来

---

①　许然:《卧云吟草·序》,林玉书《卧云吟草》,《台湾先贤诗文集汇刊》,台北:龙文出版社1992年重印版,第3页。

翻译《天演论》、将进化论等西方思潮引入中国的严复,即船政学堂开办时以第一名的成绩被录取的学生;而陈季同亦为船政学堂挑选出来,派遣到西洋深造的留学生之一。

1874 年台湾的牡丹社事件使清廷大受震动,认识到:第一,新兴日本近在咫尺,如果它企图向外扩张,终究是中国的心腹大患;第二,海防的空虚,海军水师的孱弱,没有新式的舰艇,将无法巩固海疆;第三,台湾是中国沿海门户,若有闪失,必致东南沿海震动。① 受命处理此事件的钦差大臣沈葆桢,看出日本侵略者不会轻易放弃霸占台湾的野心,惟一的办法是加强戒备。出于这种认知,沈葆桢益发重视发展民族工业。他奏准架设连接福州、厦门、台湾府城以及台北沪尾等地的电报线。除了积极向外国购买铁甲舰等先进武器外,沈葆桢并认为:"购致者权操于人,何如制造者权操诸己"②,因此计划自制铁甲舰。沈葆桢深知要防止外国的入侵,除了加强军备外,也需对台湾加以开发,这才是富岛强民的根本。他采取的第一条措施是解除福建沿海居民渡海到台的禁令。闽南、粤东等地地狭人稠,其民众发展航海贸易以及向外移民垦拓,是其身处海洋文化区域中的一种内在、必然的要求。但清政府生怕"奸宄"聚集为患而长期实行或松或紧的禁令。这种禁令限制了中国人,却让外国人有可乘之机。为杜绝洋人染指台湾东部,巩固台防,沈葆桢上疏要求变弛禁为开禁,得到批准后,即着手设防和开发。首先即是开山抚番,拟分北、中、南三路打通台湾岛内东、西部之间的交通。他为此特地撰文以祭台南山神。这篇祭文先叙述了台湾经过百余年的开发,西部虽已文物昌盛,但东部却仍风教未通,原居住在此的少数民族仍处于刀耕火种、不知汉魏的桃花源式的原始社会中。不料日军侵台,朝廷派兵抗击,而少数民族心向祖国,纷纷剃发表示忠诚,吁请设立行政官吏。由于东部交通不便,特派袁闻柝等人开山筑路,使荒壤变通途。为此请求神灵护佑,山峦不要聚集蛊毒,山谷不要藏匿野兽,使军士征途平安。③ 沈葆桢开山之举是具有近代化意义的,但他要祭

① 许雪姬:《满大人最后的二十年》,台北:自立晚报社文化出版部 1993 年版,第 2 页。
② 沈葆桢:《闽厂轮船续行兴造片》,《台湾先贤集》(四),台北:台湾中华书局 1971 年版,第 2245 页。
③ 文见连横:《台湾通史·袁闻柝》,《台湾文献丛刊》第 128 种,"台银"1962 年版,第 913～914 页。

祀神灵,祈求保护,闽台地区那种科学进步和封建迷信相杂糅的人文景观于此显露无遗。

在拓路所经之处,沈葆桢随时随地招抚当地"番社",并将教育摆在重要的位置上,期望通过办学,使少数民族同胞摆脱原始愚昧,步入文明状态,并以此加深汉人和少数民族之间的交往和感情。配合凿山开路,沈葆桢开始筹办垦荒,以求增加可耕地面积。他认为,"穷民力薄拮据",在垦荒的速度上难以满足要求,因此拟劝板桥富绅林维让于已开路段分段屯垦,各富绅有闻风而起者,一律许之,"彼之获利长,而我之成功速"①。这说明沈葆桢作为沿海闽人,更经过开办洋务船政后,已具备与传统大异其趣的经营理念和管理方式。

除了驱倭抚番、开山拓垦之外,沈葆桢在台湾的另一件重大事业,是在基隆兴办近代煤矿。由于福建船政局需煤量大,进口洋煤既受制于人,又价格昂贵,因此沈葆桢试图在当时尚隶属福建省的台湾寻找出路。在这一过程中,沈葆桢有不少奏折公牍,既反映出作者的经世思想和近代工商管理理念,又条分缕析,畅快淋漓,有极高的逻辑性,可作为上乘的论说文来读。如《台煤减税片》针对台煤的税收高于洋煤20多倍的弊端,写道:"台地之病,病于土旷,土旷之病,由于人稀。重洋远隔,必利市三倍而后内地食力之众,不召而来。垦田之利微,不若煤矿之利钜;垦田之利缓,不若煤矿之利速。全台之利,以煤矿为始基,而煤矿之利,又以畅销为出路。"接着指出,中国北方用煤量大,台湾用煤量少,除出口外,别无出路;台煤虽富,年来开采仍不甚旺,其所以不旺之故,则由于滞销,"而台煤仍不畅销者,以东洋之煤成本较轻,独擅其利故也",今欲分东洋之利,必将台煤减税,以广招徕,"洋商计较锱铢,闻风而至,以后税则虽减,而总计税入仍不至悬殊,于民间生计当有起色"②。在当时整个中国除了少数"洋务派"外,尚处于传统经济观念的笼罩之下,沈葆桢的这些经营理念和方法,显然是比较先进的。

此外,沈葆桢在台湾还顺应民众的要求,会同其他官吏,奏请为郑成功建立祠堂以供祭祀,即后来乙未前后成为众多台湾诗人吟咏对象的延平郡王

---

① 沈葆桢:《沈文肃公牍》(一),扬州:江苏广陵古籍刻印社1997年版,第144页。
② 沈葆桢:《福建台湾奏折》,《台湾文献丛刊》第29种,"台银"1958年版,第14页。

祠。由沈葆桢主稿的奏文中称：郑成功不是清朝的叛臣，而是明室的遗臣，"丁无可如何之厄运，抱得未曾有之孤忠，虽烦盛世之斧戕，足砭千秋之顽懦"，在台湾建祠，可"俾台民知忠义之大可为"①。该祠建成后，配祀南明遗臣等114人。而沈葆桢为该祠写了几副对联，其为人所熟知的第一副云：

开万古得未曾有之奇，洪荒留此山川，作遗民世界；

极一生无可如何之遇，缺憾还诸天地，是创格完人。

第三幅则写道：

到此地，回首凄然，只剩得江上一些儿流未枯眼泪；

将斯人，苦心参过，更休说世间有哪种做不了难题。

如果说前一副肯定了郑成功开辟台湾的功绩和忠于旧朝、不做清朝顺民的气节，感叹、怜惜其一生的种种遭遇及体现出来的完美人格；那后一副则是作者在郑成功祠前的个人内心感受——一方面，触景生情，为英雄已逝而伤感；另一方面，细细琢磨郑成功的作为，从那里吸取了克服困难，勇往直前的进取精神。而这或许正是闽台人民一脉相承的性格特征，在当时正在努力开拓的事业中，显得格外的珍贵。从这里也可看出沈葆桢的对联，并不停留于表面的称颂，而是力图深入对象之人性、生命的内里，传达出一种历史沧桑感，读来别有一番风味。

可以说，闽台特殊的社会、人文环境孕育了沈葆桢，反过来，沈葆桢也对闽台的近代变革进程，作出了重要的贡献。沈葆桢在台湾获得了极高的评价，如连横称："析疆增吏，开山抚番，以立富强之基，沈葆桢缔造之功，顾不伟欤！"② 进士施琼芳有《战舰》诗，歌咏中国自己发展船政，制船造舰，建立水师的事迹，诗云：

……乘战者舰用者人，水虎驰驱若有神。用舰者人宜者地，竹龙部署皆得势。莫因炮台守岸谋，便弛戈船冲波制。中原物力饶外夷，船政振刷需平时。三翼五牙有胜算，涉险乃得金汤资。茫茫天堑逋逃穴，蒙冲一奋穷搜抉。鹅鹳狎驾鼋鼍梁，貔貅饱饮鲸鲵血。檝枪迅扫鸿波恬，万里梯航

---

① 沈葆桢等：《请建明延平王祠折》，《台湾先贤集》（四），台北：台湾中华书局1971年版，第2265～2266页。

② 连横：《台湾通史·沈葆桢》，《台湾文献丛刊》第128种，"台银"1962年版，第912页。

珍觊达。如知防海贤长城，即是救时真宝筏。[1]

诗中告诫勿存凭借陆上炮台等设施就想拒敌的消极、侥幸心理，而是要造舰船，建水师，更主动地在海上与敌交锋。诗人并指出，虽然中国地大物博，资源比外国更丰富，但船政还要靠平时常抓不懈。诗中并称颂了水师的靖海功用，最后一句更指出了建立"海上长城"的必要性。作者对于海防的观点，当在时人之上，可说是闽台人士因其特殊处境和感受才会有的真知灼见。

二、闽籍近代文化名人：从改革走向保守

在中国近代史上，福建出了四位在中西文化交流中做出重要贡献的文化名人，即陈季同、林纾、严复和辜鸿铭。他们经历不同，专长各异，但有一点是相同的，即都是近代中国通晓西学而又热爱传统的典型。他们同时出现于福建，绝非偶然，而是与福建历史的和现实的社会、人文环境紧密相关。其中陈季同、林纾与台湾有直接的关系，严复引进的进化论等西方思潮对台湾文学作者有一定的影响；辜鸿铭也曾短期赴台游学讲演，且其特异的思想意识和生命情态，在台湾不无与之相似者。[2] 这是因为台湾文人赖以成长的社会、人文环境，本来就与福建有很多相似之处。

陈季同（1851～1905），字敬如，福建侯官人，自小聪颖，读书一目数行。同治间，肄业于船政前学堂，习法文，选为翻译。朝议拟派使驻西洋各国，先遣人往探，众皆惮风涛，独季同请行，遂游历英、法、德、奥四国，后又多次充当外派官员之"舌人"，自兼习英、德、罗马、拉丁各种文字，并升驻德、驻法参赞，代理驻法公使兼比、奥、丹、荷四国参赞。又曾以法文译中国礼教并聊斋志异等书刊于巴黎。王松《台阳诗话》称："季同尝游历西洋，深悉外务；刘省三治台时，延为幕宾，凡与洋人交涉皆任之。"[3] 乙未割台时，陈季同正在台任职，于唐景崧离台返回大陆后，他率驾时、斯美等四轮船赴两江呈缴。在此前后，季同还协助李鸿章办理洋务，在治水、理财等方面时有卓见。[4]

---

[1]　施琼芳：《石兰山馆遗稿》，《台湾先贤诗文集汇刊》，台北：龙文出版社 1992 年重印版，第 443 页。

[2]　参见连横：《雅堂文集》，《台湾先贤集》（八），台北：台湾中华书局 1971 年版，第 4988 页。

[3]　王松：《台阳诗话》，《台湾文献丛刊》第 34 种，"台银"1959 年版，第 55 页。

[4]　摘录自陈衍：《福建通志列传选》，《台湾文献丛刊》第 195 种，"台银"1964 年版，第 303～307 页。

陈季同较早接触西方,具有世界性的眼光,对于西方文明有相当的了解,因此对国内事务持改革派(陈季同称之为"民主派")立场。他写道:"在实际政治事务中,我们也存在着民主派和保守派。一些人总是守着本朝的古老传统,根本不愿向革新精神作任何让步……我们的民主派认为他们正在按照民众可能有所收益的方式推动着人民大众的利益。……这些民主派人士都承认这样一个原则,有利于民众的就是好的。在许多情况下,他们不会以慎重为由反对改革,而保守派则认为旧的秩序神圣不可侵犯。"①

陈季同对于文学也持开放的态度。他曾对曾朴说:"我们现在要勉力的,第一不要局于一国的文学,嚣然自足,该推扩而参加世界的文学……入手方法,先要去隔膜,免误会。要去隔膜,非提倡大规模的翻译不可,不但他们的名作要多译进来,我们的重要作品,也须全译出去。要免误会,非把我们文学上相传的习惯改革不可,不但成见要破除,连方式都要变换,以求一致。然要实现这两种主义的总关键,却全在乎多读他们的书。"② 后来的辜鸿铭和林纾,正分别承担了将中国的文学作品"译出去"和将外国文学作品"译进来"的任务。而关于改革旧有习惯的说法,已见文学革命的端倪。

然而,陈季同又对中国的传统怀有深厚的感情。如同辜鸿铭发出"我不知西人之学,亦无以知吾周孔之道之大且极矣"③ 的议论一样,陈季同宣称:"对现代文明了解得越多,我就越爱我们中国古老的制度,因为只有它真正实现了其所允诺的东西——和平与平等。"④ 在其《中国人自画像》、《中国人的娱乐》等著作中,他不无自豪地向西方人介绍中国的传统文化,为当时中国的社会习俗和制度(甚至包括父母包办婚姻、纳妾、科举制度等)加以辩护,流露出对中国传统文化的倾心和热爱。

林纾(1852～1924),字琴南,号畏庐,福建闽县人。他出身贫寒,父亲因办理盐务,船触礁沉没,赔尽家财,只身前往台湾谋生。1867 年至 1869 年和 1878 年 10 月至同年岁暮,林纾曾两度寓台。第一次 16 岁时,林纾到台湾探

---

① 陈季同:《中国人自画像》,贵阳:贵州人民出版社 1998 年版,第 52～53 页。
② 《曾朴谈陈季同》,陈季同《中国人自画像》第 307 页。
③ 辜鸿铭:《读易草堂文集·广学解》,黄兴涛等译《辜鸿铭文集》(下),海南出版社 1996 年版,第 233 页。
④ 陈季同:《中国人自画像》,第 48 页。

望父亲,并协助父亲经商,18 岁返回福州结婚。第二年父亲病重辞世,林纾从此挑起家庭重担。台湾的经历似乎给林纾留下了深刻的印象。他的小品、小说中,不乏写台湾事情的,如《牛三》、《请旌有夫节妇》、《蓝鹿洲先生》、《台湾蛊毒》、《阿脂》、《腰杆》等。1914 年《贺林尔嘉四十寿辰》一诗中,还提到了"四十年前过板桥"的事情。

作为福州人,林纾有着鲜明的闽人性格和气质。如从小立大志,苦读圣贤书,外祖母所谓"孺子不患无美食,而患无大志"的教导,让林纾永铭在心。而小时在叔父箱子里发现的《毛诗》、《尚书》、《左传》、《史记》等,更使他沉迷其中,手不释卷,甚至以"读书则生,不则入棺"为座右铭。这为林纾打下了坚实的中国传统文化的基础。林纾的启蒙老师薛则柯那满腹经纶、落魄穷困却不媚权贵、绝意官场的耿介、傲岸品格,也对林纾有深刻影响。此外,林纾狂放不羁,我行我素,不拘小节,疾恶如仇,却极重义气,对朋友忠贞不贰,一诺千金等,也极富闽人的个性特征。

林纾有此性格,又生活于中国内忧外患、动荡变革的时代,其家乡福建在这一时代变革中首当其冲,因此必然对民族前途命运多所思考。马江战役我国海军惨败,林纾和好友周莘仲拟好状词,英勇无畏地在钦差大臣左宗棠马前拦路递状,上告当时主持军务者谎报军情、掩盖真相。其友人兴化知府张僖称:"畏庐,忠孝人也,为文出之血性。光绪甲申之变,有诗百余首,类少陵天宝乱离之作。逾年,则尽焚之。"[1] 甲午战争后,时在北京的林纾与乡人陈衍等,向朝廷上书,抗议日本侵占我领土。他常与友人聚会,每议论中外事,慨叹不能自已,于是仿照白居易,以浅显直白的形式,写下 32 首新乐府,并一改以前藏之箧中的谨慎,将它们付梓,成为林纾正式出版的处女集。这些新乐府既有忧国忧民、启发民智、变法维新、救亡图存、突破传统旧观念的思想内涵,甚至在艺术形式上也为后来文学革命时期的白话诗开了先河。如自注为"激士气也"的《国仇》具有较宽广的国际视野,看出西方列强和日本联手瓜分中国的图谋,将波兰、印度作为前车之鉴,这与时人不满日本,却对西方列强存有幻想,可说高出一筹。又有《渴睡汉》,主旨在批评中国官员自高

---

[1]　张僖:《畏庐文集序》,林纾《畏庐文集》,《民国丛书》第四编第 94 册,上海书店 1992 年版,第 1 页。

自大,故步自封,说明不应闭关自守,对于西方好的东西,如先进的科学技术,也应加以学习,才能自强自立。诗中写道:

> 渴睡汉,何时醒?王道不外衷人情……奈何大老官,一谈外国先冲冠!……我闻西人外交礼数多,一涉国事争分毫。华人只争身份大,铸铁为墙界中外。挑衅无非在自高,自高不计公家害。……若果赵家能自强,汴梁岂受金人踏?……奉告理学人,不必区彝夏。苟利我国家,何妨礼貌姑为下。西人谋国事事精,兵制尤堪为法程。国中我自宗王道,参之西法应更好。我徒守旧彼日新,胁我多端气莫伸……

又有《兴女学》一诗,对比了西方和中国在女子教育方面的差异,指出女子受教育乃关系着子女的素质和国家的盛衰。中国传统观念轻视妇女及其教育,将造成极其不良的后果。而西方在这方面,有其可资借鉴之处。这首诗或许可与林纾的短篇文言小说《谢兰言》合起来阅读。小说描写的是台湾兵备道韩元化的独生子韩子羽与广东富商之女谢兰言两位出洋留学生自由恋爱的故事。小说塑造了得风气之先,走在时代前列,率先接受西方文化,懂得尊重异性的人物形象,特别是热情活泼而又稳重矜持的女留学生的形象。而他们的出现,与闽粤台等地率先受到欧风美雨的吹拂有关。根据小说中"时台湾新辟埠"以及提到1866年设立的马江船局等语,知此事大约发生于19世纪60年代末,正值林纾首度寓台时,当时就听到此故事,几十年后才写成小说,可见其印象之深。或者说,林纾当时在台湾,就已注意到留学西洋以及女子就学等事,并持认同的态度,后来维新变法时,更有了"兴女学"的疾呼和"群贤海上真先觉"(《兴女学》中的诗句)的感叹。

当然,林纾最大的贡献在于至少翻译了英、美、法、俄、德、日、比利时、瑞士、希腊、西班牙、挪威等11个国家98位作家的163种作品(未包括未刊作品)。林纾译书的动因,和当时中国先进的知识分子一样,是向西方国家寻找先进的精神武器。他称:"恨余无学,不能著书,以勉我国人,则但有多译西产英雄之外传,俾吾种亦去其偦敝之习,追蹑于猛敌之后,老怀其以此少慰乎!"[1] 对于欧西文化推重人的自然情感之特色的敏锐艺术感知和倾心,使

---

[1] 林纾:《剑底鸳鸯·序》,林薇选注《林纾选集》(文诗词卷),成都:四川人民出版社1988年版,第192页。

他超越了他所信奉的程朱理学,翻译了像《茶花女》这样未必符合儒家伦理道德的言情小说。由此可知,林纾在中国近代文化变革中,也曾站在时代潮流的前列。而这与他身为闽人,有较多的机会接触外来文化信息有关。

然而众所周知,到了五四新文化运动时期,林纾却成了"封建复古派"的代表,迂腐的卫道老人。他指斥新文化阵营"覆孔孟,铲伦常",破坏礼法、国粹等等。论者指出:"尽管林纾在变法维新的意识上是充满活力的,但就其所承担的文化源流来看,却没有随着时代运动本身发生明显的变化,他所尊奉的依然是程朱理学。……他是在恢复和维护正统的前提下抨击时弊的,而并非想彻底抛弃自己所尊崇的既成经典规范。"[①]

严复（1854～1921）,字又陵,又字几道,福建侯官人。严复由于翻译《天演论》,鼓吹自强保种,而有"近代中国思想界的盗火者"之称。严复自幼诵读中国的经书典籍,打下深厚的国学根底;又因家贫13岁便考入福州船政学堂,学习英文、算术、几何、代数、三角、微积分、电磁学、光学、音学、化学、地质学、天文学、航海术等众多西方近代自然科学课程,毕业后上"扬武"号军舰实习五年,其间更经历了1874年日本出兵台湾事件,目睹日本以"区区岛夷"藐视中华的现实,自然对"船坚炮利"深有体会,并受到从船政学堂起就浸渍其中的"强兵御侮"、"借法自强"等思想氛围的强烈熏染。25岁时,严复作为清政府派出的第二批留学生,赴英留学近三年,除了英文和西方近代海军知识外,还广泛阅读了西方哲学、政治、经济、法律、社会学等著作,对西学"黜伪崇真"的求真实用、政法"屈私为公"的求公利众,以及中西国民素质在智、德、力上的差别有深刻的印象。[②] 正是这种认知,使严复能在当时中国士大夫看到的只是西方"坚甲利兵"、"声光化电",国内的普遍论调不外是"中学为体,西学为用"的情况下,独辟蹊径,转而翻译介绍西方的政治经济等学术思想和学说,为国人打开了思想启蒙的大门。

尽管中国的存立、富强仍是严复至死不移的追求,但从戊戌政变后,其思想逐渐趋于保守。1913年,严复带头发起组织孔教会,推崇四书五经、孔孟之道,提倡读经,抨击卢梭《民约》"其本源谬也",宣称"拟草《民约平议》一

① 冯奇:《林纾》,北京:中国文史出版社1998年版,第11页。
② 黄顺力:《严复与辜鸿铭文化心态的比较》,《严复与中国近代化学术研讨会论文集》,福州:海峡文艺出版社1998年版,第225～229页。

通,以药社会之迷信"①。政治上,他成为拥立袁世凯之"筹安会"成员,对五四运动也极为反感。晚年他称:"老夫年将七十,暮年观道,十之八九殆与前不同。以为吾国旧法断断不可厚非。"他临终有遗嘱:"中国必不灭,旧法可损益,而必不可叛。"②

三、连雅堂等台湾文人的革新倾向和传统情结

从陈季同、林纾、辜鸿铭到严复,都是在精通西学的情况下,坚持或回归中国的传统文化。这当然不是偶然的。它既是当时的时代潮流、国家处境等大环境所致,但也与福建特殊的人文环境和民性特征不无关系,否则就很难解释为何这些人物都是福建人。值得注意的是,在台湾也可看到类似的情况。这自然是台湾和福建的密切的文化亲缘所决定的。同时不可否认的,台湾和福建又有若干区别。比如,由于台湾处于异族的殖民统治下,其对于中国文化传统的保存和坚持也就具有某种特殊的意义。

首先,台湾在西潮袭来时,也是得风气之先的地区之一。王松《台阳诗话》这样介绍新竹诗人郑家珍:"自少好读近世译本,精于术数之学。乙未,避地入闽,从学者众,皆游泮而归;谱弟篯盘亦出其门。在泉有年,造就良多,当道推其算术为八闽第一。有英儒某氏闻其名,欲往试之,互相运算,竟被所屈。由是名益噪,遐迩莫不知其名者。"③又有王元稚,福建闽县人,以试文受知于船政大臣沈葆桢,乃上书陈时务,得沈激赏,召为船政前后学监督,沈葆桢之子沈瑜庆即出其门下。1877年9月,王元稚应台湾道夏献纶之聘赴台,受命纂校《日本窥台始末》、《抚番纪略》、《全台舆图说略》等,后长期在台湾担任教职。乙未被迫离台内渡后,于1896年12月不顾日人禁令,再返台北,"在台北谦裕行攻算学代数术,晨夕弗辍,竟能通之"④。他在福建出版的《无暇逸斋丛书》中,就有《说算》、《算学四种》等。可见,王元稚属于较早接受近代科学的文人,他长期在闽台两地任教,应对两地的学子接触科学有

① 严复致熊纯如书札,王栻主编:《严复集》第二册,北京:中华书局1986年版,第333页。
② 严家理:《严复先生及其家庭》,《福建文史资料》第五辑,福州:福建人民出版社1981年版,第88页。
③ 王松:《台阳诗话》,《台湾文献丛刊》第34种,"台银"1959年版,第11页。
④ 王元稚:《夜雨灯前录·续录》,转引自汪毅夫《台湾近代诗人在福建》,台北:幼狮文化事业公司1998年版,第79页。

一定的启发作用。至于王松本人,也因"读书即以经世为务,穷究博览于中外之籍"(邱菽园语)而有较宽阔的视野,对国际形势、台湾战略地位、外国入侵有较清醒的认识。海澄邱菽园为《台阳诗话》所作序言《赠王友竹处士序》中写道:"迨岁甲申,法舰猝扰台、澎,终未得逞,草草议款而罢。时乃告其乡人曰:'吾辈毋以目前之役而喜也。台地孤悬海中,材木、矿山久闻于外,譬之积薪可以召焚如,慢藏可以诲大盗。乃观之今,其君子多昧曲突徙薪之义,其小人尚为幕燕堂雀之嬉。隐忧所伏,正未易销。十年之后,人其念哉!' 及甲午,中东和议,果以要割全台,争之不胜;众咸服其先见。"[①]

此外,像施士洁的《法兰西国大革命歌》,写了他阅读世界历史后的感想。作者承认这种阅读对开阔视野的作用:"老民蛛隐心太平,未读西史犹孩婴";读了之后,则对西方政治经济等各种学术思想和社会制度多有了解,并可以史为鉴。施士洁甚至从严复所译《天演论》中的"合群"之说中获得启发,促使晋江施氏宗族由分裂争斗转化为整合认同。[②] 又如,许南英于1903年至1904年间于阳春任知县半年即调署阳江,调离时作《留别阳春绅士》六首。从诗中可见许南英当时颇受新思潮影响,倾向于学习西洋新法,改革图强。其第三首对当地人因观念保守而未开采丰富之地矿表示惋惜;第五首中,作者对中国、亚洲日渐落后于西方充满忧虑,呼吁学界改良,自强保种。1909年所作《台感》中,则有"天演例原优者胜"之句;《秋怀八首和邱仙根工部原韵》中有"黄种近编新宪法,青年待起自强军。暮笳晓角何悲壮,爱国歌声动地闻"的诗句,对革新自强、卫国保种行动加以赞颂。后来许地山在《窥园先生诗传》中说他父亲当时"对于新学追求甚力,凡当时报章杂志,都用心去读;凡关于政治和世界大势的论文,先生尤有体会的能力……他的诗中用了很多当时的新名词,并且时时流露他对于国家前途的忧虑,足以知道他是个富于时代意识的诗人"[③]。

然而,和福建文人相似,台湾文人最终往往又转向对传统的坚持。这里不妨首先以洪弃生为例。处身闽台区域中,洪弃生较早就接触到西方先进的科

---

① 王松:《台阳诗话》,第5～6页。
② 参见汪毅夫《近代台湾文人在福建》,台北:幼狮文化事业公司1998年版,第118页。
③ 许赞堃:《窥园先生诗传》,许南英《窥园留草》,台北:龙文出版社1992年重印版,第246页。

学技术,对于一些新事物如铁路、火车、电灯等,有着生动的描写。洪弃生并有《抚番策》、《防海论》、《筹海议》等文,说明他亦注意经世致用。前者提出抚番之道。《筹海议》分析俄、英、法等西方列强以及日本对中国的威胁,提出筹措海防的必要性,特别是闽台相互支援的战术思想。《防海论》更针对清朝官员只知防山、不谙防海的缺失,从国际格局、时代变化的角度,对闽台加强海防的必要性加以论析。

不过洪弃生和陈季同、严复、林纾等相似,在对西方先进的科学技术有所了解之后,却反过来对中华传统情有独钟。强烈的民族意识,使他不相信也不愿承认中国已经老朽,他写道:“不信万年太古邦,一旦龙钟便老朽。”(《闻东西战事感赋》)《留声器》一诗透露了作者对西洋的新事物又感新奇、又存戒心的情形。作者先描述了留声器的神奇功用,然而,诗人对此并不倾服。首先,他认为类似的奇巧之器中国古已有之,并不必靠外国的输入,而西洋的东西往往不过是雕虫小技,有它的局限性,不如中国之传统的事物。甚至西洋的语言,也是粗疏鄙拙,难以表达精义,不似中国文字,数千年后仍能绘声绘影,将其声容笑貌流传、保存下来。可以看到,闽台人士较早接触西方“声光化电”新事物,但也对本国传统文化怀有深厚的感情。这和陈季同一再向西方人说明中国文化(其中也包括语言文字)的优点是十分相似的。

此后,关于“中法”和“西法”、传统和创新之间的关系,不断地成为洪弃生思考的焦点之一。他倾向于保存民族的固有传统,但不是一味地死守,而是在传统的基础上求创造,其关键就在“求实”,不追求一些表面的奇巧,否则,即使是学西洋,也照样趋于陈腐。他对当时盲目“用夷入夏”、步踵西洋而鄙弃传统的世风深感忧虑,写道:“时势变迁一至此,读书今已无种子;仁义道德等篷簵,粪土五经廿四史。吾儿闭门读典坟,吾与汝作羲皇人;世风不染欧、非、美,时事遽知魏、晋、秦!……汝幼读书慧眼悬,他时见异勿思迁!……吾家幸不随步趋,汝辈惟当安颂习!”[1]说明洪弃生和严复、林纾等相似,最终仍坚守着中华传统的立场。

---

[1]　洪弃生:《书次儿櫋十四岁所作史论后》,《寄鹤斋选集》,《台湾文献丛刊》第304种,“台银”1972年版,第344页。

连雅堂《剑花室诗集·外集之一》所收诗作，说明从乙未至辛亥这段期间内，作者所受新思潮影响，比洪弃生有过之而无不及。《读西史有感》中，有"登天早信非难事，缩地于今亦有方。一自杀蛙生电后，上天下地任翱翔"诗句，表现了对世界科学技术进步的关注。与洪弃生相比，连雅堂对西洋的学术思想和理论，有更多的吸收。其《读卢梭民约论》诗云："平生最爱卢梭子，民约思潮涌大球。革命已成专制死，文人笔战胜王侯。"此时对连雅堂触动最大的，是严复所译《天演论》中所传达的进化论思想和自强保种精神。《丙午除夕书感》写道：

> 六载混溟握笔权，又从鹭岛筑文坛。漫谈天演论成败，一例人生孰苦欢。君子乘时能豹变，英雄末路且龙蟠。年华如水心如火，弹指风光岁已阑。

诗似写于1907年年初，早几年连雅堂从大陆返台后曾担任《台澎日报》社汉文部主笔，工作之余，他学习了日文，阅读了日本维新史，接触了海外革命、维新两派的理论，并曾到厦门、福州等地，考察当时国内形势。1905年日俄战争期间，连横携眷渡厦，与人创办了《福建日日新闻》，此即所谓"六载混溟握笔权，又从鹭岛筑文坛"。所办报纸由于鼓吹反满，得到南洋同盟会赞赏，引为同道，曾派闽人林竹痴来厦，商议将报纸改为同盟会机关报，后因报馆被清政府关闭，连横才被迫返回台南。在厦门，连横还写有《留别林景商》一诗，其中有诗句云："合群作气挽洪钧，保种兴王起劫尘。我辈头颅原不惜，共磨热力事维新。"表达了团结一致，力促维新，以保民族生存的决心。又有《作客鹭江，次庄仲渔旅次题壁》一诗，除了接受"尘尘世界无公理，民族生存日竞争"的进化论观念外，并表示了要走在时代的前列，率先接受新思潮、新观念的意愿。

1904年4月10日，连横于厦门《鹭江报》旬刊第61册上发表《惜别吟诗集序》，表达其对女权运动的看法。文中写道：

> 台南连横归自三山，留滞鹭门，访林景商观察于怡园，纵谈人权新说，尤以实行男女平等为义。酒酣气壮，景商出诗稿一卷，云为榕东女士苏宝玉所著，其身世详于乃兄幹宝序中。连横读竟而叹曰：中国女权不振，一至于此钦！三纲谬说，锢蔽人心；道德革命，何时出现？……晚近士夫，倡言保种，推原于女学不昌，是诚然矣！是诚然矣！……宝玉生于寒门，

明诗习礼,因父醉语,误适非人,时年犹未笄也。向使女权昌炽,人各自由……何至含苦难言,寄托于吟咏间,自写其抑郁牢骚之气?……余不为宝玉责,而特罪夫创'父为子纲,夫为妻纲'者之流毒至此也。同此体魄,同此灵魂,男女岂殊种哉?而扶阳抑阴者,谓女子从人者也,奴隶待,牛马畜,生死荣辱,仰息他人,莫敢一破其网牢。若曰此女诚也!此妇道也!……近者中原志女,大兴妇风,设女学、开女会、演女报者接踵而起,宝玉丁此时势,埋没于荒陬僻壤,不获与吴撷芬、张竹君、薛素琴辈把臂其间,宝玉诚不幸矣!犹幸其能以诗传也。呜呼!中原板荡,国权废失,欲求国国之平等,先求君民之平等;欲求君民之平等,先求男女之平等。洒笔书此,以告景商,并以质天下之有心人也。

文末注明壬寅冬十月望日"书于鼓浪洞天之下"。连雅堂在1902年就对"父为子纲,夫为妻纲"的封建伦理大声挞伐,并将其当做追求国家之间平等的基础,如果放到十多年后的新文化运动中,也并不逊色,由此可知其走在时代之前列,同时也令人想起林纾的《兴女学》、《谢兰言》等作品。

连雅堂对我国以儒家为本之文化及其脱离实际、空谈性理之弊端有深刻的反省和揭示,对西方近代以来科学技术发展较快的原因有所认识,并表达了学习的愿望。不过,连雅堂并没有一味地尊崇西洋,而是反过身来寻找中国固有文明中有价值的东西,特别是有关精神和物质如车之两轮,不可偏废的看法,颇为深刻。他写了《印版考》、《自来水考》、《留声器考》等文,旨在考证、说明这些近来从西洋传入的技术和产品,其实中国"古已有之"。在《东西科学考证》(讲演稿)中,连雅堂讲道:

夫世界有两大文明:一曰东洋文明,一曰西洋文明。近时人士,或以东洋文明为精神的,西洋文明为物质的;鄙意不然,精神之外亦有物质,物质之外亦有精神。不过东洋较重精神而轻物质,西洋则较重物质而轻精神。此固社会历史之趋势,有不期然而然者。东洋学说以孔子为宗,而孔子以正心、修身、齐家、治国、平天下为主义,不言物质。老子之无为,庄子之自然,墨子之节俭,对于物质皆排斥之。而西洋为个人主义,是以罗梭之自由,边沁之功利,康德之幸福,斯宾塞之优胜劣败,多趋重物质。此其所以异也。夫西洋物质之发达,至今盛矣。所以者何?则以科学之进步,而致用益大。"

然而作者认为：“东洋非无科学”，于是继续从中国旧籍中寻找“古已有之”的根据，如天文学，地圆之说，进化论，数学、电光力化和制造之术，医学，飞行之术，火药，等等。接着，连雅堂探讨了中国的科学日渐衰颓，西洋的科学日渐兴盛的原因：其一，中国人性能创造，而不能继续，且不喜改良；其二，中国学术以孔子为宗，而孔子以天下为本，多谈性理，重文章，遂相率而趋于无用。西洋则不然，一人创之，则众人效之，一人不成，则众人成之，互相研究，互相竞争，以期达于至善至美之域。作者最后说道：

> 唯我台湾当此新旧递嬗之时，东西文明汇合若一，我台人当大其眼孔，劳其心思，凭其毅力，求其学问，采彼之长，补我之短，以发皇固有之科学，或且凌过西人，则不佞所期望也。至于精神、物质两方面，如车两轮，不可偏废，愿与座上诸君各起而振兴之。①

从这里可以知道，尽管连雅堂接受了西方学术思想的影响，也曾走在时代的前列，但他并不鄙薄传统。到了 20 世纪 20 年代台湾新文学兴起时，连雅堂作为传统文人，被视为新文学的“绊脚石”，其遭遇同样与严复、林纾等人不无类似之处。

无论是福建籍的陈季同、林纾、严复、辜鸿铭，或是来自台湾的连雅堂、洪弃生、施士洁、许南英、丘逢甲等，他们的共同特点是率先接触、接受了西方文化，大多锐意革新，曾走在时代的前列；然而他们又都未曾摈弃中国固有传统，特别是后来，都有趋于保守的倾向，甚至成为新文化运动的对立面。这种现象显然并非偶然。首先，它植根于闽台人士根深蒂固的传统性格，以及在近代异族入侵中首当其冲的历史际遇中。转趋保守的严复在《读经当积极提倡》中写道：“大凡一国存立，必以其国性为之基。国性国各不同，而皆成于特别之教化，往往经数千年之渐摩浸渍，而后大著。但使国性长存，则虽被他种之制服，其国其天下尚非真亡。……独若美之墨西、秘鲁，欧之希腊、罗马，亚之印度，非之埃及，时移世界，旧之声明文物，斩然无余。夷考其国，虽未易主，盖已真亡。”“中国之特别国性，所赖以结合二十二行省，五大民族于以成今日庄严之民国，以特立于五洲之中，不若罗马、希腊、波斯各天下之云

---

① 连横：《东西科学考证》，《雅堂文集》，《台湾文献丛刊》第 208 种，“台银”1964 年版，第23 页。

散烟消,泯然俱亡者,岂非恃孔子之教化为之耶!"① 这种"但使国性长存,则虽被他种之制服,其国其天下尚非真亡"的思想,对于沦于日本殖民者铁蹄之下的台湾同胞来说,是最为感同身受、能够引起强烈共鸣的。这或可解释为何台湾文人将中华文化的存续看得如此的重要! 也可理解诸如"击钵吟"这样看起来十分迂腐、无聊,却在台湾文人中"生生不息"的游戏,其中所包含的深沉含义。总之,强烈的民族精神是闽台人士很难接受"全盘西化"之类的主张,表现出坚守传统的较为保守的文化性格的重要原因。

　　其次,从洋务到维新等中国近代改革运动,在闽台都有较长时间、较大力度的施行,其利弊缺陷,也有较明显的暴露,并为人们所感受和认知。这或许也是闽台人士趋于保守的原因之一。辜鸿铭就曾批评洋务派大臣"但论功利而不论气节"、"但论才能而不论人品"②;指出他们操纵国家大权,假公肥私,口头上为了国家,实际上只考虑怎样从办洋务中捞油水,洋务运动成为许多官僚借以发财的机会。辜鸿铭还批评地方督抚各拥兵自重,"将士各为其领兵统帅,临阵必至彼此不相顾救","中国未经外人瓜分,而固已瓜分矣"③,为此他认为在此中国危乱之世,首要任务是坚持仁义之道以重振纲纪。无独有偶,丘逢甲为丘炜萲《菽园赘谈》所作序文,别出心裁地就"赘"字加以发挥,矛头也对准了中国近代变革中产生的一些弊端。他写道:

　　　　当今天下而谈"赘",则又何者非"赘"? 三公九卿,翊天子治天下者也;今知政者,仅权要数人,其他虽和战大事,若罔闻焉,则大臣"赘"。……中土,吾土也,而公地焉,租界焉,捕房焉,船坞焉,矿地焉,山藏江堑,不敢自闬,环起要挟,予取予携,盖恫喝所加,无求而不得也,则主权"赘"。平等立约,与国所同也,独至吾国不能从同;如商如民,吾旅彼土,彼能治之,彼旅吾土,吾不能治也……条焉约焉,届时而修,只益彼而吾愈损,则约章"赘"。征税,吾自有之权也。而若或限焉,且非客卿,若即不能集事,则关政"赘"。讲制造者,历年成世,若人若物,仍事借材。言式,则我旧而人新;言用,则人利而我钝。糜以巨款,而但益虚费也……新募之器,固未得整齐以理也。乃以陆职,而只资盘踞也,则船政"赘"。陆师

①　严复:《读经当积极提倡》,王栻主编《严复集》第二册,北京:中华书局1986年版,第330页。
②　辜鸿铭:《张文襄幕府纪闻·清流党》,《辜鸿铭文集》,长沙:岳麓书社1985年版,第8页。
③　辜鸿铭:《张文襄幕府纪闻·夷狄之有君》,《辜鸿铭文集》,第33页。

步伐,犹拾人唾,而不克自将用长;海军甲船炮艇,不以游历保商民,而以迎送奉大吏。南军北军,畸而不联,仓卒遇战,陆溃而海亦败,或树降幡焉。用是,重为天下傻笑,则兵政亦"赘"。……是故,今日而不谈"赘"则已,今日而谈"赘",固天下有心人所同痛哭流涕长太息而不能已者也!……①

从文中可看出,丘逢甲对于主权、民主等概念以及船政、兵政等近代科技的新事物,有了相当的了解,但他却从中敏锐地感受到了某些弊端,认识到中国单纯进行物质层面的"近代化",并无法摆脱西方列强的欺凌,特别是拾人唾余,步人脚踵,人新而我旧,人利而我钝,永远无法走上富强之路。这种认识与固有的民族意识和传统文化修养相叠加,使他们对西方思潮和文化存在着严重的戒心,难以完全认同,进而采取对抗的姿态,也是很自然的。

第四节　闽台诗坛唐宋诗风的起伏消长

一、福建诗坛与"唐宋之争"

要较完整地勾勒闽台文学之间的亲缘关系,除了社会文化方面的联系之外,也应从美学内部的传承关系着眼。从明至清的数百年间,贯穿整个华夏文坛的,是所谓"唐宋之争",亦即"宗唐"或"祖宋"之争。诸多诗歌流派、文学理论,都因之而起,围绕着它展开。到了清代,文人们开始跨越壁垒分明的唐宋鸿沟,不再像明代文人那样耽溺于彼此攻讦的门户之争,而是将注意力集中在对唐诗和宋诗两种艺术美及其创作规律的探索上,所谓唐宋之别,往往只是诗人缘于其禀赋、兴趣、诗学渊源等的对于不同类型艺术美的追求。不过,在清初诗坛上还是出现了以钱谦益为代表的"宗宋"和以吴伟业(梅村)为代表的"宗唐"两大派别。对于闽台而言,无论是已有千余年发达史的福建文学,或是到了明郑清初才真正发端并初具规模的台湾文学,都是在整个华夏文学的大背景下发生的,因此也必然与此"唐宋之争"脱不了干系。

---

① 丘逢甲:《菽园赘谈序》,广东丘逢甲研究会编著《丘逢甲集》,长沙:岳麓书社 2001 年版,第 764～765 页。

要探究台湾文学与福建文学乃至整个中国文学的美学传承关系,从"宗唐"和"宗宋"这一角度入手,是必要和合适的。

明代华夏诗坛的"唐宋之争",和福建实有密不可分的关系,其发端至少应上溯自福建邵武人严羽的《沧浪诗话》。严羽,字仪卿,一字丹丘,自号沧浪逋客,为南宋末年最著名的文学批评家和诗人。《沧浪诗话》被视为宋诗话的压卷之作,其特点,在于以禅喻诗,提出"妙悟"说、"兴趣"说、"入神"说等,并以此作为评鉴作品的标准。其论诗主盛唐,推李、杜,宣称"以汉、魏、盛唐为师,不作开元、天宝以下人物"。他认为宋诗的弊端,就在"以文字为诗,以才学为诗,以议论为诗""多务使事,不问兴致,用字必有来历,押韵必有出处,读之反复终篇,不知着到何在"。为救宋诗之弊,他提出诗道如禅道,关键不在学力的高下,而在要有"妙悟"和"兴趣":

> 夫诗有别材,非关书也;诗有别趣,非关理也。然非多读书,多穷理,则不能极其至。所谓不涉理路,不落言筌者,上也。诗者,吟咏情性也。盛唐诸人惟在兴趣,羚羊挂角,无迹可求。故其妙处透彻玲珑,不可凑泊,如空中之音,相中之色,水中之月,镜中之象,言有尽而意无穷。①

严羽的理论在福建文坛引起强烈反响并有着深远的影响。它很快传入建安,魏庆之将之大量采入《诗人玉屑》。元明之际,福建一些名诗人,如张以宁、蓝仁、蓝智,都具有学唐、摹唐、"入唐"的倾向。到了明朝初年,以林鸿为首的"闽中诗派"(又称"闽中十才子"、"晋安诗派"等)崛起,更专以盛唐为号召,开明初尊唐之风气。"闽中十才子"之一的高棅(福建长乐人)选编的《唐诗品汇》90卷,拾遗10卷,内收620位作者的5769首唐诗,并创立将唐诗发展分为初、盛、中、晚四个时期的"四唐说",对诗坛的尊唐之风起了推波助澜的作用。闽中诗派可说开了"文必秦汉,诗必盛唐"的前后七子之先声。此后虽有湖北之公安、竟陵等唱出反调,但闽中诗人仍固守藩篱。清初朱彝尊在其《静志居诗话》中称:明诗三百年凡八变,"独闽、粤风气,始终不易。闽自十才子后,惟少谷小变,而高、傅之外,寥寥寡和。若曹能始、谢在杭、徐惟和辈,犹然十才子调也……能始与公安、竟陵往还唱和,而能翛然不淬,尤人所难。"晚清闽人谢章铤《〈论诗绝句三十首〉序》亦称:"继郑少谷

---

①　严羽著、郭绍虞校释:《沧浪诗话校释》,北京:人民文学出版社1983年版,第1、26页。

振杜陵之绪,曹石仓有盛唐之音,不绌于王、李,不染于钟、谭,风气屡变,而闽诗弗更。"① 由此可知宗唐之风在明代闽文坛根深蒂固,难以更易。

不过到了明末清初,福建诗风终于面临着重要的转折点。早在万历年间,谢肇淛、曹学佺等复振闽中风雅时,连江的陈第、同安的蔡复一等,就对闽中诗派表示强烈的不满。南明时期的黄道周,已入"生涩奥衍"一派,"语必惊人,字忌习见"②,渐开闽人学宋法门。清初,长汀黎士弘、泉州丁炜、福州张远,大变闽地诗风,别开生面,卓然拔出闽派之外。其他如孟超然、林云铭、陈梦雷、李光地、林麟焻等,亦复不落闽派窠臼。张远(1648~1722)在《〈张恫臣诗〉序》中写道:"夫闽海之偏僻壤也,山高峭而川清冽。其风俗尚气节,其为诗宜乎奇峭而秀异矣";自严沧浪、林子羽、高廷礼等先后继起,"倡为盛中晚之说,遂习以成风,逮《晋安风雅》书成而闽风浸弱矣。后之作者。袭其肤浅浮泛之词如出一律,自束其性情,以步趋唐人之余响,其不振也宜哉!"点出了闽诗陈陈相因之积弊及渐趋萎靡不振的原因。张远论诗不主一家,反对寄人篱下,虽没有明确打出学宋旗帜,但他薪向杜、韩而上溯谢灵运,下追苏轼,这正契合于后来近代宋诗派中所谓的"三元"(即南朝宋元嘉、唐元和、宋元祐)之说,可谓开启清代福建宋诗一派的先河。到了雍正、乾隆年间,郑方坤、郑方城兄弟力攻严羽"诗非关学"之非。方坤之诗,由明十子之调转而学宋,论诗推崇韩、苏,其理论则为乾、嘉、道之际闽省大儒陈寿祺所继承和发扬。陈寿祺长期主讲泉州清源书院、福州鳌峰书院,学生遍及八闽,影响巨大,如林昌彝即他的学生。因此,以陈寿祺为代表的乾嘉时期学人之诗的理论和实践,对近代宋诗派在福建的兴起,有着极大的促进作用和密切的关系。此外,历经康、雍、乾三朝,被称为清初至清中叶闽地最重要诗人的黄任,为明遗民诗人许友的外孙,知名的风土杂咏诗人许遇之甥。他一方面继承清初王士禛、许遇讲神韵汰尘俗的特色;另一方面在雍正、乾隆间闽人力攻严羽"诗非关学"命题的氛围中,也沾染了以学问为诗的味道。③

到了近代,福建诗坛的宗宋风气更呈一时之盛。著有《射鹰楼诗话》的

① 转引自陈庆元:《福建文学发展史》,福州:福建教育出版社1996年版,第335页。
② 汪国垣:《方湖类稿·近代诗派与地域》,沈文龙主编《中国近代史料丛刊续编》二九,台北:台湾文海出版社1973年版,第202页。
③ 陈庆元:《福建文学发展史》,第401、411、434、451~453页。

林昌彝，颇为重视学养、学识等在诗歌创作中的地位。他难以认同严羽的说法，称："严叟谓诗有别材，是矣；而谓诗非关学，则非也。谓诗有别趣，是矣，而谓非关理，亦非也。果如沧浪所论，则少陵何以读书破万卷耶？"（《射鹰楼诗话》卷五）又对袁景辂以"书"为医"俗"之良药，谓"苟能多读书，则身心间皆古气盘结，一切尘氛俗念哪有位置处"的说法，表示信服（卷二十一）。当然，林昌彝并不单纯强调"学问"，其诗论的核心，在于学问与性情之并重和结合。他主张不废性情，要求表达真情实感。他欣赏清乾嘉时期闽县的龚景瀚，称："先生论诗以性情、意味为本，有体格而无性情，有韵致而无意味者，先生所不取也。"（卷十九）而经学大师惠栋论诗既重学问又主性情，为林昌彝所肯定，于是引用钱竹汀所言："（惠栋）先生序吴企晋诗，谓诗之道有根底，有兴会。根底原于学问，兴会发于性情，二者兼之，始足称一大家。先生不多作诗，而此论极精当。"（卷十二）① 他菲薄袁枚，因其标榜性灵，失之空疏；他不满翁方纲，则因其专以学问为诗而欠性情。他的理想是将诗人与学人相结合。"这种见解可以说上承其师何绍基之说，下开清末闽派诗人如陈衍诸人之论。何绍基论诗也强调学问性情并重，而陈石遗（按：即陈衍）标榜的'同光体'，就直以学人之诗与诗人之诗结合为其标帜。"②

　　当然，近代福建诗坛中影响最大的应数陈衍、郑孝胥的所谓"同光体"。陈衍字叔伊，号石遗，福建侯官人，与沈葆桢、林则徐、林昌彝等有亲戚关系，从小攻读经书史籍及唐宋诗，20 余岁始治小学，并中为举人，曾入台湾巡抚刘铭传幕府和受湖广总督张之洞之聘，因此熟通经世致用之学，所译外国经济学著作，对中国的近代化颇多助益。中晚年执教于京师大学堂、厦门大学、暨南大学、无锡国学专修学校等。陈衍在诗学上主张兼纳唐宋，为此提出"三元"说，即视唐的开元、元和，宋的元祐三个时期为中国古代诗歌的三个高峰。此说虽似泯除唐宋界限，而实为宋诗张目，这是清末宋诗派大致一同的做法。他和从小过从甚密的同乡诗友郑孝胥将当时不专宗唐人的诗体戏称为"同光体"，而后这一名词广受承认，成为包括以陈三立为首的江西派、以陈衍为首的闽派、以沈曾植为首的浙派在内的近代宋诗运动的代名词，其篇

---

　　① 林昌彝著，王镇远、林虞生标点：《射鹰楼诗话》，上海古籍出版社 1988 年版，第 96、493、434、283 页。

　　② 王镇远、林虞生：《射鹰楼诗话·前言》，林昌彝《射鹰楼诗话》，第 5 页。

幅浩繁的《石遗室诗话》亦成为同光体的代表性论著。在其诗论中,陈衍上承林昌彝,"昌言学人之诗与诗人之诗合"①,认为"学人之诗"重在学问,其特点是"学有根柢";"诗人之诗"重在性情,其特点是"写景言情";无学问根柢的性灵派流于空疏,过分强调学问的肌理派殆同抄书,只有将二者合而为一,诗境方臻于完美。这些观点显然与林昌彝一脉相承。

由此可知,闽省从南宋到明代延续了数百年的深厚的"宗唐"传统,到了清代却出现转折,"宗宋"或不分唐界宋的文人、流派渐多,到了近代,甚至衍为主流。究其原因,一方面是新旧更替的文学内部发展规律的作用,另一方面,还和时代变迁紧密相关。论者指出:在中国诗歌史上,盛世则"宗唐",乱世则"宗宋",几成规律。每当国势弥昌,社会升平,百姓乐业,政通人和之际,诗坛多倡唐诗,标举"盛唐气象";而国祚衰危,内忧外患,民族矛盾、阶级矛盾日益激化,社会动荡混乱之时,诗人们往往推崇宋诗,多欲借助宋诗笔力以揭露现实,针砭时弊,抒爱国之心,发忧时伤乱之情。晚清时代,正是动乱多事之秋,帝国主义侵略者的铁蹄,踏碎了清贵族"闭关锁国"的美梦,中华大地不断掀起反帝反封建的革命浪潮。这个苦难的时代,给这个时期的诗歌和诗话染上了一层悲郁慷慨的色彩。宋人"以文为诗,以议论为诗"的创作笔法,"开口揽时事,议论争煌煌"的社会风尚,陆放翁、文天祥等爱国诗人和民族英雄的悲壮慷慨的诗歌格调和以身赴难的爱国热忱,不能不使身处忧患之中的近代诗人受到感奋,这时出现的宗宋倾向,正是强烈而鲜明的时代感的表现。②

二、"宗唐"与"宗宋"在台湾的传衍和交融

由于闽粤的汉族移民大规模地开发台湾,始于晚明(明郑)时期,盛于有清一代,因此台湾文学的发展,必然与明代和清代的福建文学发展脉络,有密不可分的关联。具体说来,一是台湾民众大多迁移自福建,当他们来到台湾时,就将固有的文学传承、家学渊源等,直接带到了台湾;二是台湾从书房、乡塾到县学、府学等各级学堂的塾师、教谕、教授,大多由福建文人担任,他们

---

①　钱仲联编校:《陈衍诗论合集·前言》,福州:福建人民出版社1999年版,第1页。

②　蔡镇楚:《中国诗话史》,长沙:湖南文艺出版社1988年版,第318~319页。

在教学过程中,必然会将福建文学传播到台湾;三是闽台两地文人往来十分频繁和密切,福建文人往往对台湾表现出格外的关切,他们的作品也常常在台湾广为流传。如陈寿祺、杨浚、陈衍等,都亲身到过台湾,或写过一些有关台湾的诗作;黄任的作品则流布台湾,家传户诵,"迄今三台词苑,几无不知有《香草笺》者"①。

如上所述,福建既有深厚的"宗唐"的传统,到清代又出现了强劲的"宗宋"的潮流。由于闽台之间的文学往来和传播是由不同时期、不同背景的人所从事的,这就使得台湾文学在"宗唐"或"宗宋"的脉络传承上,出现了比较复杂多样的情况。

台湾学者施懿琳在其博士论文中,曾就文献史料所能搜集到的古人或近人对清代台湾诗人风格之批评的资料,列出《诗风表》,将闽台文人之诗风特点一一揭示:

福建漳浦蓝鼎元,诗宗盛唐,"以韵语而论时事,深得少陵笔意";

台湾县黄佺,诗主中唐,"雅近元、白,性情独厚";

凤山县陈思敬,诗宗中唐、宋,"出语健拔幽峭似黄山谷,亦有元、白之自然平易";

建宁朱仕玠,诗本"诗、骚",博大富赡;

台湾县章甫,"律诗法度精严、波澜壮阔,古诗苍朴浑成,有古乐府遗意,绝句则出于六朝诸家";

竹堑林占梅,"其诗于中晚唐、宋人为近,于游览写怀为长,诗学香山、剑南,得其神似";

闽县林维丞,诗学晚唐,"工香奁";

淡水黄敬,诗本于晋,"得力于儒学,亦具老佛思想"、"源出陶潜,质而不俚";

彰化陈肇兴,诗宗盛唐,"其诗胎息于少陵"、"语多悲慨激壮,章法整齐完密,犹少陵之为诗史";

大龙峒陈维英,诗宗宋,"沉郁深婉,宁律不谐而不使句弱"、"寓意深

----

① 李渔叔:《鱼千里斋随笔》,转引自陈庆元《福建文学发展史》第435页。

刻,命辞清峭,有'奇涩'之感";

关渡曹敬,诗本于晋,"清峭雅澈,境界高远,有陶诗风格";

侯官杨浚,诗宗宋,"其诗深于功力,歌行犹沈厚,有宋儒风";

台湾县王汉秋,"诗近晚唐,芊绵清切";

竹堑郑如兰,诗宗晋和中唐,"专主性情,学陶、白";

台南施士洁,诗宗宋,"古体雄深雅健,有欧苏之长,近体取法范陆,得沉郁深婉之致";

苗栗丘逢甲,"诗近李白、苏轼,多哀凉悲壮,诗风矫健,七言奔逸绝尘,五言有沉郁之致";

福建安溪林鹤年,"确信唐音,火候周到,纯熟如白香山,亦宋欧阳之辈";

台中谢颂臣,诗宗宋,"初学剑南,后学樊南";

台南许南英,诗宗宋,"景仰苏黄,诗重白描,虽用典亦不偏僻";

蔡国琳诗宗盛唐,"措词宛转,寄托遥深";

鹿港洪弃生,不主宗派,"与天宝浣花翁、南渡剑南叟,云龙上下随矣";

鹿港许梦青,诗主中唐和宋,"出入苏、韩,盘旋陈、陆";

彰化施梅樵,诗主唐、宋,"宗法老杜,亦见明季七子之遗响","晚年则抑郁若不可伸,人谓所南、伯虎之流";等等。

施懿琳因此得出结论:宗唐祖宋的思潮在台湾诗坛并没有造成截然的大分野,同一个时代,可能两大旗帜皆树立着,甚至同样一位作者,因年龄、遭遇的不同,而有了先尊某宗、后尊某派的情况,如道光时期的郑用锡,初效汉魏而后师晦庵;光绪时期的施梅樵原崇盛唐,晚年则倾向宋诗,以抒河山沦丧之悲。①

另一位台湾学者黄美娥在其博士论文中也论述道:清代竹堑地区的诗坛,"尊唐、"宗宋"的诗潮并未见旗帜分明,诗人因为师法不同,以及对诗歌审美追求有异,反而呈现出繁复多变的样貌。例如郑用锡之诗,语言平易,体近击壤;郑用鑑擅写自然生活诗,自是取效渊明,但其诗中亦多寓哲理,兼染宋诗习气;林占梅诗学香山、剑南,于中晚唐、宋人为近,但也有近似吴梅村

---

① 施懿琳:《清代台湾诗所反映的汉人社会》,台湾师范大学 1991 年博士学位论文。

者;郑如兰之诗,专学陶、白;郭襄锦诗近宋人,苍老浑成;张锦城诗学浣花、昌黎;蔡启运所作近于香奁;林维丞亦钟绮语,寄情香奁艳体;查小白不乏讽喻时事之作,盖受白居易影响;王松诗宗随园,以性灵为主……。从上述诗人的创作表现或入门取径来看,陶潜、杜甫、韩愈、白居易、邵雍、陆游、吴梅村、袁枚等,都是本地文人学习的对象;诗歌所法或主魏晋,或得之于中唐、晚唐,或宗宋人,或习清人,不一而足。大陆诗学的唐宋之争,在本地并未发生。①

　　尽管台湾诗潮"宗唐""宗宋"的分野十分模糊,但还是略有脉络可寻。清初至中期受福建诗潮由唐转宋的影响,台湾文人既有"宗唐"的,也有"宗宋"的,还有不拟"分唐界宋"而兼采的。时当乾嘉学风盛行,福建出现了一批学者兼诗人,多写风土杂咏诗,对前往台湾的文人具有一定的影响;而初到台湾的文人,也十分注意观察周围的环境,其长期受到经典文化熏陶的老成身心,与海角天涯奇峭秀异的风土相接触,深感惊奇和震动,形之笔墨,写出奇恣险崛的诗作来,从其风格特征而言,较近于宋诗。如清初到闽台为官的湖南孙元衡,其《赤嵌集》选材险异,下笔奇诡,于"山川、人物、饮食、方隅以及草木、禽鱼,无不吐其灵异而发其光华",论者常将他与韩、柳、苏相比拟。② 而竹堑郑家宗宋的家族文学特色,来自其尊崇宋儒的家学渊源。郑氏文人在学术上,大抵宗道德之说;而在诗文创作上,文主载道,诗则颇好说理,染有宋诗风格。

　　然而,这时期的台湾诗坛绝非宋诗派的一统天下,"宗唐"之风亦盛。如"以韵语而论时事,深得少陵笔意"的蓝鼎元,就是明显一例。担任台湾县学教谕的梁上春,在为章甫的《半崧集》作序时,表达了尊崇"妙悟"之说而又主张博采众家之长的文学观念,并以此来衡量、评价章甫之诗:"古之论诗者多矣,而我朝西泠陈简侯独有禅家之喻。盖以禅道唯在妙悟,诗道亦在妙悟;有妙悟,则无论咏人咏物、写景写情,体制虽殊而莫不透澈玲珑如镜中花、水中月,不可以迹象泥。昔人谓孟浩然学力下韩退之而诗独过之,正以此也。顾其所谓妙悟者,非一味空疏之谓也;必其生平多读书穷理,而祖之以风、雅,宗之以汉、唐,参之以晋、宋、元、明及本朝诸名家,夫而后妙悟顿生,信手拈

① 黄美娥:《清代台湾竹堑地区传统文学研究》,台湾辅仁大学1999年博士学位论文。
② 见孙元衡:《赤嵌集》之《蒋序》、《张序》、《孙序》等,《台湾先贤集》(一),台北:台湾中华书局1971年版,第497~501页。

来，无非是道以自为一家意。知此，可以得章先生之诗矣。"① 这里的"妙悟"之说，来自推崇盛唐的严羽的《沧浪诗话》，而所谓"祖之以风、雅，宗之以汉、唐，参之以晋、宋、元、明及本朝诸名家"，却显然又不独尊唐。

像这样不分唐、宋，欲采众家之长的，还可举出林占梅。陆翰芬为其《潜园琴余草》题词中，有"何必争追唐与宋，能言情性即诗人"的句子。他的《与家卓人孝廉论诗》中也写道："生平趣向正无偏，使典驱坟出自然；遣兴不分唐、宋格，耽吟常见性灵篇。呕肝莫漫追长吉，得手何须托惠连！脱去浮词医尽俗，红尘关过始成仙。"另有《论诗》二首则说得更明白："杜、苏以外岂无诗，界宋分唐只自欺；何必寻仙蓬岛上，性情相合即师之。""性灵、学问两宜兼，老妪能知律转严；俗语都从书史出，一经镕铸值千缣。"

到了道、咸、同、光年间，外患内乱，国事危殆，台湾诗人"上感国变，中伤种族，下哀生民"②，逐渐走上抒怀言志的道路。施懿琳称："晚清台湾诗坛原较倾向唐音，有着雍容华艳、清丽繁缛的风尚。甲午战败，乙未割台之际，诗人感于故国沦亡之痛，在诗作风格上遂产生了极大的变化。他们改以宋诗之沉郁苍凉来抒发悒闷不平的苦痛，并借宋诗的雄浑笔力来揭露现实的黑暗，刻描时代悲剧的伤痕。从当时名家丘逢甲、连雅堂、施梅樵、庄太岳……等诗风之遽变，可以得到证明。"③

三、日据中期台湾"宗唐"诗风的再起

1924年间，台湾有"汲古书屋"举办征诗活动，题目为《论诗——五言古体限真韵》。《台湾诗荟》第3号上刊发了入选的10首诗。获第一名的ST生对严羽情有独钟，其诗云：

> 论诗古今人，比比先四义。独有严沧浪，借禅以喻意。玲珑透彻中，终竟有文字。我老废吟哦，古诗但编次。亦爱今人诗，未敢轻拟议。规模不必同，气骨勉勿坠。诗为心之声，作者身世异。其言足动人，乃为诗之至。

① 章甫：《半崧集简编·原序三（梁序）》，《台湾文献丛刊》第201种，"台银"1964年版，第7页。
② 借用康有为《人境庐诗草·序》中语。黄遵宪著、钱仲联笺注《人境庐诗草笺注》，上海古籍出版社1981年版，第1页。
③ 施懿琳：《清代台湾诗所反映的汉人社会》，台湾师范大学1991年博士学位论文。

其他得奖的作品,也有不少是称颂唐诗、崇尚真性情的抒发,而反对以才学、虚华词藻为诗的,如获得第四名的署名"诗奴"的诗作中,有这样的诗句:"李杜称奇才,一身众长备。笔能驱山河,气欲吞天地。宋后得其神,十中无一二。各能出性情,尽可树一帜。诗贵出天然,最病多使事。律严乃掩真,典多反伤气。苟能敛锋芒,便是远大器。"第五名王则修的作品中,也有"说诗如司空,风流不著字。斯为真言诠,可作诗家秘。近世少元音,词多反害意。谁知诗律细,不徒夸腹笥"之句;第九名迈公的作品中,有"风骚犹钟镛,汉魏犹珰珥。六代肆淫哇,尚未漓古义。李杜起盛唐,夺帜而易帜。初晚具别裁,盛衰关风气。宋诗非不佳,终难餍人意。凌夷及元明,诗道渐嚣漓。清初主坛坫,实自新城始。同时赵饴山,雌口极诟詈"的说法。至于第七名的古余的作品写道:"繁华人所趋,淡薄世所忌。但谓外金玉,便可树一帜。讵知三百篇,妇孺亦能治。天籁发于衷,所造更容易。寄语操觚家,谈诗休附骥"①,同样提倡真性情。从这里可以知道当时"汲古书屋"征诗的评选人本身的艺术倾向,或者也可窥探当时台湾诗坛诗风大势。

又有四岁时随父邱缉臣内渡的才女邱韵香,曾著《绣英阁诗钞》。施士洁为其照片题诗,中有"苏小"、"真真"、"崔徽"、"涛笺"等语。署名"陈无忌"者给施士洁写信,称该诗"数典近于不伦,恐千载后同受不美之名,为识者笑"。针对此,施士洁在《复女弟子邱韵香书》中指出:无忌之言诗,非真能知诗者也,"诗之道与作文异,与讲学尤异。断章取义,赋、兴、比原无所不可。《关雎》为《国风》之首,而文王乃'寤寐'、'窈窕'、'辗转'、'反侧',圣人不以为非。……夫屈原以'美人香草'喻君,苏武以'结发夫妻'喻友,无忌亦将以为不沦乎?……无忌之意,必将以绣英主人为敬姜、为孟母、为曹大家、为宋宣文、为女中尧舜,而后谓之美名乎?……金荃、玉溪、微之、樊川之流,于典无所不用者也,诗人也;周、张、程、朱,言必择而后施者也,不可谓之诗人也。……以千金之珠易鱼之一目而鱼不愿焉者,目虽贱而真,珠虽贵而假也。昔随园叟以'钱塘苏小是乡亲'七字镌印,某尚书诃责不已。叟曰:'今日尚书贵矣,苏小贱矣,第恐千载后,人知有苏小而不知有公也。'无忌其亦闻斯语乎?"该文最后写道:"昔严沧浪论诗如羚羊挂角,无迹可寻。鄙人于

---

①　连横编:台湾《台湾诗荟》第 3 号,1924 年 4 月。

此诚有愧矣! 咄哉学究,乃亦向三家村咬文嚼字,老死句下,谥为'诗囚'。某虽不敏,万不敢坠入此恶障也。"① 显然,施士洁对严羽推崇有加,强调真情实感的表达,追求不受拘束地灵活使用典故,反对以才学、理学入诗,所谓"诗之道与作文异,与讲学尤异",系直接脱胎于严羽"诗有别材,非关书也"之说。

值得注意的是,施懿琳所列的《诗风表》中称施士洁诗宗宋,"古体雄深雅健,有欧苏之长,近体取法范陆,得沉郁深婉之致"。然而,在《复女弟子邱韵香书》中所显示的文学观念,却强调表达真性情方是作诗之道,贬周、张、程、朱等宋儒"不可谓之诗人也"。将此与汲古书屋征诗联系起来看,闽台诗风似又有转向"宗唐"的趋向,特别是在这时大量出现的吟咏性情、酬唱应和的诗社中,更是如此。其原因,应与抗日斗争从武装手段转向文化手段,局势趋于安定,诗人心态趋向平稳,转而注重诗的形象思维和情趣有关,而闽地根深蒂固的"宗唐"传统,应也起了相当的作用。

当然,"宗宋"诗风并未绝迹。赖雨若在嘉义城南辟地数亩,遍植花果,号"花果园",设壶仙义塾,灌输祖国文化,鼓吹青年进出大陆,因此触日本当局忌讳,其诗主性灵,"旨少宋艳班香,气迫韩潮苏海"。另一位嘉义诗人林卧云其诗气势轩昂,即使是咏史、写景,往往也沾带理味,使得他的诗读来近于宋诗的清峻巉刻。②

① 施士洁:《复女弟子邱韵香书》,《后苏龛合集》,台北:龙文出版社 1992 年重印版,第 377～379 页。
② 江宝钗:《嘉义地区古典文学发展史》,嘉义:嘉义市立文化中心 1998 年印行,第 282、307 页。

第四章　新文化的冲击和洗礼
——现当代闽台作家的双向环流

第一节　五四新文学的火种东传

一、五四浪潮中的留厦台湾学生运动

台湾新文学发轫于 20 世纪 20 年代初。正如祖国的新文学属于五四新文化运动的一环,台湾新文学亦包涵于台湾新文化运动之中。其时正值第一次世界大战结束,世界性的社会革命运动和民族解放运动风起云涌。而在殖民地台湾,台湾人民反抗日本殖民统治的斗争,也从武装斗争转入以政治斗争、文化斗争为主要形式的新阶段。以新民会、台湾文化协会的成立和《台湾青年》、《台湾》、《台湾民报》等的创办为标志,台湾的新文化运动蓬勃展开;而以白话文的倡导、张我军发起的新旧文学的论争和赖和等的创作实绩为标志,台湾新文学也成为在民众中具有广泛影响的文坛主流。在这一过程中,祖国五四新文化与新文学运动,起了巨大的、甚至是决定性的启迪和激励作用。如 1924 年至 1926 年间,《台湾民报》发表了秀湖（许乃昌）的《中国新文学运动的过去现在和未来》、苏维霖的《二十年来的中国古文学及文学革命的略述》、蔡孝乾的《中国新文学概观》、张我军的《文学革命运动以来》[①] 等一系列文章,介绍中国新文学的理论主张及其创作情况。胡适、鲁迅、冰心、郭沫若、周作人、徐蔚南、徐志摩、梁宗岱、西谛（郑振铎）、焦菊隐、淦女士、杨振声、张资平、胡也频、许钦文、刘大杰等著名的新文学作家的作品（或译文）,先后在台湾的报刊上登载,成为台湾作家创作的范本。1920 年前

---

① 　这 4 篇文章分别发表于《台湾民报》第 1 卷第 4 号、第 2 卷第 10 号、第 3 卷第 6～10 号、第 3 卷第 12～17 号。

后,赴祖国留学的台湾青年猛增,并直接受到五四新文化运动的熏陶和启示,在各地成立了许多进步文化团体,如 1922 年 1 月由台籍学生组成的北京“台湾青年会”;1923 年 10 月成立的上海“台湾青年会”,1924 年 3 月由祖国大陆和台湾进步知识青年联合组成的上海平社;1925 年 12 月由暨南、大夏和南洋医科大学台籍学生组成的上海“台湾学生联合会”;1926 年 3 月由东南大学台籍学生组成的南京“中台同志会”;1926 年 12 月由岭南大学台籍学生组成的广东“台湾学生联合会”,等等。

也许由于特殊的地缘、亲缘和语缘等关系,与台湾一水之隔的福建厦门,是台籍学生比较集中的地方之一,也是青年学生团体十分活跃的地方。据调查统计,1923 年 7 月在厦门的台籍学生总数已达 195 名。1923 年 6 月 20 日,经由嘉义人李思祯的倡议和联络,留学闽南的台籍男女学生组成了“台湾尚志社”,并于 8 月 15 日创刊了机关报《尚志厦门号》。表面上该社“以互助精神切磋学术,谋求文化的促进”为宗旨,其终极目的,却是以民族自决主义的立场,启蒙台湾民众的民族意识,使台湾脱离日本帝国的殖民统治。1924 年 1 月 30 日,该社为声援岛内因“治警事件”被捕的议会请愿运动者而召开厦门学生大会,达成“反对历代台湾总督之压迫政策”等两点决议,并向台湾岛内及祖国各地分发声明书,怒斥在台湾的殖民统治者“既不顾台湾之历史、风习,又不与闻岛民之舆论,并且掠夺人民应有的权利,束缚公众的言论自由,不但视台湾岛民如奴隶,而且滥用官权”的独裁行径。此后有人提议扩大组成“闽南台湾学生联合会”,在厦门大学学生李思祯(嘉义人)、王庆熏(彰化人)、翁泽生(台北人),中华中学学生郭丙辛(北门郡人)和教师江万星(台南人),同文书院的许植亭(基隆人),以及英华书院的萧文安等人推动下,于 1924 年 4 月 25 日召开成立大会。次日,在柳真浦长寿学校礼堂,演出题为《八卦山》与《无冤受屈》的两出反日剧[①],剧本根据彰化北白川宫能久亲王遗迹碑毁损案引发的“募兵事件”编写,分别讥讽日本帝国在台湾的统治,反映台湾民众遭受的压迫和虐待,用以唤醒人们的反日民族意识。四百多名学生观看了演出,中场休息时还高唱《台湾议会请愿歌》。第三天,

---

① 蔡培火、叶荣钟等:《台湾民族运动史》,台北:自立晚报丛书编辑委员会 1971 年版,第 102 页。

学联会又趁势召开纪念演讲会,轮番上台的台籍学生向听众讲述有关台湾的历史和日本统治下台湾民众的悲惨境遇,甚至包含鼓动台湾革命等内容。厦门《厦声日报》主持人陈沙仑也以来宾代表身份上台致词,鼓励台湾学生。同年 11 月 16 日,闽南台湾学生联合会召开秋季大会,六十多名会员与十多名来宾出席,与会者相继发表反日言论,其中郭丙辛所作《日本管辖后台湾所遭致的惨状》的演讲,还被《思明日报》所刊载。同时,学联会还创办《共鸣》杂志,由嘉义籍的厦门大学预科生庄泗川与张梗负责编务。创刊号上刊登了两则有关台湾的纪事,投稿的台北青年以“台湾学生血泪团宣传部”的名义,向离别故土的台湾同胞通报一向不能自由公布的台湾情事。这些演讲或通讯,除了揭露日本殖民统治者恣意掠夺、高压统治乃至实施同化政策等惨虐行径外,并着力于民族意识的弘扬和对日本当局离间海峡两岸同胞之阴谋的揭露。如郭丙辛刊载于《思明日报》的演讲词中称:“我们的家乡台湾原来是中国的土地,我们原来也是大汉民族……我们台湾被统治以来,一切民权悉数被夺,我们有如砧上的鱼肉,任人宰割……我台湾的一切物产,理该为我台湾人所有,但自被日本统治后,这些都被剥夺殆尽了……”,为此,他呼吁同胞们觉醒起来,“联合一致,推进民族自治运动,乘机趁势脱离日本政府殖民政策的羁绊,为夺回台湾产业、铲除倭奴的野心而尽力”。与此同时,台籍学生们强调与大陆同胞的团结,指出日本人耍弄反间计,利用很多流氓,渡海到中国各地,促使此辈干尽坏事,扰乱中国的治安,好让祖国同胞仇视台湾人,使其对台湾人永远丧失同情心,“这是他们的阴险政策,因此,我们有理智的青年必须时时洞察他们的奸计,留心不上他们的当才好”[①]。

1925 年,“闽南台湾学生联合会”与“上海台湾学生联合会”相互联络,进一步推动抗日运动的开展。接着,台湾学生林茂铎、张志忠(张梗)等又联络厦门的学生,共同组成厦门“中国台湾同志会”,并以“中国台湾新青年社”名义发行《台湾新青年》杂志。4 月 18 日和 24 日,厦门的街头巷尾先后出现该会张贴的《在厦第一次宣言》和《在厦第二次宣言》。《宣言》中称:我们台湾人本亦属汉民族,我们的祖先来自福建的漳州、泉州和广东的潮州等地,

---

① 详见蓝博洲:《在厦门的台湾学生运动》,曾雄主编《台湾儿女祖国情》,北京:台海出版社 2000 年版,第 1 ~ 9 页。

"台湾人亦是中国人的同胞,亦是厦门人,亦是汉民族","诸位该明白本身所属的民族和自己所处的地位","绝不要假借日本的势力","我们同胞正在台湾饱受日本的压迫,应好好去想报仇雪恨的路径,切勿为日本人所利用";"倭奴愈益添增凶狠无道、暴虐之势,进而压迫居留对岸的台湾同胞,迫使我们无处栖身。宜和中国同胞协力,以期报仇雪恨"。《宣言》又呼吁:"厦门的中国同胞! 切勿忘记国耻的日子,且应更进一步策划收回旧有领土,撤废不平等条约,脱离外国的羁绊,以期成为独立自主的民治国吧","昏睡的狮子该睁开眼睛成为清醒的狮子了"。①

一个月后,上海爆发五卅惨案,并迅速形成全国范围的反帝斗争新高潮。厦门"中国台湾同志会"的学生在鹭岛街头各处张贴题为《留厦台湾学生之泣词》的宣言书。《泣词》中称:"30年来,我们台湾人在帝国主义日本政府的压迫下,过着痛苦不堪的日子。然而精神并未麻木,反而受其刺激,愈益奋发,出而谋求本身的解放和幸福";"这次,上海的残杀事件表示帝国主义者的横暴已达极点。同胞所受的痛苦和我们现在所承受的并无两样。因此,以互助合作的精神来对付压迫者,是理所当然的。"《泣词》呼吁:"同胞们! 赶快起来,加强联络、合作、进行排斥日货及罢工,以贯彻主义,期能达成我们的目标。"

由此可知,台湾学生到祖国大陆读书常取道厦门,而厦门本身也是台籍学生比较集中的地方。20世纪20年代前后在厦门的台籍学生,受到追求民主、科学的五四新文化运动和五卅等反帝反封建的革命运动的洗礼和激励,成立进步的学生团体,并与全国各地的同类组织相互联络和呼应,他们的活动汇入了当时蓬勃展开的祖国新文化运动和新民主主义革命斗争中,与此同时,也是台湾新文化运动的组成部分。当这些学子回到台湾,必然将祖国新文化运动和革命斗争的火种带回台湾,即使仍留在大陆,也会通过各种渠道对台湾产生影响。如早在1923年8月,当时还是集美学校学生的翁泽生,就在《台湾民报》上发表了白话小说《谁误汝》。小说描写一位台湾青年,怀着爱国志向来到厦门,却陷入了与"日本籍民"的同乡一同仗势欺人,为害同胞

---

① 见洪卜仁《台湾儿女祖国情·前言》、蓝博洲《在厦门的台湾学生运动》,曾雄主编《台湾儿女祖国情》,第7、2~4页。

的泥坑里,返回台湾时,在船上做了沉痛的忏悔。①该作可说是台湾新文学史上较早出现的白话小说之一。1923 年年底,厦门的彰化留学生陈崁、潘炉、谢树元等,于寒假归台,带来了厦门通俗教育社的剧本《社会阶级》(独幕笑剧)和《良心的恋爱》(五幕剧),联合本地的志同道合者排练上演,次年又与留日的"学生联盟"共同演出《回家以后》等剧,终于在 1925 年成立台湾最早的一个含有政治运动性的文明戏剧团"鼎新社"②。又如,张梗于 1924 年 9 月至 11 月发表了《讨论旧小说的改革问题》(《台湾民报》第 2 卷第 17～23 号),全文 15000 余字,分为六章:一是独创;二是创作须含义;三是含义须深藏;四是排春秋笔法;五是倡科学的态度;六是历史和小说须分工,主张以科学态度,在改革旧小说的基础上,进行新小说的建设。这里主张"科学的态度",显然受到五四思潮的影响。

再如,台北新庄的郭秋生(1904～1980,笔名秋生、芥舟、TP 生、KS、街头写真师等),少年时代曾赴厦门就读于集美中学,因此擅长以中文写作。更重要的是,郭秋生因此深受五四思潮的影响,形成了进步的思想倾向。他回到台湾后,积极参加新文学运动,参与创办并编辑《先发部队》、《第一线》,为《南音》杂志同仁,1933 年并与廖汉臣等筹组"台湾文艺协会"。他于《台湾新民报》、《台湾新文学》上辟有《社会写真》和《街头写真》专栏,以短文的形式,迅速传达社会的真相。他所创作的《死么?》、《鬼》、《跳加冠》、《王都乡》、《猫儿》等小说,也具有浓厚的社会写实色彩。在 1930 年的"台湾话文"论战中,他和左派社会运动成员黄石辉一起,出于"文艺大众化"的目标,提倡用台湾大众的语言创作反映台湾事物的乡土文学。在《先发部队》创刊时,郭秋生更致力于"台湾新文学的出路"问题的探究,认为台湾当时的文学只是一种破坏性的文学,作家必须开始创作一种新的生活方式,将人民由他们以前所描述的忧郁、消沉、沮丧的境况中解放出来,"我们已不愿再看查某嫺(按:婢女、女仆)的悲愤而自杀,我们要看的是查某嫺能够怎样脱得强有力的魔手与获得泼辣的生存权"③。这种观念,其实已接近左翼的、革

---

①　翁泽生:《谁误汝》,《台湾民报》第 1 卷第 6 期,1923 年 8 月 15 日。

②　杨渡:《日据时期台湾新剧运动(1923～1936)》,台北:时报文化出版公司 1994 年版,第 58 页。

③　郭秋生:《解消发生期的观念,行动的本格化建设化》,转引自许俊雅《日据时期台湾小说研究》,台北:文史哲出版社 1995 年版,第 230 页。

命文学的观念。

　　台湾学子在厦门积极活动,除了受到全国形势的影响外,自然与厦门的社会、文化环境也有很大关系。厦门虽在地理位置上处于边陲,但作为与国内外交通方便的海港城市、通商口岸,它并不封闭,历来都能紧跟时代脉搏,得风气之先。早在20世纪初,它就有了电灯、电话、电报局、图书馆、电影院、俱乐部、医院以及现代意义的学校、报刊等。五四运动一爆发,在厦门迅即引起强烈反响,报刊上跟踪报道北京、上海等地爱国运动发展的情况,到了5月中旬,数千学生走出校园,高呼"严惩卖国贼"、"还我青岛"等口号,上街游行示威;5月20日发展到两万各界人士的集会;6月,更出现全市的罢工罢市,抵制日货,并不顾当局的威胁利诱,坚持到北京政府释放被捕学生为止。从五四新文学诞生起,就不断地有著名的新文学作家来到厦门,其中不少是到厦门大学或集美学校任教任职的。仅以20年代为例,到厦大的有鲁迅、林语堂、黎烈文、孙伏园等,到集美学校的有徐玉诺、杨晦、白采、汪静之等。这些作家的到来,将五四新文学的火种撒播在厦门的土地上。如鲁迅在厦大的短短数月中,帮助厦大学生成立了"泱泱社"和"鼓浪社"等文学社团,筹办了《波艇》月刊和《鼓浪》周刊。当年的台湾学子,有不少正是在厦门大学和集美学校就读的。在这样的文学环境和气氛中求学,他们感染了五四新文学的精神,是很自然的。

　　厦门被称为"台胞抗日爱国运动的大本营"[1],台籍学生在厦门的进步活动,还与厦门乃至整个福建的革命传统有关。作为中国的边缘、海疆地区,无论是孙中山的由南而北的国民革命,或是共产党领导的"农村包围城市"的革命斗争,福建与粤、赣等地一样,都是极为重要的发源地,台籍学生在此必然受到强烈的革命的熏陶。福建省的第一个共产党支部,就建立在厦门大学,翁泽生、庄泗川等,与共产党员、革命烈士罗扬才,是差不多同时在厦大读书的同学。有此渊源,翁泽生后来成为台湾共产党组织的重要领导人也就毫不奇怪了。

---

　　[1]　洪卜仁:《前言——唇齿相依的厦台关系》,曾雄主编《台湾儿女祖国情》,北京:台海出版社2000年版,第5页。

二、赖和在鹭岛：确立关心民众、医治国病的方向

某种意义上说，这些台籍学生在大陆的活动，是台湾的新文化、新文学与祖国五四新文化、新文学连为一体的显著事例。不过对台湾新文学的产生和发展具有更直接关系的，应数赖和和张我军的厦门经历。赖、张二氏都是对台湾新文学的产生和发展做出重要贡献的作家，而他们曾在厦门受到的五四新文化运动的熏陶和激励，对他们后来走上新文学之路，以及其创作路向和风格的形成，都具有举足轻重的意义。

有"台湾新文学之父"、"台湾的鲁迅"之誉的赖和（1894～1943），小时家世尚属小康，九岁就读公学校，曾入小逸堂，从黄倬其（黄汉）习汉文，打下深厚的古典汉诗根底。及年长，家道愈益衰微。1910 年赖和考进总督府医学校。在学校中，受到关系密切的同学、中国革命同盟会福建分会会员王兆培（漳州人）、翁俊明以及复元会要角杜聪明等的影响，与同盟会及其在台湾的外围组织复元会有了关联。毕业后至嘉义医院任职，1917 年返故乡彰化，开设"赖和医院"，悬壶济世。1918 年 2 月 25 日（阴历元宵节），赖和乘船赴厦门，服务于设在鼓浪屿的博爱医院，1919 年 7 月退职归台，任职博爱医院时间总计 1 年 6 个月。[①] 关于赖和到厦门的原因和动机，除了因长男志煌出生不久就去世，心情郁闷，欲转换环境外，据林瑞明推测，可能还由于反日而离开台湾，并以总督府医官的身份为掩护，欲施仁术以救济大陆同胞的病苦，且方便观察中国的政情；或者还因翁俊明举家迁往厦门，赖和因着翁氏的关系，也前往厦门。[②]

作为台湾总督府对岸政策之产物的厦门博爱医院，对于台湾人医师并不重视，以致在此任职的赖和有"渡海光阴忽半年，犹然医界一闲员"（《寄锡烈君》）之句。赖和是怀抱着救济同胞病苦的目的来到厦门的，却沦落为"医界一闲员"，心情自然不会好。与此同时，他看到某些被厦门人称为"呆狗"的台湾籍民，依仗日本帝国的权势和保护，在厦门胡作非为："门牌国籍注分明，犯禁公然不少惊。背后有人凭假借，眼中无物任纵横。"（《厦门杂咏》）赖

---

① 林瑞明：《赖和汉诗初探》，《台湾文学的历史考察》，台北：允晨文化公司 1996 年版，第 109～110 页。

② 林瑞明：《赖和与台湾新文学运动》，《台湾文学与时代精神》，台北：允晨文化公司 1993 年版，第 17～20 页。

和对此极为反感,写诗加以揭露和抨击。这些使得赖和更为郁闷寡欢,对日本殖民政权亦更难以认同。《得敏川先生书及诗以此上复》诗中写道:"故国相思三下泪,天涯沦落一庸医。此行只为虚名误,失脚谁能早日知。流水萍踪游子恨,秋风莼脍楚囚悲。近来生活无须问,赢得伤离几首诗。"

　　尽管心情不佳,赖和还是利用在厦门的一年半时间,游遍厦门及泉州、漳州的山山水水,特别是作为郑成功复台基地的闽南的众多人文景观、古迹遗存,使赖和流连忘返,并因此受到了中华文化和民族意识的熏染。记录其游踪及感怀的诗作至少有:《漳州杂咏》、《厦门杂咏》、《秋日登日光岩绝顶》、《郑成功废垒用张春元韵》、《登观日台》、《万石岩》、《中岩□老年会》、《顶岩》、《仙洞》、《金鸡亭》、《白鹿洞》、《曾厝鞍》、《由洪厝坪而龙须亭观土桥》、《南普陀》、《舟入泉州》、《开元寺》、《承天寺》、《东岳》、《洛阳道中》、《施琅墓道碑》、《洛阳桥》、《安海苦蝇》、《石井》、《过瘦郎》等等。在漳州,赖和观览了威镇阁和万寿山上的万寿、甘露、仰止三亭等宋代朱子遗迹,"倦眼年来久不开,暖风和日一登台",登高望远,诗人平日郁闷怠倦的心情,为之一振;"仰止亭前草树新,眼中恍惚见高人",表达了对朱子的崇敬之心。在闽南,赖和感触最多的是有关郑成功的古迹。《秋日登日光岩绝顶》诗云:"踏上高岩眼忽明,秋容淡淡碧天清。一时枨触来千感,万里飘流愧此生。谁使英雄终有恨,顿教竖子浪成名。水操台上苍茫处,道是延平昔驻兵。"《石井》诗云:"漫将遗事访延平,故老酸辛说有明。五马江中沙已涨,余潮犹自作军声。""不信芝龙为豪杰,咸知有子是英雄。草鸡未应真王谶,俯仰江山落照中。"又有《施琅墓道碑》诗云:"丰碑突兀藓痕生,三百年间大物更。靖海功勋终泡影,世间争说郑延平。"日据台湾以来,台湾文人出于高涨的汉民族意识,众口称颂褒扬郑成功。如连横在撰写《台湾通史》时,将郑成功视为开台的民族英雄,相反,对于施琅的评价不佳。赖和的这些诗作,和这一倾向是一致的。回到台湾后,赖和又有《台南杂感》、《吊延平郡王》、《赤崁楼》、《吊五妃》等凭吊郑成功等人的诗。

　　赖和喜爱厦门的山水和人文景观,有的诗借古迹吟咏史事,充满了历史兴亡感;有的则表达了中国传统知识分子常有的远离尘世喧嚣的情怀。《南普陀》诗云:"我爱南普陀,时还策马过。老松多偃蹇,顽石自婆娑。俗世尘氛远,前人遗墨罗。清游心未已,无奈夕阳何。"值得注意的是,这时的赖和已显露了他对封建迷信的不满和戒心。《仙洞》一诗先描写了清新秀丽的景观,接着笔锋一转,对一些迷信现象加以揭示:"媚世僧多鄙,祈灵俗尽同。"赖和离开厦门的前一两个月,正值五四运动爆发。赖和显然已感受到五四追求科学的精神,此后赖和作品中时常出现的反迷信主题,在此已露端倪。《白鹿洞》更对佛门圣地被富人当做游乐场所表示不满:"危楼石室两清幽,涉足空门作胜游。此是佛家无垢地,敢将饮博玷清修。"并加注:"寺有洋楼一座,闻厦之富人常行乐于此。"这里透露了赖和秉持的平民思想和贫苦阶级立场。

　　除了游览景观外,赖和的视线还流连于周遭的社会现象和民众生活,由此增加了对于祖国的广泛的感性认识,特别是祖国的贫弱战乱、民不聊生的状况,给赖和深刻的印象,对于他后来的救国救民志向和反帝反封建文学主题的确立,应有深刻的影响。《厦门杂咏·乡村》一诗中描写他所看到的厦门乡间的情景:

　　　　万家烟突几家生,破屋斜阳户不扃。零乱瓦砖余劫火,流离骨肉感飘萍。数声野哭云沉黑,满眼田荒草不青。匪患初安兵又到,一村鸡犬永无宁。

又如,《由洪厝坪而龙须亭观土桥》诗云:"一村总剩十余家,问到居人只叹嗟。粟豆不登田尽废,军储粮米岁增加……"《曾厝鞍》一诗更关注到社会怪现象,诗后注云:"村中厦屋多无居人,问之野老,谓为南洋客所筑,因不堪无赖亲族之扰,官府之借端剥夺,故复去之外洋,寄人篱下之非人格生活转较安然云。"由此可知,赖和对于遭受天灾人祸双重灾难的贫苦民众,怀有深厚的同情,其贯穿一生的关心社会、关心民众疾苦的现实主义文学取向,已初步建立。

　　赖和为了多了解祖国而来到厦门,因此他的关注的目光绝不会只局限于厦门,而是必然要扩大到整个中国。如《中秋寄在台诸旧识》中,给"古月吟社诸公"诗云:"乱世奸雄起并时,中原残局尚难知。茫茫故国罹烽火,飒飒西风陨旧枝……"给林肖白的诗则写道:"莽莽神州看陆沉,纵无关系亦伤心。回天有志怜才小,填海无功抱怨深……"《同七律八首》之四写道:"茫茫大陆遍疮痍,虫病方深正待医。蠢豕直成真现象,睡狮犹是好名词。未尝世味心先醉,听惯民声耳亦疲。如此乱离归不得,排愁无计强吟诗。"这些诗充满了作者对于贫弱、战乱中的祖国的忧虑,同时还极为深刻地提到了医治国病的问题。《于同安见有结帐幕于市上为人注射玛琲者趋之者更不断》一诗,开头更明确地写道:"人病犹可医,国病不可医。国病资仁人,施济起垂危。今无医国手,坐视罹疮痍。"① 诗人似乎已认识到还有比医治个人的肉体病痛更为重要的,这就是医治国家政治、经济制度之病,国民精神之病。鲁迅正是由于认识到医治国人的精神病症比医治肉体病症更为重要和迫切,因此"弃医从文";而赖和作为一个医生,后来虽没有"弃医",但同样走上文学的途程,这一人生道路和鲁迅是颇为相似的。而这和赖和在厦门时亲身观察和感受到的祖国的贫弱及其国民的精神病症,应不无关系。这或许是赖和的厦门之行对他后来的文学创作产生最深远影响之所在。

三、张我军于厦门:接受五四新思潮的前奏

如果说赖和的厦门之行强化了他的民族意识,使他目睹了中国的积弱贫穷,特别是受到五四新文化运动的熏陶,认识到医国比医人、精神上的健康比肉体上的健康更重要,从而增强了改造国民性、救治中国的责任感,那张我军厦门之行的意义,更在开阔了原本狭窄的眼光和心胸,为其接受五四思潮并将之引入台湾文坛,勇敢地冲击旧文学殿堂,做了必要的准备。

被称为台湾新文学运动先锋的张我军(1902~1955),原名张清荣,祖籍福建南靖县,出生于台北板桥(现新北市板桥市)。其家本为板桥林家佃户,家境清寒,加上父亲早逝,张清荣于板桥公学校毕业后就到台北一家鞋店当学徒,后得其老师林土木先生 ② 的介绍,15岁时进入新高银行当工友,由于聪明又勤快,得到上司的赏识,一年后升为雇员。这时他深感学历不如人,于是利用工作之暇,夜间入成渊学校补习中学课程,星期假日则到万华习汉文,也曾随前清秀才赵一秀老先生学习汉文诗词。1921年,张清荣被新高银行调派到设在厦门鼓浪屿的支行服务,于是内渡大陆,并改名"张我军"。银行业务之余,不改好学习性的张我军,入厦门同文书院学习汉文,并跟当地的一位秀

---

① 本小节所引赖和的汉诗作品见林瑞明编《赖和全集(五)·汉诗卷》,台北:前卫出版社2000年版,第376~393页。

② 林土木原为公学校教员,后任台北新高银行襄理,1921年到厦门创设新高银行支店,曾任厦门台湾居留民会会长。

才攻研中国旧文学,提升其传统文化修养。1923 年 4 月,张我军于《台湾》月刊上发表《寄怀台湾议会请愿诸公》,诗云:

> 故园极目路苍茫,为感潮流冀改良。尽把真情输北阙,休将旧习守东洋。匹夫共有兴亡责,万众还因献替忙。贱子风尘尚沦落,未曾逐队效观光。

> 鹭江春水怅横流,故国河山夕照愁。为念成城朝右达,敢同筑室道旁谋。陈书直欲联三岛,铸错何曾恨九州。从此民权能战胜,谁云奢愿竟难酬。[①]

这两首诗无论从写作发表时间、题目、诗中的部分诗句（如 "鹭江……" 句）看,显然是写作于厦门。它表明张我军的厦门经历,增强了他对祖国的了解,激发他更强烈的民族意识,诸如 "陈书直欲联三岛,铸错何曾恨九州"、"尽把真情输北阙,休将旧习守东洋"、"匹夫共有兴亡责,万众还因献替忙" 等句,正是很明确的表白。同时,张我军也感受到了古老的祖国正处在改革、变化的时代浪潮中,所谓 "故园极目路苍茫,为感潮流冀改良"、"从此民权能战胜,谁云奢愿竟难酬",内心受到极大的激荡,这或许是他稍后发起台湾文学的改革运动的一个前因。

1923 年初冬时,由于新高银行结束营业,张我军带着遣散费离开厦门前往上海,加入 "上海台湾青年会",曾在上海 "台湾人大会" 上发言严责驻台日本总督之暴政。旋又转赴北平。离厦前,于《台湾》上又发表《咏时事》,诗云:

> 如此江山感慨多,十年造劫遍干戈。消除有幸排专制,建设无才愧共和。北去闻鹃空踯躅,南来饮马枉蹉跎。天心厌乱终思治,忍使苍生唤奈何。[②]

1924 年 9 月他作于北京的新诗《秋风又起了》有一小节回述了离开厦门时的情形,写道:"去年的初冬, / 在阴沉沉的鹭江江上, / 一只船送了母亲 / 回到故乡去, / 一只船载着我, / 向了流浪的旅程。"[③]

---

① 张我军:《寄怀台湾议会请愿诸公》,《台湾》第 4 年第 4 号,1923 年 4 月。

② 鹭江我军:《咏时事》,《台湾》第 4 年第 6 号,1923 年 6 月。

③ 张我军:《秋风又起了》,张我军主编《张我军全集》,北京:台海出版社 2012 年版,第 224～225 页。

　　1923 年 12 月初,张我军进了北平高等师范学校所办的升学补习班,与同学罗文淑(后改名罗心乡)相恋,开始新诗创作,并在《台湾民报》发表《致台湾青年的一封信》,揭开台湾新旧文学论争的序幕。但不久因旅费告罄,在北平又很难半工半读,于是于 1924 年 10 月回台北担任《台湾民报》编辑。此后的一年间,是张我军向台湾的旧文学阵营发起猛攻的一年。像《糟糕的台湾文学界》、《为台湾的文学界一哭》、《请合力拆下这座败草丛中的破旧殿堂》、《绝无仅有的击钵吟的意义》、《揭破闷葫芦》、《复郑军我》、《文学革命以来》、《诗体的解放》、《新文学运动的意义》等论争文章,都发表于 1924 年11 月至 1925 年 8 月之间的《台湾民报》上。与此同时,张我军在报刊上大力介绍五四新文学。当时"介绍祖国新文学贡献最大的,是在北大受过五四文学革命洗礼的张我军。他采取的方法是:在转载作品时,附记作者的简历及其著作,帮助读者的了解,并加深其印象"[1]。1925 年 12 月张我军在台北出版了台湾第一本新诗集《乱都之恋》。

　　1926 年 1 月,张我军与妻子罗心乡自台北至彰化、台南等地游览,在彰化与赖和相会。6 月,张我军又前往北平,考入中国大学国学系,次年转入北师大国文系。1929 年毕业后,先后任教于北京师范大学、中国大学、北京大学、外国语学院等校,直至台湾光复,才又回到台湾。[2] 刊载于 1926 年 2 ~ 3 月间《台湾民报》的《南游印象记》,是一篇颇值得注意的作品。该文描写作者出行到台湾南部,过了新竹,渐渐便看得见碧蓝的海,"我每次看了海,似回到故乡,遇见爱人似的。实在,海是我的故乡,是我的爱人。我看了海,就有无限的感慨"。接着说明其原因,竟是两年的厦门生活所致。他写道:"自今五年前,我从基隆搭船到厦门,这是与海接近的第一次。自是,在厦门、鼓浪屿辗转过了两年。这两年之间,我受了海的感化和暗示不少。早上,太阳将出未出之时,我站在岩仔山腹的洋楼的栏杆之旁,两眼注视那苍茫的大海,一直到尽处——是海是天已分不出的地步——凝视着、放歌、驰想……晚上,月亮刚上了山头,照得一面白亮亮的银海,我站在山腹,两眼注视那白茫茫的银世界,一直到尽处,凝视着、放歌、驰想……。"大海对于张我军,竟有非同寻

---

　　① 陈少廷:《台湾新文学运动简史》,台北:联经出版公司 1977 版,第 20 页。
　　② 有关张我军的生平及活动,参看黄武忠《日据时代台湾新文学作家小传》,张光直选编《张我军文集·编者的话》,张光正编《张我军选集·编者后记》、《张我军全集·张我军年表》等。

常的意义。他写道："自从领略了海的感化和暗示之后,我就不想回到如在葫芦底的故乡了。后来再奔波各处,数年之间,不断地与海相亲。现在不得已在狭的笼内过狭窄的生活,还时时想要乘长风破万里浪,跳出台湾,到海的彼方去!"由此可知,在厦门的两年生活,堪称张我军"一生的转捩点"(张我军哲嗣张光直、张光正语),使他跳出了比较保守、陈旧观念的拘囿,走向了海洋,在海洋精神的洗礼和激荡下,形成了开放、进取的思想观念,这对他接受五四新文化和新文学,摒弃陈腐的封建旧文化和旧文学,应具有关键的意义。

四、参与左翼革命活动的旅厦台湾作者

20 世纪 20 年代与厦门有过因缘的台湾新文化运动的重要活动家,还有被称为"台湾革命僧"的林秋梧。林秋梧于 1903 年出生于台南市,16 岁考入"台湾总督府国语学校"师范部,后该校易名为"台北师范学校",是英才荟萃,"孕育台湾社会领导阶层的摇篮"之一 ① 。1920 年 7 月,《台湾青年》创刊,林秋梧暗中偷阅,并在同学中流传。1921 年结识蒋渭水,以"同志"互称,又赴日作毕业旅行,与新民会人物接触,并于东京购买、阅读具有新思想的书刊,运回台湾时被查扣。返台后,加入"台湾文化协会"。1921 年 2 月 5日,学校发生反日学潮,林秋梧慷慨陈词,指摘日警作风,因此被捕,后虽得释放,却被视为"思想恶劣者",在即将毕业的前 11 天,遭勒令退学惩罚。同年秋,林秋梧赴日本神户就职于某商会,因不愿忍受寄人篱下、受"嗟来之食"的待遇,而于 1923 年年底返台。时值蒋渭水等发起的"台湾议会期成同盟会"被日本当局以"违反治安警察法"的罪名,加以扣押和传讯。林秋梧受牵连,落入日警的监视之中,在谋职上更遭百般刁难。家无恒产的林秋梧,于是再思向外发展。这时他想到了海峡对岸的祖国,一水之隔的厦门敞开胸怀接纳了这位处于困境中的台湾同胞。

林秋梧于 1924 年春,搭着民间的渔船潜渡厦门,于集美学校任教。或称林秋梧曾考入厦门大学哲学系深造。虽然厦大历届学生名录中并无"林秋梧"的名字,但不排除林氏为躲避日警的注意而改名换姓,或仅是业余在厦大旁听的可能。第二年农历闰四月,林秋梧忽接母亲病逝的噩耗,不得已

① 转引自李筱峰:《台湾革命僧林秋梧》,台北:自立晚报社文化出版部 1991 年版,第 24 页。

中断在厦门的工作和学习,匆匆潜返台南,并遵母亲要他勿再远离父亲的遗嘱,在家潜心研究佛理和西洋文化。林秋梧旅寓厦门期间,曾作《闽海诗存》数首,记录其游历南普陀、万石岩、虎溪岩等名刹古迹以及身处异乡之感触。《南普陀》诗云:"巍峨殿阁又重更,旧渚红莲动客情。来往骚人题不尽,愧侬无句好留名。"又有《步仲晨宗兄有赠原韵》等诗表达了游子怀乡之情,其《鹭江客次》诗云:"抱将幽愤到神州,无奈东风动客愁。转眼家乡垂涕泣,慈云飞过岳阳楼。"《送剑淘》诗云:"忽因话别泪沾襟,客里交情较水深。故友若逢相问讯,子房犹抱报韩心。"后两句,流露出对异族统治下的台湾社会的关切,以及依然不减的抗日情绪。此外,还有一首《题某僧肖影》颇值得注意,诗云:

> 化机独悟静中寻,邂逅相逢感不禁。
>
> 一向清溪无俗气,禅关明月照禅心。

从《南普陀》以及这首偶识某僧而写的诗,可以发现林秋梧在厦门时,已开始与佛教禅学结缘。[1]

丁母忧回到台湾的林秋梧,在家潜心向学其实只有半年。1925 年正值台湾的政治社会文化运动进入高潮。林秋梧终于为这股浪潮所吸引而走出书斋,投入时代的洪流。他参与了文化协会组织的具有启蒙性质的全岛巡回演讲以及"美台团"电影巡回队,借着"辩士"(默片时代的解说员)的身份,传布新思想、新知识乃至民族意识,因此常被日警勒令中止。

林秋梧于 1925 年秋开始与明郑时期郑经所建的台南著名古禅寺开元寺结缘。1927 年文协分裂后,林秋梧与开元寺再续前缘,拜对日本殖民当局的压迫感同身受的得圆和尚为师,取法号"证峰",从此步入禅门。面对亲友的异议,林秋梧以诗表志,诗云:"儒衣脱却换僧衣,怪底亲朋说是非。三教原本同一辙,雄心早已识禅机。"[2] 从中亦可看出林秋梧对于中国文化的熟悉和理解。

不久,林秋梧奉派往日本著名的佛教学府驹泽大学深造,师从日本禅学泰斗、文学博士忽滑谷快天。忽氏出曹洞宗门下,但却是"很嫌恶偏重形式

---

① 李筱峰:《台湾革命僧林秋梧》,台北:自立晚报社文化出版部 1991 年版,第 53~62 页。

② 同上书,第 89 页。

的既成宗教的宗教家"，"对于死板的戒禁，一切不太关心"，曾在曹洞宗内率先穿起普通服装，结婚成家，林秋梧称之为"现世的战斗胜佛"。本来抗争性格极强的林秋梧，也成为一个积极入世的宗教者，有诗云："菩提一念证三千，省识时潮最上禅，体解如来无畏法，愿同弱少斗强权！"[1] 在日本学佛期间，他仍保持着对时局、特别是台湾社会运动的关注。发表于1929年4月上海"四一二"事变二周年之际的《读国际文化报蒋介石弹压劳农阶级有感》，更呈现了林秋梧的左翼立场和革命倾向。

　　鉴于台湾的佛教界充斥着腐化、迷信等风气并有沦为日本当局御用工具之可能，从在日本留学时起，林秋梧就致力于倡导佛教的改革。他反对迷信神怪，反对死守戒律、拘泥形式，呼吁僧侣要走入社会、了解时潮，痛诋阿谀谄媚、趋炎附势之风，并在台湾连续发起反对中元普度的运动，刊行《反普特刊》。在他所写的文章中不乏马克思主义的观点，如对阶级斗争加以正面的肯定。林秋梧甚至因其鲜明的反日立场和改革姿态，被亲日官报指摘为"不念佛，只论民族斗争"、"不诵经，只谈唯物史观与伦理"。[2]

　　1930年10月，林秋梧与庄松林（毕业于厦门集美中学）、林占鳌等，创刊《赤道报》，林秋梧任发行人兼总编辑。这是一个具有鲜明"普罗文学"立场的刊物，致力于引介左翼思想和观点，抨击资本主义社会，表达对无产阶级大众的同情。如有诗作明言要以拳头、铁锤、镰刀击碎现实的世界；还曾转载中共党员冯乃超的新诗《快走》。[3]

　　1934年10月，林秋梧因肺结核而英年早逝。观其一生，他既是个佛教僧侣，更是个马克思主义的唯物论者和反帝反封建的社会活动家。他所推崇的佛教，不是形式主义、出家主义、独善主义、隐遁主义的小乘佛教，而是精神主义、在家主义、救济主义、活动主义的大乘佛教。[4] 他甚至将佛教视为哲学体系而非宗教，通过佛学宣扬民族精神。细加考究，林秋梧这带有传奇色彩的一生和他独特的思想、行为的形成，应与其厦门经历有一定的关系。首先，

---

① 李筱峰：《台湾革命僧林秋梧》，第94页。
② 同上书，第119页。
③ 同上书，第134～140页。
④ 同上书，第179页。

林秋梧为躲避日本殖民当局的迫害来到厦门，正值厦门爱国学生运动蓬勃发展，而他工作、学习的集美学校、厦门大学，又是台籍学生活动的中心。如在集美学校，1919年11月就因福州的日本浪人持械伤害市民而发起抵制日货的运动；20年代初，集美学校内流行马列思想，学生政治热情高涨，1923年5月，呼应全国各地收回日本租界的爱国运动，学生们组织了对日外交后援会。正是林秋梧在厦门的1924年至1925年，"闽南台湾学生联合会"、"厦门中国台湾同志会"等台籍学生社团组织了声援议会请愿、声援五卅惨案等一系列反日爱国运动。林秋梧在台湾本就是学生运动的干将，在厦门又躬逢爱国学生运动之盛况，难免为之所吸引，即使未出头露面亲身参与，也必然引起强烈共鸣。而福建、厦门及厦门大学、集美学校等，本具有革命的传统，当年台湾的共产党人，就曾以厦门为重要的集散地、中转站，如翁泽生、蔡孝乾等，都曾在厦门、闽南一带活动。林秋梧从厦门回到台湾后，仍积极参加文化协会的活动，后来甚至成为左翼革命活动家，在厦门的经历应起了重要的作用。

其次，林秋梧在厦门与南普陀的僧人有过接触，游览南普陀时心有所动，这或许是他后来剃度为僧的前缘。林秋梧出家后，却持对佛教进行现代化改造的姿态，成为一个积极参与社会运动的"入世的佛教徒"。既奉佛又入世，这似乎颇为"矛盾"，但在闽台等地，却有着颇为深厚的历史文化传统的根源。早在隋唐五代，福建就盛行佛教，有"福建唐代高僧天下莫盛焉"（《福建通志·高僧传》）之说，林秋梧的日本老师忽氏所属的禅宗南派青原法系下的曹洞宗，其开创者之一曹本山寂即为福建莆田人。明代著名的福建僧人元贤出入儒释二家，主张三教一理，晚年长住鼓山涌泉寺，传承曹洞宗，使涌泉寺实际上成为福建各寺院之首。而以生活化为风格、重视在日常生活中悟道的沩仰宗，其创始人沩山灵祐亦为福州长溪人。明清以来，随着商品经济的发展，福建的佛教出现世俗化的倾向，闽人倒转了人与神的关系，更重视人的现世的利益，其祈祷神灵的目的，就是为了改善现世的生活。明清时期传入台湾的佛教，也必然带有这种风气。直到目前的台湾，"入世的佛教"之风仍盛。在林秋梧寓厦稍后的30年代民族危难时期，厦门的僧人和闽南佛学院的法师和学僧都表现出强烈的民族气节，其中首推弘一法师，以"高标矗劲节"、

"殉教应流血"① 等偈语诗句明志,并以 "念佛不忘救国,救国必须念佛"② 与其他佛教徒互勉。弘一法师超越 "慈悲为本" 和 "涅槃境界" 回到世俗现实中来,以及表现出的爱国主义、民族主义佛教徒的本色,与林秋梧有异曲同工之妙。林秋梧和李叔同的出现,应与闽台佛教的独特风气有关,具有深刻的地方文化传统的根源。

　　李应章(即李伟光,1897~1954)医师是一位在厦门加入中国共产党的台湾新文化运动的重要参与者。他在厦门鼓浪屿和上海开设的医院,都曾是掩护革命同志的场所。早在二林公学读书时,李应章就接触了《新青年》等进步杂志,从中吸取进步思想并了解祖国的情况。1916 年考上台北医专后,曾和同学试图组织 "弘道会" 进行反日活动。祖国五四运动的消息传来,他和同学(包括几位厦门来的学生)一起在学校地下室秘密举行 "六一七岛耻纪念日" 活动,哀痛台湾沦为日本之殖民地。1920 年他到广州参观,回到台湾后与同学筹组 "全台湾青年会",又与蒋渭水共同组建台湾文化协会。在家乡二林,李应章一面悬壶济世,一面对农民进行启蒙宣传,组织了二林蔗农组合,以反抗日本制糖会社的残酷剥削。他编了用闽南话唱的《甘蔗歌》,其歌词中有两节这样写道:

　　　　甘蔗咱种价咱开,公平交易才应该;行逆抢人无讲价,将咱农民做奴隶;咳哟哟,啥人甘心做奴隶。

　　　　蔗农组合是咱的,同心协力救大家;兄弟姐妹相提携,不惊青面和獠牙;咳哟哟,出力得和齐,得和齐。

其中 "不惊" 为闽南话,意为 "不怕"。1925 年 10 月,李应章因二林蔗农事件被捕,直到 1928 年 1 月才释放。此后继续参与政治活动,曾公开发表反日言论,颇遭日警注意,1932 年除夕夜,得日警将捉人的密报,匆匆只身离家经台北到厦门。在船上作《别台湾将之大陆感赋》诗一首,感叹其在台湾的险恶处境,表达对祖国的热切向往,诗云:

　　　　十载杏林守一经,依然衫鬓两青青。侧身瀛海豺狼满,回首云山草

────────────

　　① 李叔同:《为红菊花说偈》,中国佛教协会编《弘一法师》,北京:文物出版社 1984 年版,第 92 页。

　　② 转引自高令印:《弘一法师在福建》,天津市政协等编《李叔同——弘一法师》,天津:天津古籍出版社 1988 年版,第 156 页。

木腥。潮急风高辞鹿耳,鸡鸣月黑出鲲溟。扬帆且咏归来赋,西望神州点点星。

在厦门,李应章在鼓浪屿泉州路开设神州医院,加入了中国共产党,于是利用医生身份为党组织搜集情报,以神州医院掩护来往的革命同志,或为从游击区出来的伤病员治病。1934年中共福建省委和厦门地下党组织遭破坏,李应章不得不化装离开厦门,辗转到了上海,改名李伟光,开设伟光医院,并设法找到党组织,继续从事抗日地下工作。① 李应章的情况说明,厦门以其特有的与台湾的地缘关系,成为海峡两岸往来交通的重要站点。

赖和、张我军、郭秋生、林秋梧等人于20世纪20年代来到厦门,受到五四新文化运动或左翼新思潮的洗礼,再将新文化的火种带回台湾;李应章作为台湾新文化运动的参与者,流寓厦门时加入中国共产党,成为坚定的革命者;而林金波则是30年代在厦门求学时,受到左翼革命文学的影响而成长为台湾进步文化人。

林金波为号称台湾第一家族的板桥林家三房林嵩寿的长子,1914年生于厦门鼓浪屿,先后就读、毕业于厦门旭瀛书院小学、英华书院初中部及高中部,1933年考入厦门大学理学院,参加了由厦门大学、集美中学等校内外的文学青年组成的鹭花文艺社。1934年赴上海,拟投考圣约翰大学。1935年其父去世,他返台奔丧,此后常往来于大陆和台湾之间。1945年"台湾留学国内学友会"成立时,他被选为三位常务理事之一。而在1933年至1934年间鹭花文艺社印行的《鹭华》月刊上,林金波即以"木马"笔名发表作品。也就在这时,林金波与鲁迅有了一段特殊的因缘。

也许由于鲁迅曾在厦大任过教,厦大学生历来对鲁迅无比崇敬。当年林家有成员住上海北四川路,离与鲁迅关系密切的内山书店不远。当林金波往赴上海时,鹭花文艺社委托他将《鹭华》月刊送到内山书店,请书店转交鲁迅。而当时鲁迅和茅盾正应美国友人伊罗生之托选编中国现代短篇小说集《草鞋脚》,茅盾为该书编写附录材料《中国左翼文艺定期刊编目》,鲁迅对该材料做了修订,并亲自补写了有关厦门《鹭华》月刊的注条。值得注意的,茅盾的《编目》所介绍的19种左翼文艺刊物,绝大多数为上海或北平出版的

① 李应章的经历和创作情况参见李玲虹:《回忆我的父亲李伟光》,中华全国台湾同胞联谊会编《台湾同胞抗日50年纪实》,北京:中国妇女出版社1998年版。

面向全国发行的期刊,而鲁迅特为偏远小城厦门的《鹭华》补上一注条,可说是一种格外的重视。[①] 当时《鹭华》只在闽南几个城镇发行,没有寄到省外去,而注条对《鹭华》的介绍颇为精确,可知鲁迅已看到了《鹭华》原刊。据此可断定,内山书店确实按照林金波的请求将刊物转交给鲁迅了。

在仅有的 4 期《鹭华》中,林金波(木马)发表了短篇小说《汛》、《潮》,新诗《落日颂》以及评论文章《"解放了的唐·吉诃德"》等。后者介绍了苏联文艺评论家卢那卡尔斯基所作的十场戏剧《解放了的唐·吉诃德》。该书由易嘉(瞿秋白)翻译,鲁迅为之写后记,列入《文艺连丛》,于 1934 年 4 月由上海联华书局出版。而林金波的文章作于 5 月 14 日,可见作者动作之快。文中写道:"我最初读到这剧本是在三年前的北斗杂志上",这里所说的《北斗》杂志,为 30 年代初左联直接领导、丁玲主编的唯一公开发行的左翼文艺刊物。文中林金波还提到柔石所译卢氏的《浮士德与城》以及由鲁迅、冯雪峰编辑,1929 年 6 月起陆续出版的《科学的艺术论丛书》,称赞其系统地将"新颖的最前进的艺术理论移植到我们的文坛上来"。由此可知,林金波 20 岁前在厦门时,就广泛地接触了与鲁迅有关的各种左翼的文艺报刊和书籍。林金波在《鹭华》上的小说、诗歌作品,有的即是接受了左翼革命文艺理论之后的创作实践。如《潮》写一群挑粪工,在资本家和工头的盘剥下,辛勤劳动而无法养家糊口,遂不顾种种威胁利诱,举行了罢工,并相信"咱们的确会胜利"而决心坚持下去。[②]

1945 年 10 月 25 日,刚成立一个月的"台湾留学国内学友会"于台北印行了《前锋》杂志创刊号,即"光复纪念号"。该会是那些曾前往祖国大陆读书的台湾人创办的,在台湾回归祖国的新形势下,他们希望以其特殊经历而有所作为。该期杂志上刊登了署名"木马"的《学习鲁迅先生》一文。杂志编者在《编后记》中特地提到这是一篇"很有意义"的文章。在这篇文章中,林金波坦承他的由来已久的"鲁迅情结",写道:"我和鲁迅先生除了曾瞻仰了他的照相外没有见过面,也没有通过一次信,在私人方面可以说没有

---

① 有关《鹭华》情况,参见苏宿莽《鲁迅与厦门〈鹭华〉月刊》,《新文学史料》1982 年第 1 期;汪洲《鲁迅"鹭华月刊"注条考释》,《福建新文学史料集刊》第 3 辑。

② 木马:《"解放了的唐·吉诃德"》,《鹭华》第 1 卷第 4 期,1934 年 6 月;《潮》,《鹭华》第 1 卷第 3 期,1934 年 5 月。

一些儿的交接。可是我读他每一本的著作。我爱他的书，爱他的为人，爱他充溢了'民族魂'的战斗精神。在这艰难的人生路上，我能够得到一点点儿教养和正义的信念，得一点点儿做人态度，可以说都是从先生的著作里受到了无数的启发、无数的教导。"①

　　除了表达对鲁迅的深切崇仰和怀念之情外，林金波还概括了应该向鲁迅学习的几个方面。一是"爱国爱民族的精神"。先生的一生可以说是一部民族斗争史，永远坚持着忧国救亡，"宁愿战死，莫做奴隶"的不屈精神。二是"直视人生的精神"。他"不架空、不装作"，憎恶伪君子，最恨浮华少年、空头艺术家、鬼鬼祟祟的阴谋者、挂羊头卖狗肉的投机分子。第三则是"为学不倦的精神"，不顾健康地努力工作，忘掉了自己地为民族为被压迫者求解放。这样的概括可说颇能抓住鲁迅精神的主要精髓。

　　林金波的《学习鲁迅先生》无疑是光复后台湾较早介绍鲁迅的文章，可说是光复初期台湾"鲁迅风潮"的先声。厦门求学时代深受左翼文学影响的林金波早就存有强烈的"鲁迅情结"，才会有如此迅速、热情的介绍鲁迅的行动。这是中国现代新文学对于光复初期台湾文坛产生影响的显著例证之一。

第二节　闽籍或经闽入台作家的贡献

一、郁达夫浸渍闽文化及其台湾之行

　　闽台新文学的交流，并非单向的。除了台湾作家来到厦门、福州等地，受到五四新文学的熏染，并将火种带回台湾外，福建籍作家和由外省来到福建工作或学习，而后从福建前往台湾的作家，同样在闽台文学交流中发挥了重要的作用，这也是闽台文学之文化亲缘的重要体现。

　　郁达夫就是一位因到福建任职而有机会到台湾的著名中国现代作家。郁达夫从1936年2月起，应当时福建省政府主席陈仪的邀请，到福州担任省政府参议两年多。1936年冬，他前往日本，归途取道台湾、厦门。在台湾的一个

---

　　①　木马：《学习鲁迅先生——十周年忌辰纪念》，台北：《前锋》（光复纪念号），1945年10月。引文中"正义"一词前原有"不动"二字，疑为衍文。副标题中的"十周年"，疑为"九周年"之误。

星期,到过台北、台中、嘉义、台南等地,尽管日本军警深怀戒心,郁达夫仍与台湾文学界有了相当的接触,给了台湾作家"亲睹祖国文人的风采"① 的机会和极大的鼓舞;反过来,台湾作家在异族统治下仍保持着未曾泯灭的民族意识和对祖国的向往,也给郁达夫留下了深刻的印象。

　　郁达夫的台湾之行,正当其民族意识空前高涨之时。这种高涨,除了日寇磨刀霍霍的时代原因外,与作家在福州深切感受到闽地特殊的历史文化精神并受其熏染和激励,也有相当的关系。郁达夫到福州后,就对福建地方历史文化表现出浓厚的兴趣。据其日记,他一到福州,即"登乌石山绝顶,俯瞰福州全市",觉得福建省会"山水也着实不恶"。走过长街短巷,"见毗连的大宅,都是钟鸣鼎食之家",包括林文忠公、沈葆桢等的家族,"两旁进士之匾额,多如市上招牌"。郁达夫到福州后最早做的事之一,就是搜集有关福建的地方文献,有的是到旧书铺购买,如《闽中十子诗钞》、《闽产录异》、《武夷山志》、《闽诗录》、《福州志》等;买不到的,则到省立或福建学院的图书馆查阅、借读,如《福建通志》、《闽中物产志》、《福州府志》、《闽都记》、《百名家诗选》、《闽小记》等。此外,郁达夫还通过一切机会,了解福建地方文化和闽浙之间的文化关系。如收集整理戚继光抗倭等民间传说,观看闽剧,留心和欣赏福建艺术家的书画作品,对于妈祖信仰等地方民俗,也格外关注。如 1936 年的天后（即妈祖）生日,郁达夫特地将《福建通志》中的《天后传略》抄录在日记中。②在对福建文化有了切身感受和体会后,郁达夫通过文学作品加以弘扬,并借此表达自己的爱国情怀。《记闽中的风雅》一文中,他诚诚恳恳地希望人们"能以风雅来维持气节,使郑所南、黄漳浦的一脉正气,得重放一次最后的光芒"。郑所南即宋朝末年福建连江的爱国志士、以《铁函心史》闻名的郑思肖;黄漳浦即明末自请集结军队抵抗清军,兵败被俘、不屈而死的福建漳浦人黄道周。该文并录作者在一次宴席上即兴写下的《赠〈华报〉同人》一诗:

　　　　闽中风雅赖扶持,气节应为弱者师。

---

　　① 　郭水潭:《忆郁达夫访台》,林佛儿等编《盐分地带文学选》,台北:林白出版社 1979 年版,第 588 页。

　　② 　见《郁达夫日记集》中的"闽游日记"、"浓春日记"两部分,杭州:浙江文艺出版社 1986 年版,第 353~395 页。

万一国亡家破后,对花洒泪岂成诗。①

郁达夫又在《饮食男女在福州》中,谈及有些福州妇女至今头上仍带着三把银刀似的发簪,俗称三把刀,乃因唐代时,福建女子其父、夫、子都被入境大兵杀了,她们誓死不肯从敌,故时时带着三把刀预备复仇,借此赞扬了闽中妇女的格外刚烈的气节。又谈及今日台湾的福建籍妇女,"听说也是一样",尽管沦日已经多年,而她们仍不肯与日本的嫖客同宿,若有人破此旧习,同人中就视作禽兽,耻不与伍,"这又是多么悲壮的一幕惨剧! 谁说犹唱后庭花处,商女都不知家国的兴亡哩! "②

除了古书外,福州的古迹如祀闽王的大庙山,以及有大量珍贵石刻佛像、残破碑石的乌石山黑塔,都使郁达夫流连忘返。最使郁达夫受到民族精神激励的,则是登临于山晋谒戚公祠。1936 年秋,戚公祠新修落成,于社同人广征纪念文字。郁达夫感动于戚继光抗倭事迹,用岳飞原韵赋词《满江红》,慷慨悲歌,壮怀激烈:

三百年来,我华夏威风久歇。有几个,如公成就,丰功伟烈。拔剑光寒倭寇胆,拨云手指天心月。到于今,遗饼纪征东,民怀切。

会稽耻,终须雪。楚三户,教秦灭。愿英灵,永保金瓯无缺。台畔班师酣醉石,亭边思子悲啼血,向长空,洒泪酹千杯,蓬莱阙。③

1937 年他又一次上于山,再作《游于山戚公祠》,诗云:"于山岭上戚公祠,浩气仍然溢两仪。但使南疆猛将在,不教倭寇渡江涯。"郁达夫曾在《对福建文艺界的希望》中指出:"福建地处海滨,就自然位置而言,所居地位,就在国防第一线上。唯其是如此,所以感受帝国主义的压迫,福建比别省为强,而世界的潮流浸染,所得的反响,也当然要比别省来得更切实与紧张。"④ 由此可见,郁达夫在福州期间,受到了洋溢、流转于闽地的格外强烈的民族精神和气节的感染,更坚定其抗日爱国情操。

---

① 郁达夫:《记闽中的风雅》,原载《立报·言林》1936 年 4 月 1 日。引自《郁达夫文集》第四卷,广州:花城出版社、香港:三联书店 1982 年版,第 116~117 页。
② 郁达夫:《饮食男女在福州》,同上书第 153 页。
③ 郁达夫:《满江红》,原载《谈风》第 2 期,引自《郁达夫诗词集》,杭州:浙江文艺出版社 1988 年版,第 280~281 页。
④ 郁达夫:《对福建文艺界的希望》,原载《福建民报》1937 年 7 月 1 日,引自《郁达夫全集》第六卷,杭州:浙江文艺出版社 1992 年版,第 304 页。

　　郁达夫正是怀着这种心境和情怀前往日本的。表面上他是为福建省政府采购印刷机,并应日本方面邀请到学校、社团讲演,实际上还负有暗中为遭国民党当局通缉的郭沫若重返国门穿针引线的任务。十年前郁、郭曾产生芥蒂,关系破裂,此时再次见面,却"十年恩怨一朝释"。在日本改造社的宴会上应邀即席吟唱,郁达夫吟起"风萧萧兮易水寒,壮士一去兮不复还",郭沫若接着吟唱的,仍是相同的诗篇,竟使日本朋友觉得这"分明不就是他们所怀的同日本血战的悲壮心情的不可抑制的抒发么?"是晚,郭沫若还为郁达夫挥毫写下一首七绝,诗中一语双关地用了伯夷叔齐的典故,表达共守民族气节的决心:

　　　　十年前事今犹昨,携手相期赴首阳。

　　　　此夕重逢如梦寐,那堪国破又家亡。①

　　1936 年 11 月,郁达夫离日返国。因回程取道台湾,航程中必然要经过马关,而马关对于中国人来说,是一个和台湾紧紧联系在一起的充满耻辱记忆的名词。在当时形势下,车过有明湾头,诗人难免有情何以堪之感!其《丙子冬日车过有明湾头有作》诗云:

　　　　却望云仙似蒋山,澄波如梦有明湾。

　　　　逢人怕问前程驿,一水东航是马关。

　　郁达夫到台湾后,做了为期一个星期的访问,接触了许多台湾作家。这在当时的报刊文字中,就有所反映,如黄得时的《达夫片片》(载《台湾新民报》1937 年 1 月 1 日)、尚未央的《会郁达夫记》(载《台湾新文学》第 2 卷第 2 期)等。光复初,日据时代著名作家黄得时撰《郁达夫先生评传》长文,开头即提到十年前与郁达夫的晤见之缘:在台北"得到先生许多贵重的指教,并且得与先生讨论台湾文化与大陆文化的交流,及至先生回闽……亦屡蒙赐信激励……那年,郁先生……由东京回福建的途中,特地来到台湾视察。可见先生对于台湾的关心,多么大了!先生在台湾勾留的期间不过十几天(实际上仅七八天——引者按),但是对于台湾文化界的刺激非常强大。现在回忆起来,实在感慨无量"②。

----

　　① 〔日〕小田岳夫:《关于郁达夫的回忆》,陈子善等编《回忆郁达夫》,长沙:湖南文艺出版社 1986 年版,第 393~396 页。

　　② 黄得时:《郁达夫先生评传》,台湾《台湾文化》第 2 卷第 6 期,1947 年 9 月。

1954 年,台湾盐分地带诗人郭水潭在《忆郁达夫访台》一文中,对郁达夫访台的情景,做了略为详细的忆述。郁达夫于 1936 年 12 月 22 日来到台湾。日本官方出面招待,"而文化界,尤其是台湾知识阶级,对着这位闻名的中国文艺家,如遇故人更加关怀热烈"。郁达夫下榻于台北铁路饭店,并于该店讲堂开过一次文化演讲会。各报均以显著的篇幅报道其热烈情形和空前盛况。但郁达夫此后经台中、嘉义而台南,再也没有开过演讲会;而且除《台湾新民报》主办的一次座谈会外,任何公家的或私人的邀请都避而不赴。12 月 29 日晚,郭水潭从佳里赶到台南拜访郁达夫,与林占鳌、庄松林以及中华会馆的代表两三人,"小型座谈会似地"漫谈。郭水潭由于郁达夫是东京帝大出身,就用日语发问,但郁先生却要他改用笔谈,直到凌晨一点钟,方才告辞。那天晚上日本警察的作为使郭水潭经久不忘:"那天晚,郁先生所寓的饭店里发现了日本特务警察的布置,而且布置得很周密。他们有的在沙龙喝茶,有的在走廊阅报纸,有的在客厅围棋。离我们在咫尺之间,团团地围绕着我们,甚至其中也有远自乡下——我的故里——而来的。我们当场看看情形不对,于是警觉起来,所以话题集中于文学,对于政治概不提起……我们只谈文学,而不谈政治,因此他们一无所获,只算是给我们亲睹祖国文人的风采机会而已。"此外,有人写了有关郁达夫赴台之事的文字于饭店厕所内壁上,也刺激了日本警察的神经而引其愤怒,铁路饭店台籍员工被其盘问或鉴定笔迹等,受累不少。[1]

日本军警如临大敌地对待郁达夫,其实并不奇怪。据郁云所著《郁达夫传》,郁达夫在日本通过演讲和撰文,向日本人民介绍中国各阶层渴望和平的心愿,力陈日本侵华决策的错误,要求日本朝野人士重新认识中国,改变对华政策;他还主张两国在平等互惠的原则上,实行经济合作,开展文化交流,来改善中日关系和维护东亚和平。他的这些言论立刻引起正准备全面进攻中国的日本当局的注意,受到日本宪兵和警察的监视。原定在东京"学士会馆"举行的另一次讲演,便遭到日本警察的禁止。[2] 因此郁达夫在台湾的遭遇,其

---

[1]　郭水潭:《忆郁达夫访台》,台湾《台北文物》第 3 卷第 3 期,1954 年 12 月。本期刊物被禁,成文出版社 1983 年影印重版该刊时,仍仅印其目录。本文引自林佛儿等编《盐分地带文学选》,台北:林白出版社 1979 年版,第 587～589 页。

[2]　郁云:《郁达夫传》,福州:福建人民出版社 1984 年版,第 137～138 页。

实只是他在日本遭遇的延续。与日本人的态度形成鲜明对照的，是台湾作家崇敬郁达夫，将他当做自家人，与他密切配合，一同对付日本警察。而这时的郁达夫已不是人们印象中有点颓废色彩的浪漫作家，而是一个有强烈民族意识和爱国热情的著名作家，他的到来及其所表现出的气节和精神，对生活于日本殖民统治下的台湾作家，无疑是一个有力的鼓舞。

对郁达夫而言，日本、台湾之行也给他留下深刻印象，使他强烈的民族意识进一步增强。他因西安事变匆匆返闽，于12月30日晨搭轮船抵厦门，接受厦门《星光日报》记者赵璧采访时，谈到此次访日对日本的一般观感是疯狂和不调和，对于台湾"这笼罩在亡国氛围下的岛屿"，郁先生则怀有相当的好感："40年来，日本把台湾统治得似乎很有秩序了，然而这是一座火山，一座酝酿40年的火山，迟早终有爆炸的一天"。他对记者说道：

> 台湾人很好，无论老的少的，对祖国都很热烈。年纪老的，他们一切都亲切的感受到；年纪轻的，他们有个热烈的眷恋祖国的心。可是在统治者多方面的压迫下，年轻人是苦恼的，他们彷徨在汉文和日文之间，汉文因环境关系，使他们不能长期间学习，故根底很浅。日文亦因种种习惯，当然比不上日人。所以在文学方面，他们的作品虽然很多，但很少好的。可是他们是抱着不屈不挠的精神不断地努力着，他们的精神值得我们的钦佩，所以我断定台湾的文学将来一定很有希望的。日本人对于台湾人思想的自由极端的防范，想尽法子使他们忘掉了对中国的关系，台湾青年的作品无处发表，三五个人在马路旁说话便要受干涉，这样的生活，你能够叫他们不苦恼吗？在这样的生活中，他们热烈的想念祖国，他们非常关心祖国，无时不尖着耳朵在打听祖国的信息，然而，我们对不住台湾同胞，祖国给他们太失望了！①

第二天，郁达夫在厦门文化界人士陪同下，游鼓浪屿，访弘一法师，登上水操台，凭吊郑延平，下午应厦门基督教青年会邀请，做了题为《世界动态与中国》的公开演讲。在讲演中，他说道："我以为第二次世界大战的中心，说不定是发生在东方。然而在这危机下的中国，应该怎样呢？我们的出路，便是

---

① 赵璧：《郁达夫在厦门》，原载厦门《星光日报》1936年12月31日第2张第6版，引自《福建新文学史料集刊》第三辑，第336～337页。

积极的把国家整顿起来。我们不想侵略别人,只希望把自己的国家弄成一个良好的国家。"① 刊于 1937 年元旦的《星光日报》上的《可忧虑的一九三七年》也直言指出:"一九三七年,也许是中国的一个濒于绝境的年头","亲爱的众同胞,现在决不是酣歌宴舞的时候!""其亡其亡,系于苞桑,日居月处,应思危卵。民族的中兴,国家的再造,就要看我们在这一年内的努力的如何!"② 在回答厦门《江声报》记者有关"中国文坛,将来将由何方转移"的问题时,他说:"中国文坛,为民族艺术之表现。假如民族受着压迫,当极力挣扎反抗。"③ 此外,当记者赵家欣(即赵璧)求他墨宝时,他写下了题为《青岛杂事诗》的诗:

> 万斛涛头一岛青,正因死士义田横。
> 而今刘豫称齐帝,唱破家山饰太平。④

此诗的"诗眼"自然在"田横"二字,而"田横"为郑成功《复台》诗中首次使用的典故,此后二三百年来台湾诗人反复采用,用以表达不甘屈服于外来统治的民族气节。郁达夫此时特地挑选它来写,显然与他这几天的台湾、鼓浪屿这些郑成功故地之行,不无关系。

由此可知,这时期的郁达夫对于外来的侵略、国家的存亡格外的挂心和担忧。这固然和世界局势有关,与郁达夫作为一个诗人、作家的敏感有关,同时,与他来到福建,又往日本、台湾,对帝国主义的侵略野心有了更强的感性认识,并受闽台地方特有的文化氛围和民性民气的强烈感染而增强了民族意识,也有相当的关系。

二、覃子豪的《永安劫后》组诗和《海洋诗抄》

更大批的闽籍或与福建有因缘的作家、文化人来到台湾,是在台湾光复之后。闽台一水之隔,历史上人员往来频繁,亲友关系多,语言交流也较方便,

---

① 郁达夫:《世界动态与中国》,《郁达夫全集》第七卷,杭州:浙江文艺出版社 1992 年版,第 267~268 页。
② 郁达夫:《可忧虑的一九三七年》,《郁达夫全集》第七卷,第 265 页。
③ 厦门《江声报》1936 年 12 月 31 日。
④ 赵家欣:《忆郁达夫先生》,陈子善等编《回忆郁达夫》,长沙:湖南文艺出版社 1986 年版,第 403 页。另郁达夫《青岛杂事诗十首》,载《郁达夫诗词集》,杭州:浙江文艺出版社 1988 年版,第 171 页。

于是刚光复的台湾急需的各种人才,很多由闽省提供。像当年厦门大学的毕业生到台湾工 作的,即达数百人之多。这样,就有较多的在闽作家、文化人来到台湾。当然,他们到台湾的具体原因、动机和心情也有不同。其中不少是在大陆失了业,于是转到台湾求职,因此便对台湾怀着一种憧憬。抗战时期曾在《中央日报》(永安版)编副刊的姚勇来(笔名姚隼)在其《新台湾之旅》中,就表达了这种心情。此前姚隼在"黄金的都市"、"冒险家的乐园"上海住了 4 个月,连一个安身之处都没法找到,却窥见了许多的丑恶、荒淫、无耻和种种骗局。这时有朋友从台湾来,"他们都把这个从敌人五十年铁蹄下解放出来的岛屿,描绘得像仙境一般",勾起了姚隼美丽的憧憬。于是他抱着"在这新的国土上呼吸着新鲜的气息"的希望,航向台湾。姚隼从船上的观察中,觉得前往台湾的人当中,可以大致分为两种类型:一种人是要去参加建设新台湾的工作的;而另外一种人则是把台湾看成一个"宝岛",想到那边去"淘金",或者谋个"高官显爵"。姚隼理智地认识到:"今日台湾民心之向背,以及建设工作之是否能够顺利完成,是跟这两种不同类型的人们有着密切的关系的。"① 此话后来不幸而言中。有此清醒的认识,应与姚隼作为福建人,对台湾较为了解有关。

　　抗战时期姚隼在永安时,对于萨一佛、覃子豪的"永安劫后诗画合展"起了重要的促成作用。覃子豪(1912～1963)本为四川人,1935 年东渡日本,与雷石榆、王亚平等从事新诗和政治运动,又与李春潮、贾植芳等组成"文海社"。抗战爆发后回国,长期在第三战区服务,活跃于东南文坛。1943 年辞退军职,后被聘为福建漳州《闽南新报》主笔,并兼编副刊《海防》。因 1944 年 4 月的一趟永安之行而有了《永安劫后》组诗。1944 年 4 月 23 日,姚隼主编的《中央副刊·艺文版》刊出《永安劫后诗画合展专辑》,载有覃子豪的《我怎样写〈永安劫后〉》、萨一佛《噩梦的寻索——跋〈永安劫后画展〉》、朱大炎《诗画合展的意义》、姚隼《一一·四半年祭——兼论永安劫后诗画合展》、彼得《艺术家的良心》等文。覃文说明了这些诗写作的缘起:"将要远行的前一天,我在力行兄家里看到萨一佛永安劫后素描展的一张目录……立刻引起我底注意,那就是含有深刻性及富有浓厚诗意的主题。因为这些主题

---

　　① 　姚隼:《新台湾之旅》,台北《台湾月刊》创刊号,1946 年 10 月。

不仅仅是适合画家的表现,而且是适合作家的表现……我立刻到姚隼那里把萨一佛的素描全部的看了一遍,我为了画面底深沉和线条底活泼生动,想为这些素描写几首诗,结果,把行期展缓了。"覃子豪以超常的速度,为每一幅画配写一首诗,在一星期中写了45首。姚隼在他的文章中则以《火的跳舞》为例,说明覃子豪的诗与原画的关系:"诗人并不是机械地在说明画旨;他只从画家那里得到了一个动机,而加上了自己的体验,而写出了自己的意见,但又和原画相符合,而且更增加其艺术的效果。"又指出:"覃子豪兄的诗,其优点是朴质易解,不矫揉造作,不堆砌词藻,而用着平易的语言,煽起人们的真情同感——他的诗和一佛兄的素描摆在一起,令人有着一种非常调和的感觉,在展览的场合中,是很适当的……这是通俗,但绝非庸俗。"① 应该说,《永安劫后》是覃子豪与福建画家合作的产物。

1945年1月,覃子豪在漳州创办"南风文艺社",并将"永安劫后诗画合展"在漳州和晋江再次展出。4月为福建龙溪《警报》主编副刊《钟声》。抗战胜利后,覃子豪怀着在"新收复的城市里创一番文化事业"的愿望来到厦门,却因条件限制,只办成一家《太平洋晚报》。为了自建印刷厂,他过海到台南采办机器,却从此滞留台湾。② 他在大陆的最后一首诗是《向往》,诗末标明1947年12月写于厦门:"我像一只快要闷死的鸟儿/随时离开狭小的牢笼而飞去/……我将重作一个航海者乘白帆而去/我将再在海上作无尽的漂流/但我又不知道该去到哪儿/欧罗巴洲或是亚美利加洲?//啊!我要在这残酷的世界上/去寻找一个理想的境界/……我知道我会在那漂流的日子里/想起我曾经眷恋过的故土/即使我在那故土受尽折磨/而我也会流下思念的热泪"③。从诗中可看出他心情相当不好,苦闷而迷茫,感到已"受尽折磨",这种心情和姚隼离开上海时的心情颇为相似,而它无疑源于当时趋于恶化的现实环境。

覃子豪到了台湾,也就将在大陆(特别是抗战后期在福建)就已培育的对于诗歌的敬业精神,组织文艺社团、创办编辑报纸副刊和诗刊的热情和经

① 见永安《中央日报》(福建版)1944年4月23日第4版。
② 彭邦桢:《覃子豪评传》,彭邦桢选《覃子豪诗选》,香港:文艺风出版社1987年版,第238页。
③ 覃子豪:《向往》,李华飞编《覃子豪诗粹》,重庆出版社1986年版,第127～128页。

验,以及遭遇战乱、离乡背井的放逐感和悲剧感,带到了台湾。他的本职是台湾省政府粮食局督导员,公务繁忙,经常出差到乡下视察粮务,但他利用一切机会和业余时间从事推动诗运的工作,除了自己坚持不懈的诗创作外,还参与主编《青年战士报·诗叶》、《自立晚报·新诗周刊》。在与余光中等共组蓝星诗社后,又主编《蓝星诗刊》等,并投入当时诗坛频繁的论争。此外,他还出任"中华文艺函授学校"诗歌班主任,培养了一大批有志于诗创作的青年。因此,作为在大陆就已成名,在台湾仍很活跃的诗人,覃子豪与纪弦、钟鼎文一起,被视为50年代台湾诗坛三大元老。

覃子豪明显得益于闽台文化的陶冶而创作的诗集是《海洋诗抄》。覃子豪的家乡本在内陆,外出求学后与海有了较多接触。他由厦门乘帆船渡过波涛险恶的台湾海峡,又由台湾坐渔艇去过香港,"这些行径不是一个肯冒险的人所能为,我却认为这是最真实的生活。"到台湾后与海有了更密切的接触,对海的理解也加深了,便开始写海洋诗。诗人对于海洋的体验和认知以及爱海的理由是这样的:

> 森林,草原,河流,山岳,各自有其特性和美;但在我心中并没有占着很重要的地位。我只有对海的印象特别深刻。豪放,深沉,美丽,温柔的海,比人类的情感和个性更为复杂,不能归入静的或是动的一种类型。它是复杂而又单纯,暴躁而又平和,它是人类所有一切情感和个性底总和,它的外貌和内在含蓄有无尽的美,是上帝创造自然的唯一的杰作。它模仿人类的情感,而对人类的心灵却又是创造的启示。它充满着不可思议的魅力;比森林神秘;比草原旷达,比河流狂放,比山岳沉静。是自然界中最原始的祖先,也是给人类带来近代文化的骄子。[1]

诗人由此把握复杂多元、运动不居的海洋的精神,不仅直接形诸笔墨而有了《海洋诗抄》,被视为当代台湾海洋文学之开端,更融入其所有创作中,成为一种潜在、长久的因素。台湾诗人彭邦桢评说道:我国位于太平洋西岸,有着漫长的海岸线和诸多海岛,"而我国就不曾有个能为海洋写诗的诗人。可说子豪才是当今独步诗坛的"[2]。

---

① 覃子豪:《海洋诗抄·题记》,李华飞编《覃子豪诗粹》第55页。
② 彭邦桢:《覃子豪评传》,《覃子豪诗选》,香港:文艺风出版社1987年版,第240页。

《永安劫后》与时代紧密联系,具有强烈的现实意义和价值,1955 年 9 月
出版的第五本诗集《向日葵》的题记中,虽然已可看到诗人因着环境和境遇
的改变而开始调整其创作路向,称这诗集"是我苦闷的投影",但《永安劫
后》所体现的紧密连接现实的精神,并没有完全消失。他写道:"生活不容许
我们以全部的时间来写诗;若整天为写诗而写诗,未必能写出好诗。写作时
间过少,无一刻纯然单一的心境亦难有佳作产生。如能有片刻闲暇的余留,
对大千世界,纷纭世态,或自己的生命有所感悟,而能捕捉意念中令人神往
的顷刻,就能把握着诗真实的生命。"① 差不多同时,他投入了与纪弦"现代
派"的论争中。1957 年发表的《新诗向何处去?》指出:所谓"横的移植"
乃是盲从西洋,做了"西洋诗的尾巴","是否能和中国特殊的社会生活相契
合,是一个问题"②。他还极力反对现代派强调知性而排斥抒情的论点,指出
这是受了西洋诗理性重于情感的主张而产生的偏激心理。从这些可以看出,
诗人于战乱的 40 年代在福建的那段经历,以及那种从现实生活中提取诗情,
为时代、为理想而纵情讴歌,勇敢谴责战争和不义,同情受苦受难民众的创作
路向,无疑已融入覃子豪的生命,在他到台湾后的诗歌理论和创作中,有着不
可磨灭的投影。当时台湾诗坛走向现代主义,大势所趋,覃子豪也难以幸免。
不过他和蓝星诗人群,却是现代主义诗潮中的温和一翼,带有新古典主义色
彩和抒情倾向,对于激进的现代主义诗派,持保留态度。这种倾向的形成不
能不说与覃子豪抗战时期在福建的诗歌创作活动有相当的关联。或者说,路
易士(纪弦在 30 年代的笔名)本就是一名现代派诗人,而大陆时期的覃子豪
却是位紧贴时代和现实、充满激情的诗人,这就埋下了日后意见分歧的根苗。

三、活跃于闽台文坛的雷石榆

与台湾和福建都有很深渊源的广东籍诗人雷石榆,在抗战前和抗战胜利
后的福建文坛,分别有两次出色的表现。第一次是 1936 年冬,他刚从日本留
学归来,任教于福建学院附中,并主编《福建民报》副刊"艺术座",秉持文
学应为抗战武器的理念,发表大量有如战鼓号角的作品。抗战期间他辗转南

---

① 覃子豪:《向日葵·题记》,《覃子豪诗选》第 55 页。
② 覃子豪:《新诗向何处去?》,《蓝星诗选》(狮子星座号),1957 年。

北,但受难的八闽山河仍不时浮现在他的脑海,因此写下《致南国的朋友》、《忆福州》等作品,表达对日寇暴行的声讨和抗议。第二次是 1945 年初夏,正在赣南的一所乡村师范学校任教的雷石榆,因日寇进犯而向闽西一带疏散,于 7 月初长途跋涉至长汀,担任《民治日报》的副刊编辑。在长汀,雷石榆一面编副刊的文艺稿,一面写自传体小说《边秋一雁声》,并会见了当时在内迁长汀的厦门大学任教的施蛰存。抗战胜利消息传来,雷石榆百感交集,援笔写下了《胜利》一诗。

1945 年 11 月初,雷石榆离开长汀,先短期在漳州《闽南日报》任代总编之职,很快地又来到厦门,在 1946 年元旦开张的《闽南新报》任副刊主编。在厦门,雷石榆与留日时代的诗友覃子豪重逢,又重遇了曾在赣南报社帮过忙的木刻家吴忠翰(厦大毕业生)。但《闽南新报》因经费问题到 4 月初就宣告停刊。陷入失业困境的雷石榆偶然结识了闽南人陈郓和陈香(亦为厦大毕业生),他们正拟到台湾高雄创办报社,邀约雷石榆同往。雷石榆由于"台湾是我早已向往的地方",而且"曾在东京交往颇密的《台湾文艺》编辑吴坤煌、赖明弘等人,以及其他互相知名的台湾作家(如杨逵、吕赫若等),可能还健在,我不至于有人生地疏之感",于是决定一同渡海前往。①

在厦门期间,雷石榆常写诗与吴忠翰的木刻相配,并在吴忠翰鼓励下,参加厦门美术界联合画展。在吴忠翰主编的《艺苑》丛刊第一辑《诗歌与木刻》中,有吴忠翰的木刻《普天同庆》(刊于封面)、《广岛在火海中》,忠翰的连环木刻、洪流配诗的《据点的攻克》(六帧)等;雷石榆则为苏联克拉甫兼珂的木刻《你挑着盈溢的清水吗?》、比利时麦绥莱勒的木刻《那么一天》、王琦的木刻《血汗和马驴》配诗,还翻译了海涅的《红拖鞋》;此外还有罗清桢木刻遗作、覃子豪配诗的《伤兵之友——一个难童的故事之三》②。由此可见,当时雷石榆、吴忠翰、覃子豪等交往甚密,一起从事文艺活动,而后三人又先后来到台湾。

1946 年 1 月 26 日,雷石榆在厦门写下《再一度生活在春天》,表达他对幸福生活的向往。诗的第二节写道:"是的,愿我们 / 再一度生活在春天! /

---

① 雷石榆:《我的回忆》,《新文学史料》1990 年第 3 期。

② 《诗歌与木刻》,《艺苑丛刊》第一辑,厦门:艺苑丛刊出版社 1946 年版。

我啊,我感觉自己／已奔波了十年风尘的严冬,／从肤裂的缝间滴了那么多鲜血,／从酸痛的眼睑抹去那么多泪痕；／也记不清踏过多少平原与湖山,／虽然终至歇步在南国的海滨,／风暴似乎已经过去了,／然而却产生另一种风暴在回旋。"在第三节中,诗人更写道:"现在冬神已走到最后,／春的天使振拍着翅膀,／好像问人类是需要安生还是死亡?／我含着眼泪颤颤地说:／'该死的让他死吧,／但我愿意再一度生活在春天!'"①诗人清醒地认识到:风暴似乎已经过去了,然而却产生另一种风暴在回旋,而人类仍面临着"安生还是死亡"的选择,这是诗人对于抗战后局势的敏感和担忧,并表达了作者摒弃黑暗、追求光明、渴望人民的安定幸福的殷切希望。这首诗后来收入1946年8月由台湾高雄粤光印务公司出版的《八年诗选集》。诗集中还有几首写于台湾的日文诗作,或许是光复初期许多台湾民众只懂日语的特定环境下的产物。这本书在台湾出版又流传回厦门。厦门大学图书馆至今仍有雷石榆亲笔题赠的存本。

当时的厦门,国民党各派系争先恐后来发"胜利"财,又滥发"金圆券",纸币贬值,民众痛苦不堪。另一方面,由于官商勾结的市场投机活跃,市面呈现虚假的繁荣,舞场成为最适合纸醉金迷的娱乐和讲交易的场所。美国兵在舞场里据座"白相",甚至开着吉普车在街上横冲直撞,拦着少女调笑,结果被市民围攻,抱头鼠窜而逃。雷石榆以此为题材,写了长篇随笔《舞场内外风景线》,于1946年6月间在高雄《国声报》上连载。②厦门题材的作品在高雄发表,其实一点也不唐突,因为当时台湾的社会状况,和大陆是颇为相似的。从一些台湾作家作品,像吕赫若的《冬夜》等,也同样可看到接收者大发"胜利"财,而物价飞涨,民不聊生,市面虚假繁荣,酒楼舞厅充斥,有权势的人仗势欺人,生活荒淫糜烂的情景。

雷石榆在厦门的另一重要活动,是参与《人生杂志》、《明日文艺》等刊物的工作。《人生杂志》创刊号出版于1946年1月15日,雷石榆与赵天问、许虹、洪辛等5人一同列名编委,并发表了刻画一位开朗豪爽的抗日女战士的小说《菲琪》。稍早创刊于莆田的《明日文艺》,因创办者曾迺硕急着前往

①　雷石榆:《再一度生活在春天》,见雷石榆《八年诗选集》,高雄:粤光印务公司1946年版,第114～115页。
②　雷石榆:《我的回忆》,《新文学史料》1990年第3期。

台湾,将刊物托付给洪辛,两刊遂合并,采《明日文艺》为刊名,《明日文艺》第 2 期起即在厦门编辑出版,到 1947 年 4 月出至第 6 期。这时雷石榆早已在台北,但始终名列编委,刊物的消息栏也不断介绍他的近况。雷石榆不断寄回稿件发表,计有:新诗《悲歌》、《寄远离的人们》,短论《再来一次狂飙运动》、《戏剧的力量》等。后者标明 1947 年 2 月 30 日写于台北,介绍了"新中国剧社"由欧阳予倩导演的"好剧"《郑成功》在台湾演出的情况。[①] 该文亦曾发表于台中《和平日报》"新世纪"副刊。在台湾,雷石榆还不时投稿给许虹担任主编的厦门《星光日报》"星星"副刊,发表了杂文《沉默的发声》(1948 年 2 月 28 日)、散文《悼亡父》(1947 年 12 月 29 日),以及诗作《血汗》。《血汗》标明 1948 年 10 月 4 日写于台北,以讽刺的笔触,对国民党当局为了内战而搜刮民脂民膏的行径加以揭露:"农家何所有? / 血汗和牛马; / 千颗血汗换一粒, / 还了租来献军粮; / 往日丰收难饱腹, / 战时半饿不叫'娘!' / 老百姓,吃惯苦头听命令, / 何况为了前方打胜仗……"[②]

到了台湾后,雷石榆先在高雄《国声报》担任主笔兼编副刊,每周写两三篇社论,抱着"首先要反映本地人民光复前后的生活状况,思想情绪和斗争"的信念,针对当时台湾重要社会问题发言,为台湾民众的民主和生存权利陈词说理。当时"正是台湾光复的初期,百废待兴,却到处竭泽而渔地'接收',台湾长官公署的官僚主义统治和经济垄断的种种'专卖'机构,令回归祖国的台湾人民大失所望。台湾妇女的命运最可悲,其中有不少人的丈夫被日本征兵去而无生还,她们为了生活(尤其家有老小的),到酒楼饭店去当'侍应生'(女招待)……不料长官公署以正风化为由,通令取缔'侍应生',却无予以'谋生'的明文,于是所有'侍应生'组织了请愿团,上台北请愿去"。就此事,雷石榆连发了两三篇社论,并以此为题材,写了两幕话剧在台南《中华日报》副刊连载。"侍应生"的请愿斗争最终使取缔令搁浅。

1946 年 10 月雷石榆辞去报社职务到了台北,不久担任了台湾交响乐团编审,并帮助后来成为他的妻子的台湾知名女舞蹈家蔡瑞月的赈灾义演,后

①　雷石榆:《戏剧的力量》,《明日文艺》第 1 卷第 6 期,1947 年 4 月。

②　雷石榆:《血汗》,原载厦门《星光日报》1948 年 10 月 12 日,引自蔡祖卿等主编《鹭岛风云》,1996 年,第 371 页。

转到台湾大学任副教授,结识(或重遇)了许寿裳、李何林、李霁野等大陆赴台的著名文化人,以及杨逵、吕赫若、吴坤煌、赖明弘等台湾作家。1948 年上半年,周传枝(周青)在台北筹划组织一个艺术团体,雷石榆为之命名"乡音艺术团",并写了以乡土之爱为主题的舞剧诗《假如我是一只海燕》。1948年夏离开台湾大学后,雷石榆在一些报刊能采纳的限度内,尽量撰写各类稿子送去发表,其中包括游览怀古的抒情诗作。如游览郑成功曾手植梅树的开山祠以及台南赤崁楼,有五律一首,缅怀郑成功的英雄业绩:

> 英雄志复国,击楫向东来。红鬼哭战苦,白旗乞命哀。安平滩水静,赤崁斗星回。最是沉吟处,开山祠里梅。①

雷石榆在台湾最重要的活动之一,是 1948 年参与了正在《台湾新生报》"桥"副刊上热烈展开的一场如何建设台湾文学问题的论争。雷石榆发表了《我的申辩》、《再申辩》、《台湾新文学创作方法问题》、《形式主义的文学观——评扬风的〈五四文艺写作〉》、《再论新写实主义》等五六篇文章。他提出的"新写实主义",是当时一个重要的理论建树。这种"新写实主义",既超越自然主义的"机械刻画",也超越"浪漫主义的架空夸张",台湾作家陈映真等认为,这其实就是现实主义和浪漫主义"双结合"的创作方法,并视之为马克思主义文论的首次引入台湾。② 值得指出的是,雷石榆在台湾的创作和理论倾向,某种意义上说却是《明日文艺》的延续。《明日文艺》第5 期雷霖所撰《编后记》写道:"《明日文艺》绝不谈'明天'的事,我们要追求明天的辉煌远景,今日就非紧紧与现实搏斗不可,所以我们的取稿是重视现实内容,技巧是其次,重视作品社会价值,不计较作者写作上地位。"第 6期《编后记》中则写道:"我们希望今后大家题材能向下层去挖掘,这较写游离飘浮的一般知识青年琐事是较有意义的。"而在第 5 期上,并发表了署名菲亚的《关于新现实主义》一文,称在资本主义矛盾达到最尖锐化、人民迫切要求社会主义社会的诞生的背景下产生的,"已经在俄国的社会主义的建筑上完成他的辉煌的作品"的"新现实主义",乃"二十世纪进步的一种思潮",并呼吁中国的文艺作者继承五四、五卅等优良传统,开辟新现实主义的

① 雷石榆:《我的回忆》,《新文学史料》1990 年第 3 期。
② 参见石家驹:《一场被遮断的文学论争》,陈映真、曾健民编《1947～1949 台湾文学问题论议集》,台北:人间出版社 1999 年版,第 16～17 页。

道路。①　显然,"新现实主义"的倡导在厦门和台北同时出现,是遥相呼应的。

四、写出台湾文学"好样本"的福州青年欧坦生

和覃子豪、雷石榆等是从厦门到台湾的非闽籍作家不同,欧坦生却是从福州启程的闽籍文学青年。1948 年 6 月,台湾作家杨逵在《"台湾文学"问答》中谈道:"去年十一月号的《文艺春秋》曾有边疆文学特辑,其中一篇以台湾为背景的《沉醉》是'台湾文学'的一篇好样本。"②《沉醉》的作者即欧坦生。欧坦生 1923 年生于福州,早慧的他在 1936 年就以"平山"笔名在《福建民报》副刊发表第一篇"习作小说"《压岁钱》③。此后几年里,他与黑尼、邓向椿、笛尔、芩凭等福州进步文学界人士来往甚密,并在报刊大量发表小说、散文和诗,特别是在笛尔 1939 年 5 月至 11 月间担任《福建民报》"纸弹"副刊编辑,从而使该刊有了"海防前线的文艺哨兵"之誉的 160 天里,他的作品更密集地在该副刊发表。④ 据笔者初步查阅,1939 年 5 月至 11 月间,欧坦生在《福建民报·纸弹》上至少发表十多篇作品,其中包括连载 36 天的小说《妈妈》,以及因崇拜张天翼而取"异风"为笔名的几篇作品。1941 年他往内迁闽北的暨南大学读书,深受当时在暨大当老师的乡土文学作家许杰的影响,创作日趋成熟。台湾光复后,他因姐姐在台湾,就于 1947 年 2 月间前往台湾谋职。从 1946 年至 1948 年的两年间,他在范泉主编、上海出版的《文艺春秋》刊物上发表了《十八响》等 6 篇小说,其中《沉醉》和《鹅仔》二篇,是欧坦生到台湾后以台湾生活为素材创作的小说。

《沉醉》写的是一位外省来的杨姓年轻公务员,抵台时正值"二二八"事件发生,在车站遭毒打,台湾女佣阿锦无微不至地为他看护疗伤,并对他产生了感情,未料杨先生仅是逢场作戏,在南下任职后,即想抛弃此女子,并写信请在台北的同乡朱先生帮着处理。朱先生先是骗阿锦,说杨要乘船返回厦门,害得痴心的阿锦连夜赶到基隆送行扑空,复又欺骗阿锦,说杨是回上海找

---

① 菲亚:《关于新现实主义》,《明日文艺》第 1 卷第 5 期,1947 年 2 月。

② 杨逵:《"台湾文学"问答》,台湾《新生报》"桥"副刊,1948 年 6 月 25 日。

③ 2000 年欧坦生在给笔者的信中提及。

④ 参见郁甘:《海防前线的文艺哨兵——记笛尔主编的〈福建民报〉副刊"纸弹"》、笛尔:《昙花梦——记我与"纸弹"160 天》、欧坦生:《我和邓向椿》等文,载徐君藩等编《福州文坛回忆录》,福州:海潮摄影艺术出版社 1993 年版。

他父亲谈他们两人的婚事,就要来迎娶她,使阿锦沉浸于幻想之中,无情地玩弄了这个台湾少女的感情。《鹅仔》则写台湾贫家子弟阿通养的一只大鹅仔,不慎跑到外省来的处长的院子里,处长太太以鹅仔弄脏地方为由,扣留了鹅仔,要阿通拿钱来赎,后来更宰鹅请客;阿通视此鹅为命根子,他愤怒地到处长家要讨回他的鹅,却遭处长警卫扣留毒打,最后由阿通的父亲赔礼道歉,才得放回。

这两篇小说仍延续着欧坦生刻画官僚统治阶级欺压穷苦百姓的卑劣行径的一贯主题,但小说的现实背景从大陆移到了台湾,对于台湾与大陆有所不同的社会文化和人的性格特征,有着细密的观察和真切的描写。如《鹅仔》中的阿通虽然有点"粗鲁"、"蛮横",其实有着率真、善良的本性,无法窥知对手的奸诈、贪婪和无情,可说是当时台湾人性格的典型写照。处长太太开口闭口骂阿通"亡国奴"、"土匪",骂本地人有"劣根性",反映了当时到台湾的国民党官僚以救世主自居的倨傲心态,对台湾同胞缺乏理解和同情、肆无忌惮地欺压百姓的恶劣行径。《沉醉》一方面指出"二二八"事件中,"台湾人积郁多时的怨愤像火山般的爆发了;由于不满当前的政治,而盲目地迁怒于所有的外省同胞……";另一方面也反映了当时台湾的一种颇为普遍的情形:由于在日本时代,台湾人被剥夺受高等教育的机会,在社会上有地位的男人寥寥可数;因此台湾女郎很容易为似乎有身份、有教养的大陆来客所吸引。更何况当时贫穷家庭的沉重负担,往往压在台湾女性的身上,像小说中的这位少女,她的哥哥被抓去当兵而死,母亲为此病倒在床,妹妹年幼,只得承担养家的重担,无奈光复后失了业,只好给人当下女,米价不断地上涨,买番薯果腹都困难。在此困境下,很容易将希望寄托在那些似乎有教养、有稳定工作的公务员身上,最终上当受骗。

欧坦生、雷石榆、覃子豪、姚隼乃至美术家耳氏(陈庭诗)、吴忠翰等在闽台两地的文学、艺术活动,体现了两地深厚的文化因缘。除了闽台密切的地缘、史缘、亲缘、语缘等关系使得较多的作家从福建前来台湾外,还有如下方面的原因:

首先,福建和台湾在历史背景和现实处境上有相似之处,因此作家们从福建来到台湾,很容易产生"共振"和"进入角色"。如福建的厦门、福州等地和台湾一样,这时都是国统区,而此前都曾经沦于日寇的铁蹄之下,像厦门,

1945年9月25日在鼓浪屿举行受降仪式后,才重新回到中国人民手中。而紧接着,接收中出现的种种弊端以及面临内战再次爆发的严峻形势,台海两岸均然,两岸人民也就共同面临着反内战、反饥饿,求和平的任务,因此,他们一到台湾,几乎不要做任何的适应和改变,就可拿起他们的笔,投入台湾的文学战斗中去。与此同时,他们在台湾同样可将作品寄到厦门来发表,因为福建和台湾,厦门和高雄、台中、台北,其实已连成一条共同的战线。这一点,在雷石榆身上表现得最为明显。

其次,福建在地理人文、语言风俗上与台湾密切关联,使得来自福建的作家较容易写出具有台湾地方乡土色彩的小说。台湾学者曾健民曾认为:《沉醉》和《鹅仔》两篇小说,"它的题材完全取材于当时的台湾社会的一般现实,内容情节也活生生地描写了台湾一般庶民的生活感情,在文字上随处可见到十分自然地使用了一些台湾南部的闽南方言;更重要的是,它准确地掌握了当时国府的接收体制所造成的对台湾人民不平等的普遍现象,并完全站在台湾人民的立场,反映并批判了这种现象。一般来说,没有长期居住台湾的经验,不是处于与一般台湾人民相同境遇与地位的作家是很难写出这样的作品的"[①]。曾健民的这一看法本来是很在理的,但欧坦生实际上并不是台湾籍作家,而是刚到台湾的外省作者,这种情况的出现,也许只能从他是与台湾有深厚渊源的福建人这一点来加以说明。

再次,由于历史渊源以及现实处境的相似,来自福建的作家,对于台湾人民的遭遇、处境和感情,能够给予较多的理解和同情。雷石榆虽然在"桥"副刊的论争中略微表现出对台湾人的某种以偏概全的刻板印象,但其实,雷石榆对于台湾人民有着深切的理解和同情,他更痛恨的是国民党官僚将其固有的"裙带鸡腿"的作风带到台湾,"一方面拖着封建的尾巴,一方面卖弄民主的嘴巴",政治日益腐败等现状。他认为"外省人对于未习惯于和自己一样工作方式的本省人,夸示着一种优越感和傲慢的态度",乃是省籍矛盾产生的重要原因之一。他写道:"许多人都说台湾是美丽的岛,但我最重视的是美丽的人,尤其是心灵的美丽。这岛虽然长期被殖民地化过,但在血统上却是属于我们一个民族的;岛上的人们是了解自身的自由与祖国的自由是不可分割

---

① 　曾健民:《拨开历史的迷雾》,欧坦生《鹅仔》,台北:人间出版社2000年版,第260~261页。

的,而且名符其实的自由还须要我们以更深的忍耐与更大的努力去换取。也希望那种'裙带与鸡腿'的封建尾巴不要带到这岛上来,假如在这里流行起来,那结果比内地更坏。"①

欧坦生则将他对台湾下层民众的深切同情,归结于自己与生俱来的"同情弱者的天性"。在人间出版社搜集他的旧作出版的小说集《鹅仔》的《后记》中,他写道:"我不知道自己是否生来就具有'同情弱者'的天性,从小在家看到长辈对下人疾言厉色就心生反感,尤其最恨人恃强凌弱,以大欺小。长大以后,这一份先天的倾向便常成为我写作小说的主要动力。集内《沉醉》、《十八响》、《鹅仔》诸作无一不是基于此一倾向所衍生的心态撰成的……"② 其实,所谓"'同情弱者'的天性",或许是闽台地方文化的边缘、草根、庶民性格所孕育的一种民性特征。或许正是这种深层次的文化性格,使欧坦生及其他来自福建的作家,写出许多对台湾人民充满理解和同情的作品。

第三节 厦大校友中的当代台湾文坛名家

一、推动厦大抗战剧运的王梦鸥

1999 年台湾举办的一次"台湾文学经典"的评选中,三位曾经在厦门大学学习或工作过的作家王梦鸥、姚一苇、余光中一起入选,刚好占了 30 本经典的 1/10,这足以为他们的母校增光添彩。以《姚一苇戏剧六种》入选戏剧类经典的姚一苇,在戏剧创作、教学和理论方面的成就,使他无疑地成为当代台湾戏剧界的泰斗。以《与永恒拔河》入选新诗类经典的余光中,不仅在诗坛执牛耳,在散文、评论以及翻译方面,也有极高的造诣。以《文艺美学》入选理论类经典的王梦鸥,则是望重学林、桃李芬芳的学界大师。早几年也曾有人做过一项统计,在历年两大报文学奖评奖中聘请的决审委员中,以姚一苇和余光中受聘次数最多,分别达到十七八次。这也从一个侧面说明了这些

---

① 雷石榆:《随想》,台湾《台湾文化》第 2 卷第 1 期,1947 年 1 月。
② 欧坦生:《后记》,《鹅仔》,台北:人间出版社 2000 年版,第 271 页。

作家在文坛的地位。此外,毕业于厦门大学的台湾作家,还有陈香等,亦有出色的表现。厦大校友在台湾文坛取得如此巨大的成就,与他们在厦大时受到母校特殊的人文环境的熏陶不无关系,而他们的经历和创作,也是闽台文学之文化亲缘的一个显著例证。

王梦鸥(1907~2002),福建长乐人,1926年就读法政专科学校(后改制为福建学院)。学生时代受到何振岱(梅生)与陈衍(石遗)两位诗人老师的影响,为日后作诗奠定了基础。30年代初曾二度负笈日本,入早稻田大学文研所研究,日本学者的细腻学风给王梦鸥以深刻印象和影响。抗战前夕的1936年返国,曾于南京《中央日报》编辑"电影周刊",在报上发表一些随笔、短评和译文,也在国民党中央党部电影事业指委会编写剧本。"七七事变"后,在《中央日报》连续撰文,声讨日寇,表达抗战决心。撤离南京后,先回妻子的老家湖南教中学,后受国立厦门大学萨本栋校长之聘,往当时内迁福建长汀的厦大任教。40年代初曾往重庆二年,后又返回厦大。抗战胜利后,曾先后任职于海疆学校、福建师范专科学校和中央研究院,1949年随"中央研究院"到了台湾。在厦大时,王梦鸥文学活动的重心在话剧剧本创作和编导上。到台湾后,则转向国学研究,特别是在《礼记》、《文心雕龙》和唐人小说研究方面,成果斐然,成为大师级学者;但在文学界特别是文艺理论和美学领域仍有极大的影响,其《文学概论》(晚年自订稿改名为《中国文学理论与实践》)长期成为台湾高校的教科书;其《文艺美学》更入选"台湾文学经典"。林明德以"博大与精深"来形容它,称其"驰骋古今,进出中外,旁征博引,例证中国",结合了美学、语言学、心理学、潜意识及文化感情,成就了独特的具有"较大的诠释力量与发展潜力"的文学理论[①]。此外,六七十年代的王梦鸥还参与了《文学季刊》等的创办,为台湾乡土文学的再兴作出了贡献。而王梦鸥在台湾取得这些成就,当然与他在大陆时的文学经历不无关系。

抗战爆发之际,1937年7月29日至8月2日,王梦鸥在南京《中央日报》接连发表署名"梦鸥"的《把我们武装起来》、《肃静,听着》和署名"孟

---

① 林明德:《斟酌古今中外——论王梦鸥〈文艺美学〉》,陈义芝主编《台湾文学经典研讨会论文集》,台北:联经出版公司1999年版,第471页。

尤"① 的《野兽,杀死它》等因"七七事变"而大声疾呼全国武装抗战的文章:"把我们武装起来吧! 没有什么犹豫了!""敌人留给我们的选择,只有勇敢的抗战和卑劣的屈服。我们选择的,不能战胜,就只有死。""我们有一秒钟的时间,也是为着杀敌而活着。我们有一寸土地,也是为着杀敌而存在着。"无论是发表文章的密集,或是表达意念的勇敢和坚决,在当时《中央日报》上无人能出其右。王梦鸥以一介书生,在大敌当前、民族危难之时挺身而出,表达了决心拿起武器与敌血战到底的血性男儿的气概。这种决心与气概,实际上贯穿在整个抗战时期王梦鸥的精神状态中。1938 年 3 月王梦鸥在厦大《唯力》刊物上刊出《龙岩道中》等两首诗,表达"驽骀不厌崎岖苦,家国深仇志在胸"的决心;而 1944 年 12 月 14 日发表于《中央日报》(福建版)上的《书感》一诗,显然仍未改其志,诗中有"凤无手足须归养,今此头颅可借交;日对东西南北路,萧风寒水欲鸣鞘"等诗句。也许正是这种始终不减的"头颅可借交"的抗敌精神,促使王梦鸥在抗战的几年中,写出了那么多的抗日剧本。

其实早在抗战前夕,王梦鸥就与人共同创作了电影剧本《孤城落日》。② 该剧写唐代张巡率军民守雍邱、睢阳等城,抵抗安禄山军,在内断粮草、外绝援军的困境下,坚守数月不屈,直至城破殉难。王梦鸥在国家危难之时努力彰扬抗敌精神和气节,表达出格外坚决的与敌决一死战的气概,令人想起郑思肖等人,显然这有着闽人深厚的历史传统根源。

撤离南京后,王梦鸥先是在"战火中流浪",有一年多的时间辗转于闽赣湘鄂一带,于 1939 年春逗留于粤汉路上的一个铁路交叉点上,受"不要逃亡,国家需要你"标语的激励,决意不再流浪,于是"息影于一个十分清秀的山城"③ ——长汀。此时厦大校长是王梦鸥的小学同学萨本栋,聘请他到厦大任教。最令王梦鸥焕发青春光彩的,是他除任中文系讲师外,还兼任厦大剧团的导演。一大批热血青年因厦大内迁而来到长汀,必然要将抗战的种子播向这块僻静的土地。但他们很快发现街头演讲效果极为有限,戏剧演出

---

① 王梦鸥于 1940 年 2 月 22 日起在长汀《中南日报》副刊《巨图》上连载三幕剧《红心草》时,署名"孟尤",由此可知"孟尤"为王梦鸥曾用笔名之一。

② 王平陵、王梦鸥:《孤城落日》,重庆:国民图书出版社 1944 年版。

③ 王梦鸥:《火花·附记》,重庆:国民图书出版社 1944 年版,第 146 ~ 149 页。

才是最受民众欢迎的宣传方式。由于起先采用的剧本常有诸如"花厅气味太重"等缺陷①，王梦鸥开始自创剧本，于是有了连载于《唯力》上的国防三幕剧《生命之花》。这剧本是在躲避日本飞机空袭轰炸的间隙中写下的，开头的《自序》写道："十八天：在忙里偷闲良友鼓励，／空袭下，私生子似的诞育了她。"②

剧中白玲、安东为一对抗日爱侣，白玲以酒家侍女的身份为掩护，与安东试图炸掉日寇运往京沪线战场杀害中国同胞的大批军火。不料安东行动受挫被捕，白玲明知山有虎，偏向虎山行，手提炸药皮箱径往车站。由于她镇定自若，使得疑心极重的日军特务长中村以为其中有诈。白玲将计就计，诳称炸药早已安放于火车头，将敌引开，而她终得以完成使命，使敌寇的千万吨军火在火光和爆炸声中化为乌有。王梦鸥塑造这么一个以镇定取胜的女英雄形象，与他不满于抗战初期某些人士的惊慌失措有关。

王梦鸥此作在情节结构、人物塑形、对话道白、氛围渲染等方面都比其他一般的剧本高出一筹，学校决定采纳为抗战二周年募捐演出的剧本。演出时卖座极好，所得剧资，充为抗战将士的慰劳金或其家属抚恤金，"该处民众莫不感奋"③，王梦鸥在厦大发挥自己的特长，为抗战作出了确实的贡献。此剧后来在福建省内外各地广为上演，甚至从长汀、重庆一直演到包头，发挥了鼓舞民心士气的作用。

此后大约两年的时间，王梦鸥于教书之余，成为当时闽省一个十分活跃的剧作家和剧运活动者，在当时福建的剧运刊物《抗敌戏剧》、《剧教》、《福建剧坛》等上面，时常可见有关他的消息。他除了又创作出三幕剧《红心草》、四幕剧《冤仇》④ 等之外，还撰写和发表了一些独幕剧和有关抗战戏剧运动的理论文章。

王梦鸥于 1941 年初夏离开长汀前往重庆。1941 年 12 月和 1942 年 1 月，在福建连城出版的《大成日报》先后发表王梦鸥寄自重庆的《战都的剧运》

---

①　《厦大剧团从花厅走出街头》，长汀《唯力》第 2 卷第 5 期，1939 年 6 月。

②　王梦鸥：《生命之花》，连载于《唯力》第 2 卷第 3～5 期，1939 年 5～6 月。该剧正式出版时改名《火花》。

③　详见《厦大通讯》第 1 卷第 8 期，1939 年 8 月；《唯力》第 3 卷第 2 期，1939 年 9 月。

④　该剧原名《同命鸟》，后改名《冤仇》，亦称《仇》，1942 年由独立出版社在重庆出版时再改名《乌夜啼》。

和《战都拾零——谈话剧及其它》。编者附加的一段按语写道:"我们虚心检讨战后的中国剧运,谁也不会忽略了以《生命之花》、《同命鸟》、《红心草》等几个大剧本献给戏剧界的王梦鸥先生。王先生过去从事于电影脚本的创作,战后由水银灯下走上舞台,针对各剧团的剧本荒,献出了大大小小十几个剧本。这些剧本在福建、在赣州、在昆明、在重庆、在广大的祖国土地上,都被各团体热烈地演出。作者今夏应重庆全国文协总会之约,由福建入渝,此刻正站在战时首都的文化岗位上,与曹禺、宋之的、陈白尘、老舍并肩作战,想不久我们必可读到作者的新作。"[①]

从这两篇文章中可看出,王梦鸥对重庆的剧人、剧团、剧运等似乎并不满意,诸如闹矛盾、搞偏锋、妄自尊大等,均为其诟病。另一方面,王梦鸥自称:"我一向喜欢服役于话剧,并且喜欢自己动手。但到重庆,老友们爱惜我,只许看、指导,不要我忙手忙脚的,我反而成为'看白戏'的专家了。"又觉得,大、小山城的演出,仅是规模巨细之差,以社教意义言,小山城的大学生未必次于大山城的专业人员。这种感觉,也许埋下了他两年后再回厦大的根苗。这也是厦大的特殊之处:虽地处偏远,但文风炽盛,并少了一些人才济济的大城市常见的无谓的人事纠葛和表面排场,因此更能锻炼和发挥个人才具。这种特殊的人文环境,也许是王梦鸥、姚一苇、余光中等早年在厦大学习或工作过,后来都成为文学大家的原因之一吧。

在重庆,王梦鸥创作了大型三幕剧《燕市风沙录》和传记作品《文天祥》,修改和补充了《红心草》、《乌夜啼》、《火花》等,并交付出版社出版。大约1943年末,王梦鸥离渝赴汀,二度进入厦大,担任校长秘书,业余继续从事戏剧等活动。如担任长汀的抗敌剧团导演,其《燕市风沙录》由厦大机电学会排练演出,深得观众好评。此外,王梦鸥还担任了长汀《民治日报》的总主笔。应该说,抗战相持阶段的1939年至1944年间,是王梦鸥戏剧创作活动的高峰期。除了上述多幕剧外,还有若干独幕剧散见于《文艺月刊·战时特刊》、《福建青年》、《剧教》、《文艺先锋》等报刊,如《守住我们的家乡》、《动物园的血案》、《草药》、《无题喜剧》等。有关戏剧的理论文章则有:《研究戏剧的途径》、《乐教思想与戏剧运动》、《展开积极性的戏剧运动》、《学校

---

① 见福建连城《大成日报》1941 年 12 月 2 日。

剧》等,分别载于《剧教》、《文艺月刊》、《青年戏剧》等刊物。王梦鸥秉持着戏剧活动应与生活实践相连接的创作理念,力图从教育性和娱乐性并重的中国古代乐教思想中吸取营养,清醒认识戏剧运动在当前的特殊意义和长远存在价值,处理好宣传性与教育性、建设性的关系,从而写出兼顾思想性和艺术性,具有较强艺术感染力的作品来。

在内容上,王梦鸥的剧本绝大部分是为抗战而写的。由于能在战争条件下因陋就简为民众广为演出的,戏剧最为适合。在最早的一些剧作中,作者主要彰扬一种面对来犯强敌,奋不顾身地一死拼之的精神。如《生命之花》、《红心草》等剧中的主角都具有舍身忘我的孤胆英雄的本色。随着抗战的深入,王梦鸥剧作的主题也有所深化。他试图将中华民族反抗外来侵略的斗争精神和讲究忠孝仁爱、礼义廉耻的传统道德结合起来一同加以表现,由此体现传统文化精神如何融入抵抗异族的斗争中,成为一种更深沉的内在的力量。历史剧《燕市风沙录》是一典型例子。剧中文天祥兵败被执,系狱燕京四年,元人采取诱降的策略,只要他肯屈服,即可享尽荣华富贵。与此同时,宋朝的大官多已降元,为了避免文天祥的高风亮节与他们的卑鄙行为形成对照,急需文天祥同流合污,因此精心安排了诱降计划,先以元朝的官爵、朋友的义气、旧君臣的情谊诱他、压他,又以夫妇、兄弟、父子的感情来激荡他,并因文天祥最讲究三纲五常四维八德,就处处利用此道德观念迫使他软化就范。然而文天祥深知绝不能做假忠假孝的奴才,以淆乱天地之正气,因此咬定国家不能复兴,就宁可身首异位。最终虽不免被害,但他的一股民族正气,感染了全国的民心。民众无法再忍受亡国的痛苦,掀起了改朝换代、复兴中国的飓风。

除此之外,王梦鸥剧作在内容上的另一特点,是着重于对汉奸的揭露和批判。这一批判焦点的形成,和作者对于"汉奸"的特殊认识有关。在有关《仇》一剧的《编者的话》中,王梦鸥称:当前的敌人,倭寇易辨,汉奸难防,汉奸如附骨之疽,不可不加意防患。[1] 这也是随着现实发展而产生的真切感受。

在艺术上,王梦鸥倾注心力,以严肃、认真的态度紧紧抓住"戏剧性"这

---

[1] 王梦鸥:《仇·编者的话》,《福建剧坛》第 4 期,1941 年 8 月。

一戏剧艺术的关键,精心设计布景、道具、灯光等,在人物造型、对话道白、旋律运用、氛围渲染等方面下工夫,目的是使广大观众能够接受、喜欢,从而发挥戏剧的抗敌教育的作用。

从抗战后期开始,王梦鸥的著述重心,开始转向"礼"、"乐"的研究。王梦鸥的同乡兼同事的郑朝宗曾写道:"眼看抗战胜利的日子快要来临了,他忽发奇想,要为中兴的国家制礼作乐,因此工作之余便关起门来攻读《礼记》、《乐记》以及王忠悫公遗书中的有关文章。"[1] 抗战胜利后,王梦鸥执鞭于国立海疆学校之后,又来到福建师专任教,并从《建言》周刊第 8 期起,接编该刊。《建言》是当时一群不满于现实的知识分子倾吐郁积之情的园地。创刊号上印于封面上的题为《来一个人工呼吸》的刊头语说明了办刊的缘起:"几位朋友谈起时机,大家都感到窒息",有许多话想说而说不出,有许多事想知道而无法知道,"前者缺出气,后者缺入气,那自然要窒息了"。又称:不想提出什么特殊政见,不敢夸张来论衡辽远的世界情势或重大的党国事件,"只想就此时此地最切近的问题多作论列";而当前腐恶的势力依然占着优势,人欲横流,公理不彰,"我们必须替社会扬点正气,存点公道,白的还他的白,黑的还他的黑,我们想说的只此而已"[2]。郑朝宗曾叙述王梦鸥当时的心情:"那时的社会依然黑暗,没有半点中兴的气象,他的制礼作乐的想法早已付诸东流,代之而起的是满腔的悲愤,有时还形诸笔墨","他自己也意态消沉,全无平日谈笑风生的样子。"[3]

40 年代后期应萨本栋邀请,王梦鸥到南京进中央研究院工作,1949 年随院到了台湾。到台湾后,也许没有了抗战宣教的任务,王梦鸥也就不再写剧本,而是将主要精力转到学术研究中。这种对于学术的兴趣和投入,本就是闽地文人的一个风气和传统。王梦鸥虽然与国民党宣传部门(其主管官员为张道藩)的关系并不疏远,但对于腐恶弊政,亦不愿苟合,敢于表示不满,提出"建言"。到了台湾后,王梦鸥并未在官场上求发展,也不投入当局发动和扶植的"反共文艺"潮流中,而是选择长期在大学中任教,倾心于学术研究,培育英才,如重要的乡土文学作家尉天骢,即其得意门生,亦曾列名乡土

---

① 郑朝宗:《忆王梦鸥先生》,《海滨感旧录》,厦门大学出版社 1988 年版,第 20 页。
② 本社:《来一个人工呼吸》,福州《建言》创刊号,1946 年 5 月。
③ 郑朝宗:《忆王梦鸥先生》,《海滨感旧录》第 19 页。

派刊物的编委,某种程度上支持了 20 世纪 70 年代台湾乡土文学的发展。这一切,或许和王梦鸥作为闽人固有的边缘性格和耿介气质有关,也与王梦鸥的故乡福州一带文风熠熠的学术传统有关。

二、姚一苇:树立献身戏剧志向和为人生艺术理念

姚一苇是江西南昌人,但他不像王梦鸥到厦门大学是当老师,也不像余光中在厦门大学仅寄读了一个学期,他是正规的厦门大学的毕业生,由于转系补修学分,所以在厦大共待了四年半的时间。大学的四年半,对他此后的戏剧创作和理论研究,都具有十分深远的意义。

姚一苇本名姚公伟,1922 年出生于鄱阳,祖父是前清遗老,善于吹弹歌唱,父亲是中学的文史教师。1937 年姚一苇初中毕业,因抗战爆发,辍学一年,涉猎群书,其中艾思奇的《大众哲学》对他此后一生有重要影响。1938年进入吉安中学,随学校迁至遂川县的山村藻林。1941 年 4 月,姚一苇突然和十几位同学被拘禁,在监狱里关了一个多月,直到高考的前一天晚上才被释放,于是带着一把钢笔,直接从看守所赶到考场。6 月,为当时内迁闽赣边界山城长汀的厦门大学所录取。被拘禁的原因,或许和他曾积极参与街头抗日宣传活动有关。1946 年初在厦大毕业后,为求职而于该年 9 月赴台,10 月1 日起供职于台湾银行。[①] 1957 年因偶然机会,得到当时台湾艺专校长张隆延的延揽,赴该校演讲,从此一发不可收,数十年来在戏剧创作、文艺学、美学理论乃至重要文学刊物的编辑上,都有非凡的建树,成为当代台湾文坛最重要的作家之一。其学术论著有《诗学笺注》、《艺术的奥秘》、《戏剧论集》、《美的范畴论》、《戏剧原理》、《审美三论》、《艺术批评》等;剧本创作有《姚一苇戏剧六种》、《傅青主》、《我们一同走走看——姚一苇戏剧五种》、《X 小姐·重新开始》等,共 14 种;散文与评论有《姚一苇文录》、《欣赏与批评》、《戏剧与文学》、《说人生》、《戏剧与人生——姚一苇评论集》等。1982 年其《红鼻子》一剧在大陆巡演六十多场,引起极大反响。同时,在“台湾战后交织着冷战和内战的荒芜的岁月里”(陈映真语),他对于陈映真、黄春明、王祯和等年轻的乡土文学作家,有着深切的关爱和扶植之功。因此 1997 年 4 月

---

①　根据李应强(映蔷)整理:《姚一苇口述自传》,2000 年 3 月李应强发给本书著者的电子文档。

他不幸逝世时，陈映真一再撰文悼念，满怀崇敬地称他为"暗夜中的掌灯者"，并宣称对于他们这一代作家和作品，"姚一苇先生的存在，是极为重要的"。[①]

　　从 1940 年起，年仅 18 岁的高中生姚公伟开始以"姚宇"等笔名，在浙江《东南日报》"笔垒"副刊、桂林《救亡日报》"文化岗位"副刊、浙江《新青年》杂志、江西《大路》杂志以及《宇宙风》等报刊上，密集地发表散文作品。从这些作品中可以看出，作者具有文学才华和天赋，一起步就有较高的水准，表现出十分敏锐的艺术感受力。尽管因身处战乱时世而心情抑郁寡欢，但仍有一股年轻人奋斗、向上，力图冲破束缚、寻找出路的蓬勃气势，同时也体现出当时姚一苇寡言内向、踏实耿介、外拙内秀的性格、人品特征。发表于左翼报刊《救亡日报》的《沉默》[②]一文可为证。

　　这些早期作品值得注意的还有它们透露了青年姚一苇对鲁迅先生的倾心，如《今宵明月》一文中就直接提到和引用了鲁迅。姚一苇对于鲁迅的崇敬，起于他的少年时代，并延续到他的终生。当鲁迅逝世时，年仅 14 岁的姚一苇几乎翻遍、读遍了所能找到的各种刊物上悼念鲁迅的专辑。在大学时代发表的小说《输血者》、《翡翠鸟》等，可见鲁迅影响的痕迹。像《翡翠鸟》开头出现在一群闲汉中的"红鼻子"，我们在鲁迅小说《明天》中似曾相识。《输血者》的主人公有个奇怪的名字"五斤"，令人想起鲁迅小说《风波》中那"一代不如一代"的"九斤"、"七斤"、"六斤"们[③]。小说中表现出的对于劳苦民众的深厚同情以及对于阶级剥削问题的触及，足见其与中国现代"左翼文学"的某种精神联系。到了台湾后，尽管在 80 年代以前的台湾，"鲁迅"是个忌讳的名字，读鲁迅的书甚至要遭牢狱之灾，但姚一苇将他对于鲁迅先生的崇敬之情珍藏于心底，不曾丢弃。姚一苇给自己的女儿取名"海星"，与鲁迅儿子的名字"海婴"谐音，以此表达对鲁迅的"敬意和学习"；并将鲁迅留给儿子的遗言——"不可去做空头文学家"作为奉守一生的为人准则。在台北兴隆路他的寓所书房门口，挂着写有鲁迅诗句"横眉冷对千夫指，俯首甘为孺子牛"的布帘，显然他已将此诗句当做座右铭。青年姚一苇选择报考

----

① 陈映真：《暗夜中的掌灯者》，台湾《联合文学》第 152 期，1997 年 6 月。

② 姚宇：《沉默》，桂林《救亡日报》"文化岗位"副刊，1941 年 12 月 22 日。

③ 《今宵明月》载浙江《东南日报》"笔垒"副刊，1941 年 2 月 11 日；《输血者》载永安《改进》第 7 卷第 5 期，1943 年 7 月；《翡翠鸟》载厦门《明日文艺》，1946 年。

厦大,固然可能因为长汀离赣南较近,但也不排除因厦大曾经是鲁迅工作过的学校而对姚一苇产生了感召力。

　　抗战时期的厦大虽然地处偏僻,却也是厦门大学颇为辉煌的一个时期。它仍保持着厦大一贯的特点,甚至因环境特殊而使这些特点更加明显。一是具有良好的学风。全校师生因条件艰苦而更加奋发图强,以"止于至善"为校训,闻鸡起舞,兢兢业业,在全国专科以上学校学业竞赛中,连续取得了总评第一的好成绩,因此有了"粤汉路以东仅存之唯一最高学府"之称(蒋廷黻语)。① 二是国内不少著名教授因避战乱或其他原因受聘于厦大。他们有的博学多才,有的学有独专,为厦大学生多方面的发展创造了良好的条件。如王梦鸥当时已是知名的剧作家,能编能导,为厦大学生演剧活动的开展有很大的贡献;著名的现代作家施蛰存,也对厦大学生的文学活动多所推动。三是当时厦大的图书资料十分丰富,特别是有许多外文原版书。厦大内迁时,十分注重图书、设备的完整保存,因此其图书馆的藏书,为疏散至西南的各大学无法望其项背,致使美国专家在参访厦大的设备后,竟有厦大为"加尔各答以东之第一个大学"② 的赞语。四是学生社团活动十分活跃,除了各系有本专业的各种学会、研究会,并在地方报纸上开辟种类颇多的学术性专栏外,还有一些跨院系的全校性社团组织,如剧社剧团、歌咏队、木刻社等。其中有个学生自发的沙龙式文学社团"笔会",集合了一群爱好文学的青年,姚一苇和后来成为他妻子的范筱兰均为其中的成员。这是一个相当自由、活泼的组合,每个人都可以充分发挥他的兴趣和特长,如公丁(勒公贞)擅新诗,伯石(朱遵柱)多译诗,他们都有诗集或译诗集正式出版;欧阳怀岳作旧诗,马祖熙填词,隽之(潘茂元)写散文和评论;姚一苇用功于小说,此外还发表了散文、评论、翻译等。正是在这样的环境和氛围下,并非文学科系学生的姚一苇,得以激励和锤炼他的文学兴趣和才能。

　　姚一苇大学时代以"姚宇"笔名正式发表的小说作品,现已知的有:《输血者》、《料草》、《春蚕》、《翡翠鸟》等。③ 其中《春蚕》一篇,可见受施蛰存

---

　　① 蒋廷黻的巡视报告中语,引自洪永宏《厦门大学校史》第一卷,厦门大学出版社 1990 年版,第 180 页。

　　② 见长汀《厦大通讯》第 6 卷第 3 期,1944 年 3 月。

　　③ 姚一苇:《料草》,永安《中央日报(福建)》"每周文艺"副刊,1945 年 7 月 4 日;《春蚕》刊于永安《改进》第 12 卷第 2 期,1945 年 10 月。

影响的明显痕迹。

种种资料表明,大学时代的姚一苇和当时任教于厦大的施蛰存有较多的接触和交往。当时施蛰存的宿舍无形中成为学生自发文学社团"笔会"聚会的场所,姚一苇、范筱兰都是这里的常客。这种师生情谊甚至延续到双方都离开厦大后。1947年4月25日,已毕业一年多并且已到了台湾的姚一苇,在上海《大晚报》副刊"每周文学"上发表《乡间婚礼》一文,当时的副刊主编即抗战胜利后回到上海的施蛰存。

从对一些中外文学作品的共同喜爱中,也可看出两人的密切关系。1972年姚一苇在《有感于威廉·英吉之死》一文中写道:"我在大学读书的时候,曾一度是萨洛扬(William Saroyan)迷……"无独有偶,1992年施蛰存在接受新加坡作家访问时称:"譬如说有一位短篇作家,我是受他影响的,就是萨罗扬(Saroyan)。"① 1960年,姚一苇在台湾《笔汇》上发表《显尼志勒的〈恋爱三昧〉》,介绍这位奥地利著名作家以"精神分析"的方法进行心理描写的特长。文中并列举了几部很早就被翻译成中文的显尼志勒的小说,其翻译者其实就是施蛰存。施蛰存翻译显氏作品,其目的之一即是为了引进"精神分析"写作方法。在中国现代文学史上,施蛰存是以其独树一帜的精神分析小说而著称的;而施蛰存的转向写作心理分析小说,显尼志勒的影响具有关键性的作用。由于姚一苇与施蛰存过从甚密,他的小说创作受到施蛰存,或通过施蛰存而受到显尼志勒的某些影响,是很自然的事。像《春蚕》即是一篇运用了弗洛伊德理论的心理小说。

小说细腻地刻画了洪蓝小姐,在大学时代的尊贵和快乐随着同学的毕业离去而消散,又面临着工作单位的上司——一个满嘴口臭的40岁男人的死追硬缠时所产生的恍惚心理。后来姐夫介绍留美博士王教授,也只能引起她的厌烦。在宴席上,她突然产生了幻象:王教授变成了一只猪猡,在地上打着滚,她觉得再有趣也没有,于是笑了起来。等幻象消失之后,发现已回到了自己的床上。小说写到这里,进入了演绎精神分析心理学的关键处:过了一会儿,洪小姐又迷糊了,并且一睡就是两个月,再清醒过来时,姐姐告诉她过去

---

① 施蛰存:《为中国文坛擦亮"现代"的火花》,收入《沙上的脚迹》,沈阳:辽宁教育出版社1995年版,第177页。姚一苇:《有感于威廉·英吉之死》、《显尼志勒的〈恋爱三昧〉》,收入《姚一苇文录》,台北:洪范书店1977年版。

两个月里发生的情况。原来洪蓝小姐说了一个多月的梦话,总是叫着"陈士毅"的名字,苦苦哀求要跟他一起走。听到这,洪小姐惊住了:她想起陈士毅是她高中时的同学和旧情人,那人因为一件什么事情出走了,一去就永无消息。她早已把这件事情忘记,六七年来从不曾想起过。

弗洛伊德心理学认为,人在现实中欲望(特别是性欲)受到挫折,就会将其压抑到潜意识中,这时事情似乎已被全然忘却,其实却是出现心理障碍的根源。要医治这种精神病变,只有引导患者回忆并将此挫折宣讲(发泄)出来。小说中洪蓝小姐正印合了这种情况:此后半年里,洪蓝小姐"几乎整天都是快乐的",不仅恢复了旧观,而且长得更美丽了,她高高兴兴地和后来弃学从政的王教授结了婚,像大多平常女人一样,建立小家庭,生儿育女。

精神分析法的运用,使这篇情节性并不很强的小说显得较为深刻,触及人的心理和人性的深层,具有一种特殊的艺术魅力。然而,这篇小说其实仍有着写实的基调,有着时代的投影和生活的细节,甚至对于旧社会中的女性处境,有着切中要害的女性主义式的反映。这种情况和施蛰存也颇为相似。无论施蛰存或是姚一苇,对于弗洛伊德的东西,其实都持保留态度,采取的是"拿来主义"。在姚一苇后来数十年的著述生涯中,并不乏弗洛伊德学说的引用和阐发,甚至采用于剧作中,如《申生》,这表明他对于弗洛伊德的理论是相当熟悉并乐于采用的。但他的著作中也不乏对于弗洛伊德理论的审视和批评。这一切,都和他在厦大与施蛰存的这段文学因缘不无关系。

然而,对姚一苇此后一生的文学生涯影响最为深远的,应数他在厦大时与戏剧初次结缘。尽管在厦大时,姚一苇曾利用大三的暑假,创作了一部题为《风雨如晦》的五幕七场长达十万字的未曾发表的剧本,但他基本上处于戏剧活动的外围。然而就是这段时间,对他树立从事戏剧活动的志向和兴趣,积累有关戏剧的知识,乃至奠定创作方法的基本路向,都有不可忽视的重要意义。而这和当时厦大学生戏剧活动十分活跃的环境,有相当密切的关系。

也许出于抗日宣传的需要及其他机缘(如能编善导的王梦鸥先生的在校),内迁长汀的厦门大学,是该校历史上学生戏剧活动最为蓬勃的一个时期。厦大内迁正值民族存亡的紧要关头,抗敌宣传成为热血青年自觉承担的责任。据载,刚开始时采用的是街头宣传的方式,但很快地听众一次次减少,"为了要再鼓起这快低落的民族意识",决定立即更改宣传方式,"以演剧和家庭访问暂时来代替街头演讲"。① 迁汀时期厦大学生轰轰烈烈的抗敌戏剧运动,便这样应着时代的要求而蓬勃地展开了,并如传递火把般一届又一届地延续下去。除了厦大剧团的经常性活动外,还常有女生纪念三八节、学校迎接新生以及青年团组织的演出等。以姚一苇刚进校的 1942 年上半年为例,就有元旦演出的《炮火升平》,二月下旬演出的《野玫瑰》,三八节演出的《女子公寓》,校庆（4 月 6 日）期间演出的《人之初》,迎新大会上演出的《处女的心》、《一杯茶》、《约法三章》等。设想从小就对戏剧有着浓厚兴趣的姚一苇来到这样的环境里,怎能不会有如鱼得水之感? 半个世纪后,姚一苇在其口述自传中,还提起他在大学进校时即为演戏所吸引,第一次观看的剧目为《野玫瑰》,后来成为姚太太的范筱兰在剧中扮演"家玫瑰"角色,他百看不厌地一连看了好几天的情景。

也许出于较为内向的性格,姚一苇没有上台表演,却甘于打杂帮忙无怨无悔,甚至由此建立起献身戏剧的理想和志向。1983 年 4 月,姚一苇为怀念刚过世的前任妻子范筱兰撰写《遣悲怀》② 一文,文中提到当年的这些情况。而在大学时代发表的散文《后台断想》,写的即是前台在彩排《家》,作者坐守后台,浮想联翩。文章写道:春寒料峭,夜已深沉,寒意和倦意一起袭来,工作的艰苦使他联想起《戏剧春秋》（按:夏衍剧本）中的台词:"这里面有多少辛酸,多少眼泪……" 他想起了小时候在家乡,大人小孩争看野台戏的情形,又想起了契诃夫《樱桃园》和阿胥《复仇神》里的年轻人欢乐嬉戏、充满青春活力和自然生活气息的片段。当他因疲倦而昏昏欲睡时,突然听到了一种"像古井里的钟声似的"声音:

　　你们,你们这戏剧的拓荒者,你这不可轻侮的力量,你们要创造什么就创造什么,你们的前面是这样一条辉煌的路——虽然是充满杂草与藤芜的,虽然是被别人歪曲过的,而你们是可以清除它们的,只要多用一点点力气。

　　在自己生活中及自己天性中学习,假如你的工作是伟大高尚的,你不要只想如何及用什么方法能够达成这个目的,你要行动,工作,而后

① 许荣度:《一年来厦大学生的救亡活动》,长汀《厦大通讯》创刊号,1939 年 1 月。
② 姚一苇:《遣悲怀》,《戏剧与文学》代序,台北:联经出版公司 1989 年版。

一切自成。

能使一群义勇的工作者,做出最大量的工作,仅仅因为这些工作被安排得愉快而为人欣悦,其实不是一种平常而普有的优点。

这些引文让我们看到了大学时代的姚一苇,尽管没有当前台演员,其实已培养了对戏剧的极大兴趣并认之为能发挥自己"天性"的领域,认识到戏剧工作的巨大社会功用和艰巨性,树立了为戏剧而真诚、努力地工作、奋斗的理想和决心。这种决心的表白,我们在姚一苇一生不同时期的文字中可以反复地看到。1987年的《我们一同走走看·自序》中,针对戏剧在台湾、甚至在整个世界的式微,明确表示:"我要坚持下去,为文学戏剧奋斗到底,哪怕成为最后一名唐·吉诃德!"[①] 而在1980年《写在第一届实验剧展之前》的一段话,几乎可说是大学时代就已树立的这些信念的再表白和深化:"他可以完全不顾忌已有的模式和舞台惯例,他可以不必考虑别人是否喜爱,他不必具有患得患失的心理。他只是照着一个艺术家的本分去做,照着他自己认为该做的去做。这便是舞台艺术的创造性。"[②]

厦大的特殊环境发展了姚一苇的戏剧兴趣和才能,另一对姚一苇此后的戏剧生涯具有重要意义的,是有着"加尔各答以东之第一个大学"美誉的厦大,提供了姚一苇接触大量中、外戏剧名作的机会。后来姚一苇回忆道:我自小爱好戏剧,进入高中,正值抗战初期,演剧之风甚炽,当时所接触的只是一些国人作品和翻译作品,"进入大学,在图书馆中发现大批英文本西方戏剧,使我眼界大开,只要得暇,就捧着字典读。读得越多,就越着迷,以至于也想编一部戏剧"[③] 笔者循着姚一苇当年的途径来到厦大图书馆翻查,在保存本库里确实可以找到许多当年就已存在的书籍。除了已经译成中文的戏剧名著外,更有许多西洋戏剧、小说的英文原版书。如显尼志勒、奥达茨的作品以及姚一苇说过他很喜欢的萨洛扬的英文版《我的心在高原》、《你的一生》等等。

1992年出版的《戏剧原理》为姚一苇数十年戏剧教学的结晶,书中提

---

① 姚一苇:《我们一同走走看·自序》,台北:书林出版公司1987年版,第2~3页。

② 姚一苇:《开出灿烂的戏剧之花——写在第一届实验剧展之前》,《戏剧与人生》,台北:书林出版社1995年版,第103~104页。

③ 姚一苇:《回首幕帏深——〈姚一苇戏剧六种〉再版自序》,同上书,第32页。

及、引用的多为具有世界性声誉或对姚一苇本人有所启发、影响的戏剧大师、理论家、经典著作。笔者还试着以该书附录的"注释"、"主要参考书目"、"西洋人名、剧名中译对照表"等为线索,翻查厦大图书馆的西文书目卡片,结果发现,书中提及、引用的作者及其著作,有不少在 1945 年以前出版的、姚一苇在大学时有可能接触到的英文版书籍的目录中赫然可见。也就是说,像亚契尔、亚理斯多芬尼斯、亚理士多德、贝克、艾力克·班特莱、柏格森、布里欧、塞万提斯、契诃夫、高乃依、丹尼尔·狄佛、狄更斯、朱莱敦、小仲马、优里匹得斯、弗格特、佛斯特、弗洛伊德、汉弥尔顿、霍普特曼、黑格尔、霍布士、荷马、雨果、易卜生、琼斯、康德、克鲁伊夫、莱比熙、莱兴、梅特灵克、毛姆、麦里底斯、莫里哀、尼采、平尼罗、普鲁特斯、拉辛、卢梭、席勒、叔本华、莎士比亚、索福克里克、约翰·辛、威尔森等人的英文版书籍,在长汀时期的厦大图书馆里都已经可以找到。这为年轻的姚一苇提供了广泛阅读的有利条件。他利用课余时间大量接触了当时欧美一些著名剧作家的作品。这无疑为他以后成为一位戏剧大师打下了坚实的基础。

　　除了大量阅读中、外戏剧作品外,大学时代的姚一苇还尝试着撰写评论。当时发表的戏剧评论至少有《论〈总建筑师〉》、《论〈女伶外史〉》、《〈原野〉的评价》等。① 评论易卜生剧作的《论〈总建筑师〉》发表于 1945 年 4 月《中南日报》上。姚一苇紧紧扣住时代、社会的变动,特别是欧洲资本主义由上升而转向下坡的历史变迁来观察易卜生的剧作,精辟地勾勒出易卜生创作的演变过程,其中可见现实主义乃至历史唯物主义观点和方法的运用。这篇评论的一个重要性在于可窥知作者早年文学理念的特征,这就是:现实主义的基本倾向。在后来姚一苇半个世纪的文学生涯中,尽管他善于博采众长,对于现代派手法也有相当的吸收,但无论是其理论或创作,都没有离开现实主义(或称"写实主义")的基本立场。这包括对于亚理士多德的倾心——不仅撰著《诗学笺注》,并依据亚氏《诗学》建构起自己的艺术理论体系。

　　然而这里还有值得注意的地方。对于易卜生,姚一苇没有选择他的更著名的社会问题剧,而是选择他具有"浓重的神秘与象征意味"、走向人物内心

---

　　① 　姚一苇:《论〈总建筑师〉》,刊长汀《中南日报》"每周文艺"副刊第 8 期,1945 年 4 月。据李映蓉整理《姚一苇先生著作目录》,《〈原野〉的评价》刊于长汀《兴华月刊》;《论〈女伶外史〉》刊长汀《民治日报》1945 年 10 月 15 日。

的后期作品来加以评论。在《后台断想》中,作者想起的,也不是契诃夫、阿胥作品中的社会写实的片段,而是《樱桃园》、《复仇神》中充满青春活力和自然生活气息的片段。这里透露的是作者对于复杂的"人"、"人性"和"人生"的浓厚兴趣。由此可见姚一苇秉持的并非只注重社会环境的机械的现实主义,而是以"人"为焦点的"为人生而文学"式的现实主义。这和姚一苇接触的大多是十八九世纪近代欧美的文学作品有关。姚一苇1974年在《西方戏剧研究上的两条线索》一文中,以"人"和"环境"的关系来定义所谓"人生",并指出易卜生、奥达茨等"写实的现代悲剧"乃是"平凡人物或小人物的悲剧"。他写道:"在这一类的悲剧中,像希腊一样,强调环境的作用甚于个人;然而他们所谓的环境不是希腊人的那一抽象的神的势力,而是这一实体的真实存在,亦即现实世界。人被还原为平凡的个人;人的意志作用变得渺小,甚至毫无作为。……人无法成为神或超人,人像其他的生物一样受着环境的影响,为自然以及社会法则所支配。于是悲剧英雄不得不自他的宝座跌落,他的崇高与尊严已荡然无存,变成了为环境所支配下的可怜虫。"[①]这可以用来解释姚一苇自己的像《大树神传奇》这样的剧作。而这种描写现实环境作用下的"平凡人物或小人物的悲剧"的现实主义文学方向,其实在大学时代就已初步奠立。

　　值得指出的是,一般认为亚理士多德为西方文艺理论中"现实主义"之鼻祖。而姚一苇在台湾,不仅撰著了《诗学笺注》,他的整个艺术理论体系其实是以亚里士多德的《诗学》为基石的。或许学生时代的这些文学阅读,即是后来姚先生倾心、接受亚里士多德并据此建立自己的理论体系的准备和契机。如果这一推断是成立的,那姚一苇大学时代的戏剧活动对其一生文学生涯的重要性,可谓莫此为甚。

三、厦门——余光中文学的发祥地

　　名列台湾最著名诗人行列的余光中,原籍福建永春,出生于南京,从小就随父母在南京、重庆等地生活。不过到了21岁时,却突然有了回到闽南故乡

---

　　① 姚一苇:《西方戏剧研究上的两条线索》,《欣赏与批评》,台北:远景出版社1979年版,第250页。

读书的缘分。查厦门大学有关档案及经他本人的确认,当时就读南京金陵大学的余光中,于 1949 年二三月间转学来到厦门,进入厦门大学外文系二年级学习,同年夏天离开厦门。1949 年 1 月 9 日厦门《星光日报》曾报道:北京大学和金陵大学的学生,因着在北方念书的诸多不便(按:应指时局变乱),纷纷南下向厦门大学借读,"教育部青年辅导会" 甚至在此设立办事处,协助安置战地流亡学生。余光中应是随着这股潮流来到厦门的。

在厦门时,余光中为走读生,家住公园路,每天骑着母亲特地为他购置的自行车上学。怀着对缪思的憧憬和虔诚,于课余独自埋头读书和写作,并单枪匹马地投入了一场过招三四回合的文学论争。这样,从 1949 年 5 月至 10 月,青年余光中在厦门的《星光日报》"星星" 副刊和《江声报》"人间" 副刊上至少发表了 7 首诗、7 篇文学理论批评文章和 2 篇译文,其中包括写于南京的新诗处女作《沙浮投海》。或者说,这是余光中首次发表新文学作品,堪称余光中文学的开端,具有重要的意义。尽管这些作品在整个余光中文学世界中只占了极小的份额,但它们是起点,也是基因,它们所体现的某些艺术因素,长期或显或隐地发挥着有如金字塔之基石的作用。

余光中在上述两报上发表的诗作有:《臭虫歌》、《给诗人》、《扬子江船夫曲》、《歌谣两首》、《沙浮投海》、《旅人》(短诗剧,未刊完)等。[①] 这些诗作根据其内容和艺术特征,可约略分为几类。一是描写普通劳动人民的生活,作品具有民谣风、乡土味,颇为清新可喜。《扬子江船夫曲》、《歌谣两首》即属此类。如前者中重沓反复的段落和诗句、劳动号子般的感叹词的运用以及出奇的想象,赋予诗作以民歌风味:"上水来拉一根铁链,/ 把船儿背上青天!/ 哎唷,哎唷,/ 把船儿背上青天"、"疯狂的浪头是一群野兽,/ 拿船儿驮起就走!"、"早饭在叙府吃过,/ 晚饭到巴县再讲!" 充分表现出劳动者粗犷、豪放的性格和气势。《歌谣两首》除了后来收入《余光中选集》的《清道夫》外,另一首题为《插新秧》。这两首诗都一方面生动地描摹贫苦劳动者辛勤劳苦的情景,另一方面也透露了他们对生活的新希望。值得注意的是,《插新秧》一诗还涉及了沉重的赋税征敛和地主盘夺剥削的问题,表现作

---

① 这些诗作分别刊于《星光日报》1949 年 5 月 13 日、1949 年 6 月 5 日、1949 年 6 月 22 日;《江声报》1949 年 8 月 31 日、1949 年 8 月 7 日、1949 年 10 月 19 日。

者同情劳动者的平民思想。此外,《臭虫歌》也大约可归入此类。它以反讽笔触"称颂"这"黑色的英雄",并向人们敲响警钟——"人们做梦,/你好行凶;/……喝干人们的鲜血,/你还要凸肚挺胸?"诗的最后写道:"你的美酒我的血,/你的大菜我的皮;/你这寄生虫,/自称主人翁。/臭虫,臭虫,/黑夜的英雄!/请你当心,/没有不醒的梦!"诗作愤怒鞭笞了靠剥削过活的吸血虫,具有十分强烈的批判性,而其具体所指,耐人寻味。

《给诗人》一诗自成一类,因它实际上是一首论诗诗,将当时余光中秉持的文学理念表露无遗。作者呼吁诗人走出象牙之塔,走进民众的生活之中,进行脱胎换骨的自我改造,并给民众以真正的关怀。诗的开头就是几个连续的"我求你":求你"别再用瘦弱的笔尖,/在苍白的纸面,/写温柔敦厚的诗";求你"抓紧死难者的枯骨,/沾热腾腾的鲜血,/在人民的心里,/有力地刺几笔"!此外还有"我求你:/别白日见鬼地,/写些自己也认为/神秘的诗行";"我求你:/别鸡刀割牛地,/写些自己也否认/是真情的东西";"我求你:/把象牙塔顶的窗子开开,/让腥臊的狂飙进来;/把玫瑰色的眼镜取下,/看一看塔下的尘埃。"接着诗人笔锋一转,反问道:"你难道能在/悲惨的哭声里/奏一曲美妙的清歌?/你难道能在/酸的汗,/咸的泪,/甜的血,/所合流的河上/驾一只小舟徜徉?""饥饿的肚肠,/等候着一盘/结实的包子,/而不是超过人们食欲的/一丝鱼翅。/焦干的田野,/渴望的是/清新的大雨,/而不是一滴/巴黎的香露。"诗的最后写道:"别躺在黑暗的棺材盖下,/埋怨说你是——/唉多么的寂寞,孤单!/生活,/是脱皮换肉的改造,/而不是发霉的悠闲!"

这种文学观念明显属于现实主义范畴。而其形成绝非空穴来风,而是与当时厦门文坛乃至整个大陆文坛的文学主潮有关。比如,就在余光中进入厦大读书的当月,1949年3月26日,由厦门地下党员杨梦周等发起,举办了关于"文艺大众化"问题的座谈会,并于当月31日在《星光日报》上刊出座谈会记录,而座谈的地点就在厦大某学生宿舍。刚来乍到的余光中显然未直接介入这些左翼的文艺活动,但受到文坛风气的影响则是不可避免的。

抒情诗《沙浮投海》和短诗剧《旅人》又属于另一类型。沙浮乃希腊女诗人,恋菲昂而遭弃,抑郁投海而死。诗作即拟为沙浮告别人世时的情景和她的口吻。女诗人站在高岩上,向苍天和大海投下最后的一瞥,向菲昂道"永别",也向生养之地希腊说"再会"。已刊出的诗剧《旅人》片段,写的是一孤独旅人遭魔鬼变成的妩媚少女诱惑的故事。作品写出旅人的艰难途程和落寞心境:"永无休息的途程,/从清早到黄昏:/驮一个沉重的包裹,/挑一肩零乱的灰尘。/……啊啊!小鸟也有巢可归,/啊啊!只是我无家可回!/人生的道路我早已走累,/疲倦的心儿怕就会枯萎。"值得指出的是,这两首诗表明作者敏感的心灵似乎已感受到即将到来的离乡别井的羁旅愁绪,从而"超前"地切入了乡愁主题。这两首诗均发表于作者离开大陆前往港台地区的前后,它们或许是诗人当时心境的一种折射。从艺术角度言之,这两首诗语言清新明朗,声韵流转可人,在意境的营造方面颇有可观者。它们或写域外题材,或写孤寞寂寥的心绪,却没有西方现代派常有的艰涩之病,承续的是五四以降中国新诗传统。后来余光中不断写出脍炙人口的乡愁诗,似乎在这里已见端倪。

余光中在厦门的诗歌作品,虽然数量并不很多,但题材广泛,形式多样,已表现出横溢的才华和较好的语言驾驭能力。它们显示作者当时同情、关怀下层劳动民众生活的思想倾向和要求文学紧密联系时代、社会的现实主义文学理念。这种思想倾向和文学观,在同一时期发表的几篇理论批评文章中,表现得更为明确和清晰。这些文章均发表于 1949 年 7 月和 8 月的《星光日报》"星星"副刊上,包括:《为莎士比亚伸冤——驳海天先生的〈写作的道路〉》(7 月 8 日)、《读书和救国》(7 月 13 日)、《文学与情欲》(7 月 18 日)、《臧克家的诗——〈烙印〉》(7 月 25 日)、《莎士比亚的伟大》(7 月 28 日)、《郊寒岛瘦——从时代观点看孟郊和贾岛》(8 月 7 日)、《答欧、树两先生(上、下)》(8 月 14～15 日)。此外还有两篇译文。

余光中在厦门的文章基本上可分为两类。其一包括《臧克家的诗》、《郊寒岛瘦》等文。它们通过对作者所喜爱的古今诗人创作的论评,显露了余光中当时的文学理念,即强调诗的现实性、时代性、反抗性和大众化。此外,还可看到那种将诗视为第二生命的艺术敬业精神对余光中年轻心灵的感召和引起的共鸣。

《臧克家的诗——〈烙印〉》一文认为"无论就内容上或形式上看来",臧克家的《烙印》都可以说是"新诗中最前进最优秀的作品",而主要原因就在于它与现实紧密相连。为此文章追溯了中国诗歌悠久的发展历史,指出中国古代大半诗人对生活抱持不积极的态度,缺乏鲜明的时代意识;民国后的新诗,则多数仍不脱旧诗的范围,"然而这些新诗的作者群里,却也有一些'沉着而有锋棱'的前进的号手,吹着和他们同伴不同的调子。臧克家,他便是其中最值得我们注意的一位。从他的诗里,我们找不到旧诗人的惆怅和闲逸,或某些新诗人的强调和神秘。在内容上说来,他的诗——正如他自己所希望的——一面暴露了现实的黑暗,一面却讴歌着永恒的真理。形式方面,他的诗打破了传统的羸弱形式而发挥出散文化的有旋律的力量。"接着,文章总结出臧诗的五大优点,即"严肃的态度"、"强有力的旋律"、"善用字,尤善用动词"、"散文化"、"美的诗意"等。

也许是闻一多在为《烙印》写的序中将臧克家比做孟郊而触发余光中写了《郊寒岛瘦》。与上文相比,此文更着重强调诗的反抗性。它极力推崇孟郊、贾岛敢于鸣不平、表愤怒的精神,写道:贫穷和压迫,本是大多数诗人的命运,然而"除了杜甫等诗人外,简直可说没有人大胆地鸣过不平。而孟郊和贾岛却曾把他们的愤怒表露在他们辛苦经营的诗篇里"。余光中推崇孟、贾的另一方面,是他们"把艺术看成第二生命",一诗吟三年,总要千锤百炼地推敲,而臧克家也类似,到中年后即将诗作为支持其人生的唯一的力量。这种对艺术精益求精的精神,显然深深地感染了余光中,对其后来数十年文学生涯中的方方面面产生深远的影响。

除此二文外,其余各篇大多牵涉到一场颇为热闹的文学论争。事情的开端是1949年7月5日"星星"副刊上发表了署名"海天"的《写作的道路》一文。三天后,余光中即在同一副刊发表《为莎士比亚伸冤》一文,主要辩驳海天将作家截然分为资本主义国家的和社会主义国家的两类,将作家的创作和其所属国家的性质相等同,从而贬抑前者,褒扬后者的做法。文中所提要建立以本国的现实为中心的艺术,不要盲目学习外国;现在的问题不是"要不要"、而是要"如何"创造出"大众的"文学;除在生活上努力外,"要不忘文学到底是艺术"等论点,均显出较为周延的特色。此文发表两天后的7月10日,海天又发表了《也算答辩——敬复余光中先生》;事隔三天,余光中答以《读书与救国——答海天先生》。余光中和海天的争论很快引起了广泛的注意和反应。一个多月内,"星星"副刊先后发表了艾里戈、亚丹、吴炳辉、欧海澄和树长青的论战文章。最后结束这场论争的,是余光中于8月14日至

15 日发表《答欧、树两先生》。余光中举出实例说明自己"并未迷信艺术万能",同时又强调自己"并不认为强调艺术为不当"——"文学是一种艺术,自然应该注意艺术之所以为艺术……文学的要素固必须包括现实,但其特性却在于是'艺术'的"。

在上述论争的同时,还发生了其他规模较小的笔墨交锋,且多少与那场大的争论有点关系。7 月 18 日,余光中发表《文学与情欲》长文,针对一个星期前一篇吴姓作者的《扯谈文艺与情欲》提出不同看法;7 月 28 日,余光中发表《莎士比亚的伟大》长文,反驳 7 月 19 日李光的《伟大的莎士比亚?》中的观点。此外,在 8 月 1 日和 8 月 19 日,余光中还发表了两篇译文——萧伯纳的《百万财主的烦恼》和艾克斯利的《白朗宁小传》。

一个月左右的时间,余光中连续撰写了如此之多的理论批评文字,不能不令人惊叹这位年轻学子才思的敏捷和涉略的广泛。从这些文章中还可看到余光中文学理念的一个重要特点,即较为持中和周延。海天显然属于比较激进的,而当时的余光中也并非是保守落后的,如他也同意"大众化"的口号,诗作中也表现出对底层贫民的深厚同情和对剥削制度的不满(见《插新秧》、《清道夫》、《臭虫歌》及论诗诗《给诗人》等)。只是余光中不走极端,不拘囿于机械式的褊狭观念中。如他认为作家的创作未必完全对应于其所属国家的属性的观点,认为文学作品应兼顾现实性和艺术性两端的观点,以及文学可以描写情欲但须有必要的处理和限制的观点,等等,都是比较妥贴和周全的。这对于一个初出茅庐的文学青年而言,是难能可贵的。

从余光中在厦门的文学创作和理论批评中可以发现如下几点:一是余光中对中国现代文学相当熟悉和喜爱,多次提及鲁迅、郭沫若、巴金、茅盾、冯至等,特别对臧克家的诗推崇备至,而余光中的早期诗作亦可见臧氏影响的痕迹;二是余光中推崇敢于鸣不平、表愤怒的古代诗人,如孟郊、贾岛;三是这时的余光中已具备较广博深厚的文化修养,从《诗经》、《楚辞》到柏拉图、尼采、克罗奇等人的作品,古今中外,均随手拈来,供其使用,显示其后来多样化的艺术风格所必需的知识基础;四是余光中的文学观点一般较为持中,这种文学观念上的折中性和周延性后来贯穿着余光中的整个创作生涯。

余光中在厦门时年纪轻,时间短,但作品颇多,相对而言也有较高的质量,固然只是初露锋芒,却已充分显示出较深厚的知识根底和才气。余光中后来一手新诗,一手散文(评论)的"艺术多妻主义者"的创作风貌,以及较为辩证、周延的理论特色,在此已露雏形。值得注意的是,这时的余光中并不特别排斥左翼的和社会主义的文学,对五四以来新文学也相当熟悉和喜爱,其文学观念和创作方法总的说倾向于现实主义。而这是和当时大陆文坛(包括厦门文坛)的主要潮流相吻合的。这充分说明,尽管遭到人为的隔绝,当事人有时自己也加以否认,但一个不争的事实却是,中国现代新文学的某些传统和资质,还是会随着一些曾亲炙这一文学传统的作家到达海峡彼岸,在那里生根和繁衍。余光中来到厦门,对厦门文坛来说,增添了一点年轻弄潮儿的朝气和热闹,对余光中本人来说,则是试练身手的好机会,也是其一生文学生涯的良好开端。①

---

① 有关余光中早年在厦门文学活动,详见夏莞(朱双一):《余光中在厦门的文学活动》,《厦门日报》1987年9月18日;朱双一:《小荷已露尖尖角》,台湾《联合报》1995年3月24日;朱双一:《余光中早年在厦门的若干佚诗和佚文》,香港《现代中文文学研究》第3期,1995年6月;朱双一:《青年余光中的文学发端》,台湾《联合文学》1995年7月号。

第五章　文化形态和民性特征
——闽台新文学中的历史、宗教、民俗和语言

第一节　文学反映的闽台历史及其相互关联

一、闽台现代文学中的抗倭驱荷民族英雄形象

从区域文化的角度讲,闽台文化是中华文化的一种地方形态,其特征首先表现于作为文化核心要素的"精神文化"上,即以人的价值观念为主要体现的民性特征上;同时也表现在"制度文化"和"物质文化"上。其中在制度文化上,比官方制度更具实际约束力的民间制度——即以语言、宗教信仰、风俗习惯等形态出现的行为模式(有人因此将它界定为介乎精神文化和制度文化之间的行为文化层)[①]——由于更接近于文化核心,也就更具有指标性意义。此外,无论是文化结构模式和文化形态,或是文化的核心要素,都是在长期的历史演变中形成的,所谓"文章为华国之具,而历史乃民族之魂"[②],在考察文化时,"历史"无疑也是一个重要的参数和依据。因此,在本章中,将从现代新文学作品中的历史叙述、语言、宗教、民俗以及民性特征的呈现等角度,考察闽台文化的特征及其间的相互关系。

文化既是共时的呈现,又是历时的积累。闽台现代文学对于闽台地方历史的形象反映,有助于厘清闽台文化发生的源头和演变过程,从而达到对其文化形态特征的更深刻的认识。

明朝嘉靖年间的抗倭名将俞大猷是福建晋江人,收入《新时期晋江文学

---

① 参见陈耕:《从台湾文化的构成和形成看台湾文化的属性》,厦门:中华文化和祖国统一研讨会论文,2001 年 6 月。

② 连雅堂:《余墨》,台湾《台湾诗荟》第 3 号,1924 年 4 月。

作品选》的粘良图的《俞大猷蒙难记》^①,即是一篇以俞大猷为题材的历史小说。小说描写俞大猷受投靠奸臣严嵩的浙江总督胡宗宪的陷害,一夜间沦为钦犯,从浙江抗倭前线被押解进京。上船时,数千群众自发地跪拜送行。然而,因俞大猷平时为官清廉,两袖清风,颇受惯于敲诈勒索的官吏们的折磨。好在兵部侍郎赵炳等几位忠贞正直的大臣鼎力相救,方才脱险,允许戴罪立功。小说描写俞大猷及其周围将士们一身浩然正气,光明正大,平日英勇杀敌,屡建功勋,而对百姓却关怀备至,真情呵护,与奸臣贪官的奸诈恶毒、贪赃枉法、排斥异己的行径,形成鲜明对照。如俞大猷身陷囹圄,关心、挂念的仍是边关海疆的抗敌形势和民众的安危,考虑问题总是从国家和百姓的利益出发,而将个人的身家性命放置一边。这种忠肝义胆、儒将风范,显然传承和延续着闽地闽人的优良传统。

接下来的郑成功驱逐荷人、收复台湾,更成为历代文人墨客争相吟咏、述说的题材。相关事迹在清朝就有许多记载,但大多属于历史资料。在现代文学中,郑成功的事迹作为重要题材出现在不同类型的文学作品中。如电影文学作品中有郭沫若所著《郑成功》,民间传说有南安县文化局征集的《郑成功的传说》,纪实文学中有王学东的《血战台湾岛:郑成功收复台湾纪实》,传记或传奇小说有冯善骥的《郑成功》、陈墨峰的《海外扶余:郑成功传奇》等等。此外,在台湾或海外出版的有关郑成功的小说有姚嘉文《台湾七色记》之二《黑水沟》、东年的《再会福尔摩沙》以及陈舜臣的《旋风儿——小说郑成功》等等。郑成功的事迹作为历史资料和作为文学作品的题材,自然会有很不相同的呈现。台湾的远流出版公司在出版《实用历史丛书》(上述陈舜臣的《旋风儿》属此丛书)时,秉持一种理念:我们把历史当做一些大个案、当做人间社会情境体悟的材料来看待^②;历史应该是一组可以自由结构的记忆体,写的人不同,写的人的想法不同,得出的结论也不同;寄望各个不同专长和观点的作者,提出自己的见解,写出活的历史^③。不过,这种脱胎于西方新历史主义的主观的历史论,似乎不应否认历史有其基本的、客观存在的事实面。即

---

① 粘良图的《俞大猷蒙难记》,见许谋清等编《新时期晋江文学作品选》,福州:海峡文艺出版社1998年版,第118页。

② 王荣文:《出版缘起》,陈舜臣《旋风儿——小说郑成功》,台北:远流出版公司1994年版。

③ 远流出版公司:《长期征稿》,陈舜臣《旋风儿——小说郑成功》封三。

使是允许虚构的小说,所写的如果是"历史",也应尊重基本的历史的事实,而不宜于随意地"建构",否则难以取信于读者。如姚嘉文的《黑水沟》取材于明郑走向消亡的时期。不像同类题材作品着重彰扬郑成功的忠义气节和驱逐荷人、收复台湾的丰功伟绩,而是"刻画出大陆汉人入台后的'自我调适',以及台湾与中国大陆之间的关系变化"[①]。由于作者其实只是想用历史来表达他的一些政治理念,因此概念化倾向严重。如人物的对话,不管什么人物,均以同样的口吻,缺乏个性的语言。另一方面,由于作者想要借古讽今,表达其理念,不惜违背历史的事实,随意地加以发挥,甚至使人物说些现代人才能说的话。如沈国公(沈光文)讲到荷兰的政制,甚至对所谓"议会""民主"制度大加赞赏,作为一个封建士大夫,沈光文未必有此知识和理念。这些实际上是作者的想法和观念,却加诸历史人物的身上,小说中的沈光文因此成为作者的代言人。

在以郑成功事迹为题材的作品中,台湾作家林黎所作的《闽海扬波录》属于依靠翔实史料的另一类作品。作者本名黎泽霖(1913 年出生),长期在报界和教育界工作,治台湾史多年,著有《台湾省通志·教育志》的"文化事业篇"、"教育设施篇",《台湾省通志·经济志》的"交通篇",以及《台湾省通志·革命志》中的"驱荷篇"和"拒清篇"等,并因此掌握了大量的相关史料,以此为素材撰写了《蓬壶撷胜录》、《瀛洲斩鲸录》、《闽海扬波录》等长篇作品。从作品引录许多史料看,它们似乎属于史学著作,但作者采用的却是文学描写的语言,通篇文笔流畅生动,情感丰富,人物刻画栩栩如生,并穿插了许多历代文人的咏史诗,因此把它当做小说来读亦无不可。

与其他同类题材作品相比,《闽海扬波录》具有如下特点:

其一,将故事放在当时西方海洋商贸民族东侵,而中国还在古老的农业文明中蹒跚这样一个大背景下来写,写出了中华民族面临的冲击和危机,以及中国军民与外来入侵者的英勇斗争。整个有明一代,几乎都伴随日本倭寇对于我国东南沿海的骚扰,到了 16 世纪末,又有葡萄牙、西班牙、荷兰等西方殖民者,为了牟取商业暴利,觊觎乃至武力侵占我台澎等岛屿。他们在沈有容、南居益等我国将士的打击下,被迫退出澎湖后,便转向台湾。荷兰人侵占台

---

① 　向阳:《序言》,姚嘉文《黑水沟》(《台湾七色记》之二),台北:自立晚报社 1987 年版,第 3 页。

湾后,华人在此早已开垦的土地,即被荷兰人掠夺而去;荷人对于华人巧取豪夺,致使华人无法生存。

荷兰人在台湾以掠夺资源、搜刮财富为最终目的,其搜刮剥夺手段极其狠毒。他们看到农产品之增产和输出颇能生财致富,因此对于土地的开垦、农业的发展,便极力倡导,如台湾缺乏耕牛,荷兰联合东印度公司便设牛头司,大量放牧孳生,以便控制畜力,把握农民的生命线。又改耕猎政策而为王田制度,掌握土地,其所征之地租、佃租及附加防卫费等,相当苛重。汉人来台湾最早,人数也最多,一到台湾,即马不停蹄地去披荆斩棘,开垦荒地,设廍煮糖,经营商业,对开发台湾的富源,无不有着莫大的贡献,但因武力不足,又缺乏组织能力,统治之权、经营之利,都落在少数的外人之手。而荷人不费吹灰之力,却坐收其利。其养羊取毛的殖民政策之本来面目,暴露无遗。

华人所受的凌虐,实在不是笔墨所能形容的,故华人恨之入骨,这便是日后全面驱荷运动的远因。如1652年9月,郭怀一发起了驱逐荷兰人的民众起义,虽因故失败,仍给荷兰殖民者以重创。又如,尽管荷人对台湾的"土番"软硬兼施,实行怀柔政策,宗教和教育双管齐下,并挑拨"土番"与汉人的关系,但仍未能完全控制他们。书中描写道:台湾的"土番"有着一股韧劲,当他发现有人欺负他、压迫他,他必然起而拼死反抗。虽生命之牺牲,财物之损失也在所不计,万一失败了,他们也能再接再厉,不屈不挠,视死如归,绝无丝毫畏怯之心。所以荷人据台的38年间,"土番"们纷纷起而抗争的真不知多少!有时更获得汉人的从中策划指点和协助,于是彼落此起,前仆后继,绝无怯容![1]

其二,该书写出了闽台沿海区域及其人民的海洋性和草根性文化特征。作品从郑成功的父亲郑芝龙写起。郑芝龙从小不喜欢读书,但身体魁梧,喜爱弄刀耍棍,被赶出家门后,跑到一艘海船上,随船到了澳门,投奔母舅家里。郑芝龙心中知道,海外冒险是他这种人的唯一出路,就自告奋勇地为母舅将一批货物运贩到日本,并寄寓于平户,娶一中日混血女子(其父为泉州人)为妻,表面上以贩履为业,却不时出海做一些冒险事业。在海外,郑芝龙结识了颜思齐等。作为闽南人,他们重视乡土情谊,彼此是同乡,又都是豪俊之士,

---

① 林黎:《闽海扬波录》,台北:新亚出版社1975年版,第102页。

自然就肝胆相照,意气相投了。大家都有一番抱负,又觉得个人力量有限,于是聚集了 28 人金兰结义。这种秘密结社的方式,有着中国传统故事的影响,但也颇具闽台地方特色,如稍后更大规模的民间秘密结社"天地会",就是在闽台产生并发展起来的。

有关郑成功出生的一些传说,也与闽台海洋性文化不无关系。相传那天拂晓,但见天昏地暗,雨箭风刀,飞沙走石,海上鼓浪扬波,令人震怖。到了天大亮时,大家都说海涛中出现怪物,长数十丈,大数十围,两眼闪闪有光,好像一盏探照灯,如果喷起水来,又像空中下了一阵大雨。出没时翻腾滚舞,扬威莫当。这个庞然大物,翻江倒海地整整闹了三个昼夜才告停息。然后空中恍如有一阵金鼓声,而且夹杂一阵阵薰香,传遍了全城。与此同时,郑芝龙的太太翁氏,正在家中临盆阵痛,一下子昏痛过去,恍惚间来到照射着满天大太阳的海岸上,放眼望去,但见海中有一条大鱼,正在那儿兴波作浪,腾滚了半天,便往翁氏的怀里冲来,翁氏给这一吓,醒了,跟着,孩子也出世了。这一说法,常被采入史书中。这种神话传说历史化的现象,在整个中国十分普遍,但以海里的大鲸鱼为神物的,却还不多见。

海洋给了从小生长于海边的郑成功及其军队极大的恩赐。清兵南来,不谙水性,海战不利,而郑氏军队在海上作战如履平地,因此尽管势陷孤危,仍可与清兵周旋,甚至挫败清兵,割据一方。与此同时,郑成功充分利用了海洋在通商贸易方面的功能和长处。他的大部分粮饷,取之于沿海各省,更主要的是通过多方通商贸易而来。在内地南京、北京、苏杭、山东等地的大商店被封闭后,他仍十分活跃地与海外互市,与日本、琉球、南洋各地,都有商船往来,而当时清朝政府,仍固守其农牧民族的本性,并不重视商业贸易,因此,"通洋之利,惟郑氏独操之,财用日饶"(郁永河《郑氏逸事》)[1]。

当然,郑成功及其水军的一个重要意义,在于他们是中国唯一能在海上与西方海洋殖民势力相抗衡的力量,可能也是唯一认清海岛台湾的重要战略地位,并有能力将它收复的力量。由于郑氏军队长于海战,熟知风向转变、潮水涨落,火攻、围攻等,作起战来,勇不可当。最明显的例子,是进入鹿耳门时,算准了潮水,因此能攻其不备,避开了敌军的炮火,奠定了胜利的基础。

---

[1] 林藜:《闽海扬波录》第 157 页。

　　其三,尽管长期在闽台经营的郑氏政权具有海洋性、草根性的地方文化特征,但从文化的核心要素看,它仍属于中华文化的范畴。以郑芝龙父子为例。郑芝龙由于从小未读什么书,心中缺乏国家民族观念,功名利禄欲望极重,只想升官发财,眼见明朝大势已去,便归顺了清朝。而郑成功自小熟读四书五经,深受儒家忠君爱国思想的影响,对夷夏之辨十分重视。眼看国家、民族面临危难,他始终将奋起救国当己任,绝不卖主求荣,投降敌人,为后世所唾骂。因此,他坚决反对父亲投降,表现出深受儒家教养的人所具有的忠义节气。而集合在他周围的文臣武将,也大都秉持相似的理念。

　　《闽海扬波录》叙写道:郑成功收复台湾后,即力图移汉制于台湾。首先是确定行政区域,他根据明朝的制度,订定法律,设官分职管理庶事,此外兴办学校,建立宗庙以弘扬教化,使这一块未经开辟的处女地,濡染大汉民族的文化。其次,他努力安抚土著少数民族,亲自到“番社”考察、抚慰,赏赐酒食,严禁军队骚扰“番族”。郑成功对于淳朴的“土番”,也衷心的怜爱。三十多年来,荷兰宣教师对台湾番族的诱导,用尽了种种方法,务使引为己用,结为死党,但并未收到很大的效果;而郑成功竟能在短时间之内,取得大多数土著少数民族的支持和服从,其中主要的原因,乃是“番族”与汉族一切比较接近,关系毕竟不同。第三,实施辟土屯田、寓兵于农的政策。郑成功称:“大凡治家治国,以食为先,苟家无食,虽亲如父子夫妇,亦难以和其家;苟国无食,虽有忠君爱国之士,亦难以治其国……”于是躬身踏勘,揆审情形,各部队各自择地屯兵、开垦,插竹为篱,斩茅为篱,从事农业生产,又令围擒野牛,驯而教之以耕犁,使野无旷土,军有余粮。平日守望相助,疾病相扶,台湾的土著少数民族,也渐渐知道农艺的可贵,且和汉人间的感情,也日见和洽。从此台湾粮食充裕,人民亦各自安居乐业。可见,郑成功在海岛台湾还是奉行“以农为本”的政策,并未脱离中原文化的基本轨道。

　　将大陆的政治、教育制度和文化移植台湾的另一关键人物,是咨议参军陈永华。陈永华身膺重任,不辞劳苦地亲自出巡南北两路,访问民间疾苦,劝导军民努力增产救国,储粮备荒,暇时教民种蔗煮糖,运销海外,赚回不少的钱;又教人民在海边开辟盐场,本薄而利厚,公库也因之充实起来了。台湾布帛来源比较困难,全靠大陆,因此派部队驻扎厦门,负责贩运布帛百货来台。内地货物源源走私而至,台湾的物价得以平抑,从此日渐走上民殷国富的境地。

陈永华的这些作为,既有海洋文化的善于商贸经营的特点,也有儒家经世致用的色彩。

由于明郑政权重用了陈永华的经世长才,使一段时期内的台湾经济繁荣,百业发展。然而,陈永华毕竟是以儒者执政,他深深地知道:"逸居而无教,则近于禽兽。"因此提出急需建筑圣庙,设立学校以教化人民,培养人才。孔庙建成后,接着又令各设学社,聘请经师前来施教,更多方劝令子弟入学读书,并议定考试办法以资鼓励,建立起了文官考试制度。从此台人知学,教化大备,而人文蔚起。从郑成功到陈永华的这些将大陆体制和文化移植台湾的努力,决定了台湾文化的核心要素必然属于中华文化的范畴;由此也决定了台湾文化不可移易的中华文化属性。

二、械斗的恶习及天地会的饮恨

从明郑时期甚至更早的时候起,中国大陆东南沿海民众就开始了较大规模的对于台湾的垦拓。由于垦民大多来自漳、泉、厦等闽南地区,因此其方言、习俗等,也大多从闽南直接移植过来,包括在闽南就经常发生的械斗,也频频在台湾上演,而清初诞生于漳州平和一带的天地会组织,也延展到了台湾,像震动台岛的林爽文起义,就与天地会有密切的关系。台湾作家司马中原发表于1973年的《流星雨》[①],乃是以道光、咸丰年间发生于淡北地区的漳、泉分类械斗为题材,并涉及了天地会活动的长篇小说。

小说首先描写了闽台两地往来密切的关系。虽然清廷长期实行"海禁"政策,但主要是限制大陆籍人士任意随船到台湾,一般经商的船只,来往频繁方便,像药材、绸缎棉纱、什货、生原烟、砖瓦石条、麻索、牛只和犁头等类货物,都大量由福建运往台湾。这些商船为人员"偷渡"提供了方便,因此,在清代有大量的闽南人渡海移居台湾。

然而大量的移民也将闽南地方的械斗习气带到了台湾。小说首先描写了发生于闽南漳、泉交界处白铜隘口的一场械斗,在械斗中,赖大燧、二燧兄弟的父亲惨遭杀害。这样的械斗,谁也不知道究竟是何时开打的,也未必有

---

① 司马中原:《流星雨》,连载于台湾《联合报》1973年3～8月;台北:水芙蓉出版社1975年出版单行本;台北:皇冠出版社1986年重版。本节转述和引文均据《联合报》。

明确的起因,经常只是前代留下了一些仇怨嫌隙,为了斗一口气,便年复一年地拼斗下去。小说揭示了械斗频发的社会文化、民性特征上的原因,这就是闽台地区的草根性文化。正如一位泉籍老秀才所说的:不管是漳州人也好,泉州人也好,一般商户和垦民,都是忠厚老实的居多,谁也不愿意把田地或生理(闽南方言:生意)扔在一边不问,砍砍杀杀来打架,只因太多人没读书识字,头脑简单,行事莽撞,容易受人煽惑挑拨,而双方当头领的,也都是些粗人,缺乏远见。特别是台湾有许多无职业、无家庭的"罗汉脚"(流氓无产者),他们无产无业,无牵无挂,往往成为械斗的生力军;而闽南一带如泉州等地,常有许多练拳习武,凭借武力成帮结派、横行乡里的人物,台湾照样出现了这样的人物,有他们作为中坚,更使得械斗延绵不止。如泉籍中有西盛之虎,漳籍中有朱五、柱子等。蛮牛柱子是个典型的"罗汉脚"——他自幼孤苦,浪迹码头,靠刀子和拳头打天下混日子,没念过书,完全是目不识丁、只讲蛮勇的粗人。想挑动械斗的郭兆堂硬的不行,就来软的,用财、色收买他,使他成为分类械斗的漳籍干将。

然而,小说揭示了闽台分类械斗的更重要的原因,在于清朝官府的挑唆和纵容。由于官吏贪婪昏庸,使民间重大案件难获公平的判决,不同群体之间利益发生冲突时,双方不耐烦于纸墨官司的拖延时日,更懒得花钱去忍受那些繁文缛节、久久拖宕后仍无结果的状况,所以便撇开了衙门,采取原始激烈的手段,试图以兵戎相见解决纷争,而械斗的结果,往往是双方仇恨更烈,成见更深,纷争更多,所谓"冤冤相报,永无宁日"。在台湾,清朝衙门为维持其统治地位和掠取更多的利益,更有意地采用"以台制台"、让台湾人打台湾人的手段。自从清廷领有台湾以来,台地民间反清竖旗举事,有好几十宗,可见台地民间反抗清朝,恢复明室的念头始终没有放弃过,特别是天地会等会党组织的反抗行动,更让清朝官府头疼。因此"以台制台"的策略应运而生。小说中的县太爷在与胡旺、郭兆堂等奸细和地方恶霸讨论对付天地会的方法时说道:台地这些"蛮民",假如受了会党的召唤,一致举旗抗清,那力量就太大了,此地的班兵、屯勇和几营水师,根本挡不住的。他认为:一把筷子折不弯,一只筷子折得断,如何把此地的垦民打散开来,使他们为了争水源,争码头,争垦地,甚至争庙产,争菩萨,彼此械斗,互相结仇结怨,这才是最要紧的,"我敢说,只要这方法在南北几县行得彻底,台民是竖不了旗,造不了反的",

因此他极力利用地痞流氓来挑起事端。

小说还描写了天地会标榜继承国姓爷郑成功的事业，秘密从事反清复明的活动，为此努力调解漳、泉籍民众之间的矛盾，劝说他们放弃鹬蚌相争，渔翁得利的械斗。他们首先认识到在反清复明的斗争中闽台相互支持的重要性。漳州天地会的首领赖火曾派人到安溪和三邑，跟那边的会党头目联络，促使他们出面调解泉、漳一带的械斗，又派人到台地来联络府城、鹿港和艋舺的会党，要找机会举事；在龙溪城，会党头目有过密议，谈到当初台地的朱一贵、林爽文举事不成，都是受了单独行动的牵累，因为台地一有动乱，闽粤两省可以从容发兵来救平，假如两边有了联络，台地一举旗，闽粤两省的会党跟着动，情形就不同了！闽粤两省要平当地的乱子，势必无法抽调班兵和水师来台，而台地班兵只有六七千人可用，会党竖旗，只要能撑半个月，台地的官兵就完了。

同样的，当大陆东南沿海举事反清时，台湾如能响应，也将对大陆民众的斗争有很大的助益。当洪秀全起义席卷江南，清廷于闽粤一带溃败，台地一岛孤悬的时候，如能响应太平天国起事，团结垦民，接合闽粤志士，一致竖旗抗清，成功的机会极大，也许会席卷东南，北逐鞑虏，重写一部全新的历史。但他们因于地域观念和现实利益，自相残杀，直至民穷财尽，元气大伤为止。时间不能停留，当他们解兵言和的时候，太平天国的起事业已功败垂成。

小说通过人物之口，说明了总结历史经验和教训的重要性。书中的一位泉籍老秀才说道："这样自相残杀，把台地民间的元气都耗尽了……日后满洲朝廷，真会把我们连人带地都卖给外国！……那时刻，真是活不如死了。"其实，英国、法国等早就垂涎于这个海岛的丰沃，想染指台湾；而日本更对台湾虎视眈眈。然而，正如天地会成员和许多士绅民众都认识到的：清廷并没把海岛的开发当成要政，对台岛拱卫南疆的重要地位也缺少足够的认识。这也就是会党人士未雨绸缪，想尽办法调解漳、泉之间的仇怨，使之摒弃前嫌，团结起来的原因之一。上述担心不幸而被言中。从这个意义上说，械斗者对于后来台湾的被割让，也是有责任的。历史的教训值得反省，而不能一味地怀抱"悲情"。在讨论台湾的前途时，小说人物赖大燧说道：不管日后怎么样，只要大家一条心，我相信，无论什么样的难关都闯得过去的。这一点，也为后来的抗日历史所验证。

三、闽台作家对于抗日斗争的描写

乙未割台后,台湾人民展开了空前的反抗日本殖民者的浴血奋战,涌现了许多可歌可泣的故事。这一段历史,为作家们所记载。

确如叶石涛所说,台湾作家东方白呈现从乙未开始的台湾民众生活史的鸿篇巨制《浪淘沙》,有如《战争与和平》那样,以一种现实主义的笔触,写出了整个土地和天空,成为民众生活的百科全书式的作品。作者为福佬人,对福佬人的生活、斗争情形有着生动的描写,但对于客家人在对日战斗中的骁勇善战,也给予高度的评价。

小说描写道:日本入侵,清朝兵不战自溃,陷台湾人民于茫然无依之中。有的台湾人自发地想和日本人"讲和",以免被杀,但日本人往往毫无信用,对于手无寸铁的台湾人民大开杀戒。如澳底的吴家五兄弟,只不过想要告诉日本人,这渔村只有抓鱼的和种田的,不会抵抗,只求不要杀害他们。没想到前去讲和的五兄弟,全部被日本人枪杀。这使台湾人民认识到:日本仔本来就不是我们同国人,哪有诚心和我们讲和,这不过是千篇一律的奸计!

日军时常假招抚而真杀戮,诱骗"义军",然后一网打尽。勇敢地起来反抗,与日军进行游击战的,反倒有一线生存的希望。因此抗日其实也带有求生存的人性上的意义。特别是客家人,英勇善战,往往给日军以重创,同时也使自己获得生存的机会。原来他们较迟才来台湾垦荒,平原的好地都已被垦完,只好往山地发展,因为经常与"生番"发生冲突,所以战斗经验丰富。十年前抗法战争中,就曾打退了登陆上岸的法国兵,建立起他们骁勇善战的声誉。7月以来,在三峡与大溪一带丘陵地组织起来的义勇军合计有三千人之多,日军总指挥部得知消息后,便决定派兵扫荡。义勇军一方面为了避免村落战争,另一方面要诱敌深入,便主动撤出了三峡。正当日军运粮队的军官们议论着台湾的唯一好处是打仗太容易了,守军往往未加抵抗就投降或弃阵逃跑,并且士兵抽鸦片,因此不堪一击时,却遭到了数百名义勇军的伏击包围,几乎全军覆没。台北的日军总部又派出一队骑兵前往侦察,同样落入包围圈中,使日本自甲午战争开始以来的骄狂气焰受到空前无比的打击。已进军到大溪的日本军团,在得知运粮队被歼的消息后,便返回三峡,并尾随义勇军主力部队,追到乌鸦锦的竹堡来。第二天,日军向竹城发起进攻,义勇军用一门荷兰大炮轰击敌人。这门大炮的性能落后,能发挥作用的只有第一发炮弹。义勇军先点燃一锅露天火药的引火线,日军受骗发起冲锋时,才点燃真正的大炮,使日军留下诸多尸体。几天后,日军运来 20 尊野战炮,使乌鸦锦竹堡变成一片焦土。然而进入竹堡的日军发现,在一口干井底下,有一个地道,所有村民都在前一个晚上从地道逃走了。小说形象地刻画了客家军的英勇和善战,同时,通过客家人义勇军在晚上听一目少爷讲明末郑成功及其"藤牌兵"故事的细节,反映了郑成功精神在台湾民众中历久不衰的深远影响。

另有台湾作家阿盛所撰长篇历史题材小说《秀才楼五更鼓》[①],描写日据初期台湾的天地会(亦化名添弟会、八卦会、日月会、国姓会等),在唐山洪门的配合协助下,与日寇展开斗智斗勇的殊死搏杀的传奇故事。日本人觉得要统治台湾,必须了解台湾的风土人情、民性特征,为此下了一番功夫。小说中日军军官高野自恃为台湾通,未料却在机巧善战的天地会成员面前,陷入了重重的迷雾之中,其率部对游击队的围剿,最终以惨败而告终。如高野自认为熟知台湾人的习性,但他始终弄不明白:为什么台湾的农民如此恋地又如此不惜丧命?恋地之人理所当然不愿反乱,但高野自随军登陆台湾后,遇到的抵抗者多半是有田有地的农民,这是什么原因?初抵台,高野曾捕获 20 名抗日者,这些抗日者全是走海人,高野逼问他们,为何反抗日本人?这 20 人的回答几乎雷同:无田无地,在台湾未得片瓦,回唐山未得依亲,有人出钱打日本人,当然就答应了。高野查出台南东郊有数甲无主之田,他要 20 名抗日者具结定居耕田,不得再反抗日本人,20 人俯首认错,果真筑建竹屋于田中,不过数月,高野在台南城郊与一股数百人的游击队交战,击毙 40 余人,其中,16 人是具结定居耕田者,另有一名具结定居耕田者被生擒,高野刑打拷问:为尔置田定居,为何又反抗日本人?这名抗日者只重复回答一句话:甘愿做贼,不甘愿种米饲日本番。高野听过翻译后,立即开枪打死这名抗日者。

又如,高野自恃对台湾历史颇有研究,但令他百思不解的是,天地会以反清为志,台湾抗日者却经常以"回归大清"为号召,两者原则不同,岂有相结合之理?又,天地会之人虽有部分投入抗日集团中,但经七年征剿,即使拥有大批枪械人丁如林少猫,终不免瓦解土崩,天地会之人岂不知武力抗日必然失败?对此疑问,打入日军担任日军军官,实为洪门中人,策划和领导了此次

---

① 阿盛:《秀才楼五更鼓》,台北:时报文化出版公司 1991 年版。

抗日行动的关成化的一段话,或许是很好的回答。他说:"你们是日本人,我是中国帮会之人,也是台湾帮会头领,我明知台湾人反日无望,但是,我发过誓,生死不计,这样的心意,你能明白吗? 多少台湾人死在日军枪下,烧村毁家,那样的怨恨,你能明白吗?"小说对于台湾同胞坚持武装抗日的深层动因有深刻的揭示,对抗日志士以民间帮派为组织形式与日寇展开有勇有谋的斗争经过,有生动的描写,而这些,都深深地扎根于闽台文化的土壤中。

由于明治维新后日本对外扩张的战略目标并不仅仅是台湾,而是整个中国乃至亚洲更广大地区,并采取兵分东北、华南两路的策略,1874 年在借口牡丹社事件出兵台湾的同年,日本舰船"孟春号"进入厦门海域操练并探测港区水深,继而于 1875 年在鼓浪屿设立了领事馆。1895 年,日本通过《马关条约》占领台湾后,更将厦门视为其进入华南的桥头堡。1898 年,日本以"台湾与厦门贸易日盛"为由,胁迫清政府签订《厦门日本租界条款》。1900 年 8 月,驻厦日本领事教唆日本僧侣纵火自焚"东本愿寺",接着以此为借口派兵登陆,企图武力占领厦门。在此之后,又派遣大批日籍浪人来厦,扰乱厦门社会治安。1915 年日本与袁世凯签订"二十一条",把福建作为其"势力范围",在厦门设立警察署达十数年之久。此外,日本人在厦门印行《全闽新日报》、《中和报》、《南支那周刊》等报刊,还办了一些书院和医院,借此进行思想渗透,培植亲日势力。在经济上,除了开办"台湾银行"发行货币外,还由日本大财团"三井"、"大阪"、"三菱"等株式会社在厦设立分社,操纵部分进出口贸易和航运。日本的侵略给厦门人民带来了深重的灾难。如日籍浪人在日本领事的包庇纵容下,绑票、抢劫、走私毒品、印制假钞,开赌场妓院、鸦片烟馆和高利贷当铺,为所欲为,无恶不作。日本军舰经常驶进厦门港区,并多次借口"保护日本侨民",派兵荷枪实弹登陆厦门,搞得厦门人民几无宁日。①

然而,厦门以及整个闽南地区人民,有着抵抗外来侵略的光荣传统。日本侵略的事实给与台湾一水之隔,有着格外密切的地缘、史缘和亲缘关系的闽南作家以极大的刺激,并激发、昂扬了他们的爱国精神。如著名的漳州籍中国现代诗人杨骚,曾于 1918 年东渡日本留学,准备学习海军,有志学成归国后振兴中国海军,打倒日本帝国主义。他曾说道:"那时候,我的爱国心非常

---

① 洪笃仁:《1931,愤怒的厦门》,《厦门日报》2001 年 9 月 18 日第 7 版。

重,因为在我们的家乡漳州,常常可以听到台湾被割了后的惨史。"①

另一位闽南籍作家司马文森,在抗日战争爆发前夕写了一些反日题材的小说,发表于《光明》等刊物上。如1936年10月刊于《光明》第1卷第9期的《呆狗》,写工业专科学校毕业的台湾青年洪海生,由于长期失业,为生活所迫,加入了日商组织的"贩卖组合机构",驾驶走私船只,从事贩卖毒品和私货等勾当。但日本殖民者在闽台的倒行逆施,触发了他的民族自尊心,使他的良心受到谴责,终于在一次驶进厦门港后,向税务局投案自首。他的行踪终于被"呆狗"(厦门人对日籍浪人的蔑称)发现,被绑架并用麻绳勒毙于海滩上。1937年刊于《光明》第2卷第3期的《入籍》,则写厦门沦陷前夕,有人为了保全自己,罔顾民族气节,花几块钱的手续费到台湾公会弄一块"大日本籍民"的牌子和一张籍民证作为护身符。正直善良、谨慎守法的小杂货店老板红目蛤,起初也买了一块"大日本籍民"的牌子挂在门口。但在当时国运衰弱的大环境和日本人趾高气扬的社会现实中,即使有保护伞,仍免不了不断受到浪人的欺压和流氓的勒索。红目蛤终于从祈求当"皇民"的迷梦中清醒过来,拒绝为浪人贩售日货。发表于1936年《文学界》第1卷第2期的《土地》,描写在台湾的日本"拓殖会社"受过特殊教育训练的安先生和安太太,被派往晋江一带从事吞并土地的勾当,反映了日本殖民者对于闽南富饶地区虎视眈眈的吞并企图,揭示了帝国主义势力入侵给农村带来的深重灾难。此外,刊于《光明》第1卷第4期的《壮丁》,更描写了一位朴实的闽南农民,由于日本帝国主义的入侵直接影响了他的农事工作,本有参加壮丁队抗日的意愿,却发现官厅其实对于日本军官曲意奉迎,于是从怀疑到思索、觉醒,断然采取行刺日本军官的举动,不幸被当场击毙。小说细微地"刻画了他呼嚎,挣扎以及走向反抗的过程"。②

四、"台湾浪人"在厦门

1926年6月25日,广州丁卜图书馆出版了《毋忘台湾》一书,内有明心所著《一个台湾人告诉中国同胞书》,并有郭沫若为该文和该书所作序言。明

---

① 杨骚:《急就篇:"我与文学"》,《福建新文学史料集刊》第二辑,第48页。
② 柯文溥:《现代作家与闽中乡土》,福州:福建教育出版社1993年版,第116~125页。

心本名张秀哲,又名月橙,当时为岭南大学学生。郭沫若在序中写道:"台湾人是我们嫡亲的同胞,被割让了之后,难道就把祖国忘记了吗?"还有更深一层怀疑的是,"我们常常听见在厦门地方,常常有台湾人借日本人的势力来和自己的祖国的同胞斗殴"。这种种怀疑,直到看了明心的这篇文章,才豁然大悟:台湾人不是不革命,是革命的消息没有传播出来,台湾人也不是忘了祖国,"在厦门地方和中国人斗殴的台湾人,是日本人收买来的台湾的无赖,借端生事,以好勒索赔款的。——呵哈!原来是日本人所使用的恶劣的手段"①。

郭沫若所说的台湾浪人的情况,在厦门作家张力的《毒路》②等长篇小说中得到细致而又形象的反映。

厦门为当年郑成功收复台湾时操演水师的地方,而现在丙洲人聚居的洪本部一带,原来是郑成功部属洪旭大将军的水师右营驻所,当年的丙洲先人们从同安丙洲岛鼓棹而下,倚仗厦门商运良港、通连四洋的天作之势,以船运、搬运为衣食手段,从此立足厦门。兴许由于这地界本是洪大将军运筹帷幄、调兵遣将、出击厮杀的场所,苍烈枭勇的地气使本来就剽悍好强的丙洲人也如那兵勇将尉一般,斗志十足。但近来,却有一些族人吸食烟土(鸦片)成瘾。丙洲人的"大家长"陈皮爷认为:"一个宗族,一个种姓,只有身强力壮,气足神勇,才能立于天地之间",为了使本族能在码头上站住脚,获得吃饭生存的权利,陈皮爷率领本族子弟捣毁了厦门的妓院娼寮、鸦片馆等贩卖毒品的窝点,侵犯了一些台湾浪人(包括林大目、邵猪哥、林罗等)的利益,因此掀起轩然大波。

厦门之所以毒品泛滥,与台湾浪人的作为有很大关系,而台湾浪人的背后则是日本人在支持着。他们靠着"籍民"这把大伞遮着,肆无忌惮,一面为日本军方搜集情报,为犬为马,一面也开赌场办妓院打抢偷骗,为非作歹,大发横财。就连杀了人,也由日本领事馆包着。厦门码头由(后廪)纪、(石浔)吴、(丙洲)陈三大姓占据,而历史上就先后发生了"台纪事件"、"台吴事件"和"台陈事件"。当然,"不是台湾浪人惹不得,而是日本人惹不得!"

---

① 引自中国社会科学院文学所编:《台湾爱国文鉴》,北京出版社 2000 年版,第 157～158 页。
② 张力:《毒路》,厦门:鹭江出版社 1996 年版。

作者试图揭示厦门的台湾"籍民""浪人"问题的根源。最早其实是一些旨在"抗日复土"的民间帮会组织,如邵猪哥和他的父亲都曾加入"二十八宿",参与了一系列抗日的暗杀活动。当时日本人确实被搞得焦头烂额。但是他们很快地找到了对策。他们先在这组织中发展和收买一些异己,然后又唆使另一势力强大的帮会组织"武德会"来和它抗衡。于是年复一年,"二十八宿"就全然无心去和日本人作对,而陷入与"武德会"无休无止的征战中去了。等到双方你死我活两败俱伤而百姓怨声载道之时,日本人才出面收拾局面。他们以有碍治安为由,将这两大派组织的大批骨干遣送厦门。到了厦门后,又给予"籍民"的种种优抚条件,鼓动他们行凶作恶,扩展势力,从而利用他们来达到控制厦门的目的。小说描写了日本人所下的挑拨离间的工夫。事情的起因是传说"二十八宿"的拳师们才是正宗闽南五祖,而武德会的大哥们多是半路出家等等,于是武德会开始起事相攻。按理说,这种事只要双方大哥聚会一次,将话摊开了讲,误会就可消除。但是那时候就是闲话出奇地多,只当着浇油添火一般的就是让两边厮杀一场。当时就有个日本人曾经找过林罗,说只要他说一句挑拨的谣言,让这句话在人群中传他几日,就送他一只银表。他说了,而且还真的让这话搅滚起来,惹出了几条人命。结果真得了银表,还外加三套赤金项链。他知道武德会里还有许多人在干着相同的事,领同样的钱。"二十八宿"那头也一样有这种人,要不怎么会愈演愈烈呢?在火拼的最后武德会占了上风,"二十八宿"全线崩溃,然而当武德会追杀对方到一个山坳时,日本人在四面山上架起小炮,不管是武德会的人还是"二十八宿"的人,都在那熟悉的气味、声响中一片一片地倒下。在山坳里,日本人以"破坏治安罪"逮捕了所有来不及逃离的人。一年之后,日本人开始将这两个元气大伤的台湾民间最大帮会组织的首要成员,一批一批地驱往厦门。

大陆历史学者蔡少卿曾指出天地会等帮会组织的一些弱点。由于它是破产劳动者的组织,不能不受到封建统治阶级意识的影响,所以其组织内部存在着封建的门户之见,内部不团结,甚至械斗残杀。这些严重的弱点,就必然使它在联系广大群众和实际的斗争中,具有很大的局限性;而且往往被统治阶级所利用。① 这可和张力小说中描写的情景相互印证。建立于帮派组织上

---

① 蔡少卿:《中国近代会党史研究》,北京:中华书局1987年版,第63~64页。

的抗日组织,终难逃被分化离间、自相残杀,忘记了本来的抗日的初衷,而让日本人坐收渔翁之利。这惨痛的经验教训值得后人吸取。

《毒路》中描写的另外一些台湾人形象,则说明了"台湾人是我们嫡亲的同胞",他们并没有忘记祖国,是和大陆同胞站在一起,互相支持的。只是时势所迫,条件所限,未必能发挥很大的作用。如丙州陈的头人陈皮叔受伤后,阿楚让杨淡医生为其疗伤。杨淡为阿楚在厦门玉屏书院读书时的同学,台湾人。在和日本人谈判时,阿楚对陈皮叔说:"台湾人也不全是坏的。有许多人会帮助我们的。"又如当时担任厦门知事的兰由,原籍台湾,攻读群书考取了清华,当了数年律师,因参与了厦门的光复起义,从此走向仕途,以其德行甚得民心。对于发生的"台陈事件",他称:"如今台籍浪人实是一患,屡屡骚扰治安,危害民众。又因背后有日人撑腰,每每犯事,日人以'领事裁判权'之上方宝剑护之,最多一个'遣返'了事。此次丙洲陈氏家族与浪人之争,我意虽在陈氏一方,但亦无可奈何矣。陈氏勇士敢于自发摧毁毒馆,虽有滋扰治安、劫夺财物之嫌,但此爱我民众,爱我中华之精神,兰某我实在钦佩之至。"虽然他手中未有一兵一卒,只剩三寸不烂之舌一根,古道热肠一副,还是得到了友贤伯"要是台湾人都如兰知事这般就好了"的感叹。

五、台湾海峡硝烟的升起和散去

1949 年及其后的数十年内,不仅隔着一道海峡的闽与台天各一方,就是近在咫尺的厦门和金门,也分别成为双方的前沿阵地。直到 70 年代后期,海峡的硝烟渐渐散去,海峡的东岸和西岸,先后成为中国发展最为迅速的经济繁荣带之一。两岸的作家对于这段历史的沧桑,都曾投入大量笔墨加以描写,成为闽台文学中极为独特的作品。

1949 年国民党退居台湾后,台湾海峡形成严重的军事对峙的局面,厦门和金门可说是其焦点和缩影。"两门"无论在地理、历史和文化上,都有密切的亲缘关系,但现在却成为双方各自的"前线"。特别是在 50 年代,不仅平时飞机、舰船、蛙人相互威胁和骚扰,更在 1958 年 8 月 23 日,爆发了一场震惊中外的炮战。炮战历时 64 天,以 10 月 25 日毛泽东发表《再告台湾同胞书》为标志,炮战得以缓解。炮战的发起、动机、经过和最后结果,其实都显露了金门在海峡两岸关系和中国统一问题上所具有的特殊意义和作用。

　　大陆作家沈卫平于 1998 年出版的长篇纪实文学作品《8·23 炮击金门》，以大陆的观点和视角，详细描述和讨论了炮战的经过和相关问题。作品首先点出金、厦两"门"的重要的战略地位和关系：从古代到近代，金门和厦门亲同手足，情如伯仲，这不仅仅因为历史上行政区划的隶属关系，还因为它们得天独厚的军事地理方位，两岛唇齿相依、互为犄角，加上小金门、大嶝、小嶝、大担、二担、鼓浪屿、青屿、角屿等众多卫星岛环侍左右，在冷兵器时代，天造地设般筑就了一座难攻易守，进退裕如的坚固水寨。1662 年，郑成功率军南征，清军乘虚袭破厦门，欲再下金门不逞，郑班师，轻而易举重夺厦门。对此，国共双方领导人也都有明确的认识。蒋介石称："厦门自古要塞之地，东南门户，闽台要冲。台湾安危从来磐于澎湖得失，而澎湖安危磐于金、厦得失。安居台澎，金、厦战事至关重要，金、厦保卫战是台湾保卫战的开始。"他曾严令汤恩伯固守厦门，因认为福、漳、泉可以丢，厦门却不能。厦门易手，他在台湾是睡不安稳的。而毛泽东在 8·23 炮战前，也详细研究了金、厦的地理位置和战略意义，环顾左右称："当年，郑成功从厦门发兵收复台湾。后来的施琅，也是在这个地方造船练兵，然后渡海作战的，如要最后完成中国的统一，厦门这个岛子很重要哟。"

　　作品生动地描写了炮战中大陆方面军民的英勇表现，特别是前线民兵，包括"英雄三岛"在内的拱围大小金门的小岛上洪秀丛、洪顺利、洪建才、郭包等英雄人物和女炮班、英雄小八路等英雄集体的事迹，得到了翔实的再现，从而对该地的社会文化环境和民性特征，有相当的涉及。同时，作品也以重笔浓墨描写了毛泽东出于对抗美国割断台湾与大陆联系，制造"两个中国"的图谋，毅然作出暂停炮击，不夺取金门，以让蒋介石顶住美国压力，避免从金、马等濒临大陆的沿海小岛撤退的战略决策。金门在特定的时代条件下，发挥了维系两岸同属一个国家之关系的不可替代的作用。

　　无独有偶，在沈卫平写作《8·23 炮击金门》的二十多年前，台湾作家朱西宁出版了题为《八二三注》的小说巨著。当然，这是从国民党的视角来看同一场炮战的。作为小说，它也许不像沈卫平的纪实作品那样较多地涉及历史资料和高层内幕，而是通过一些国民党官兵，特别是年轻的普通官兵如邵家圣、黄炎、乔颂安等在炮战中的经历、行为和思想感情的描写，凸显人性的真实面貌,与以往概念化的"战斗文艺"有很大区别 ①。

两部作品对于当时炮战的惨烈状况都加以描写。然而从 70 年代末开始,硝烟似乎已渐渐散去。厦门成为改革开放的共和国首批 4 个经济特区之一,迅速成长为充满活力的现代化海港风景城市。而金门,却仍无法脱离"前线"的定位。访问过金门的沈卫平写道:40 载过去,金门依旧是一座风光迷人的大兵营。从东半部到西半部,从料罗海滩到北太武山,沿途明碉暗堡随处可见,视界中,身着迷彩荷枪实弹的"国军"士兵比老百姓还多。白天有防空演习,揭去伪装网的炮口指着飞鸟旋转。晚间又有机动演习,只开小灯行驶的军车一字长蛇排出去几公里。直接面对无比硕大的一个大陆,弹丸小岛也许不得不百倍警惕。沈卫平对金门的最初印象是它过于刻板、保守,没有什么新脑筋。遍布全岛的各类纪念亭、纪念碑、纪念馆、纪念像,无处不在宣扬"国军"打赢了"8·23 炮战"的"伟大胜利"和"无畏精神"。导游小姐热情周到喋喋不休向游客讲述着"国军"如何英勇顽强的历史故事 ②,但它们与历史事实的差距不知有多少!

然而,金门的民众就是这样生活着。来自金门的作家黄克全,其小说集《太人性的小镇》③ 就以金门的现当代生活为主要描写对象。抗战时期,金门人民的抗日斗争和闽南沿海一带连成一片。稍后,内战的硝烟也照样弥漫到岛上。这一切在黄克全的作品中,或作为故事的背景,或作为情节的一部分时时出现。金门的不同于大陆又有别于台湾的特殊性,形成于 1949 年后海峡两岸的严峻对峙格局中。金门作为国民党当局的前哨阵地,重兵驻守,长期戒严,完全被"战地化"了。因此黄克全小说中,地道、碉堡、炮弹、防空洞、信号弹……成为无所不在的特殊"道具",渲染了金门的特殊氛围。除了这些外在景观外,作者更注意捕捉人的内在意识、心灵感受和由此产生的各种怪异举动。如首篇《洞中之脸》,描写了在金门那严酷管控的畸形环境下知识分子的精神痛苦。小说主角韩老师表面的慷慨激昂下掩藏着的数十年

---

① 参见陈彦:座谈会记录《朱西宁的小说:〈八二三注〉》,台北:《幼狮文艺》总第 309 ~ 310 期,1979 年 9 ~ 10 月。朱西宁《八二三注》自 1974 年 5 月起连载于《幼狮文艺》第 245 ~ 276 期,台北:三三书坊 1979 年出版单行本。

② 沈卫平:《8·23 炮击金门》,北京:华艺出版社 1998 年版,第 4 页。

③ 黄克全:《太人性的小镇》,台中:晨星出版社 1992 年版。

仍未削减的自我冲突和煎熬,以及爱妻出于帮他解除痛苦而"大义灭亲"检举他的举动,都只有在金门这一特殊地点的特殊环境中才有可能发生。可以说,对这种特殊的"战地"景观、令人窒息的凝重氛围和被扭曲的民众心态的较好把握和呈现,是黄克全这本小说集最令人欣赏的所在。该书出版于1992年。近年来金门的情况当然又有了新的变化。随着两"门"直航的实现,金门的"战地"性质正逐渐为观光旅游胜地所取代。厦门固然有许多郑成功的遗迹,金门也不让其后。如金门料罗湾是郑成功祭江誓师征台处;后浦是他观兵练兵的地方;北太武山成功洞是他俯瞻沿海形势及弈棋圣地;夏墅海域则是他修造兵舰的地方。还有小金门会盟处、国姓井、点将石等等,数不胜数。当年的战地,有可能成为新的旅游观光的胜景。而且这种胜景是独特的、为其他旅游点所难以替代的。它让人们从过去的战争的遗迹中,体会和领悟着历史的沧桑和某种永恒的道理。

第二节　福佬和客家:闽台民性特征

一、客家人:质朴、保守、刚毅的山地子民

根据罗香林先生关于南移汉族之"民系"的划分,福建的汉人主要包括"闽赣系"(即今之以闽西、赣南、粤东北地区为大本营的客家人)和"闽海系"(以闽南为主,也包括福州等福建其他地区的福佬人)[①]。在1949年之前,台湾的汉人也主要由福佬人和客家人所组成。其中客家人约占台湾总人口的15%,大多来自广东嘉、惠、潮一带,来自闽西汀州、龙岩等地的也占有一定比例。前者迁台较早,大多居住于台南、嘉义等地,后者迁台略迟,大多居住于苗栗、桃园、新竹等地。而当前台湾,客家话超过闽南话成为强势方言的,就是苗栗、桃园等地。客籍的台湾作家很多都来自这些地区。也就是说,很多台湾客籍作者的祖先其实来自福建。即使是来自广东的客家人,和福建也有深厚的渊源,因为"岭东之客家,十有八九皆称其祖先系来自福建汀州府宁化县

---

① 罗香林:《客家研究导论》,1933年兴宁初版,台北:南天书局1992年影印版,第71页。

石壁村者"①。此外,不少客家人从台湾返回"原乡"时,也常取道闽南和闽西。如清末著名台湾诗人丘逢甲就是如此。

客家人在台湾所占人口比重虽不大,但在台湾新文学史上,却占有举足轻重的地位。像日据时期的吴浊流、龙瑛宗,五六十年代的林海音、钟理和、钟肇政、林钟隆,乡土文学时期的李乔、黄娟、林柏燕、钟铁民、谢霜天,年轻一代的彭瑞金、冯辉岳、雪眸、小野、吴锦发、刘还月、蓝博洲,以及现代诗人詹冰、曾贵海、陈宁贵、黄恒秋、利玉芳、张芳慈等,均为客籍。如果再加上被称为"福佬客"(即原为客家人,因长期在福佬人群中生活而"福佬化")的赖和、宋泽莱,以及被称为"外省客"的杨子、周伯乃和海外来台的李永平、温瑞安等,可说阵容庞大,硕果累累。

客家民系的文化自有其独特之处,客属作家的创作自然也体现出鲜明的族群文化特征。由于客家民系乃从中原南迁而来,其文化的根在中原,加上新的定居地多为山区,其生产方式仍主要为垦田农作,因此其文化仍保持着农耕文明的本色。王东在《客家学导论》中以"质朴无华的风格"、"务实避虚的精神"、"反本追远的气质"来概括客家文化的基本特质②,这三项特质其实都与农耕文明有直接的关系。而闽、粤、台的客家文学,也自然反映出客家文化的这三项特质。

除了基于农耕文明的上述三项特质外,客家女性的勤劳、聪慧和能干以及客家人表现出的"强项"、"硬颈"性格,也可说属于客家文化特性的范畴。客家妇女直接参与生产劳动,在家中男人为了出人头地或谋生原因而外出时,客家妇女往往支撑起整个家庭,因此客家妇女在家庭中也就具有较高的地位。长期的辛劳,与天、与地和与人的奋斗,则培养了客家人不轻言屈服的硬汉精神。罗香林称:客家男女最富气骨观念,虽其人已穷蹙至于不可收拾,然若有人无端地藐视他或她的人格,则其人必誓死抵抗,或者竟因是便发愤自立,终于挽弱为强,转衰为盛。③

由于客家人主要从事简单的、小规模的农业耕作,而这种生产中最重要的是时令季节的掌握、各种农作物的选种和栽培、适时和适当的田间管理等,这

---

① 陈运栋:《客家人》,台北:联亚出版社 1981 年第 5 版,第 15 页。
② 王东:《客家学导论》,上海人民出版社 1996 年版,第 244 ~ 249 页。
③ 罗香林:《客家研究导论》,上海文艺出版社 1992 年影印版,第 178 页。

一切主要靠人们一代又一代的口耳相传。因此,对于客家人来说,现实生活中压倒一切的急务,不是个体的创造性生存斗争和悲剧式人生冒险,而是家族全体成员对先人生产和生活经验的总结、记忆、保存和延续。这种建立于农耕文明基础之上的对先人生产和生活经验的依赖,促成了客家人强烈的祖先崇拜意识,表现于民俗文化上的则是"反本追远的气质"。正因为客家人世世代代都生活在由祖先——祖灵所构筑的这一总体氛围中,故而客家文化在各个层面上都深深地打上了历史性的烙印。从衣、食、住、行到岁时节庆,从婚嫁丧葬到人生礼仪,客家人追求的是先人们遗留下来的习惯、规则、传统和遗风。这种由反本追远而产生的浓厚的历史意识,使得客家地区的各种文化事象,无不带有古风和古意。从审美的角度来讲,客家文化的类型、风格和气质,更多的是体现在其古往今来的"历时性"发展过程之中,它执著的是一种民族历史的深沉和凝重。客家文化没有吴越的灵秀,没有中原的雄浑,也没有荆楚的浪漫,但却熔铸了民族文化的历史纵深感,凝练了民族历史遗产的博大气派和精深气质。[①] 以此对照台湾乡土文学的现实,就可理解为何具有历史纵深感的长篇小说乃至"大河小说"大多出自客属作家之手的原因了。从通过主人公胡太明的坎坷一生,揭示在日本殖民统治下,台湾同胞既饱受日本人的歧视,有时也得不到祖国同胞的信任,从而产生孤苦彷徨的"孤儿意识"的吴浊流的《亚细亚的孤儿》,到描写光复前夕被日军征为学徒兵,遭受日本兵的残酷对待,从彷徨、苦闷走向觉醒和反抗,并通过对郑成功等英雄业绩的追念,增强了祖国和民族认同感的钟肇政自传体小说《浊流三部曲》;再到以五十多年的时间跨度,在近代台湾历史的广阔背景中,描写来自中国内地的客家移民,先是为求立足、生存与大自然搏斗,辛勤开垦土地,后又与入侵的日本殖民者展开不同方式的殊死斗争的李乔的《寒夜三部曲》,虽然写的都是平凡的人——就像常年在山地丘陵默默从事农耕的大多客家人那样的平凡,但又都可以从中感受到其中包含的深厚的历史纵深感和跳动着的时代脉搏。

与此同时,小说中大量的对于民俗风情、乡土事物的描写,也是这些作品的共同特点。这些描写同样加强了小说的历史感和中原汉民族根文化的气

---

① 　王东:《客家学导论》,上海人民出版社 1996 年版,第 247～248 页。

息。如吴浊流的《亚细亚的孤儿》中的胡太明,出生于北台山区的客家聚落,祖父是个老式的读书人,日本据台后,不顾当局的三令五申,执意翻山越岭将孙子送到云梯书院,接受四书五经等汉文教育。后来胡太明到日本留学,学成归国时,家里热闹地欢迎他的场面,充满了客家那种返本追远的文化气息——一走进家门,准备好的爆竹立刻开始鸣放。太明最关心的是家中老小的情况,现在亲眼看到都很平安,也就放下心来。太明走进大厅时,爆竹声更加猛烈起来,爷爷燃起线香,恭恭敬敬地向祖先报告平安,旁边有族人大声说道:日本留学生在本乡还是第一次,实在是胡家最大的荣誉,完全是由于祖先遗训"教子以经"所得的结果。大厅里燃着斤半重的大红烛,烛光灿烂辉煌。村中有些热心人士请来了一个"子弟班"(乐队),吹奏着"刘新娘"、"九连环"等乐曲,会场里显得热闹异常。这时胡琴突然奏起优美的山歌,村长徐新伯忽然心血来潮,要"子弟班"弹奏古调"采茶",男女老幼都听得津津有味。但四壁窗外的那些少女们,与其说是来听"子弟班"的音乐,毋宁说是来偷窥太明的风采。酒酣耳热以后,阿四开始唱山歌,阿三吹着口哨为他伴奏。喜欢猜拳的伙伴们,开始猜起台湾拳来,太明的同学也不甘示弱,立刻跟着猜日本拳,他们的样子使周围的乡巴佬惊奇不已……小说以现实主义的笔触细致描写着客家人的习俗,说明了在日本统治下,固然不可避免地会有一些日本文化的影响,但在客家山村中,占主导的还是客家人固有的汉民族文化习俗,虽然历经日本人的压制,也仍顽强地存在着。

吴浊流的另一篇小说《先生妈》,则将客家人的"硬颈"性格和客家妇女以其勤劳能干而在家庭中占有较高地位这两项客家文化特质,表现得颇为充分。作为小说主角的客家老妇人,因她的儿子当医生而被称为"先生妈",但他们本是贫苦人家,靠着丈夫"做工度日",妻子"织帽过夜","吃番薯签(按:细条状薯干)过日子",才供儿子读完医科,因此母亲在家庭中自然有一定的发言权。由于以前自己受过苦,因此她很同情穷人,定期将米、钱施予乞丐;儿子对此颇为不满,她即拿起乞丐的拐杖,将儿子痛打一顿,斥之为"走狗",儿子也只能敢怒不敢言。这种情形,在"三从四德"贯彻得比较彻底的其他民系,如福佬人家庭中,是少见的。对于日本殖民者,"先生妈"始终保持着与之誓不两立的"强项"、"硬颈"态度。儿子受"皇民化"毒害,对殖民当局亦步亦趋,无论改姓名、评"国语家庭",样样以他为首;未料母亲处处作梗,如坚决不学日语,却偏要出来与客人交谈,使得争当"国语家庭"的儿子颇为尴尬。她坚称吃不惯日本的食物,住不惯"榻榻米",迫使儿子将装修成日式的房间恢复旧模样。她又只穿"台湾衫裤"不穿日本和服,甚至将儿子替她准备的和服用菜刀乱砍乱劈,声称怕死后被穿上,会"没有面子去见祖宗"。直到临死,还向儿子嘱咐后事:"我不晓得日本话,死了以后,不可用日本和尚。"在日本统治下,确有部分台湾人卑躬屈膝以求荣,但更多的台湾同胞却未曾向殖民者低过头,他们始终保持着汉民族的民族气节。客家人的"强项"性格在日本殖民者面前得到更充分的体现。

客家文化作为中原农耕文明派生出的一个支脉,处处表现出与农耕文明的密切关系。如客属作家很喜欢采用田野植物的意象来象征着一种虽然卑微,却十分顽强,扎扎实实地生存着的生命。除了吴浊流的"无花果"和"连翘"之外,钟肇政的《鲁冰花》(即"路边花"),也给人很深的印象。又如,"土地"在农耕文明中占有特殊的位置。被称为台湾战后第一代作家中最具代表性的农民文学作家的郑焕,其作品表现出客家人对于土地的特有观念。他一方面刻画不畏毒蛇、不嫌土地贫瘠,拒绝"平阳"(平地)的诱惑,坚守山里土地的农民形象;另一方面也不断写到离开土地的农民遭遇不幸的下场,而不离开土地的终会得到幸福和快乐。如《毒蛇坑的继承者》写山中一户人家,大儿子铲除蛇窟时被毒蛇咬毙,种的柑橘又遭黄龙病侵袭,极度伤心的父亲准备将山卖掉,离开这"有做没得吃"的地方,却遭到妻子的坚决反对。固守着农耕才是正道、从商做生意丢人的传统观念的她宣称:"这几座山,是祖公留给我们的,我舍不得卖,也不肯卖,我也不敢到街上抛头露面去卖点心!"。作为小儿子的"我",因受到平阳优渥的生活和教育条件的吸引,举棋不定。后来"我"碰到读农校的同学张益,张益对柑橘黄龙病的藐视态度和防治知识,给"我"深刻触动。"我"来到另一户同样遭受黄龙病之苦而准备搬离的农户家里察看,没想到这家的女儿、也是"我"从小亲密无间的玩伴的叶菊妹,也并未离开。她异常严肃地说:"我正想告诉你一句话,叶菊妹愿意做一个种柑橘的人的妻子,不愿意做一个做买卖的人的妻子,我请你三思而行!"于是"我"下定决心留下来,"我要设法劝慰父亲,我要设法去征服黄龙病,设法去扑灭毒蛇窟,做一名顶天立地的生产者!"

郑焕的另一篇小说《长岗岭的怪石》则是做儿子的想要离开这旱魃连

年、贫瘠得连相思树都长不好的赭色土地,而阿隆伯对于这住了几十年的土地却有着太多的感慨,他仿佛听到祖父在抗日战斗中受伤,临死前对父亲说的话:"你们……凡是我的子孙们……不要离开这块土地……长岗岭终会变成富庶之地……你们会辛劳好些时候……但你们……凡是我的子孙……终会得到幸福和快乐……"于是他坚决留下来,老妻和一个孙子也毅然留下来陪他。未料几年后,附近建起了大水库,这片荒埔真的变成了饶田,返乡的子孙认识到:"必须勤勉的做工,因为,这才是祖先的意思"。

彭瑞金指出,郑焕的农民小说保存了"逢山必有客,无客不住山"的客家人山居生活方式的传统。他有意借阿隆伯这样的老农民解释农民对土地深不可言的感情,早已超越利害得失与爱憎,说穿了不过是对一种生活方式的执著而已。这样的干旱之田是生不出什么奇思幻想的,对一种生活方式的坚持,才是作者所要阐释的人与土地之关系的重点所在。[1]

郑焕在《异客》一作中,曾表达了他对于"山"的观点:"山是柔顺的,但有时会表现得非常残酷,尤其当你懦弱、自卑、缺乏朝气时,她特别喜欢伸出一只脚,把你猛然绊倒。但山毕竟是深藏的。当这一切过去以后,她仍会恢复本来面目:严肃、宽和,她包涵一切,融合一切……"其实,"山"的这种特征,或许正象征着客家人那既"强项"、"硬颈",不肯向困难低头,又宽和包容,感恩孝敬、善待亲人的性格。这在钟铁民《雾幕》、《黄昏》,冯菊枝《山路》、黄文相《死后的逗留》等作品中有明晰的表现。

钟铁民的《黄昏》是一篇很有客家风味的小说,它用完全生活化的细节,写出客家人的生产、生活方式,内在的道德意识、价值观念、心理特征,女子在家庭中的地位和作用等等。小说的主人公友福感念继父的抚养之恩和毫无偏心的疼爱,把抚养同母异父的弟弟当做自己的责任,但弟弟结婚成家后,却在弟媳妇的唆使下,吵着分家,先要走猪栏鸡圈,又将田地霸为己有,甚至连哥哥一家安身的老屋也要占走。友福固然伤心,但他引领着女人一起回忆几十年来的人生途程和继父的种种好处,说服了女人,宽容弟弟,自己则迁到妻子家那片荒芜的山场上,重新创业。小说通过友福似乎鬼使神差地花掉积蓄

---

① 彭瑞金:《试论郑焕作品里的土地、死亡与复仇》,彭瑞金编《郑焕集》,台北:前卫出版社1992年版,第275～277页。

买了一个打火机（可开荒烧山用），以及友福似乎"疯疯癫癫"的话语，使剁猪菜的妻子走神而剁到手指等细节，刻画主人公并不平静的内心起伏，并显示了他那似柔实刚，勇于自我牺牲、敢于承受生活挑战的内在刚强性格和主体性。钟铁民的另一小说《雾幕》同样刻画出客家家庭既艰苦、严厉，又宽厚、温馨的氛围，以及客家人质朴、善良、软中有硬的处事风格。

桃园县客籍作者黄文相自述道："从小被灌输必须在书堆里找前程，故很能啃书，却得利用假日帮忙采茶、挑水肥、种地瓜、莳田、洗河石、打零工，以赚取书费，而后被迫就读不必花钱的师范。因此，写作的触角伸向被遗忘的一群人，贫瘠的茶山、没落的老宅、偏颇的教育、成长的艰涩脚步，而且矢志挖掘下去。"① 他的《死后的逗留》设计了一个超现实视角，通过一位灵魂逗留家中的死后老人的眼睛，将客家人的葬俗以及子孙分家财等情况，一一加以展现。死者发现平时与自己住在一起的二儿子阿忠，其实怀着鬼胎，而曾与自己吵架而另立门户的大儿子，其实对父亲最有感情，最为真心。二儿子与外人勾结，企图霸占家产，好在死者生前早已请老村长帮忙，立下遗嘱，老村长以其权威挫败了二儿子的阴谋。小说不仅展现了客家风俗，也刻画了客家人的朴实、刚直和重情的性格。

也许受 70 年代乡土文学思潮的影响，一些比较年轻的客家作家较多地描写民俗风情，以此表达慎终追远的情怀，以及对文化传统的承续。由于这时的台湾正处于社会转型的时期，"传统"和"现代"价值碰撞十分激烈，因此对于民俗的描写，就常和这一主题十分紧密地结合在一起，为客家文学更增添了一种历史的深度和戏剧性——情感和理智的两难。

张振岳的《义民爷的金身》叙写来自台湾北部的客家族群，或为生活所困，或为肥饶的后山所吸引，辛苦跋涉，落脚东部荒野，以客家特有的执著和坚忍，开垦出安身立命的一片土地。叶家三代人即在溪浦这个不毛之地呕心沥血，经营着二甲多的水田，养活了数十口子孙。然而，第二代的叶阿炎固然还清晰地记忆着以前那段与洪流争地的困顿岁月，年轻的后生却拼命想往外面更广阔的世界去求发展，令叶老汉陷入家业后继无人的悲愁中。

在供奉义民爷这件事上，典型地表现出传统价值所面临的严重挑战。叶

---

① 钟肇政主编：《客家台湾文学选》，台北：新地文学出版社 1994 年版，第 395 页。

家迁来时带来了义民爷的笈牌,原先只是在家祀奉着。出于对来自故乡的神明的一种虔诚、迫切的依存感,有人提议建庙奉祀,从此义民爷成了溪埔和浦头人心中共通的灵犀,给这群离乡背井的垦民一股无形的力量,使他们更紧密地结合在一起。两个庄头的住民每天轮流挑饭去祭拜,不管刮风下雨,从不间断。

然而,情况现在有了变化。为了经济效益,一些"后生人"提议为义民爷雕一尊金身,以提升竹田义民亭的名望,各路的香客就能使庙里的经济情况转好。然而,此议的动机显然不纯,有违客家人务实的禀性。庙愈盖愈豪华,可是人心却愈来愈冷淡了,再没有以前茅草屋时代的热络了。"笈牌真的赶不上时代的需求了吗?"叶阿炎心中不禁有些茫然了。时代是变了,可是在他心里,义民爷永远固守着客家人心田深处的纯真和务实。

与家族宗亲、血脉传承紧密相关的族谱、祠堂等,是年轻作家们关注的另一焦点,因此有了吴锦发的《祠堂》、庄华堂的《族谱》等作品。客家人敬祖念宗、慎终追远的传统,在这里得到充分的体现。不过这一传统,现也已受到严重的冲击。

庄华堂的《族谱》以阿坤伯造族谱之事为线索,展现客家人的生产生活习俗及其变化。客家村庄原有的淳朴民风,令阿坤伯怀念不已:"莳田抄草割禾的时节,全庄人大家轮工,十几个人往田头一站一蹲,多热闹。上午九点多,下午三点多,妇人家肩挑点心担出来,清粥绿豆稀饭或米筛目(按:一种米做的糕点),大家歇睏(客语休息)吃点心,一边打嘴花讲笑,多有意思";"碰到一户人家莳田割禾完毕,还要做完工,宴请全庄人吃一顿丰派,成年人喝了几杯酒,随兴唱山歌,打采茶,闹大禾埕,好像戏台下,多闹热,这才是庄下啦!"不仅农事互相帮工,像盖新房等其他事情,也是如此。

小说描写客家人鬼月(农历七月)的祭祀活动也十分生动。阿坤伯要孙子阿义将路口的硬泥板路整条扫干净,理由是:"不要让那些饿死鬼笑我们垃圾,让他们干净的走进来,也干净的走出去。"他们摆好方桌和三牲祭品,阿义看着阿嬷把镜子、梳子、粉饼、剪刀针线盒都搬出来,原来阿嬷认为:"鬼跟我们一样,衣服穿了一年,也要补一补","他们也爱漂亮,免得晚上出来,惊小囝仔"。显然,客家人将"鬼"人格化了,而这寄托的同样是一种慎终追远、念祖怀亲的情怀。除了按照年节勤祭祀外,另一件使阿坤伯念念不忘的事是造族谱。对于阿坤伯来说，造好族谱才能使儿孙们不忘记祖宗和血脉源流、故土原乡，在实际生活中也才能维持长幼有序、互敬互重的家庭伦常。因此，族谱前面是宗族源流简介，从来台祖泰源公，一条小扁船渡过黑水沟到新竹州落户以来，三百多年十六代孙的历史，以及三房宗亲年表等，都记得清清楚楚。他并向印制厂商要了三套族谱，给每个儿子一套。不料要给小儿子阿仁古的一套，竟被轻易地拒绝了。阿仁古在台北做印刷生意，"平时总是说他的生理尽没闲，不能够常回来"，甚至清明培墓也没看到人影。这次夫妇出来游山玩水，顺便回家一转。他揭露了承接印制族谱业务者冒充人家的亲戚兜揽生意的不良行为，却很轻易地就拒绝了将族谱带回台北。

　　吴锦发的《祠堂》对于年轻一代背离传统的情景有着更触目惊心的描写。客家家族总是有供奉祖先牌位的祠堂或厅堂，其堂号往往揭示着本家族的远自中原的发源地。吴锦发《祠堂》的堂号为"渤海堂"，两边的对联为"渤海家声远"、"延陵世泽长"。然而，这祠堂已日渐腐朽破落，这使乾兴伯深感焦心。他觉得祠堂里既然供奉着祖先和老妻的牌位，就理应每天去看看他们，把祠堂扫得干干净净，让他们住得清清爽爽。但几个儿子和媳妇却不这样想，他们都说"活人的事都管不了，还管到死人的事？"尽管儿子们对父亲还算尽了孝道，但却看着祠堂一天天破败，不肯拿出钱来加以修缮，相反地却争相在祠堂边盖起高楼大厦，甚至想拆掉祠堂，被父亲阻止才作罢。乾兴伯不禁诅咒他们："不肖的子孙！""这些石头中迸出来的"，"叫你们修一修祖堂就没有一个子弟愿意做，祖先住不稳当，我就不信你们能安享你们的富贵"。这句话透露出客家人认为祖宗可以保佑自己平安，可以为子孙带来福分。这种朴实善良的认定，是他们总要追宗认祖、祭祀祖宗的原因之一。

　　然而事情还没有结束。这座老祠堂竟在一夜之间闻名起来了。原因是民俗学者发现它是台湾全省唯一保存"叶王交趾烧"最多最完整的祠堂，参观者络绎不绝。本来没有人理睬的老祠堂，如今三个儿子却争着要了。不久，乾兴伯发现祖堂檐壁上的一些交趾烧塑像，莫名其妙不知被谁偷偷挖走了。乾兴伯埋伏了几个晚上要抓小偷，没想到抓住的却是自己的孙子。小说的这一情节安排是寓意深长的：子辈尚有所顾忌，到了孙辈，更无所不用其极。这充分说明，老一代的价值体系，正在迅速崩溃。

　　虽然海峡另一边的闽省的客家文学，似乎不如台湾的客家文学那么硕果累累,但两岸客家人的民俗风情、民性特征,却是一脉相承,十分相似。台湾客家文学的特别繁盛,可能缘于离开大本营的客家人,比未离开的人有着更为复杂、艰苦的经历,对于其文化的根源,宗族的血脉,有着更为深厚的仰慕和怀想,此情此感,积淀于心,发为歌诗文章。更因为客家人的务实精神和返本追远的气质,使得台湾的客家文学以写实主义的小说创作最为繁盛。

二、福佬人:遵奉"爱拼才会赢"的准则

虽然福佬人和客家人一样,其主体都是由中原移民而来,但福佬人入闽的时间更早一些,入闽时,闽地尚属蛮荒,福佬人与土著古越族发生交融,其血液和文化融入较多的闽地土著的成分。如闽南话中带有一些南岛语的遗存,以及民间习俗和传说中"蛇崇拜"的残留等。此外,由于福佬人大多居住于沿海,人多地少,于是"以海为田",除渔业外,并发展了海外贸易,其文化属性,也由内陆型的农耕文明向海洋型的商贸文明转化,相应地,也积累了较多的财富。林再复的《闽南人》书中写道:"根据研究,漳州泉州闽南人长于经商,对外来刺激适应力强,由于环境优越,具有豪迈、慷慨的气息,是中国人中最具有进取心及喜欢冒险的人;但也有其缺点,那就是喜争讼,好巫信鬼,多灵魂崇拜,甚至有疾病不用医药者,团结力也较弱。这和客家人崇尚质朴刻苦的生活,多自然崇拜,及团结力较强不同。"① 如果说客家人的生活主题和创作主题之一是"与天奋斗",即同险恶的自然环境搏斗;相对而言,福佬人似乎普遍面临着更复杂多样的对手,需要"与人奋斗"。像黄春明《锣》中的憨钦仔,会受到周围环境的巨大压力,会不断遭遇周围人们轻视的目光,因此他要照顾"面子",会有阿Q精神。在林双不的《筍农林金树》等作品中,则出现了不法奸商对农民的盘剥。正像《客家人》一书中所分析的:客家人住的都是穷地方,大家都有地,大家都不多,所以,没有专门"请"别人耕田,自己享福的人;也没有专门被别人"请"去耕田的人,大家要自食其力。②而在福佬人中,既有拥有很多田的大地主,也有一点田都没有的佃农。这是福佬文学中较多出现阶级矛盾、阶级斗争描写的原因之一。

---

① 林再复:《闽南人》,台北:三民书局1985年修订版,第2页。
② 陈运栋:《客家人》,台北:东门出版社1978年版,第332页。

除了出现阶级分化之外,福佬人区域的另一特点是形成了一些大家族,家族的势力在社会生活中发挥了较大的作用。由于福佬人移居台湾后常聚族而居,或联合族人共同垦荒,发展行郊,因此形成了一些有实力的大家族。清代福佬人区域的文学发展常常建立在家族文学的基础上(如竹堑地区的郑、林两大家族)。这些家族有条件兴建园林作为吟诗作画、文人雅会之场所,而园林的景致和乐趣也成为描写的对象。这种家族、园林文学的遗风甚至延绵到今日。李昂的《迷园》就是一例。小说女主角朱影虹的父亲起先投身政治,在遭受迫害之后即潜隐于菡园之中,以沉迷玩乐的消极方式寄托其不满和对抗,聊度残生。

鹿港是清代台湾与福建(特别是泉州晋江一带)船只往来的一个大港,主要由泉州人聚居,曾繁华一时,后来衰落。在李昂年轻时的心目中,鹿港是一个"残存过去光辉"、"由家族联合起来的小镇,只属老年人,或至少必得已上年纪之人,才能和它真正彼此相属相连"[①]。在《婚礼》一作中,主角为送一蓝"素食"给菜姑而进入一个由重复的厅堂、甬道、天井所组成的奇谲的房屋;他不明白自己为什么来到这里,却被迫着一层复一层的向内走。这里李昂未必是凭空杜撰,其原型似乎是闽南地区常见的适合于街市的一种房屋结构,所占沿街店面不大,但往里走却很深,像一条手帕(闽南方言称为"手巾")一样,窄窄长长的,俗称"手巾寮"。作者显然以福佬人的住房特色和福佬人的大家族组成的小镇作为表达其特殊感受的"道具",表达当时她的某种反复出现的"心理境况",即:被囚禁于某一步步紧迫,却无法自己打开缺口的封闭空间;为某一未知、神秘或权威的外在力量所逼迫而无法自主;因某种无法突破的困境而不断重复着徒然的努力。[②]她曾称:以她当时是个学生,处身鹿港那样的小镇社会中,不免深切地感受到那种只能静待变化或救赎的空茫。

其实,家族阴影的笼罩不仅出现于台湾,在海峡彼岸亦然。厦门作家张力的中篇小说《别裂切迭》[③]既呈现了闽南的"海洋文化"的特色,也表现其

---

①　李昂:《写在第一本书后》,《花季》,台北:洪范书店 1985 年版,第 199 页。

②　参见施淑:《盐屋——代序》,李昂《花季》,台北:洪范书店 1985 年版。

③　张力:《别裂切迭》,原载《解放军文艺》1989 年第 6 期,收入《厦门优秀文学作品选(1980～1993)》小说卷,厦门:鹭江出版社 1993 年版。

"家族文化"特征。张力的"闽南文学"作品大多以厦门的港口码头为背景，描写在这一范围内谋生的人们粗犷、侠义、"有恩报恩，有仇报仇"的性格，以及野性而富有力道，为求生存而奋力拼搏的生命情态。七叔公自称"我祖上是大革命家蔡牵的部下"。小说中介绍道：蔡牵也是我们闽南人，清末嘉庆年间中国最著名的海盗，曾横行闽浙粤台及南洋诸海达 19 年而无敌手，最后在黑水洋一带遭清军水师合击，葬身鱼腹，历史课本上称他作"海上起义力量"。这令人想起李昂《迷园》中，朱家也自称其先祖为海盗，且似乎以此为荣。

小说写"我"的父亲（绰号"臭头"）临解放时在码头上用小船载人谋生。在一次载运一个国民党情报官员时，不堪忍受其专横跋扈，将其杀死。当局追查，抓走 12 位宗亲族人，在当时担任宪兵队副队长的贱狗叔公的帮助下，放出了 11 个，只留下七叔公的儿子老材，贱狗叔公召开全体族人会议，以"臭头"是"好料"，老材是"坏种"，要刘氏家族兴旺，就得留好料除坏种为由，决议由老材顶"臭头"的罪名被枪毙。不过"臭头"一家从此欠下七叔公难以偿还的人情债，稍有差池，七叔公就会来橇门、借米，猫儿叫春似地在巷头上嚎哭。而那些邻里左右的知情人又会为虎作伥，"以公允的形象、道德的化身来帮助镇压我们一家人漫长的无可奈何的抵抗"。直到几十年后，七叔公的孙子老鱼犯了强奸罪，却诬指"我"是罪犯。邻里宗亲纷纷来劝说"我"，主动自首顶罪，以还清父亲欠下的"道德债"。在"我"被押上闷罐车后，七叔公一家的灵魂就萎缩了，被"我"的父亲"统治"了。"我"服刑期满回家时，正看见父亲醉倒在七叔公家门前，喊着："开门！我借米来啦！"小说给人深刻印象的是，除了"海洋文化"气息外，就是具有巨大约束力的家族道德。贱狗叔公称："谁死谁活，是咱们一族人定的事，谁敢抗逆，全族人诛他一家！"显然，一种家族的利益和道德标准，超越法律，无形中左右着家族内人与人、家庭与家庭之间的关系。

不过，闽南人社会的宗族关系和家族势力，现已趋于瓦解和消失，尽管家族的影响作为一种道德的约束还顽强地存在着。在宗族关系上，客家比较注重返本追远，现实中的宗亲较为团结。而闽南人较重视的是现实的利益，加上家产较多，更常发生析分财产的家庭纠纷。大陆学者邓晓华对同安西柯闽南社区和南靖塔下客家社区加以比较，指出：南靖客家人重祖先崇拜，同安闽南人则重神灵崇拜。客家人的祭祖仪式强调整体性即集体崇拜，重视大家祖先;而同安闽南人祭祖表现为个别祭拜,强调个体性,重视自家祖先。南靖客家人有雄厚的族产,同安闽南人却很少,取消吃公,反映同安的宗族关系正趋向松散和衰弱。① 这种情况在台湾小说中也得到反映。

洪中周是台湾著名小说家洪醒夫的同学又兼多年的好友,洪醒夫车祸去世后,他决心循着好友的道路完成他未竟的事业,因此重拾创作之笔,文风也承续着洪醒夫的路子,对于福佬区域农村的社会习俗和民性特征,有较深入的观察和描写。

《香火风波》一作写的是洪家从第 30 世起迁到罗猫溪西岸以来三代人的生活史,围绕二房的财产纠纷展开故事。二房荣新无子,由头房的侄儿渊仔"过房"接嗣,渊仔又无子,将财产过给妹妹金花招赘所生的本立,本立早逝,金花再生的儿子已改姓夫姓"汤",只好再找头房的后代锦荣接嗣。这么复杂的关系引起了洪家与汤家的财产纠纷。小说叙述者"我"的阿爸,是第 32 世的长子,因着"家用长子"的传统观念,就常以长辈的身份君临一切。与汤家的关系平常也不错,只是后者不姓洪,却和洪家的人住在一座古厝里,阿爸总觉得刺扎刺扎的,显露了福佬人的某种排他性。两年前,阿爸看到供奉祖先牌位的举桌和八仙桌都已老旧腐烂,就定做一套新的,费用在亲族内分摊。按他的想法,供奉祖先是天经地义的事,更是子孙该有的孝心,大家出钱该不会有异议才对。没想到却受到汤家的抵制。于是其祖先牌位被逐出大厅迁到应公庙,而"我"的母亲听信风水先生之言,也将自己的祖先牌位从大厅移到偏厅。

小说中最值得注意的是,福佬人的家族内部、姓氏之间为祖产等问题闹纠纷,在现代商业思潮背景下益趋严重的情境,以及作者对此做出的深沉反思。像入赘洪家的汤石生,从小就坚持其小孩要姓"汤",并为了使财产能落到儿子名下,不惜对其妻与前夫所生的长子施展手段;"我"的父亲也是为了一点费用,与族亲闹翻。作者写道:很遗憾的,种族延绵的巨大球根,现在越来越小,生命力也不如往昔,"祖先创业维艰,子孙却只有守成享福,甚至只重视祖先所留下的物质,忘却祖先奋斗的目标与精神了,我洪家就是最好的一例,想

① 邓晓华:《闽客若干文化特征的比较研究》,庄英章、潘英海编《台湾与福建社会文化研究论文集》(二),台北:"中央研究院"民族学研究所 1995 年印行。

想,真是可怕啊!"①"我"也曾经做这样的假定,将汤家的洪姓祖先自应公庙迎接回来,将"我"家祖先的牌位迁回大厅族系排列,以期弥补两家内心的创痛,有助于两家的和谐和进步。然而两家的长辈依然固执,"我"只好寄希望于下一代。

文学创作所反映的福佬族群民性特征,最重要的莫过于海洋性特征,这也是福佬族群和客家族群的最大区别之一。"海洋文化"至少有两个要点,一是在生产经营方式上,它并不局限于农耕,而是更倚重于商贸;二是在民性特征上,勇于冒险拼搏,确信"爱拼才会赢"的准则。

闽南人的重视商贸、长于经商的特征,在文学作品中得到了反映。在客家文学中,写得较多的是坚守土地、在土地上打拼的人群,而在福佬文学作品中,则可见到更多的贫富阶级分化,以及强凌弱,富欺穷或弱抗强,贫变富等复杂情况,同时也可见到更多的跳出土地的束缚,前往都市打工,甚至办公司,从事工商经贸活动,寻找发财机会的人们。萧丽红的《桂花巷》描写了一位贫家少女高剔红,嫁到一豪门巨族,虽穿绫着缎、使奴差婢,却因丈夫的过早去世而成寡妇,从此性格变得乖戾挑剔,不仅媳妇、下人遭其欺压,自己也尝够了那种有钱无人、苦心苦肝的滋味。像这种富裕大家庭中的情事,包括婆婆与媳妇的紧张关系,在客家文学中就较少见到。又如,蔡素芬的《盐田儿女》既写了传统的农村家庭中的情感纠葛,又写了感情受挫的男儿离开家乡,到城市去打拼,终获成功,自己开办公司。类似的描写在福佬文学中比比皆是。甚至黄春明《小寡妇》中描写的为了发财赚钱出卖自己的同胞姐妹的民族败类,他们想出的将其酒吧命名为"小寡妇"以迎合美国大兵的猎奇心理,以及种种富有成效的广告、培训等经营手段,其实也反映了福佬族群具有某种商业经营"长才"的特点。

闽台的福佬社群产生了较多的贫富阶级分化,但也因此有了较多的上下易位的机会。下层穷人经过努力、打拼,可跻身上层富人的行列,而原先的富人有可能"富不过三代",成为穷人,这和客家社群的比较保守、稳定有所不同。因此福佬人坚信"一枝草,一点露",但并不是被动地等着老天、神明的降福,而是要靠自己的拼搏。他们相信,只要肯努力,老天就不会亏待你,坎坷

---

① 洪中周:《青暝藤仔》,台北:名流出版社 1988 年版,第 190 页。

的命运并非不可改变,爱拼就会赢。洪中周的《顾猪彭仔》、《青暝藤仔》等,刻画的都是这样的人物。

《顾猪彭仔》中的彭仔,父亲干的是封棺入殓、捡骨背金的活,因为家穷,长得个小人瘦,被称为是"豆腐肩、鸭母蹄",在村人眼中是个不中用的"软脚虾",只好给"店阔事业大"的鲈鳗灿做"顾猪"的工作,即买猪的前一晚到卖主家守着猪,以防卖主突击喂食,增加猪的重量,并且赶着猪在猪圈里跑动,以减少猪的重量,是一种又苦又累的低贱工作。有一次,有人贱卖一头不怀孕的母猪,彭仔因为猪见多了,觉得这是一头好猪,于是用贱价买下,果然不久就怀孕生仔。彭仔从这头母猪开始,靠着辛勤劳动,不断扩大生产,终于能够成家立业。不料一次洪水,冲走猪栏,从此养母猪的事业一蹶不振,只好又给人打杂工,养家糊口都觉艰难。然而,"祖先说过:天无绝人生路,只要肯做牛,不怕无犁可拖"。为着父母,为着妻子,彭仔变成有志气的大丈夫,甘愿做牛,四处去找他要拖的犁。而"肯做牛,犁就在身躯边",彭仔很快就找到了他的犁——卖猪血汤。这几乎是"免本的生意",猪血、木柴等都可靠劳动换来,彭仔自己勤俭打拼,而他的拐脚的妻子也很有志气,勤劳肯干,十几年后,彭仔用180万买下了鲈鳗灿当街中央、生意最为抢手的大店面,令村人们目瞪口呆。作者写道:"其实,一枝草一点露,彭仔行着好字运,有什么好奇怪的呢?一点一滴都是流汗的钱,只是流汗的时候没人去注意罢了。""谁人知道彭仔这二十几年来夫妇两人三日风二日雨,毛管孔出汗拼出来的呢?"

在洪中周之前,洪醒夫也写了许多类似的充满"打拼"精神的人物形象,只是他更多地从提升做人的尊严的角度来写。如《傻二的婚事》中因从小生活艰苦而瘦小体弱的傻二,为了证明自己不是"最差",明知被人愚弄,仍有求必应地与傻大进行各种比试。在一次赛跑中,当他扭着伤腿坚持跑完最后的路程时,生命的一切遗憾和伟力都在此显现。《散戏》中的歌仔戏团因受到流行歌舞的冲击而难以为继,但戏团宁可倒闭也不同流合污。大家决心好好演完最后一场戏而后散伙。在这里,"打拼"甚至并不一定会赢,但"打拼"似乎已成为人们心目中的一种圣洁的内在的追求,内化、积淀为一种深层的文化心理结构和集体潜意识,更增添了几分悲壮的意味。

三、山与海的互补：福佬和客家的交汇

无论在福建或在台湾，福佬和客家都是主要的汉族民系之一，虽然他们一则习惯于依山而居，一则大多傍海而住，但福建和台湾都是有山又有海的地形地貌，山海之间并没有截然的界线；而福佬和客家同为汉族内部的不同民系，他们之间更没有不可逾越的鸿沟。因此，当今福佬和客家混居、通婚、融合的现象十分普遍，于是有了"福佬客"、"客福佬"等称呼。相应的，此种现象在文学创作中也必然有所反映。

有"台湾第一才子"之誉的日据时期作家吕赫若，其作品既反映了福佬人的生活情景，也刻画了客家人的性格特征。吕赫若祖籍广东饶平，其曾祖父从桃园龙潭（桃园为台湾主要客家人聚居地）移居台中丰原潭子，吕赫若于1914年出生于此。15岁时，吕赫若考入台中师范学校，毕业后分发到附近都是客家庄的新竹峨嵋公学校任教，后又转调闽南人居多的南投营盘公学校。这一家庭背景和人生经历或许就导致了他的作品中闽、客文化因素的同时存在。无论是描写一个富甲一方的财主，因自己吸食鸦片并如孟尝君礼待食客般豢养了一群鸦片伙伴而荡尽家财的《合家平安》，以及刻画某一旧式大家庭子弟，奉"财"、"子"、"寿"为人生目标，游手好闲、自私吝啬、荒淫糜烂，为分家兄弟反目成仇，终至家庭内部腐烂、大厦倾颓的《财子寿》，或是描写一个当人姨太太的女子，热切盼望生个小孩以保障自己在夫家的地位，却屡遭挫折，最终含恨九泉的《前途手记》，以及描写底层妇女遭丈夫、婆婆虐待，又受"嫁鸡随鸡"等封建观念压制无法回娘家，走投无路而自杀的《庙庭》、《月夜》，呈现的都是属于福佬民系比较常见的文化景观。然而，像《石榴》这样的作品，描写金生三兄弟由于父母早逝，金生即承担起抚养年幼弟弟的责任。后因家贫，和二弟大头先后入赘别人家，三弟给人当养子，三兄弟各奔东西，但仍时刻互相惦念，特别是三弟不幸患了疯癫病，两个哥哥表现出对弟弟的手足亲情，以及金生对于拜祭亡故父母等事情的重视，又让人相信他写的是客家人的事。至于《风水》中描写的"洗骨"、看风水等风俗，则为福佬和客家民系所共有，而小说中周长乾、周长坤兄弟俩的性格截然相反，一个朴实善良，一个精明自私，或者提示着福佬和客家之间文化的相互交汇和融合。

客家和福佬文化的相互渗透和融合，在当代作家创作中频频表现出来。来自桃园龙潭的客籍作家冯辉岳的《接妈祖》，对于客家村落的迎神场面有

着十分生动的描写：

> 阿浮走在前头，一副威风凛凛的模样。今年的迎接行列比往年短了许多。跟在里长后面的游艺节目边走边表演。那些小丑不时朝路旁的观众扭腰摆臀或挤眉弄眼，逗得大人小孩笑眯眯；打扮得花枝招展的蚌精露出毛茸茸的大腿，把两片蚌壳一张一翕的；撑船的老翁迈着踉跄步把假胡也给抖落下来。后头的一大群善男信女，手持馨香，茫茫然跟着队伍前行，打锣打鼓的声音和着铜钹喇叭织成的嘈杂，回荡在隆镇通往车站的公路上。

> 派往北港迎接妈祖的几位男女，早在站前等候。与前来的队伍相会之后，抬神轿的几个壮丁立刻疯子般狂舞着，然后又喧天价响的沿原路趑回。

妈祖本为福建莆田湄洲岛的女子，妈祖信仰产生之初，其影响范围仅限于莆田海滨区域，后来却从海滨一隅传向沿海各省区乃至世界各地，因此也是客家人信仰的神明之一。实际上，这种民俗活动并非十分严格、乏味、苦行僧式的宗教仪式，相反地成为十分轻松、有趣乃至近于娱乐的民众活动，寄托着人们祈求神灵保护的朴素愿望，收到了凝聚民间感情的实效。

然而，这时的社会已是商业社会，金钱导向对传统价值观造成了极大的冲击。当然，对于福佬人来说，可能较早就已习惯于此，但对客家人而言，则还是新鲜事。小说描写道，由于里长在竞选时曾受到下街乡亲的支持，为报恩，听从下街邻长们的意见，拟将迎妈祖的时间由例行的正月二十改到正月十五，"趁着元宵节热闹几日，替隆元庙附近的下街里民捞几笔生意"，却受到上街里民的严重抗议和抵制，后双方达成妥协，十五接妈祖，二十演外台戏。小说最后拟为妈祖的话语："我无法庇佑人们赚钱，但我愿赐给人们幸福与平安"，可说点出作者对于妈祖信仰的理解和愿望。小说典型地体现了福佬和客家文化的交汇和融合，同时也凸显了闽台民间宗教信仰的功利性特征。

台湾女作家黄秋芳本为福佬籍，但由于长期置身客家地区，与客家的人、事、物多所接触，被称为"比客家妹仔更客家的福佬妹仔"[1]。在中篇小说《永远的，香格里拉》中，黄秋芳通过几位客家、福佬和外省籍男女的感情纠葛，写出了福佬人与客家人的文化性格的区别以及互补的可能和必要。

---

[1]　钟肇政主编：《客家台湾文学选》第二册，台北：新地文学出版社1994年版，第783页。

　　女主角安黛为外省籍女性,其丈夫吴金水是一个学建筑的福佬人。安黛对金水情深意笃,赚钱资助丈夫读书,但正像许多福佬人家庭婆媳不和一样,婆婆并不喜欢她。金水学成归国,先是为了母亲选择返乡工作,但在乡下难以发挥专长,最终又回到了台北。年迈的母亲一口咬定,他是为了妻子而抛弃了故乡、母亲。这正应了闽南人的一句俗话:"娶了一个媳妇,丢了一个儿子。"母亲显然有着这种传统的成见,才产生了偏执的心理。

　　金水有着福佬人肯打拼、善经营、重功利、求实用、敢冒险的性格特征。一到充满机会的繁华都市里,就像久困的鹰找到了翱翔的天空。他们刚好赶上了台湾第一波飞飙失控的房地产高峰。他的业务范围迅速从台北扩大到东京、美西地区,他的指导教授的全部旧关系,几乎都变成他的资产。尽管丈夫事业有成,财富日多,安黛却没有感到快乐,而是空虚、慌乱,因为金水是一个工作狂,一个月里有 2/3 的时间他都不在家,也从来不曾想过为她买点什么做个纪念。过婚庆时,她为他特地到了一趟东京,收集了 1461 个伍圆日币,因为"伍圆就是有缘,结婚四年了,我们拥有彼此一千四百六十一个有缘日子"。丈夫则郑重其事地表示:"我也要送你一份富有纪念意义的礼物。"这是当场签下的一张 1461 万的支票。那个夜里,"她软柔的心肌完全凝结成坚硬不能触碰的绝缘体"。

　　为此她离家来到客家山庄南苑村,寻找少女时代的同学陈韵珍,由此引发了对于客家文化的一番切身感受。使安黛感受最深的是客家人友善、团结、合作的待人之道。这完全改变了她小时候对于客家人的小气、不合群、小奸小坏等一些刻板印象。从路上出车祸得到陌生男子的鼎力救助,寻找同学时村民的热心打听、帮忙,使安黛感叹:"不知为什么他们可以这样无所计较?而且一辈子这样热情。"然而客家人在文化性格上,也有不及福佬人之处,如他们往往较为传统、封闭、保守,缺乏远大的眼光和商业经营的技巧和能力。安黛来到南苑村,立刻觉得它"静默在不变的寂寞里"。二十年来,这地方一点也没有改变。早年曾有大专院校的人来探问,却因为捎客贪利,急着喊高地价,终使建校计划移至热诚争取的邻县。各种相随而来的文化开放、经济机会,很快证明了邻县行政首长和地方百姓的眼光,再一次说明了福佬人的生意眼一向较禁得起大变动。

　　本地的客家人郑清河早就认识到因循守旧、停滞不前是全乡生活品质不能提高的原因。为此,他决心竞选乡长以造福乡梓,未料遭受中伤、打击,名誉受损,原因就在于这是封闭的客家聚落,发挥作用的是宗亲、派系以及买票,尽管他常年为民办事,有着深厚的群众基础,仍不得不以失败告终。在安黛和恋人韵珍的鼓励下,他重新燃起规划、发展本地社区的热望,制定了开发项目和计划,并由安黛投入巨资。然而工程开始后,却遭遇种种麻烦,几至束手无策的地步。如工地边旧社区里到处是违章建筑,使得交通受阻,步履维艰。而工地的脏乱、噪音、落尘,成为居民们坚决反对的借口,安黛的解释、许诺都无济于事。双方不断爆发争执,工程只好中途停顿。

正当安黛、郑清河等一筹莫展时,金水决定南下替他们处理善后。他做出了许多叫旧社区的人大吃一惊的承诺,如锈坏的铁门、铁窗,免费重刷、重做,斑驳的墙全部贴上最新最时髦的二丁挂瓷砖;免费替愿意参与整体整顿工作的住户整修阳台……唯一的交换条件是,他们必须拆掉违建加盖的雨棚废屋,随时消除他们习惯堆放户外任其腐坏的废弃物。对于这样的条件和规划,客家村民在惊疑、试探之后,终于接二连三地跟进,使工程很快地走上了正轨。这里可以看到福佬人在经营管理方面,确实有着比客家人胜出一筹的能力。他们之间确实有必要相互取长补短。

福佬和客家文化的相互渗透和交融,不仅出现于台湾,也出现于福建。中国现代文学大师林语堂出生于福建平和坂仔镇。平和隶属漳州,但与广东交界,是一个福、客杂居的县份。有时相邻村庄就有福、客之别。林语堂的家族属于福佬民系,这从他们向厦门和新加坡一带发展就可知道。但在他的带有自传成分的小说《赖柏英》① 中,其男主角陈杏乐却始终秉持着一种"高地人生观",这又与客家人颇为相似。小说描写了陈杏乐与两位女性的感情纠葛,而这两位女性可说分别是山地文化和海洋文化的代表。杏乐的表妹、年轻时在家乡的恋人赖柏英是山地文化、乡村灵魂的典型。她重视伦理,具有传统美德和保守的天性,温驯、善良,善于忍耐和自我牺牲,具备中国人知足常乐的禀赋和听天由命的宿命论。如柏英满足于家乡的花果蔬菜样样齐全,因此无法理解杏乐为何要到外国去,她在服孝祖父和自己与杏乐的爱情婚姻之间,居然选择前者而牺牲后者。欧亚混血女郎韩星则是海洋文化、城市灵

---

① 　林语堂:《赖柏英》,上海书店 1989 年版。

魂的典型。她的人生观是：唯金钱和爱情推动世界。相对于她们两位，杏乐的情况则颇为复杂。一方面，他与建立于农耕文明之上的中国文化有着化解不开的血缘关系，觉得"曾经是山里的男孩，便永远是山里的男孩"，因此始终保持着"高地人生观"，节俭、自制、不爱交际，重视学业，对工作恪尽职守，不为五斗米折腰，对爱情持久和忠诚，谨守人伦准则，对家乡、亲人怀有无比的眷恋和热爱。另一方面，他又有一颗为海洋、为都市所诱惑的不安的灵魂。他以社会习惯的叛徒自命，总觉得有必要打破生活的单调，做一些不寻常的事。他在活泼、大胆、热情，能使他自觉年轻、生气勃勃的韩星身上找到了自己的理想，因此拒绝了叔叔要他与富商之女结婚的安排，将爱情投注到韩星的身上。然而，同居后的杏乐并无法改变他那节俭、自制、不爱交际的本性，而韩星性喜独立和自由，追求享受，无法适应与杏乐单调、枯燥的生活，最终与一位外籍船长远走高飞。小说以杏乐、柏英的重新结合作为结束，而杏乐那飞翔的心灵绕了一圈后，仍旧回到了原点上。如果说客家文化比较属于山地文化，而福佬文化比较属于海洋文化的话，那杏乐的比较复杂的性格和经历，可说是两种文化的因素在他身上汇合的产物。作为闽南籍人士，而又对西方文化深有研究的林语堂，却将他的价值评判的天平倾向了客家的山地文化，这当然带有作者晚年的怀旧心情，同时也提供了福佬和客家文化在一位作家身上融合、并存的实例。

在 20 世纪 60 年代末中国内地的知识青年上山下乡运动中，闽南沿海城市厦门、漳州、泉州等地的知识青年大批来到闽西山区插队落户，70 年代又大多返回原籍。这一去一返，无形中提供了福佬文化和客家文化接触和交融的机会。曾到闽西客家"大本营"上杭插队的厦门作家谢春池的中篇小说《谁为我们祝福》①，对此作了形象的描绘。

小说中厦门知青体现出闽南人的文化性格。诸如厦门知青带往山区的一些"奢侈"习气，在劳动中时或表现出的比当地农民更强的"打拼"精神，为了上调、招工而知青之间"自己杀自己"的恶性竞争，为了达到某种目的而给当权者送烟送酒的钱权交易，乃至女知青白小云的以出卖处女身体换

① 谢春池：《谁为我们祝福》，原载《厦门文学》1995 年 10 月号，收入《我知道，我是一个永远的知青》，北京：中国文联出版公司 1998 年版。

取招工表的商业性举动,都隐隐约约透露出闽南人的某些性格特征。但其文化性格表现得最明显的,还是在这些知青返城、而祖国大陆迈进改革开放的年代之后。在闽西曾闹过自杀而得以较早调回厦门的黄淑君,这时因着香港华侨关系,停职留薪当上一家香港独资饰品公司的总经理,于是她回到当年插队的闽西山区,招来一批女工。开工之日,总经理让近百名员工加餐。小说描写道:"黄淑君是个慷慨的女人,她以为要马儿跑,就要马儿吃草。当然,这草不一定要很好,也不能太差,但必须足够。今晚加餐就体现她这个做派。她深知这些山区的打工仔打工妹,因而,八道菜量都不少,没上海鲜(他们对海鲜历来不感兴趣),猪肉弄了一大碗。黄淑君自忖比当年县里开四级扩干会的会餐好,就算高标准。男女分桌,男工只有二十来个,每人一瓶啤酒,女工则每桌一瓶大可乐一瓶大雪碧。气氛很好,整个饭厅闹嚷嚷热烘烘的,黄淑君要的就是这个效果。她喝啤酒,每一桌都敬,一桌一杯,让打工仔打工妹们欢呼……"一个精明能干、具有商业头脑的闽南人形象,跃然纸上。

此外,何志雄"补员"回到厦门当工人,在闽西人倒流向厦门的新时代里,尽管何志雄并无一官半职,能量不大,但山区"老乡"找到他时,他总是勉为其难、尽其所能地帮他们找工作,四处奔波,出力出钱,也充分表现了闽南人的讲义气、乐于助人的豪爽品格。

小说中的闽西客家人则表现出"山地文化"性格。如果说三十多年前是福佬民系的知青离乡背井,向闽西迁徙,近一二十年的改革开放时期,却轮到了客家民系的闽西农民向厦门等沿海地区流动。赖明秀和她老公离家的原因是"家里太困难,欠人家几千块,又没什么出路"。尽管来到经济特区这样的繁华之地,甚至做了几天工后,在外表上就"整个变了样,初来乍到的土气几近不见",然而那种固有的朴实、淳厚的山地人本色,却没有改变。

30岁才首次看到大海的赖明秀,初到厦门时,每晚睡觉都把自己包得严严实实的,"以防万一"。一时找不到工作,陷入困境,看到海边灯影里一群艳妆妖冶的女人聚在那儿,并听说那是暗娼,她感到吃惊和害臊,并暗暗下了决心,"走投无路,宁愿跳海也不做暗娼"。对照白小云当年的作为,其间的差别是明显的。当赖明秀和她的夫婿在何志雄的帮助下找到了工作,生活得以安顿后,他们提着一袋雪梨来答谢何志雄,拿出100元人民币还给何志雄,这是刚到厦门时,何志雄拿给赖明秀应急的,称:"有借有还,再借不难。"最后,他们又拿出 50 块钱,说是同乡钟启延托他们还的钱,并坦承当时钟启延为借钱说了谎。作者用短短的对话和细节,淋漓尽致地再现了来自闽西山区的客家人质朴诚实的性格特征。

客家妇女的勤劳能干、富有主见、善良纯真等修美品格,一直为客家人引以为豪。这和一般闽南人家庭是有所不同的。像小说中的赖明秀夫妇,也是妻子先在厦门找到工作,而后帮助丈夫也在厦门安顿下来。黄淑君招女工首先想到这些客家山村的女子,这也是她的精明处。小说中给人印象最深的客家女子形象是被黄淑君招来厦门打工的赖小梅姑娘。她是何志雄的"仇人"、曾经索取了何志雄的初恋情人白小云的贞操的原赖家村党支书赖金宽的小女儿。何志雄曾起过借机报复的念头,但赖小梅却义无反顾地主动向这位正在闹离婚的、年长她将近 20 岁的有妇之夫表达爱慕之情,甚至愿意以身相许,其坦荡、勇敢和激情,令人称奇。这样的事,对于一般的女性,也许不可思议,但对于客家女性,却不妨相信它具有相当的真实性。客家女性宁愿跳海也不会去当娼妓,不会商业性地出卖肉体,但对于正当的情感追求,却是勇敢的,并不遮掩伪饰,扭扭捏捏。这或许也是客家人淳朴民性的一个表征。

这样看来,三十年前开始的这场厦门——闽西之间的人员环流,无形中构成了海洋和山地文化的对歌和合唱。山地人需要沿海人的帮助——包括财力和观念意识上的,以便为自己带来物质生活上的改善;而沿海人似乎也需山地人的淳朴真诚来填补他们精神上的空虚。

当然,由于当时特定的环境和时代氛围,知青和农民也曾产生诸多摩擦与不和谐之音,甚至发生激烈的冲突(包括女知青受污辱和男知青被拘禁等等),但在底层文化层面,二者却是能够相互交通融合的。这也是尽管上山下乡使知青留下了一段惨淡乃至悲痛的记忆,但他们对于山区的农民却有着历经数十载仍未消失的深厚感情的原因之一。

第三节　佛教禅理在闽台文学中的投影

一、闽台佛教禅理文学的特色

根据何绵山《闽文化概论》所述,佛教传入中国后,经历了东汉的依附阶段、魏晋南北朝的发展时期、隋唐的鼎盛时期和宋代以降的衰微阶段,但在福建,情况有所不同。宋元以后,佛教在福建继续发展。福建许多著名高僧,或开宗立派,或持一家之说,在中国佛教史上占有重要地位,产生了深远影响。如唐代长乐人百丈怀海在《禅院规式》(又称《丛林清规》、《百丈清规》)中制定了一整套不同于大小乘戒律的丛林制度,特别是要寺院众僧懂得报恩、报本、尊敬祖师与祖先,把儒家的忠孝观念引进禅门,进一步促进了佛教的中国化,在中国禅宗史上具有划时代的意义。他还提倡"一日不作,一日不食"的农禅并重的作风,对禅宗的发展起了极大的推动作用。同安人怀晖用"即心即佛"说明社会等级合理,将禅复原到佛教传统的轨道。长溪(今霞浦)人灵祐与弟子仰山慧寂共创沩仰宗,为中国禅宗五大宗派之一。那自给自足、自为纲纪、密切与官府和文人的关系、争取官府支持的做法,代表了南方禅宗的典型结构。福清人希运于黄檗山弘扬直指单传之必要,提出"即心是佛,无心是道",临济宗创立人义玄即出其门下。建州(今建瓯)人慧海对洪州禅理做了系统发挥,提出并论证了"心为根本"的命题,将佛性论彻底转向心性论,显示了佛教同儒学靠拢的重要走向。他还予以许多佛教通用概念以新义,使禅宗进一步扩大了与佛教义学各派的区别,加快了土著化的进程。莆田人本寂,曾受请去抚州曹山崇寿院宣讲南昌洞山高僧良价旨诀,大振洞门之禅风,后人尊其与洞山良价为曹洞宗祖师。南安人义存曾九上洞山参学于高僧良价,承其法系,为南禅六祖,后回归福州芙蓉山,创雪峰寺,福建禅宗由此大盛,其弟子文偃为云门宗之祖。清代建阳人元贤,前后住持鼓山23年,并率众徒从事赈济灾民、埋葬死者等慈善活动,开中国佛教在战争年代从事大规模的社会救济活动之风气。他由儒入释,思想中具有浓厚的融合儒释色彩。[①] 这些历史渊源和传统,使福建的佛教带有世俗化的特点。如有所谓斋教、"菜姑"、"香花和尚"等。香花和尚一方面进寺当住持,一方面热衷于为社会上宗教信仰者做佛事(祈禳、做醮、填还功果、放焰口等),场面非常热闹,榜疏辉煌,铙钹喧天,科仪细腻,目的是收取"忏资"。有的名字配有"艹"(字头)和"香"字旁,如"薖"、"馥"、"馨"等等,旨在使编排雅化。[②]

---

① 何绵山:《闽文化概论》,北京大学出版社1996年版,第138~140页。

② 同上书,第148页。

　　佛教在台湾也颇为盛行,并与福建有着千丝万缕的联系。如闽台两地寺院关系密切,台湾从南明时始建佛教寺庙,鹿港龙山寺的唐代观音铜像,即由泉州禅师肇善所运供。台湾许多寺院是闽地寺院的分支,单是由晋江安海龙山寺分支传衍的在台"龙山寺",就有490多座。又如,无论是20世纪50年代之前台湾正统佛教的大岗山、观音山、大湖山、月眉山等四大系统,或是50年代以来"中佛会"白圣系统、佛光山星云系统、"元宿派"、印顺系统等当代台湾佛教四大系统,都与福建佛教有某种关系,甚至是十分密切的关系。① 台湾佛教受上述福建佛教渊源和特点的影响颇多。如直到如今,台湾的"慈济"仍有自给自足、自为纲纪,农禅并重,出现灾害时从事大规模社会救济活动的特点。又如,20世纪60年代以来,以星云大师为代表的一些出家僧侣和在家居士推行"人间佛教"的佛教改革,倡扬佛教之宗旨在于普度众生,僧侣们不应只在深山大庙闭关自修,而应该走向人间,与日常人事结合起来。因而星云大师开创的佛光山俨然成为一个小社会,自己办企业,编刊物,等等。林清玄、林新居、方杞、王静蓉、黄靖雅、李瑛棣、简媜等六七十年代出生的台湾作家,或深受"人间佛教"精神的熏陶滋养,或有着直接在佛光山生活、工作的亲身体验,因此其文学创作具有较浓厚的佛教色彩,甚至致力于专门性的"禅理散文"的写作。与五四时期现代作家较多地运用佛理来观察人生现象有所不同,新一代的台湾作家较多地通过自己的人生体验来说明和阐释佛理禅学。当代台湾佛理散文作家对于"禅"有大致相同的理解,"即把禅直接诉诸人生,把禅当作对于现实人生一种正确而富有诗意的把握与感受"。在工商文明迅猛发展,人的物化现象日趋严重的情况下,他们提倡人与自然的融合,相信"平常心是道","禅法即心法",求得在平常生活行坐起卧中体会佛法,观照自性,领悟禅机,将刻板琐碎的日常生活艺术化,趣味化,以抵御机械对人的清静生活的侵扰和对人的本性的扭曲。此外,受到当前资讯和消费潮流的影响,台湾部分佛教文学走向雅俗共赏的方向,在内容上倡扬用欢乐无量之心来行世,倡导日日是好日,好好过日子,也体现了将佛性和人性融汇起来的特征。② 而这与闽台佛教历史悠久的传统渊源有着密切的联系。

　　①　何绵山主编:《闽台经济与文化》,厦门大学出版社2001年版,第235~240页。
　　②　谭桂林:《20世纪中国文学与佛学》,合肥:安徽教育出版社1999年版,第317~323页。

二、许地山：佛学义理与亲情观念的融合

闽台佛教的特征,在五四时期著名的新文学作家许地山的创作中,就有明显的投影。许地山与佛教的因缘,与其家庭及个人的经历有关。许地山为台南进士许南英的第四子,其母吴慎,是一虔诚的佛教徒。乙未割台,本无意官场的许南英参与丘逢甲等率兵扼守台南、抵抗日寇的行动,后因寡不敌众,被迫举家内渡。来到大陆后,许南英为生活所迫,走上仕途,在广东担任知县,寄籍于福建漳州。辛亥前后,许南英一家多人在闽粤参与革命。后来南英往南洋谋生,却于 1917 年在候船回国时不幸染上痢疾,病死海外。

许地山曾在福建的漳厦等地的中小学任教,1913 年前往仰光住了两年多,深受当地盛行的佛教的熏染。1918 年与台湾同乡台中人林月森结婚,夫妻恩爱。1920 年,许地山从"燕大"文学院毕业后,立即回漳州接妻子来京,谁知她竟在途中被病魔夺去了年轻的生命! 这使许地山陷入极度悲痛和伤感之中。这就是他所说的"自入世以来,屡遭变难,四方流离,未尝宽怀就枕"[①],也因此对佛教三法印之一的所谓生本不乐、一切皆苦的观念,有切身的体会。在《空山灵雨·弁言》中,许地山开宗明义地写道:"生本不乐"。在《心有事(开卷的歌声)》中,又对人生发出了沉重的悲叹:"做人总有多少哀和怨,积怨成泪,泪又成川!"继《命命鸟》问世之后,许地山又接二连三地创作出《商人妇》、《换巢鸾凤》、《缀网劳蛛》等以自己所见所闻的种种苦难为素材的小说。其代表作《缀网劳蛛》写乐于助人的女子尚洁,由于为跌入墙内的窃贼包扎伤口,被丈夫长孙可望所误解、刺伤,并逐出家门。对此她不怨不怒,听凭丈夫安排一切,却又未对生活失去勇气和信心。后来丈夫忏悔,将她接回家中,而尚洁仍是沉着、镇静、不惊不喜,显得极其坦然。许地山要告诉读者的人生哲学是:人的命运如同一个网,网没有一个是不破的,人生也难免会遇到各种各样的灾难,因此只能"听其自然","一步一步,慢慢补缀"。这也就是佛教伦理中的所谓"顺"。在《序〈野鸽的话〉》中,许地山写道:"我看见处处都是悲剧;我所感事事都是痛苦。可是我不呻吟,因为这是必然的现象。换一句话说,这就是命运。"作者的功能"便是启发读者这种悲感和

---

① 许地山:《空山灵雨·弁言》,徐明旭等编《许地山选集》,福州:海峡文艺出版社 1985 年版,第 331 页。

苦感,使他们有所慰藉,有所趋避……所谓避与顺并不是消极的服从与躲避,乃是在不可抵挡的命运中求适应"①。而佛教中的"顺"本有二义,一是顺应佛教无我、无常的真理;二是益世。尚洁与惜官等人物一方面顺应命运的安排不作剧烈的抗争,一方面又力所能及地从事正当的工作以赋予自己的人生以意义。②

这种于不可抗拒的宿命中求生存和适应,随遇而安,同时又不强求某种回报地努力做些力所能及的工作的人生态度,在《海》等作品中也有形象的诠释——大船在海难中沉毁后,我们于风狂浪骇的海面上,坐在一只不如意的救生船里,以后将要遇到的,或者超乎我们的能力和意志之外,不能说我们要到什么地方就可以到达什么地方。我们只能把性命先保持住,随着波涛颠来簸去便了。朋友说:"现在这茫茫的空海中,我们可没有主意啦。"我把他底手摇了一下说:"朋友,这是你纵谈底时候么? 你不帮着划桨么?""划桨么? 这是容易的事,但要划到哪里去呢? "我说:"在一切的海里,遇着这样的光景,谁也没有带着主意下来,谁也脱不了在上面泛来泛去。我们尽管划罢。"

许地山曾在一篇演讲稿中概括了 5 项"中国现在缺乏的宗教精神",其第 2 项为"多注重个人的修习,而轻看群众的受持",第 3 项为"重视来世的祸福,而忘却现实之受用与享乐",第 5 项为"多注重思维,而少注重实行"。同时,又提出了"我国今日所需要的宗教"凡 8 项,其第 1 项为:"要容易行的",即是让人在日常生活中,不多费气力,就可以去作的"善业";第 2 项为:"要群众能修习的宗教",即不为特定的人、特定的事而发生,无论智愚,全能受持,才是合适的宗教;第 5 项为:"要富有感情的",认为感情强,则一切愿望皆可成全,在宗教中,决不能不重感情,而专重理智;其第 7 项为:"必注重生活的",指出:旧日宗教重死后的果报,其实宗教正为生前的受用。宗教不注重生活,就失去其最高的价值。③上述各项的核心,其实就在强调宗教与凡人现世人生的密切关系。

---

① 许地山:《序〈野鸽的话〉》,高巍选辑《许地山文集》,北京:新华出版社 1998 年版,第 828~829 页。

② 谭桂林:《20 世纪中国文学与佛学》,第 193 页。

③ 许地山:《我们要什么样的宗教》,原载《晨报副刊》1923 年 4 月 14 日;收入高巍编《许地山文集》。

也许正是在此宗教观上形成了许地山文学的另一特点,即将佛学义理与亲情观念相融合,将亲情的赞颂作为其创作的重要主题之一。亲情和佛理本来并不相容,因佛教倡言诸相非相,万法皆空,儿女情、夫妻爱等等世俗情感当然都在"非"与"空"之列。然而,许地山却认为现世人生乃冥界净土、六道轮回中的一个环节,无须否定它。在与夫人的"爱情公约"六条中,甚至大胆地公开涉及了有关"性爱"的问题,而在当时,"性爱"还为大多数人所讳莫如深。在《宗教底妇女观——以佛教的态度为主》一文中,许地山有意将信者(佛教的崇拜者)与行者(宗教的实践家)加以区分,认为后者须遵守具足戒律,舍弃女人,根绝性欲,为世人树立起得道成佛的楷模;而对于普通的信者,则可以也应该过男女相亲相爱的生活,"丈夫妻子必须相爱才能成就宗教的本质"。这种区分实际上是对现世人生的一种肯定,是出世法与世间法的结合。《空山灵雨》集中的不少篇章,记叙了与亡妻生前缱绻悱恻的恩爱,以及对已殒失不再的夫妻之情的深切留恋。如《笑》一文,将日常生活中的夫妻之情,写得像兰花一般的清香可人,甚至有点"香艳",但却一点也没有淫冶之感,甚至还带有禅味——"我"从远地冒雨回来,为的是带回妻子心爱的一样东西。一进门,"我"对妻子说:"相离好几天,你闷得慌吗?……"这时闻到一股花香,原来几箭兰花在一个汝窑钵上开着。可是"我"总不信那些花有如此的香气,问并肩坐在一张紫檀榻上的妻子:"良人,到底是兰花的香,是你的香?""到底是兰花的香,是你的香?让我闻一闻。"她说时,亲了"我"一下。小丫头看见了,掩着嘴笑,翻身揭开帘子要往外走。妻子叫住她,问她笑什么。"我"为她们排解说:"你明知道她笑什么,又何必问她呢,饶了她罢。"妻子对小丫头说:"不许到外头瞎说。去罢,到园里给我摘些瑞香来。"小丫头抿着嘴出去了。

写得更为凄恻感人的是《七宝池上底乡思》。作品中的少妇(暗喻着作者之亡妻)因思念还在人间的夫君而啜泣悲啼,一点也不稀罕"极乐世界"里的那些"庄严宝相",一心一意只想回到人间与丈夫团聚,迦陵频伽大士也只好说:"你这样有情,谁还能对你劝说,向你拦阻。"作者似乎借弥陀之口道出了"无量有情"的观念:"纵然碎世界为微尘,这微尘中也住着无量有情。所以世界不尽,有情不尽;有情不尽,轮回不尽;轮回不尽,济度不尽;济度不尽,乐土乃能显现不尽。"或许正如论者所指出的:"正是由于有这现实人生、有情世间,才会有菩萨的济度与乐土的显现。菩萨要济度众生,佛要以净土召唤种种有情,又怎能舍弃与否定这住着无量有情的现世界呢?"①

三、当代台湾禅理散文

当代台湾特别是近二十年来格外兴盛的佛教禅理文学,与源远流长的闽台佛教传统不无密切之关联,与许地山等闽台新文学作家的佛教文学,也有相似之处。台湾多灾多难的地理环境和特殊的历史际遇,必然使许多人想从宗教中寻求避风港或精神寄托,这是认定生本不乐、标榜超尘脱俗的佛教在台湾长盛不衰的原因之一。台湾文学中也经常可见这样的主题:认可人生之残缺的必然,而以一种宽衿的态度去面对这种缺憾。这与佛教精神不无相通之处。

近十多年来台湾禅理散文的蔚为风潮,堪称台湾文坛的一大盛事。王静蓉的《一味禅·雪之卷》分为三个单元,其后记《禅悟是脱胎换骨的境界》中写道:"随着'爱''生活''学习'这人类基本的课程,去与禅机遇缘,去与禅悟会面。在'爱'这单元,我以'雪泥鸿爪'为注,写人与人之间,人与大宇宙之有情的爱是可以大声说'我爱'的爱。在'生活'这单元,赋以'雪花片片'的名相,说生活中处处可得的片片禅意,片片即一,一即片片,生活的整体,是不能偷工省料的禅悟过程。""再以'澡雪精神'瞻仰佛禅赐我们的高妙,让它成为此心永远的灵犀之光。"这里其实囊括了台湾禅理散文的三个重要的内涵或特征:一是并不避讳写"情",特别是爱情,大声说出"我爱";二是将佛教与日常生活紧密相连,从日常生活中体悟禅理;三是涵育"澡雪精神",以此作为疗治工商社会精神病症的良方。② 这里隐约可见许地山世间化、日常化倾向的宗教观的影子。

许地山叙写了"无量有情",数十年后,林清玄的《暖暖的歌》也提出了对"丈量爱情"的看法。他认为,以深厚或浅薄为单位丈量爱情,不是我们需要的,"深,常常令人陷溺令人不能自拔;厚,常常蒙蔽人的眼泪阻隔人的耳朵"。我们既无法触及不朽的蓝天,也走不到散发光芒的太阳,"爱情却既可以是蓝天也可以是太阳,我们要如何去量呢? 一旦走到了蓝天之上还有一层

---

　　① 谭桂林:《20 世纪中国文学与佛学》,第 197 页。

　　② 王静蓉:《一味禅·雪之卷》,原台湾跃升出版公司 1990 年版,北京:中国青年出版社 1994 年版,第 195 页。

蓝天呀！"这正是许地山《七宝池上底乡思》中所说的"无量有情"、"有情不尽"。这篇散文中还讲到他家附近有一位又聋又哑的老太婆，常躺靠在廊前的摇椅摇来摇去，给人以一种极为悠然坦荡的神态，手中恒常握一根黑得发亮的烟斗，也不抽，只是爱抚着。后来听说了有关烟斗的故事：是十年前她当医生的丈夫健在时抽的，十年之后还恒常地握在她干瘦的手中。林清玄写道："恐怕这样的睹物怀人才是真正的生死不渝，才是真正万劫不磨的情重！"[1]　这一细节让人想起许地山的一件颇为相似的事——茅盾曾在《落华生论》中提到许地山的大拇指上总是戴着一个挺大的戒指，人们都以为是他的"怪癖"，其实这是他的夫人林月森的遗物，许地山将它一直戴到临终。[2]

　　王静蓉的《花千鸟》写道：爱情的发生是一个人认识生命的过程，年轻时的恋爱因全身心的投入，结束恋情后身心已离常轨颇远，所以苦；而身心较成熟后，因为有能力看穿情爱激动幻化、身不由己的本质，便能舍情爱的缠绵，提升为关怀之情；然而，每个女性多会在情之流里辗转千年万代，治它的办法，佛家的无常观虽是一宝，但无常凭它无常，情缘起了，女性丰沛的母爱和生命的实践力使她愿意牺牲在无常的车轮底下，心甘而又情愿。爱情的发端虽来自着迷，两性在破迷转悟的历程里却可以得到明辨私情与真爱的机会，真爱若开展了，便又回到慈悲喜舍的菩萨道来了。文章最后写道：愿天下的善男子信女人都能通过私情的试探，体会心心相印的法喜。另一篇散文《美梦》中，作者从买花送女友的过程中突然醒悟：又有多少美好人事因为我不肯承担系绊，而宁可遥看牵牛织女星呢？显然，世界有情，不能因为"不愿系绊"而辜负了"情"。

　　台湾著名女散文家简媜在其《红婴仔》一书中，叙述其结婚的缘起和过程，富有"禅味"，但却有情；反过来也可说，简媜叙述这段"尘世情缘"，其中多少带有阐扬禅理的意味。就这一点而言，与许地山的《笑》、《香》、《愿》等篇，有异曲同工之妙：

　　　　整个过程，就像天外飞来一群喜鹊，将两个陌生人给圈住。我们至今仍感到讶异，这种闪电式的幸运会降临到原先对婚姻不抱希望的人身上。

---

　　①　林清玄：《暖暖的歌》，原载台湾《中华日报》副刊1975年9月20日，收入《林清玄自选集》，台北：世界文物出版社1981年版，第82、84页。

　　②　王盛：《许地山评传》，南京出版社1989年版，第31页。

也许,月下老人的红丝绳早就系住我们的脚踝,只不过到今年才收绳。

今年七月,新郎才从美国返台。八月下旬,在朋友的邀约下,我们毫无心理准备地见面了。然后,走着走着,觉得两人的步伐愈来愈像夫妻。

由于我们都喜欢朴实的生活方式,所以择十一月吉日依古礼举行订婚及结婚仪式后,仅与双方亲戚欢宴。我们选择素朴的方式是为了惜福,希望永远记住我们的婚姻缘起——就像在秋天的山林赏风景,游人都走了,就两个人恋恋不舍,同时兴起结庐共赏的那份恬静与甘美。

我们愿意把婚姻当作一件艺术创作,在平凡的生活中虚心学习并实践爱的奥义。我们明白,闪电式的幸运,一生只有一次。

所以,没有激越的山盟海誓,我们只有小小的愿望:

白首偕老。[①]

除了"有情"之外,近年来台湾禅理散文的另一突出特点是将"禅"与人们的日常生活紧密结合起来,而佛教的世间化、日常化本身就是闽台佛教的特点之一。台湾的禅理散文作者们并非从概念到概念地宣讲教条,而是常运用浅显生动的日常生活事例来说明禅理。

林新居在《满溪流水香》一书的自序中说道:"支持我、鼓励我写这一系列文章的动力,便是希望透过文学的力量,把佛经和禅典中发人深省、转迷启悟的动人故事、公案、语录和偈颂等,借由我多年来的思索、参研和体悟,把它们落实到现实生活上,以拉近读者乃至于人与人之间的距离,让这股清流,涤除我们内心的垢秽,滋润我们逐渐荒芜的心田……"[②] 苏摩在为黄靖雅的《一味禅:花之卷》作序时也写道:"本书以禅心为骨,以人生体验和生活感触为肉,并以幽雅流利的文字为衣裳,营造成一篇篇有骨有肉、内外兼美的禅文学……在莽莽红尘,透过文学的传递,禅这朵人间奇葩,像一股清流,普润久旱待援的苦难众生。"[③] 这些作者或将禅理印证于日常生活中,或在日常生活中领悟禅机。林新居根据一首《茶壶诗》而悟出了某种生活道理。诗云:"心

[①]　简媜:《一张喜帖》,《红婴仔》,台北:联合文学出版社 1999 年版,第 10 页。

[②]　林新居:《清流满人间》,《满溪流水香》自序,原台湾跃升出版公司 1989 年版,北京:中国青年出版社 1994 年版,第 10 页。

[③]　苏摩:《有花有月有楼台——序黄靖雅的〈禅花〉》,黄靖雅《一味禅:花之卷》,原台湾跃升出版公司 1990 年版,北京:中国青年出版社出版公司 1994 年版,第 10 页。

也可以清,清心也可以,以清心也可,可以清心也。"这就是中国人的生活哲学,即使器皿坛瓮,也可作为精神的寄寓与涵泳。倘若我们能够无贪无求,即使是品茗小事,也可以使原本纷乱的心情得以澄清,心既清,便可清心,因为清心的缘故,随时随处可得佳趣,"这不是封闭性的循环,而是活泉汩汩,当你心境宛如'山高水深,云闲风静'时,清心则不求自得。"①

林新居《坐看云起》书中有《道在平常日用中》、《佛法不离世间觉》、《行住坐卧无不是禅》等文,论者指出:"林新居的佛学文集是禅宗的'平常心是道'的具体体现。"② 王静蓉的《吃斋饭》也写出了寺庙中师父们那朴素、勤劳的日常生活,同样体现了"平常心是道"的道理。她写道:和师父闲话寺里的起居坐卧,好似世间家常那般亲切;香板敲响了,大伙儿轻轻悄悄地入斋堂用餐,桌上一列的素菜鲜脆清素,都是师父们自个儿栽种,自个儿灌溉的,自个儿烹调的,简单的数样菜,却可有十来种菜色变化,可见得素朴之美。饭前先端正身心,想想这饭食一路是怎么来的?而自己能有因缘吃这顿饭,要谢的有多少?饭食这么美好,饥肠又辘辘,永远填不满的,喔,但别忘了,饮食背后更大的目的是生活,好好生活。

闽台的佛教不追求严密的宗教规仪,不抑情禁欲而求随心适意、自由自在地生活的倾向,在东年的小说《地藏菩萨本愿寺》中也有所反映。因防卫过度杀人而入狱的小说主角李立出狱后,其原本火爆、急躁的性格,随着故事的进展,渐渐地烟消云散,归于豁达、平宁和宽容。转变的原因,归根结底即在于爱的感染和宗教的心灵净化作用。李立深感:所有的一切,包括眼所见的外在世界,心所感的内在世界,都如流水来去,变动不居,随缘生灭。抱持这样非有非无的"空"观,方可坦然面对人生,从烦恼和爱欲的束缚中解脱。于是,李立以前那种择善固执的"使命感"软化、消融了,而这反过来使李立能更贴近人生,更重视亲情和友情。李立从自己的不幸经验中感悟:漫无止境的知识追求会同时产生伤害自己或外人外物的暴力。也许正是这种观念,使李立改变了对自在活佛等的观感。他起先对参与股市、广告等活动的自在活佛及其弟子、信徒等众存有相当的戒心,但后来却渐渐认识到,这或许正是

① 林新居:《满溪流水香》,北京:中国青年出版社 1994 年版,第 133 页。
② 阚正宗:《平常心是道》,林新居《坐看云起》,原台湾跃升出版公司 1988 年版,北京:中国青年出版社 1994 年版,第 259 页。

与时俱进的明智之举。苦行僧般带有迂腐之气的净月法师固然可敬,但自在活佛及其弟子等也值得人们认可和赞赏。他为他们的"为人生的指导求法却又如此充满欢笑的场面"而喝彩,同意他们那把道场弄得光华亮丽以取悦信徒,使来者都能感到幸福和干净的作法。显然,世俗化了的自在活佛所注重的现世的生活乐趣,取代了苦行僧的净月法师头上的神圣光环,在主人公心目中占有了更高的位置。其中透露的信息是:与其执著于某种"教义",不如了无牵挂、随缘流动地融入世俗的"生活"之中,方能更契合于人的本性,更能达到真正的人生幸福之境。值得指出的是,这里的"自在活佛"或许就是福建所谓的"香花和尚"之类的人物。

不过,佛教毕竟有其内在质的规定性。尽管闽台的佛教有其特点,但总的说还是脱离不了这种质的规定性。它总的倾向是宣扬人生的无常和苦谛,劝导人们脱离红尘,禁绝欲望,清心寡欲地生活。这种禁绝欲望的倾向,正和现代社会医治"富贵病"的需求相吻合,因此佛教禅理有时也成为人们在物化的现代社会医治欲望膨胀、保持精神纯洁的一剂药方。林新居的《独坐一炉香》写他独坐燃香时的感受:"香末倒不一定选用价昂的上品,我所喜爱的是那份悠游自在的感觉,那缕轻烟,无挂无碍,它没有心,也就没有烦恼,更不会对过去、现在、未来产生分别;没有分别,就不会有执著,就能远离颠倒梦想,如同不起波涛的湖海,又如不染尘垒的明镜,十方三世,任君遨游。"当你静坐片刻,心澄虑净,俗念不起,红尘不沾时,世俗之功名利禄于我何有哉!宠辱皆忘,八风吹不动,端坐紫金莲的,此时便是你———一个照见五蕴皆空后的真我。诗云:"独坐一炉香,金文诵两行;可怜车马客,门外任他忙。"莽莽红尘,车水马龙,终日奔波于名利之途。何不点燃炉香,宴然独坐,寻回失落的、真淳的本来面目。

林新居又有《随他去,不管他!》一文,写的是"看破"和"放下"的禅机。要能看破情关、名利关、生死关,达到自在的境界。要能放下外六尘,内六根,中六识,如布袋和尚所说:"放下布袋,何等自在!"由于布袋里贮满了六尘、六根、六识,所以束缚重重,解脱无期;一旦放下,一时妄想尽除,烦恼尽断,再也不为生死所羁绊。① 在作者笔下,这是化解人生之苦的妙方。不

---

① 　林新居:《坐看云起》,北京:中国青年出版社 1994 年版,第 142 页。

过,晚年在闽南一带长期生活的弘一大师,早已留下非常优美典雅的"临灭遗偈",有云:"君子之交,其淡如水,执象而求,咫尺千里。问余何适? 廓尔亡言,华枝春满,天心月圆。"[①]

第四节 台湾新文学中的民俗描写

一、早期新文学中民俗描写的反帝反封建的双重意义

20 世纪 20 年代发端的台湾新文学,从一开始就将其关注焦点投向庶民生活,具有鲜明的现实主义风格。而庶民生活中充斥着各种民间习俗和风情,自然成为作家们极为生动的素材。不过,台湾新文学初期的民俗描写比较侧重于负面的揭示,对于台湾民间风俗习惯基本上采取批判的态度。这既是清代以降台湾文人反对鬼神迷信、奢靡好斗等陋习的诗文传统的延续,更与五四新文化思潮和中国新文学的反帝反封建传统一脉相承,充分显示了启迪民智、改造国民性的启蒙主义色彩。

台湾新文学早期作品对于不良民俗的揭露,主要集中于具有迷信性质的民间宗教信仰,有病不延医而求神问佛的迷信愚昧行为,罗汉脚及一般民众的好斗好赌习性,父母专擅、嫁女索聘、男人蓄妾等买卖婚姻习俗,收养和奴役养女、童养媳的恶劣习俗,等等。如揭露婚嫁全靠父母之命、媒妁之言,或把养女儿当做囤积商品,企望到时还本牟利,使婚姻完全沦为买卖交易的小说有:谢春木的《她要往何处去》,施荣琼的《最后的解决如何》,杨守愚的《疯女》、《出走的前一夜》,吴浊流的《泥沼中的金鲤鱼》,吴天赏的《龙》,廖毓文的《玉儿的悲哀》,徐琼二的《婚事》等。批评蓄妾恶风的有赖庆的《纳妾风波》,陈华培的《王万之妻》等。对养女习俗痛加抨击的有杨云萍的《秋菊的半生》,克夫的《秋菊的告白》,郭秋生的《死么?》,杨守愚的《女丐》,郭水潭的《某个男人的手记》,赖和的《可怜她死了》,杨华的《薄命》等。这种养女或童养媳习俗的形成与闽粤有关,也有台湾自身的特殊原因。台湾居民大抵来自闽粤两省,其习俗也随之传入台湾。更由于移民垦殖社会对于劳

① 李叔同:《辞世二偈》,《弘一大师全集》(八),福州:福建人民出版社 1992 年版,第 31 页。

动力的特殊要求,形成了男多女少的人口结构,男子想要娶妻成家备感不易。于是,从小收养女孩,使之承担看护帮佣、传宗接代、"招弟"、哭丧等职责的养女或童养媳的习俗,便盛行起来 ①。这些养女或童养媳的命运、处境往往十分悲惨。日据时期员林陈如江曾撰文控诉道:"尝见蓄婢之人,托养女之名,以牛马相待者有之,以奸淫相加者有之,昨日卖一婢,今日买一婢,至颜色老矣,终身苟活,不得为夫妻子母之乐,不得依祖宗坟墓之乡,生而绝嗣,死而绝社,天下人类之最惨者,曷尝有如是之甚哉!"②

　　杨守愚是早期台湾新文学运动的重要作家之一。作为一位批判的现实主义作家,杨守愚对于台湾庶民生活有着极细密的观察和描写,台湾的主要源自闽南的民俗文化,成为其作品中处处可见的一层底色。在当时反帝反封建的时代主潮下,杨守愚对于民俗大多采取一种批判的姿态。如《女丐》既描写了台湾"罗汉脚"(单身汉)的好赌习性,也写了养女习俗和男方"嫁入"女方的入赘习俗——某年轻女丐(在青楼时艳名明珠)的母亲早逝,丧偶的父亲耽迷赌场,后来被寡妇阿三嫂所"招"(即入赘),明珠实际上成了养女。不久后娘生了一个男孩,就怂恿其丈夫将 11 岁的明珠卖入妓院,虽名噪一时,但染上性病,被鸨母赶出,沦为乞丐。《赤土与鲜血》也有入赘女家的情节——阿昆因父母早亡,家贫无法娶妻,于是入赘阿科婶家,娶了她的又丑又痴的独生女,入门后得挑起家庭重担,岳母也变得凶横狰狞。阿昆患了重病后仍得从事繁重的体力劳动,终于在劳动中为坍塌的土石压死。写于 1928 年的《新郎的礼数》通篇是对闽台地区的婚礼习俗——女婿头一次来女方家"回门"——的细腻描写,包括女方奉敬新郎的"蛋汤",只能用筷子剪破而不能吃;女方设筵席招待,新郎"只配陪坐,不配吃菜",连包子都不能吃,为的是"怕嘴给岳母包去",一辈子听从妻子的管辖;吃到一半,女婿便起身告辞,筵席即以半席宣告终止。女方的接待人不断挽留,男方则客气地辞别,双方讲的都是一些虚应的客气话。从字里行间可看出作者对于虚伪的、繁文缛节的"礼数"的嘲讽。

　　有病不求医而求神的习俗由来已久,且其源头在海峡彼岸的福建。道光

---

① 许俊雅:《日据时期台湾小说研究》,台北:文史哲出版社 1995 年版,第 384 页。
② 《崇文社文集》卷二,转引自许俊雅《日据时期台湾小说研究》第 349 页。

年间周凯总纂的《厦门志》写道："疾病,富贵家延医诊视,余皆不重医而重神。不曰星命衰低,辄曰触犯鬼物。牲、醴、楮、币祈祷维虔,至抬神求药,尤为可笑。以二人肩神舆行,作左右颠扑状。至药铺,以舆扛头遥指某药,则与之。鸣锣喧嚷,道路皆避。至服药以死,则曰神不能救民也。即有奸徒稍知一二药性,惯以抬神为业者,官虽劝谕之,终不悟也。"[①] 吴希圣的《豚》、杨逵的《无医村》、邱福的《大妗婆》、朱点人的《蝉》、龙瑛宗的《黄家》等小说,对于台湾民间与上述闽地情况相似的有病不想或无法延医,于是求神问佛、乱服草药的迷信行为,有细致生动的描写。村人生了病,先求助于大妈祖,由乩童在大妈祖神位前蹦跳作法,求取神明的处方笺。可是吃了处方上的药,病况却只有加重,因此用轿子把二妈祖抬来。两个人抬轿子,以金纸点火并加摆动,用轿杠的前端按住病人的手把脉,然后回到正厅,勾画撒在桌上的一层米糠写字。看字人看了神明的字,便在金纸上开出处方。当然,二妈祖也仍是无效。请卜卦师算命,结果是死卦。阿先的母亲最终撒手西归。而被当做疯子关入牢房的阿先的弟弟阿地,在母亲的丧礼上大嚷:"混蛋,大家都说妈妈因为我才死去,那是误会啊!她是被乩童的胡说八道跟着看字人错误的处方害死的。"这是邱福的《大妗婆》中的情节。像鲁迅笔下的狂人一样,阿地被人视为疯狂,某种意义上却是真理的持有者。1925 年 8 月 26 日《台湾民报》上紫鬈翁的《祝创立五周年民报周刊万部并陈管见六则》中写道:"台湾巫觋之风,到处皆有。无知男女,往往迷信不疑,若家族人有病,其初症浅,不即延医调理,偏向巫觋祷求,迨病入膏肓,然后昇到医院救治,已无及矣。统计全台每年因此而枉死者,其数奚止千计?"[②] 1931 年元旦《台湾新民报》上张晴川的《医腐败医》也写道:台湾现在的医师有数种,"一种是迷信医(即男觋女巫乩童等),一种是汉医,一种是西医,一种是针灸医……迷信医最会使我们恐怖的,因他们惯以假托神鬼为人医病,而多数死于非命……这一班都是目不识丁的坏东西,学了些少药名,随便就借神发药,病人于不幸中之幸能被治好的,是极其少数的,大多数是断送他的生命","迷信医的流弊害毒,社会人人有责,一方宣传打破迷信而排斥之,一方当局不可以愚民政策

---

① 周凯总纂、厦门市方志办整理:《厦门志·风俗记》,厦门:鹭江出版社 1996 版,第 516~517 页。
② 原载《台湾民报》第 67 号,转引自许俊雅《日据时期台湾小说研究》第 384 页。

为奇货可居,须严重取缔扑灭之"。①

　　民间信仰走火入魔,演化成奢靡浪费、群派争斗事端的封建迷信活动,是台湾新文学早期作者奋起批判的另一焦点。1924 年冬,稻江建醮一事在社会上闹得沸沸扬扬。11 月 21 日和 12 月 1 日出版的《台湾民报》集中刊发了剑如的《对于稻江建醮的考察》(上、下)、前非《对于建醮之感言》、一郎(即张我军)《驳稻江建醮与政府和三新闻的态度》、蒋渭水的《可恶至极的北署之态度》、简顺福的《就此回的建醮而言——求当事人要有反省》等文,并于《编辑余话》中发表编者的看法。前非在《对于建醮之感言》一文中写道:台北近日以来,为慈圣宫建醮事,大街小巷,建台结彩,五花八门,争奇角胜,若狂男女,填塞街衢,其排场为开台迄今空前未有之豪举,靡费则需百余万之数,但这纯属"有劳而无功"的"迷惘之事",因"鬼神之事,极属渺茫","醮禳之举,乃未开化野蛮人之习耳,在乎科学昌明之今日,此种迷信劣风,必无存在之余地";天地间有鳏寡孤独之苦,比之无依之魂之苦更甚,"倘能去彼就此,以有用之金钱,来做有益之事,则造福无量矣"! ② 作者指出奢靡浪费的害处,以及活人未得关怀赡养而虚无缥缈之鬼却得虔敬祀飨的可笑可叹,令人想起清代闽台文人的诸多类似主题的竹枝词。

　　如果说前非的文章与清代深受儒家传统熏染的闽台文人对于中元普度等迷信活动的批判姿态一脉相承,那张我军的批判除了针对资本家牺牲民众利益大发其私财外,还一针见血地指出殖民当局对迷信活动的纵容支持及其险恶用心,因此显得更为深刻和富有时代色彩。文中指出:思潮的变迁迅烈如今日,作为社会的指导者、思潮的先锋的新闻纸,一定能改其旧日的煽动迷信的态度,执政者于其责任上也应有所措置,然而事实却出人意料之外,"台湾三大新闻纸齐声激赏这番举动,而高田知事也颇赏脸的亲自临场参拜。我们于是又得到一番很好的教训,叫我们知道我们的政府和诸言论机关都不把我们台湾人的祸福利害放在眼中了。"他写道:"不消说,迷信于人民是毒药。我们可怜的台湾人在吞毒药自杀,而我们的政府和言论界站在那里拍掌喝彩。唉! 他们是想坐看台湾人的血肉横飞以为乐的,而一班愚夫顽民不能察

---

① 张晴川:《医腐败医》,《台湾新民报》第 345 号,1931 年 1 月。
② 前非:《对于建醮之感言》,《台湾民报》第 2 卷第 24 号,1924 年 11 月。

其本意,倒反以为受宠若惊、扬扬得意,不自知其末日之将至,真是蠢得太可怜了!"① 这样,"反帝"和"反封建"之间固有的内在联系得以揭示,高奏出时代的主旋律。类似的批判我们在文杞的《迷信也可奖励和提倡吗?》② 等文章中也可看到。文杞的文章甚至以英国统治印度也是放任迷信,"存着野心用无人道的手段,要使印度人民永远愚蠢"的例子,与日本殖民当局的行为相比照,指出其居心并无二致。

　　除了直截了当的政论文章外,台湾新文学的早期作家更采用小说等艺术形式,加入此反帝反封建的斗争行列中。发表于 1923 年 3 月 10 日出版的《台湾》上署名"无知"的《神秘的自制岛》,是一篇讽刺台湾民众沉溺于迷信、愚昧和奴隶性的陈旧礼教习俗中而不自知,并指出此与帝国主义侵略者关系的寓言小说,它告诉人们:"封建体制正是落后民族的特征,它往往被帝国主义的野心家,利用来行使其殖民统治和愚民政策的腐化工具。一个文化愈封建愈腐败的民族,愈有利于侵略者有效的统治和控制,这是统治者阴毒的政策,也是被统治者可悲的障碍。"③

　　"台湾新文学之父"赖和的第一篇白话小说《斗闹热》,即以民俗活动引发同胞争斗事件为题材。迎神赛会中,一群孩子舞弄香龙时被不同地头的另一群孩子所欺负,双方居然宣布了战争,接连斗过两三晚,并因"囝仔事惹起大人代"。一边抱着满腹的愤气,另一边是"俭肠捏肚也要压倒四福户"的子孙,遗传着好胜的气质,于是有人出来奔走劝募,有人更以"树要树皮,人要面皮,谁甘白受人家的欺负"等为由,鼓动双方的争斗,到了一触即发的地步。直到经济上小户已负担不起,要用到"头老"(即地方上的头目、老大)的钱了,事情才戛然而止。这种喜好争斗的习俗在闽台地方由来已久,清代的械斗就经常因着长年的积怨,以民俗活动中的偶然对抗事件为导火索而发生,而受害的最终还是贫苦的民众。赖和写作此文的动机,或如 1924 年 9 月 11 日《台湾民报》上的一篇题为《敬告好斗之徒》的文章中所说的:但愿

---

　　① 一郎(张我军):《驳稻江建醮与政府和三新闻的态度——特要望台湾的政府和三新闻的主笔留意》,《台湾民报》第 2 卷第 25 号,1924 年 12 月。

　　② 文杞:《迷信也可奖励和提倡吗?》,《台湾民报》第 2 卷第 19 号,1924 年 10 月。

　　③ 钟肇政、叶石涛主编:《一杆秤子》,《光复前台湾文学全集》(1),台北:远景出版社 1981 年版,第 37 页。

能够及早反省和觉醒,使"好斗的同胞,得变为好义的同胞,伤人损己的同胞,得变为修己益人的同胞"①,回归和发扬明于事理,勇于迁善,重平和、尚礼让的"我们民族"的特色和光荣。

　　1932 年 1 月发表于《台湾新民报》的朱点人《岛都》,叙写了建醮带给贫民的巨大伤害。K 寺落成时,地方头人们不顾人民的经济状况,执意要建设三天大醮,并挨家挨户逼迫着捐钱。同时建醮时会有远方的亲友来,也需招待。史明的父亲史蓁被逼得走投无路,只好卖掉年仅二岁的小儿子以为应付,过后却因悲伤悔恨而发疯,最后投河自尽。后来史明悟出许多东西,其中包括当局为何要奖励迷信活动等。小说的情节令人想起 1924 年的稻江建醮及《台湾民报》上对它的抨击,这或许就是小说的背景原型。或如论者所指出的:帝国主义的伎俩,惯于利用封建桎梏来愚弄殖民地人心,阻挠改革进步,以利于其直接有效的控制;同时也牵涉到夹杂在半封建、半资本形态中的岛民性格。它一方面固是牛步化的守旧、愚昧、迂腐、迷信;另一方面则是墙草般的摆荡、投机、势利,以金钱为本位,将爱情、亲情、道德等,都完全商品化。前者像《纪念树》中梅的姑母,其口头禅是"也著人,也著神"(要靠人,也要靠神),所以生病时最相信女巫的话,得肺病以为是犯"冲"——被大肚妇"冲着"。后者如《秋信》中那群被统治者宣传的魔力所诱惑,争先要去博览会的村夫们,以及那班借着"击钵吟"去应酬、巴结当道权势者的诗人。②

　　台湾新文学早期小说之所以对民间习俗基本上采取负面的批判的姿态,除了受五四启蒙主义思潮影响外,其中一个重要原因,是作者们认识到日本殖民当局对这些落后的、带有迷信色彩的东西采取纵容乃至支持的态度,其目的是利用封建桎梏来愚弄殖民地人民,阻挠改革进步,以利于其直接有效的控制。为此,他们反其道而行之,使民俗描写具有反对封建陋习和反对日本殖民统治的双重意义。

二、"皇民化"压力下保存汉民族文化的曲折手段

　　到了日据后期亦即"战时体制"时期,情况发生了根本性的转变,而这与

---

①　锡舟:《敬告好事之徒》,《台湾民报》第 2 卷第 17 号,1924 年 9 月。
②　张恒豪:《麒麟儿的残梦》,《王诗琅·朱点人合集》,台北:前卫出版社 1991 年版,第 285 页。

殖民当局对于包括台湾民间习俗在内的中华文化加以打压的政策有直接的关系。1936 年 9 月，小林跻造继任台湾总督，台湾进入后期武官总督时期，也意味着台湾战时体制的开始。小林总督就任之后即揭橥治台三大政策：①台湾人民"皇民化"；②台湾工业化；③加强南进政策，其目的在于培养台湾民众"帝国臣民的忠良素质"，成为真正的日本人，为帝国效力。民间原有的祭祀、演戏及旧俗则被劝导、约制。在一些新兴的"模范村落"，野台戏及神庙祭典已渐被茶话会、观月会、业余新剧团、电影会等新式活动所取代。传统的台湾戏剧被废除，改演所谓"打破迷信"的新剧。1937 年中日战争爆发，台湾总督府加强实施"皇民化"运动。到了 40 年代，更全力推行"皇民炼成"运动，强制台湾人民日常生活日本化，包括说"国语"、改姓氏、效忠天皇、摒弃旧有习俗，尤其是带有中国民族色彩的宗教信仰、戏曲表演。在宗教方面，展开寺庙整理运动，把神像集中烧毁，家庭则改奉天照大神的日式神主牌，民间的传统节令如中元节、春节皆被禁止。1940 年秋季，日、德、意三国轴心形成，日本在本土及其殖民地大力推行战时新体制，直接策应战争，配合前线军事行动。台湾于 1941 年 4 月 19 日成立"皇民奉公会"，日本人经营的"皇民奉公会指定演剧挺身队"，排演的都是露骨宣传帝国精神的皇民剧，或批判台湾风俗的剧目。[①] 显然，越到日据后期，随着日本殖民者对汉民族文化的摧残益发残酷，台湾社会的主要矛盾——日本殖民统治者与台湾民众的民族矛盾，包括民族文化之间的冲突和矛盾更为激化，诸如反封建迷信等课题退居为次要矛盾。这时台湾新文学作家的风俗描写，重心已不是反迷信，而是试图以一种较为隐蔽的方式表达台湾同胞延续汉民族文化于不绝的决心和努力。

　　从不少台湾新文学作家的创作中，可以看到这一微妙的变化。如对于"看风水"、"洗骨"（或称"拾骨"、"捡骨"）等风俗，清代文人就曾加以描写和批评。1934 年赖和发表《善讼的人的故事》，故事前曾有一段引话，说道：

　　　　我们的社会，不知由哪一时代起，个个都有风水的迷信，住的厝宅不用说，掩臭的坟墓，讲也会致荫人，做官发财，出好子孙，食长寿数，都由风水而来，所以一块真龙正穴，值得千金万金。这样事是限在富户人才做得到，贫的人虽提不出这样价钱，逐个都有侥幸之心，像买天财彩票一样，提

---

　　① 　邱坤良：《日治时期台湾戏剧之研究：旧剧与新剧（一八九五～一九四五）》，台北：自立晚报社文化出版部 1992 年版，第 327～333 页。

出小小成本,抱着万一的希望,想得着大大的天财,而且死了的人,也不能不扛去埋葬,掩去难于保存的尸体,同时也可借此来致荫自己发达,这样事谁不肯为? 不幸家里没有死者可葬的人,他就别想方法,洗骨迁葬,把失去了的希望,重再拾了起来。所以这座山的所有者,单只卖风水地的收入就难以计算了。①

作者显然对"风水"习俗持有批评的态度。然而 1936 年收入《台湾民间文学集》的杨守愚撰写的民间故事《美人照镜》,写的却是民众因郑秀才凭借其恶霸势力,执意将大厝建在南瑶宫前斜对面的空地上,破坏了"美人照镜"的好风水,而南瑶宫妈祖本为本地人士的信仰中心,于是激起民愤,在圣三妈到北港进香回銮的那一天,数十万香客每人一捆寿金扔到郑秀才宅内,将大厝烧毁。显然,在这事件中,"风水"和"妈祖"信仰已非一种单纯的迷信行为,而是民众爆发其蕴蓄已久的阶级愤恨的导火索,发挥了某种正面的功用。作者也称:"表面上,虽说是基于神与人间的一种无谓的'地理'争夺战,然,未始不是因为郑秀才平日结交官府,欺压细民有以招来的一大反抗,不过是借仗这拥有绝大威力的神底庇护爆发出来而已。"又如,吕赫若发表于 1942 年《台湾文学》上的《风水》,兄弟两人对于父亲坟墓的"风水"实抱有截然不同的心思。弟弟完全是像赖和所说的想靠"风水"荫福发财,因此风水先生说父亲墓地"风水"有利二房时,他不顾风俗习惯,坚决不让"洗骨";当风水先生说母亲的墓地会作祟二房时,却不顾母亲去世仅 5 年,尸骨未化不宜"洗骨",坚决挖开母亲的坟墓。与他相反,哥哥要为父亲"洗骨",是因父亲去世已 15 年,夜里他总是梦见父亲的脚被蚂蚁咬噬,下雨时,被泡在水里,非常难受,因此他自责不孝,日夜想着如何解决此事。在这里,"洗骨"成为一种良善习俗,寄托着一种慎终追远的心情和孝道,而这正是汉民族的一种优良传统。可以看出,台湾作家对于民俗已不再一味地斥之为"迷信",其态度已有明显的转变。

其作品被称为"人道关怀的风俗画"② 的张文环,可说是这一转变的一个

---

①　本段话见 1934 年 12 月出版的《台湾文艺》第 2 卷第 1 号,后来收入各种集子时大多未录载,此处转引自许俊雅《日据时期台湾小说研究》第 388 页。

②　张恒豪:《人道关怀的风俗画——张文环集序》,张恒豪编《张文环集》,台北:前卫出版社1991 年版,第 9 页。

典型的例子。张文环30年代的早期作品,遵循着当时台湾新文学创作的"反帝反封建"的主流和轨道。如第一篇发表的小说《早凋的蓓蕾》,写的是在婚姻由父母做主的习俗下,母亲为了女儿嫁个金龟婿,拆散了一对自由恋爱的情人;又因女儿曾堕胎,而遭封建思想严重的男方退婚,使女儿坠落万劫不复的深渊,抨击了将女性当做商品的封建买办婚姻和对于女性的片面贞节观念。到了40年代,张文环批判的锋芒减弱了,呈现的是一幅幅世俗风情画,或者说,闽台地方的风俗民情就像一层或浓或淡的底色,铺满了小说所呈现的生活画面上。如《论语与鸡》虽然反映了汉族传统书房教育的没落——形秽嘴馋的书房先生已失去师道尊严,而学生家长以书房成了戏班的练习场,孩子学不到礼仪反而会学坏为由,使一半的学生退学,但这一切有个背景,就是连这样的小山村也在"高喊日本文明",就是说,日本的殖民统治及其对固有汉民族文化的摧残,是传统书房没落的主要原因。尽管如此,小说描写这个村子其实仍保持着中国传统文化的浓郁氛围,其中既有儒家的正统教育方式,也有闽台地方特有的民俗风情。如上"书房"须拜孔子和交给老师"束脩",须早起煮茶扫地,然后请先生来上课。老师教的是《论语》,教育方式十分单调。每逢下雨天,老人们便聚在杂货店门口赌钱。先生就会离开书房,加入他们当中,讲些列国、三国的故事,享受大家为他买的炸豆腐和酒。每当"拜拜"(集体祭祀祖先、神灵的祭典)的日子接近,村子里便热闹起来,青年们在晚上点上火把来练习舞狮或练拳脚功夫。村人之间如果发生争执,有时便采用在有应公前斩鸡头咒誓的方式来裁决——当事人买了鸡,抱着香与银纸,后面跟着一群看热闹的人,来到有应公所在的阴森森的山洞里,这种气氛令人感受到浓郁的笃信鬼神的闽台地方文化气息。

作为张文环代表作之一的《阉鸡》,同样充满了民俗的描写,生动且富闽台特色。如迎娶新娘的仪式:三十几个人的迎亲队伍,有挑礼物的,有唢呐班,也有6人花轿和媒人乘坐的轿子。男方家搭起了帐篷,准备了数十张喜宴桌子。亲戚的小孩们所放的鞭炮,在街路的这个角落煽起了拜拜的气氛,新郎则由亲戚或年长的好友陪同,左手提菜篮,到应该邀请的每家去分发香烟或槟榔。花轿傍晚时分才到,街路边的门口拥挤着想看新娘通过的妇人们。福全药房既跻身于本村富家之列,其一脸皱纹的老母,人人都说是幸福的老太太,因此为了讨吉利,必定请她牵新娘下轿。当新娘跨过门槛时,她会念吉利的四句,人们则以满心的敬畏,务使自己不致听漏了一个字。

　　这篇小说的一个卓越之处,在于写出了由闽南移民所组成的村落或区域的文化特点。传统的伦理道德观念,流长蜚短的舆论,编织成一张密不透风的网,笼罩整个村子。这是一个靠着人情、靠着人际关系维持的社会。小说中的郑家先人创办中药房时,取名"福全",并在窗边搁了一只后来被村人认作标记的木雕阉鸡。郑家靠着阉鸡的神奇的广告功能,靠着悉心经营逐渐累积的名气,也靠着被视为"幸福"的象征的老太太与村人的密切联系而挣得一份不小的家当。老太太过世后,村人们与这个家庭的纽带便由郑三桂的母亲来取代。四五年后郑三桂的双亲也先后去世,这些对郑三桂本人的财产并无直接影响,不过郑家与村人之间的联结便断绝了。村人们开始认为:药房都是大秤子进小秤子出,稍微乐善好施一下也是应该的。然而郑三桂却小家子气得很,对穷人也绝不让赊欠,药房里的伙计大多待不长久,纷纷离去。药店开始衰败,终至一蹶不振。同时,这又是一个商业比较发达的社会,而这正是闽南人区域的特点。人们为了商业利益而钩心斗角,相互倾轧、六亲不认,让人深感世态的炎凉。如三桂的药店为村里的事业家们所垂涎着。清标为了能"顶"(买下房子、店面等)到三桂的药店,盼等着三桂受到彻底的打击,同时想到先把女儿许配给三桂的儿子阿勇,讨其欢心以便进行他的购并计谋。后来三桂真的衰败了,清标对于亲家冷酷无情,包括对其女儿也不伸援手。当三桂还有飞黄腾达的机会时,其儿子的婚礼,村子里的绅士们送贺仪的意外的多;但当三桂穷死时,吊丧客寥寥无几,连亲戚都很冷淡。所有这一切,都表现出这是一个典型的封建时代的中国人、汉族人的社会。

　　张文环的另一重要作品《夜猿》在一种淡淡的散文化笔触中,写出了日据时代台湾人仍保存着中华传统文化的生活实境。小说并没有扣人心弦的情节,但作者有意无意地以中国农家的传统节日为线索串起全文,描写充满闽台民间气息的节庆习俗:除夕新年在门口贴春联和门神,在大厅和厨房贴"福"和"春"字,以及拜神卜卦等;从大年除夕到正月十五日的"呈灯"(因闽南话"灯"、"丁"同音,此举寓添丁之意);清明节过后造纸厂动工;闽台特别盛行的中元节;以及"冬节"(即冬至)家家户户搓"圆仔"等等。从"街路"回到山村后的石氏一家人过着一种属于中国人特别是闽台山区人民特有的传统生活——简朴、宁静,流转着温馨的亲情和友情,也有着敬神好鬼的民俗风情。两个小孩子吵闹时，母亲就讲郭子仪孝顺父母的故事。有时丈夫到街路上去，只有妇孺的家显得势单力薄，就从山后请来朋友的阿婆，也是石家的远亲来跟孩子们作伴。夜暗里传来"苦鸡母"（杜鹃鸟）的鸣声，母亲和阿婆谈论着那鸟是张天师的孙子再世的。张天师就是鬼王。有一次，父亲打到一只山猪，大家忙成一团，因为抓到了山猪一定要拜土地公。这天晚上，由于一次意外的牙祭，男工女工们都宁愿晚些才回家，接受这次招待。作者将山村里的生活写得有如世外桃源般和谐美妙，似乎有点将现实生活美化了，但如果联系到当时大和民族穷兵黩武的作为及其"菊花与刀"①式的充满矛盾的民族性特征，也许就可了解张文环这些描写的用心。

小说还设置了一个"街路"（市镇）和山村的对立——石曾在父亲过世后，受不了城市的诱惑，从山村跑到街路去，然而只能在街路上放荡、彷徨，混不出个名堂，直到有一次跟人打架，受到父亲生前好友的斥责，才如梦初醒，决定回乡开发自家拥有的一大片山林。然而，毕竟无法完全割断与"街路"的联系，为了造纸作坊的贷款和产品销售，石还得往街路跑。有一次，石与日昌号的老板吵架了，因产品都是由商店任意叫价卖出，而价钱低得离谱，因此起了争议。在张文环的不少作品中，城市里充满剥削、淫秽、奢靡、血泪，而在乡村则是淳朴、健康、快乐的。在当时，城市代表着现代化，或者也代表着日本的文化；山村则代表着传统、中国，代表着闽台固有的属于汉民族的文化。张文环通过这样的设计，曲折地表现了他的民族立场和对于不同民族文化的价值判断。

日据后期另一位台湾重要作家龙瑛宗，虽然不像张文环被称为风俗画的描绘者，但其作品中不乏对于台湾民俗风情的描写，而这种描写因与日人作家西川满等异国情趣的"外地文学"论的纠葛，而具有特殊的理论意义。当时龙瑛宗因其知名度而列名西川满主持的《文艺台湾》的编委。1941年，西川满的理论导师岛田谨二在《文艺台湾》上发表《台湾文学的过去、现在和未来》一文，试图借助法国殖民者在中南半岛的殖民文学的发展状况等，为所谓"外地文学"勾勒一般性图景。他将殖民地统治划分为三个时期，亦即：

---

① ［美］本尼迪克特：《菊花与刀——日本文化的诸模式》，孙志民等译，杭州：浙江人民出版社1987年版，第2页。

①"军事的征服、未开地的探险时代";②"采究调查的组织化时代";③"物情平稳,移住民开始思图作物心两方面的开发,也就是所谓的'纯文学'产生的时代"。他认为,"首先军事上、政治上的征服就会有战记和纪行等文献,但文化普及而物质、精神双方面的开拓一进行,才会出现 imagination(想象)的文学";而从外地居住者怀有的心理必然性来说,"其文学的大主题可分为:外地人的乡愁,描写其土地特殊的景观以及土著人外地人的生活解释三种",并认为这些要称为 exotisme(异国情调)文学最为正确。而当 exotisme 浑融了心理的写实之后即是所谓的真正的"外地文学"。① 此为岛田为台湾文学指出的路向。

台湾学者指出,从这一论调可以看出,"岛田对于在 30 年代初期遭受台湾总督府弹压之一部分民族运动者,其后将自己的主张表现在文学上之被统治者文学,完全不屑一顾。被统治者仅以客体的姿态——文化程度低下的土著出现在'外地文学'之中,在那里面可以说毫无他们的'心灵'存在的余地可言"②。

龙瑛宗对此追求异国情趣的"外地文学"论十分不满。他曾在《文艺台湾》上撰文对此创作路线作了委婉的批评。1941 年 2 月发表于《大阪朝日新闻》的《台湾文学的展望》,更对此论作了颇为深刻的论析和批评,文章写道:

　　外地文学的性格,带有只要求表现异国情趣的倾向,其实需知那不过是附带的条件,并非主要的条件……

　　异国情趣并非住在异国情趣中的人的欲求,不过是那些在异国情趣圈外人的好奇罢了。住在异国情趣中的人所创作之文学,即令不意识到异国情趣,其情趣亦自然会流露于外,我们绝非为了异国情趣而创作……

　　是故,所谓外地文学,并非以本土(按:指日本本土,下同)的文坛为进出之志的文学。应该是就当地而作的文学,既非模仿本土的文学,也非对外地作皮相式描写的异国情趣文学。外地文学的气性,不是乡愁、颓废,而该是生长于该地,埋骨于该地者,热爱该地,为提高该地文学而作的

　　① 　岛田谨二:《台湾文学的过去、现在和未来》,原载台湾《文艺台湾》第 2 卷第 2 号,1941 年 5 月;中译见台湾《文学台湾》第 22、23 期,1997 年 6、7 月。
　　② 　罗成纯:《龙瑛宗研究》,《龙瑛宗集》,台北:前卫出版社 1991 年版,第 261 页。

文学。这种文学并不是消费者的文学,而是生产者的文学。①

由此或可理解龙瑛宗本人在"皇民化"运动之前和之后创作的一些微妙变化。1937 年创作的堪称日据时期台湾文学中刻画人的灵魂最为深刻的优秀作品之一的《植有木瓜树的小镇》,描写殖民地知识青年在黑暗的现实中迷惘、挣扎、追求、努力上进及其理想愿望的最终幻灭。小说的主人公陈有三身为台湾人,一方面深感日本殖民统治下台湾人作为低等"国民"的痛苦和悲哀,如与日本人工资的悬殊;另一方面,也深感同胞习俗的陈旧,观念的落后,精神的愚昧——"这小镇的空气很可怕。好像腐烂的水果。青年们彷徨于绝望的泥沼中。"陈有三想通过十年苦读来投考律师、文官或教师,获取较高的社会地位,然而很快认识到这不过是唐·吉诃德式的荒唐美梦。此路不通,陈有三仍想将读书纯粹当做提升内在自我,避免堕落的手段。然而,如此单纯的愿望也难以顺遂,因为在当局、上司看来,知识经常伴随着不满,他们用人与其找有知识的人,不如找"全神贯注于职务"的"实用性人物"。这样陈有三的人生只剩下唯一的亮点,就是对同事林杏南的女儿翠娥的爱情。然而林杏南因为贫穷而准备将女儿"卖高一点价钱",嫁给富豪,拒绝了陈有三的求婚,使陈有三的唯一希望破灭。显然,父母包办婚姻的习俗成了戕害知识青年的帮凶。这一点,是小说描写的重心之一。如小说又描写了陈有三的同事戴秋湖本是闽台包办婚俗的受害者,在旧习面前铩羽后反过来想要存钱买妾,演出了出卖亲妹妹的丑剧。从这篇小说中可以看出,这时的作者与当时台湾新文学的主流倾向一样,对于台湾的带有封建性质的民间习俗采取的是批判的态度。

1942 年,龙瑛宗发表了两篇以"媳妇仔"(闽台一带称童养媳)的苦难生涯为题材的作品:《不知道的幸福》和《一个女人的记录》。后者"记录"了女主人公从 1 岁到 54 岁的遭遇:从小被卖为养女,却被养家主人侵犯而有身孕,再度被卖为贫家之妇,不料丈夫和儿子相继死去,剩下的一个女儿也被迫卖给人家当"媳妇仔",重蹈了自己的覆辙。论者指出:龙瑛宗的结论是"非生存不可","度过艰苦的日子活到底"——"对这样残酷的命运,这个女人竟无有任何怨言。这种令人惊异的强韧生命力与对宿命之忍从力由龙瑛宗

① 转引自罗成纯《龙瑛宗研究》,《龙瑛宗集》第 262 页。

淡淡的笔致数落出,使得全篇作品免于感伤与暗淡。事实上这个女人对命运之逆来顺受的忍从精神,在龙瑛宗笔下似乎已成为一理想而神圣的典范。这个忍从精神原是我们所熟悉的,惯见于中国旧社会中,也是传统文学、戏剧中喜于描摹的对象;对于曾不遗余力唾弃旧文化,喜谈精神文化改造之作家来说,这个题材无疑是开倒车之作"①。这一论评总的说是中肯的,不过,"开倒车"之说似乎值得商榷。作者之所以突然歌颂起原被认为是封建社会遗毒之忍从精神和民间习俗等,自有其深刻的原因。或许"从庶民的乐天性中,作家领悟到历史无论发生多大的变动,支撑着历史底边的广大民众层其实是无甚大变动的"②,这是一种一以贯之的具有深厚历史渊源的传统,也是作者所极力要捕捉和描写的。如上述,龙瑛宗认为"异国情趣"(亦即台湾特殊的民俗风情)并非"圈外人"搜奇猎怪的好奇对象,而应是生活在这种"情趣"中的人的一种自然的流露,唯其如此才能紧扣现实,也才是生长于该地,埋骨于该地,真正热爱该地者的文学。龙瑛宗日据后期创作的微妙变化,或许就是对此理念的一次刻意的实践。这种描写既能应付、搪塞日本殖民当局对于台湾作家响应时局的要求,又能在大和民族的同化压力下,求得汉民族文化的保存。它与二三十年代台湾文学风俗描写的不同取向,深刻地反映了时代和社会思潮的变迁,以及台湾作家对日斗争策略上的自觉的或不得不如此的改变。

三、回归传统:当代台湾乡土文学的民俗描写

历史上台湾文学对于民间习俗的描写曾形成三次高潮。一是清代文人的采风问俗、风土杂咏诗之写作潮;二是日据时期台湾新文学作家的乡土文学创作;三是20世纪70年代前后的当代台湾乡土文学思潮。第一次与当时福建的文学风气有直接的关系。后两次虽未必与福建文学有直接的瓜葛,但所描写的风俗民情,仍与福建十分相似。台湾学者林美容曾认为:"在诸多的文化内涵中,物质文化会随着外来的物质与技术的好用、有效率、易取得、易制造而改变,社会组织之人与人关系的安排也会随着物质技术、生产关系的

---

① 罗成纯:《龙瑛宗研究》,《龙瑛宗集》,第297页。
② 同上书,第300页。

改变而改变,但传统的思想、理念、情感、价值与宇宙观则是最不容易改变的,因为这是牵涉到一个文化之所以异于别个文化之文化认同的最后堡垒与最后依据,而仪式正是保存种种的思想、理念、情感、价值与宇宙观最丰富最具体的文化形式。"① 换言之,人的理念、价值、宇宙观等属于文化的核心要素并不会轻易改变,而民俗即为这些文化核心要素的表现形态。由于民俗代代传承,即使遭遇近百年的历史沧桑,有了数十年程度不同的两岸分割,一些物质文化乃至"社会组织之人与人关系的安排"等都有了诸多不同,但民间习俗却仍一脉相承,保持着很大的同质性;即使有些许差别,仍可看出其渊源及内涵其实是一致的。

　　20 世纪 70 年代的台湾乡土文学思潮是对于前此被视为"西化"乃至"恶性西化"的现代主义思潮的反拨,其旗帜上写着:回归民族传统和关怀乡土现实。民间习俗由于承载着诸多民族传统文化成分,得到了作家们的青睐。与前两次民俗描写以反对封建迷信为主题或以保存汉民族文化为隐曲目的有所不同,70 年代前后的民俗描写,最为关注的却是在农业社会向工商社会的转型中,传统价值和现代价值的冲突。作家们忧心忡忡地看着传统价值在现代价值的压力和冲击下节节败退,即使在理智上认可了现代价值,但在感情上仍对传统价值含情脉脉。

　　20 世纪 70 年代前后的乡土文学创作,散文、诗歌作品对于民俗风情常有直接的描写,在小说中固然各有不同的情节,但乡风民俗的描写仍成为许多作品的底色和氛围。如在黄瑞田的《炉主》中,"我们看见了善良、愚呆、单纯、坚定的目花树仔,以及其他的村民,他们缩衣节食,积聚粮秣,为的就是每年三月初三上帝公生辰那天能宴请亲友,广结善缘。类似大拜拜仍然广泛存在于今天的台湾乡镇村落里。我们看见土结厝与刺竹围,看见稚龄的目花树仔与瘦清(按:人名)苍白的两腿跪在水田里,泥浆从腿肚间激溅起来,一步一寸地爬行着。"② 在黄春明的《锣》中,我们听到憨钦仔敲锣通知庙事,喊唱出——"明天下午两点啊,埔顶太子爷要找客子呀,顺时跳过火画虎符,列位善男信女啊,到时备办金纸炮烛,到埔顶太子爷庙烧香参拜啊,不干净的

　　① 林美容:《族群关系与文化分立》,台北《"中央研究院"民族学研究所集刊》第 69 期,1990 年 6 月。
　　② 沈萌华编:《七十年短篇小说选》,台北:尔雅出版社 1982 年版,第 233~234 页。

有身孕的查某人不可去呀,去的人每人虎符一张赠送,拿回来贴门斗保平安啊";又看到了扛彩旗、吹"鼓吹"、热闹非凡的送葬队伍,以及一群"罗汉脚"们在茄苳树下躺的躺、坐的坐,千姿百态,等着某一人家办丧事时去帮忙,讨几餐饭吃的小镇风俗画。在胡台丽的《媳妇入门》中,我们可以看到与闽南一带十分相似的节庆习俗——端午节在门口插上榕树枝和艾草;中元是个大节,家中主妇忙着做芋头粿,包粽子,杀鸡鸭。中午拜公妈、地基主,下午村人担了祭品到溪边普度冤魂,傍晚在前庭置供桌"拜好兄弟"。农历十月半"谢平安"活动,每户出丁口钱请了一个布袋戏班演戏给神明看——收割后的田间搭了个戏台,正对面架起布篷,里面放着大大小小的神明像,高高在上的是村人共同祭拜的三界公。每年演平安戏时都要掷筊产生新的炉主一人及"头家"八人。等演戏完毕,三界公的香炉和神像由新炉主搬回家,安置在神桌上,每日晨昏点香祭拜。正月初一全村人会涌到炉主家烧金纸,冬至则去拜"圆仔"。在洪醒夫的《吾土》中有乡人生病先求神,再求中医,却不愿上医院的情况;《散戏》中,可以看到乡间歌仔戏、布袋戏等演出的情形;在《跛脚天助和他的牛》中,可以看到庙场牛墟上买卖耕牛的情形及农民对牛的感情;在《金树坐在灶坑前》中,可以看到贫苦农民因子女太多所造成的困境以及被迫将子女送人养的习俗;此外还可在他的许多作品中看到根据人的职业、外形特征或缺陷为之取绰号的习惯,如跛脚天助、黑面庆仔、傻二、猪哥旺仔等。在林清玄的报告文学作品《燃香的日子》中,更可以看到妈祖出巡"绕境"的场面——队伍绕到民生路,有几十位民众自人群中跃出,趴在马路上,让神轿从他们的背上跨过,鞭炮便在他们身上爆响,成为一幅惊心的画面,他们用这种行动表示对妈祖的虔诚膜拜,并以之祈求平安;每一条路上都有人趴在地上,让轿子跨过,少数几位乩童也经常跳上去站在轿沿,或执七星剑,或舞刺球往自己的额上背上砍扎,弄得鲜血淋漓;神轿经常无缘无故就不规则的冲撞晃动起来,仿如平静的海上突然涌起波涛巨浪。

　　与台湾新文学初期相比,70年代前后乡土文学民俗描写的最大变化,是作者对于民间习俗的价值评价的改变。前者常将民俗当做封建迷信加以批判,后者却将民俗当做民族传统文化的延续来加以发掘、整理,描写它在当前所遭受的现代价值的巨大压力和冲击,以及它在社会转型中日益凸显的精神上的价值和意义。

　　70 年代崭露头角的台湾年轻乡土散文作家阿盛是一个明显的例子。他的散文《契父上帝爷》详细描写"我"从小由祖父做主,到真武殿寄名归属为上帝爷的契子(干儿子),虽然颇受"迷信"之讥,但至今仍不改其俗地随身携带向上帝爷乞讨来的香火袋。这是因为"香火袋"与祖父紧密相连——它孕育了祖父那宽容随和、与人为善的处事方式,寄托着祖父对后辈的殷殷爱心,同时也显露农民在与自然的严峻斗争中造就的敬天畏地、祈靠鬼神去邪除恶,护佑好人的民间愿望。显然,对于民间信仰已不再单纯从科学角度将它斥为迷信,而是认可其中包含着的民间愿望和人文精神。

　　这里所谓的"上帝爷"(或称"上帝公")即玄天上帝。根据史籍记载,福建晋江县民自宋代即已奉玄天上帝为海神。除晋江外,泉州府属之南安、同安等县亦有玄天上帝之信仰。到了明朝,明太祖开国与玄天上帝之崇祀有颇不寻常之关系;在明成祖靖难之役中,玄天上帝也扮演了重要角色。明郑时期,郑成功在台湾广建供奉玄天上帝的真武庙,一方面是因为玄天上帝为明朝最重要祀典,祀之即有奉明正朔之意;另一方面,玄天上帝为闽南百姓所崇奉之航海守护神,明郑既以水师抗清,子弟多为闽南籍,奉玄天上帝可予这些子弟兵精神上莫大之鼓舞与安慰。[①] 清朝转而大力提倡妈祖信仰,但崇奉玄天上帝的仍大有人在。据 1919 年的统计,台湾的玄天上帝信仰的数量,在福德正神、王爷、妈祖、观音等之后,关帝、三山国王、保生大帝之前,位居第五。由此可知,台湾民众的玄天上帝信仰来自其故乡闽南,也与郑成功有关。直到如今,台湾的真武庙仍是香火鼎盛。

　　黄瑞田的《炉主》讲的也是上帝爷的信仰。不过这里的上帝爷并不驻在真武庙,而是供奉在"炉主"的家中。当炉主其实是件吃力不讨好的事。每年三月初三上帝公的生日,炉主得主持盛大祭祀活动,为请来村中演戏的布袋戏班提供膳宿。村里家家户户歇下田间的工作,邀请别庄的亲朋好友来看戏和欢宴。炉主不单得款待亲友,连各地涌来的乞丐或罗汉脚,也都往炉主家里讨一顿饭吃。且花树仔之所以从 16 岁起就成为上帝公的记名弟子,五十多年锲而不舍地加入博筊竞选炉主的行列,固然是从小受到父亲所说的"当炉主比当皇帝还光彩"的影响,更深层次的,则是怀着得到神的护佑,希

---

①　蔡相辉:《台湾的祠祀与宗教》,台北:台原出版社 1989 年版,第 104~107 页。

望神能帮助他解脱厄运,为他一家带来富裕日子的善良愿望。这种对于幸福的执著追求,虽然过于虚无缥缈,注定难以实现,但仍不失为值得同情的良善愿望,也是每个人的一种权利,让人不忍苛责。作者给予了树仔充分的同情。倒是那些趁火打劫,利用树仔当上炉主兴奋过度,病情转重,其儿子瘦清赶回家的机会偷走五面金牌的人,以及最后瘦清在走投无路的情况下,卷走剩下的二十多面金牌,携妻儿远走高飞的行为,让人感觉世风不古,在现代以金钱为中心的价值观念的冲击下,传统的伦理道德业已沦丧。小说通过民间习俗的描写,揭示了社会文化的变迁,也表现了对于传统价值的理智上的舍弃和感情上的不忍。

　　婚俗和葬俗曾是台湾新文学早期作家批判的重心之一。到了 70 年代前后,随着社会的演进,婚俗似乎有了一些进步,纳妾、童养媳、买卖婚姻等现象已消失或减弱。胡台丽作为人类学者,对于台湾的民俗风情有着特别的观察和兴趣,其小说《媳妇入门》除了上面已提及的有关节庆习俗的叙写外,重心还在对于乡间婚俗礼仪的描写。从男女主角都在工厂做工,能自由恋爱以及男方父母放任其未婚先孕等情节,可以看出社会已经或正在转型,但民间其实仍保留着诸多传统的习俗,与闽南一带的风俗仍十分相似。如需请"地理先"(地理择日师)选定吉日。提亲时如能得女方首肯,即套上男方带来的金戒指为信。女方仍会索要聘金,但多会将全数或大部分用来购买嫁妆,经济情况比较好的家庭,嫁妆的价值往往会超过聘金。嫁妆到了男家,虽然可供大家使用,但所有权是属于新嫁娘的,以后分家时可以带走。没有嫁妆对任何一方都是很没面子的事。小说中男方家里希望嫁妆能包括四声道音响或大冰箱、沙发椅、女用摩托车等。为筹备婚礼,新郎花四千元定做了一套西装和一双皮鞋,新娘自己买布,请"街仔"的裁缝店为她特制一件粉红色长及地的礼服,和数件新婚期间换穿的衣服,然后返家等待男方前去迎娶。父亲忙着印喜帖子要儿子寄送给住在远处的亲戚朋友。至于同村人,只要新郎家表示希望热闹,他们多会在婚礼前一天或当天自动送礼金来,届时再发帖子。父亲预计请 30 桌,酒席由村子里的阿泉夫妇包办。完聘需要的物品除礼饼七百个、猪半只、鲢鱼 13 尾以及鸡、香肠及牲礼另外订购、准备外,其余都请"店仔"代买:包括礼炮、礼香、连炮、寿金、米粉,香菇、鱼翅、罐头等。完聘礼一共支出两万多元。婚礼那天男方共租了 3 部车(新娘车、货车、游览车)

前往迎娶,货车用于载聘礼到女方家,并载回嫁妆。喜宴上人声沸腾,杯盘交叠,宾客吃饱、喝足方散。清点礼金收入,减去酒席的开支,还有两万多盈余。不过这和标会差不多,以后要归还的。可以看出,这时与二三十年代相比,风气已较为开化,虽然还有聘礼、媒婆以及铺张浪费等现象,但其封建性、迷信性已大为减弱。这些习俗其实产生于民众希望生活好一些的良好愿望,有其某种程度的合理性。而作者对于这些习俗持细致观察,如实叙述的中性态度,并不加以激烈的批判。

与婚俗相比,葬俗更多地成为作家笔下的题材。其中有个原因,即闽台的葬礼祭仪特别繁多隆重,而这与闽台固有的信巫好鬼的风气有关。阿盛在《风水听闻录》中写道:台湾人一向很注重"风水"之术,自古至今皆然。有句俗谚:一命二运三风水;另一说是:一命二运三风水四德行五环境,"风水"仅被列在凡人无法违拗的"命运"之后,可见人们重视的程度。风水之术在福建特别流行,福建和台湾有句俗谚完全相同:要生就生在苏杭,要死就死在泉州。意思很明白,苏杭地区庆生贺典极多,泉州则丧礼祭仪隆重。台湾汉人沿袭旧乡风俗,那是必然。①

黄春明的杰作《锣》中对于葬俗有诸多描写。小说的主人公憨钦仔"失业"后,想要挤进茄苳树下等着帮忙葬礼、俗称"啃棺材板"的"罗汉脚"的行列,而"罗汉脚"们也正因为连续多天没有人办丧事而一筹莫展,这时憨钦仔提醒大家一个民俗说法:棺材店如果没生意,只要用扫把头敲打棺材三下,隔日就有人来买棺材。他并亲自试行了一下,果然应验。这当然只是某种巧合而已,憨钦仔过后却颇为内疚,以为自己害人性命。小说通过这样的细节写出乡土人物求生存的挣扎以及尚未泯灭的善良本性。

季季的《拾玉镯》涉及了"捡骨"(亦作"拣骨"、"拾骨")的风俗。这一题材从清代起就未脱离闽台文人的视线。光绪间文人黄逢昶为其一首《台湾竹枝词》加注道:"闽中风俗,人死埋葬后,必拣骨于瓮坛。富者,用石灰窑砖封于土面;贫者,即以瓦瓮置诸山中。若不如是,其心不安,无颜对亲友……若乡间愚民,虽选经地方官出示严禁,习俗移人,今犹如故。"② 说明这

---

① 阿盛:《五花十色相》,台北:九歌出版社 1996 年版,第 136 页。
② 黄逢昶:《台湾竹枝词》第 55 首,见雷梦水等编《中华竹枝词》第六册,北京:古籍出版社 1997 年版,第 3949 页。

种习俗在清代就曾遭到儒家正统文人的反对。新文学作家赖和则认为看风水的迷信行为是出于想要发财的侥幸心理,而家里没有死者可葬的人,则通过洗骨迁葬,重拾失去了的希望。直到日据后期吕赫若的《风水》,才涉及了"洗骨"习俗的慎终追远的意义。到了20世纪70年代的部分台湾乡土文学作家笔下,"捡骨"已不再是一种遭人抨击的封建迷信习俗,反而成为一种维系传统道德于不坠的良善习俗。《拾玉镯》是其中比较典型的例子。

小说写道:上一辈人中仅存的、带着白痴的独子留守农村老家的三叔,准备在农历六月三十日那天为曾祖母捡骨,希望后辈子孙都抽空回来祭拜。小说中的"我"接到三叔的电话后,急忙与同在台北工作的大哥、堂兄、堂妹等联系,但他们都兴趣缺缺,推托搪塞,堂妹甚至说:我们女的都是泼出来的水,捡骨的事,该他们男的去管,而且天热路远,恐怕还得花不少钱。这种情况使"我"颇为后悔和担心,因"我"为了抚慰三叔的苦心,曾写信说在台北的几个人到时一定会回去,这几乎成为一张难以兑现的"空头支票"。出乎意料的是,最后大家竟无一缺席地坐上大哥租来的汽车,结伴还乡。原来堂妹听银行的同事说,曾祖父是个有钱人,猜想曾祖母会有大量的陪葬,大家对于返乡的由冷转热,其实是冲着陪葬品来的。堂妹一语道破天机,却使"我"起了一身鸡皮疙瘩。来到老家祖宅,三叔领着大家去看曾祖母的遗骨,堂妹迫不及待地问起曾祖母的陪葬物。三叔倒出一小堆和着泥沙的耳环、戒指、镯子等,它们仅是银的或铜的,最后摸出一只暗绿色的玉镯,告诉大家,这是当年曾祖父到大陆游历时,买回来给曾祖母的,曾祖母很喜欢它,过世时还戴着它。开珠宝店的堂妹内行地惊叫道:"大陆的玉镯,很值钱哪!这只至少值10万!卖了钱,我们大家分。"三叔一听,勃然大怒:"我还没有穷到那地步,要靠卖祖先的遗物吃饭!"12点进祠堂祭拜时,三叔忽然要大家都跪下,好好向曾祖母忏悔。三叔大哭出声,走到神案前,把那支玉镯放在曾祖母的灵位上。那只玉镯映着金色的烛光,正放出一种让人无法逼视的巨大光芒。这光芒象征着作者在世风不古,人心丕变的时代,对于慎终追远的民俗和重视亲情的传统价值的肯定。

台湾乡间戏剧演出的盛衰变化,也是这时候乡土文学作家热衷描写的题材。台湾乡村祭祀仪式繁多,每逢节庆,常要请戏团来村里演出,这已成为最常见、也最重要的民俗之一。然而,随着社会的变迁和转型,采用闽南话演唱的歌仔戏等传统戏剧已逐渐没落和变质。洪醒夫的《散戏》即以此为题材。歌仔戏原本深得民众的喜爱,曾有其辉煌的时代,传统剧目有秦香莲、精忠岳飞、七侠五义等。某种意义上说,它是将忠义孝悌等传统道德人伦教育直贯民间底层的良善习俗。然而在当前,却由于流行歌曲、色情舞蹈以及电视连续剧等的冲击,失去了观众,戏团难以为继。也曾有跑江湖的卖药郎中,给剧团出了一个"蜘蛛美人"的点子,但收效不大;有时演员被迫唱流行歌曲以招徕观众,使演员深觉屈辱。最后戏团老板金发伯要求大家拿出精神,演好最后一场戏,然后将剧团解散。小说的主题在于揭示传统民俗在工商社会中的沦落,为歌仔戏在现代社会中的式微抹上一层悲壮的色彩,唱出一曲令人心酸的挽歌。

台湾的乡土人物大多有像爱惜生命一样爱护、珍惜土地、耕牛等生产资料的秉性和习俗,因为生产资料是他们按照传统的生产生活方式生存的命根子。洪醒夫的《吾土》写出了农民对于土地的热爱——日据时期冒着生命危险在日本人的枪口下开垦土地,现在因为患肺结核,儿子们为了筹措药款,将土地全部卖光了,两个老人知道了,为了不拖累儿孙,上吊自杀,演出了为土地而殉身的一幕。至于"牛"及与之相关的牛车,则更经常成为台湾作家的题材。清代文人的风土杂咏诗中,就已常可看到有关"牛"及"牛车"的描写,日据时代台湾新文学作家也不乏以此为题材甚至题目的作品。70年代又可看到王祯和的《嫁妆一牛车》、洪醒夫的《跛脚天助和他的牛》等。廖蕾夫《隔壁亲家》也以农民不得已卖掉最心爱的生产资料——牛,作为贯穿小说的线索,不过主题却在传统和现代价值的摩擦和碰撞。石龙伯生了三个"后生"(儿子),并拥有一甲多的水田,而粗皮雄仔却生了三个"查某团"(女儿),家里只有三分旱田。照理说,石龙伯田多丁壮,一定比粗皮雄仔发达。没想到时代不同了,石龙伯的三个儿子,一个在家种田,一个在台北车站当贩卖车票的"黄牛",最小的读大学中文系,使石龙伯为筹措学费而卖掉心爱的、也是村子里仅存的一头耕牛。雄仔的三个女儿,一个入赘了一位公务员,帮父亲找了一份乡公所的固定工作;一个在成衣厂工作,半年的薪俸就胜过种一甲水田;更有二女儿在台北当应召女郎,给家里寄来丰厚的新台币,加上水田禁建,而旱田却成为建筑公司的抢手货,卖了一笔好价钱,盖起了村子里第一栋大楼房。石龙伯做梦也没想到,生三个儿子、老老实实种一甲半水田的自己,与生三个女儿栽三分旱田、让女儿当应召女的粗皮雄仔相比,竟然样样皆输。小说旨在揭示传统价值在现实生活中已难敌摩登价值。小说最后写了一件让石龙伯露出笑容的事:石龙伯的儿子天保探听到粗皮雄仔的当应召女的女儿的电话,将她招来旅店,完事后才摘下墨色镜,使粗皮雄仔深感屈辱。不过,这充其量只是阿Q式的泄泄气,自我安慰而已,并不能改变石龙伯整体上败给粗皮雄仔的态势。

虽然上述作品题材和切入的角度不一,但通过民俗描写揭示传统价值观念在现代工商社会中的败退,却是共同的主题。到了20世纪末,台湾迷信之风复炽,相面、星座、符咒、预言、命相卦算、占星通灵之术,数字的玄机、人间的巧合、"活济公"指点六合彩明牌、催眠探究"前世今生"等等,五花八门,充斥街头巷尾。这既有时代的原因,当然也与闽台地区固有的信巫好鬼的风气有关。如星座之说,固为西洋星相术的流入和影响,但它的盛行,也与台湾本身的迷信习俗不无关系;至于怨咒符箓秘术等,源于中国道教,属"土产",则与福建习俗有很大关系。阿盛曾有《破衫教奇事》一文,叙写有关台湾"破衫教"的传说。信该教者多属匠作,为人建屋,动工期间须好礼相待,否则他弄些符画咒念小手段,能使日后屋主麻烦不断。习此秘术者须发誓,一旦用术,终身不得穿好衣服,故称"破衫教"。清朝光绪年间,有一富豪建房,主人颇为和气,但其悍妻苛刻过甚,一婢偷食米糕,遭毒打几死。新厝覆瓦之时,一自称老匠首徒的年轻人来顶工,工艺极好,完工后即以工资赎换遭毒打之婢。此后房主一家屡遭变故,一人发狂,二人横死,三人入狱,四人夭折,家业破落衰败。20世纪70年代,该房因修路而拆除,掀瓦得纸人十,另有一尺许黄纸,其上有符画,并有"一狂二横三牢四夭"等字,以及立咒者愿自折寿十年以换取咒符灵验的誓言。以现代科学眼光来看,此事之虚妄自不待言,但作者言之凿凿,并称亲眼所睹。此秘术源自中国道教,而工匠之习此秘术以求主人的善待以及报复泄恨,在旧社会闽南一带也颇为盛行。此习俗大概直接由福建传入台湾,并为一些人深信不疑。

台湾许多比较特殊的民间习俗都与大多数台湾民众的"原乡"——福建关系甚密。当代台湾许多文学作品,虽然未必直接叙写民俗,但其立意、情节设计等,无形中也反映了某些民俗的存在和特点。如闽南人和台湾人家庭中常存在严重的婆媳矛盾,年轻女性受到婆婆的欺压,后来自己"熬"成婆婆了,就依样画葫芦地欺压自己的媳妇,这种情况十分普遍。在许多小说中,如朱秀娟的《女强人》,就对此多所描写。郭筝曾写有《上帝的骰子》一篇,其意蕴与阿城的《棋王》或有类似之处,但他写的却不是"棋",而是为赌博所着迷的人物。这与台湾的赌风有关,而台湾的好赌习俗,却又与闽南晋江一带的风气一脉相承。著名台湾戏剧大师姚一苇曾写有《大树神传奇》一剧。学者认为,在民间信仰中,有所谓杂祠(古称淫祠)。台湾地区之杂祠主要包含两大类,一为各地之大众爷、义民爷等无祀孤魂祠,祭死而无后及为物所害者;另一为毫无根源之大树、石头等祠。大众爷之祭,尚有悲天悯人之意在,至若各地之石头公、松树公、刺桐公等,则多好事者渲染附会而出,纯属迷信。① 显然,姚一苇笔下所谓"大树神"亦属此类。该剧写两个在垃圾场相遇相识的穷朋友,在穷途末路之际,得偶然机会而大发横财,此后却又双双破落,几经起伏,遂将他们相遇的那棵大树尊为"大树神",祈望得到神灵护佑,发财致富。剧本反映了资本主义社会中人的沉浮不定和精神失落,不得不乞灵于渲染附会的神祇。剧本的立意深刻,构思巧妙,而所谓"大树神"的灵感,或许就来自台湾民间信巫好鬼之习俗。不过,就连这种杂祠淫祀风气亦由来已久,别有源头。丰州(今属泉州南安)吴增《泉俗激刺篇·多淫祀》有云:"淫祀多无算,有宫又有馆,捏造名号千百款;禽兽与水族,朽骨与枯木,塑像便求福。"② 清道光年间编纂的《厦门志·风俗记》更早就写道:"邪怪交作,石狮无言而称爷,大树无故而立祀,木偶漂拾,古柩嘶风,猜神疑仙,一唱百和,酒肉香纸,男、妇狂趋。"③ 可见杂祠淫祀之风,其根源亦在闽地。

第五节　闽南方言在台湾文学中的应用

一、闽南方言的历史渊源及其与普通话的辩证关系

台湾文学中的闽南方言运用是最能体现闽台文化密切渊源关系的一个方

---

① 蔡相辉:《台湾的祠祀与宗教》,台北:台原出版社 1989 年版,第 158~160 页。

② 转引自陈盛明:《从〈泉俗激刺篇〉看清末泉州社会黑暗面》,《泉州文史》第 5 期,1981年 10 月。

③ 周凯总纂、厦门市方志办整理:《厦门志》(清道光十九年镌),厦门:鹭江出版社 1996版,第 516 页。

面。这是因为语言往往承载着使用该语言之人群的诸多文化信息，打上了某种特定文化的深刻烙印。美国语言学家萨丕尔（Edward Sapir）曾说过：语言"不脱离文化而存在，就是说不脱离社会流传下来的，决定我们生活风貌的风俗和信仰的总体"[①]。中国学者也指出："主体——人在操用一种语言进行文学批评的叙事时，这种语言往往把主体浸润于产生这种语言的文化背景及价值判断中，所以批评主体的自我判断在这里只能奴役为一种附加值，陪衬着语言的文化价值共同奏效。"[②] 这里讲的虽是"文学"的批评，但对于进行着"社会"的批评的文学作家而言，也是适用的。也就是说，作家采用什么语言进行创作至关重要，因为语言把作家置身于与这种语言相对应的文化背景及价值判断中，作者的自我判断必然受其影响。这样，台湾作家在其创作中采用汉语及其地方形态——闽南方言进行创作，也就必然与使用这种方言之地区——闽台地区的文化，有着密不可分的关系，必然处处显露出与这种语言相关的"文化背景及价值判断"。

如果说得通俗点，那就是："三百多年来粤闽移民，尤其闽南移民从祖籍地带去的风土民情、宗教信仰、生活习惯、语言文化等，仍在台湾代代相传，成为民众生活的主要组成部分。这些乡土民俗和民间文化往往与闽南方言有千丝万缕的联系。为了鲜明地展现它们的内容和特征，乡土作家在创作中有必要直接用闽南方言予以表现。"[③]

另一方面，连横很早就对"台湾之语"（主要指在台湾广泛流行的闽南方言）的来源有深刻的剖析："夫台湾之语，传自漳、泉；而漳、泉之语，传自中国。其源既远，其流又长……余以治事之暇，细为研究，乃知台湾之语高尚优雅，有非庸俗之所能知；且有出于周、秦之际，又非今日儒者之所能明，余深自喜。"[④] 对此，厦门大学的方言研究学者理出了更清晰的脉络：闽南方言的形成与闽南人的历史休戚相关，今天的闽南方言区早在秦汉之际就有中原汉人移居，此后"五胡乱华"、"永嘉之乱"、唐五代等时期，更有成批汉人从中原迁

---

① 萨丕尔：《语言论：言语研究导论》，陆卓元译，北京：商务印书馆1985年版，第186页。

② 引自杨乃乔：《译者序：从殖民主义到后殖民批评的学缘谱系追溯》，巴特·穆尔－吉尔伯特《后殖民批评》，北京大学出版社2001年版，第5页。

③ 许建生：《台湾乡土小说与闽南方言》，《台湾研究十年》，厦门大学出版社1990年版，第472页。

④ 连横：《台湾语典·自序（一）》，《台湾文献丛刊》第161种，"台银"1963年版，第1页。

入福建。这些闽南人的祖先,绝大多数来自河南,他们带来了不同时期洛阳一带的中原汉语,跟当地原有的语言和方言结合在一起,逐渐形成了闽南方言。客家人习惯上称闽南人为"河洛人",称闽南话为"河洛话"便是这个缘故。时至今日,古河洛话在洛阳本土已变得面目全非了,而它的一些基本特征却还保留在今天的闽南话里,成了闽南人根在中原、闽南话源于中原汉语的力证。例如,闽南方言的语音系统保留了较多的古音,并明显地表现出其形成发展过程中不同的历史层次,其中既有秦汉上古音的残余,又有隋唐中古音的保留,还有历代语音的变异。这些正是不同历史时期的北方中原汉语在闽南话中留下的痕迹。在语法方面,闽台两地都将"公鸡"、"母鸡"说成"鸡角"、"鸡母","公猪"、"母猪"说成"猪哥"、"猪母",其语素的排列次序与普通话正好相反。这种被修饰成分在前,修饰限制成分在后的现象,正应合了汉藏语系中大多数语言的词序,很可能是远古汉语语序的残存。至于像"食饱也未?"(吃饱了吗)、"好势无?"(行不行)、"伊较悬我"(他比我高)等这样一些与当今普通话不同的特殊句式,也是古代本有的用法。①

当代台湾文学评论家吕正惠对于汉语"书同文"、"言殊方"特征以及方言与普通话辩证关系的论述,即基于这种古汉语的播迁历史。他认为:"书同文"的形成,其实是"文化中心区"逐渐往各处扩散的结果。"文化中心区"是文明的主要创造者,它的文明影响到各方言区,各方言区的特殊文明也可以被吸收到"文明中心"里,而成为"文明中心"的一部分。所有这种文明的产物,基本上是以"书同文"的"文"(古代所谓"雅言",现代所谓"官话"、"普通话"、"国语")而非方言来记载的。因此不论何方人士的语言现实中,属于各方言的独特部分反而比较小,而属于"雅言"或"官话"记录的部分反而比较大。与此同时,吕正惠并不偏执一端。他指出全中国"言殊方"的实际存在,强调和肯定方言乃"真正最'活'的语言",提倡适当地加入方言以丰富"白话文"。为此吕正惠引用毛泽东关于最活泼的语言就是人民的语言,人民的语言是作家语言的源泉的论断,对大陆作家常将各地方言"腔调"融入普通话,以各具特质的普通话并列组合成五彩缤纷、众声齐鸣的普通话整体的情况大加赞赏。他指出:普通话和方言应该是一种"互相交往"的辩

---

① 陈荣岚:《闽南方言与闽台文化溯源》,《厦门大学学报》(哲社版)1995 年第 3 期。

证关系。方言是"活水源头",透过它们的供应与支援,普通话一直处在"成长"和扩大之中;反过来讲,方言也可以从普通话里吸收到"中心文明"的养分,丰富自己的词汇和内容。①

以此对照大多数台湾文学中闽南方言运用的语言现实,是若合符节的。

二、台湾新文学作家的方言词汇、句法运用

日据时期台湾新文学中对于方言的运用十分普遍。据统计,钟肇政、叶石涛主编的 8 卷本《光复前台湾文学全集》汇集了 1922 年至 1945 年期间数十位乡土小说家的重要作品 176 篇,其中就有 103 篇作品运用了闽南方言。不过,正如吕正惠指出的,基于"书同文"的传统,不论何方人士的语言现实中,属于"雅言"或"官话"记录的部分(即当时所称"白话文")会比较大,而属于各方言的独特部分反而比较小,因此,日据台湾新文学作品中,并未见通篇使用方言写就的,大多作品都是局部地使用方言词汇和个别特殊语法,其中在人物对话中使用较多。台湾学者许俊雅曾对此加以列举。例如:

赖和的《一杆秤子》中有:秤花(秤的度目),规纪(规定、纪律,特指约定俗成的行规等);《不如意的过年》中有:反转(反而);《棋盘边》中有:暗头(黄昏日暮),麻雀(麻将),滚水(开水),浅拖(拖鞋),茶古(茶壶),头壳(脑袋),大汉(个子长高了),目瞤(眼睛),讲无空(无稽之谈),趁食(讨生活),好空(好事,好运气),等等。

一村(陈虚谷)的《荣归》中有:目油(眼睛受到烟气等刺激流出的泪水),家伙(家产);《他发财了》中有:不赴(来不及),惊死(怕死);《无处申冤》中有:揬揬(凸出貌),家私(家具),生成(天生的面貌或性格);《放炮》中有:吃了了(吃得一干二净),趁烧(趁热),称采(随便),等等。

守愚的《谁害了她》中有:较紧(催促人快一些、赶快),乞食(乞丐),随在你(随你便),专工(特地、专程),心适事(新鲜好玩的事);《颠倒死?》中有:好狗命(幸运),刁意故(故意),头嘴(人口),活要(简直要),定着(的确),夭寿团仔(骂人话:短命鬼),险险(差一点),注死(注定要发生的坏事),

---

① 吕正惠:《台湾文学的语言问题》,《战后台湾文学经验》,台北:新地文学出版社 1992 年版,第 100～101、104～105、107 页。

着惊（受了惊吓），过较死（更糟糕），白贼（说谎），歹空（遭遇不祥，发生不吉利的事），这过（这次），凸毛管（毛发竖立），偷工（专程，特地），等等。

杨云萍的《光临》中有：厝角（屋角），二矸（二瓶）；《黄昏的蔗园》中有：下晡（下午）；《秋菊的半生》中有：也是（或是），等等。

郭秋生的《死么？》中有：吞忍（忍耐），内面（里面），生做（长得），肢骨（骨架），路用（用处），身躯（身体），物件（东西），教示（教诲）；《鬼》中有：减食（少活），着痧（中暑），没的确（说不定），和的（幸亏），斟酌（注意），半暝（半夜），一过（一次），等等。

朱点人的《岛都》中有：同款（一样），不甘（舍不得），专工（特地），闹热一煞（热闹一结束）；《纪念树》中有：外家（娘家）；《安息之日》中有：横直（反正），牵成（提拔，帮忙、照顾使其成才），打拼（奋斗），好尾（好结果），走（跑）；《脱颖》中有：痛（疼爱），目头（眼眶），扫涂脚（扫地），不晓衰（不害臊），青笋笋（面色惨白发青），头犁犁（头低低的），目箍（眼眶），滚水（开水），激心（伤心），激气（赌气），听嘴（听话），受雨渥（淋雨），无闲（忙碌），免秘思（不要不好意思），心肝雄（狠心），险（差一点），细汉（小时候），等等。

蔡秋桐的《四两仔土》中有：水螺（汽笛），越头（转头），打损（浪费），亲像（像），真害（真糟糕），炊粿（蒸年糕），孔脚蹻（脚踩不稳跌到），外口（外面），伸（剩），等等。

王锦江的《老婊头》中有：来去坐（等于"来坐"，即邀请人家到家里坐），食饱未（吃饱了吗？），等等。[①]

日据时代台湾新文学作品中频频使用闽南方言词汇和句法，大概有如下几个原因：

一是闽南方言为当时台湾新文学作家之"母语"，他们从咿咿学语时起，就用闽南方言思维，加上当时中国新文学初起，白话文尚未规范和定型，因此有些台湾作家自然而然地直接将其采用闽南语的思维付诸笔端。其中有的可能参照民间歌谣、戏曲、"歌仔册"上普遍使用的闽南话书面语；有的则直接根据其发音，用上自己觉得最合适的汉字。后者似乎更能证明作者是用闽

① 参见许俊雅：《日据时期台湾小说研究》，台北：文史哲出版社1995年版，第498～544页。

南方言思维的,如"扫涂脚"(扫地)、"不晓衰"(不好意思)、"刁意故"(故意)等,如果作者不是直接用闽南语思维,是不可能出现这样的词汇的。

二是为了文学的大众化,使文学能更好地为平时用闽南语交流的广大台湾民众所接受,发挥其启迪民智的作用。这或许就是 20 世纪 30 年代初黄石辉、郭秋生等提出"台湾话文"口号的重要原因。当时世界性左翼文学大众化潮流蓬勃发展,在中国大陆也同样有文学大众化的呼声。虽然朱点人、王锦江、林越峰、廖毓文、林克夫等人对"台湾话文"的提倡持有不同意见,但在他们的实际创作中,亦间用闽南语,尤其是下层人物的对话,为符合其身份,切合其语言实际,达到口吻之逼真,更大量采用闽南话。

三是为了保存民族的语言,具有对抗日本强制台湾人民使用日语之同化政策的意义。正如连横自己所表白的,他之所以孜孜以求地考察"台语"(闽南话)的古汉语来源,乃"余惧夫台湾之语日就消灭,民族精神因之萎靡,则余之责乃娄大矣"①。

使用闽南话的这种民族主义意涵,甚至到了 20 世纪 70 年代新一波的乡土文学高潮时仍存在着。陈映真曾写道:"从历史上看,'乡土文学'是抗日文化运动中提出来的口号。由于深恐中国文学在殖民地条件下消萎,由于中国普通话和闽南话方言之间的差异,由于日治时代台湾和大陆祖国的断绝,当时,伤时忧国之士,乃有主张以在台湾普遍使用的闽南话从事文学创作,以保中华文学于殖民地……当然,今天情况已有大的不同,但相对于过去'乡土文学'有强烈的反日本帝国主义的政治意义,今天的作家,也在抵抗西化影响在台湾社会、经济和文化上的支配,具有反对西方和东方经济帝国主义和文化帝国主义的意义。"② 如果说二三十年代是为了"大众化"或作者习惯于用方言思考而多用闽南语,那 70 年代乡土文学则多是为了增加作品的乡土色彩而有意、自觉地使用。

70 年代台湾乡土文学的闽南方言使用,最常见的是叙述语言采用比较规范的现代汉语普通话(个别时候夹杂台湾特有的用语),而人物对话则采用方言以适合于人物的乡土身份。像王祯和《嫁妆一牛车》等作品,叙述时采

---

① 连横:《台湾语典·自序(一)》,《台湾文献丛刊》第 161 种,"台银"1963 年版,第 2 页。
② 陈映真:《文学来自社会反映社会》,原载台湾《仙人掌杂志》第 5 期,1977 年 7 月,收入《中国结》(《陈映真作品集》第 11 册),台北:人间出版社 1988 年版,第 21 页。

用了许多古僻怪异的字眼,如"火忙"、"礼多","靓","促急","慢徐","几微","哂乐","腆笑","适才","不类"等,它们并非闽南方言,而是作者自己新造的或独自使用的词汇;不过,在人物对话中,王祯和则采用了颇为地道的闽南方言,有时还插用一些俚语俗话,显得更为生动,如"乌鸦笑猪黑",指嘲笑别人,自己也有同样的缺陷;"生鸡蛋无,放鸡屎有",指好事没干成,却把事情办砸了,相当于成事不足,败事有余;"饲老鼠咬布袋"喻对人施予恩惠反遭其害;等等。

　　年轻的乡土文学作家也大多延续着叙述时用普通话,乡村人物的对话全用或杂用闽南话的方式。对话完全采用闽南话的如蔡素芬的短篇小说《心经》,连说话的语气词都用拟声的字表现出来。如:

　　　　啊,说甲我的头壳实在有够坏,连今啊日礼拜叨忘记吓。啊汝哪赫呢乖,歇瞑就帮煮饭。

"啊汝哪赫呢乖"的意思为"你那样乖","啊"、"哪"、"呢"都是语气词,又如:

　　　　说佳阿亚伊娘我卡想到,伊现在真没闲啊。

　　　　啊是在没闲啥?①

"说佳"的意思是"说到",但在闽南口语中"到"字被轻化了。像这样连说话的语气、语调特点都力求拟真地写出来,可说是这位年轻作者的新颖尝试。然而,更为多见的是部分地采用闽南方言。试举几例。蔡素芬长篇小说《盐田儿女》中的人物对话:

　　　　明玉伊替厝内做了不少事,艰苦也吃到了,今日要嫁,不应苛薄,免将来给那头的人看无。

　　　　金银首饰明玉是一样无,伊也从没要过,不管男方送啥来,我们起码要给伊准备两条项链,几只戒指。②

这里除了"伊"、"厝内"等少数字词属于方言外,其他的都是普通的汉语词汇。然而这两句话又可说是货真价实的方言,就是因为它们在语序、用词的简繁等方面,有不同于汉语普通话,却又和方言相吻合的地方。如闽南方言喜欢将宾语前置,像对话中将"也吃过苦"说成"艰苦也吃到了";在闽南方

---

①　蔡素芬:《心经》,司马中原等编《文坛新锐》,台北:骏马文化公司1987年版,第146页。

②　蔡素芬:《盐田儿女》,台北:联经出版公司1994年版,第153页。

言中,"无"字可用于句末,甚至当宾语,如"免将来给那头的人看无"、"金银首饰明玉是一样无"等。另外,闽南方言较少见"得"、"的"等助词,整个句子显得比较简练。因此,尽管没有多少方言词汇,但整个句子读起来,仍充满着方言的味道。又如萧丽红《千江有水千江月》中的一段对话:

> 她三舅因看了提蓝一眼,说她三妗道:
>
> "你不会多装一个篮仔啊?从前说是还小,如今可都是大人了;阿仲昨日站我身边,我才看清楚他都快有我高了;十岁吃一碗,廿岁也叫他吃一碗啊?你弄这几个,叫他们母子一人咬几口?"①

这句话中只有"篮仔"、"阿仲"等词勉强可说是方言词汇,但整句读来,仍觉很有方言味道,原因在于作者仿照闽南话的语气,省略了若干副词、助词。按照比较规范的普通话,像"阿仲昨日站我身边","站"字后面应加一"在"字,"你弄这几个"的"弄"字前最好加上一"只"字,但都被作者有意地根据方言习惯加以省略了。又如,作者尽量按照方言的习惯,以口语词汇句法代替一些文绉绉的书面语词汇和句法。像"我才看清楚他都快有我高了"的"看清楚"如改成"发觉",也许会更文雅一些;"叫他们母子一人咬几口?"如改成"他们母子一个人能够吃上几口呢?",也显得更符合现代汉语规范。不过如果真的这样一改,方言的语感、味道尽失。由此可知,有些台湾作家运用方言增加乡土韵味时,并不重在使用方言词汇,而是注重语法、语气、语感方面的经营,力求整句话读起来具有方言的韵味即可。这样既不会造成不同方言区读者的阅读障碍,又能传达出作者所努力经营的乡土文化气息,不失为台湾乡土文学运用方言的一种较好的方法。

三、俗谚、歌谣等展现的闽台文化灵魂

台湾文学在运用闽南方言时,得助于民间流传的歌谣、讲古、歌仔戏脚本等闽南话文字记录。因为不少方言本是有音无字,过去所能见的文字处理,大约是在台湾民谣、台语流行歌、台语谚语、四句联以及歌仔戏、布袋戏、闽南语广播剧、讲古等的脚本或讲本中,虽然它们属于不需要公开的文字记录,但毕竟提供了方言文学创作者锤炼其比较准确和合理的文字记录方式的依凭。

---

① 萧丽红:《千江有水千江月》,台北:联合报社 1981 年修订版,第 243 页。

不过,歌谣和俗谚等的意义更在于它们往往十分真切地展现该人群的某种"文化灵魂"①。胡适在特地为重新出版的《海上花列传》所写的《序》中称:"方言的文学所以可贵,正因为方言最能表现人的神理。"② 高尔基则认为,歌谣、谚语、寓言等能最鲜明地体现出某一区域广大群众心理状态特征,他并断言:"民间文学是人民的心灵。"③

日据时期台湾新文学作品对于民间俗语、谚语等有颇为频繁的使用。赖和的《斗闹热》就采用了若干民间俗谚。如"囝仔事,惹起大人代",意谓小孩子的纠纷,引起大人间的争斗。闽台民间的人群、帮派、族群的争斗乃至分类械斗历来颇盛,成为一社会痼疾,有时就因本有宿怨,后因一件小事作为导火索而爆发,这种小事有时只不过是小孩子之间的争吵纠纷,却蔓延成大规模的争斗。这句俗语某种程度上反映了闽台的这一社会文化现象。"俭肠捏肚也要压倒四福户",意谓再怎样节食缩衣,克勤克俭,也要赢过那些富贵人家,透露了闽台贫苦的底层民众的"强项"性格以及所秉持的"爱拼才会赢"的信念。"狗屎埔变成状元地",指原来是狗拉屎的荒地,顿时都变成了黄金地皮,这或许也反映了闽台地区较快的社会变迁,与中国内地不大一样。

另一位日据时期重要的小说家朱点人也经常采用俚谚。如《脱颖》中的"立着位较好识拳头",一方面反映了闽台地区多械斗纠纷,因此"识拳头"(会武术)的有一定的地位和势力;另一方面,也说明了闽台和中国其他地区一样,更重要的是要有官位权势。"作算吃人一斤,也着还人八两",意谓得到人家的好处,也要给人家一定的回报,不能白占人家的便宜。福佬人沾染海洋文化气息,善于商业经营,在商业活动中,须讲究诚信,礼尚往来,平等竞争,如果欠人家的人情,有机会就要还给人家。"先生缘,主人福","也着人,也着神"(指生病要靠医生,也要靠神明)等,透露了生病求神甚于求医的习俗。

此外,像"别人的子,死没了"(张庆堂《鲜血》),字面意思是"别人的孩子,还没死光",亦即对自己的儿子会疼惜,对别人的儿子则不管其死活,甚至

---

① 此处借用斯宾格勒的概念,用于指称某一区域文化区别于另一区域文化的主要精神特征。参见斯宾格勒:《西方的没落》,哈尔滨:黑龙江教育出版社 1988 年版。

② 胡适:《〈海上花列传〉序》,收入钱谷融主编《近人书话系列》之《胡适书话》,杭州:浙江人民出版社 1998 年版,第 233 页。

③ 转引自[苏]尼·皮克萨诺夫:《高尔基与民间文学》,林陵等译,北京:中国民间文艺出版社 1980 年版,第 141~142 页。

还会幸灾乐祸。这句话反映了闽台人性格上的某种狭隘性和自私性,至今在闽南地区还很常听到,一般用来指责某些人的自私行为。"鸡屎落土,吗有三寸烟"(守愚《颠倒死》),"吗"相当于"也",卑微如鸡屎,落到地上也会腾起一些土尘,为劝人要有志气、要有所作为之语。"没有三尺水,就要扒龙船"(郭秋生《死么》),指羽翼未丰,准备不足,就要干大事,或者好高骛远,不知量力,不知本分,急功近利。这里用闽台常见的民俗活动"扒龙船"作为比喻,富有地方色彩。"一样米养百样人"(涵虚《郑秀才的客厅》),一般用来讥笑一些不良行为或不良性格的人,如投机、背叛等,反映了福佬人社会的某种复杂性。"有生泡输无生泡"(蔡秋桐《四两仔土》),"泡"为"卵泡"的简称,即男性阴囊。此语用于嘲笑男人输给女人,反映了福佬人重男轻女,认为男人一定比女人强的传统观念,同时也反映了求强好胜的性格特征。

俗谚是人们生活经验和智慧的总结,在艺术表现上,则往往简练而又形象化,因此它们的使用实际上具有丰富汉民族语言的意义。杨云萍《黄昏蔗园》里有"软土深掘",意谓欺软怕硬,对于弱小者就敢于大肆欺负。赖贤颖的《稻热病》中有"捏惊(怕)死,放惊飞",嘲讽有的人遇事举棋不定、患得患失、无法拿捏定案。这些俗语都既形象,又警策,随着台湾文学作品进入中国文学的宝库中,可如吕正惠所说的,可为汉民族语言增添新鲜的血液。

到了70年代新一轮的乡土文学创作,频频采用俗谚的特点仍一脉相承。这十分有助于表现闽台传统乡村社会的"文化灵魂"。

廖蕾夫的《隔壁亲家》中,石龙伯被迫卖掉心爱的牛,商人乘机压低价钱,石龙伯死鸭嘴硬地说:"你就是吃我牛没鼻,牛若有鼻我也不卖,既然这样没价钱,那我不卖,饲着看心酸也好。"[①] 这里"死鸭嘴硬"是闽南方言中的一句俗语,指现实中已经失势,但在说话中还要硬撑着一个架势。乡土人物的倔强、不服输的性格跃然纸上。在闽台,与牛有关的俚谚还有许多,如"牛有料,人无料"、"做人着(闽南语"须要"意)拼,做牛着拖"等。乡土小说家往往通过主人公对于牛等农村主要生产资料的深厚感情的描写,表现对于受到冲击、正日益式微的传统农业社会的挽留。

---

① 廖蕾夫:《隔壁亲家》,原载台湾《联合报》副刊1980年11月22~23日,收入《六十九年短篇小说选》,台北:尔雅出版社1981年版,第188页。

又如,乡土文学作品中时常出现一些涉及家庭关系的俗语。洪醒夫《金树坐在灶炕前》这样写道:"俗话说:国用大臣,家用长子,身为长子的天鼠,只觉得这个担子真重,重得使他抬不起头来,往上看,不忍见父母疲于奔命,未老先衰,往下看,不忍见弟妹啼哭于饥饿之时,颤抖于风雨之中……"这句俗语说明的是:闽台一带,多子的贫苦家庭的长子往往要负担起养家的责任。阿盛的散文《厝舅游龙记》中也写道:远古台湾一句老话倒是可以适用于外祖父与厝舅,话是这么说的:"会做父子是前世相欠债。"有时父亲为儿子付出很多,有时儿子为父亲付出很多,但都不必也不会有任何怨言。这些都充分体现了闽台社会的特征。

台湾的民谣主要有如下几个内容。一是与生产劳动,特别是农、渔业生产有关的民谣,其中包括劳动中男女对唱的歌谣,以及反映一般日常生活的歌谣,如《茶山相褒》、《农村曲》、《天黑黑》、《茶》、《牛犁歌》、《丢丢铜仔》、《恒春耕农歌》、《卖菜姑娘》、《补破网》、《三轮车夫》、《安童哥买菜》、《摇子歌》、《雨公公》、《病子歌》、《卜卦调》、《桃花过渡》、《摇团仔歌》、《卖肉粽》、《西北雨》、《农村酒歌》、《杯底不可饲金鱼》等。二是离别、怀乡、闺怨题材的歌谣,表达漂泊无依、孤苦伶仃的处境和心情,如《锣声若响》、《港边惜别》、《望你早归》、《秋风夜雨》、《港都夜雨》、《望乡调》、《思想起》、《思念故乡》、《异乡夜月》、《百家春》、《台东调》、《乞食调》、《雨中鸟》等。三是爱情、相思、失恋题材的歌谣,如《三声无奈》、《都马调》、《我有一句话》、《阮不知啦》、《双雁影》、《四季谣》、《桃花乡》、《满面春风》、《我的青春》、《望春风》、《孤恋花》、《黄昏再会》、《相思叹》、《心茫茫》、《河边春梦》、《春花望露》、《五更鼓》、《六月茉莉》、《初恋思君》、《心酸酸》、《日日春》、《月夜愁》、《月夜叹》等。这类歌谣较多地是弱女子希望男子(情郎)的疼惜,不要变心,或等待心上人的再来。如《白牡丹》自比为花朵,等君来挽(采摘),甘愿给君插花瓶。《碎心花》唱薄情郎一去无回,空留弱女子守孤单,回想初恋情景,怨叹误阮(我)一生。这类民谣在日据时期的台湾产生最多,或许有隐喻成分在内。在台湾,女子本来地位低,传统观念浓厚,因男子多出外"趁食"(工作挣钱),妇女只能在家守空房,而养女、童养媳制度,又造成许多旷男怨女。日据时期,生活更为艰难,许多女子沦落风尘,也是这类民谣增多的因素。而一个更深沉的原因,是当时在日本人统治下,全体台湾人民的处境和这些弱女子十分相似,受人摧残,遭人欺负,就像脆弱的花朵,任人践踏。这些歌谣其实唱出了民众内心的苦闷和怨叹。

最常在乡土文学作品中出现的歌谣有《一只鸟仔》、《思想起》、《望春风》等。如1979年10月出版的林明峪的《廖添丁》,写的是台湾民间传奇式的抗日英雄,其中一节,即以"一只鸟仔号啾啾"为题。廖添丁惨遭日本人的迫害家破人亡,并因不断袭击日本军警而遭通缉,被迫逃离家乡,在清水街仔的一间小店里,听到一个衣衫褴褛的老汉,拉起一把胡琴,咿呀地唱起一首凄切悲凉的歌来:

> 嘿嘿,嘿都一只鸟仔号啾啾,嘿嘿嗬!
> 号到三更一半暝,找无巢,嗬嘿嗬,啊……
> 嘿嘿,嘿都什么人仔甲阮弄破这个巢都呢!
> 被阮掠到不放伊干休,嗬嘿嗬!

这里"号"相当于"哭"或"啼叫","啾啾"为鸟的哭叫声,"阮"为"我们","甲"相当于"把","掠到"即"抓到",嘿、都、嗬、啊、呢等为语气词。这首歌谣主要唱出了家园被毁,离乡背井,漂泊无依的人们的悲哀,也表现了他们与毁坏其家园的入侵者斗争的决心。这首歌谣原产地在闽南,后随着移民传到台湾,其内容也与移民最重要的"家园"问题息息相关,可说是一首闽台版的"流浪者之歌"。移民到台湾的人们,比起一般人有更多的漂泊的经验,更经常遭遇无家可归的境遇,特别是日本据台,台湾民众感受到"头戴日本矮仔番的天,脚踏日本矮仔番的地"的悲苦。这首歌谣因表达了人民的孤苦无依的心情而在台湾流行甚广。

在同一节里,又有稻埕上一群小孩唱起一首讽刺"日本番仔"的童谣:

> 人插花,你插草;
> 人抱婴,你抱狗;
> 人坐轿,你坐畚斗;
> 人睏红眠床,你睏屎学口。

这首童谣用闽南话念起来完全押韵。"人"指的是"我们",即台湾人,"你"指的是日本人,"畚斗"为家庭中扫地装垃圾的容器,台湾同胞将日本人出门所坐的二轮人力车称为"畚斗车","屎学"为中国农村传统的蹲厕,日本人睡在玄关的榻榻米上,台湾民众以"屎学口"蔑称之。童谣表现了台湾同胞对于日本入侵者的蔑视和自觉区隔。

廖添丁后来在台北当苦工,有一次与工友来到艺妲间（艺楼），一名艺妲唱起了流行甚广的民谣《思想起》(也称《思相枝》)

　　思仔想仔起,

　　甘蔗好食伊都双阿仔头仔甜,

　　大某喔娶了伊都丢娶细姨伊伊哎唷喂,

　　……①

台湾著名乡土文学作家黄春明曾在《乡土组曲》一书中对这首民谣加以诠释。他写道:在台湾没有一个人不知道的恒春民谣《思相枝》,就是当时从大陆来开垦的人,晚上围着炭碙,把故乡原有的调子,套入临时编的词唱出来的,大家一想起家乡,你记得什么? 他记得什么? 我又记得什么? 从其歌词的内容和形式,我们不难了解,这是一种怀念的声音。在一两百年前什么都不发达的时代,对一般农民而言,离乡背井远渡重洋,到一个完全陌生的地方开拓荒地,必然遭受许多困境和痛苦,而在这刻苦奋斗的日子中,在内心里并不是没有挫折的。尤其到了晚上,他们比谁都更想家。过去一般中国人的活动范围,如果没有什么战乱或迁移逃亡,家乡就是他们的天地,所以一想起家乡,从哪里开始想都可以,有的从季节联想到作物,从作物联想到收成,从收成联想到男女老幼,想到某一个人……因为过于怀念,每想起一件事情来,都是那么高兴,所以有一点兴奋和惊叹——"啊! 使我想起来了! "② 由此可知,台湾民谣的曲调常是移民从其福建家乡带到台湾,歌词则根据台湾的现实生活而有所变化,反映出与原乡既有联系又有所区别的文化特征。如《一只鸟仔》、《望春风》等表现出的漂泊无依的悲苦,可说是台湾的特殊环境所孕育的、广泛存在于文学作品中的一种情调。

80 年代前后以创作方言诗闻名的向阳,一方面从民谣中吸取方言的文字书写记录方式,并考究其字源词源及古代用法加以必要的锤炼;另一方面,这些用方言传唱或演唱的民谣、戏曲等直接使用台湾老百姓日常语言以及他们喜闻乐见的音韵声调,自然颇能体现真正的民间文化精神,向阳在方言诗中

---

① 林明峪:《廖添丁》,台北:联亚出版社 1979 年版,第 94、101、111 页。
② 黄春明:《乡土组曲》,台北:远流出版公司 1978 年修订 6 版,第 28～29 页。

化用这些歌谣、谚语等,也就能直接切入民间灵魂之核心,表现出闽台文化的乡土性、草根性、边缘性等特征。如闽台民间中有"草蜢弄鸡公"的俗谚和民谣,向阳的方言诗《草蜢无意弄鸡公》即化用之,表现出底层游走小商贩的生活辛酸。这位小贩只是为着"无店面做生理","无摊仔好摆置",只好"货色一包袱,土脚(地上)来展开","四界纵,四界避(四处跑来跑去,四处躲避)",和警察玩起捉迷藏的游戏。小贩表白道:"不过是为着赚淡薄钱 / 亲像草蜢款,阮流动不是恶意 / 不过是为着贪小生理 / 亲像草蜢款,阮藏避是不得已","人客裤袋银票满满是 / 大人取缔阮的生活无可依",更呈露了贫富之间的不平等以及底层乡土人物为求生存的挣扎和无奈。又如《春花不敢望露水》转化于《春花望露》及《雨夜花》这两首流行最广的台湾民谣。它们本就是风尘女子的悲叹调,而向阳的方言诗同样表现了风尘女子为了生存而如花朵萎落于地的悲苦,以及身份低贱而人格高贵,希望得到人们尊重的心声:

> 一蕊花,受风吹落地
> 一蕊花,被雨打落土
> 离枝落地,大街小巷四界旋
> 离叶落土,凄凄惨惨谁照顾
> ……
> 落土花,心事掩盖红尘下
> 无需要你追问阮身世
> 无需要你怜悯阮落地
> 只要你尊重,爱惜这蕊花

再如,《一只鸟仔哮无救》模仿民谣《一只鸟仔哮啾啾》的突出特征,用"嘿,嘿……"开头,化用小鸟找不到巢的意境和主题,用来描写一位政客四处演说,却得不到人们支持的窘境,可说恰到好处。《杯底金鱼尽量饲》的蓝本为台湾乡土歌谣《杯底不通饲金鱼》。题目意为喝酒要干杯,"不通"相当于"不可"。这首方言诗化用流行的民间歌谣将某种民间情趣表达无遗:"杯底不好,不好用来 / 饲金鱼……一杯搏感情,二杯套交情 / 三杯落腹,朋友兄弟免议论 / 四逢四喜,爽快上值钱 / 饮落去看觅,杯底无金鱼"。[①] 完全是豪

---

① 向阳:《土地的歌》,台北:自立晚报社1985年版,第03～105、107～108、111～114、116～1171页。

爽粗犷的江湖漂泊人的口吻,充满闽台特有的乡土气息。

四、台湾、闽南、中原——闽台方言的流与源

如前所述,历史上中原汉人不同批次地迁入福建,他们带来了不同时期洛阳一带的中原汉语,与当地原有的语言和方言结合在一起,逐渐形成了在台湾被称为河洛(福佬)话的闽南方言。当洛阳当地的语音已发生变化时,福建的方言却仍保留着许多中原的古音。这就是为何唐诗用闽南语来吟诵更为押韵的原因。台湾的人口构成中,以闽南移民占绝大多数,这些移民代代相传的也正是闽南语。因此,当前所谓"台语"其实就是闽南语,而闽南语的根在中原。

所谓"台语"就是闽南话这一论断,除了语音的相同外,民间谚语、歌谣等的相同或相似,也是重要的佐证。从曾阅编著的《闽南谚语》① 一书中,可以看到许多在台湾文学作品中也经常出现的俚语俗谚,说明闽台方言的相通性,如:"饲老鼠啮布袋","一样米饲百样人","一枝草,一点露","猛虎斗不过猴群,道理对不了恶人","猴捉到天上也是猴,猪牵到京城也是猪","鸡母屎也有三寸烟,乞食灶也有两块砖","鸡屎落地也有三寸烟,眼睛张开也有两点星","未上三尺水和人爬龙船,未上一步行和人跳龙门","人要人皮,树要树皮","青盲猫遇着死老鼠,青盲鸡啄着一尾虫",等等。虽然有的略有改变,如"猪牵到京城也是猪"在台湾改成了"牛牵到京城也是牛",但可以看出,它们实质上都是相同的,而且它们大多为闽台地方所特有,在其他汉语地区未必见得到。它们有的反映出闽南(福佬)人社会的特点。如"一样米饲百样人"反映了贫富等级分化比较严重(与客家人社会相比较而言)的福佬人社会的某种复杂性。在台湾乡土文学作品中频频出现的"一枝草,一点露"、"鸡屎落地也有三寸烟"反映了贫贱而不失志,努力"打拼",力求改变恶劣处境的民性特征。

大陆作者刘浩然《闽南侨乡风情录》中收录的歌谣,有的直接反映了闽台之间的密切的经济、人员往来。如《行船到东都》唱道:

----

① 曾阅:《闽南谚语》,福州:海峡文艺出版社1987年版。

> 行船到东都，出门卖土布。
>
> 过水过汀真艰苦，为着一家生活路。
>
> 不惊风和浪，不惊日和雨。
>
> 金门、布袋、花莲、台北绕澎湖，
>
> 换来香蕉、凤梨、白糖和鱼脯。
>
> 趁是无赖钱，够买柴米番薯箍。

又有《阮君行船人》唱道：

> 欢喜船入港，隔暝就出航。
>
> 悲伤来相送，阮君行船人。
>
> 行船真艰苦，无风着摇橹。
>
> 食糜配菜脯，趁钱来饲某。
>
> 自君去台湾，一去没转帆。
>
> 暝日长相思，盼君早回返。①

这里"东都"即台湾，是郑成功复台时对台湾的称呼，"趁钱"为挣钱，"无赖钱"为没有多少钱的拟音，"番薯箍"为地瓜切片晒干后作为粮食，"着摇橹"的"着"为"要"，"饲某"为养家（"某"为妻子），"食糜配菜脯"意为"吃稀饭配咸萝卜干"。这类流传于闽南的歌谣呈示了闽台的密切关系，而其方言词汇更是两岸相通的。另一些歌谣则直接由移民带往彼岸，传唱于两岸之间。吴瀛涛《台湾谚语》中收有6种"版本"的童谣《天黑黑》，其一歌词如下：

> 天黑黑，要落雨，
>
> 鲫仔鱼，要娶妻，
>
> 鱼担灯，虾打鼓，
>
> 水蛙扛轿大腹肚，
>
> 田螺举旗叫艰苦。②

笔者作为泉州人，小时候也曾念过"天黑黑，要落雨……"这样的歌谣，至今还能念出一大串，仅歌词略有不同，其余大多如同模塑，可见许多歌谣是同时流传于闽台地区的。台湾学者臧汀生在《台湾闽南语歌谣研究》中写道：以

---

① 刘浩然：《闽南侨乡风情录》，香港闽南人出版公司1998年版，第352页。

② 吴瀛涛：《台湾谚语》，台北：台湾英文出版社1979年第4版，第564页。

通行台湾全省之《天乌乌》为例，一般以为系本地土产，事实不然，谢云声于1928 年所辑闽歌甲集第三十九载有通行泉州厦门一带之天乌乌三首，及当时通行于台湾者亦三首。就其内容而论，泉厦者较简短，台湾者冗长，主从地位岂不甚明？又以《一阵鸟仔》为例，吴瀛涛《台湾谚语》所录《一阵鸟仔》首四句为："一阵鸟仔白溜溜，一条大路透福州，福州查某贤拍球，拍起有花与有柳……"由 "一条大路透福州" 一句可知此歌原产在闽省，系由母地做横的移植于台湾。[①]

臧汀生还进一步指出有些台湾歌谣，其源头甚至可从闽南再往上推溯——五更调、十二月调、四季调、数目调、名目调等，大凡铺陈堆砌式歌谣皆为我国所固有者，来源皆可推溯甚古，以其不但变化自由，且易于记忆，故在我国得以流传既远且广。[②] 不过，最能说明闽台方言与中原古音之深厚渊源的，还是文字和词汇。许多现在普通话中已经消失，却在方言中存在的词汇及其用法，可在历代文献中找到其身影。就拿人们熟知的赖和《斗闹热》中 "闹热" 二字，唐代白居易《雪中晏起偶咏所怀》就有："又不见西京浩浩唯红尘，红尘闹热白云冷，好于冷热中间安置身。"《醒世恒言·钱秀才错占凤凰俦》中也有："船头俱挂了杂彩，鼓乐振天，好生闹热。"

又如，前述闽南话挣钱称为 "趁钱"，谋生称为 "趁食"，宋代周密《癸辛杂识续集上·湖翻》就有："农人皆相与结队往淮南趁食。" 而《水浒传》第三一回有："为是他有一座酒肉店，在城东快活林内甚是趁钱。"

郭秋生《死么？》中按照闽南话的发音，将 "一次" 写为 "一过"。但早在《素问·王版论要》中就有："八风四时之胜，终而复始，逆行一过，不复可数。" 王冰注："过，谓遍也。" 宋代洪迈《夷坚志·甲志卷·梦药方》中也有："视壁间有韵语药方一纸，读之数过。" 可见这样的用法古已有之，亦非闽南方言独有。

闽南方言将义父、干爹称为 "契父"、"契爸"，阿盛有散文题为《契父上帝爷》。清代黄小配《大马扁》第一一回写道："那怀塔布是前任文华殿大学士瑞麟的儿子，那瑞麟是当今太后的契父，看来那怀塔布与太后有个契兄妹的

---

① 臧汀生：《台湾闽南语歌谣研究》，台北：商务印书馆 1980 年版，第 47 页。臧著原为 "一只鸟儿"，查吴瀛涛原著，可知应为 "一阵鸟仔"，据此更改，以免与民谣《一只鸟仔》相混。

② 同上书，第 46 页。

情分,恐怕动他不得。"

闽南话讲乡村称为"乡里",同村称为"同乡里"。向阳《土地的歌》卷二题为《乡里记事》。汉代扬雄《答刘歆书》中有:"田仪与雄同乡里,幼稚为邻,长艾相爱。"

"无定着"意为"说不定"、"不固定"。金朝董解元《西厢记诸宫调》卷六有:"平生踪迹无定着,如断蓬。"守愚《谁害了她》中有"无定着是因为早起(早上)我骂伊……"

向阳的方言诗《草蜢无意弄鸡公》中有"无店面做生理"、"不过是为着贪小生理"等句子,这里"做生理"即"做生意"。宋代龚明之《中吴纪闻·朱氏盛衰》中有:"朱冲微时以常卖为业,后其家稍温,易为药肆,生理日益进。"《水浒传》第一○四回中有:"近日在房州,闻此处热闹,特到此赶节做生理。"

朱点人《纪念树》中,按照闽南话习惯,将娘家称为"外家"。古文献中亦有此用法。《晋书·魏舒传》中有:"魏舒幼孤,为外家宁氏所养。宁氏起宅,相宅者云:'当出贵甥。'外祖母以魏氏甥小而慧,意谓应之。"

赖和、朱点人的作品中,"开水"都写成"滚水",因为闽南话就是这样说的。而元代马致远《寿阳曲》中就有:"一锅滚水冷定也。"《金瓶梅词话》第五四回中也有:"李瓶儿吃了叫苦,迎春就拿滚水来,过了口。"

闽台俚语、俗谚中有"青盲鸡啄无虫"等,向阳方言诗以此为诗题。"青盲"指眼睛失明。《后汉书·李业传》:"是时犍为、任永君及业同郡冯信,并好学博古。公孙述连征命,待以高位,皆托青盲,以避世乱。"

台湾民谣中,常可见"怨叹"二字。此用法在古代颇多。《后汉书·循吏传·王景》中有:"百姓怨叹。"《三国志·魏志·和洽传》中有:"妄为死友怨叹,殆不可忍也。"唐代唐彦谦《和陶渊明〈贫士〉诗》之三写道:"松风四山来,清宵响瑶琴,听之不能寐,中有怨叹音。"宋代洪迈《夷坚志·志补卷·婺州富家犬》中有:"汝勿怨叹,此生前冤业也!"

类似的例子不胜枚举。像"身躯"(身体)、"搬戏"(演戏)、"法度"(办法)、"后生"(子孙、年轻人)等词汇用法,都可在古文献中找到。[1] 闽南话的

---

[1] 参见林宝卿:《闽南方言与古汉语同源词典》,厦门大学出版社 1999 年版。

这种大量的中原古音、古代汉语的遗留充分说明：闽南方言根在中原，源头在中原，它是历代中原汉族人民在其南迁时，自然地将其使用的语言带到闽地，与当地土著语言相融合的产物。当中原地带的语言发生变化时，闽方言却保留了较多的中原古音和词汇。随着闽南地区民众大规模地向台湾移民，闽南话也传播到了台湾，成为台湾最主要的方言。闽台文化的亲缘关系及其与以中原文化为主体的整个中国文化的个性和共性的辩证关系，在语言上表现得至为典型。或者说，所谓台湾话的主体就是闽南话，这是闽台文化亲缘关系的一个显著证明。而汉语普通话和闽南话、台湾话的关系，正是中华文化整体与闽台地方文化之间的源流关系的一个缩影。

参考文献

一、文献史料、作品集

1. 台湾银行经济研究室编辑：《台湾文献丛刊》(共 309 种)，台北：台湾银行 1957～1972 年版。本书引用的有：

朱仕玠：《小琉球漫志》，丛刊第 3 种，1957 年版。

林豪：《东瀛纪事》，丛刊第 8 种，1957 年版。

施琅：《靖海纪事》，丛刊第 13 种，1958 年版。

陈伦炯：《海国闻见录》，丛刊第 26 种，1958 年版。

王凯泰、马清枢、何徵：《台湾杂咏合刻》，丛刊第 28 种，1958 年版。

沈葆桢：《福建台湾奏折》，丛刊第 29 种，1958 年版。

王松：《台阳诗话》，丛刊第 34 种，1959 年版。

佚名：《同治甲戌日兵侵台始末》，丛刊第 38 种，1959 年版。

王元稚：《甲戌公牍钞存》，丛刊 39 种，1959 年版

蔡廷兰：《海南杂著》，丛刊第 42 种，1959 年版。

郁永河：《裨海纪游》，丛刊第 44 种，1959 年版。

姚莹：《东溟奏稿》，丛刊第 49 种，1959 年版。

沈有容：《闽海赠言》，丛刊第 56 种，1959 年版。

洪弃生：《瀛海偕亡记》，丛刊第 59 种，1959 年版。

连横：《台湾诗乘》，丛刊第 64 种，1960 年版。

林朝崧：《无闷草堂诗存》，丛刊第 72 种，1960 年版。

屠继善：《恒春县志》，丛刊第 75 种，1960 年版。

徐宗干：《斯未信斋文编》，丛刊第 87 种，1960 年版。

范咸：《重修台湾府志》，丛刊第 105 种，1961 年版。

王必昌:《重修台湾县志》,丛刊第 113 种,1961 年版。

余文仪:《续修台湾府志》,丛刊第 121 种,1962 年版。

连横:《台湾通史》,丛刊第 128 种,1962 年版。

温睿临、李瑶:《南疆绎史》,丛刊第 132 种,1962 年版。

周钟瑄:《诸罗县志》,丛刊第 141 种,1962 年版。

王瑛曾:《重修凤山县志》,丛刊第 146 种,1962 年版。

许南英:《窥园留草》,丛刊第 147 种,1962 年版。

连横:《台湾语典》,丛刊 161 种,1963 年版。

连横:《雅言》丛刊第 166 种,1963 年版。

傅锡祺:《栎社沿革志略》,丛刊第 170 种,1963 年版。

陈衍:《福建通志列传选》,丛刊第 195 种,1964 年版。

王彦威:《清季外交史料选辑》,丛刊第 198 种, 1964 年版。

章甫:《半崧集简编》,丛刊第 201 种,1964 年版。

林占梅:《潜园琴余草简编》,丛刊第 202 种,1964 年版。

连横:《雅堂文集》,丛刊第 208 种,1964 年版。

黄典权:《台湾南部碑文集成》,丛刊第 218 种,1966 年版。

钱仪吉:《碑传选集》,丛刊第 220 种,1966 年版。

卢若腾:《岛噫诗》,丛刊第 245 种,1968 年版。

连横:《台湾诗钞》,丛刊第 280 种,1970 年版。

洪弃生:《寄鹤斋选集》,丛刊第 304 种,1972 年版。

2.《台湾先贤诗文集汇刊》第一辑（20 册）,台北:龙文出版公司 1992 年重印版。本书引用的有：

郑用锡:《北郭园全集》。

郑如兰:《偏远堂吟草》。

陈肇兴:《陶村诗稿》。

林尔嘉:《林菽庄先生诗稿》。

施士洁:《后苏龛合集》。

林玉书:《卧云吟草》。

施琼芳:《石兰山馆遗稿》。

3.《台湾文献史料丛刊》(共九辑,190 册）,台北:大通书局 1984～1987

年版。

4.《台湾先贤集》(1~8 册),台北:台湾中华书局 1971 年版。

5. 陈汉光编:《台湾诗录》(全 3 册),台中:台湾省文献委员会 1971 年印行。

6. 钟肇政、叶石涛主编:《光复前台湾文学全集》,台北:远景出版社 1981 年版。

7. 郑王臣编:《莆风清籁集》,乾隆莆田郑氏刻本。

8. 陈香编著:《台湾竹枝词选集》,台北:台湾商务印书馆 1983 年版。

9. 阿英编:《鸦片战争文学集》,北京:古籍出版社 1957 年版。

10. 钟肇政、张恒豪、彭瑞金、林瑞明、陈万益、施淑、高天生等编选:《台湾作家全集》(共 50 册),台北:前卫出版社 1991~1992 年版。

11. 中国作协福建分会、福建师大中文系合编:《福建新文学史料集刊》(1~4 辑),1982 年印行。

12. 戴光华编选:《厦门诗荟》,厦门:鹭江出版社 1999 年版。

13.《诗歌与木刻》,《艺苑丛刊》第一辑,厦门:艺苑丛刊出版社 1946 年版。

14. 陈映真、曾健民编:《1947~1949 台湾文学问题论议集》,台北:人间出版社 1999 年版。

15. 林佛儿等编:《盐分地带文学选》,台北:林白出版社 1979 年版。

16. 沈萌华编:《七十年短篇小说选》,台北:尔雅出版社 1982 年版。

17. 钟肇政主编:《客家台湾文学选》,台北:新地文学出版社 1994 年版。

18. 福建社会科学院文学所编注:《复台诗选》,1982 年铅印本。

19. 蔡祖卿等主编:《鹭岛风云——许虹主编厦门〈星光日报〉副刊〈星星〉选集》,1996 年。

20. 许谋清等编:《新时期晋江文学作品选》,福州:海峡文艺出版社 1998 年版。

21. 中国社科院文学所编:《台湾爱国文鉴》,北京出版社 2000 年版。

22. 中国社科院文学所编:《台湾爱国诗鉴》,北京出版社 2000 年版。

23. 杜明聪主编:《厦门优秀文学作品选(1980~1993)》小说卷,厦门:鹭江出版社 1993 年版。

24. 福建省文联等主编:《福建文学创作 50 年选》,福州:海峡文艺出版社

1999 年版。

25. 王象之：《舆地纪胜》，北京：中华书局 1992 年版。

26. 陈子龙等辑：《明经世文编》，北京：中华书局 1962 年影印版。

27. 王梓村等辑：《宋元学案补遗》，《四明丛书》本。

28. 邓传安、陈盛韶：《蠡测汇钞·问俗录》，刘卓英标点，北京：书目文献出版社 1983 年版。

29. 《筹办夷务始末（道光朝）》，北京：中华书局 1964 年版。

30. 刘锦藻：《清朝续文献通考》，杭州：浙江古籍出版社 1988 年版。

31. 福建师范大学历史系等编：《鸦片战争在闽台史料选编》，福州：福建人民出版社 1982 年版。

32. 中国史学会编：《鸦片战争》，《中国近代史资料丛刊》，上海：神州国光社 1954 年版。

33. 中国史学会编：《中日战争》，《中国近代史资料丛刊》，上海：神州国光社 1954 年版。

34. 戚其章主编：《中日战争》，《中国近代史资料丛刊续编》，北京：中华书局 1989～1996 年版。

35. 李应强（映蔷）整理：《姚一苇口述自传》，2000 年 3 月李应强发给笔者的电子文档。

36. 蒋毓英撰、陈碧笙校注：《台湾府志》，厦门大学出版社 1985 年版。

37. 薛起凤主纂、江林宣等整理：《鹭江志》，厦门：鹭江出版社 1998 年版。

38. 《海澄县志》，乾隆二十七年刊本，台北：成文出版社 1968 年影印版。

39. 周凯总纂、厦门市方志办整理：《厦门志》（清道光十九年镌），厦门：鹭江出版社 1996 年版。

40. 戴瑞坤：《鹿港镇志》，彰化：鹿港镇公所 2000 年印行。

41. 泉州市泉州历史研究会编：《泉州地方文献联合书目（初编）》，1979 年油印本。

42. 李秉乾：《福建文献书目》，1996 年打印本。

43. 胡之骥注：《江文通集汇注》，北京：中华书局 1984 年版。

44. 严羽著、郭绍虞校释：《沧浪诗话校释》，北京：人民文学出版社 1983 年版。

45. 陈福康校点 :《郑思肖集》,上海古籍出版社 1991 年版。

46. 谢翱 :《晞发集》,《景印文渊阁四库全书》第 1188 册,台北 :台湾商务印书馆 1986 年版。

47. 蔡清 :《蔡文庄公集》,泉郡大寺后家庙正派后裔藏版,泉州市泉州历史研究会 1986 年影印版。

48. 俞大猷 :《正气堂集》,道光二十三年味古书室藏版,厦门博物馆等 1991 年重印。

49. 杨家骆主编 :《铁函心史・延平二王遗集》,台北 :世界书局 1962 年版。

50. 郑经 :《东壁楼集》,永历甲寅（1674）刊本。

51. 张煌言 :《张苍水集》,上海古籍出版社 1985 年版。

52. 施琅撰、王铎全校注 :《靖海纪事》,福州 :福建人民出版社 1983 年版。

53. 蓝鼎元 :《鹿洲全集》,厦门大学出版社 1995 年版。

54. 江日升撰、陈碧笙校 :《台湾外记》,福州 :福建人民出版社 1983 年版。

55. 林则徐著、郑丽生校笺 :《林则徐诗集》,福州 :海峡文艺出版社 1987 年版。

56. 沈葆桢 :《沈文肃公牍》,扬州 :江苏广陵古籍刻印社 1997 年版。

57. 林昌彝著、王镇远等标点 :《射鹰楼诗话》,上海古籍出版社 1989 年版。

58. 吕世宜 :《爱吾庐文钞》,清光绪九年刊本。

59. 夏燮 :《中西纪事》,长沙 :岳麓书社 1988 年版。

60. 钱仲联编校 :《陈衍诗论合集》,福州 :福建人民出版社 1999 年版。

61. 黄遵宪著、钱仲联笺注 :《人境庐诗草笺注》,上海古籍出版社 1981 年版。

62. 梁启超 :《饮冰室合集》,上海 :中华书局 1941 年版。

63. 葛懋春等编选 :《梁启超哲学思想论文集》,北京大学出版社 1984 年版。

64. 胡适 :《胡适书话》,杭州 :浙江人民出版社 1998 年版。

65. 林纾 :《畏庐文集》,《民国丛书》第四编第 94 册,上海书店 1992 年版。

66. 林薇选注 :《林纾选集》(文诗词卷),成都 :四川人民出版社 1988 年版。

67. 王栻主编 :《严复集》,北京 :中华书局 1986 年版。

68. 辜鸿铭 :《辜鸿铭文集》,长沙 :岳麓书社 1985 年版。

69. 辜鸿铭 :《辜鸿铭文集》,黄兴涛等译,海口 :海南出版社 1996 年版。

70. 汪辟疆：《汪辟疆文集》，上海古籍出版社 1988 年版。

71. 汪国垣：《方湖类稿》，沈文龙主编《中国近代史料丛刊续编》二九，台北：台湾文海出版社 1973 年版。

72. 刘师培：《刘师培全集》，北京：中共中央党校出版社 1997 年版。

73. 李家骥等整理：《林纾诗文选》，北京：商务印书馆 1993 年版。

74. 浙江文艺出版社编：《郁达夫日记集》，杭州：浙江文艺出版社 1986 年版。

75. 郁达夫：《郁达夫文集》，广州：花城出版社、香港：香港三联书店 1982 年版。

76. 浙江文艺出版社编：《郁达夫诗词集》，杭州：浙江文艺出版社 1988 年版。

77. 郁达夫：《郁达夫全集》，杭州：浙江文艺出版社 1992 年版。

78. 赖和著、林瑞明编：《赖和全集》，台北：前卫出版社 2000 年版。

79. 张光正编：《张我军全集》，北京：台海出版社 2000 年版。

80. 张光直编：《张我军文集》，台北：纯文学出版社 1975 年版。

81. 张光正编：《张我军选集》，北京：时事出版社 1985 年版。

82. 徐明旭等编：《许地山选集》，福州：海峡文艺出版社 1985 年版。

83. 高巍选辑：《许地山文集》，北京：新华出版社 1998 年版。

84. 王平陵、王梦鸥：《孤城落日》，重庆：国民图书出版社 1944 年版。

85. 王梦鸥：《火花》，重庆：国民图书出版社 1944 年版。

86. 王梦鸥：《生命之花》，连载于《唯力》第 2 卷第 3～5 期，1939 年 5～6 月。

87. 王梦鸥：《乌夜啼》，重庆：独立出版社 1942 年版。

88. 彭邦桢选：《覃子豪诗选》，香港：文艺风出版社 1987 年版。

89. 李华飞编：《覃子豪诗粹》，重庆：重庆出版社 1986 年版。

90. 雷石榆：《八年诗选集》，高雄：粤光印务公司 1946 年版。

91. 郑焕：《郑焕集》，台北：前卫出版社 1991 年版。

92. 欧坦生：《鹅仔》，台北：人间出版社 2000 年版。

93. 吴浊流：《亚细亚的孤儿》，北京：人民文学出版社 1986 年版。

94. 施蛰存：《沙上的脚迹》，沈阳：辽宁教育出版社 1995 年版。

95. 姚一苇：《姚一苇文录》，台北：洪范书店 1977 年版。

96. 姚一苇：《戏剧与文学》，台北：联经出版公司 1989 年版。

97. 姚一苇：《我们一同走走看》，台北：书林出版公司 1987 年版。

98. 姚一苇：《戏剧与人生》，台北：书林出版社 1995 年版。

99. 姚一苇：《欣赏与批评》，台北：远景出版社 1979 年版。

100. 陈映真：《中国结》（《陈映真作品集》第 11 册），台北：人间出版社 1988 年版。

101. 司马中原等编：《文坛新锐》，台北：骏马文化公司 1987 年版。

102. 蔡素芬：《盐田儿女》，台北：联经出版公司 1994 年版。

103. 萧丽红：《千江有水千江月》，台北：联合报社 1981 年修订版。

104. 陈舜臣：《旋风儿——小说郑成功》，台北：远流出版公司 1994 年版。

105. 姚嘉文：《黑水沟》，台北：自立晚报社 1987 年版。

106. 林藜：《闽海扬波录》，台北：新亚出版社 1975 年版。

107. 司马中原：《流星雨》，连载于台湾《联合报》1973 年 3～8 月。

108. 阿盛：《秀才楼五更鼓》，台北：时报文化出版公司 1991 年版。

109. 沈卫平：《8·23 炮击金门》，北京：华艺出版社 1998 年版。

110. 黄克全：《太人性的小镇》，台中：晨星出版社 1992 年版。

111. 张力：《毒路》，厦门：鹭江出版社 1996 年版。

112. 李昂：《花季》，台北：洪范书店 1985 年版。

113. 洪中周：《青瞑藤仔》，台北：名流出版社 1988 年版。

114. 林语堂：《赖柏英》，上海书店 1989 年版。

115. 王静蓉：《一味禅·雪之卷》，北京：中国青年出版社 1994 年版。

116. 林清玄：《林清玄自选集》，台北：世界文物出版社 1981 年版。

117. 简媜：《红婴仔》，台北：联合文学出版社 1999 年版。

118. 林新居：《满溪流水香》，北京：中国青年出版社 1994 版。

119. 黄靖雅：《一味禅：花之卷》，北京：中国青年出版社 1994 年版。

120. 林新居：《坐看云起》，北京：中国青年出版社 1994 年版。

121. 李叔同：《弘一大师全集》，福州：福建人民出版社 1992 年版。

122. 阿盛：《五花十色相》，台北：九歌出版社 1996 年版。

123. 雷梦水等编：《中华竹枝词》，北京：古籍出版社 1997 年版。

124. 詹宏志编：《六十九年短篇小说选》，台北：尔雅出版社 1981 年版。

125. 林明峪：《廖添丁》，台北：联亚出版社 1979 年版。

126. 黄春明：《乡土组曲》，台北：远流出版公司 1978 年修订 6 版。

127. 向阳:《土地的歌》,台北:自立晚报社 1985 年版。

128. 曾阅:《闽南谚语》,福州:海峡文艺出版社 1987 年版。

129. 谢春池:《我知道,我是一个永远的知青》,北京:中国文联出版公司 1998 年版。

130. 吴瀛涛:《台湾谚语》,台北:台湾英文出版社 1979 年第 4 版。

131. 陈季同:《中国人自画像》,黄兴涛等译,贵阳:贵州人民出版社 1998 年版。

132. 东方白:《浪淘沙》,台北:前卫出版社 1990 年版。

二、学术著作

1. 凌纯声:《中国边疆民族与环太平洋文化》,台北:联经出版公司 1979 年版。

2. 刘登翰等:《台湾文学史》上卷,福州:海峡文艺出版社 1991 年版。

3. 金曲良主编:《海洋文化概论》,青岛海洋大学出版社 1999 年版。

4. 伍蠡甫主编:《西方文论选》,上海译文出版社 1979 年版。

5. 黄顺力:《海洋迷思》,南昌:江西高校出版社 1999 年版。

6. 徐晓望主编:《福建思想文化史纲》,福州:福建教育出版社 1996 年版。

7. 王会昌:《中国文化地理》,武汉:华中师范大学出版社 1992 年版。

8. 覃光广等主编:《文化学辞典》,北京:中央民族学院出版社 1988 年版。

9. 李中华:《中国文化概论》,北京:华文出版社 1994 年版。

10. 杨国桢:《闽在海中》,南昌:江西高校出版社 1998 年版。

11. 庄晏成主编:《泉州历史人物传》,厦门:鹭江出版社 1991 年版。

12. 蒋夏雨主编:《俞大猷研究》,厦门大学出版社 1998 年版。

13. 陈庆元:《福建文学发展史》,福州:福建教育出版社 1996 年版。

14. 方豪:《方豪教授台湾史论文选集》,台北:捷幼出版社 1999 年版。

15. 陈孔立主编:《台湾历史纲要》,北京:九洲图书出版社 1996 年版。

16. 陈昭瑛:《台湾诗选注》,台北:正中书局 1996 年版。

17. 金文亨主编:《莆田历史文化研究》,厦门大学出版社 1996 年版。

18. 洪思等撰、侯真平等校:《黄道周年谱》,福州:福建人民出版社 1999 年版。

19. 施伟青:《施琅评传》,厦门大学出版社 1987 年版。

20. 赵尔巽等撰:《清史稿》第 34 册,北京:中华书局 1977 年版。

21. [日]川口长孺等撰:《台湾文献史料 309 种提要》,台北:大通书局 1984 年版。

22. 江宝钗:《嘉义地区古典文学发展史》,嘉义:嘉义市文化中心 1998 年版。

23. 连横:《台湾通史》,北京:商务印书馆 1983 年版。

24. 庄明水等著:《台湾教育简史》,福州:福建教育出版社 1994 年版。

25. 施懿琳:《清代台湾诗所反映的汉人社会》,台湾师范大学 1991 年博士学位论文。

26. 刘树勋主编:《闽学源流》,福州:福建教育出版社 1993 年版。

27. 东海大学中文系主编:《明清时期的台湾传统文学》,台北:文津出版社有限公司 2002 年版。

28. 王国璠、邱胜安编:《三百年来台湾作家与作品》,高雄:台湾时报社 1977 年版。

29. 王国璠:《台湾先贤著作提要》,新竹:台湾省立社会教育馆 1974 年版。

30. 黄美娥:《清代台湾竹堑地区传统诗文研究》,台湾辅仁大学 1999 年博士学位论文。

31. 陈支平:《近 500 年来福建的家族社会与文化》,上海:上海三联书店 1991 年版。

32. 郑振满:《明清福建家族组织与社会变迁》,长沙:湖南教育出版社 1992 年版。

33. 徐扬杰:《宋明家族制度史论》,北京:中华书局 1995 年版。

34. 林庆元、罗肇前:《沈葆桢》,福州:福建教育出版社 1992 年版。

35. 汪毅夫:《台湾近代诗人在福建》,台北:幼狮文化事业公司 1998 年版。

36. 许俊雅:《台湾写实诗作之抗日精神研究》台北:"国立编译馆"1997 年版。

37. 江宝钗:《台湾古典诗面面观》,台北:巨流图书公司 1999 年版。

38. 许雪姬:《满大人最后的二十年》,台北:自立晚报社文化出版部 1993 年版。

39. 冯奇:《林纾》,北京:中国文史出版社 1998 年版。

40. 蔡镇楚：《中国诗话史》,长沙：湖南文艺出版社 1988 年版。

41. 蔡培火、叶荣钟等：《台湾民族运动史》,台北：自立晚报丛书编辑委员会 1971 年版。

42. 曾雄主编：《台湾儿女祖国情》,北京：台海出版社 2000 年版。

43. 杨渡：《日据时期台湾新剧运动（1923～1936）》,台北：时报文化出版公司 1994 年版。

44. 许俊雅：《日据时期台湾小说研究》,台北：文史哲出版社 1995 年版。

45. 林瑞明：《台湾文学的历史考察》,台北：允晨文化公司 1996 年版。

46. 林瑞明：《台湾文学与时代精神》,台北：允晨文化公司 1993 年版。

47. 陈少廷：《台湾新文学运动简史》,台北：联经出版公司 1977 年版。

48. 黄武忠：《日据时代台湾新文学作家小传》,台北：时报文化出版事业公司 1980 年版。

49. 李筱峰：《台湾革命僧林秋梧》,台北：自立晚报社文化出版部 1991 年版。

50. 中国佛教协会编：《弘一法师》,北京：文物出版社 1984 年版。

51. 天津市政协等编：《李叔同——弘一法师》,天津古籍出版社 1988 年版。

52. 中华全国台湾同胞联谊会编：《台湾同胞抗日 50 年纪实》,北京：中国妇女出版社 1998 年版。

53. 陈子善等编：《回忆郁达夫》,长沙：湖南文艺出版社 1986 年版。

54. 黄恒秋：《台湾客家文学史概论》,台北：客家台湾文史工作室 1998 年版。

55. 郁云：《郁达夫传》,福州：福建人民出版社 1984 年版。

56. 邓孔昭：《郑成功与明郑台湾史研究》,北京：台海出版社 2000 年版。

57. 汪毅夫：《闽台历史社会与民俗文化》,厦门：鹭江出版社 2000 年版。

58. 徐君藩等编：《福州文坛回忆录》,福州：海潮摄影艺术出版社 1993 年版。

59. 陈义芝主编：《台湾文学经典研讨会论文集》,台北：联经出版公司 1999 年版。

60. 陈耕：《台湾文化概述》,福州：海峡文艺出版社 1993 年版。

61. 郑朝宗：《海滨感旧录》，厦门大学出版社 1988 年版。

62. 洪永宏：《厦门大学校史》第一卷，厦门大学出版社 1990 年版。

63. 柯文溥：《现代作家与闽中乡土》，福州：福建教育出版社 1993 年版。

64. 蔡少卿：《中国近代会党史研究》，北京：中华书局 1987 年版。

65. 罗香林：《客家研究导论》，1933 年兴宁初版，台北：南天书局 1992 年影印版。

66. 陈运栋：《客家人》，台北：联亚出版社 1981 年第 5 版。

67. 王东：《客家学导论》，上海人民出版社 1996 年版。

68. 林再复：《闽南人》，台北：三民书局 1985 年修订版。

69. 何绵山：《闽文化概论》，北京大学出版社 1996 年版。

70. 何绵山主编：《闽台经济与文化》，厦门大学出版社 2001 年版。

71. 谭桂林：《20 世纪中国文学与佛学》，合肥：安徽教育出版社 1999 年版。

72. 王盛：《许地山评传》，南京出版社 1989 年版。

73. 邱坤良：《日治时期台湾戏剧之研究：旧剧与新剧（一八九五～一九四五）》，台北：自立晚报社文化出版部 1992 年版。

74. ［美］本尼迪克特：《菊花与刀——日本文化的诸模式》，孙志民等译，杭州：浙江人民出版社 1987 年版。

75. 蔡相辉：《台湾的祠祀与宗教》，台北：台原出版社 1989 年版。

76. ［英］巴特·穆尔–吉尔伯特：《后殖民批评》，杨乃乔译，北京大学出版社 2001 年版。

77. 吕正惠：《战后台湾文学经验》，台北：新地文学出版社 1992 年版。

78. ［苏］尼·皮克萨诺夫：《高尔基与民间文学》，林陵等译，北京：中国民间文艺出版社 1980 年版。

79. 刘浩然：《闽南侨乡风情录》，香港：闽南人出版公司 1998 年版。

80. 臧汀生：《台湾闽南语歌谣研究》，台北：商务印书馆 1980 年版。

81. 林宝卿：《闽南方言与古汉语同源词典》，厦门大学出版社 1999 年版。

82. 徐学：《厦门新文学》，厦门：鹭江出版社 1998 年版。

83. 黄恒秋：《客家台湾文学论》，高雄：爱华出版社 1993 年版。

三、论文

1. 黄得时：《郁达夫先生评传》，台湾《台湾文化》第 2 卷第 6 期，1947 年 9 月。

2. 盛成：《复社与几社对台湾文化的影响》，台湾《台湾文献》第 13 卷第 3 期，1962 年 9 月。

3. 毛一波：《林痴仙之诗》，《台湾文献》第 6 卷第 1 期，1955 年 3 月。

4. 薛顺雄：《从清代台湾汉语旧诗看本岛汉人的社会及习俗》，《台湾古典文学与文献》，台北：文津出版社 1999 年版。

5. 许在泉：《论泉南文化》，泉州《闽台文化》第 3 期，1999 年 6 月。

6. 陈桂炳等：《从石刻文字看宋明两代惠安的闽学》，泉州《闽台文化》第 3 期，1999 年 6 月。

7. 陈陛章、陈汉光：《卢若腾之诗文》，《台湾文献》第 10 卷第 3 期，1959 年 9 月。

8. 朱鸿林：《郑经的诗集和诗歌》，《明史研究》第四辑，合肥：黄山书社 1994 年版。

9. 邓晓华：《闽客若干文化特征的比较研究》，载庄英章、潘英海编《台湾与福建社会文化研究论文集》（二），台北："中央研究院"民族学研究所 1995 年印行。

10. 张炎宪：《台湾新竹郑氏家族的发展形态》，载《中国海洋发展史论文集》（二），台北："中央研究院"三民主义研究所 1986 印行。

11. 黄美娥：《清代台北地区文坛初探》，载东海大学中文系编《明清时期的台湾传统文学》，2000 年。

12. 施懿琳：《咸同时期台湾社会面相的显影——以陈肇兴〈陶村诗稿〉为分析对象》，《第二届台湾本土文化国际学术研讨会论文集》，台北：台湾师范大学国文学系，1996 年。

13. 陈盛明：《从〈泉俗激刺篇〉看清末泉州社会黑暗面》，《泉州文史》第 5 期，1981 年 10 月。

14. 陈彦：《朱西宁的小说：〈八二三注〉》，台湾《幼狮文艺》第 309～310 期，1979 年 9～10 月。

15. 洪笃仁：《1931，愤怒的厦门》，《厦门日报》2001 年 9 月 18 日。

16. 岛田谨二：《台湾文学的过去、现在和未来》，高雄《文学台湾》第22～23 期，1997 年 6～7 月。

17. 林美容：《族群关系与文化分立》，台湾《"中央研究院"民族学研究所集刊》第 69 期，1990 年 6 月。

18. 陈荣岚：《闽南方言与闽台文化溯源》，《厦门大学学报》（哲社版）1995 年第 3 期。

19. 许建生：《台湾乡土小说与闽南方言》，陈孔立主编《台湾研究十年》，厦门大学出版社 1990 年版。

20. 陈世庆：《台湾诗钟今昔》，台湾《台湾文献》第 7 卷第 1～2 期，1956 年 6 月。

21. 陈映真：《暗夜中的掌灯者》，台湾《联合文学》第 152 期，1997 年 6 月。

22. 雷石榆：《我的回忆》，北京《新文学史料》1990 年第 3 期。

23. 李映蕾整理：《姚一苇先生著作目录》，陈映真主编《暗夜中的掌灯者》附录三，台北：书林出版公司 1998 年版。

24. 黄顺力：《严复与辜鸿铭文化心态的比较》，《严复与中国近代化学术研讨会论文集》，福州：海峡文艺出版社 1998 年版。

25. 严家理：《严复先生及其家庭》，《福建文史资料》第五辑，福州：福建人民出版社 1981 年版。

26. 陈耕：《从台湾文化的构成和形成看台湾文化的属性》，厦门：中华文化和祖国统一研讨会论文，2001 年。

四、1950 年以前的报纸杂志

1. 台北《台湾民报》、《台湾新民报》。

2. 台北《台湾诗荟》。

3. 厦门《鹭华》。

4. 桂林《救亡日报》。

5. 浙江、福建《东南日报》。

6. 厦门《星光日报》。

7. 厦门《江声报》。

8. 长汀《中南日报》。

9. 长汀《厦大通讯》。

10. 长汀《唯力》。

11. 连城《大成日报》。

12. 福建《福建剧坛》。

13. 永安《中央日报》(福建版)。

14. 永安《改进》。

15. 永安《龙凤》。

16. 福州《建言》。

17. 上海《文艺春秋》。

18. 台北《台湾文化》。

19. 台北《台湾新生报》。

20. 台北《台湾月刊》。

21. 厦门《明日文艺》。

22. 台北《前锋》。

23. 台中《和平日报》。

24. 上海《大晚报》。

后　记

在出版印刷业高度发达的今天,出版一本书固然不那么困难了,但要出版一本有较高学术价值的著作就没有那么容易了,至于要出版一套有鲜明特色、被学界认可的丛书,难度就更大了。凡是当过丛书主编的人应该都有共同的体会,即著书立说是个人的行为,只要自己把自己搞定了就可以,而编纂丛书则是集体的行为,需要诸多作者的齐心协力,除了需要丛书的所有作者对某个学术问题有着共同的学术兴趣、相似的学术理念、深厚的学术积淀外,还需要作者们在某个时段内集中精力撰写书稿,并在规定的时间内提交,这一点往往很难做到步调一致。而本丛书从动议到出版,整个过程环环相扣,非常顺利,首先自然要归功于各位作者的齐心协力,他们在百忙中把丛书的撰稿放在首要位置,按时甚至提前提交了高质量的书稿,从而为丛书的顺利出版奠定了坚实基础。所以我们要特别感谢各位作者为本丛书的出版所付出的辛勤劳动和作出的重要贡献。其次,本丛书的出版得到未署名的诸多学者的帮助,他们或撰写某个重要章节,或提供某些珍贵资料,或审读了某些书稿并提出宝贵的修改意见,或参与修订、录入和校对工作,由于涉及的人很多,恕不一一列出尊姓大名,但我们感铭在心,并在此表示衷心的感谢!再次,要感谢福建师范大学海峡两岸文化发展协同创新中心对丛书的出版给予的大力支持,感谢人民出版社的领导和编辑们付出的辛勤工作。另外,本丛书吸收了学术界许多研究成果,虽然在书后的参考文献中已一一列出,但难免有遗珠之憾,在此请求各位方家谅解,并致以衷心的感谢!

刘登翰　林国平

二〇一三年七月